欧茨作品集

中年

Middle Age: A Romance

〔美〕乔伊斯·卡罗尔·欧茨 著

李尧 译

人民文学出版社

MIDDLE AGE: A Romance, Copyright © 2001 by The Ontario Review, Inc..
Published by arrangement with HarperCollins Publishers.
Simplified Chinese translation copyright © 2020 by People's Literature Publishing House Co., Ltd.
All rights reserved.

图书在版编目(CIP)数据

中年/(美)乔伊斯·卡罗尔·欧茨著;李尧译.—北京:人民文学出版社,2020
(欧茨作品集)
ISBN 978-7-02-014782-3

Ⅰ.①中… Ⅱ.①乔…②李… Ⅲ.①长篇小说—美国—现代 Ⅳ.①I712.45

中国版本图书馆 CIP 数据核字(2018)第 287881 号

责任编辑　陈　黎
装帧设计　崔欣晔
责任印制　王重艺

出版发行　人民文学出版社
社　　址　北京市朝内大街166号
邮政编码　100705
网　　址　http://www.rw-cn.com

印　　刷　三河市中晟雅豪印务有限公司
经　　销　全国新华书店等

字　　数　456千字
开　　本　880毫米×1230毫米　1/32
印　　张　10.625　插页3
印　　数　1—6000
版　　次　2004年1月北京第1版
印　　次　2020年12月第1次印刷

书　　号　978-7-02-014782-3
定　　价　69.00元

如有印装质量问题,请与本社图书销售中心调换。电话:010-65233595

目　录

前言…………001

序：七月四日…………001

第一部
如果你抓住我……

活着的人……　…………019

老磨坊路：洞穴…………081

岩间圣母…………136

比赛…………184

再见！…………242

第二部
……我不会从你手里逃走

黑暗降临…………259

老磨坊路：变革…………318

戴红色贝雷帽的小姑娘…………392

亲爱的死老爸…………459

失踪的人…………528

第三部
后来的事情

梦中的野兽…………575

老磨坊路:袭击…………585

芭蕾舞…………596

情侣之夜,爱的絮语…………605

回家…………609

前　言

乔伊斯·卡罗尔·欧茨(Joyce Carol Oates,1938—　)是美国当代最著名的作家之一。她出生于美国纽约州北部一个工人家庭,一九六〇年毕业于锡拉丘兹大学,第二年获硕士学位,并在底特律大学教英美文学,现在在普林斯顿大学任教。

欧茨是个多产的作家,从一九六三年出版第一部短篇小说集《北门边》(By the North Gate)起,到二〇〇一年出版《中年》(Middle Age: A Romance)时止,共出版长篇小说三十七部,短篇小说集十九部,中篇小说集四部,诗集八部,剧本七部,论文集八部,儿童文学作品一部。其中多部作品获得大奖。诗人、ECCO出版公司编辑丹尼尔·哈尔波恩说:"她是个奇才。许多人,特别是作家,面对她犹如面对新的挑战。因为她创作了如此之多的作品。但是,真正让他们感到震撼的不是数量,而是质量。她的每一部书都因其高水平而令同行惊叹不已。"美国著名作家约翰·厄普代克说:"我们这个国家如果有一位杰出的女作家的话,那就是乔伊斯·卡罗尔·欧茨。"著名作家、文学评论家约翰·加纳认为:"乔伊斯·卡罗尔·欧茨是当代最伟大的作家之一。"

欧茨的作品内容丰富,思想深刻,表现手法多种多样。她以犀利的目光审视美国当代社会和这个社会不同阶层的人群,或浓墨重彩,或素笔白描,将一幅幅动人心魄的画卷呈现在读者面前。这些作品不仅反映了美国人民随着资本主义的发展,从物质极大丰富过渡到精神日益空虚的过程,而且处处流露出作者对人类命运的关注。欧茨尊重美国文学的传统,马克·吐温、德莱塞、斯坦贝克的批判现实主义对她都有很大的影响。她创作的最有影响的作品都源于她亲身经历的生活。欧茨在继承传统的同时,更注重用多样化的艺术手法刻画人物内心世界。她学习借鉴了乔伊斯、福克纳以及英国女作家吴尔夫的心理分析、内心独白、意识流的创作手法,从而使自己的作品更具"现代色彩"。西方评论家称她的这种创作方法为"心理现实主义"。

《中年》和她的许多其他作品一样,就是这种创作方法的产物。二〇〇一年,"9·11"恐怖事件发生几个星期之后,欧茨推出这部力作。其时,"许多家庭和朋友仍然沉浸在这场从天而降的巨大灾难带来的震惊与悲痛之中"。人们在对"生命脆弱,命途多舛"发出声声慨叹的同时,又赋予"及时行乐"(carpe diem)新的含义。而欧茨的新作《中年》让评论家惊呼:"她简直是个'通灵的人'!"

《中年》对美国当代社会做了一个全景式的描绘。种族歧视、青少年犯罪、单亲家庭、独身、离异、同性恋、婚外情、嬉皮士……均有涉猎。其深刻程度可以说是当代美国人的"写真集"。《中年》的背景是新世纪曙光初露的二〇〇〇年,坐火车从曼哈顿出发只有半小时路程的哈得孙-盐山村。那是美国有钱又有闲的中产阶级的"天堂"。在这座"天堂"里,祥和富足的表象背后,隐藏着精神与伦理的危机。

七月四日下午,雕塑家亚当·贝伦德为救一个落水女孩,不幸身亡。亚当·贝伦德的死给他相处多年的朋友特别是或明或暗地爱恋他的四个女人留下难解的谜团——亚当·贝伦德究竟是谁？因为只是在清理遗物时，人们才发现这个行为古怪、不修边幅的艺术家不但拥有巨额的财富，还有许多真假难辨的名字；才发现有那么多女人甚至有夫之妇热烈地爱着这个相貌丑陋、浑身伤疤、将性爱"拒之门外"的单身独眼男人。四个女人在他死后，有的痛不欲生，悄然远去，用艰苦的劳动寄托对他的哀思，最终成就了自己的事业；有的精神空虚，百无聊赖，将一片爱心投入保护"走失动物"的工作，无意中使背叛自己的丈夫陷入绝境——被她收养的七条狗活活咬死；有的扼腕长叹，痛定思痛，仅仅为了与一位中国女孩相伴，宣泄溢满心头的母爱，便再续姻缘，重组家庭；有的抛夫别子，突然失踪，历经千难万险，横穿美洲大陆，终于弄清亚当·贝伦德的身世。

亚当·贝伦德原名弗朗西斯·泽维尔·布雷迪，一九四七年出生于蒙大拿州博加姆一个穷苦人家。父亲在他很小的时候，便扔下他和妈妈及妹妹，远走高飞。一家三口的生活全靠身单力薄的妈妈打短工维持。弗朗西斯生性善良、助人为乐，却和一帮同样在贫困中长大的"坏孩子"混在一起，抽烟喝酒，夜不归宿。十二岁那年，小弗朗西斯喝醉酒之后，深夜回家，把没有熄灭的烟蒂扔在沙发下面，引起大火，将他们居住的活动房屋夷为平地。弗朗西斯死里逃生，妈妈和妹妹葬身火海。弗朗西斯成了由县法院监护的孤儿。"监护人"把他送给"寄养家庭"，由养父母抚养。十四岁时，他与专以欺负小孩为乐的酒鬼养父发生争执，抡起十字镐差点把养父打死，结果被送进蒙大拿感化院。在赫勒纳监狱时，又被奥吉布瓦人打瞎一只眼睛。然而，深重的苦难并没有压倒弗朗西斯。经过深刻的反思，他变得嗜书如命，十八岁走出监狱，便成了图书馆的常客。他一边在明尼苏达州一家储木场开车，一边刻苦自修。

哲学、艺术、文学、政治，都是他潜心研究的领域。一九六九年，终于拿到明尼苏达大学商学院"夜大"文凭之后，弗朗西斯·泽维尔·布雷迪"脱胎换骨"，变成亚当·贝伦德。然后，背井离乡，开始新的人生。亚当·贝伦德凭着自己独特的人格魅力，深得一位房地产开发商的赏识。他在底特律大展宏图，短短几年就成为拥有千万资产的富翁和小有名气的雕塑艺术家。一九七三年，亚当·贝伦德到纽约发展，几年后来到曼哈顿郊区的哈得孙－盐山村。那是美国上流社会的缩影，在盐山，他是个与众不同的人物。他身穿廉价的花绸衬衫，出入灯红酒绿、鼓乐喧天的舞厅，在礼服笔挺、长裙拖地的男女朋友中间自由自在地旋转，用一只眼睛注视着他们脸上的惊讶、目光中的疑问。他深居简出，粗茶淡饭，开二手车，用二手货，却以许多不同的化名，将一笔又一笔巨额资金秘密投入公益事业。他像自己创作的雕塑《拉奥孔》中的英雄人物一样，和缠身的巨蟒奋力抗争，用"节俭""怪异"以及许多别人无法理解的方式无情地嘲弄当代美国光怪陆离、肉欲横流的上层社会。然而，正是这样一个与现实格格不入的"另类"，在盐山村的男男女女中产生了巨大的魅力，以至于"阴魂"久久不肯散去。其中的原因究竟何在？

　　亚当·贝伦德无疑是一个具有悲剧色彩的、拉奥孔式的英雄。他所面对的是一群和他一样，出生于二十世纪四十年代末、五十年代初的中年人。经历了五十年来美国社会的巨大变革、道德观念的不断更新，这群韶华已过、青春不再的中年男女生活在儿女远走高飞后留下的座座空巢里，享受着财富的滋润，也经受着空虚的煎熬。他们不甘寂寞，渴望重新创造自己的生活。他们飞短流长，打情骂俏，用苦心经营的"新编爱情故事"填补功成名就之后生命的空白，排遣酒足饭饱之后生活的寂寥，在人生的舞台上演出一幕幕令人啼笑皆非的滑稽剧。就在这时,亚当·贝伦德走进他们那道夕阳渐红、暮霭渐浓的风景。他以一种巨大的反差昭示了自己饱满的精神和充实的灵魂。而这种"饱满"和"充实"正是这一群象牙塔里成长起来的中年人所缺乏的。因此,亚当·贝伦德虽然面目"丑陋"、行为"怪异",但是在许多人特别是女人眼里,几乎是个"完人""楷模"和"样板"。她们疯狂地爱着他,仿佛从他身上看到重塑自己的希望和力量。有评论家指出:"《中年》最大的成功就在于它描绘了文学与通俗文化很少触及的当代美国的一种现象:富裕的中年人在生气蓬勃的青年时代成为过去之后,盛行以浪漫的或者其他可以想象出来的方式重新塑造自己。"这便是欧茨在新世纪开始之际,向我们揭示的一个深刻的主题。

《中年》是一部巨著,出版后在美国及其他西方国家引起很大反响,短时间之内即有音像制品出版发行,评论文章更是连篇累牍。作为译者,体会最深的则是:除了构思精巧,结构严谨,情节起伏跌宕,故事扣人心弦之外,这本书还有一个鲜明的特点,那就是,作者语汇极其丰富,比喻十分新颖,从而使这部洋洋四十余万言的长篇小说,读起来常有清风扑面、茅塞顿开之感,而不觉得冗长、累赘。

相信广大读者通过这本好书,一定会对美国社会有更深刻、更全面的了解。

译　者
二〇〇三年九月九日 北京,怡馨园

献给我普林斯顿大学的朋友们，
字里行间没有他们的踪影

……我试图发现某些梦的含义……

——苏格拉底，柏拉图《斐多篇》

生命吞噬生命，但是人打破了这种循环，因为人有记忆。

——亚当·贝伦德①

---

① 本书男主人公。

序：七月四日

1

这公平吗？七月四日那个闷热的下午,你离开哈得孙-盐山的家去郊游、野餐(你本来不想接受这个邀请,可是鬼使神差,你竟去了),几天后回来却成了骨灰瓮里的一捧灰。骨头渣子、碎片、骨粉倒出来,撒到你自己那座花园松软的土壤之中。

成了滋补野草的肥料。

你离家的时候兴高采烈,绝对没有自杀的念头！你把那条忠心耿耿的德国牧羊犬拴在后院的草坪上,拴狗的绳子很长,还可以自动调节长短。你给它留了一大碗水,里面加了冰块,还留下它喜欢的食物,并向它保证最晚半夜回来。那时,哈得孙河上空美丽的焰火已经放完好几个小时了。然而,那时,你却已经死了好几个小时。你被宣布为因心脏病突发而猝死。在琼斯角医疗中心的太平间,你的体温急剧下降。你(或者你已经变成的尸体)给医疗中心的人留下一大堆常见的问题:死讯应该通知谁？死者最近的亲属是谁？尸体上贴了一张纸条,上面写着:"亚当·贝伦德"——如果被水浸过的钱夹里的身份证没有错的话。

该怎样处理亚当·贝伦德这个神秘莫测的人的遗体呢?

我就是"亚当·贝伦德"。漫长的岁月里,我渐渐相信,他就是我的生命。

你离开家,逆流而上,直到纽约的琼斯角。周围的人你不认识,也永远不会再认识了。他们邀请你和另外几个人一起,上了那条白得耀眼的二十五英尺长的帆船——"信天翁"号。

河上,你听见孩子们的叫喊声。你惊恐不安,觉得听见有孩子在叫喊。事实上,你确实听见孩子们在叫喊。是喊救命?

2

不是在我的出生之地,我早已忘记自己生在何方。也不是在我的葬身之地,我还不知道自己将葬身何处。而是在我的居住之地——那儿的人们都认识我。那就是纽约哈得孙-盐山村。在那儿,我二十一年如一日,坚持不懈,创造出**亚当·贝伦德**。就像你用黏土、泥土、粪土这样的材料塑造出一个人或者类似人的动物。用河里打捞出来的腐烂的木头,漂浮物,碎玻璃,破塑料。用粗糙的手指做成的粗糙材料。

亚当·贝伦德:你瞥他一眼,就想看第二眼。丑陋、结实,除了看出他是个中年人,你不会有别的联想。大下巴,克罗马努人[①]的头型,稀疏的、铁青色的头发剃得溜光。这样一来,秃顶似乎不再

[①] 克罗马努人,一八六八年被发现于法国南部克罗马努的山洞里,是旧石器时代晚期新人的总称。

显"秃",甚至颇有几分美感。他的皮肤像洋葱头一样红润,又像削下来的果皮一样没有光泽,皮肤的肌理不断变化,但是万变不离其宗——很粗糙,皱皱巴巴。他只有一只眼睛好用,是左眼,因为负担过重,常常布满血丝。右眼四周都是伤疤,眼珠像个玻璃球,呆滞无神,只有眼白亮光闪闪。(我得解释一下,这只眼睛是小时候一场事故落下的残疾。应该说,这是真实情况。)

亚当·贝伦德:他的身躯,并非美之佳作。谈不上高大挺拔。没有英雄气概!甚至算不上特别勇敢(依我之见)。只是容易冲动,固执,也许有点鲁莽。我只按原则办事。别的都见鬼去吧!

我是雕塑家。或者说,我想努力成为雕塑家。而即使平庸的雕塑家,也不容易泄气,或者被人说服。

3

救命啊!救救我们!叫喊声撕扯着他的心。他转过脸,看见一条小帆船被激浪掀翻。孩子们从甲板滑向大河,叫喊着,挣扎着。他们都没有穿救生衣。

小帆船离"信天翁"号三十英尺。而"信天翁"号离河岸三十英尺。快艇——克里斯豪华快艇,像醉汉一样侧着身子,继续前进。

没有时间多想,只有马上行动。别的都见鬼去吧!

有一个孩子是个金发小姑娘。他朝她游过去,决心把她救上来。

4

亚当·贝伦德的年纪到底多大,在盐山村朋友当中一直是个谜。他的文件里没有出生证明。就连最亲近的朋友——其中一个是他的律师——对**亚当·贝伦德**的了解也仅限于他小心翼翼讲给他们听的那些事情。人们估摸他刚五十出头或者五十四五岁。大家普遍认为他生在中西部，或者西部。

他说，小时候因为一场事故瞎了一只眼。伤疤——烧伤留下的伤疤，像文身留下的图案清晰可见。汗毛浓密的结实胸脯以及别的地方都有。（更隐秘的地方也有。有几个女人看见过。）那是耻辱，是一场悲剧！**亚当·贝伦德**那天跳进河里向那条翻了的载着孩子们的帆船游过去的时候，身体状况一点儿也不好。也许莽撞惯了，也许判断失误，也许压根儿就什么也没想，就行动了。这就是所谓英雄主义，或者只不过是草率，不计后果。一个从来不会三思而后行的人。一个一旦付诸实施，便不再优柔寡断的人。

但他不会屈服，绝对不会。吓坏了的金发女孩儿离他只有几英尺远了。**亚当·贝伦德**一定要救她。

5

我在哈得孙-盐山村这块"漂浮的乐土"住了二十一年。其中十八年过着人们所说的"入不敷出"的生活。因为我是个穷困潦倒的雕塑家，除了在当地，没有什么名气。对自己拼凑的那些废料艺术品①总是嗤之以鼻，为了怎样才能做得更好一点儿，怎样才能表现出娴熟的技巧，成为流芳百世的艺术品。**亚当·贝伦德**似乎只是为了眼下而活着。从来不想完成什么，从来没有获得完美的

---

① 废料艺术品，用废弃的金属、玻璃、木料等构成立体造型的艺术品。

东西。就像我们那位偏执古怪的同行赖德①从来不把画布事先准备好,总是在没有处理过的画布上一遍又一遍地涂啊,抹啊,最后,他那美丽的、超现实的幻景都像墙皮一样剥落下来,化作一个"永恒"。

我之所以"入不敷出",还因为凑了一笔钱,买下一所别具一格的旧房子。这幢石头房子在村子北面的河岸上。十八世纪五十年代,是一座磨坊,归荷兰人所有。"革命"之后,改造成旅馆,后来又成了妓院。到十九世纪中叶,这幢房子连同十五英亩土地一起,卖给一位有钱的农民伊莱亚斯·迪佩。迪佩重新翻盖了房子。盐山房地产事务所至今还管这幢房子叫伊莱亚斯·迪佩宅。按照当地的标准,这幢房子也没什么特别之处。但是我喜欢它给人的那种怀旧之感和浪漫情怀。两层楼,陡峭的屋顶上盖着木瓦,青灰色的石头墙一年四季渗着潮气。房子盖在河边峭壁之上,太阳从东方升起,明媚的阳光流泻到每一个房间。

"入不敷出",其实谁也不知道到底怎么回事。他死时也是"入不敷出"。

6

一天下午,你离开家,再也没有回来。

离家的时候,你没有想到再也不会回来。

那个家,你一旦离开便不再成其为家。如果你不再回来,它就成了一幢房子,一笔财产。最终落到比你活得更长的什么人的

---

① 赖德(1847—1917),美国画家,作品富于想象,以其海景画和寓意画知名,主要作品有油画《海上辛苦工作的人》《约拿》《灰马上的死亡》等。

手里。

7

亚当·贝伦德,一位离群索居的"隐士"。**亚当·贝伦德**,又是一个喜欢交往、愿意群居的画家。**亚当·贝伦德**,死的时候一个人住在那幢房子里。当然还有阿波罗(它的全称是阿波罗多罗斯),一条高大健壮的杂种狗,牧羊犬。它长着一双神情忧郁的、漂亮的眼睛,满身粗毛,末梢都是银色,亮光闪闪。人们经常看见他沿着河边那条路向村里走去,或者骑一辆自行车(英国赛车,二手货),或者开一辆福特牌旅行车,要么就是那辆一九七九年产的梅赛德斯牌轿车。**亚当·贝伦德**,有时候到盐山成人学校教雕塑和绘画。**亚当·贝伦德**每年都要到盐山血站献一次血。**亚当·贝伦德**,消防灭火的志愿者。**亚当·贝伦德**,就教育、环境、枪支管理诸多问题到罗克兰县到处游说。**亚当·贝伦德**,有关部门多次邀请他以民主党候选人的身份到地方政府工作。(都被他婉言谢绝。)**亚当·贝伦德**无意之中曾经和朋友们谈起,从来没有到美国以外的地方旅游过。但他希望有生之年能去雅典。希腊,那是两千多年前苏格拉底生活过的地方。他还想去远东。那里充满佛教的神秘色彩。

苏格拉底是他心目中的英雄。十六岁那年,他第一次听说这位哲学家的名字。那时候,他的右眼已经瞎了。他渴望学习更多的知识,不是对事物表面的认知,而是对精神的探求,不是宗教式的信仰,而是理性的思辨。认识自己!苏格拉底教导说。认识自身,认识世界。苏格拉底是个相貌平平甚至有点丑陋的壮实汉子,一个普通人,石匠。七十岁那年他被雅典法庭判处死刑。(为什么？仅仅因为他问些内容深刻的问题？因为他鼓励年轻人向长辈提出问题？）然而那死亡是苏格拉底自己的选择。他拒绝过流放者的生活，选择了死，真正意义上的死。（他服毒而死。）哲学家是经历死亡、持续不断实践死亡的人。但是没有人看到这一点。

8

亚当，别去！你不认识那些人。

当然认识。从根本上讲，我认识他们。

和我们一起待在盐山吧。我们要出去吃烤肉野餐，只有几个亲近的朋友。等夜幕降临之后，就看大河上绽放的焰火。答应我们！

可我已经答应人家了。我得去琼斯角。

他们组织的活动规模很大，对吗？是募集资金的聚会？至少还有一百多位客人。你去不去无所谓，谁也不会惦记着你。

我已经答应人家了，不能不去。

还有比七月四号为公益事业募集善款而举行的户外野餐更无足轻重的事情吗？还有比参加七月四号的活动更不足挂齿的决定吗？正是这种无足轻重的小事组成了生活。正是这种不足挂齿的小事扼杀了生命。

9

人们普遍认为他是心脏病猝发而死，不是溺水身亡。不是死在河里，而是死在驶往急救中心的救护车上。

尽管他肺里充满了河水。他的脑袋虽然看起来像是混凝土浇筑而成，十分结实，但是和救生船相撞，还是如卵击石。

10

"信天翁"号，一个妙趣横生的名字！

你要是有钱，真的很富，而且积极参与"释放无辜者协会"这类为受害者鸣冤叫屈的理想主义者的事业，就会"妙趣横生"，喜欢讽刺挖苦，还有点怕难为情。（这些"无辜者"大部分是"死囚区"里关着的穷黑人。美国的刑事审判机构以莫须有的罪名把他们打入死牢。）亚当·贝伦德不是什么有钱人——远不是！可是有钱人，像七月四号在琼斯角组织户外野餐的那些有钱的开明人士却对他挺感兴趣。不，我不怎么想参加。但毕竟是好事，不管能起多大作用，而且我已经答应了人家。

这个世界的不公平让他倍感压抑，他必须做点什么去帮助那些无辜的人。他沿着九号公路向北朝离哈得孙-盐山三十英里的琼斯角驶去，旁边就是宽阔的、波光粼粼的哈得孙河。亚当以前从来没有听说过也没有访问过这个小镇。河边有一幢利用倾斜的地面建成的错层式楼房，豪华、时尚。这幢玻璃和红杉结构的建筑俯瞰满河清流，房屋前面是码头，"信天翁"号就停泊在那儿。

亚当·贝伦德，不相信任何超自然的力量，只相信人，不相信上帝。

亚当·贝伦德没有妻子儿女。（不过这一点很可疑：他也许结过婚？像他这样一个既有男子气概、又如父亲般慈祥的人怎么能没有孩子呢？如果有，会在哪儿呢？）

亚当·贝伦德，人们都知道他和一个姓特罗伊的女人是"合伙人"。什么性质的"合伙人"就不大清楚了。这个女人名叫玛丽娜·特罗伊,在市场街开了一家书店——盐山书店。(亚当·贝伦德和玛丽娜·特罗伊到底是什么关系？情人,还是一般朋友？或者只是一起开书店的合伙人？亚当能给这家不大景气的小书店投多少资呢？他没有固定收入,除了那幢房子和那块地,没有别的产业,难道不是吗？而且一谈到钱、金融、财政、生意之类的话题,他就烦得要命。如果无法逃避,他就生闷气,肆无忌惮地表现出自己的反感。)

亚当·贝伦德,认为自己理所当然可以活到永远。

11

哈得孙河流到琼斯角,河面很宽,蓝灰色的水面轻轻荡漾,反射出金属的光泽。风不大,风速每小时大约十五英里,正适合水上行船。苍穹之下飘着云彩,但是没有暴风雨将临的乌云。下午晚些时候,也没有电闪雷鸣的迹象。大家想行驶到西角,再从那儿返回来。这个安排很合理,难道不是吗？

亚当·贝伦德一直没有喝酒。许多人都在喝。酒水端到面前的时候,他总是淡淡地笑着说:谢谢,不！我不要酒。有苏打水吗？

也许东道主——帆船的主人,一直在喝酒。船上别的人也在喝酒。河上所有的人都在喝酒！这天是美国的节日,充满喜庆的气氛。

鞭炮像疯狂的笑声四处回荡。

"信天翁"号的旅伴们后来回忆说,亚当·贝伦德给人们的印象是一位能干、文静的水手。亚当对他们说,他就住在大河边的盐山。他膀大腰圆,胸肌结实,总是镇定自若。虽然中等身材,可是看起来更高一些。他头戴白色遮阳帽,脚穿胶底运动鞋。海军蓝运动衫紧紧地绷在肚子上,卡其布短裤皱皱巴巴。跳到河里之后,这双鞋和那条大裤衩都非常吸水。重量拉着他往水底沉。这重量用力拉扯着他的心脏。

琼斯角急救中心的医生确认亚当死亡的时候,血液里既没有酒精,也没有麻醉剂。

四个人耽搁了一会儿,大约五点半,升起风帆。太阳还很高。风带着让人心清气爽的凉意徐徐吹来。在哈得孙河上航行,当然总会有危险。可是,如果不冒点险,还有什么意思呢?

不冒点风险生活还有什么乐趣呢?

12

那天的野餐会在L家举行。L是"美国公民自由联盟"的律师,自己还有个律师事务所,干得很成功。亚当·贝伦德和他见过一两次面,不过只是点头之交。那天之前,他们连话也没怎么说过。

S也是"美国公民自由联盟"的律师,四十多岁,穿了件年轻人才穿的红色背心裙。她说,那天虽然和亚当·贝伦德初次见面,但是谈得很投机。他把她拉到一边,当场为他们的共同事业开了两张支票,每张都是两千五百美元。一张给"美国公民自由联盟",另一张给"释放无辜者协会"。S既感激又惊讶,直盯盯地看着他,情不自禁把他抱在怀里,吻了吻他那粗糙的面颊。性的吸引使他们俩一阵战栗。"亚当,谢谢!真是太让人感动了!"

S决定,过几天就去看望亚当·贝伦德。

S决定,一定要经常去看望亚当·贝伦德,而且要尽快把关系搞得亲亲密密。或许这是她的希望。

亚当·贝伦德火化那天,支票兑换成现金。

13

亚当原则上不相信律师,可是为什么和这几个律师搞到了一起?

快艇呼啸而过,就像一只巨大的黄蜂,充满危险。

一艘游船驶过,电子音乐伴奏的"快板歌"扑面而来。这艘船和"信天翁"号一样,白得耀眼。亚当和别人一样,穿上救生衣,左眼被风吹得直流泪。

从远处看,河面上的船像纸剪的图样在微风中飘动,优雅而快捷。可是一旦身临其境,站在某条船上,行驶在水面之上,便全无优雅可言了。有的船在水面上折腾来折腾去,船长扯开嗓门儿发号施令,试着和那些专横跋扈的陌生人和睦相处。哈得孙河远看很美,可是近看没有什么色彩,不过是一股股浊流汇合而成的泡沫翻滚、气味难闻的大河。望着波涛汹涌的河水,人们不由得心生忧虑,想象着水底世界。水面之下,黑暗所在,隐藏了多少奥秘?沉没水底是什么滋味?

现在不。今天不。不要想这些事情。

他没有想。"信天翁"号船身倾斜,在毫无秩序的游艇、船队中向北航行的时候,他也没让自己去想。我他妈的为什么要来这儿?为什么要干这差事?

但愿他不要显出一副弯腰屈背的老态。

他曾经是个非常健壮的小伙子。二十多岁的时候,壮得像头小公牛。如今他发福了,经常气喘吁吁,还要为脊背担心。啊,真该死！人应该更端庄，更完美。他非常和善地去帮"东道主"摆弄那些帆，那些沉得要命的帆。

"很有趣儿，是吗？"亚当刚认识的一位总是乐呵呵的朋友朝他喊道。不过亚当听成："很费劲儿，是吗？"

他突然万分内疚地想起玛丽娜。今天早晨应该给她打个电话。这几天，她一直在等亚当的电话。她想对他讲：是的，我爱你。可是，我不能。

不要对我期望过高。原谅我！

就在这时，亚当听见一阵叫喊声。风浪很大，起初他没听清叫喊什么。那一刹那，他脑子里一片空白，仿佛看见一团可怕的火焰冲天而起。与火相伴的是爆炸声。流动的火焰从他的手指间升起，像雷电从完全相反的方向，击中活动房屋的屋顶。叫喊声。叫喊声！妈妈和六岁的妹妹坦妮娅，在一片火海中叫喊，叫喊，直到没有力气再喊。那是窒息时痛苦的叫喊。动物的痛苦。救命！救命！救救我们！不要让我们这样死去！亚当头晕目眩，没有了意识，抹去了记忆。他告诉自己，他听到的不是叫喊声，而是鞭炮声，一挂挂鞭炮发出的机关枪般的响声。

可是，不！那确实是人的叫喊。孩子的叫喊，就在水面之上！

一艘快艇船身倾斜飞驰而过，留下两条雪白的余波。"信天翁"号在余波中晃荡。三十英尺开外，一条橘黄色的俗艳花哨的小帆船在波涛间剧烈地颠簸，船已经进水，船身向一边倾斜。甲板上，有一个大约十二岁的很瘦的男孩儿穿着游泳裤衩，还有两个年纪更小的孩子。三个孩子吓得大声叫喊，突然都掉进河里。

亚当眯着眼睛看见，或者认为自己看见，孩子们都没有穿救生衣。

眨眼之间，亚当·贝伦德已经跳进河里。

没有时间多想,更没有考虑应当小心谨慎,或者感到害怕,亚当已经潜入水中开始游泳。他笨手笨脚,在水里扑腾着,拍打着,溅起朵朵水花。他已经是一个体重超过正常、健康状况不好的中年人。可是刚才一激动,他觉得自己还像当年一样年轻,还是那个强壮、灵活的小伙子,游起泳来不亚于任何一位水上健将。现在他意识到有点不对劲儿了。河水冰凉刺骨,像一条条筋腱发达、强壮有力的蛇缠绕着他,和他搏斗。亚当终于觉得过高地估计了自己的力量,现在遇上麻烦了。他吃力地抬起头,寻找那条船。橘红色的船身在水面上起伏不定,船帆早已浸泡在河水之中。他想喊:"坚持住!我来了……"可是刚张嘴就呛了好几口水,一句话也说不出来。"信天翁"号上的人惊讶地看着他。但只是眼巴巴看着,没有任何别的举动。

14

小时候,他真是个游泳高手。他们那幢活动房屋后面有一条河。大雨之后,河水暴涨,漫过桥的主梁。他就在湍急的河水里游。牲口和满载木料的大车经过这座木桥,进入赫勒纳①。河水里,泥土和污水的气味混合在一起。但是,他从来不在乎什么污水不污水,连想都不想。他用鼻子呼吸,只要不把河水咽到肚子里就行。

那时候,亚当只有十一二岁。和那会儿比,现在他的体重至少增加了一百磅。在浊流里搏击,那是一种充满兽性的快乐与喜悦。他天不怕地不怕。他的名字叫弗朗西斯。孩子们都赞美他,惧怕

---

① 赫勒纳,美国蒙大拿州首府。

他。连年纪比他大的孩子都对他很尊重。他当然不怕水,不怕游泳,不怕从桥上跳下去潜入水底。有一个男孩儿淹死在激流里,但不是弗朗西斯。他游起泳来像一只水鼠,四肢有无穷无尽的力量。在那肮脏的、土黄色的河水里,他那充满战斗精神的灵魂,像一道天光在波涛间闪烁。

你总认为你是永生的。尽管有人在你身边倒下,离你而去,你还是视而不见。

15

亚当朝那条已经翻了的船吃力地游去,像平常那样,一把一把地游着。好眼一跳一跳地痛,瞎眼自然什么用场也派不上。他突然感到一阵莫名其妙的恐惧。这种恐惧毫无道理。淹不死。毫无疑问。他穿着救生衣,不可能淹死。可是穿着救生衣游泳很不方便。穿着宽松的短裤和鞋游泳更给他带来困难(他现在意识到,犯了个错误)。浸透了河水的衣服和鞋像沉重的水泥裹在身上,把他往水里拖。他仿佛在往山上游。(进盐山村之前,他使劲蹬着自行车的脚踏板,骑过一段很陡的山坡,进入盐山公墓。风雨剥蚀、长满青苔的石碑横七竖八躺在到处都是地衣的泥土之上,就像一把乱扔在地上的扑克牌。墓碑上,十八世纪初刻下的文字依稀可见。那已经是久远的过去,死亡看起来很不真实。亚当蹬着自行车,越来越觉得气不够用,胸口阵阵发紧,但他不想承认那种奇怪的感觉。尽管还记得,四月份上这座山的时候,他是怎样汗流浃背。那次他是步行,走得很快。阿波罗迫不及待,在前面小跑着。除了虚弱还能有什么解释呢?啊,真该死!他决不向虚弱让步。)

"坚持住……我快游过去了……"

几英尺开外,水里有一个金发小姑娘。一缕缕头发垂下来,贴在脸上。那张脸因为害怕扭曲着,面色苍白。她拼命挣扎,在水里沉浮,时隐时现,伸出一双小手去抓船帮。年纪大一点的男孩——先前的"水手"——已经不见了。也许落在帆船那边,也许被扣到船底,也许已经溺水身亡,也许正向岸边游着,径自逃命去了。亚当眼里只有那个小姑娘。他向她奋力游去,终于抓住她瘦小的肩膀,两个人一起从帆船旁边游开。然后向岸边或者码头游去。附近一定有码头,不过亚当看不清楚。他只有一只眼睛,视线不时被河水挡住。他大口大口地喘着粗气,孩子在水里扑腾着,踢打着,像一只焦急的、吓坏了的小动物。亚当向她大声叫喊。告诉她,他已经抓住她了,一定能把她救上岸! 天哪! 他突然一点力气也没有了,突然成了个老人。肌肉发达的腿和胳膊像灌了铅一样沉重。他对自己浑身的力气总是充满信心,可是现在,力气正一点一点地消失。由于紧张,才不到三分钟的时间,仿佛过去了几个小时。"污渍"斑斑的太阳,像火球在波浪间滚动。他已经辨不清方向。该向哪边游? 一条船,一条救生船正向这边驶来。他觉得一个灼人的火球正在胸膛里膨胀。他不想承认这个让人羞愧的事实,可是已经没有办法再"视而不见"。他大张着嘴,像一条垂死的鱼,喘着粗气。左眼和右眼一样,什么都看不见了。要不是那件救生衣,他已经沉入水底。吓坏了的小姑娘被什么人从他的手臂里拉到船上。落入了陌生人的怀抱? 那条船是从哪儿来的呢?

亚当什么也看不见。胸膛里的火球没有熄灭。他从来没有感觉到这样的疼痛,让人浑身麻木的疼痛,除了许多年前那场大火带给他的痛苦。也许正是与这种痛苦一模一样的疼痛,和猛撞到头上的什么东西,使他失去了知觉。他甚至来不及想,至少这个孩子得救了。也不能想,至少这一次成功了! 他已经没有呼吸,没有力气。他的左眼像一只爆裂的灯泡突出着。亚当·贝伦德正在死去。救生衣像支撑着一堆湿透了的衣服,支撑着正在死去的躯体在水上漂浮。

他为那个金发女孩献出了生命,可是连她的姓名也不知道。

第 一 部

如果你抓住我……

活着的人……

1

死亡怎样走进你的生活。电话铃响了。

也许你还在等亚当·贝伦德的电话。听见急促的铃声你迷惑不解,心狂跳不止。一个陌生人说出亚当·贝伦德的名字。你急不可耐,充满希望地回答。

"我是玛丽娜·特罗伊。什么……什么?"

还没来得及害怕。恐惧像一块狭长的冰直刺心窝。

2

后来她才知道,送来亚当·贝伦德死讯的人是斯维特。

这个姓很难听,对吗?不过孩子的名字萨曼莎很美。

斯维特像蒺藜一样"粘"在玛丽娜的脑子里挥之不去。斯维特,一个无法摆脱的怪圈儿,而她历来认为自己是一个永远不会陷入"怪圈儿"的女人。她是一个很有理智的、聪明的、不容易动感情的人,可是"斯维特"像令人窒息的、散发着柏油味的死亡,盘踞在她的脑海里。斯维特,斯维特,亚当死后的那几个夜晚,这个名字不停地在她的睡梦中萦绕盘桓。她抽泣着,发疯似的想:"如果我和他在那条船上,亚当绝不会死!"

玛丽娜·特罗伊痛不欲生,很快就相信了这个事实。

3

当地电视台的新闻!亚当如果看到关于他的这条报道,一定十分尴尬,即使暗中多多少少有点骄傲。

行善的人①,亚当·贝伦德。哈得孙-盐山的居民。七月四日的事故。哈得孙河。救了一个八岁的孩子。屏幕上出现亚当的脸。那只瞎了的眼睛眯缝着,脸上挂着微笑。大大的脑袋好像黏土雕塑出来的粗糙的头像。头像在电视屏幕上一闪而过,便切换出年轻的斯维特夫妇——被救孩子的父母。斯维特。哈罗德和贾尼斯。琼斯角的居民。因为这场事故而身心交瘁。这一场悲剧中的人物。非常难过。满怀感激之情。感谢那位为了救他们的女儿,勇敢献身的人——我们的"行善的人"。我们为亚当·贝伦德祈祷。我们希望和他的家人,和他幸存的家人,取得联系。希望……玛丽娜十分厌恶地关掉电视机。

她无法忍受这些陈词滥调——把亚当称做"行善的人";也无法忍受斯维特夫妇那些表达感激之情的套话。他们年轻平庸得令人失望,面对麦克风结结巴巴,一脸茫然。

"算了。必须学会忍受,忍受更多的痛苦。"

她是成年人。她知道失败,死亡。她不是一个天真的、只会自怜自艾的人。

---

① 行善的人,源自基督教《圣经·新约》的路加福音。

她母亲长年卧病在床,父亲三年前去世,那年七十九岁。所以玛丽娜知道生命意味着什么。人们谈滥了的话题,到时候都会变成令人心痛的现实。只要你活着,什么事最终都会轮到你头上。人到中年,你便明白了这个道理。玛丽娜的父亲去世的时候,她并没有感到特别震惊。他的死不但是意料之中的事情,而且简直就是上天的"恩赐"。父亲患了癌症,手术之后,做了几个月的化疗。他的生命就像慢慢消失的天光,从黄昏终于变成一片黑暗。死亡降临。

和亚当的死不一样。

"亚当,真该死!为什么这样?"

她努力回忆最后一次和他说话的情景。闭着一双眼睛,用手掌搓着脸——那是亚当的脸!

琼斯角医疗中心的大夫给玛丽娜·特罗伊开了镇静药。(这是不是意味着她得了歇斯底里症?没有了平日的尊严,彻底垮了下来?)

第二天早晨,她从床上爬起来。那床宛如一座坟墓。卧室在珍珠北街那幢房子的顶层,亚当一直满怀柔情地把这幢房子叫做"故事书斋"。似乎玛丽娜·特罗伊是一个需要营救的"书虫"。(由他来营救?)她身穿散发着汗味儿的睡衣,一条带子从肩膀上滑落下来。她打开窗户。必须呼吸!必须呼吸!有一些事情的残酷和不公平让她烦恼。那是些什么事儿?我们最后一次说话的情形?我不知道。要是知道就好了。她好像喝醉了酒,站立不稳,天花板仿佛在倾斜。淡紫色的壁纸上,百合花图案倒是很好看。教堂响起钟声,又和斯维特这个名字混合到一起。斯维特,斯维特在她脑海里不停地回荡。

玛丽娜的卧室是一个很小、很舒适的房间。窗户不大但很漂亮。玻璃是十九世纪中期的产品，窗框急需修理。窗户俯瞰圣阿格尼斯罗马天主教教堂。教堂高耸的塔尖直刺夜空，古老的墓地高低不平。（亚当·贝伦德不会埋在这儿。他不是天主教徒。他曾经说过，死了之后希望"烧焦"。）珍珠北街是盐山村最古老的街道。这条街忽高忽低，十分狭窄。大街尽头有三幢木结构的房子。其中一幢便是玛丽娜·特罗伊的家。

她今年三十八岁。

亚当·贝伦德经常开玩笑说，她可以做他的女儿了。

别胡扯！你多大？五十？五十二？

玛丽娜，坦率地说，我已经不会数数了。

她脱下汗水浸透的尼龙睡衣，团成一个球，扔到地板上。她真想把自己黏糊糊的、直痒痒的皮肤也这样剥下来扔掉。教堂的钟声响过之后，斯维特！斯维特！还在耳边回荡。那是死亡之声。那些令人讨厌的人，粗心大意的父母，年轻，胆小，面对电视台记者念准备好的稿子，不知道应该微笑还是不应该微笑。只要上了电视屏幕，人就应该面带微笑吗？即使在这悲剧发生的时刻，也要面带微笑？说实话，玛丽娜并不讨厌这些人。是斯维特自己硬要闯到她的头脑中来。斯维特像她那头纠结不清的深红色的头发。白天，她把头发编成辫子，盘在头顶（像伊丽莎白一世），晚上就那么乱蓬蓬地披散下来，弯弯曲曲的鬈发挡住了嘴。斯维特，就像这团乱发，什么样的梳子也梳理不清。斯维特仿佛童话中的谜语：你知道我的名字吗？我的名字是个秘密。我的名字是你的死亡。你能猜出我的名字吗？斯维特，那是她早已积压在心底的对亚当·贝伦德无可奈何的温柔之情。他既不是她的丈夫，又不是她的情人。斯维特，玛丽娜从来没有对别人产生过这么强烈的感情。

愤怒。该死的，你怎么能这样？连一声再见也不说。你知道吗?你想知道吗?为什么不让我告诉你,我对你的感觉。可现在!

船出了事故。每年的七月四号都会出几起事故。全美国。游船和交通事故。放焰火和鞭炮也会出事故。尤其非法生产和交易的鞭炮。玛丽娜发现她正在听……听什么?……一个陌生人的声音。这回是收音机里的声音。她还没来得及关掉,或者举起拳头砸向这个小塑料壳收音机(摆在厨房窗台上)。哦,那些陌生人出的事故跟她有什么关系?他们"无谓"的死亡跟她有什么关系?

现在亚当去了,她不会再关心这种事情。

官方正式的诊断结果是:亚当·贝伦德因心脏病突发而猝死。颅骨严重损伤。他显然是从河里打捞上来几分钟之后就死了。他死在飞驰的救护车里。死亡时间是七月四日下午六点二十。玛丽娜希望他死的时候没有知觉,什么也不知道。但是她不敢打听。斯维特,死亡。无可挽回的悲剧——如果事故可以称之为悲剧的话。你听见你和别人一样,说出悲剧这个词。这是一种说话的方式,一种试图减轻痛苦的方式。你不会把一个好人的死说成死于事故。所以这样说很傻。而悲剧没有别的词可以替代。从来没有吻过我。而我一直希望他能吻我。从来没有抚摸过她的双乳,她的肚子和大腿之间的隐秘之地。没有被抚摸过,没有被亲吻过,这是她的秘密。夜深人静的时候,她会长久地琢磨这件事情。她会在书店里沉思默想,心里十分清楚,亚当·贝伦德再也不会推开门走到她的面前。如果电话铃响了,她知道,那不是他打来的。如果有人敲门,她知道,来人不会是他。她服了安眠镇静的巴比妥,心跳缓慢,几乎要停止。蒙眬的睡意中,还在想这些简单的事实。

斯维特一家向广大观众表示,希望能见一见亚当·贝伦德的家人,他家里"遗留的亲人"。向他们表示对亚当牺牲的哀悼与谢意,他的妻子或者别的近亲都可以。

婊子养的伪君子。我和亚当的关系不比他的任何一位熟人和他近。

但是她不会恨他们,不会和想象中的敌人——纽约琼斯角的哈罗德·斯维特先生和他的太太纠缠。二十四小时之内,他们就受到新闻媒体的关注和公开指责。新闻评论员虽然没有把他们说成"不负责任的父母",但是已经明显地做出这种暗示。警察局准备就此事进行"侦查"。斯维特家八岁的女儿和十岁的儿子乘坐邻居家的帆船到哈得孙河玩耍,船上连一个大人也没有,掌舵的居然是个十三岁的男孩儿。船上本来备有孩子穿的救生衣,可是三个小家伙谁也没穿。是的,太愚蠢了,太麻痹了。也许是带有犯罪性质的疏忽。

朋友们打来电话,安慰她:"难过也不能让亚当起死回生。亚当是个非常有头脑的人。"

还有的人说:"亚当不就是这个样子嘛!他要是想死,就愿意这个死法。"

可是,真的这样吗?当她非常理智、非常清醒的时候,冒出一个斯维特来嘲弄她。斯维特,像柏油一样黑乎乎、黏糊糊的痰——死亡的象征。

4

玛丽娜被叫到琼斯角。因为亚当的钱夹里没有任何关于他的亲人的线索。遇有紧急情况那一栏,是一片空白。

这个人没有家?一个亲人也没有?

人们只在他的钱夹里找到一张被河水浸泡过的白色卡片:

> 盐山书店,始建于1911年
> 市场街7号
> 哈得孙-盐山,纽约
> 业主:玛丽娜·特罗伊

卡片背面是玛丽娜家的电话号码。这个号码是用铅笔写的,很潦草。有关部门就是按照这个号码给她打的电话。

玛丽娜就这样被一个很权威的、不容置疑的声音叫了过去。像一个梦游的人"言听计从"。她目瞪口呆,停止了思想。不可能,能有这事儿吗?怎么会发生这种事情?

她尽管非常着急,但开车的时候还算冷静。虽然后来,她想不起自己是怎样钻进汽车、发动引擎的。认领尸体前那段时间更是悬着一颗心。然而,玛丽娜·特罗伊是一个有判断力的人。一个对喜忧参半、出乎意料的事情有鉴赏能力的女人。这个时候开车到琼斯角完成这样一个使命,真是一种残酷。因为黄昏是一个霞光灿烂的时刻,一个充满浪漫风情的时刻。黄昏,她经常想起亚当·贝伦德;黄昏,她经常和亚当·贝伦德在一起。此刻,宽阔的河面上波光闪闪,就像恐惧不安的小鸟,瑟瑟发抖。幽灵似的帆船和快艇一闪一闪地亮着灯。玛丽娜心里想,暮色越来越浓,在这样的河面上航行安全吗?有时候驶过一条条货轮或者巨大的驳船。那些取乐用的小船和它们相比,就像一只只飞蛾。亚当为什么要坐一条帆船来哈得孙河玩儿呢?谁的船?为什么到琼斯角?我要是和他在一起就好了。为什么没和他在一起?玛丽娜和亚当本来打算第二天晚上和盐山的朋友们聚会。这已经是计划之中的事情。

你为什么不给我们打个电话？玛丽娜想,让我们跟你一起去。这对你该是多大的打击。你能保证,你不出事吗？

她能保证。哦,是的！她能。她只是感到一阵阵的狂怒,感到万分悲伤。她想开着车独自和他相见。什么都不说。甚至不需要怜悯和同情。不需要有人陪着她流泪。也许他没有死。是另外一个人死了？他们只是告诉玛丽娜一个事实：亚当,或者一个据说叫亚当·贝伦德的人,不久前在哈得孙河上死于"翻船事故"引起的"并发症"。

哈得孙河！玛丽娜想起从亚当那幢房子后面的工作室眺望这条大河的情景。那漫长的、让人心醉神迷的时刻。阳光在狂躁不安的波浪上渐渐消失,越来越浓的暮色笼罩整个世界。黄昏,像大地一样朴实无华。一抹神秘的亮光在河面闪烁。西面,太阳在嫣红的晚霞中射出最后一抹华丽的光彩,宛如打碎了的蛋黄,在地平线涂上一层金黄。

大河两岸,焰火腾空而起。七月四日,美国人的节日。那是对炮火、火箭、侵略和敌人死亡的礼赞。哈得孙河东岸,塔里城附近,华丽俗艳的"五彩转轮"升上天空。大红、金黄、耀眼的白光,在天空尽展风姿,然后无声无息地落入河水之中。过了一会儿,又升起更多、更灿烂的焰火。天空一片辉煌,辉煌又终于消失在河水之中。"停止！停止！停止！"这愚蠢的庆贺,仿佛嘲弄一个人的死亡。甚至琼斯角也在"演奏"华彩乐章。与此同时,一具死尸正在那儿等待着她。河面上,越来越暗的天幕下,爆发出绚丽的、耀眼的光彩。黄色的花蕊,红色的花瓣,流动的彩虹。神秘,怪谲。玛丽娜想起,焰火常常被人们戏称为性高潮。这个想法让她厌恶。这种高潮从来不属于我们。现在再也不会有了。

她在焦灼不安中找到琼斯角医疗中心。这个医院不大。停好车,她向后门跑去。大张着嘴,气喘吁吁,就像那次在鹰山自然保护区远足一样。亚当提醒她不要这样喘气。大厅里灯光明亮,一群陌生人向玛丽娜迎了过去。他们显然正在等她。她听见他们喊她的名字:"玛丽娜·特罗伊?"是的,她是玛丽娜·特罗伊,亚当·贝伦德的朋友。可是玛丽娜不认识这些人。总共六个人,但是让人觉得是一大群。他们都自称是亚当的"朋友"——"新朋友"。是这次"野餐募捐"的组织者。("野餐募捐"?)玛丽娜直盯盯地看着这几个人,一句话也说不出来。一个四十多岁的女人正在抽泣,两只眼睛红红的,穿着一件很显年轻的三角背心裙,肩膀上搭了一条围巾,毫无顾忌地喊了一声"玛丽娜",紧紧抱住她僵硬的肩膀,宛如两个被共同损失联系到一起的女人。似乎玛丽娜·特罗伊的震惊和恐惧可以轻而易举被别人分担。"玛丽娜,我们非常非常难过。"玛丽娜像刚才那样大张着嘴喘气,推开那个女人,强忍着没有喊起来。

斯维特夫妇不在场。玛丽娜后来才知道,还有斯维特这么个人。

接下去的几个小时,她好像在做一场噩梦。

"玛丽娜·特罗伊?你是来认领亚当·贝伦德的吗?请跟我们来。"

她真想逃走!玛丽娜被医疗中心的人从那帮身穿运动服、满脸歉疚的"朋友"身边领走。有一个人往她手里塞了一样东西。后来她才认出是亚当的车门钥匙。亚当和这些人有什么关系?为什么从来没有跟她提起过他们?也没有对她说过七月四号要和他们一起到琼斯角。那个令人讨厌的女人是不是他的崇拜者,追求者?玛丽娜气得浑身发抖。一是生这帮人的气,二是生亚当的气——他的判断力实在太差了!一个身穿白大褂的年轻人和一位比较年长的亚裔美国女人带她到太平间认领尸体。那个女人十分同情地看着玛丽娜,压低嗓门儿安慰她。让她做好思想准备,迎接这场苦难。(玛丽娜心里想,这是不是一种固定的程序?尽管以前从来没有经历过这种场面,她却有一种似曾相识的感觉。)但是玛丽娜现在很难领悟到什么。她在灯光明亮的走廊里走着,连气也喘不过来。她走进电梯间,下了一层。是地下室?"亚当?亚当!"她隐隐约约觉得有人大声说。也许是她自己的声音。她用手擦了擦鼻子,在手提包里摸索着,可是,连一块干净的纸巾也找不着。真该死!真该死!为什么这儿这么冷?外面比这儿暖和,像人们嘴里呼出来的气,虽然污浊,却是暖烘烘的。

她不由得浑身颤抖。以前他们俩一起出去旅游的时候,看见玛丽娜的指甲变紫,亚当就说,她一定是低血压。他问她是不是贫血?玛丽娜笑着说:"不,当然不是。"她不是那种喜欢被别人打量、审视的女人。她没有什么虚荣心,这倒成了一种障碍。接到医院打来的电话之后,她立刻钻进汽车,穿着先前那身衣服开了二十三英里车。劳动布短裤、T恤衫,露着两条白皙的腿,穿一双很旧的胶底运动鞋。潮乎乎的头发像海草一样,贴在前额和脖子上。这几个小时,她一直没有照过镜子。她心里想,在亚当眼里,她一定很狼狈。玛丽娜看在上帝的分上你一定要挺住。

或许在他几近死亡之前清醒的瞬间,他会说,玛丽娜,谢谢你!在这生离死别的时刻来看我。

身穿白大褂的年轻人和亚裔美国女人提醒玛丽娜。提醒什么?提醒她要有足够的思想准备。怎么准备?她把车门钥匙紧紧握在手里。手心里全是汗。他们把钥匙塞到她手里,告诉她,亚当那辆"奔驰"停在急诊病房后面。(那一对组织野外聚餐的夫妇急着把车钥匙交给玛丽娜,甩掉亚当留下的这个"包袱"。)她被领进一间很大的、装着冷冻设备的房间。那就是太平间,阴森可怖,散发着浓烈的化学药品的气味。"是……就是他。你们没有搞错。"傻瓜,为什么这样说话呢?她的声音很平静,说出的话自然可信。玛丽娜·特罗伊就是这样一个女人,做事总是尽可能有助于人,而不伤害他人。她不是一个感情直白的人,不是一个只会哭天喊地的人,不是一个轻易垮掉的人,当然是指大庭广众之下。但是此时此刻,她的视觉突然模糊起来。(这倒是不幸中的万幸,因为她现在是在医院,如果脑出血或者中风,可没有比这儿更合适的地方了。)明亮的荧光灯下,除了轮床上一动不动躺着的那个人,什么也看不见。"亚当?"那具尸体躺在那儿显得那么笨重,那么难看,可又显得高深莫测。玛丽娜以前见过这么高深莫测的人吗?活的也好,死的也罢。亚当宛如用铅雕塑而成,然后巧妙着色。他一定非常重,能有多重啊!足有一吨!这个人既是又不是她的朋友亚当·贝伦德。他几乎一丝不挂,躺在陌生人眼前,尊严荡然无存。以前,她见过亚当身穿游泳裤的样子。桶似的躯干长着鬈曲的、浓密的汗毛,银光闪闪,就像动物的皮毛。可那时,他是一个活生生的人。在她的记忆之中,亚当一直就是一个有血有肉、活灵活现的人。这便是最根本的区别。现在,他仰面朝天躺着,脑袋下面没有枕头,就那么搁在铝制的轮床之上。亚当显然"死了"。"死亡"像一阵烟雾从他灰白色的、松弛的皮肤升起,从那两只微闭着的、露出细细的月牙形眼白的眼睛和半张的嘴巴升起。现在你已经分不清楚哪一只眼睛是瞎的了,让人看了很不舒服。"亚当?我是玛丽娜。"她轻声说。虽然知道亚当死了,但还是凑到他身边悄悄地说。仿佛不为旁观者所知的秘密正在他们之间交流着。玛丽娜摸索着,抓住亚当的手。那么重!她费了好大力气才抬起那只手来。他的肌肉死后已经僵直。是这个原因吗?这个男人活着的时候那么特别,与众不同,可是现在却也表现出最为普通的死亡特征。接下去是腐烂。"火化。他的愿望是火化。"玛丽娜心神烦乱地说。

烦乱之中,她意识到他们在问她什么问题。"我想,在中西部,或者西部,他一定还有近亲……我不知道他们是些什么人。我……我没有资格知道这些。"假如那些提问题的人以为她是亚当·贝伦德的情人,现在必须对她重新做一番评价。她把亚当的手紧紧握在自己的手里,似乎要让他放心。她知道,出于本能,出于男人的尴尬,他会抽出那只手。浑身赤裸躺在薄薄的单子下面,亚当一定羞愧难当。他一定不愿意在这儿见到玛丽娜,或者盐山村的任何朋友,任何女朋友。玛丽娜的声音在这间似乎很大的屋子里发出回响。她把目光完全集中在亚当身上,对别的一概"视而不见"。"是的,我可以把他的律师的名字告诉你们。不过现在不行。对不起,我能和他单独在一起待一会儿吗?现在。"说到现在这两个字的时候,她不由得提高了声音。那只手握在她两只不停颤抖的手里。那显然是一只已经"死了"的手。但那是她亲爱的朋友的手。他的手指关节粗大,上面有一片片擦伤。大拇指和另外几个手指都很粗,足有她手指的两倍。指甲变了颜色,指甲缝里尽是泥土。亚当是个园丁,杂务工,石匠。有时候还是雕塑家。他喜欢用自己的双手劳动,用它们干重活儿。从亚当身上,你能看出一个男人对自己会不会累垮根本就不在乎。最近,亚当的指甲开始断裂。有时候他也抱怨,指甲就是拿刀片刮也还是那么脏。玛丽娜对他很关心,说一定是因为缺乏矿物质或者缺少维生素造成的。亚当本来就对这种事儿不太在意,连忙改变话题。"亚当。哦,天哪!"她觉得头晕目眩,心脏也跳动得很不正常。(也许是脑出血?好像这间灯光照耀的屋子外面,水的压力不断增加。那一刹那,宛如在梦中,她走进一艘潜水艇,沉入很深很深的水底。)那几个穿白大褂的陌生人走了出去,把她一个人留给亚当。她觉得,他们一定透过那扇只能从外面看得见里面的门在看她。她摸了摸亚当那张脸。如果他还活着,她一定不会这样。他的面颊肌肉松弛。下巴颏下面的皮肤出现许多皱褶。他脸色灰白,可是活着的时候,面颊红润,一副血气方刚的样子。现在,血液已经从他的脸上退走,向下退去,以它自己的方式变硬,变稠,就像一个巨大的伤口上的血正在凝结。亚当的脑壳和前额有一道伤口,是那条船(救生船?)撞的。伤口流过血,现在不流了,以后也不会再流了。如果在他身上切一刀,绝对不会出血。他的皮肉已经"死了"。亚当看起来那么老,玛丽娜心里很不是滋味儿。她真想对医院里的人大声说,亚当·贝伦德不是这个样子!那么老,那么丑。眼睛下面的眼袋皱皱巴巴,一片青紫。稀疏的、剪得很短的头发下面,脑壳上的肿块清晰可见。还有那张嘴,肌肉松弛,嘴唇向下耷拉着,嘴角一层白白的东西结成硬壳。如果玛丽娜能逗得他露出一个微笑——亚当是那种你可以拿他取笑的人——他便又是他自己了,看起来,那么好玩儿,一副无拘无束、得意忘形、充满性感的样子。可是现在,她心里充满绝望,她知道,什么样的玩笑,他都无法再做出回应。是我来了。玛丽娜。亚当,你是知道我的。她当然明白,亚当已经死了。可是,她不由得想,亚当喜欢恶作剧,也许在逗她玩儿。他呼吸微弱,但是还在呼吸。"他是不是昏迷不醒?"玛丽娜很生气地、不无责备地说。她哆嗦着,牙齿咯咯咯地响,头发在颈背后面竖了起来,浑身上下起了一层鸡皮疙瘩。她轻声说:"你能听见我的声音吗?亚当。"是的,这很可笑。但是她必须问,难道不是吗?"他们认为我是你的情人。可到底谁是你的情人呢?告诉我,我不会嫉妒她。"玛丽娜经常生亚当的气,因为他总是闭口不谈自己的事情。她现在生他的气,因为他做事那么鲁莽、愚蠢,一头栽进哈得孙河,救一个溺水的孩子。那孩子的父母在哪儿?谁来偿还这一切?舆论却认为,亚当·贝伦德在一次"翻船事故"中,因心脏病突发而死。他不就是这样的人吗?总是向根本不认识的人伸出援助之手。总是帮助遇到困难的朋友。在霍夫曼家参加新年晚会,帮人家干活儿,扭了腰。帮喝醉酒的朋友从老磨坊路旁边冰雪覆盖的排水沟里往出弄那辆巨大的豪华轿车。

亚当曾经对玛丽娜说,他死后想火化,不愿意土葬。举行一个简单的仪式,然后就把骨灰撒到花园里,和土搅拌起来做肥料。他还一再问玛丽娜,愿不愿意做他的"遗嘱执行人"。玛丽娜当时深受感动,也很激动。不过她不想继续这个关于朋友死亡的话题,连忙说:"可以,当然可以。"不管这个所谓"遗嘱执行人"意味着什么。(也许让她照管他的财产。比方说照料他的那条狗。哦,可怜的阿波罗!玛丽娜曾经努力过,但是没有成功,和这条杂种牧羊犬怎么也亲近不起来。它总是急不可耐地舔玛丽娜允许它舔的身体的任何一个部位。)她没有借这个机会问亚当家里都有什么人,有什么亲戚,遇到紧急情况应当和谁联系。这些神秘人物住在什么地方。她也没问亚当要不要给他的律师留下类似遗嘱的东西?这些具体问题玛丽娜都没有问。相反,她只是紧张地大笑着,任凭亚当改变话题。她从来没有想到亚当会死在她的前面,好像根本就没有这种可能。(其实,亚当已经五十多岁了,玛丽娜才三十七八岁。)

如果你抓住我,我就不会从你手里逃走。这句耐人寻味的话,引自柏拉图的《斐多篇》。有时候亚当引用这句话,并且列举苏格拉底宛如一首抒情诗的、漫长的死亡,把一句至理名言变成笑话。他说,苏格拉底服毒之后,一直等死,朋友们陪着他,自有一番情趣。但是,死亡确实很容易被你抓住,玛丽娜心里想,而死亡不会从任何人手里逃走。"哦,可怜的亚当。我知道,你并不想死。亲爱的,我太难过了。"她贪婪地吻着亚当那双僵硬的、受过伤的手。她紧贴着他的身体,想温暖他。他那可怕的躯体,宛如颓然倒地的大树,像铅一样沉重。她吻他的脑门儿,吻他那半闭的眼睛。她搂着他的脑袋,抚摸那羽管一样的头发,吻他的嘴唇。她一直想开诚布公地问:你知道我多爱你吗,亚当?她愿意冒着断送他们友谊的危险问这话。亚当,你怎么就不知道呢?她就那样紧贴着他的身体,不顾一切,不怕难为情。她一下子昏了过去。一股让人窒息的浪涛涌起,仿佛坠入深水之中,坠入死亡之谷。力气一点点消失,两腿一软,倒了下去。她浑身抽搐,被一种想呕吐的感觉折磨着,真想把脑袋朝什么尖锐的金属器具上撞。他们扶起她,把她弄醒,焦急地呼喊她的名字。过后,她将发现衬衫上沾了许多散发着臭味儿的、黏糊糊的秽物。她将吐出把亚当·贝伦德溺死的、腥臭的河水。可是,一切的一切都于事无补,亚当仍然没有复生。

5

"哦,玛丽娜!告诉我,生活的目的是什么?"

他们一起远足——玛丽娜和她的朋友亚当·贝伦德,在哈得孙河北面的鹰山自然保护区。他们不是"一对儿",但经常在一起。"只是朋友。不过是非常亲密的朋友。"玛丽娜知道,亚当有许多朋友。他喜欢突然向朋友提出一些尖锐的问题。大家都知道,亚当无论对什么都兴趣盎然,但是缺少人情味儿。你对这个人的了解永远不会很深。但是对自己总该了解。

那是亚当死前那年的五月。在亚当的女朋友里只有玛丽娜可以和他一起徒步旅行。因为只有她喜欢户外活动,只有她身强力壮。他逗她,跟她开玩笑,有时候甚至把她弄得很尴尬。但是她并不介意。她说:"你的意思是'生活'的目的是什么,还是'我的生活'的目的是什么?这二者之间有严格的区别。"亚当说:"回答一个,就等于都回答了。"玛丽娜笑了起来,尽管觉得有点被他"冷落"。"生活的目的,亚当,"她深深地吸了一口气,因为正在爬一道陡峭的山坡,"就是爬上这个山顶。"亚当说:"可是山外有山呢?"玛丽娜说:"我还没看到山外的山呢。那只是一种理论上的说法。"

她心里想,这是不是性爱的一种表现形式?亚当·贝伦德总是喜欢刺激、探究、询问他的朋友,他的女朋友。

亚当爽朗地说:"我是说,所有山峰之外,玛丽娜。"

"看得见摸得着的大自然的山峰?"

"还有别的山峰吗?玛丽娜。"

玛丽娜清楚。玛丽娜知道这个问题会把她引向何方。她是一条未经训练的、固执任性的小狗。只要主人用和蔼可亲的、不知疲倦的、催眠般的声音对她"发号施令"就够了。

"内心深处的山峰。灵魂深处的山峰。"

"你觉得在你的生活中有'灵魂深处的山峰'吗?玛丽娜。你必须去攀登的山峰。"

"是的,我想有的。"

"你该怎样描绘那一座座山峰,玛丽娜?"

不要问我这样的问题!不要将我暴露在光天化日之下。

我不需要回答你。你算老几?

亚当·贝伦德出人意料地闯入玛丽娜的生活,以保护人的权威出现在她的面前,俨然一个孩提时代就认识她的人。

知道盐山书店面临财政困难之后,亚当作为"隐名合伙人",给她投了资。除此之外,他还经常去书店帮忙。他迎接顾客,整理书架上的图书,盘点库存,给她鼓劲儿打气。(哦,亚当感觉到她有自杀倾向!美国妇女大多这样,不管是结过婚的,还是没结过婚的,年轻的还是年老的,经常望着窗外暮色笼罩的天空,沉思默想。

暮色越来越浓，宛如一面镜子，照出她们的灵魂。）因为生意上的事情失望、沮丧，真没有道理。人不该仅仅为钱。世界那么精彩，玛丽娜！不该这样。他确实触摸过她，用他那双粗糙的大手。他喜欢一边说话、微笑，一边抚摸玛丽娜的胳膊，肩膀。他常常用手拍着她的头，表示赞许，就像拍着他那条狗的脑袋，表示赞许或者钟爱一样。他也会吻吻玛丽娜的面颊，会在见面或分手的时候和她拥抱一下。可是在盐山，这样的亲吻和拥抱——有时甚至相当过分——不过是普通的社交礼仪。女人拥抱男人，男人故意表现出被动和顺从。女人和女人相互拥抱，充满热情和钟爱之情，或者只是一种礼仪。玛丽娜·特罗伊在"操作"这种"礼仪"的时候，表现得很僵硬。因为她觉得自己没有足够的女人味儿，或者说没有足够的温柔。再说，她没有结婚，便觉得没有拥抱男人的自由。特别像亚当这样的男人。跟他在一起，她便感觉到一股难以抑制的冲动。她的那些结过婚的女友也有同感。哦，亚当！如果我敢抚摸你该有多好！

有一件事情让人百思不得其解：亚当·贝伦德是个业余教师，不成功的雕塑家，经常失业，他怎么能有那么多钱帮助玛丽娜还清银行的贷款，并且给盐山书店投资呢？（他投得相当多，连玛丽娜都感到惊讶。）他不愿意让任何人知道。"这是我们俩的秘密，玛丽娜。"有时候，亚当连续几天都来书店，把玛丽娜撩拨得心痒难耐。然后，一个星期，甚至更长的时间他连面儿也不露。他不喜欢电话，很少打。如果你给他打——玛丽娜心情不好的时候给他打过——他的电话铃就那么可怜巴巴地响啊，响啊。他也没在电话上安装留言设备。他不喜欢别人对他有什么期盼。至于朋友间的聚会，他有时候去，有时候不去，全看他当时的心情，除非出于某种"战略"上的考虑。对亚当·贝伦德的言行，你无法预料。他是一个不需要"臣民"的"君主"。可是,他在场的时候,你又不能不想,这个男人!他爱我,只爱我。

"……精神上的自我?这座山我还没有攀登。"

谈论这种事情,玛丽娜有点不好意思。她觉得自己像个孩子,既焦急不安又十分轻信。小时候,她可没有这种感觉。因为那时候,家里或者熟人里,没有一个像亚当·贝伦德这样的人。他用爽朗、亲切的声音说:"玛丽娜,那是一座什么样的山峰?那座你还没有攀登的山峰。"

这是纯粹的苏格拉底式的提问。对真理不动声色的、客观的探究。玛丽娜感觉到一种狩猎者的紧张不安,兴奋激动。她不是被猎取的对象。他们真正追求的是难以捉摸的真理,不是带个人色彩的东西,难道不是吗?

亚当,你。你就是那座山!我爱你。

爱一个男人。全身心地,包括性爱。

玛丽娜在山间小路上跌跌撞撞地走着,眨着眼睛忍住泪水,好像害羞似的压低嗓门儿说:"我……我一直想当画家。从我记事以来就有了这个理想。我们家里,除了我,别人都没有这种想法。我们家是一个讲求实际的家庭。父亲是高中教师,正儿八经的职业。母亲结婚前是护士。他们努力工作,靠工资吃饭。我是一个充满幻想、容易激动、也容易紧张的姑娘。在缅因州州立大学美术学院学习的时候,我才懂得,要想成为艺术家,必须通过技巧表现幻想。我开始对雕塑和陶艺产生兴趣。不是传统意义上的陶瓷制造技术,而是带有实验性的、奇特的制作方法。我们做的陶器不是为了出售。那是一种让人心静的艺术。我出神入迷,仿佛从自己的躯壳中飞了出去。八十年代毕业之后,我和几个朋友一起住在普罗文斯城。房子的租金很便宜,我在那儿住得也很快活。当地的画廊卖了我的一些作品。那以后，我变得烦躁不安，便搬到旧金山。有一阵子住在蒙多希诺牧场一幢摇摇欲坠的老房子里。你一定会喜欢那个地方，亚当！那儿虽然不像你这幢房子，门前就是一条大河，可是放眼望去，青山千里。在我眼里，山是垂直的河。阳光像瀑布，从山顶流泻而下。我在那儿很快乐，创作了几件不错的作品。好长时间我和家里没有联系。他们讨厌我的生活方式，也不愿意主动了解我。后来，父亲病了，我只好又回到东部。这当儿发生了一些事情——在我与我正从事的工作之间，在我的双手和它们正触摸的东西之间。对于一个艺术家，这是致命的，难道不是吗？我似乎失去了勇气，变得胆怯。初生牛犊不怕虎，年轻艺术家充满勇气，也许出于无知。可是渐渐地你不再勇敢。我起初不明白这一点，又信心十足地干了一阵子。我热爱我的工作，可是把工作看得太重要了。工作成了我的生命，我的呼吸。我简直着了迷。我搞雕塑——我想，可以把它称之为雕塑——和你的创作相比，规模小一点。一种完全流于自然的创作。虽然不是用金属作材料，但还是把我累得筋疲力尽。我睡不着，满脑子幻想。我想创造出别人不曾想象的惊人之作。就那么想……"玛丽娜又感觉到从前那种兴奋与激动。她一直滔滔不绝、不假思索地说着。我为什么要这样做呢？把自己"和盘托出"。好像这样做，这个男人就能爱我！

他们爬上那座山，极目远眺，苍穹万里，芳草青青，一丛丛野玫瑰开着白花儿。东边，几英里之外，哈得孙河的色彩与风雨剥蚀的岩石无异。远远望去，河水十分平缓，仿佛壁纸上的图案。亚当爬上山顶，也没显得很累。他的腿肌肉结实，足有玛丽娜两条腿粗。出于尊重，他稍稍停了一下才问："这一段时间有多长？""大约一年。一年半。后来，我和一位朋友又一起跑到纽约。他也是个画家,为一家商业公司搞平面造型设计。我相信我爱他。这也是我'铤而走险'的结果之一。"亚当问:"后来呢?玛丽娜。"玛丽娜说:"不知道。我一直克制着不去想这些事情。我不是那种抱残守缺的人。我觉得自己突然之间垮了下来。我病了,似乎总在发烧,不敢睡觉,一天到晚着急上火,无论触摸到什么,都想把它毁掉。一双手总和自己作对。我那位情人说,没法儿和我一起生活。我就把他赶跑,然后又求他回来。过了几天,又把他赶跑。我讨厌自己做的一切,讨厌我的工作,毁了大部分作品。我对自己完全失去了信心,甚至把大部分衣服都扔了。我回到班戈,在那儿找了一份工作。我觉得自己有责任去看望母亲,哪怕她认不出我是谁,或者不在乎我是谁。家里有人得了重病的时候,你可以拿你对病人的态度检验一下自己的人品,并且因为觉得自己还不坏而得到几分安慰。这是精神健全的表现。这种因宽慰而生的快乐,虽然不无遗憾,但是,它使我进一步下定决心,不让自己精神崩溃。艺术不是生命的全部,不值得为它付出一切。我的性格中还有另外一面。我在书店干过。我爱书,喜欢书的外观和书香味儿,当然更喜欢它的文化品位。精神健全,清醒明智,自有其浪漫之处,难道不是吗?我喜欢来书店的人。感谢上帝,让我从对艺术的神魂颠倒中彻底清醒过来。我继承了一笔钱,又借了一点,然后用抵押贷款的方式,把盐山那个'古雅'的小书店盘了过来。在书店里,我一直很快活。"玛丽娜笑了起来。她很固执,还有一点点生气。"我很快活。"

这番话是不是给亚当留下了什么印象?看他那副古怪有趣甚至有点迟钝的样子,显然没有。

他说:"也许你接受失败太快了。"

玛丽娜好像被什么蜇了一下。失败!

"我再给你一次机会,玛丽娜。一个选择。指一条路,让你重新回到被你抛弃的生活中。"

也就是那个时候,亚当对玛丽娜·特罗伊说,他要送给她一份礼物。他经常说这句话——送一份礼物。他将签署一份文件,把位于宾夕法尼亚州帕克诺山的一座四十英亩的庄园送给她。这个庄园在他们现在站着的这座山西面大约一百英里。庄园有一幢房子,虽然很老,但是各方面条件还不错。露明木架,散石建造而成。离一座名叫大马士革渡口的小镇七英里,离东斯特罗斯堡市三十英里,在特拉华河岸边。玛丽娜好像没有完全听懂他说的这番话。亚当向西指了指。玛丽娜转过脸,看着绵延起伏、渐渐远去的山岭和苍苍莽莽的森林。那森林离他们只有几英里,可是看起来却十分遥远。"不要吃惊,玛丽娜,"亚当若无其事地说,似乎在告诉玛丽娜这没什么,"房子里装了过冬的设备,安了双层玻璃。多多少少还有几件家具。有一口深水井。那是我喝过的最纯净的山泉。你可以一个人住在那儿,玛丽娜,不受外界干扰。住在盐山的这些朋友也不会让你分心。你可以做自己生来就喜欢的事情。"亚当非常激动,也非常真诚。玛丽娜从来没有听过他或者别的朋友对自己说这样的话。这个人确实爱我。但只是精神上的爱恋。而不是出于人的本性的爱。玛丽娜深受感动,泪水迷住她的眼睛。不过这个建议当然行不通。她不可能去深山老林。"可是,亚当,书店怎么办?我不能……""书店怎么办?只要你想开,回来之后,它还好好地等着你开呢!如果你还回来的话。比如说,你走一年,我们就雇一个全职经理。你现在的那个助手很能干。当然,我在镇子里,也可以帮助你料理一些事情。"亚当伸出一只手,重重地落在玛丽娜的肩上。那只热乎乎的大手很重,玛丽娜被他拍得差点儿打个趔趄。玛丽娜坚持她的不同意见。亚当继续说他的计划。"你在珍珠北街的那幢房子也可以出租,租金会很高。我正好认识盐山房地产公司的人。现在这儿的房价和西切斯特县的房价一样,涨得很高。你那幢小巧玲珑、玩具小屋似的房子二十四小时之内就会有人租走。靠这笔租金,足够维持你的日常生活。"玛丽娜凝视着朋友那张容光焕发的脸。他的手搁在她的肩膀上,那么温暖。哦,我连气也喘不过来。玛丽娜早就想让亚当·贝伦德摸摸她。可是今天的触摸她觉得怪怪的。她有一种手足无措的感觉。他们站在一起,离得那么近,一定会被别人误认为夫妻。玛丽娜努力克制着自己心头的冲动,强忍着没有扑到亚当的怀里,搂住他那结实的臂膀,把头靠在他的胸口。她的心里慌乱极了,是他造成了她的不安。她从那只热乎乎的大手下挣开。"亚当,我当然不可能接受这份厚礼。这样大一笔财产,怎么能随随便便送人呢?你是怎么想的?"亚当惊讶地说:"我是怎么想的?我是为你想的呀!""我已经不再年轻了,亚当。而且即使我……""废话。"

亚当突然转过身,大步流星地走了起来。他生气了,体会到一种被挫败的感觉。这天,他没有再提这个话题。玛丽娜好像一个从轮船残骸中爬出来的女人,上下看着自己,似乎要弄明白是否平安无事。她用纸巾仔仔细细地擦着潮乎乎、冷冰冰的脸,把旅游鞋的鞋带往紧系了系,跟在亚当后面走着。弯弯曲曲的山路上,亚当几乎没了踪影。

玛丽娜希望亚当就此忘掉这件事情,可是几天之后,他来到珍珠北街天主教堂旁边她那幢淡紫色的小房子,交给她几份法律文件。这几份文件是转让宾夕法尼亚州大马士革县那座庄园的契约。还有一个马尼拉纸信封。里面装着他用彩色钢笔亲手绘制的地图,贴了标签的钥匙,和满满一页关于这幢房子的说明。他泰然自若,说道:"这座庄园现在是你的了,玛丽娜。什么时候想去,你就去,它随时恭候你的光临。"玛丽娜吓了一跳。她很生气,真想用拳头打亚当。"亚当,你疯了?我不能接受你这样一份重礼。"亚当眨着一只眼睛说:"你能接受谁的礼物呢?玛丽娜。""亚当,真该死,我不能。"亚当把那几样东西放在玛丽娜前屋的桌子上,然后径直到厨房煮咖啡去了。(亚当习惯于顺路到熟人家串门儿,或者用他的话说,那些能容忍他的人家。他到底有多少朋友、熟人、邻居,玛丽娜一概不知。他有时候骑自行车出去转悠,有时候步行,有时候带着他那条狗阿波罗。"阿波罗多罗斯"。如果你邀请他到家里做客,他肯定不去。不邀请,他倒可能大驾光临。)玛丽娜求亚当收回这份礼物,亚当乐呵呵地说:"玛丽娜,不能拒绝上帝的馈赠,否则要遭报应。你迟早会同意的。"亚当端着咖啡走进日光浴室。玛丽娜也端着一杯咖啡走了进来。他们聊了半个多小时,都和房子的话题无关。亚当要走的时候,玛丽娜留他吃饭。他没有接受。只是紧紧地握着她的手,亲了亲她的面颊,朝她爽朗地笑着。玛丽娜心里想,他疯了?她听见他从那幢房子走过时,还在哈哈地笑。

她常常想起这份礼物。好几天,都没有勇气碰一碰他留下的那些东西。这一切都是命运在作怪,难道不是吗?"不是。"

她自己很清楚:她还不够强大。在帕克诺山或者别的什么地方,她都不可能再拥有什么自由。她已经失去了青年时代的勇气,青年时代大无畏的精神。让她稍感宽慰的是,亚当再没有提起宾夕法尼亚州大马士革县那座农庄的话题。玛丽娜当然也没有提。不过两个人心照不宣。就像一个男人和一个女人,心里都惦记着那个没有出生的孩子,夭折在子宫里的胎儿,可是谁也不肯说出来。

玛丽娜决定先妥善保管这份礼物。她不敢把它还给亚当。这件事情之后,她尽管还爱他,可又有点怕他。或者说对他很是怨恨。没有一个人会这样"霸道",这样擅自"捉弄"另外一个人的灵魂。

一年零六个星期之后,亚当死了。玛丽娜成了他的"遗嘱执行人"。她突然感到一阵恐惧——这件礼物还是她的吗?

6

死亡怎样走进你的生活?亚当死后,见过太平间里那具"陌生人"的尸体之后,事情的本来面貌渐渐开始显露。玛丽娜宛如坐在一辆飞速行驶、向一边侧倾的汽车里的乘客。车身剧烈抖动,出于本能,你的第一个反应是捂住一双眼睛。

可是事实上,玛丽娜是一个责任心很强的女人。她是盐山村最后一个独立经营书店的老板,一个颇受大家赞赏、尚且年轻的女人。她拥有足以过温饱生活的财产,是亚当·贝伦德的朋友,他的"遗嘱执行人"。

玛丽娜准备请尼亚克殡仪馆安排火化亚当尸体的事情。她必须设法通知他的亲属。(可谁是亚当的亲戚呢?)必须把他的车开回盐山。如何处理亚当那条狗也是迫在眉睫的事情。阿波罗现在的情况怎么样?七月四日傍晚,玛丽娜结束了医疗中心的"苦难历程"之后,精疲力竭,昏昏沉沉回到盐山。她开着车径直向河边亚当那幢房子驶去,心里想:只有我一个人应该担负起照看那条狗的责任。可是到达亚当家之后,却不见阿波罗的踪影。亚当平常出去办事的时候,总是用一条长长的绳子,把阿波罗拴在外面。可是玛丽娜在通常拴狗的地方没有找见阿波罗。它是不是有一种心灵感应,知道主人出事,便挣开绳子跑了?玛丽娜喊呀,叫呀,直到喊哑嗓子,也没看见那条高大结实、满身银毛的杂种狗。玛丽娜踏着高高的茅草,穿过一片片树林,一直走到滨河路。她头发蓬乱,瞪大眼睛,叫喊着:"阿波罗?阿波罗!"她一肚子火,生那条狗的气,也生它死去的主人的气。迎面驶来一辆汽车,车灯闪烁,照亮她苍白的脸,晃得她睁不开眼睛,然后又大发善心,消失在黑暗之中。盐山是个小地方。住在这儿的人彼此都很熟悉。有个司机认出她,吓了一跳。她沿滨河路挨家挨户地问,可是谁也没有看见一条走失的狗,也没有人听见"不同寻常的狗叫声"。玛丽娜心里想,阿波罗一定知道亚当已经死了。玛丽娜向盐山动物管理中心报告阿波罗走失的情况之后,跌跌撞撞回到家,疲惫不堪。

真嫉妒阿波罗!亚当有一次说,我们大家,只有阿波罗不知道自己迟早要死。

亚当死的时候,玛丽娜已经在迷人的哈得孙-盐山村心满意足地住了七年。这个村子里的人似乎都是中年人。

她很快就注意到,盐山村的人都特别显年轻。那些看起来二十八九岁或者三十刚出头的人实际上已是人到中年,四十多岁、五十多岁,有的甚至年过花甲。盐山村的人如果看起来就是中年人的话,那实际上已经是老人了。能在盐山村住得起的年轻夫妇,都是有钱人的儿女。而这些真正的年轻人身上却带着蓬勃向上的美国中年人的光环。盐山村的青年甚至儿童都背负着父母太高的期望,像负重的骆驼,步履蹒跚,精神状态和中年人无异。对于这些少男少女,最值得称赞的是,他们简直太成熟了。就像对于那些老年人——如果你能分辨出他们年事已高的话——最值得称赞的是,他们简直太年轻了!人口统计学家不管如何计算,盐山村及其周边地区的"中位数年龄"都应当是五十岁。

也许亚当·贝伦德不同意这种看法。人们都认为他五十出头,而他看起来也就是这个年龄。他当然已经步入中年——"人生之精髓"。

玛丽娜·特罗伊上次过生日是三十八岁。聊以自慰的是——如果她想安慰自己的话——她看起来比实际年龄小得多,如果不细看,光线又不太强的话。

她一直把自己想象成姑娘,而不是女人。对于成熟,这何尝不是一种亵渎?尽管事实上,她不是处女,但是长期以来她过着处女的生活。在盐山村,在别人眼里,玛丽娜和亚当·贝伦德一样,也算个"人物"。尽管她不强壮,也不特别受人欢迎。一个次要人物。一个古怪的人。所有社区都是"神话制造工厂",可是没有一个社区能像盐山制造出那么离奇的神话。也许因为它太僻静,是一个享有某种特权的村落。我们之中有的人变成了盐,就像罗得①的妻子?

哈得孙-盐山村共有两千三百口人,驱车从乔治·华盛顿桥出发,向北行驶,不到一个小时的路程。如果坐火车先到中央车站,只用二十八分钟就可以到达。盐山村算得上"历史遗址"。早在一六九四年,荷兰人就在哈得孙河西岸建起自己的村落。一八四五年,一个空想社会主义团体——"盐山社"虔诚的成员,在摩西·盐山船长和他的生气勃勃、充满活力的同事们的带领下将盐山村重建、扩大。船长相信社会制度会彻底变革,可是后来,在"残酷的竞争"中,被天使般和魔鬼般的声浪淹没,自杀身亡。这儿有一种毫不夸张的、实实在在的团队精神。人们亲切地(即使不太准确)称他们为盐山共和主义者。这些"共和主义者"享有自

---

① 罗得,基督教《圣经》故事中的人物,据传在带领妻女逃离即将毁灭的城市所多玛时,其妻因回头张望,即刻变成一根盐柱。

由选举的权利。他们具有强烈的团体意识,一种操守。你无法回避这一切。盐山书店仿佛一座里程碑,位于这个"可爱的"历史名村中心的市场街。玛丽娜·特罗伊作为它的主人也无法回避这一切。

亚当曾经说过,盐山村是一个缺少传说的地方——除了关于已经死去的早期居民的故事——因此,应该创造属于自己的传奇。也许自从第二次世界大战以来,整个美国都是这样。没有真正的英雄,便不会有歌颂英雄的史诗。但是想要创造"男女英雄"以及关于他们的"传奇故事"的冲动没有稍减。不论什么时候,媒体都要找那么几个人作为"传奇故事"中的人物。社区也一定要选一些人作为"当地的杰出人物"。比如,人们一直愿意相信,亚当·贝伦德是个隐士,一个神秘的人。可是过去的几年里,亚当的行为并没有让他们"如愿以偿"。玛丽娜觉得,亚当死后,人们对他的议论一定会"热"上一阵子。至于玛丽娜·特罗伊,在较小的范围之内,也算得上个"人物"。

于是,这位现在没有结婚、以前也从来没有结过婚的、看起来冰清玉洁、独立自主的玛丽娜·特罗伊,在郊区这个碧绿的世界里成了浪漫故事中的人物。这里的每一个人都结过或者曾经结过婚。"他们猜测我们呢,"玛丽娜的朋友阿比盖尔·代斯·普雷斯对她说,"我是个寂寞的、在性方面贪心不足、神经兮兮的离了婚的女人。我永远都在寻找男人。你是个神秘的淑女,满头秀发,美丽动人,像神话故事里的谁呢?不是侏儒怪①……""是拉潘泽尔?""那种下意识引诱男人的女子。男人被吸引,迷得魂不守舍,

---

① 侏儒怪,德国民间故事中的侏儒状妖怪,为救王子的新娘,同意把亚麻纺成金子,条件是得到新娘的第一个孩子,除非其名字被新娘猜中。结果新娘猜中其名字,妖怪自杀。

可是又被吓跑。""是吗?他们怎么说?""大家都觉得,你的生活之中一定有秘密,玛丽娜。他们就是这样想的。"玛丽娜大笑起来,尽管阿比盖尔透露给她的这些情况让她吃惊,也让她恼火。她真正的秘密只有一个,那就是想成为画家的理想遭受挫折。她不想把这件事告诉任何人(除了亚当。亚当永远不会把别人告诉他的秘密再透露出去)。

"可是,阿比盖尔,'他们'是谁呢?"

"'他们'就是我们周围这些人。"

于是,关于玛丽娜·特罗伊就有了许多传说。她那双美丽的、青石色的大眼睛那么忧郁!她那张脸总是充满忧伤,即使把她逗笑,也是无声的笑。她本来是一位高中教师的女儿,家住缅因州毫无浪漫色彩可言的派克河畔班戈镇北。登记表上职业一栏只简单地写着"护士"两个字。可是在盐山村人的传说中,她成了"新英格兰一个贵族家庭"的千金小姐。遗憾的是这个家族在"经济大萧条"时彻底破产。(是船王?还是银行家?)尽管玛丽娜经常回缅因州看望住在班戈养老院的母亲和已经结婚的大姐,人们却盛传玛丽娜的"贵族家庭"和她断绝了关系。(家里人之所以疏远她是不是和性有关系?也许和政治有关?玛丽娜·特罗伊的思想"非常'左',非常自由化"。)

玛丽娜从来没有出面否认过关于自己的这些传说。因为谁也没有当她的面提起过这些事情。但是她知道他们对她的种种看法,就像我们知道自己在镜子里,或者别的亮闪闪的平面上的映像。只不过当着别人的面儿,不好意思瞥一眼罢了。玛丽娜知道,除了亚当,最好不要对盐山村的朋友们讲自己的私生活。她非常清楚,自己最不愿意吐露的秘密,一旦说出去,马上就会被盐山那个小圈子里的人抛到空中像打棒球似的打过来打过去。就像一群狗逮住一只不知所措的小动物，然后把它抛到空中，兴奋得又跳又叫，又撕又扯，直到只留下一张血淋淋的皮，或者几根漂亮的、沾着血迹的羽毛。

她也知道，玛丽娜·特罗伊最让盐山人赞赏的是她开盐山书店的"敬业精神"。这家狭窄的小书店坐落在由一幢幢排屋组成的街区。那些排屋由盐山大街开始，像台阶一样，"一路攀升"，每一幢木头框架的房屋都涂成不同的颜色：褐色、紫红色、黄色、淡绿色、砖红色、奶白色。像十九世纪儿童读物里的插图。市场街的路是鹅卵石铺就的，单行线，非常窄，卡车必须开得很慢才能过去，就像一条粗糙的线穿过针眼一样。巷子里当然不能停车，连巷子附近也不能停。这样一来，顾客大幅度减少。而且开车二十分钟就能到尼亚克白山商业区规模宏大的巴尼斯·诺布尔商厦，再加上网上购书快捷方便，渐渐地连那些忠实的老顾客也被吸引走了。然而，理想主义者自有浪漫情怀。特别是那些和玛丽娜一样的、没有第一手经验的有钱人。

盐山人还有一点迷惑不解。那就是，几年前，亚当·贝伦德给盐山书店投了资，显示出一种不切实际而又侠义十足的气度。或者，他至少借钱给朋友玛丽娜。（借了多少，谁也不知道。谁也不认为亚当有多少钱。他是个雕塑家，大部分作品都随手送了别人，而且似乎从来不工作。他二十多年如一日，一直开着一辆一九七九年德国产的"奔驰"，住在一幢早该维修的十八世纪造的石头房子里。）

玛丽娜住在珍珠北街388号。从市场街7号回家，走快点儿，只有十分钟的路程，骑自行车用五分钟。这座维多利亚式的房子木瓦盖顶，墙面板都刷成淡紫色，油漆刚刚开始剥落，紫色的葡萄藤把它装点得赏心悦目。从大街上看去，和她的铺子一样，宛如一本装帧典雅的故事书。房子前面特别窄，一个男人伸开两条胳膊，几乎就能把它搂在怀里。有一次，一位男顾客就开玩笑似的这样干过。"玛丽娜，你简直住在一幢玩具房子里！"玛丽娜觉得有必要在窗口花坛种些深紫色牵牛花和圆三色堇花。门前的小院围着三英尺高的锻铁栏杆。门口台阶上放着擦鞋的草席。房子里面，楼下三个房间，楼上三个房间。变了形的楼梯陡得有点让人心慌。每个房间的木头地板都有点变形。窗框上日久年深的玻璃仿佛被"散光"折磨的眼睛，看起来起伏不平。你会喜欢这样一幢房子，但是不愿意住在里面。就像你爱书，但是不喜欢拿书做买卖一样。

亚当多次到珍珠北街388号看望玛丽娜，但是从来没有在她楼上那张黄铜装饰的床上躺下过。盐山村他们那个圈子里的人好奇心很强，都想把这件事情弄个水落石出。玛丽娜和亚当却觉得没有必要告诉他们这些事情。事实上，亚当爬上过那幢房子陡峭的楼梯，年代已久的木板被他踩得咯咯吱吱直响。他也进过玛丽娜那间天花板斜披下来的卧室，不过只是帮她糊壁纸。他还把楼上楼下几间卧室漏水的地方都帮她修补好。每年第一场霜花降落之前，他总要帮她把玻璃窗的缝隙用密封材料封好。这一年当然例外，他已经在那个仲夏的傍晚撒手人寰。

对于她那些已婚的女朋友来说，玛丽娜·特罗伊的"传奇故事"会是什么呢？她想，一定是关于她的孤独。那些在豪华、舒适的家里耐不住几分钟寂寞的女人，一天到晚，发了疯似的给朋友们打电话。她们把日历画得满满的，什么时候参加宴会，什么时候出席鸡尾酒会，到哪儿用午餐，和谁打网球，什么时候到城里玩儿，几天之后参加慈善组织的活动，写得一清二楚。这些女人感情脆弱，孩子们离家上大学，夏天出国旅游，或者参加夏令营，她们都会神不守舍。她们想到离婚的可能性便惊慌失措，可是又不愿意只和丈夫一起度过一个安安静静的周末。她们都有一个长长的"账单儿"，谁"欠"了她们的情，她们又"欠"了谁的情，她们对玛丽娜赞赏到什么程度？嫉妒到什么程度？她们邀请她参加"无休无止"的聚会，并不在乎她"欠"着这个圈子里大部分人的情——她很少回请别人。她们精心安排，让她坐在类似亚当·贝伦德这样条件还算不错、有可能成为"如意郎君"的人旁边。亚当好像从来没有结过婚，还有罗杰·卡瓦纳夫。他的婚姻已经解体，现在变得喜欢冷嘲热讽，刁钻刻薄，行为举止像个缺胳膊少腿的残疾人。盐山的女人大多数都很漂亮。她们早已人到中年，满怀善意地谈论玛丽娜"独特"的美和她的"贵族"气派。一个被"圈儿里人"赞赏的女人是不能太平庸的。

　　玛丽娜的衣服引人注目。她和盐山村女朋友们的打扮大相径庭。她们只到服装设计师的专卖店里买衣服。不过玛丽娜并非刻意打扮，让自己"引人注目"。经常是不经意中给人留下难忘的印象。长得裹足的裙子出人意料地开着很高的衩，天鹅绒茄克衫磨破了胳膊肘子，紧紧地裹着两个肩膀。长及膝盖的皮靴价格昂贵，但总是污渍斑斑。她穿的鞋好像雕刻出来一般，有的后跟儿很高，有的没有后跟儿。有时候，她穿一双黑色跑鞋，黑鞋带松松垮垮垂在两边。大家都知道，她是盐山的"长跑运动员"之一。也知道，她和她的朋友亚当·贝伦德经常一起出去远足。她穿短裤、长裤、灯笼裤、牛仔裤，却常常大一两个号码；穿缆绳状花样的毛线衫，看起来好像手工编织的，其实不是。事实上，玛丽娜干不了什么家务活儿。有时候，实在推托不了，必须请朋友们来家里吃饭，便匆匆忙忙准备些饭菜。其实，所谓饭菜不过是从盐山最早开办的食品店买来的熟食。（玛丽娜的朋友们一看见她的厨房里放着那家食品店的购物袋，便互相传递这个好消息："今天晚上我们运气不错。")

玛丽娜不爱做家务还有一个很荒唐的理由。她害怕割破血管——如果流血不止,一命呜呼该怎么办?

亚当去世前七年,盐山村一对老住户——霍夫曼夫妇介绍他们俩认识。说来有趣儿,初次见面,亚当·贝伦德就紧紧地握着这位年轻的红发女郎的手,左眼用审视的目光直盯盯地看着她,不无夸张地大声宣布,她是当代的伊丽莎白一世①。"你看过希拉德给她画的画像吗?"亚当情不自禁拿起玛丽娜的手,吻了吻她的指关节。玛丽娜局促不安,惊讶地看着他。这个男人到底是谁呀?

那天晚上,她一直躲着亚当。一看见他,就羞得满脸通红,仿佛脸上的毛细血管要冒血似的。

不过,她心里甜丝丝的。因为,骨子里,她还是个虚荣心很强的女人。玛丽娜·特罗伊,童贞女王②。

第二天早晨,玛丽娜从她的书店里找到亚当大加赞美的那幅希拉德绘制的伊丽莎白一世的画像。画上的人面色苍白,没有微笑,头发倒是红的,眉毛稀疏得几乎看不见。很难确定她多大年纪,既不年轻,也不老。她的鼻子又长又细,眼睛闪烁着警惕的光芒。除了女王华丽无比的服饰和处处显露出的几近疯狂的神气,很难猜出这个人是个女人,女性。

玛丽娜回想往事,尽量不去想亚当的死。躺在珍珠街教堂边那座小木房子的楼上,她无法成眠。刚过半夜。七月五号。发了

---

① 伊丽莎白一世(1533—1603),英国女王(1558—1603),在位期间恢复英国国教,击败西班牙舰队,确立海上霸权,奖励工商业,发展海外贸易,促进文化艺术的繁荣。她终身未婚。
② 童贞女王,即伊丽莎白一世。

疯似的爆竹声终于停止。她一直在打电话，静静地对着听筒说话。后来，她请别的朋友替她打那些没有打完的电话。现在，听筒扔在电话机旁边，一点儿声音也没有，好像电话线已经被人切断。

她拥抱了他，或者试图拥抱他。抚摸他那张被痛苦扭歪的脸，亲吻他那已经没有血色的眼帘。他已经变成一具尸体。不再是亚当。

为亚当守夜。她在抽屉里摸索着，找出那份礼物，赶紧放到桌子上，没有再看那些文件。她还找到亚当和她拍的几张合影，还有几年前，她用炭笔给他画的几幅素描。证据。他确实曾经存在于世。存在于我的生活之中。有一天，不知道因为什么，她心血来潮，想给亚当画像，尽管已经好几年没拿画笔。"我这幅丑相？"亚当问道。"是呀，怎么了？"他并不真的想给玛丽娜摆姿势，不想一动不动坐在那儿由她摆弄。他受不了，会烦躁不安。但最后，玛丽娜还是说服了他。他脾气好，从来不和别人对着干。也许他一直想知道，玛丽娜到底有多大能耐。这正是一个检验她美术天才的机会。

亚当在玛丽娜那幢房子后面的日光浴室摆好架势，任凭她画。她竭尽全力捕捉他的神韵，还力求做到形似。可是最终还是作罢，把那几张素描扔到一边。她没让亚当看那几幅画，知道他一定会对她大加嘲笑，并且把画撕得粉碎。但她一直保存着这几张素描。因为那是他们俩亲密关系的象征。是他们俩一起度过的那个一月份下午的纪念。没有这几张素描，他们全神贯注、认真作画的美好时光早就忘到九霄云外。（玛丽娜还想起那天晚上，她和亚当应邀参加在盐山艺术协会——这年，玛丽娜担任该协会的干事——大厅里举行的一个活动。当地一位匿名的、据推测非常有钱的捐助人送给协会一尊很高的、用大理石和樱桃木雕刻的圆柱形雕塑。

雕塑的作者是阿根廷杰出的艺术家劳尔·法克。因为参加这次活动的观众大都不熟悉劳尔·法克和法克的作品,艺术协会请亚当在开幕式上给大家做一些介绍。亚当不喜欢干这种差事,可是一旦站起来发言,并且确信听众很感兴趣,便激情满怀、滔滔不绝地讲了起来。到会的人报以热烈的掌声。那天晚上,他穿了件肥大的绿紫两色相间的粗花呢运动上衣,很不相配的灰裤子,深蓝色衬衫,还系了一个挺时髦、挺漂亮的领结。玛丽娜怀疑一定是哪个女人送的礼物,但她并不嫉妒。)现在再看这几幅素描,玛丽娜感到非常失望。琼斯角的不幸发生之后,她心里一直怀着一种希望……然而,她没有捕捉到这个人神秘的、最本质的东西。从画面上,你可以认出,这个表情冷峻的人是亚当·贝伦德。可这并不是亚当·贝伦德,而是一个仿造品,人体模型,一个中年人的幻影,一个粗壮结实的汉子,满脸褶子,秃顶,很不自然的眼睛。青春、活力、神秘早已离他而去。就像躺在太平间里那副样子,了无生气,两只眼睛都是瞎的。半张着嘴仿佛还有话要说……他想说什么?

玛丽娜拿起炭笔,想修改一下亚当的画像。她希望自己能记起亚当那副活灵活现的样子。不是死后,而是活着的时候。活生生地站在她面前,站在这个房间里,面带微笑,向她伸出一双手。他是逗她玩儿吗?玩儿什么?青山依旧,玛丽娜!他也嘲笑她。他嘲笑过盐山村所有的人,不过并无恶意。玛丽娜颤抖起来,她仿佛清清楚楚看见那个人,清清楚楚听见他的声音,但是握着炭笔却无从下手,就像一个小孩儿,没有办法把看见的东西表现出来。"哦,亚当。"的确,无论拿什么标准衡量,他都很丑。他的皮肤上留着烧伤的疤痕,鼻梁断过,一条白色的伤疤贯穿右眉,十分醒目。可为什么她不觉得他丑?恰恰相反,在玛丽娜看来,亚当很美……

柏拉图在《斐多篇》里,记述了苏格拉底的话:我们的灵魂不灭,我们的灵魂永存,因为早在我们出生之前,它就已经存在。

"哦,亚当,真是这样吗?我不相信这是真的。"

凌晨一点零八分,玛丽娜的手颤抖着,一直不听使唤的炭笔掉到地板上。那几幅素描很粗糙,没有希望能改得好。那个人已经走了。亚当已经离她而去了。该怎样熬过这漫漫长夜?玛丽娜应该把那几张画撕掉。那是她蒙受的巨大损失的最好证明。可是,就连这个与命运抗争的举动也力不能及。

7

死亡怎样走进你的生活。生活被完全改变。他知道,亚当的律师和朋友罗杰·卡瓦纳夫很快就会给她打来电话。果然,她小心翼翼放好电话听筒之后,没过几分钟,铃声就响了。正是罗杰。他对玛丽娜说,如果有空,马上去他的办公室一趟,有急事相商。"是不是……关于亚当的遗嘱?"玛丽娜问道。罗杰说:"是的,是关于他的遗嘱。"

玛丽娜醒来的时候还稀里糊涂。头天夜里她一点儿也没睡好。她做了一个噩梦,拼命挣扎不要被水淹死。斯维特合乎逻辑地进入那梦境之中。斯维特,犹如一块难闻的甘草糖,咽到喉咙里,呕之不出,咽之不能。阳光格外明亮,她像一个梦游者走来走去,或者像一个典型的宿醉的女人,忍受着头晕恶心的煎熬。她在想,通常的情况下,她一定会生罗杰·卡瓦纳夫的气——打电话的时候,他一副律师的腔调,居然没有为亚当的死,对玛丽娜说几句安慰的话。

罗杰·卡瓦纳夫的妻子和他离了婚,不过他赢得了女儿的监护权。盐山村举行聚会的时候,人们经常把玛丽娜安排到这个男人旁边。在朋友们的眼里,玛丽娜和罗杰似乎是"天生的一对儿"。可是实际上,他们俩都觉得对方没有什么吸引自己的地方,除了相互戒备之外,就是因为性别不同而拘谨、不安。罗杰很少去盐山书店。他不无夸耀地表白自己"没有时间"正经八百地读点书,只能"挤出点儿时间",看看报纸、电视和与自己业务有关的期刊。玛丽娜无法想象,亚当怎么会容忍这样一个人。罗杰总让她联想起一些尖尖的、黑颜色的东西:鲨鱼的鳍、锻铁栏杆的"矛头",黑暗中从床上爬起来,撞到什么东西上引起的疼痛。几年前,他给她打过几次电话,请她……具体内容玛丽娜已经记不起来了。不过,在这种情况下,一个没老婆的男人给一个没丈夫的女人打电话,最核心的问题,说穿了也就是:你能和我做爱吗?玛丽娜笑了起来。她随手把一根辫子盘到头顶,没有再对镜子看上一眼。是的,宿醉!为什么不能这样面对生活中的悲伤呢?

有一条狗在附近什么地方汪汪地叫。是在教堂庭院?

阿波罗?

亚当曾多次带这条狗来看望玛丽娜。也许它找到她这儿了?

玛丽娜连忙跑到窗口大声喊道:"阿波罗?阿波罗?"可是狗叫声已经停止。

她开车到赛克广场罗杰·卡瓦纳夫的办公室。罗杰正坐在门前台阶上一边抽烟一边等她。那样子显然已经等得很不耐烦。时间已近中午。星期天。七月四日是周末。广场上空空荡荡,没有几个人。罗杰的律师事务所在这座"历史名村"中心一幢十八世纪的褐沙石建筑里。那是本地最好的地产。罗杰是盐山众所周知的好律师,能干,值得信任,稳重谨慎。玛丽娜从来没有进过赛克广场这种高级的褐沙石建筑。这里面住的大都是律师,收费高昂的律师。不得不请律师的时候,她就到边远地区或者商业区请那些没有名气的小律师。玛丽娜走过去的时候，罗杰皱着眉头和她寒暄了几句，朝大街上扫了一眼，似乎不愿意被人看见他们俩在一起，然后匆匆忙忙领她走进大楼。"请进。"玛丽娜刚走进办公室，他就关好门并且从里面上了锁。

办公室的套间里显然再没有别人。和罗杰单独待在一起，玛丽娜心里很不得劲儿。他和平常大不一样，匆匆忙忙刮过的脸留下不少胡楂儿，下巴上还划了一个口子，渗出血迹。满头黑发平常总是梳得一丝不乱，可是现在乱蓬蓬的，好像只是用手指随便拢了几下。眼睛下面的眼晕一片青紫。在玛丽娜的印象中，这双眼睛从来没有像现在这样深陷在眼窝里。"噩耗，"罗杰喃喃着，"难以置信。"他就这么说出些短得不能再短的话，好像怕浪费他的气力，或者浪费他的感情。通常，他的身上总是散发出一股男用香水的气味儿，可是现在扑鼻而来的就是他的体味儿。他穿着一套皱皱巴巴的运动服。玛丽娜想，他一定也度过了一个难熬的夜晚。有一刹那，她对这个长于算计的男人生出一缕柔情。

"亚当……芸芸众生，偏偏是他。他一直那样……"罗杰只顾自己说下去，一副心事重重的样子，似乎还有许多更重要的事情需要应付，连自己说了些什么也不清楚，"在我们所有这些人当中，他最充满活力。噩耗！"他急匆匆地走着，不拘任何礼节，领玛丽娜走过装饰考究的套间，走进后面他那间大办公室。虽然是仲夏阳光明媚的早晨，百叶窗却紧紧地关着。罗杰的桌子上，一大堆文件中间放着一个塑料杯子。杯子里很可能是热咖啡。烟灰缸里堆满了烟蒂。玛丽娜望着罗杰手指间的香烟，不由得往后闪了闪身子。罗杰出于礼貌，忙把香烟在烟灰缸里掐灭。他抽了抽鼻子，发出一种似乎是清理鼻窦的声音，肩膀在运动衫里动了动，请玛丽娜坐下。玛丽娜纳闷儿，出了什么严重的事情？为什么打电话找她来?她朝办公室的四周张望着。办公室里的家具都是由贵重的柚木、柔软的黑皮革、亮光闪闪的铬合金制作而成。办公室后面有一扇装饰得非常雅致的磨砂玻璃门,玛丽娜猜想,那后面是个人用的卫生间。这扇门又让她想起琼斯角医疗中心的太平间,和她在那儿看到的情景……玛丽娜喃喃着:"是的。太可怕了。"

罗杰·卡瓦纳夫这间装饰得很时尚的办公室犹如一个供人们观赏的玻璃陈列柜。可是如果玛丽娜说到他们将要议论的话题,说到盐山村那些家长里短的事情,这儿就不是什么好去处了。如果玛丽娜因为悲伤、痛苦,涕泪迸流,罗杰也不会觉得难为情。玛丽娜看见一个柚木陈列柜里放着一座铜雕,大小和一把小提琴差不多,雕塑上半部有一个光滑的、椭圆形的凸面,让人想到那是一张人的面孔,模糊不清的五官正在成形之中。这是亚当·贝伦德的旧作,是他创作的铜雕中的一件。玛丽娜认为这类作品很差,亚当却不以为然,现在在他的工作室或者别的房间里,那个年代创作的作品已经荡然无存。太抽象,太自我了。太布朗库希[①]化了。于是,亚当把那些铜雕都处理掉了。罗杰说:"他给了我这件。无论如何不让我付钱。当成一笔交易也不行。"说这番话的时候,他似乎有点羞愧,还给人一种遭受挫折的感觉。因为什么,玛丽娜当然无从得知。罗杰喘着粗气,翻看桌子上那堆文件。他那张大写字台的玻璃桌面上摆着几张照片。罗杰·卡瓦纳夫似乎以此告诉世人:看到了吗?我也是个普通人。这才是我真正关心的。玛丽娜起初假装对那几张照片感兴趣,可是很快就真的感起兴趣来了。一张照片上的孩子大约十一岁,显然是罗杰的女儿。小姑娘一本

[①] 布朗库希(1876—1957),罗马尼亚现代著名雕塑家,常以同一题材用不同材料创作多种变体雕刻,强调抽象的几何形体和线条的运用,主要作品有《睡着的缪斯》《无尽之柱》等。

正经站在阳光下,眯着一双眼睛。她的姿势有点儿怪。玛丽娜估计,旁边一定还有个人,也许是罗杰的前妻,被他剪掉了。另外一张照片上的小姑娘还是这个孩子。她已经长大了一点,方下巴,相貌平常,小眯缝眼儿,又浓又黑的头发和罗杰一模一样,脸上挂着一丝怯生生的微笑。第三张也是最大的那张,倒是闪烁着希望之光——罗杰和女儿都穿着雪白的运动服,手里拿着网球拍,肩并肩笑眯眯地站在网前。小姑娘看起来大约有十四岁,几乎和父亲一样高。玛丽娜问:"这是你的女儿?""是。"罗杰说,并没有看那几张照片。他把一沓文件——大约二十页——放到玛丽娜眼前。亚当·贝伦德的遗嘱。日期是这年四月。罗杰说:"也许你知道,亚当把他的大部分财产留给了慈善机构。他的房屋和土地给了罗克兰县历史基金会。还有一笔捐款足可以建立一个艺术中心。另外几笔捐款给了环境保护组织和其他公益事业。比如'罗克兰县走失动物庇护中心',以及诸如此类你可以想到的、亚当会捐助的单位。除了河边这份产业——初步估计价值二百万美元——我怀疑亚当还有别的财产。其数额之大,也许会令我们惊讶。律师和神父一样,经常大吃一惊。死亡揭示的并非我们通常所说的最糟的,也不是所谓最好的,而是悄然无声的,不为人知的秘密。你习惯了吃惊,然而令你惊讶的并不都是坏事。你将深感宽慰地听到,玛丽娜。"罗杰说,用眼角的余光瞥了她一眼。可是看到他那副沉重的样子,玛丽娜想不出会有什么令她宽慰的消息。罗杰继续说:"亚当没有给任何个人,包括最亲密的朋友留下钱财、有价值的礼物,或者任何其他财产。除了被他称之为'没有一定之规'的美术作品。这些作品需要由他的'动产执行人'——你来处理。如你所知,我是亚当的'遗嘱执行人'。"玛丽娜听了心里很是不安,问道:"他没有指定任何继承人?""没有。""可是从道义上讲,我们有责任找到他们,难道不是吗?我是指亚当的亲戚。通知他们什么时候举行葬礼。""我们可以想办法找到他们。如果刚刚经历了昨天发生的那些事情,你还能静下心来看完这些文件,我们今天早晨就可以开车去他家,看看能不能发现和他的亲属有关的线索。不过,亚当以前从来没有对我提起过他有什么亲戚。而且你可以相信,我不止一次问过他这件事儿。所以,我估计,我们很可能一无所获。"玛丽娜不同意他的看法,也不喜欢他那种先发制人的腔调和律师的口吻。"可是我们一定要试一试。从道义上讲,这是我们的责任。即使亚当想割断自己的历史,他的亲属也有权利知道他已经不在人世的消息。他才五十多岁,双亲中至少有一位还应该活着。我们俩一起徒步旅行的时候,他无意中和我说起过小时候的事情。根据他说的情况分析,我觉得他的童年是在西部某个州度过的。比如蒙大拿州或者怀俄明州。"玛丽娜想告诉罗杰关于亚当送她那份厚礼的事,可是想了想,还是没说。这件事是她和亚当之间的一个秘密,她觉得不安,内疚。也许把这份产业作为不动产归还亚当,才算道德。可是,你难道有可能把什么东西归还一个死人吗?

罗杰说:"还有一件事儿更重要,玛丽娜。亚当的遗嘱。"罗杰打开文件,翻到最后几页。立遗嘱人一栏潦潦草草,签着亚当的名字:亚当·贝伦德。可是另外两栏:证明人和公证人还空着。玛丽娜说:"亚当签过字了,可是别人都没签。为什么?"罗杰说:"这里面还有一些特殊情况。"玛丽娜说:"亚当签字的时候,为什么没有证人在场?""因为,我刚才说过,玛丽娜,有些特殊情况。"玛丽娜眨巴着一双眼睛,不明白他的意思。昨天夜里,她可真惨!找阿波罗没找着,回家之后累得筋疲力尽,连衣裳也没脱,倒头就睡。脑子里一片混乱,简直要发疯了。难怪现在,连一些简单的问题也听不明白。罗杰的目光游移不定,难以捉摸,一张小巧的嘴仿佛有一片青紫的伤痕。对于一个"掠夺者",这张嘴是不是有点古怪?他在说什么?他在说,遗嘱"还不够完整"……"没有完成。"

"玛丽娜？听我说。"

罗杰似乎有点生气。他对玛丽娜解释说，这份遗嘱的每一个细节都是亚当的意思，丝毫不差。可是亚当一直拖了好几年才让罗杰起草。今年四月，罗杰准备好文件之后，亚当又拖着没来签字，几个月过去了，他还是没来。现在一切都晚了。"可这不是亚当的签名吗？"玛丽娜天真地问。过了一会儿她才意识到，这个签名是伪造的。一定是伪造的！罗杰用一种争辩的口吻说："真是糟糕透了！亚当已经跟我约定好要来，结果却没来。他要是来了，从这个办公室随便找个人都可以做证。他是个聪明人，可是净办傻事儿，那么固执。哦，你很了解亚当的。"

玛丽娜仔细看那份遗嘱的最后几页，发现第二十一页潦潦草草写下的"亚当·贝伦德"和第二十二页的"亚当·贝伦德"十分相似，但并非无懈可击。这个签名制作得非常高明，不是照原样描下来的。她对着那两个签名和"证人"栏的空白想了好一会儿，不知道——当然也知道——罗杰·卡瓦纳夫匆匆忙忙打电话叫她来，想干什么。罗杰说："从法律上讲，亚当属于'未留遗嘱死亡'。这份遗嘱没有约束力。我得把它送到遗嘱检验法庭，在那儿一放就是好几年。这当儿，得从他的财产中拿出一大笔钱交遗产税。也许永远找不到亚当的近亲，最终这笔巨大的财产只能上交纽约州。亚当的遗愿将无法变成现实，你明白吗？玛丽娜？为了亚当，不是为了我们自己，我们必须帮助他。"

"这……合法吗？不是犯罪？"

这个问题在罗杰的办公室里回荡着，没有得到回答。罗杰叹了一口气，脸上露出一丝稍纵即逝、冷酷无情的微笑。

"你已经那么做了。替他签了名。替亚当。"

"是别人干的。"

"这么说,要我当证人?谁是公证人?"

罗杰说:"我是公证人。"

"今天是……几号?"

"要写成六月二号。那是一个星期三。亚当最后一次约我见面的日子。律师事务所的计算机里有记录。"

"罗杰,这不是犯法吗?"

"我们别无选择,玛丽娜。你知道,亚当一定会为我们所做的这一切而感激不尽。"

"如果你,一个律师,被……会出什么事儿呢?"

罗杰生气地说:"玛丽娜,你签字吗?"

"签。"

玛丽娜拿起罗杰递给她的笔,写下自己的名字。

死亡走进你的生活。从那以后,一切都变了。他们各坐各的车,驶向河边亚当·贝伦德的住宅。那座房子离赛克广场一英里半。玛丽娜的心里充满新的希望。这种心情暂时淹没了先前的失望和悲伤。现在为了死去的情人,她成了罪人。

我们不可能不想象死者正在冥冥之中,凝视着我们。我们对他们的爱犹如一缕剪不断的游丝拖在身后。

玛丽娜开着汽车,驶上两排参差不齐的树木之间高低不平的沙砾汽车道。过去走近亚当那幢房子时的兴奋激动又涌上心头。尽管她在心里一遍又一遍地告诉自己:不!现在早已物是人非!可她还是焦急地张望着,寻找那条银毛杂种狗。平常,亚当如果在家,它总是撒着欢儿跑过来迎接她。今天却没见它的踪影。她使劲儿咽了一口唾沫,眺望河岸边那座房子。房子周围是四季常青的树木。自从一月份刮过那场暴风雪,亚当就没再修剪过这些树木。过去,这幢房子在她眼里总是充满浪漫风情。风雨剥蚀的紫红色石头墙,陡峭的石板屋顶,高高的烟囱,现在都显得那么阴郁、凄凉。房子周围那块地杂草丛生,野花怒放,菊苣为主。实在算不上一块有人照料的草坪。亚当对这种乡下的草坪总是嗤之以鼻。年复一年,他从来不清扫落叶。他的花园就在杂草丛中。放眼望去,满眼碧绿。车库地上长满了青苔。从前那是停放马车的地方。房子后面停放着罗杰·卡瓦纳夫那辆新款美国轿车。只有这辆车是一个"错误"。玛丽娜还得安排一下,尽快把亚当那辆汽车从出事地点弄回来。这天上午,她第二次看见罗杰·卡瓦纳夫在敞开的门廊等她。不过,这一次,他的目光让她心跳加快,十分不安。

我的同谋者。为了亚当。

她的心境变了!玛丽娜微笑着,让罗杰放心,她没有心绪烦乱,她很好。嘴角那一丝苦笑和痛苦时的怪相几乎没有什么区别,和渴望性爱时的表情也没有两样。

玛丽娜在门前的台阶上打了个趔趄,罗杰连忙抓住她的胳膊。被他触摸的感觉像电流穿过全身。

他们默默地走进那座石头房子。即使在仲夏温暖的上午,屋子里也有一种阴冷的感觉。玛丽娜颤抖起来。她很想大喊亚当?亚当!她还在等待阿波罗撒着欢儿,一边汪汪汪地叫,一边摇着尾巴朝他们跑过来。可是只有一片寂静。他们站在门厅斑斑驳驳的阳光下面。宽敞、凌乱的起居室里阳光更加明亮。亚当·贝伦德没有在门口迎接他们。他们便盼望他能在这儿问候他的客人。可是只有阳光无声无息地等待他们。玛丽娜慢慢地向前走着,用一种完全不同的目光凝视着熟悉的摆设。亚当那张"千疮百孔"的皮沙发上放着几个不配套的垫子,旁边有几把他亲手做的椅子。

他给玛丽娜的餐厅做了六把椅子,和这几把一模一样。桌子上堆着书、杂志、报纸、光盘。高高的壁炉台上摆着一对儿白蜡烛台。那是亚当过"神秘莫测"的生日时,玛丽娜送的礼物。(之所以说他的生日"神秘莫测",是因为他从来没有说过到底生在哪天,只是"大概""估计"。至于他的年纪到底多大,也是个谜。)靠里面那堵墙,摆着一架六英尺高的金属与陶瓷制作的大座钟。那是亚当用各种风格独特的材料创作的作品。凡是来亚当家做客的人对这架钟都大为赞赏。这架钟怪怪的,有钟摆,却没有敲钟装置。亮光闪闪的钟面上连指针也没有。听到别人夸赞,亚当总是耸耸肩不以为然。"太雷同了。完全是劳申伯格①的风格。"他不愿意卖这件作品。玛丽娜看见钟摆还在摆动,像孩子一样松了一口气。屋子里只有它那微弱的"心跳声"依稀可闻。

玛丽娜有点不安地说:"我们不该来这儿。亚当没有打算接待来访的客人。"

罗杰说:"已经没有亚当了。亚当不会再有什么打算了。"

他们从起居室走过。玛丽娜想,就像两个幽灵。

好像是他们,而不是亚当·贝伦德,不在人世。

从厨房门口走过去的时候,他们没有进去,只是朝里面瞥了一眼,泪水迷住玛丽娜的眼睛。亚当的厨房!除了工作室,他最喜欢的就是这个房间。他很少请客人到家里吃饭,一旦有人来,大家就都到厨房里帮他准备饭菜。如果玛丽娜白天来看望亚当,他们通常都坐在厨房聊天儿。窗户俯瞰大河。窗外的远景不断变化。他和玛丽娜谈起过那种奇妙的、四大皆空的感觉。一种深邃的宁静。

---

① 劳申伯格(1925—2008),美国艺术家,波普艺术和环境艺术代表人物,早期创作"混合画",后以丝漏版画技法作画,曾从事舞台美术和服装设计工作,作品有《床》《字母组合》等。

特别是在冬天,两个胳膊肘放在窗台上,俯身向前、眺望远方的时候。"我算不上幸福的人,可也不是不幸的人,"他对她说,"可是幸福也好,不幸也罢,和大千世界相比实在微不足道。在这样一个地方,你变成了自己的意象。什么都感觉不到,或者什么都能感觉到。仿佛融化在天空里。"

玛丽娜极力用一种快活、务实的声调说:"电冰箱,我会把它收拾干净的。碗橱下次再说。今天就不弄了。"

罗杰在前面快步走着。玛丽娜看见橱柜旁边的地板上放着一堆书。橱柜门开着一个缝。她停下脚步,翻看那堆书,不由得大吃一惊。原来这堆崭新的、封面亮光闪闪的书都是刚从盐山书店买来的。玛丽娜打开橱柜门,看见一层层隔板上摆着上百本书。诗歌、小说、艺术、历史。她凝视着这满满一柜子新书,起初脑子里一片茫然,不知道这一切意味着什么。后来,好像当胸挨了一拳,她突然意识到,这些书都是亚当自己花钱买的。

亚当给书店投资之后,经常"大驾光临",玛丽娜不在的时候,来得更勤。玛丽娜注意到,从那以后,营业额和利润不断增加。有的月份增幅不大,可有的时候大幅上升,着实让人高兴。"亚当!好消息!我们赚钱了!"玛丽娜把"赚钱"的原因简单地归结于她的新合伙人经常光顾书店。亚当人缘儿好,在盐山是个很受欢迎的人物。男人们喜欢和他聊天,女人们也爱往他跟前凑。那些从来不进盐山书店的人,只要看见亚当在,肯定进来待上一会儿。亚当出主意买了几把藤椅,还买了煮咖啡的壶和杯盘碗盏。鼓励顾客们像在大书店里那样,在盐山书店"消遣消遣"。他还想把隔壁那家店也盘下来。那家店专门卖画框,生意一直不好。和玛丽娜不一样,他从来不为将来的事发愁。因为他在补贴书店。我们最好的顾客。

玛丽娜十分愧疚地想起，一月份的一天，她装了满满一箱子没有卖出去的书——大多数是一家很不错的小出版社出版的诗集——请助手退给发行商。第二天再去书店的时候，她发现那个箱子不见了。助手告诉她，亚当把那箱子书都"卖给""新泽西州的一位收藏家"了。卖书的时候，助手贾尼斯正好不在店里，没有见到那位仿佛从天而降的顾客。据说，那个人是女子天主教学院一位已经退休的英国教授，对当代美国诗歌特别感兴趣。而且计算机里的确有这笔交易的记载，金额高达618.95美元。那时候，玛丽娜多么天真啊！多么希望这一切都是千真万确的事实！可是直到此刻，看到亚当橱柜里这些动都没动过的书，她才明白是亚当瞒天过海，那么巧妙地把她给骗了。以前，她有时候也或多或少产生过怀疑，以为自己不在的时候，亚当的"特殊顾客"（显然是女人），才光顾盐山书店。不过当时只是觉得有些好玩儿。

什么时候让我见见这位顾客，亚当？

玛丽娜，亲爱的，她比你老多了。你就可怜可怜她吧。我们都必须拥有自己的浪漫情怀。

"玛丽娜，出什么事了吗？"

罗杰一直在前面走，看到她没有跟上来，才返回来看个究竟。玛丽娜抬起一双恼怒的、泪水盈盈的眼睛看着他那张脸。"亚当把我给蒙了。这些书都是他从书店里买回来的。"罗杰皱着眉头，看起来有点不好意思。他满怀同情，有点手足无措，拿起一本诗集，随手翻着，似乎要找到证据，否定玛丽娜的怀疑。她说："我特别想相信……买卖越来越好。"一个好人，一个侠肝义胆的人走进她的生活，永远改变了一切。"我想……盐山有谁知道这事儿呢？"罗杰用他那种律师味儿十足的、雄辩的腔调说，"准确地说，知道什么呢？没有证据说明这些书是从你的书店买来的。"玛丽娜不想和他争辩。她知道,他也在"蒙"她。她使劲儿关上橱柜门,转身走了出去。

亚当的办公室在这幢房子后面。花格窗上落满尘土,石板铺成的地面上污渍点点。办公室和工作室相连。玛丽娜清清楚楚地感觉到他的存在。感觉到她和罗杰·卡瓦纳夫之间那种紧张气氛,犹如暴风雨来临前的闪电,一触即发。想到这个男人或许会像亚当·贝伦德那样怜惜她,她就觉得无法忍受。

"罗杰,你知道亚当是从哪儿弄来这么多钱吗?"玛丽娜说,尽量做出一副冷漠、超然的样子,好像最关心的是钱,而不是亚当对她的"蒙骗"。似乎亚当·贝伦德个人的禀性和她无关。可是话一出口还是让人觉得她心里非常焦急,请求罗杰给她一个答复。罗杰走到亚当的写字台跟前。那是一张笨重、古老的卷盖式书桌。书桌上有许多塞满信件的文件格和又大又重的抽屉。他满脸严肃,打开一个个马尼拉纸信封和文件夹,仔细翻看着。翻一位已经去世的朋友的文件!这似乎是卑鄙小人才干的事情。罗杰心里很不是滋味儿。"我想,他是靠房地产赚来的钱。还有投资。他的背景至今还是个谜。我从来没有问过关于他个人的问题。我觉得这样做没有什么实际意义。有的人靠夸耀自己的成功活着。可是亚当好像连看到这种人都觉得难为情。我们可以猜想,他做买卖取得成功,至少,他很有钱。可是他似乎是一个清心寡欲的人,认为自己本来就不该有钱。他用现金支付我的律师费。"罗杰那张受伤的小嘴抿得越小了。现金!赛克广场一家声誉卓著的律师事务所收现金!玛丽娜想到这儿真想笑出声来。就像染指于粪土,难道不是吗?现金。你竟接受了。

玛丽娜从窗台上拿走一个花瓶。花瓶里插着已经蔫了的百日菊。百日菊是从亚当的花园里采来的。他的骨灰很快就要撒到那儿了。这样的事情虽然可怕,可是千真万确。她,玛丽娜,将负责主持好这个仪式。在亚当这幢死一样寂静的房子里,无论走到哪儿,她都觉得能碰见他。他那惊讶的目光,令人困惑的微笑。玛丽娜?你在这儿干什么呢?他会快步走过来,握住她的一双手。这手颤抖着,玛丽娜?你怎么哭了?

玛丽娜注意到,亚当的窗台上净是尘土。玻璃窗上布满雨水留下的痕迹。明亮的阳光照射进来,带着几分傻气,并无哀悼之意。

我为什么要哀悼呢?亚当不希望我为他哀悼。

不一会儿,罗杰就发现了亚当另外一个秘密。他在纽约、新泽西和宾夕法尼亚的银行里以不同的名字存了大量现金。他拥有费城发行的180,000美元的市政公债,纽约市发行的240,500美元的市政公债,长岛电力局发行的325,000美元债券。还有成千上万、五花八门的有价证券。他用的名字分别是:亚当·贝伦德,埃滋拉·克拉尼,T. W. 贝利,塞缪尔·梅尔斯。也许在别的文件夹里还有别的债券之类的东西。玛丽娜看罗杰递给她的文件,可是那些名字和数据在她眼前一片模糊。她觉得一阵眩晕,心里十分害怕,说道:"我不明白,罗杰。为什么会是这样?"罗杰连忙说:"化名存款不是违法行为。在没有掌握更多的情况之前,我们无法对亚当做出判断。"玛丽娜说:"可是……为什么?他为什么要用这些名字?这么多钱是从哪儿来的?"罗杰含糊其词地说:"有时候,钱还能生钱。"玛丽娜生气地说:"可是亚当很穷!他没钱。他总是拿有钱人寻开心。他是……你知道亚当的为人。你也是他的朋友。"罗杰很不自在,动了一下肩膀,说:"是,我是亚当的朋友。可是,我想,我并不了解他。"

除了财务和法律文书,罗杰没有找到任何有关亚当个人的文件,任何能够证明"亚当·贝伦德"的背景、历史,或者有什么亲戚的信件。在一个文件格里,他找到六七张拉斯维加斯赌场的收据。在另外一个文件格里他找到一份皱皱巴巴的、给玛丽娜的文件,上面没有加什么说明。一张曼哈顿画廊出具的销售证?一张购买拉尔·法克的作品的收据,价值45,600美元。这件作品一定是那位"匿名"捐赠者捐给盐山美术协会的雕塑。亚当·贝伦德!玛丽娜简直目瞪口呆。她想起人们怎样劝亚当去美术协会的大厅里为这件精美的雕塑揭幕;他怎样克服了最初的尴尬,在有那么多朋友的观众面前讲话。他站在那儿,显得高大挺拔,话虽然说得不是那么雄辩有力,但是充满热情。他向大家讲述了为什么这件大理石雕塑是一件很有价值的艺术品,还代表美术协会对这位"匿名"捐赠者表示深深的感谢。但是,他话锋一转,又说,没有必要把捐赠者和艺术家联系起来。只有艺术家和他的作品才值得赞美。大家对他的讲话报以热烈的掌声,都认为他见地深刻。然而,他是在说他自己。

玛丽娜在一张桌子上那几张皱皱巴巴的报纸下面发现亚当那个已经翻得很旧的脏兮兮的地址簿。她赶快翻到以字母 B 开头的那页,但是,连一个姓贝伦德的名字也没有。小本子上,许多人的名字都被胡乱勾掉了,还有的整页被撕掉。从折了角的本子里掉出许多张名片和纸条。玛丽娜不由得翻到以字母 T 开头的那几页,看见自己的名字:玛丽娜·特罗伊。她浑身上下颤抖起来。说来真可悲,甚至可鄙,人们都是这样,对你感兴趣的时候,就记下你的电话号码、地址。不再感兴趣的时候,就把你划掉,把关于你的那页撕掉。亚当在有的人名旁边画了个箭头。她似乎觉得,凡是旁边画箭头的人都已经不在人世。不知怎的,她心脏跳动的速度突然加快。玛丽娜·特罗伊,珍珠北街388号和那么多陌生人的名字挤在一起,出现在亚当·贝伦德的地址簿里。这意味着什么呢?当然,并不意味什么。玛丽娜的心里突然涌起一阵酸楚和苦涩。"我们大家相互之间到底要求什么呢?"她说,"发了疯似的'凑'到一起。朋友,同事……可是人一死,什么都化为乌有。"罗杰坐在亚当那把转椅上,哼了哼鼻子,"也许不等人死就化为乌有了。"玛丽娜怒气冲冲地把地址簿扔到他的面前。

罗杰飞快地翻着那个小本儿,仿佛秘密立刻就会泄露出来。她知道,他在找以字母 C 开头的那页——罗杰·卡瓦纳夫。玛丽娜突然觉得这个人令人讨厌。为什么他不是亚当呢?为什么死的不是他,而是亚当呢?他的脑门儿油光光的,布满细密的皱纹。受了伤的小嘴巴似乎总是生气,玛丽娜看了就心烦,好像曾经吻过一次,感觉到一股腐烂的气味。这一上午的搜寻一定把罗杰累得够呛。他坐在那儿,手指敲打着桌面。玛丽娜一阵冲动,很想把手放在他那只手上。但是,她永远不会碰这个男人!我们是同谋者。一起犯罪。而且我们俩谁也不知道这罪行到底会有多严重。她觉得羞愧——就这样闯进情人的房间,寻找他不想让别人知道的秘密,至少不想让她知道。更让她羞愧的是,罗杰·卡瓦纳夫也在场!仿佛他们俩都在看亚当的裸体,有什么想法彼此心照不宣。玛丽娜压低嗓门儿说:"最奇怪的是,罗杰,亚当二十四小时前还活着,现在却没了。至于其他事情,包括他的私生活、他的秘密,并不那么奇怪。"

真的这样吗?玛丽娜只是想让自己显得英勇无畏罢了。

她心里清楚,罗杰既想看她,又不想看她。这才是真正的怪事儿!作为一个男人,罗杰十分敏锐地意识到,他和玛丽娜,一个女人,单独待在一起。她是他的朋友,也是亚当的朋友,但首先是个女人。他知道玛丽娜心烦意乱,知道她因为心灵的创伤,脸涨得通红,眼睛闪烁着愤怒的光芒。除非那双眼睛充满忧伤,而且以咄咄逼人的气势,用激情感染他。但他不是一个相信激情的人。不只是自己的激情,而是所有人的激情。他不但职业上是个律师,禀性上也是个非常理智的人。这正是玛丽娜出于本能不喜欢他的原因。他和亚当不同,是一个需要控制的人。他脾气不好,以爱生气而闻名。婚姻破裂给了他很大的打击。从原则上讲,他不喜欢、不信任任何一个女人。虽然他对所有女人都有一种性的欲望与冲动,想抓住她们,揉搓她们,用拳头打她们,更想插入。但是一种更为强大的力量控制着他:不要触摸她们,甚至不要走近她们。不!不要走近!玛丽娜一定已经猜到,他对女人的厌恶既是肉体上的,又是道德上的。她非常机敏地感觉到,如果能不"触摸"就伤害你,他便会伤害你;但是一定不以"触摸"为代价。此刻,大河之上,这幢死一样寂静的房子里,玛丽娜·特罗伊近在咫尺。这是亚当·贝伦德的房子,以前他们俩从来没有单独在这儿待过。就是亚当在场的时候也没有。如今,亚当死了。玛丽娜想打破她和他之间这种紧张的气氛,结结巴巴地说了些连自己都不知道是什么的话:"我觉得,我没有资格去处理亚当的后事。我不配……我想……他这种死法让我伤心。死在一群陌生人当中。为陌生人而死。一想起那个可恶的名字'斯维特',我就连气也喘不过来。"

罗杰听了这番话,用更加锋利的目光审视着玛丽娜。他抬起一双眼睛——在玛丽娜看来,那是一双怪异、狡诈的眼睛,一双眼皮很厚,但转得很快的金光闪闪的眼睛——盯着玛丽娜漫不经心编在一起的红头发。那一缕缕鬈发潮乎乎地、松松散散地披下来,垂在肩上。他盯着她衣服下面少女般苗条纤细的身体,她的皮肤因绝望而散发着热气。她在想,罗杰·卡瓦纳夫从来没有看到过玛丽娜·特罗伊如此暴露无遗,如此不受她那层亮光闪闪、容易破碎的人格盔甲的保护。

　　罗杰站起来,向玛丽娜走了几步,似乎要安慰她。玛丽娜本能地向后退了退。

　　他问道:"亚当是个什么样子? 昨天晚上。"

　　玛丽娜瞪着他,十分生气。

　　"告诉我,玛丽娜。你是唯一的见证人。我需要知道。"

　　"你不能知道!"

　　"告诉我。"

　　那双狡诈的眼睛让玛丽娜打了个寒战。

　　她极力让自己平静下来,说道:"亚当死得……很体面。像一尊雕像。一个罗丹①。"她用手指尖擦了擦眼睛,仿佛又看见她的情人变成的那具尸体。浑身僵直,可是下巴和嘴唇耷拉着,已经变形。玛丽娜害怕眼前站着的这个人。他是一个堪与亚当相比的人物,正通过她的眼睛看亚当——一丝不挂,无遮无挡。罗杰问:"他是不是……猝死? 没有受苦,是吗?"玛丽娜说:"是的,他没有受苦。急诊室的医生告诉过我。"她为什么要这样说? 为什么要撒谎? 难道是为了安慰行为举止如此古怪的罗杰·卡瓦纳夫? 他今天和平常大不相同。为什么? 她明明讨厌他。罗杰嘴角挂着一丝怪诞的微笑,说:"那就好,玛丽娜,不是吗? ……亚当没有受苦。"玛丽娜本来想说,是,很好。可是,她发出一阵刺耳的笑声。"不! 没什么可'好'的。别逗了!"

　　她从他身边跑开。他是想用那令人厌恶的手指"触摸"她吗? 安慰她? 她不管不顾,跑进那个长方形房间。那是亚当的工作室。

----

① 罗丹(1840—1917),法国雕塑家,善用多样绘画手法塑造生动的艺术形象,主要作品有《青铜时代》《加莱义民》《思想者》《雨果》等,著有《艺术论》。

这间屋子天花板很高,比较凉爽。屋子里总是散发着一股黏土、颜料和松节油的气味儿。下面还有个古老的地下室,地面是泥土地,一股凉气仿佛从大地深处升起。亚当曾经开玩笑说(这事儿难道很可笑吗?),从前,盐山村还没有进入文明社会,这幢房子还是臭名昭著的旅馆加妓院的时候,这个地窖肯定埋过死人。(于是大家问亚当,有没有在地窖里挖地三尺?亚当说,当然没有。他对能不能挖出一具二百年前的尸骨毫无兴趣。)这幢石头房子里,亚当最喜欢待的就是这个房间。如果你在别处找不到他,在这儿肯定能找到,陪伴在侧的还有阿波罗。"亚当,亚当!看在上帝的分上!"恍惚之中,她仍然相信,他故意藏在什么地方。汗水顺着脸颊流下,就像滚烫的泪水。卡瓦纳夫想从她身上得到什么?她能感觉到他对性的渴望。虽然这种渴望不是针对她个人的。她还能感觉到他在极力排斥对性的兴趣。也许此时此刻她自己的感觉和他完全一样。尽管悲伤使她目瞪口呆,"性趣"全无。在过去的十年或者更多的日子里,她对谁说话也没有像刚才对罗杰·卡瓦纳夫那样尖刻,那样不留情面。她连嗓门儿也没有提高过。亚当的死在我的心中造成巨大的创伤。

　　罗杰没有跟过来吗?她希望他赶快回家,把她一个人留在这里。她是亚当·贝伦德的"动产执行人"。她将负责监管这幢房子,安排人把它清理干净。还要把亚当犹如一团乱麻的现状理顺理清。她在工作室里走来走去,抚摸亚当留下的东西。这些东西对于她有了新的意义。它们比他更长久地"活"在这个世界上。美术作品,家具,巨大的石头壁炉。一张长椅上扔着他的一件衬衫,还有一件普普通通的T恤衫。她顾不得害羞,一把抓起那件T恤衫,紧紧贴在脸上,贪婪地闻着亚当身上那股咸咸的、黏土的气味。她不想哭。在这儿不想,她已经哭够了。她被地板上的一堆黏土绊了一下，那是一尊还没有完成的雕像。木头地板上铺着几块小地毯，乱扔着几张报纸。报纸上溅满已经干了的颜料。她悲从中来，脑子里一片混沌，仿佛看见……什么？……阿波罗？……亚当那张工作台旁边，一团银灰色的东西"卧"在平常阿波罗卧过的地方。然而不是。这种幻觉太荒唐了。那是一片照出点点尘埃的阳光。

她想不出自己怎么跑到这儿来了？如果亚当没有出来迎接她，那是因为他没在家。如果她来亚当家，肯定有目的。这个目的只能是找亚当。而此刻，她在寻找什么？她知道，一定不能大声喊叫"亚当！"因为，这幢房子里还有一个人，一个她几乎不认识的人在观察她。一旦自己有失态的地方，他一定会到处宣扬：玛丽娜·特罗伊因为伤心，精神错乱了。

紧挨窗户的是亚当那张长长的、乱得不能再乱的工作台。窗台上，风干了的死苍蝇和黄蜂随处可见。窗户——所有的窗户——都需要清洗。玛丽娜将干这件差事。亚当那张靠背坏了的安乐椅上蒙了一条脏兮兮的床单。还有那张"宅前出售"①时买来的旧沙发，南瓜色灯心绒面已经磨破。有时候，在工作室里工作得太晚，懒得脱衣服上床睡觉，甚至懒得脱鞋，他便就势在这张破沙发上躺下，一觉睡到天亮。这样一个人怎么能结婚呢？显然不能。连和女人一起生活也不能。亚当的工作室里到处都是没有完成的作品。那些黏土雕塑的"半成品"，她几年前就见过。还有用废金属，镜子，碎瓷片，洪水冲上来的杂物，木头，暴风雨留下的垃圾等"拼贴"而成的雕塑。几个庞大的木头制作的人的"雏形"矗立着，等待一双妙手来创造生命的奇迹。现在亚当已经不在人世，它们

---

① 宅前出售，在出售人宅前进行的清宅旧货出售，以前常在车库进行，故名。

永远不会再承载生命的活力。靠墙立着几十幅大小不同的油画，上面结着蜘蛛网。这些画大部分都没有完成。亚当几年也不曾看上一眼。但是宣称他都记着它们，有朝一日一定再回过头来逐幅完成。

亚当是不是以为他会永远活着？

亚当花了好几个月的时间完成一件很复杂的雕像。他说，这件作品是根据拉奥孔①那个古老的、噩梦般故事创作的——海中的巨蟒缠死了父亲和他的儿子，充分表现了上帝对人类可怕的报复。亚当除了发挥自己作为美国人的想象，还将人物形象拉长。拉奥孔和他的两个儿子就像一条条细长的鱼，在一块巨大的、带花纹的琥珀中游泳。这些奇妙的雕塑高六英尺，底部周长大约四英尺，在玛丽娜眼里非常漂亮。雕塑有的部分是用透明的材料做成的。环绕它观看的时候，你会感觉到一束束亮光，海浪般起伏。亚当把塑料熔化之后，一层层粘到一起，染上木头、灯芯草的颜色，才取得这种效果。站在这尊雕塑面前，玛丽娜觉得拉奥孔还活着。她伸出手摸了摸，那雕塑竟出乎意料地给人一种热乎乎的感觉。

为什么亚当鼓励玛丽娜继续从事荒疏已久的艺术创作，而自己却对这些作品如此冷漠呢？玛丽娜年轻时认识许多天才的艺术家，却没有一个像亚当这样没有紧迫感，没有雄心壮志。他是那样缺乏"自我"，有时候你甚至会为他是不是忘了呼吸而着急。"男人的自尊"对于他，比拖在地上的鞋带儿强不了多少。他一直认为自己爱慕虚荣，还认为自己很丑。他把自己描绘成克罗马努人，低低的、瘦骨嶙峋的额头。如果有个女人说，她觉得他非常有吸引

---

① 拉奥孔，希腊神话中特洛伊的祭师，因警告特洛伊人勿中木马计而触怒天神，连同两个儿子被海中巨蟒缠死。

力,亚当一定会哈哈大笑,根本不会相信这种说法。你无法让他相信他认为不可能的事情。有一次,玛丽娜和另外几个朋友一起吃饭,大家都责备亚当没有严肃对待、充分发挥自己的天赋。他对他们说,人到中年,除了尊重真理,什么都不会让他当回事儿。他对道德观念远比对审美情趣更感兴趣。

可是,艺术不也是真理的一种形式?

不,艺术是从真理的僵尸上矗立起的虚假和谬误。

对于亚当·贝伦德来说,这话有点专横跋扈的味道。平常他说话可不是这样斩钉截铁。他嘲笑自己矫揉造作,说这话是出自斯宾诺莎①之口,或者出自瓦尔特·本雅明之口。

玛丽娜打开亚当工作室里的橱柜和抽屉。她要找什么?身后的门廊里站着罗杰·卡瓦纳夫,正吮着受伤的嘴唇看着她,不知道如何是好。玛丽娜·特罗伊朝他大声嚷嚷了吗?或者只是说话的态度生硬?盐山的女人从来不这样说话,至少不和丈夫或者情人以外的男人这样说话。

玛丽娜知道,这个男人会让她为此付出代价。如果他能。她看见,虚肿的眼皮下面那双狡黠的眼睛正直盯盯地看着她。

接着,发生了下面的事情。

就像电影里一个激动人心的场面。

直到此刻为止,在过去的十八个小时里,玛丽娜一直觉得这是一部阴郁、悲惨、痛苦、让人肝肠寸断的"电影"。她绝不会把它和滑稽可笑、荒诞不经这样的字眼联系到一起。然而,一组颇具戏剧色彩的镜头就这样出现了。玛丽娜推开亚当工作台旁边一扇小

---

① 斯宾诺莎(1632—1677),荷兰哲学家,唯理论的代表之一,从"实体"即自然界出发,提出"自因说",认为只有凭借理性认识才能得到可靠的知识,著有《神学政治论》《伦理学》等。

门。这扇门通往一个很小的房间。以前,玛丽娜一直以为那是亚当放绘画材料和工具的地方。可是出现在眼前的是一间存放个人物品的密室:一摞叠得整整齐齐的手工编织的毛线衣,开司米围巾,没有拆开包装盒的精美的领带。有一个非常精致的卡地亚的小黑盒子,里面装着一个白金袖口链扣,上面刻着 A. B. 两个字母。盒子里还有一张卡片,卡片上写着:给我的爱——亚当,在他神秘的生日,格西①。(难道是奥古斯塔·卡特勒? 欧文·卡特勒的妻子?)还有一件肥大的羊毛衫,上面放着一朵黑缎子做的非常漂亮的玫瑰花。这朵花足有女人拳头大。旁边放着一张卡片,卡片上画着一颗红得耀眼的心。旁边写着莉拉两个字。(谁叫莉拉? 玛丽娜知道,盐山村没有叫莉拉的女人。)玛丽娜脸涨得通红。这里放的都是崇拜亚当的女人送给他的礼物。这些礼物绝大多数他都没有穿戴过。

小屋里有一个很高的架子,架子上放着一个硬纸板盒子。就像"先辈"潘多拉②一样,玛丽娜也不会放过这个盒子。尽管她知道,(她怎么能不知道呢? 她的心因为愤怒和羞愧激烈地跳动着,脸颊发烧,就像挨了一记响亮的耳光。)最好能正气凛然地关上门,离开这儿。可是玛丽娜用力拖那个盒子,全然不顾罗杰·卡瓦纳夫要帮她往下拿。结果盒子掉了下来,里面的东西全都撒到地板上:许多卡片,散发着香水气味的信和亮光闪闪的照片。

即使此刻,玛丽娜拂袖而去的话,也还可以保留一点尊严。可是她没有,而是在那些五光十色、五花八门的东西中间跪下,头发披散下来挡住了脸,远远看去,就像一个贪心的悔罪者。

---

① 格西,奥古斯塔的昵称。
② 潘多拉,希腊神话中主神宙斯因普罗米修斯盗火给人类而图谋报复,命火神赫菲斯托斯用黏土做成的地上的第一个女人。

亚当的女人。这么多？玛丽娜本不该惊讶,可她还是很惊讶。因为(过些时候,心情平静下来,她会明白这个理儿)长期以来,她一直不愿意想象亚当的生活。她一直拒绝接受这样一种可能性:如果他不是她的情人,一定在别的女人身上寻求性的满足,哪怕只是一种充满浪漫色彩的爱恋。现在看来,并不是因为亚当过着独身生活她才这样想,而是她愿意把他想象成这样的人。就这样,事实否定了她的错觉。还有一扎手写的信。是卡米拉·霍夫曼,莱昂内尔的妻子写的吗？这些信都是过去七年间写的。下面的署名是你的爱,卡米拉。还有一张像女内衣一样柔软的淡蓝色信笺,上面写着一封长信,时间是今年五月。下面的签名是你的爱,阿比盖尔。玛丽娜的朋友阿比盖尔·普雷斯!玛丽娜连忙把头扭开,那是阿比盖尔写给亚当的绵绵情话,她连一句也不想看。里面还有许多生日贺卡,节日贺卡。上面无一例外地写着:谢谢你,想念你之类的话。这些卡片玛丽娜也不想细看。那里面还有许许多多明信片。明信片上印的大多数都是美术作品。亚当的女人们都希望在他面前表现得趣味高雅。玛丽娜怀着忐忑不安的心情,拿起一张看起来很眼熟的明信片。上面是德国画家卡斯帕·达维德·弗雷德①画的超现实主义风景画。她连忙翻到背面,看见上面写着:你的爱,玛丽娜。这张明信片是两年前她在欧洲旅行时寄给他的。玛丽娜往后缩了一下,把明信片扔在地上,不想让罗杰看见。可是,也许他早就看见了。什么都逃不脱他那双眼睛!玛丽娜真想把那张明信片撕得粉碎。可那是已经属于亚当的东西,她没有权利这样做。

---

① 卡斯帕·达维德·弗雷德(1774—1840),德国浪漫派风景画家。代表作有《岸边的僧侣》。

想起过去说过的所有那些话语,没有哪一句比满怀赢得另外一个人的爱的希望,而写下的文字更让人心痛。

亚当和盐山的朋友,和陌生人拍的照片。那么多面带微笑的人!那么多欢乐!玛丽娜抓起一张色彩艳丽的照片,这张照片看起来就像广告。亚当·贝伦德红光满面,身穿运动服,蓄着现在已经不留了的唇髭,站在一个大概是赌场的地方。亚当以他自己的方式眯着一只眼睛,有点不好意思。一位浓妆艳抹、身穿装饰着金属小圆片的红裙子的金发女郎倚在他身上,胳膊和大半个丰满的胸脯贴着他的肩膀,一副老朋友的样子。亚当看起来是个赢家。那时他大概四十出头,正在变成灰色的头发还很浓密,脸上没有多少皱纹。那个妖娆的金发女郎可能是个收费很高的妓女。照片背面写着:拉斯维加斯。1989 年 11 月 23 日。

这又是怎么回事儿?几张照片上一个挺胖的裸体女人斜倚在沙发上,摆出马奈①笔下奥林匹亚的姿势。高耸的乳峰上玫瑰红的乳头十分触目。阴毛又黑又密。脖子上戴了一串珍珠项链,脚边卧着一只一脸傲气的波斯猫。这个女人已经不再年轻,但是依然楚楚动人。和拉斯维加斯那个妓女一样浓妆艳抹。手指上的戒指闪闪发光。她的笑容不但做作而且淫荡,一只胖乎乎的手放在圆滚滚的肚子上。玛丽娜觉得一阵恶心,为自己这个性别——女性而羞愧。我们真是太可悲了,像卖肉一样出卖自己。玛丽娜突然看出这个女人是奥古斯塔·卡特勒!她认出她脚边那只波斯猫。

"真可恨。"

---

① 马奈(1832—1883),法国画家,革新传统绘画技法,对印象派产生影响,画面色彩鲜明,明暗对比强烈,尤善表现外光及肖像,主要作品有《左拉像》《奥林匹亚》等。

亚当·贝伦德像希腊神话中的独眼巨人库克罗普斯一样,在女人堆里走来走去。弯下腰,随手捡起一个,尽情受用那凝脂软玉。而玛丽娜·特罗伊竟是她们当中的一个!她拍打着、撕扯着那些照片、卡片、信件、礼物。罗杰蹲在旁边,极力安慰她,让她平静下来。"玛丽娜,别,别这样!你还没弄清楚这到底是怎么回事儿。"

"我知道!我不是傻瓜!"

"女人们都喜欢亚当。这你知道。他既和女人交朋友,也和男人交朋友。可是女人喜欢写信,而且热情奔放。这些信呀,照片呀,我们理当保密。"

"奥古斯塔·卡特勒!这个女人孩子都那么大了!"

这才是真正可怕的事情,比突然发现亚当是个巨富还糟。一出肉欲横流的喜剧。而痛苦之中,玛丽娜一直希望发现令人同情的、纯粹的、经过净化的激情。

罗杰也许觉得这一切滑稽可笑,充满喜剧色彩,也像玛丽娜一样,大吃一惊,不知所措。玛丽娜很难理解他的举动,只是有一种压抑的感觉。从他身上散发出来的那股科隆香水的味道和男人腋下的汗臭,熏得她直反胃。她不由得皱了皱鼻子。她讨厌这个男人。这个人目睹了她的屈辱!他甚至不让她碰那些证据,抓住她的一双手,动作和缓但态度坚决地制止她。好像她是孩子,而他是这个孩子的父亲。这个男人,总能控制局面。玛丽娜愤怒地哭了起来。那是并非悲伤的眼泪。她仿佛一团可以燃起熊熊烈火的"易燃物",罗杰是一根已经点着的火柴,正向她十分危险地靠近。玛丽娜说:"别理我,该死的家伙!别碰我!我讨厌你!"罗杰说:"你不会讨厌我。别说废话。"她的脸颊感觉到他的呼吸,一双手把她抓得很紧。两个人就这样僵持着,谁也不说话,只是发出一阵哼哼唧唧的声音。正在发生的一切笼罩着一层奇异的、荒唐可笑的色彩,仿佛一道耀眼的光芒照亮他们,在舞台上,在无形的观众面前。他们在亚当的房子里,亚当在哪儿?他们为什么会在亚当的工作室?为什么只有他们俩待在一起?为什么他们会跪在地板上?无法解释这一切。前一天上午,也就是这个时候,玛丽娜还无法想象会发生这样的事情。我不喜欢罗杰·卡瓦纳夫,他也不喜欢我。可是此刻,罗杰在吻玛丽娜,牙齿紧紧地挨在她的嘴巴和脖子上,好像要伤害她,而玛丽娜似乎也处于一种愿意被伤害的境地。她心里充满对他的渴望,或者说,不管他是谁,只要是个男人,一个能宣泄性欲的对象,就可以取代亚当在她心目中的位置。在这样一个紧急的时刻,欲望像难挨的饥渴折磨着她的心。她连罗杰的名字也想不起来,可是一双手抚摸着他,紧紧地抓着他。他那肌肉结实的脊背、高大的身躯和体重都让她惊讶。她听见自己在可怜巴巴地呻吟。那是对性的渴望。这难道是一个爱的场面?难道是痛苦、悲哀听凭疯狂"喜剧"的摆布,最终创造出这样一个做爱的场面吗?已经那么久了,我连怎么做都忘了。他们笨手笨脚,被激情折磨着,就像两个在激浪中游泳的人。罗杰揪扯着玛丽娜的衣服,差点儿撕破。玛丽娜的手指也胡乱揪扯着他的衬衫、裤子。他引导着她那只手,玛丽娜已经忘记男人和女人第一次在一起,多长时间可以兴奋起来。罗杰热烘烘的呼吸像狗一样,越来越快。他紧紧地抱着她,身体急切地向前拱。两腿之间,那个奇妙的玩意儿充满活力。还没来得及拉开裤子上的拉链,就迫不及待地把着她的手抚摸。他们亲吻,呻吟。他们本来可以在地板上做爱,在那坚硬的、污渍斑斑的地板上。地板下面有一个神秘的地窖。罗杰分开玛丽娜的两条大腿,像一块石板向她身上压下来,可是那一刹那,他一定在她脸上看到了什么,不由得吃了一惊——她闭着眼睛,咧着嘴唇,好像准备迎接预料中的疼痛。发辫很不舒服地挤压在后脑勺和地板之间。或许他们都听见老朋友越来越近的脚步声。亚当提高嗓门儿,乐呵呵地说:你们他妈的在这儿干什么?玛丽娜?我死了还不到二十四小时,你们俩就在我的家里干上了?罗杰的勃起几乎立刻消失。他嘟囔着,似乎在说:"我不能,对不起。"玛丽娜一双拳头敲打着他。她无法控制自己,发了疯似的踢他,用膝盖顶他的腹股沟。事后想起自己那副歇斯底里大发作的样子,她一定羞愧难当。可是那一刻,她从中体会到野蛮的快乐。她抓罗杰,抓得他耳朵下面和脸颊上都渗出鲜血。他惊讶得扭歪了一张脸。她仰面大笑。他紧紧地抓住她的手腕。她的衬衫从肩头滑落下来,他咬她裸露的肩膀,咬她的乳头。他喘着粗气,激动得无法自持。阴茎软绵绵的,像泄了气的皮球,紧贴玛丽娜那一片波浪般鬈曲的阴毛。

突然,一切都过去了。疯狂的浪潮流遍他们全身,然后渐渐远去。夏天的狂飙席卷而来。他们俩躺在亚当·贝伦德工作室的地板上,精疲力竭,被彻底打垮,好长时间谁也没看谁一眼。

老磨坊路：洞穴

1

透过那幢壮观的、殖民地时期老房子的墙壁，透过硬木地板和地板上铺着的厚厚的地毯——时光老人仿佛使这一切都得以膨胀——传来一个女人的哭声。

她的心碎了，但不是为他。

哈得孙-盐山村北面老磨坊路的山坡上，有一幢十八世纪盖的殖民地时期式样的房子。这房子经过仔细的修整，里面住着一对中年男女。他们结婚的时间已经很长（"至少半辈子了"），就像洞穴里的鼹鼠，相互之间视而不见。

这显然是一个舒适的、令人满意的住处。房子的男女主人都是殷实人家的子女（也就是说，婚姻双方都有教养，有钱，尽管不是挥金如土的富豪）。

奇怪！这个"洞"，这幢房子十分宽敞，备受赞赏，占地四英亩，价值昂贵，是罗克兰县最好的房地产，可还是一个"洞"。奇怪，尽管现在的主人和先前的主人一样，将它扩大、翻修，不惜花费重金把它改造得像玻璃陈列柜一样漂亮，可它还是显得那么狭窄，憋气。("住在这儿宛如做一场梦。有时候,我心里着急,说不定哪天早晨醒来,所有快乐与幸福都消失得无影无踪。")

这幢房子最古老的部分全是木结构,油漆得非常鲜亮。牡蛎白的木瓦像镭在刚刚降临的暮色中闪闪发光。大卵石随处可见,褪了色的红砖日久年深,看起来一碰就碎。灰泥宛如裸露的白骨。楼上楼下有许多窗户,都又小又窄,典型的殖民地时期的风格。玻璃也年代久远,看起来像波浪一样起伏不平。每逢过节——在盐山村,无论过什么节日都像圣诞节一样隆重——凡是从老磨坊路看得见的窗户,都被电蜡烛照得通亮。一串串晶莹素雅的小灯泡装饰着整座房屋和旁边的树林。百叶窗刷成深绿色——大家熟悉的"爱国主义者"喜欢的颜色。结实的前门用古老的橡木做成。门环是殖民地时期锻造的,上面装饰着一只黄铜美洲鹰。整个夏天,鲜红的天竺葵摆放在门前的台阶上。秋天则换成菊花。花盆都用砂纸精心打磨过,故意弄得"土里土气",和整个景物的格调保持一致。

"这样的幸福,令人难以置信。当然不是因为我们不曾为它做过努力。莱昂内尔羞于说起这些事情。你知道他是怎样一个人。所以,我们从来不谈这个话题。"

这幢房子始建于一七六三年。造房子的人是曼哈顿一位声名卓著的商人,名叫伊莱亚斯·马科姆。关于这位马科姆的情况,人们知之甚少。只知道他本来是个"亲英分子",一七七四年转变立场,支持联邦党,并且慷慨解囊,支援革命军反对大英帝国的斗争。原因是"自由旗杆"①曾经威胁他,不改弦易辙,就要给他涂上柏油、粘上羽毛,当众处死。一七八一年,这幢房子落入克利夫兰·韦德将军之手。这位将军是乔治·华盛顿总统亲密的朋友和得力

---

① 自由旗杆,在旗杆顶端挂一顶自由帽或共和国旗的旗杆,作为自由的标志。

的助手。变成他的财产之后,将军又盖了好多房子,加高屋顶,修建了仓库和外屋。你可以把这幢房子称之为"马科姆府邸",也可以管它叫"韦德府邸"。后来的所有者都认为应该认真对待客人们就这幢房子提出的任何问题,同时有义务真诚热情地介绍几易其主的详细过程。对于当地历史的有关段落他们也都烂熟于心,可以像背诵圣典一样背诵。房子那边是仓库。仓库的石头基础很高,基础上面的木结构被风雨剥蚀得满目疮痍。屋脊之上有一个指示风向的铜公鸡,现在已经不再转动,只把它的"侧面像"展示于蓝天之下。这座如画的仓库前面有一个水塘。水塘四周长满香蒲。塘里的水像豌豆浓汤,一片碧绿,散发出一股呛人的气味。四月,山坡上和小路旁开满黄色的水仙花,迎风绽开的花朵轻轻摇曳,让人心旷神怡。在这幅"图画"之下,处处洋溢着幸福。

这是霍夫曼夫妇——卡米拉和莱昂内尔宛如"陈列柜"似的家。他们的孩子都已经长大,远走高飞了。他们的婚姻像一条在旋涡里勇敢挣扎的小船。那是一条制作精美、悉心保养、让人骄傲的第一流的船,永远不会破碎。这幢房子的女主人卡米拉对它沉甸甸的历史当然更加敏感,对生活在这样一幢房子里的荣耀体会尤深。她尽其所能把房子装饰得古香古色,早就成了当地熟知革命时期纽约州历史的"专家"之一。莱昂内尔是个大忙人。他是霍夫曼出版公司的高级副总裁,这家公司归他们家族所有,总部在曼哈顿,是美国出版医学教科书和医学指南最成功的出版社之一。霍夫曼夫妇和盐山村大部分居民一样,很喜欢参加社会活动。如今,孩子们不在身边,"人到中年"的他们就需要另外一种"家庭"。一个更大、从某种意义上讲更可靠的家庭。他们喜欢交往,希望和即使不太熟悉的人也能建立起亲密的关系。他们有钱,但不是富豪,拥有足够的钱财使他们明白这样一个道理:巨富背后潜藏着悲剧。而悲剧这玩意儿他们连想一想，心里都不舒服。我们喜欢盐山，因为它是一个真正的美国大熔炉。他们那个圈子里的朋友很少有人对所谓"向上爬"感兴趣。因为生活在哈得孙-盐山这么个地方，让你爬又能"爬"到哪儿去呢？热衷于打高尔夫球的人属于"盐山高尔夫球俱乐部"。喜欢划船的人属于"哈得孙谷游艇、帆船俱乐部"。还有"干河湾网球俱乐部"。但是，"盐山乡村俱乐部"的成员大多数都是郊区的暴发户。（确实，罗克兰县这样的"暴发户"不在少数。而且，随着一幢幢高层公寓楼拔地而起，以及价值二百万美元的房地产项目在风景如画的河岸边开发，还在逐年增多。）霍夫曼夫妇和他们那个圈子里的人都不愿意被划入"郊区人"之列。他们认为自己与众不同，完全是另一个类型的美国人——"居住在村子里"或者"居住在乡下"的美国人。

霍夫曼夫妇以及他们那个圈子里的人就像和老磨坊路、老荷兰路、林仙山口、麦束路、鹿鸣路、德里巷、雉鸡路、斯巴克山路的邻居们友好交往一样，和性格古怪、见解独特的雕塑家亚当·贝伦德，和盐山书店的玛丽娜·特罗伊也都和睦相处。他们对盐山音乐堂的创始人，对教孩子们跳芭蕾舞的法国老太太，对一位论派①牧师和他的诗人妻子，对《盐山周报》的大胡子编辑，以及在联立房屋②里种了许多兰花的商船队退休船长都十分友好。对像霍夫曼夫妇那样住在堪称历史遗址的豪宅里的人们也恭而敬之。这些人家的纯种马、纯种牛和黑脸绵羊在山坡牧场上安静地啃食青草，宛如梦中古老的欧洲。盐山村居民的"阶级阵线"分得一清二楚。有的府邸被古老的石头墙环绕着。有的人家只是普通篱笆——红

---

① 一位论派，认为上帝只有一位并否认基督神性的基督教派别。
② 联立房屋，排屋中的一栋房屋。

杉木栅栏，钢丝网眼儿栅栏，尖板条栅栏，或者只是几根标杆，几道围栏。但是友谊并没有被这些不同等级的"栅栏"阻隔。我们需要朋友，始终需要。为什么需要？自己也说不清楚。

他们那个宽敞的"洞穴"里，大部分房间都摆着某个时期的古董，或者逼真的复制品。霍夫曼夫妇以好客著称。那座旧时代遗留下来的很别致的仓房，早已改造成具有全套现代化设施的大客厅。霍夫曼夫妇家常常高朋满座。"高朋"们还会带他们的朋友来凑热闹。他们自己举办聚会，也参加别人家的聚会，再为这些聚会举行"答谢聚会"。按照他们那个圈子里的习惯，霍夫曼夫妇负责举办新年聚会。大约四十位最亲近的朋友应邀出席。男士系着黑领结，女士穿着长长的晚礼服。这座当地著名的府邸里点满蜡烛。两层楼高的门厅里，十五英尺高的圣诞树装饰得非常漂亮。一排排一品红和楼下几个壁炉里熊熊燃烧的火焰交相辉映。亚当·贝伦德第一次参加霍夫曼家一年一度的新年晚会时，在门前的石板台阶上徘徊良久。台阶上落了一层薄薄的雪，别的客人从他身边鱼贯而入。他开玩笑说："我真怕迈过这道门槛。那里面简直太完美了。"这是他死前十七年六个月零一星期的事。那时候，亚当刚刚步入中年，身体很结实，但是不胖，比后来五十多岁时轻二十磅。他肌肉结实，肩膀很宽，看起来像个干体力活的人。他相貌平平，但不像后来那样满脸皱纹，一副饱经沧桑的样子。他的头发浓密，只是鬓角刚刚生出几根华发。在这样一个正式场合，他没有系黑领结（如请柬之建议），而是穿了一件浅橙色缎子外套，黑白格绸衬衫，锦缎镶边的黑裤子。白蝴蝶结稍稍有点大，闪着冷艳的光。那时候，亚当·贝伦德在盐山还没有什么名气，算不上个"人物"。只是在从山里的出租屋搬进河边那座老宅时，让"盐山人"着实吃了一惊。那天晚上，来霍夫曼家做客的人，没有一个能够说清：亚当这身行头是出于他喜欢冷嘲热讽的禀性，还是只想闹着玩儿；他是嘲弄霍夫曼家的新年晚会，还是嘲弄所有的新年晚会；或者亚当真的认为这身装束非常得体，从而反映出他对社交礼仪一无所知，是个缺乏教养的"山里人"。

不一会儿，在喧闹的人群中，和一个又一个漂亮的女人跳舞，亚当已经累得汗流浃背。他脱了浅橙色缎子外套，卷起衬衫袖子。

亚当·贝伦德，当地的艺术家，雕塑家。这是他在盐山的身份。他是夜校美术班的老师。卡米拉·霍夫曼和班里别的女人一样，完全被亚当迷住了。（夜校里没有几个男人，仅有的几个也都垂垂老矣。）亚当身上有什么与众不同之处呢？哦，该怎么说呢！他当然和夜校里别的那些教美术、瑜伽、舞蹈、制陶、写作、网球、高尔夫球等等的男老师不同。他们总是不遗余力、不知羞耻地讨好那些富有的结了婚的"女学生"，就像冻僵了的人，满怀激情往火堆里扔木头。而他从不勾引她们。他对学生非常友善，一视同仁，没有亲疏远近之分。总是小心翼翼地"启发""鼓励"大家。他说，真正的艺术天才毕竟稀少，重要的是培养情趣。搞专业创作是一种献身，而"业余"只是爱好罢了。当一个女人努力学习而又没有什么可夸赞的东西时，他就默默地站在旁边，一边看她作画，一边沉思默想。有的晚上，他很少说话，但是通过面部表情和身体的动作与大家沟通。有时候，他也爱开玩笑。如果一个女人（卡米拉·霍夫曼不属于此列。她对自己常常没有信心，尤其亚当在场的时候）不满意自己的"作品"，把那个黏土捏的玩意儿又揉成一堆烂泥，亚当就笑着说："亲爱的，能这样严肃地对待自己的作品，没有几分勇气可办不到。"有时候，他像说谜语似的说出些高深莫测的话。他在教室里面走来走去，对自己那副模样显然颇为满意。用一位"女学生"的话来说，像一头用两条后腿走路的小公牛。他用悦耳的、抑扬顿挫的声音背诵诗歌:卢克莱修①的《物之本源》,布莱克②的《天堂与地狱之婚恋》,惠特曼③的《草叶集》。盐山村的妇女有生之年不会忘记亚当·贝伦德充满激情的男中音在她们心灵深处引起的震撼。

> 你或许不知道我是谁,
> 不知道我火热的心肠。
> 但对于你,
> 我永远年轻力壮!
> 你的血因我而沸腾,
> 你的心因我而激荡。
> 倘若最初没有抓住我,
> 不要伤心,不要失望。
> 一个地方找不到,
> 就去寻找另外一个地方。
> 我会停在时间隧道等你,
> 直到日久天长。

他雇了一辆小公共汽车带她们到曼哈顿,参观大都会美术博物馆。像希腊神话中半人半马的怪物领着一群尘世间的女人走过那座发出阵阵回响的殿堂。那是一个处处表现出希腊和罗马风格的艺术世界。他不让她们相互说话,也不能和他说话,甚至不能

---

① 卢克莱修(约前94—前55),古罗马诗人,哲学家。
② 布莱克(1757—1827),英国诗人和版画家,善用歌谣体和韵体抒写理想和生活,作品风格独特,有诗集《天真之歌》《经验之歌》等。
③ 惠特曼(1819—1892),美国诗人,背离传统诗体,勇于创新,其诗作描写了美国劳动阶层的生活,表达了强烈的民主精神,对中国新诗创作产生过影响,作品有《草叶集》等。

"胡思乱想","只看"。她们看了那么多！就像气球超过它的容量，随时都会爆裂一样。

　　有的晚上，亚当·贝伦德因为没有认真洗浴，身上散发出男人身上那股特有的气味。他的衣服也常皱皱巴巴。他只有一只好眼——左眼。这只眼睛从她们身上和她们正在努力学习的"功课"上掠过，凝视着远方，好像这些女人压根儿就不存在，或者只是存在于有限的空间与时间之中，和亚当心目中那个更崇高、更永恒不灭的世界无法同日而语。表象的世界，理念的世界，心灵的世界。虽然我们无法体验所有这一切，但是我们知道它们确实存在。（可她们知道吗？盐山村的妇女虽然满怀希望，但脑子里还是一片混乱，不知所云。）如果她们之中有谁斗胆问亚当一些有关他个人的问题，他总会温和但断然拒绝回答。被人家这样"拒之门外"自然是一件难堪的事情。在盐山女人们那个圈子里，她们很少受到这样的冷落。渐渐地，谁也不再自讨没趣。因而，没有人知道，亚当·贝伦德生在哪儿，长在哪儿，有没有家庭，结没结过婚，还有……他那只右眼是怎么瞎的。

　　在她们的想象之中——这种想象因为很少自由驰骋，而变得高度兴奋，充满浪漫色彩——亚当·贝伦德身上有一股神秘的、极具权威的力量。但是他没有使用这种力量。或者我们这样认为。

"我嫉妒吗？当然不。"

　　因为他是莱昂内尔·霍夫曼，生来就不是喜欢嫉妒的人。他高高的个子，动作灵活，不苟言笑，"非常聪明，非常有钱"（有一次他不无尴尬地听见一个女人这样评价他）。一张轮廓分明的脸很英俊，或者说很慈祥。这要看评论他的人的心情、趣味。原本满头黑发，可在三十多岁的时候，触目的银丝就爬上了鬓角。在市郊往返列车上，莱昂内尔经常从报纸上抬起一双眼睛，看周围和他年龄相仿的男人。那些人因为自卑，或者不好意思立刻避开他的目光，去看手里的《纽约时报》，全神贯注的样子就像在读祈祷书。在霍夫曼这个家族公司，老年人都挑大梁。他们简直可以干到九十岁。这样一来，像莱昂内尔这样的小字辈就成了长不大的"老小孩"。其实，早在孩提时代，莱昂内尔就以"少年老成"而著称。大人们经常拿他当楷模，责备那些更富于想象力的小兄弟们。他是个信得过、靠得住的男孩子。

他还很年轻的时候就恋爱，结婚。他记得起卡米拉当新娘时的样子，但是记不起自己做新郎的样子。有时候，他很难准确地想起卡米拉年轻时的模样。因为她和那个年代许多姑娘都长得差不多，很容易把她混同于别人。混同于谁呢？上大学时同宿舍同学的女朋友？凯茨或者梅梅？梅梅曾经扑在他怀里轻声啜泣，偷偷地用裙子的肩部擦鼻子。

霍夫曼家族没有一个男人嫉妒别人，因为霍夫曼家族没有一个男人在性方面存在什么隐患。一个男人，堂堂正正的男子汉，英俊，聪明，为霍夫曼出版公司效力。而这个公司毫无疑问是美国出版教科书、参考书最成功的出版社。生活并不是一条要斯芬克司①猜想的谜语（除非斯芬克司让你猜谜），而是像计算机的"打印输出"，数字和方程式。霍夫曼家的人一旦结婚，婚姻都很稳定，没有什么风流浪漫的事情发生。（果真如此吗？实话说，莱昂内尔·霍夫曼有时候也以他那种镇定、冷漠、超然物外的方式，被某些朋友的妻子所吸引，但他从来不会真的走到她们身边。没有

---

① 斯芬克司，希腊神话中带翼的狮身女怪，传说常叫过路行人猜谜，猜不出者即遭杀害。

什么事情比和社交圈子里的熟人发生亲密的关系,或者说性关系,更令他作呕。永远不要把自己的窝弄脏,这是老莱昂内尔对儿子们的谆谆教导。)

"嫉妒……谁?他?从来没有。"

亚当·贝伦德,当地一位古怪的画家。雕塑家。少一只眼睛,或许那是一只瞎眼。矮墩墩的身材,像个消防栓。那次新年晚会前,没有人把他介绍给莱昂内尔。尽管在盐山村,莱昂内尔·霍夫曼几年前就听说过这个人的名字。

如果卡米拉被亚当·贝伦德吸引,莱昂内尔就会产生一种丈夫的所有权被侵犯的感觉。那种感觉像牙疼。她是他的妻子,在他的保护之下,却那么易受诱惑。如果她把自己弄得像个傻瓜……哦,天哪!盐山保守得像个孤岛。(盐山村的男人,大多数都乘市郊往返列车到曼哈顿上班,通常一周有五个白天不在家。还有不少人像莱昂内尔一样,在市区有公寓,经常晚上不回家。你可以想象,莱昂内尔·霍夫曼除了睡觉都在工作。不是因为贪婪,想多赚钱,而是因为,他真的不知道,一个负责任的成年男子除了工作,还有什么可干的事情。忠实的丈夫不在家的时间——如果有一天,列表格统计出他们不在家的天数,加起来足有几年——盐山村的妻子们不可避免地会被不是她们丈夫的男人所吸引。这种带有灾难性的恋爱很少以离婚和再婚结束,而是一种很难确定其性质的"风流韵事"。她们的"传奇故事"仿佛形成一个"良性循环"的模式——一个女人想象着自己爱上了朋友的丈夫;等对这个男人的迷恋消失之后,又想象着爱上了另外一个朋友的丈夫。过一段时间,再换一个,几年下来,像霍夫曼夫妇所在的那个社交圈子里的女人,就会把整个"圈子"里的男人都"爱"一遍,再回到最初"爱"过的那个男人身边。丈夫们则认为,只要自己的女人不和她那个社交圈子以外的男人"相爱",这种行为是无害的。这就是哈得孙-盐山村。在这里,婚姻、家庭、财产是不可侵犯的。)

在那次新年晚会上,莱昂内尔一直偷偷地观察这位"亚当·贝伦德"。他是妻子请来的客人。关于此人的传言,他早有耳闻。莱昂内尔一贯小心谨慎。(如果换一个主人,一定会对亚当那件浅橙色缎子外套投以轻视的目光,或者颇有微词,可是莱昂内尔却面无表情,一副超然脱俗的样子。)不过,在那个灯红酒绿、痛饮香槟、其乐融融的晚上,莱昂内尔暗中观察的结果是,亚当·贝伦德对卡米拉并无非分之想。他对她只是一般性的礼貌和热情,并不爱她,也没有诱惑她爱他。这一点,你从卡米拉那双不无怨恨的眼睛里就能看出。亚当和欧文·卡特勒那位阔绰、肥胖的妻子奥古斯塔跳舞,远比和脸蛋儿迷人的卡米拉·霍夫曼起劲。他们跳迪斯科。亚当跳得虽然不是特别好,但是充满活力。

莱昂内尔的结论是:他虽然粗鲁,但还是个绅士。

凌晨两点,霍夫曼家的客人大部分都走了。卡米拉马马虎虎吻了吻丈夫和亚当·贝伦德,也上楼睡觉去了。两个男人坐在快要熄灭的炉火前面,静静地聊着。更准确地说,是莱昂内尔在聊。香槟酒和节日气氛使他谈兴大增。两个男人都脱掉外套,解开领结。莱昂内尔不是个很爱说话的人,尤其在自己家举行晚会,他更是谨言缄口。总觉得当"东道主"是一件要凭良心办好的事情,非"一本正经"不足以表示自己的诚意。现在,聚会结束了,他兴致勃勃,满怀热情地高谈阔论。他喜欢亚当·贝伦德!他是一个和自己那么不同的"另类"。他们的话题涉及政治、道德、"人的价值"。莱昂内尔成长于六十年代,在接触家庭和亲戚这个圈子之外的社会中,许多见闻令他作呕。世风日下,美国的"堕落"成为严重的社会问题。后来,他上了大学——在科尔盖特,那也是他父亲当年念书的地方——生活有了很大改变。这种变化主要表现在他的思想,内心世界。尽管自从大学毕业之后,莱昂内尔连一眼哲学或者诗歌也没有看过,但是,大学期间的人文科学课"铸就"了他的世界观。后来,他按计划在华顿学院学习,为自己后来进入工商界打下了坚实的基础。"我记得最清楚的是:'认识你自己。'这是苏格拉底的名言,对吗?我还记得希腊悲剧。一个人犯了错误,就要坦白。挖出自己的眼珠子,或者上吊自杀。没有自艾自怜,也不乞求公正的裁决或者宽大处理。这实在是一种怪诞的'公正原则'。如果有罪,你就要为此而付出代价。即使没罪,也得付出代价。因为有时候罪与非罪没有一个明确的界限。这就是生活!这就是世界!我是基督徒,可是……你知道。'逆来顺受者将继承财富。'我对此深表怀疑!没有什么逆来顺受者。只有赢家和输家。难道不是吗?人变成马,或者树,或者河。一个女人变成仙鹤,被……被什么强奸了?公牛?或者正好颠倒了一个个儿?反正是个神。我是说那头公牛。有时候神是无形的,看不见摸不着。我想,这不过是些说教性的寓言罢了,对吗?肯定不是为了表现基督教的教义。还有一个猎人,被自己的猎狗撕咬得稀烂,因为他看见一位女神在森林里裸体沐浴。他是无意之中看见的,何罪之有?可还是受到了惩罚。他变成了什么?我忘了。"

"一头鹿。"

"一头鹿。"莱昂内尔若有所思地说。他的声音有点含糊,语气却很坚定,"他一直猎鹿,就变成了一头鹿,并且最终被杀戮。这就是充满怪诞色彩的公正,对吗?"

就这样,他和亚当·贝伦德聊呀,聊呀。或者说,莱昂内尔聊呀,聊呀。新年的第一个早晨,他的心里充满怀旧之感。而这种怀旧之感是他不曾预知的。那是对韶华已过、青春不再的感慨。尽管事实上,他简直没有青春可言。这些事情他差点儿向亚当·贝伦德和盘托出。我的朋友,亚当是我的朋友。以后,他常常怀着一种朦朦胧胧的幸福之感,回忆起那天夜里和亚当·贝伦德的长谈。他不止一次对卡米拉说,他很喜欢她的美术老师,非常感谢她介绍他们认识。他经常对朋友们说,亚当·贝伦德是一个多么善解人意、可以信赖的人。"脚踏实地","不务虚华"。莱昂内尔当然愿意尽快和亚当再见一面,培养巩固他们之间的友谊。实际情况是,无论在盐山,还是在曼哈顿,莱昂内尔都没有什么朋友。甚至可以说,自从大学毕业,以及在随后那段单身汉日子里,他就没有过一个亲密的同行朋友。在盐山,他有数不清的"朋友",可是没有一个真正意义上的朋友。(因为盐山和别的地方一样,女人掌握着社交的方向盘。在她们的"掌握"之下,车轮总是沿着原先的车辙走过来走过去,全无新意可言。)可是自从那个除夕之夜,几个月过去了,几年过去了,全心全意沉湎于工作之中的莱昂内尔·霍夫曼再也没有能够像自己希望的那样,和亚当·贝伦德促膝长谈。亚当和他也是若即若离。见了面只是礼节性地握握手,相互之间的寒暄也是盐山村标准的面带微笑的问候方式:"你好,亚当?""莱昂内尔,你好!"

2

亚当,一个人如果知道他一定要死,还怎么活呢?

那是遥远的、遥远的六十年代。莱昂内尔还是个不能自立的十岁的男孩。在威斯柴斯特县布鲁姆山乡村小学读五年级,成绩优秀。就在那时候,莱昂内尔第一次看到两具尸体。从来都没有对别人提起过这事。

六十年代。毒品！乱蓬蓬的长发，邋里邋遢的衣服。即使像布鲁姆山，贝德福特山，坎特纳这样古老偏远的山村也难以幸免。甚至连塞耶、布雷斯科尔、利斯特（都是霍夫曼家族在布鲁姆山高地的邻居。霍夫曼府邸坐落在高坡之上，周围绿树葱茏，俯瞰人工造的布鲁姆湖。）这样的名门望族也未能幸免。男人们每天乘第一班郊区列车到纽约市上班，秋天和冬天直到天大黑之后才能回来。女人们在家里指挥仆人做家务，发送亲手书写的请柬，邀请朋友来家里聚会。她们每年还要发出多达五百张的圣诞贺卡，写地址，签名，忙个不亦乐乎。越南战争在地球那边打得如火如荼。为什么突然之间成了人们关注的焦点，尚不清楚。通常人们打开电视机，除了纽约和当地的新闻什么也不看，直到晚上八点以后再看电视，或者只是草草地翻翻那几张报纸，避开远在天边发生的事情。去布鲁姆山乡村学校上学的孩子们也可以免受这些新闻的干扰。布鲁姆山和别的地方毕竟有所不同，生活仍然宁静，或多或少尚可控制。道德上的控制，审美情趣的控制。选民们最关心的议题是城市规划中的分区法规。边界一定要划好。惯例一定要保持。如果布鲁姆山不是理想的乐土，就没有理想之地了。人类精神呼唤的理想，不能在遥不可及的地方实现，也不能在遥不可及的未来实现，而是要在此时此地实现。然而，布鲁姆山和其他划分得不是如此严格认真、一丝不苟的地区一样，也存在着若干问题。问题之一便是"吸毒"——"嬉皮士文化"的遗产。一位嬉皮士领袖曾经发出可怕的预言，威胁美国父母：我们将通过你们的孩子征服你们！孩子们虽然长大了，但毕竟还是孩子，危险依然存在。离开布鲁姆山的保护，升入大学（特别是位于市区的大学）便置身于危险之中了。一九六六年八月那个闷热的季节，就发生了这样一件事情。霍夫曼家的邻居——住在享有盛名的布鲁姆山高地的利斯特家,有个二十岁的儿子,从耶鲁大学退学回家,无所事事。有一天给他自己和女朋友注射了大量安非他命,两个人半夜三更光着脚,跑到他们那幢具有当代建筑风格的房子后面的树林里,躺在地上,在皎洁的月光下做爱,结果一命归西。尸体三天无人知晓。整整三天!利斯特夫妇以为他们这位"烦躁不安"的儿子又回纽黑文①去了。他在那儿和一帮朋友住在一起。他们做梦也没有想到,他和那个姑娘——才十六岁,家住坎特纳——就在附近,做出这种荒唐之事。八月天气炎热,尸体腐烂得很快。后来,几个小男孩儿在离明镜般的人工湖二十英尺远的树林里发现了他们。几个小家伙边喊救命边跑,惊动了大人。

莱昂内尔·霍夫曼那年十岁,并不是那几个小男孩之一。莱昂内尔藏在心中的秘密是,他前一天就发现了那两具尸体。他是闻到一股扑鼻的臭味走过去的。看见那一男一女,吓得拔腿就跑。小小的心灵里,他觉得那是一种难以名状的耻辱,所以和谁都没说,而且永远也不会说。那难闻的臭气!可怕的情景——他目不转睛看到的情景!——使他连气也喘不过来,直想呕吐。回家之后,他硬着头皮吃了几口饭,结果没出餐厅就吐了出来。家里人都说他得了"流感"。那时候——一直延续到现在,他们家不管是谁,只要得了"疑难杂症",一律归结为"流感"。

对于莱昂内尔,这就是六十年代。如果有什么外国新鲜玩意儿流入布鲁姆山精心划分的村庄或者盐山村时,他总是百倍警惕。

莱昂内尔生活中的女人们常常说他对食物、吃饭时间、气味非常"敏感"。"肠胃敏感",肯定意味着灵魂也敏感。

---

① 纽黑文,美国康涅狄格州南部港市,耶鲁大学所在地。

他对狗毛敏感。对猫的毛屑也很敏感。一看到这些玩意,鼻子里就像塞了湿纸巾,头痛,眼睛流泪。在老磨坊路这幢十八世纪建造、几经翻修的"洞穴"里,莱昂内尔的孩子——一个男孩,一个女孩,一直大声嚷嚷着要养宠物。因为他们所有的朋友都有宠物,狗,至少一只猫。谁的妈妈都有猫。为什么他们就不能养?他们和别人有什么不同?爸爸为什么那么自私?卡米拉出面调停。莱昂内尔断断续续听见他们的谈话。她态度严厉,晓之以理的时候,莱昂内尔心里就表示赞许。她一再表示歉意,甚至自己也跟着孩子们一起抱怨的时候,他就觉得她那么可恨。"你们的父亲是过敏性体质。这你们也清楚。他很抱歉。我也抱歉。可是这事毫无办法。"

十一岁的格拉米大声说:"就不能让爸爸到仓房去住?那儿也设备齐全,应有尽有。"

到仓房去住,打那以后,他经常面带微笑想象着,住在那儿会是怎样一幅情景。在老磨坊路这幢整修得十分漂亮的十八世纪殖民地时期的豪宅里,他和妻子儿女幸福地生活着。可是,他的思想,他的灵魂,也许真的在仓房。或者在森林里。

他从来没有告诉过父母或者布鲁姆山任何人,他最早发现那一对嬉皮士的事情(一对嬉皮士是他从《威斯特柴斯特日报》发表的因吸毒而死的新闻报道上学来的一句"套话")。后来也没有和妻子卡米拉谈起过这件事情。对卡米拉,凡是影响她的情绪、让她心烦意乱的事,他从来不讲。他也不会说那种让她激动得难以自持的话,撩拨得她心潮翻滚,以哪怕最缺乏性欲的女人那种充满母爱的方式,动情地抱住他,安慰他。啊,莱昂内尔!你该多么害怕呀。才十岁。哦！我想象得出那气味有多难闻。

他不想让妻子，或者任何一个女人这样满怀同情地安慰他。同情距怜悯只一步之遥。

仓房，是他回家之后的"避难所"。在市里，东六十一条大街那套有两个卧室的公寓房是他的下榻之地。每星期他在那儿睡两三个晚上。

在办公室长时间的工作，对城市生活不曾预料的喜欢，都让他觉得没有必要找一个"避难之地"。但是，在曼哈顿，他总觉得有一种负疚之感。因为他的"洞"，他的家，毕竟在盐山。

莱昂内尔的弟弟斯各特三十六岁那年，突然死于动脉瘤。噩耗传来，莱昂内尔目瞪口呆，悲痛欲绝。在布鲁姆山，葬礼举行好几天之后，他还说不出话来。那年他四十一岁，脑子里只有一个念头：难道这么快就开始了？他仿佛看见死神在镜子般闪光的小湖边徘徊。那一对嬉皮士就死在离湖不远的地方。他们在那儿腐烂，年轻的、赤裸的肌肤上爬满蛆虫。这么快！我的末日。卡米拉非常急，害怕丈夫也得个中风或者别的什么急病，想方设法让他说话，也让他听别人说话。可是他只能做出一副苦相，就像一个漂亮的死神的脑袋。她小心翼翼，嘱咐孩子们和爸爸在一起的时候不要闹。因为他受了刺激，非常悲伤。事实是，莱昂内尔有时候确实生斯各特的气，可他也深深地爱他。

爱他！从来没有。你他妈的巴不得他死。

不是！绝对不是。

如今，斯各特不会过比莱昂内尔更好的日子了。如今，人们不会像喜欢莱昂内尔那样喜欢斯各特了。

绝对不是！

悲伤仿佛麻痹了莱昂内尔。他本来两鬓刚刚染霜，现在却已满头华发,一天到晚心事重重,阴沉着脸。几个星期过去了,他还像梦游的人,整天走来走去,似乎弟弟的死是他造成的。孩子们都躲着他。卡米拉一个人参加朋友们的聚会和晚会。她是个勇敢的、能经得起压力的女人。她神经质地微笑着,一再向朋友们解释,莱昂内尔挺好,很快就会来看望大家。("挺好"在盐山成了颇受欢迎的"口头禅",它包含的意思十分广泛。)终于迎来了阳光明媚的四月的早晨。他开车到盐山村车站赶七点零八分到曼哈顿的火车。公路上一溜长蛇阵,全是亮闪闪的新款豪华轿车。(他自己那辆是奶油色"凌志",有四轮驱动装置、自动开启的遮阳棚顶,还有放CD和录音带的音响设备。)汽车驶过黄水仙盛开的老磨坊路、老荷兰路,在干水湾穿过那座漂亮的木桥,向南缓慢地驶过威特西夫路、雉鸡路,然后驶过方克斯山口、班特尔公园,到林登巷、西斧街、火车站。莱昂内尔觉得他头上那个怪兽般的面具终于消失,听见汽车里响起一阵阵阴险狠毒的笑声。

笑,笑!那笑声从他噘起的嘴唇、发紧的喉咙里迸发而出。二十年来,他从来没有这样痛快过。

Requiescat in pace① 这句拉丁文有安慰之意,读起来低沉,听起来圆润。你以为自己明白它的含义,实际上一知半解。

霍夫曼家是路德会教友,不是天主教徒。他们这个家族信奉路德教已经有好几百年历史了。卡米拉本来是长老会教友,和莱昂内尔结婚后才加入路德宗教会。他们在纽约布鲁姆山第一路德宗教堂盟誓成婚。在盐山,卡米拉星期日去教堂远比莱昂内尔去得勤。孩子们年纪小、还听话的时候,她经常领他们一块儿去。莱

---

① 意为:愿灵安息。

昂内尔只有过圣诞节和复活节的时候才去。其实,做礼拜的时候,他很难集中注意力听牧师慷慨激昂的布道。教徒们唱圣赞歌或者一起做祈祷的时候,他也总是咬紧牙关不让自己出声。到底为什么,他自己也不知道。也许是怕一不留神,那"阴险狠毒"的笑声就会"脱口而出"?

星期日早晨醒得很早,醒来之后心里便沉甸甸的。他不愿意用开着汽车和家人一起到盐山第一路德宗教堂这种方式为自己赎罪。他不愿意和那些去教堂的人——星期天去做礼拜的基督教徒为伍。《福音书》的"福音"说:耶稣是你的救星——如果你能让他走进你的心灵。你难道不让他走进你的心灵吗?莱昂内尔无数次祈祷耶稣救赎自己。

可是莱昂内尔真的相信耶稣吗?

莱昂内尔想象着自己和亚当·贝伦德的谈话。此刻,他头脑十分清醒。"冥冥之中,一定有一种比我们更伟大的力量,超过我们、制约我们的力量。"

可是,亚当·贝伦德不在身边,只有莱昂内尔一个人。他停了一下,侧耳静听。仿佛从遥远的地平线传来滚滚的雷声,也可能是威特西夫路那边掘土机的轰鸣,那"阴险狠毒"的笑声。

真可耻!她一边哭一边说。他说,啊,别这样,求你了。这句话到底和这个身穿粉红色薄绸裙的姑娘说了多少遍,莱昂内尔自己也记不清了。反正许多遍。

这个姑娘不是凯茨或者梅梅。而是卡米拉。卡米拉就这样鼻涕一把泪一把地哭着。莱昂内尔笨手笨脚地抱着她,安慰她。卡米拉在自己的肩膀上蹭着鼻子。

可怜的卡米拉。他连她姓什么也不知道。她只是像孩子似的嘟哝着,说自己叫"卡米拉",好像他肯定知道她姓甚名谁。她是莱昂内尔上大学一年级时,同宿舍一个家伙的妹妹。现在,莱昂内尔已经三年级了,住在漂亮小伙儿狄克家里。狄克一个哥哥回家度周末,喝多了酒,把这个吓得发抖的可怜姑娘扔在这儿不管了。已是夜里十点,这幢房子灯光耀眼,他不知道自己在想什么,说什么。姑娘躲在衣帽间,像花瓣一样美丽的脸蛋儿涨得通红。莱昂内尔手心出汗,使劲儿眨巴着眼睛,吃力地咽了口吐沫。他撞见她躲在这儿哭,纯属偶然。她穿着粉红色薄绸裙,乳峰高耸,金黄色的鬈发像玩具娃娃似的垂在肩头。卡米拉年轻美丽,曲线优美,楚楚动人,可是她对于莱昂内尔不是性的吸引。在莱昂内尔眼里,她是一个需要同情的小妹妹。他必须保护她不受他那几个粗鲁、无礼的家伙骚扰,乃至更严重的侮辱。出乎意料的是,她转过沾满泪水的脸,嘴唇颤抖着,紧紧地倚在他的怀里,没有丝毫虚伪和做作。她是从伊沙克学院来科尔盖特度周末的,住在城里的旅馆。现在才是星期五晚上,她不知道该怎么办,只想死。她羞愧难当,觉得没脸活在世上。那个可恨的家伙肆无忌惮地侮辱她,嘲笑她,把她当成贱货。他逼她喝了好多酒,而且肯定在酒里放了致幻药。她觉得天旋地转,心动过速。她住在城里的旅馆,现在却回不去了。甚至不知道旅馆在哪儿,离狄克家有多远,哦,她简直羞死了!羞死了!没法儿再活在世上!他怎么能这么凶残,这么粗鲁,这样对待她?他给她打电话的时候是那么温文尔雅。她一直盼着这个周末,特意买了这条新裙子。这次约会是她哥哥安排的。他肯定和这事有关。肯定!她一定要把这次受辱的事情告诉父亲,明天早晨就告诉!她是和另外三个女孩一起开车从伊沙克学院来科尔盖特的。她们星期日下午才回去。她怎么回家呢?哦,丢死人了!这下子学校里的同学都知道了。人们都会议论她,可怜她。她可受不了被人可怜。以前她也跟人约会过,可是从来没有碰见过这种事。她想死,真想死!莱昂内尔对她说,不要觉得有什么可羞愧的。看在上帝的分上,应该羞愧的是他那个狗屁哥们儿。莱昂内尔一边极力安慰这位浑身发抖、呜呜咽咽的姑娘,一边回想她哥哥的姓。在科尔盖特,大学生们经常举行周末联谊会。酗酒,叫喊,音乐放得震耳欲聋。像卡米拉这样一个文静的姑娘根本受不了。卡米拉,连她的名字都显得那么娇弱、文雅。卡米拉,莱昂内尔从来没有听过这么美丽的名字,简直像音乐。他帮她找到外套,还对她说,他有车,他愿意以"举手之劳"为她受到的委屈做一点补偿。莱昂内尔开车送她回旅馆的时候,卡米拉渐渐止住眼泪,用一块纸巾(从外套口袋里找到的)轻轻擦着滚烫的脸,还擤了擤鼻子。莱昂内尔觉得自己这样做很好,像个绅士。父亲一定会为他骄傲。他也为自己而骄傲。事情就这么简单。一切顺理成章地发生了。后来,他才听说,卡米拉家很有钱。他们家在罗德岛州有巨额投资。卡米拉就是在那儿长大的。她比莱昂内尔小两岁,矮三英寸,看起来天造地设的一对儿。她是个信奉基督教的好姑娘,从不怀疑《圣经》的权威。在伊沙克学院攻读教育学,虽然不是优等生,但还算用功。她的愿望是毕业以后做小学教师,或者去参加"和平队"①。她当然还希望结婚,生儿育女,做母亲。

就这样,命运使他们结为夫妻(尽管有一个过程,莱昂内尔从科尔盖特毕业之后,和别的女孩也有过交往。后来他到了纽约,在霍夫曼出版公司工作。可爱又脆弱的卡米拉曾经多次"失恋"),有了一双儿女。后来他们搬到哈得孙-盐山村老磨坊路。在这

---

① 和平队,由志愿人员组成的美国政府代表机构。成立于一九六一年,为发展中国家提供技术服务。

儿,年复一年,过着幸福的生活。

3

亚当是唯一能和我谈得来的人。即使我不能经常和他长谈。

莱昂内尔在盐山村生活这么多年,受到的最大震动就是亚当·贝伦德出乎意料的猝死。莱昂内尔再也见不到他了!

"亚当?死了?天哪,怎么死的?"整个盐山,所有盐山的男人都会发出这样的惊呼。

女人们的反应却不同。可不是,无论什么事情,女人的反应总是和男人有很大不同。她们直盯盯地望着你,眼泪夺眶而出。那是瞬间做出的反应。没有抵挡之力,没有招架之功,连怀疑也不会。虽然叫喊着"不!哦,不!亚当!"可是很快就接受了这个事实。像卡米拉一样,女人仿佛出于本能捂住眼睛,脸像廉价的陶器,因悲伤而"碎裂"。

男人首先想弄明白的是怎么死的?言谈话语中,他们都认为亚当死得冤屈。他一直生气勃勃,充满活力,看起来简直没有什么力量能把他摧垮。接下去,他们要问:他活了多大年纪?

可是,连罗杰·卡瓦纳夫也不知道他到底多大年纪。估计五十多岁,不会太多。莱昂内尔想起自己也已经五十二岁,(五十二岁!)心里好像被什么咬了一下。小时候,他连二十一岁也不敢想象。二十刚出头,无法想象三十岁会是怎样一副样子。三十岁的时候,觉得四十岁就走到了生命的终点。四十岁的时候又觉得五十岁是个尽头。现在,说来也怪,亚当的死比斯各特的死对他震动还大。尽管斯各特死的时候还那么年轻,又是他的亲兄弟。

从七月四日傍晚,直到第二天,亚当·贝伦德的死讯(溺水身亡？心脏病突发？)在盐山村不胫而走。莱昂内尔回家之后才听说这个消息。他一进家门就看见妻子正站在那儿，电话听筒紧紧贴在耳朵上。她脸色大变，泪水迷住双眼，弓着肩膀，像是要躲开从天而降的打击。她一点儿也没有意识到，莱昂内尔像一个隐身的游魂野鬼，正向她悄悄走来。卡米拉哭喊起来，她的心受了伤，悲痛的泪水奔涌而出。于是，莱昂内尔知道发生了什么事情。

　　故事的细节很快便流传开来。叙述过程中，人们像孩子似的对故事的主人公大加责备。正如童话故事里，连最天真无邪的人——特别是天真无邪的人！——都因为不谨慎而受到惩罚。如果亚当不离开盐山村的朋友们，去琼斯角参加什么募捐活动——他甚至连上哪儿都没有告诉玛丽娜·特罗伊——他一定不会死。他如果参加了阿切尔家举行的一年一度的烤肉野餐，也不会葬身哈得孙河。如果他真的想坐帆船去玩（亚当住在河边，对划船之类的活动从来就没有兴趣），那天下午为什么不和欧文·卡特勒他们一起去呢？大家都知道，亚当确实收到过欧文的请柬。所以，该如何解释这一切呢？他接受了一帮陌生人的邀请，和一帮陌生人一起划船，死在一帮陌生人当中。一条帆船翻了之后，为了救一个女人，淹死在哈得孙河。不是女人，是为了救一个孩子淹死的。"哦，不是淹死的，是救人之后，心脏病突发而死的。他是从一个很危险的高度跳到河里救人的。"亚当遇难的故事就这样在盐山村传来传去。打电话，或者"口传心授"。现在，不是罗杰和玛丽娜，而是别人成了这个不幸消息以及由这个消息演绎的故事的承受者。人们一次又一次地"老调重弹"：他为什么要这样？为什么这么莽撞？流传过程中，还演化出第二个"主题"：玛丽娜风驰电掣般驶往琼斯角，"死活"也想在医院里见亚当一面，可是她去迟了一步。据说玛丽娜当场昏倒，现在还在进行"药物治疗"。人们啧啧连声:可怜的玛丽娜!她遭受的损失太大了!尽管并不是所有人都认为亚当和玛丽娜是情人。在这个问题上也有的人持不同看法。这些人都是女人。莱昂内尔对这些猜测非常反感,已经十分紧张的神经无法再承受任何压力。他想从这幢房子逃走,开着车跑到山里。他受不了卡米拉抱着电话和一个又一个朋友相互表示怜悯和同情。她一边打电话一边啜泣,眼泪好像永远流不完。那痛苦、震惊、孩子般伤心的声音,他三十多年前在狄克家的衣帽间就听到过。那个姑娘。一把鼻涕一把眼泪。哦,天哪,我的生活……为什么会是这样?

大地仿佛在莱昂内尔脚下裂开,就像亚当,脚下已是万丈深渊。

"我为什么要安慰她?亚当也是我的朋友。"

他像夜间将要出没的动物在洞穴里徘徊一样,在漆黑的屋子里走来走去,耳边响着女人闷声闷气的呜咽。那声音仿佛透过地板和昂贵的东方地毯,从遥远的马科姆府邸和韦德府邸传来。难以计数的不认识的女人躲在某个地方,为并非她们丈夫的男人哭泣。郁积已久的痛苦宛如一首让人肝肠寸断的乐曲萦绕盘旋。

莱昂内尔从楼下紧挨厨房被称之为"食品室"的屋子里拿出一瓶肯塔基威士忌,对着嘴喝了一小口,润了润发干的嘴。火辣辣的威士忌带着愉悦,慢慢地穿肠而过。莱昂内尔不是会喝酒的人,霍夫曼家的男人也都不喝酒。即使喝,也很有节制,而且是自己偷偷地喝点儿,不失尊严。他们都是些不愿意惹是生非、成为众矢之的的人。莱昂内尔也许会再喝上一小口,甚至第三口,但绝不会再多。"我会想念你的,亚当。"但是,他希望对亚当的纪念只是他个人的事情,讨厌那种大张旗鼓的祭奠。盐山村喜欢把什么都"公众化",似乎非得把你的灵魂翻个底儿朝天不可,非得把什么都暴露在光天化日之下。在郊区列车上,在曼哈顿的公寓里,在飞机上,他都怀着这样一种孤独悲凉的心情。他感觉到飞机震颤着,向死亡俯冲,已经到了极限。他急切地审视自己的内心世界,发现灵魂深处充满危险。他的灵魂仿佛游乐宫里的哈哈镜,扭曲了照"镜子"人的面孔。你可以是任何一个人,任何一张脸。那脸只不过是一张皮。一切都是偶然。他好像正在走向深刻而又难以用语言表达的真理——作为个体的人,我们不过是一个偶然。他想起柏拉图那个关于山洞的寓言,虽然记得不太准确。这个寓言收集在禁书《理想国》里,大意是说,人类被禁锢在黑暗的山洞里,被幻景所迷惑。要想脱离这个山洞,就得冒什么也看不见的危险,因为真正的阳光使人目眩。要想脱离这个山洞,还得冒被那些什么也看不见的人排斥的危险。

呜咽声透过地板继续传过来。莱昂内尔硬着心肠不去听这哭声。他的脸扭曲着,一半是因为难过,一半是因为对这难过的轻蔑。你不管做什么,都不要笑。举行火葬仪式时,不要笑。他也不会为亚当哭泣。斯各特死时,他就没哭。霍夫曼家的男人,不是那种轻易伤心落泪的人。他也不会把藏在浴室里的卡米拉找出来。安慰一位在内心和丈夫最亲密、最信任的朋友通奸的妻子,算什么事儿呢?让这个女人安慰他吧。

"亚当也是我的朋友。"

他又呷了一小口威士忌,拧好盖子,把瓶子放到食品柜里。

从灰到灰,从土到土。

没有人为亚当·贝伦德举行葬礼,也没有宗教仪式。只是在几英里外的尼雅克举行一个简单的遗体告别仪式,然后就火化。尼雅克,谁都不喜欢去尼雅克。莱昂内尔一想起亚当·贝伦德要火化，就惊慌失措。但是他对卡米拉说，出于道德上的原因，他不想去参加这个仪式，因为他是基督教徒，一想起火化，就觉得是对基督教教义的亵渎。卡米拉愤怒地瞪着他问："难道你要让自己的老婆一个人去吗？难道你就这样没有心肝吗？难道你对我们的朋友亚当就这样漠不关心吗？"她的声音颤抖着，马上就要歇斯底里大发作了，莱昂内尔连忙答应和她一起去。卡米拉当然是对的。怎么能让她一个人在大庭广众之下出丑呢？

他爱妻子，会原谅她。再说没有一个男人能够忍受妻子当众出丑。

那真像是一场梦。七月的一个早晨，结束了让人疲惫不堪的两天假日加周末，莱昂内尔本来应该高高兴兴坐在公园大街写字楼第五十层霍夫曼出版公司经理办公室办公，现在却和卡米拉一起开着汽车来到尼雅克火葬服务中心前面铺沥青的宽阔的停车场。那儿已经停了不少车。好几辆莱昂内尔都认得。"真是一场噩梦！"莱昂内尔打了个寒战。除了那个高高的、污渍斑斑、给人一种不祥之感的烟囱之外，火葬场和郊区公共图书馆差不多，矮矮的，只有一层，用廉价的暗黄色砖砌成。走进殡仪馆，还没分清东南西北，火葬场的负责人沙德先生就连忙走过来，迎接霍夫曼夫妇。沙德先生高高的个子，穿一身黑颜色的套装，一双神情严肃的眼睛亮光闪闪，皮肤看起来就像揭起之后又绷上去的一样。在这个悲伤的时刻，沙德先生对他们表示欢迎，使劲握着手，脸上露出严肃的微笑，再三说，如果他们对程序，包括仪式结束后的活动有什么疑问，请不客气地提出来。霍夫曼夫妇连声说："好的，好的。"他们急于离开那儿，因为沙德先生亮闪闪的目光让他们害怕。一位留着短连鬓胡子、油光锃亮大背头的迎宾员催他们快去礼堂。礼堂里，空调开得很足，一排排椅子前面有一个高台，上面放着一口朴素的松木棺材。亚当的棺材！莱昂内尔慌乱地微笑着，在人群中寻找熟悉的朋友。礼堂没有窗户，光线昏暗。许多人都局促不安地站着，不愿意马上找位子坐下。如果这也是一种社会活动，可不是让人心情舒畅的活动。"在那儿！我们的朋友。"他们就像有什么残疾的鬼魂，跌跌撞撞地向盐山的朋友们走去。那些朋友和熟人衣冠楚楚，和这个场合格格不入，就像一群冒名顶替的"江湖骗子"。还有不少陌生人，他们连看都不想看一眼。卡米拉被一位又一位女友拥抱着，使劲儿眨巴着眼睛，不让眼泪流下来。莱昂内尔和大家握手。"啊，真像噩梦一样！""哦，上帝，可不是嘛！"他们这些人经常聚在一起，平常，总能看到亚当那张友善的、饱经沧桑的脸。他不在场很显眼。时间也不对。还不到中午。莱昂内尔起床已经好几个小时了。他倒了半杯威士忌，想稳定一下情绪，可是看起来，没有什么作用。甚至连那种火烧火燎的热辣辣的感觉也没有。后来，他一遍又一遍地漱口。尽管不喜欢用漱口液洗刷自己那张嘴巴。他虽然没有刻意打探，但是似乎知道，卡米拉服用了"镇静剂"。（到底是什么处方药，莱昂内尔不知道，也不想打听。也许是抗抑郁药。现在服用抗抑郁药居然成了时尚。据说，盐山村莱昂内尔那些朋友的妻子都特别喜欢这玩意儿。就像几十年前，布鲁姆山的女人都喜欢服用镇静剂一样。）此时此刻，亚当的朋友们，这些尚且活在世上前来吊唁他的朋友们，都有点手足无措。他们尽量不去看礼堂前面高台上那口非常触目的松木棺材。尽量不去想那个根本就无须考虑的问题：亚当在里面吗？一具尸体？礼堂里，尽管空调器的冷风拼命地吹，还是有一股说不出的气味。莱昂内尔皱着敏感的鼻子，在心里默默祈祷，千万不要恶心呕吐。

礼堂里响起莫扎特的《安魂曲》。录音带的转速快了一点，听起来有点失真。

莱昂内尔以前从来没有参加过这种火化前的告别仪式。他认为不保存遗体,火化掉也是一个好办法。是啊,如果你不相信死人在基督复活的日子里可以再生,有什么必要保存尸体呢?毫无疑问,可利用的土地正在被死人占用。经常看到关于墓地紧张的报道。这个问题似乎比房屋短缺还严重。亚洲许多国家由于人口过剩,已经变得不那么传统了。他们知道该怎么办。在"圣河"旁边架起柴堆焚烧他们的先人。当然,他们都是异教徒。莱昂内尔不能苟同的是,火葬不合乎他崇尚的那些礼仪。那道阴沉沉的紫红色帷幕后面,就是炉火熊熊的焚烧炉,随时准备把人的尸体变成灰。从灰到灰,从土到土。礼堂的墙壁似乎往里挤压。墙上画着表现自然风光的、平淡无奇的十九世纪风格的壁画,很像法国画家卢梭①笔下朴实无华的风景画。壁画上,片片绿叶色彩柔和,有点褪色,但依然充满活力。那生命之绿正是亚当花园里的碧绿。画在火葬场礼堂的墙壁上实在有点不合时宜。"请坐吧。"卡米拉一直压低嗓门儿和女友们说话。现在回转头看着莱昂内尔,脸上一片茫然和伤感。她的鞋跟又高又细,没走两步就打了个趔趄,莱昂内尔连忙扶住她。他们坐在中间一排的椅子上,浑身发抖。莱昂内尔身后坐着的一个女人趴在他耳朵旁边说话,把他吓了一跳。女人抱怨说:"啊,上帝!真是有悖常情,不合人意,莱昂内尔。亚当躺在那个盒子里。我们跌跌撞撞转过来转过去,就像脑子受了损伤的绵羊。"这个女人的声音沙哑,但很性感,甜腻腻的,呼吸有一股波尔图葡萄酒味。人们都说她也是亚当·贝伦德的情人。不

---

① 卢梭(1812—1867),法国风景画家,巴比松画派领袖,一八三七年定居巴比松村,直接观察描绘自然,作品有《桦树下的黄昏》《朗德的沼泽》等。

过莱昂内尔不大相信。她是欧文·卡特勒的妻子——奥古斯塔，熏火腿店的继承人。奥古斯塔就喜欢对着莱昂内尔·霍夫曼的耳朵嘀嘀咕咕，一副亲密无间的样子，即使当着他的妻子和朋友们的面也不在乎。这样做未免太过分了，因为在他们那个圈子里，大家都知道：莱昂内尔最死板，最保守，也最容易害羞、生气。可是奥古斯塔就是喜欢这样卖弄风骚。她目光狡猾，眼角向上挑，活像无花果。用蓝黑墨水仔仔细细描过的轮廓被汗水浸得"扩散"开来，成了个"乌眼青"，仿佛被一位凶残的情人打了一拳。她把嘴唇抹得特别红，就像往外渗血。莱昂内尔经常想，如果吻这张嘴，一定能吻出血来。亚当真的爱过这个女人吗？他在她那柔软丰满的身体上扎过"根"吗？这个想法既能激起情欲，又令人作呕。奥古斯塔·卡特勒的年龄到底多大，谁也说不清楚。反正她是一位儿女都已长大的母亲，是绅士风度十足的欧文的妻子。大家都很喜欢欧文，亚当也不例外。他难道能勾引他的妻子和自己通奸吗？干那种事儿她太老了。也太胖了！事实上，奥古斯塔是个穿戴华贵的鲁本斯①风格的女人。骨架子很大，充满性感，金黄色的头发瀑布般流泻下来。莱昂内尔在奥古斯塔觉得他可能看她的时候从来不看她，可是在时间拖得很长的晚宴上，大家都慢慢吃饭的时候，他常常目不转睛地看她和别的男人一起打情骂俏。她的领口很低，乳房高高隆起。她又吃又喝，几个小时过去，粉红色的皮肤渗出细密的汗珠，湿乎乎的。有一次，霍夫曼家举行新年晚会。莱昂内尔和她跳狐步舞的时候，她十分勇敢地把身体紧紧贴在他身上，用眼角瞟着他，粉红色的舌头从湿润润的嘴唇间伸出，红指甲像塑

---

① 鲁本斯(1577—1640)，佛兰德斯画家，巴洛克艺术代表人物，在欧洲艺术史上有巨大影响，作品有《基督下十字架》《维纳斯和阿多尼斯》《农民的舞蹈》。所谓"鲁本斯风格"指妇女形体丰满。

料爪子一样抓着他的皮肤。"莱昂内尔,等哪天……好吗?"莱昂内尔十分尴尬,假装没有听见。舞曲的声音放得很大。

莱昂内尔打了个寒战,伸出手,捂住眼睛。"真是一场噩梦!"

"求求你,别说这种话了!"卡米拉碰了一下他的胳膊肘。

莱昂内尔没有意识到他说出了声。有人正对前来吊唁的人们说着什么。是沙德先生。他解释说,仪式很简短。沙德的头发染得乌黑,发型怪怪的,就像头顶上放了一只亮闪闪的黑皮鞋。他说话的时候,龇着嘴唇,露出牙龈,那样子既吸引人又让人反感。他的牙齿——或者假牙——又白又亮,随着话音,发出让人毛骨悚然的回声。莱昂内尔皱着眉头,装出一副注意听讲的样子。亚当?在那个盒子里?死亡的场面非常执拗地从他脑海里一幕幕闪过。参加弟弟斯各特的葬礼时,他有一种头晕目眩、恶心、想要呕吐的感觉。尽管葬礼在布鲁姆山他们的家庭教堂举行,搞得非常体面。教堂门口摆着一排排鲜花。一位非常出色的风琴演奏家,弹奏巴赫的曲子。两百名亲戚朋友前来送葬。十岁那年,在布鲁姆湖芳草青青的湖岸看到的场面更让他永生难忘。那一对青年男女紧紧抱在一起,在对方的怀抱里,慢慢地腐烂。我没看见!什么也没看见。我不是发现他们的那个孩子。沙德先生对亚当·贝伦德的朋友们说,如果大家在程序上有什么疑问,仪式结束之后可以提出来,他很愿意回答。还有一些宣传材料,可以借给大家阅读。莱昂内尔皱着鼻子,似乎感觉到焚尸炉的热浪透过紫红色的帷幕扑面而来。亚当的棺材很便宜,除了在"西部片"里,莱昂内尔从来没见过这么廉价的棺材。棺材上有个环,很巧妙地套在一个机械装置上。这个装置把它向前推,推过紫红色帷幕,再推过后面墙壁上的一个"窗口",便进入火焰熊熊的焚烧炉,进入万劫不变的永恒。莱昂内尔使劲咽了一口吐沫,安慰自己,亚当就希望这样,难道不是吗？那个声音沙哑，从来不说废话的家伙，一定会告诉大家："把我的尸体和垃圾一起拉走，这有什么关系！"莱昂内尔听到第二个人讲话：罗杰·卡瓦纳夫。他也是莱昂内尔在盐山的老朋友之一，不过，他们一年也说不上几句话。他有时候和他一起玩壁球，或者打网球。球场上，他们都是善于找致命处扣杀对方的好手。不过，大家都认为罗杰的球路狡诈多变，而莱昂内尔是球场上完美的典范，即使输了球也不急不躁，表现得宽容大度。这天早晨，罗杰眼睛周围一片青紫，大概好几个晚上没睡好觉。他皮肤粗糙，面色苍白，就像用泥刀抹了什么。他穿了一套漂亮的黑色夏装，稀疏的头发整整齐齐梳到脑后，一张猛禽似的脸更加触目。莱昂内尔一直不明白，为什么他的这位朋友婚姻解体，为什么这么多年他一直一个人孤零零地待在盐山，心里充满伤痛和恼怒。当然，他从来没有打听过这些事情。关于朋友们的性生活，最好不要去想象，而且这种事情也无法想象。罗杰结结巴巴地讲到亚当的猝死和对大家的震动。讲到今年秋天，将为他举行一个追思纪念会。今天这个仪式推迟整整两天，因为他和玛丽娜一直想找到亚当的亲戚，可是没有成功。罗杰用他那种律师特有的干巴巴的、简短而又令人困惑的声音说："似乎没有一个姓贝伦德的人听说过我们的亚当。"在空调制造的冷气的"涡流"中，他的话音像一只被击伤的蛾，在大厅里飞舞。

这是什么意思？莱昂内尔非常气恼。

接下去是玛丽娜·特罗伊讲话。这个女人常常令人困惑不解，难以预料。她是霍夫曼那个圈子里比较年轻的女人，但是你又可以把她描绘为"一个显老的年轻女人"。一个错过了青春年华就长大了的老姑娘。在莱昂内尔眼里，她就是这个样子。看到报纸上强力推荐什么书之后，莱昂内尔就到盐山书店去买。主要是历史书和金融家、政坛人物及世界各地的名人传记。这些书,莱昂内尔很少读完,不过他打算抽空读完。与此同时,他的图书室里有了可观的收藏。正如他说的那样,他愿意以这种方式支持可怜的玛丽娜。玛丽娜的与众不同之处在于,你永远都搞不清楚,她想说什么,想做什么。因为,恐怕连她自己也说不清。"谢谢……谢谢诸位来……在这个悲伤的时刻。亚当一定会……哦,你们知道亚当……见到你们一定非常高兴。只是,只是,让人万分悲痛的是……"玛丽娜上气不接下气,那张脸在朋友们看来那么陌生。他们凝视着她,好像以前从来没有见过,生怕她说出什么不得体的话来。朋友(情人?)的死使她遭受了沉重的打击。她心力交瘁,仿佛变得年少无知——成年之后小心翼翼构筑的脆弱的人格外衣被粗暴地剥下。她面色苍白,满头红发下的半透明的皮肤下面,淡蓝色的血管轻轻跳动,很像金属丝。她的眼睛很大,泪光盈盈,不停地眨巴着。苍白的嘴唇活像一道伤口。她像一个梦游者,只是模模糊糊感觉到周围的景物。长裙外面套着一件长及膝盖近于黑色的外套。更准确地说是一件深紫色的、宽松的外套,皱皱巴巴,很难说出个名堂。肩上披着一条手工织的黑披肩。因为礼堂里很冷,再加上激动,她浑身颤抖。讲话的时候,不时瞥一眼几码之外停放着的松木棺材。棺材在一片昏暗中发出幽幽的光。她好像期待着什么。期待那口棺材里的人对她的话做出反应?莱昂内尔看见玛丽娜光着两条腿,赤脚穿着一双水渍斑斑的旧运动鞋,心里很不舒服。她的鉴赏力也太差了点儿!显然,一个女人如果没有丈夫监督,公共场合就会这样不注意仪表穿着。莱昂内尔一直以自己那种超然物外的方式赞赏玛丽娜亮光闪闪的红头发。他常常发现自己下意识地凝视那满头秀发。今天玛丽娜把头发紧紧地盘在头顶,眼角都吊了起来。高高的发髻系着薄薄的黑纱。黑纱旁边还别着一朵黑缎子扎的玫瑰。"花瓣"耷拉着,样子很怪。这种布扎的玫瑰一般在女人的帽子上才能看到。现在别在玛丽娜的头上,上下摆动,十分显眼,给人一种既可笑又过分的感觉。莱昂内尔皱着眉头,表示自己"不敢苟同"。就像许多年前,看见孩子们打扮得不伦不类,让他不悦那样。玛丽娜用一种努力装出来的平静的声音谈到亚当·贝伦德——"大家亲爱的、共同的朋友";谈到这样一个慷慨的好人的去世给社区造成的"巨大损失";谈到他"充满英雄主义"和"自我牺牲精神"的死。她停了一下,好像迷了路,不知所措地微笑着,几乎有点卖弄风情地看着那口棺材。"我们想知道的是,亚当,为什么……为什么你会抛弃生命,离我们而去?如果你真的愿意这样做,那么,对我们来说,这意味着什么?"死一样的寂静,人们坐在那儿一动不动。莱昂内尔心里的感觉和礼堂里所有人一样,都屏着呼吸倾听着,等待着。礼堂里大约有五六十个人,包括沙德先生和站在后面的几位"迎宾员"。玛丽娜面带微笑,凝视着大家,不时眨一下眼睛,就像梦游的人想努力清醒过来——即使只是几秒钟的时间——弄清自己身处何方。然后,她用比较正常的声音告诉大家,亚当生前就愿意火葬。有一次,他和她一起徒步旅行,路上碰见一具家畜的尸体,亚当便对她说,他死后愿意被"烧焦"。听到这儿,礼堂里响起一阵不自然的笑声。玛丽娜的嘴唇也抽动着。她瞥了一眼那口棺材,似乎对亚当的智慧表示赞赏。"所以,亚当,"她几乎有点快活地说,"我们将满足你的愿望。"玛丽娜从她那身古怪的左一层右一层的"行头"里,掏出一本破旧的书。莱昂内尔看见是《柏拉图对话录》。进入中年以后,他就成了远视眼,所以看得见那本书的书名。玛丽娜像个女学生,十分认真地读了一小段《斐多篇》里的话。她解释说,这一段讲述了苏格拉底被法庭判处死刑之后的事情。他躺在"临终床上",热爱他的门徒们陪伴着他,问他愿意如何埋葬。苏格拉底说:"随你们的意愿。如果你抓住我,我便不会从你手里逃脱……不会和你们一起待在这里。我将远去……你们应该充满信心,愿意怎样埋葬我的身体就怎样埋葬。认为怎样做最合乎习惯就怎样做。"说完这一段话,玛丽娜突然停了下来,就像有人在她背上猛地刺了一刀。"哦!哦,上帝!"她那光滑的、少女般的脸仿佛突然被打碎,痛苦万状,哭了起来。那一刹那,人们都惊恐地发现,玛丽娜·特罗伊又变成那个三十多岁的女人。

就这样,仪式结束了。

莫扎特的《安魂曲》又响了起来。而且是从半截开始,那个音节正好非常高,发出疯狂的响声。亚当式的音乐?你也许不会想到,亚当喜欢吹口哨,特别是轻快活泼很不悦耳的曲调。就莱昂内尔所知,他家里几乎没有几张古典音乐CD。"真是一场噩梦!"这时,那口朴素的松木棺材开始移动。它的离去有一种电影艺术的效果。起初,被机械装置推着向前滑行的时候震动了几下,后来便平稳了。眨眼之间,便消失在紫红帷幕的那面。大家凝视着轻轻颤动的帷幕,都十分惊骇。发生什么事了吗?那事发生了吗?那块俗艳的天鹅绒帷幕好像舞台上的幕布,向人们许诺,演出马上开始,可是它并没有开启,并没有将"连台好戏"呈现在观众面前——亚当的棺材消失了,帷幕又恢复到原先的样子。

他走了!走得这样快。

被烧焦,烧成灰。

莱昂内尔匆匆忙忙跑到洗手间。他把自己反锁在一个分隔间里,生怕有人撞进来,听见他的声音,或者认出他的鞋。他对着便盆呕吐起来。

早晨他没怎么吃东西。只有喝下去的波旁威士忌和胃酸一起翻腾上来，那滋味比烈酒下肚难受得多。

该走了。赶快逃走。可是谁也没有马上离开。没有表示结束的宗教仪式，怎么能算结束呢？他们站在停车场亮光闪闪的汽车中间。这些汽车加起来值数以千万计的美元。阳光仿佛在漆黑的沥青路面上流动，他们都觉得头晕目眩。太阳照在汽车上，耀眼的光从四面八方反射过来。吐过以后，莱昂内尔觉得好多了。他吐出来的不仅是胃里那点波旁威士忌，还有礼堂里那股让人恶心的气味。可怜的玛丽娜！她的眼泪又惹得许多女人抽抽搭搭地哭了起来，于是一张张精心描画过的脸变得活像融化了的结婚蛋糕。有几个感情脆弱的男人也陪着她们掉眼泪。莱昂内尔·霍夫曼没有哭。他是个恬淡寡欲之人，下定决心无论在大庭广众之下，还是私下里，绝不喜形于色。和霍夫曼家族所有男人一样，莱昂内尔也对歇斯底里的行为嗤之以鼻。从那幢建筑物走出来的时候，沙德先生塞到他手里一张乳白色的卡片。什么玩意儿呢？莱昂内尔瞥了一眼，是张名片。他没好气地将它撕成几块，顺手扔到地上。是不是每个人都会收到这样一张破玩意儿呢？"看起来，火葬不比棺材放进墓穴里土葬差。我的意思是，对于目击者而言，"欧文·卡特勒说，"放进墓穴还得一锹一锹地往里填土。火葬倒是省事儿，我们什么也没看见。"奥古斯塔·卡特勒已经匆匆忙忙戴上墨镜，向头顶上面指了指。"哦，你们看！"一团团像珍珠一样洁白的烟从高高的烟囱里冒出，向辽远的天空缓缓飘去。"这股味儿，"卡米拉悲伤地说，"一个时代结束了。"说着，又流下泪来。莱昂内尔看了一眼妻子，思绪又回到久远的记忆。那个女人，莫非就是他的妻子？他的？站在狄克家衣帽间那个一把鼻涕一把眼泪的姑娘。三十年过去了。她长了三十岁。充满稚气的美丽的小脸已经丰满得犹如一轮满月。下巴颏肌肉松弛，粉红色的皮肤已经没有了往昔的弹性。忧伤和时而引发的愤怒使她额头和嘴角的皱纹更深了。平常这些皱纹都被脂粉掩盖着。此刻，痛苦扭歪了她那张狗鱼似的嘴。看见卡米拉的这副样子，莱昂内尔觉得她既可怜又可恨。她就这样把自己毫无顾忌地暴露在光天化日之下。他知道，只允许年轻貌美的人公然表现这样的感情是不公平的。但他还是不愿意自己的妻子被世人嘲笑，可怜。他想赶快把她遮挡起来，用双臂或者外套。可是当他转过脸，在令人炫目的阳光下眨着眼睛看别人——他的朋友——时，意识到自己错了。他们都变了。都是一副人到中年，满脸沧桑的样子。卡米拉·霍夫曼就是世人，世人就是卡米拉·霍夫曼。

4

这天夜里，老磨坊路那幢房子里，霍夫曼夫妇进入了梦乡——在婚姻的"洞穴"里进入梦乡。在那幢古老的殖民地时期的马科姆府邸，或者作为地区历史里程碑的韦德府邸楼上古香古色的有四根帷柱的床上，筋疲力尽，进入梦乡。出于习惯，他们俩一直睡在一张床上。因为他们的婚姻是宗教"习惯法"批准的婚姻。（莱昂内尔必须在曼哈顿过夜，除非工作上的原因，或者出差到外地。那时候，他们便只好分床另睡。最近几年，这种事越来越多了。）他们就这样分分合合，远远近近地睡着。

因为睡觉不是只有一次，而是许许多多次。人类灵魂的这个区域除了睡觉人自己，别人无法闯入。就连睡觉人也无法决定自己做什么梦，无法阻止感情的洪流奔涌而出。不管别人如何强迫我们，或者把我们抱在怀中，都无济于事。带上我。你要上哪儿去？难道你不爱我？

在他们那个豪华的"婚姻洞穴"里，氧气越来越少，污浊的空气湿润润的，好似污渍斑斑的床单。尽管那张有四根帷柱的床上铺的是昂贵的亚麻布床单，而且一点也不脏。枕头很大，蓬松、舒适，里面塞的是鹅绒，造价昂贵。卧室——房地产经纪人把这样的房间叫作"主卧室"——里面摆着"革命时期"的家具饰物，十分漂亮。壁纸的图案是鸽灰色丝质百合花和弯弯曲曲的藤蔓，华贵而典雅，和克利夫兰·韦德将军夫妇时代卧室里的壁纸一模一样。霍夫曼夫妇就在这样的温馨之中睡觉。霍夫曼夫妇在他们的"洞穴"里睡了三十年。霍夫曼夫妇在一场悲伤之后睡觉，在那张双人床上背对背睡觉。他们筋疲力尽，就像穿过惊涛骇浪，勉强游回到岸上的游泳者。又像一条沉船的幸存者，害怕在对方眼里看到已经发生的事情，差点儿发生的事情。不！我不能看。不要让我看。我不认识你。

岁月如梭，漫长的历史长河中，老磨坊街这幢殖民地时期的大房子里，有多少对夫妻在主卧室高高的天花板下睡觉——像霍夫曼夫妇今夜一样，精疲力竭地走向梦乡。

活到这把年纪，卡米拉心里很清楚，丈夫莱昂内尔其实对她非常失望。她的软弱，眼泪，当众出丑。离开尼雅克回家的路上，他几乎什么话也没说，只说了一句："擤擤鼻子，卡米拉，求你了。"卡米拉害怕他，害怕看见他那双严厉的眼睛，一回家便溜到楼上，在床上躺下。莱昂内尔走进楼下书房，把门关上，不让她进去。就像许多年前，把孩子们压低嗓门儿的说话声和哧哧的笑声关在门外一样。他们壮着胆子，用小手轻轻拍打着房门。爸爸？爸——爸？你为什么要藏起来呢？卡米拉有时候手掌贴着房门，竖起耳朵仔细听,听不见动静,便也不敢说话。今天晚上,她连门边也没敢靠近。这幢房子很大,两个人几天都可以不见面。不过,莱昂内尔还是按照"习惯法"的要求,按时到楼上主卧室睡觉。卡米拉知道,他是个循规蹈矩的人。想到这一点,她便满怀感激之情。她舒舒服服地洗了个澡,换上一件花格法兰绒睡袍(尽管天气很热,但是莱昂内尔开着空调,卧室里很凉),在那张有四根帷柱的床上躺下,等待他。靠着莱昂内尔那边的床头柜上放着一盏灯。灯光昏暗,她的嘴唇动弹着,为亚当·贝伦德默默地祈祷,为她自己和丈夫祈祷。啊,上帝,让我们忍受这痛苦吧!让我们再快乐起来吧!她只是在心里和他"通奸",除此而外并无出格的行为,没有什么可愧疚的,但也不能说真的坦荡无虞。她应该坦白吗?坦白她爱过另外一个男人?在继续爱自己丈夫的同时,深爱过另外一个男人?莱昂内尔对生活总是孤高冷漠,不会知道这些事情。做梦也不会想到。对于他这样一个堂堂正正的男子汉,这该是多么大的侮辱。为了原谅她——如果愿意原谅的话——莱昂内尔必须知道事情的全部真相吗?哦,上帝,告诉我应该怎么办?亚当,我该怎么办?卡米拉向来是个信仰宗教的人,可是她和上帝的关系只是一种形式上的联系,并非真的可以给她慰藉和寄托。好长时间,想起上帝她就想起太姥爷——妈妈的祖父。老人家年事已高,留着雪白的胡子,送过她许多礼物,包括一匹设得兰矮种马。这匹马直到卡米拉十岁时,才从她的生活中永远消失。(后来,她问妈妈太姥爷上哪儿去了?妈妈总是古怪地微笑着,说:"太姥爷回苏格兰高地去了。那儿是他的故乡。")黑暗中,卡米拉眯着眼睛,仿佛来到一片荒野,向一个洞口走去。她孤零零一个人,穿着睡袍,心里很害怕。可是有人——也许是亚当——就在附近保护她。她看不见,但是知道他在那儿。就像活着的时候那样,一直保护她。浓浓的睡意裹挟着她飘流而去。那温柔之乡就在山洞里。然而,这一刻,她又非常清醒,清清楚楚听见楼梯上传来连续不断的吱嘎吱嘎的响声。事实上,就像兔子被猎狗追赶,她的思绪万千!她已经被这飞快旋转的思想搞得心力交瘁!自从那天晚上接到那个可怕的电话。卡米拉,我要告诉你一个悲伤的消息。关于亚当。亚当……出事儿了。亚当已经……已经死了。(打电话的人不是玛丽娜·特罗伊,而是阿比盖尔·代斯·普雷斯,一个在亚当开办的美术班学习的女人。)打电话的人刚说完,就哭了起来。卡米拉感到一阵撕心裂肺的痛苦,也哭了起来,尽管无法这么快就相信亚当已经不在人世。从那以后,卡米拉的心就没有平静过。她的思想像锋利的刀片,旋转着,亮光闪闪。闪光之中,门无声无息地开了。丈夫终于要上床睡觉了。已经是夜半时分,屋子里死一样地寂静。莱昂内尔光着脚,手里提着鞋,出于关心和礼貌,生怕惊动精疲力竭的妻子。(卡米拉知道,其实,他是不想和她说话,不想碰她。)像个强奸犯,偷偷溜进灯光昏暗的卧室。想到这儿,卡米拉笑了起来。因为莱昂内尔不是那种会有强奸念头的人。"莱昂内尔,亲爱的?"卡米拉轻声说。莱昂内尔吃了一惊,除了回答别无选择。"什么事?怎么了?"卡米拉坐了起来,巨大的鹅绒枕头在她身后簌簌地响着,"几点了?"莱昂内尔连忙说:"几点不几点有什么关系?反正很晚了。对不起,把你弄醒了。""我还没睡着呢!""我以为你睡着了,卡米拉。是我把你惊醒了,对不起。""真的没睡着,莱昂内尔。我一直在等你。""我想,你是睡着了。我听见你在打鼾。对不起,把你惊醒了。"卡米拉在一片黑暗中朝莱昂内尔微笑。他故意在台灯射出的那缕灯光那面磨蹭着。她想叫喊:别说什么对不起了!我讨厌你。可是相反,她伤心地说:"莱昂内尔,你爱……爱我吗?"莱昂内尔也许压根儿就没有听见,或者听见也不想回答。他已经溜进浴室。浴室在宽敞的卧室那头,排风扇已经开始旋转,发出嗡嗡的响声。"如果你不爱我了,我该怎么办?亚当也没了。"

莱昂内尔故意在浴室里磨蹭了很长时间,然后才上床睡觉。卡米拉心里明白,他是在等她再一次进入梦乡。自从听到亚当的死讯,他就没想着要安慰她,甚至连碰都不想碰她一下,连正眼都不想看她一眼。"亚当也是我的朋友!"他总是这样说。一边说一边不耐烦地把脸转过去。不过莱昂内尔这种冷淡也不是什么"新玩意儿",已经有许多个月,许多年了。是从孩子们离家之后?现在她已经不再是"母亲",又成了"妻子"了。作为"母亲",她把他和孩子们都服侍得周周到到。作为"妻子",她也许有点欠缺?她经常听到莱昂内尔抱怨,公司办公室里那几个迫不得已雇来的"女孩"什么事也干不了。卡米拉明白,如果让莱昂内尔面试她当"妻子",肯定不会"雇"她。她刚四十多岁,就已经魅力全无,风光不再。满头金黄色的鬈发失去往日的光泽。他们第一次见面的时候,卡米拉是个活泼的十八岁的姑娘,大学一年级的学生,长得非常漂亮,特别受男孩子欢迎。在学院里,她积极参加各种活动,一天到晚忙得不可开交。她还是女子学院排球队的队员,差点儿当选为年级"公共关系部"部长——一个责任重大的职务。有一天晚上,她在科尔盖特狄克家举行的聚会上碰到莱昂内尔·霍夫曼。莱昂内尔约会的女朋友没羞没臊喝多了酒,和狄克家一个兄弟跳舞,把莱昂内尔晾在一边。莱昂内尔气得昂首阔步,拂袖而去。和卡米拉约会的男朋友是莱昂内尔的朋友,邀请他和他们俩一起过周末。结果呢,又气又恨又伤心的莱昂内尔打起卡米拉的主意。就这样,他追了卡米拉好几年,直到这个漂亮姑娘终于同意嫁给他。卡米拉放弃了当教师的理想,也没去成"和平队"。(卡米拉请求莱昂内尔和她一起加入"和平队",这样就可以在充满异国风情的非洲度蜜月。莱昂内尔自然拒绝了她的要求。)他们几乎刚结婚,关系就变了。渐渐地,卡米拉那两只被太姥爷称为"火花""会跳舞"的眼睛不再明亮了。但是,在保姆、女仆、厨师的帮助下,她这个"母亲"干得还不错,不但爱挑剔的丈夫,就连更爱挑剔的公婆也满意。就这样,卡米拉心满意足,舒舒服服地过了好多年。后来,孩子们长大了,离开了家,仿佛一夜间的事情。卡米拉的美貌也消失了。照镜子的时候,她常常认不出镜子里那个女人会是自己。卡米拉当然知道那就是她,就像我们在梦中知道某人就是某某人一样,虽然两个人一点儿也不像,甚至脸上少了点儿什么——一只眼睛,一个鼻窟窿,右半个下巴不复存在。"全家福"上的卡米拉也风采全无,臃肿不堪。头发失去了动人的色彩、美丽的光泽,成了美发师说的那种"枯草"。眼睛的颜色变了。过去蓝得像两汪碧水,现在却成了浅灰色,好似浸了水的新闻纸。声音也变了。好多次卡米拉拿起电话听筒只听得对方不停地问:"哈罗?哈罗?"卡米拉连忙"哈罗",并且明确告诉对方自己就是卡米拉·霍夫曼,可是打电话的人,好像压根儿就没听见,挂断了电话。真让人沮丧!真让人痛苦!简直是虽生犹死!可是自己年纪毕竟还轻。只有亚当·贝伦德一片好心,很拿她当回事。

时间一分一秒地过去了。浴室里的排风扇还在嗡嗡嗡地响着。卡米拉瞥了一眼床头柜上的钟,已经两点零六分了。她下定决心,不让自己溜进睡梦之乡。她想起最近几年他们已经很少做爱,两个人——她自己也好,莱昂内尔也罢,都变得笨手笨脚,就像两个没有经验的新手或者陌生人,因为某种奇妙的原因(抽签中彩?)被迫睡在一张床上。这张床!卡米拉强忍着没有发出呜咽之声,把脑袋下面那个大枕头重新弄了弄。哦,为什么亚当·贝伦德从来没有爬上楼梯走进这个房间,上这张床?为什么你不像我爱你一样地爱我?如果你和我在这张床上做过爱,它就神圣不可侵犯,我便可以安然入睡了。她洗完澡,在松软的"每况愈下"的身体上抹爽身粉,想用丁香味儿除掉火葬场那股辛辣的气味。她不知道怎样躺着才舒服。如果仰面朝天躺着,右边的乳房就向右边歪过去,左边的乳房就向左边歪过去,让人感到窘迫。侧身躺着她就觉得心跳加快,左边的乳房压着褥子,右边的乳房压着手臂。(她只能面对床的左边,因为莱昂内尔躺在右边,那儿是他的领地。)两个乳房让她看了就寒心。尽管哺乳的功能很快就消退了,它们看起来还是长大许多。(事实上,卡米拉没有给孩子喂过奶。她的产科医生是个男人,没有特别强调母乳喂养的好处。莱昂内尔则以他那种冷漠、古怪的方式对给孩子喂奶提出疑问,认为在他们所处的时代,所在的地方,这种做法是不是有点原始,落后?)那天,在火葬场小礼堂,卡米拉觉得自己既是个幽灵,又是个被女性血肉之躯所累的哺乳动物。这种感觉真是太反常了。现在亚当不在了,再也没有能够和我谈论这种事情的人了。如果她和莱昂内尔提起这个话题,他一定会既惊讶,又尴尬。他不喜欢卡米拉这种胡思乱想的毛病。他管这种毛病叫"超感觉倾向",生怕多愁善感的妻子会逐渐信仰"唯灵论""降神会"①,以及诸如"赋予灵魂新的肉体""和动物沟通交流"等等所谓"新时代"的新观念。我非肉身。我乃万物之灵!不久前,在一次为计划生育协会募捐的午餐会上,总也让人琢磨不透的奥古斯塔·卡特勒突然宣称自己是被女儿身烦恼着的上帝。闻听此言,在座的女朋友们大为震惊。她说,高耸的乳峰虽然象征了成熟,但她常常为之所累。她用两只戴

---

① 降神会,一种以鬼神附体者为中心人物设法与鬼魂通话的集会。

满戒指的手托着乳房。灰色针织紧身上衣上装饰着许多细小的珍珠，两个乳房紧绷绷地箍在上衣里，显得特别大。这位花枝招展的女人扯开沙哑的嗓门，大声说："有时候，我觉得自己不过是被人吹起来、干完之后又扔掉的橡皮姑娘，性工具！"阿比盖尔·代斯·普雷斯是她们那个圈子里唯一离了婚的女人。自从离婚之后，体重减少许多，变得轻飘飘的，就像一幅褪了色的水彩画。她低头往自己瘦削、干扁的身子上瞥了一眼，说："我！我才是个橡皮姑娘——被人家放了气扔掉的性工具！"卡米拉哼了哼鼻子，竟然大笑起来。

哦，她们说的这些话是不是很可笑？卡米拉知道，莱昂内尔对她很不满意。这种不满和她乳房的大小，大腿的粗细，屁股的肥瘦有关。他更嫌她婆婆妈妈。尽管他尊她为妻，而且做梦也不会干不忠实于她的事（卡米拉对这一点十分清楚！），更不会离她而去。但是看到她在大庭广众之下，在盐山的朋友们面前为亚当之死悲伤成那个样子，心里很不是滋味。卡米拉躺在床上，听浴室里水龙头开开关关的声音，抽水马桶哗哗啦啦的流水声。在这种种声响之中还隐隐约约听见莱昂内尔的抱怨声。他似乎打开放药的柜子，关上，又打开。这是对意志力的考验。也许他不耐烦，不等我睡着就进来了。也许我熬不住，不等他上床就先睡着了。卡米拉脸上露出一丝微笑，心里想，简直可以拍个电视片：床上婚姻——意志力的较量。这部片子如果真的拍出来一定大受欢迎。

排风扇终于停止旋转。门悄无声息地开了，一个男人的身影在昏暗中晃动，下面穿着睡裤，上面穿着白T恤衫，光着脚悄悄地走到床边，关了台灯，钻进被窝里。他仰面朝天躺在床上，几乎屏着呼吸一动不动。卡米拉还醒着，可是她似乎连脑袋也不能转动，更不能对着他的耳朵哪怕喃喃几句。莱昂内尔？我很害怕。她软绵绵、懒洋洋地伸开四肢躺在床上,好像刚刚注射了盐酸普鲁卡因。不,不是普鲁卡因,是她睡觉前服用了几粒白色药片。药名叫来塞息斯。她吃了三片,这几天好像是四片?那药有点儿苦,还有一股尼雅克火葬场小礼堂和停车场特有的酸味。哦,那让人心灵震颤的时刻——抬起头看那高高的污渍斑斑的烟囱,大团大团的烟像气球一样,向天空悠然自得地飘去。这是我的名片,夫人。我将非常高兴回答你提出的任何问题。什么时候都可以。沙德严肃地微笑着,塞给卡米拉一张名片,对着她的耳朵喃喃着,好像给她分配什么任务。(莱昂内尔站在几码开外并没有注意这一幕。)想起这事,卡米拉不由得打了个寒战。她把那张名片撕得粉碎。她信奉基督教,莱昂内尔也绝不允许她有别的信仰。他也在胡思乱想。卡米拉能感觉到他的脑子——一架比她的脑子更好用的"机器"——在运转,就像浴室里的排风扇,嗡嗡嗡地响着,震颤着。莱昂内尔仰面朝天躺着,尽管脸朝床外。他把枕头推到一边(这是莱昂内尔几十年没改的老习惯——害怕被鹅绒枕头"捂死")。他刚睡着就打起呼噜,卡米拉不敢把他弄醒。如果把他推醒,莱昂内尔就十分生气,觉得自尊心受到伤害。("卡米拉,我还没睡着,怎么会打呼噜?我跟你一样,心里明镜似的!")莱昂内尔身材瘦长,举止文雅,呼噜声却大得吓人。那声音就像钻头穿透水泥墙一样,穿透她的梦乡。三十年来,卡米拉以各式各样的梦境,"接纳"了莱昂内尔的鼾声。有时候,她梦见自己到了飞机场,坐着飞机在一片呼啸声中,腾空而起,飞上蓝天。或者坐在火车上,在震耳欲聋的车轮声中,一路颠簸,奔驰向前。更多的时候,她在梦中使用缝纫机、割草机、车床。还有的时候,莱昂内尔的呼噜声中夹杂着咯吱咯吱咬牙的响声,卡米拉便梦见自己穿着睡衣,光着脚在浪花滚滚的海滩上奔跑。每一个夜晚都是轰鸣中的永恒,而我们漫长的婚姻由多少永恒组成！最让人不安的"声音"是寂静——突然之间的无声无息。听不到莱昂内尔的呼噜声,卡米拉会立刻惊醒。"莱昂内尔？怎么了？亲爱的？"她会轻轻地摇晃他,不把他摇醒,而是让他发出令人欣慰的、节奏明快的呼噜声。只有那时,卡米拉才能安然入睡。就像现在,卡米拉在一片呼噜声中,渐入佳境,穿过不熟悉但又很熟悉的风景——巴特尔公园？——在沙砾小路上趔趔趄趄地走着,四周荆棘丛生。梦境中,莱昂内尔响亮的呼噜声和野玫瑰美丽的花丛融为一体。玫瑰刺挂破卡米拉身上的衣服,划破她的皮肉。山坡上的一个洞里,亚当·贝伦德正在等她。她不顾一切地向他扑过去。她知道,在他身上发生了可怕的事情。可是,如果他们俩都不承认,这可怕的事情就没有发生。不再是夏天,而是许多年前那个冬天的下午。她壮着胆子走进河边亚当那幢石头房子。亚当的工作室似乎在这个山洞里,又像在石头房子里。山洞里面一点儿也不黑,亮着灯,暖意融融。倒是山洞外面,天低云暗,冬日的悲凉让人心碎。卡米拉走进山洞,蹭掉靴子上的雪,向那灯光明亮的所在走过去,好像别的什么也没有看见。亚当曾经对他的学生们说过:画家处于光明之中。亚当·贝伦德身穿污渍斑斑的工作服,胡子拉碴,膀大腰圆,看见她吃了一惊。他正忙着用一些杂七杂八的东西"拼凑"一尊庞大而又难看的雕塑。"别赶我走,亚当！我有话对你说。"卡米拉穿着一件俗艳的狐狸皮外套,二十年代的样式,是奶奶传给她的;犬牙花纹羊毛宽松长裤,长及膝盖的靴子。她容光焕发,虽然浅棕色的头发已经出现缕缕银丝。她四十多岁,还没有意识到自己那种雷诺阿[①]式的女性之美。她对自己不抱幻想,

---

[①] 雷诺阿(1841—1919),法国印象派画家,创作题材广泛,尤以人物画见长,主要作品有《包厢》《游船上的午餐》《浴女》等。

因为想象的翅膀已经被人折断。她对自己也没有信心。亚当·贝伦德那只独眼以探究的目光凝视着她,她不由得颤抖起来。他怎么不赶她走呢?"我特别不快活,亚当。"她轻声说。亚当把她的手握在自己一双手里,朝她微笑着,但没有说话。两条狗蹭着卡米拉的腿。老一点儿的那条黄色纽芬兰杂种狗名叫"黄油硬糖",小一点儿的那条杂种牧羊犬叫阿波罗。阿波罗颤抖着,激动得汪汪直叫。主人使劲拦着它,不让它跳起来舔卡米拉的脸。这条狗刚与亚当为伴,还不到一岁,可是已经长成一条大狗,油光水滑,十分健壮。它的毛是黑色、深棕色和银色。黑耳朵,黑鼻子。亚当在公路上碰到这条被人遗弃的小狗便把它带回家,喂养起来。卡米拉凝视着漂亮的阿波罗。小家伙越发活跃起来,直往她身上扑,没有恶意,没有龇牙咧嘴,而是充满难以言喻的动物的柔情。亚当把它拉开,抱歉地笑着。"性爱本能①的力量,"他说,"无论你和它是不是一个'物种'。"

"哦,亚当。真是一条好狗。叫'阿波罗'?"

"全称阿波罗多罗斯。你记得苏格拉底那位忠心耿耿的年轻朋友吗?"

亚当说的话虽然令卡米拉不得要领,但她还是微笑着表示赞同。哦,是的!

紧接着发生了下面这件十分偶然的事情。这件事情让卡米拉此生都难以忘怀,经常像闪电,从她心头闪过。这个灯光照耀的空间,宛如舞台,正等待着我。

亚当把狗赶到工作室那面,回到卡米拉身边。卡米拉因为渴望,因为爱,眼里闪着泪光。已经多少个月了,她在心里偷偷地崇

---

① 性爱本能,弗洛伊德用语。

拜这个男人！此刻,她一把抓住亚当的手,举到唇边要亲吻。亚当吃了一惊,十分尴尬,连忙把手抽开。"亚当,我……我爱你,"卡米拉说,声音充满了恳求,"我一定要让你知道。""卡米拉,我的手很脏。散发着死亡的气息。"卡米拉说:"我并不指望我的爱能得到回报,亚当。我知道,我这样做实在是太唐突了。不是那种贤淑女人的做法。我连自己都无法相信,怎么跑到这儿,说出这样一番话来。可是请你接受我的爱,亚当,你能接受吗?"屋子那边,牧羊犬阿波罗呜呜地叫着,好像模仿对性的渴望,两条瘦瘦的后腿不停地抖动着,鼻子嗅着地板,努力克制自己不向前扑过去。亚当一时语塞,看起来有点慌乱、懊恼,脸涨得通红。"卡米拉,亲爱的!你知道,你爱你的丈夫,爱你的家,而不是我。"卡米拉反驳道:"是的,我爱他们,可是……不像我爱你爱得这样深。""可是,你'爱'我什么呢?卡米拉。你对我根本就不了解。""我……我爱你的一切,亚当。第一次见面,我就爱上了你。你的脸……""我的脸?"亚当难以置信地微笑着。"是的,我真的喜欢你那张脸。""连这只瞎眼你也喜欢?"亚当的右眼确实让卡米拉不安。别人,就连莱昂内尔看了也感到不安。因为这只眼看起来既不像一只真的瞎眼,又不是一只正常的眼睛。它比另一只眼睛大,突出在灰白色的、疤痕累累的眉毛下面,像一只玻璃球,没有弹性,虹膜一动不动。有时候,这只眼睛反射出黄褐色的光,给人一种既怪异又神秘的感觉。亚当另外那只眼——左眼,很机警,充满生气和活力,也许因为劳累过度,经常布满血丝。这只眼睛眨巴着,和人们沟通、交流。现在,它凝视着卡米拉,一副茫然若失而又十分耐心的样子。"我不在乎你的眼睛,亚当!"卡米拉说,"我爱你。"这是一个被人们演滥了的爱情场面,亚当本来应该走到卡米拉身边,抚摩她,拥抱她,甚至亲吻她,至少给她点安慰,给她个面子,让她感觉到自己不唐突、不可笑。可是亚当两条结实的胳膊交叉着放在胸前,好像霍夫曼家雇来干活的石匠、木匠,想弄清楚自己有没有领会东家的意图。或者只是恭而敬之地提出异议。"可是你到底爱的什么呢?我?一个你根本不了解的男人?这一点,我们必须首先弄清楚。"卡米拉吸了一口气,想说什么,可是站在那儿面红耳赤,手足无措。亚当又摆出一副苏格拉底式的能言善辩、咄咄逼人的架势。在这样一个时刻,他甚至有点神气活现。"你'爱'我这张脸?可是你不爱它的'零部件',对吗?我的长牛皮癣的皮肤,高高隆起的脑门,克罗马努人式的头颅,歪歪扭扭的牙齿,对吗?"卡米拉非常委屈,说:"亚当,我说爱你,就是爱你。你为什么这么残酷?""不是我残酷,卡米拉。我只是想了解你。""一个女人爱上一个男人,她爱的是他的一切。身体……只是一部分。""可它是谁的一部分?""你的一部分。""我的一部分……这怎么可能呢?"亚当皱着眉头,大感不解,"你根本就不了解我,卡米拉。你不了解我的背景,我的历史,不了解我私下里是个什么样子。你只看见我和别人周旋,就像灯光照耀的舞台上的一个演员。这绝对算不上了解。"卡米拉固执地说:"我只知道……你说真话。而很少有人能做到这一点。""可是,卡米拉,你怎么知道我说的是不是真话?你得对我有一个全面的了解。对你自己也了解,才办得到。可你并没有做到这一点。"卡米拉说:"可是,我……我知道,你就是你。有你在这个世界上,亚当,我就觉得自己,"她停了一下,寻找合适的字眼儿,"还有点用处。"

有点用处!对,就是这样。有亚当·贝伦德在,别人就觉得自己不那么有用处。

卡米拉不是唇枪舌剑之人,现在说出这样一番话,连自己都吃了一惊。可是亚当不为所动,皱着眉头,摇了摇头。这个男人如果能让她抚摸,让她拥抱,让她把滚烫的脸贴在他脖子上该有多好!"卡米拉,你是个可爱的女人,我对你也是满腹柔情。可是我觉得,你不明白这样做会是什么结果。你不明白,你跑到我这儿,跑到任何一个男人那儿,说出这样一番话,会是怎样的结果。你的婚姻会因此而崩溃,你的生活会因此而变成一片废墟。这样做不值得,亲爱的。和我不值得,和别人也不值得。"

卡米拉提高嗓门,说:"我不要什么'别人',亚当,看在上帝的分上!我要你。我爱你!"

"可是这个'爱'是以什么为基础呢?卡米拉。你爱的到底是什么?"

卡米拉凝视着亚当,一件让人难以置信的事情发生了。亚当开始揪扯身上的衣服,两条狗汪汪汪地叫着,激动得跳来跳去。"我的胸膛?"亚当解开衬衫,露出宽阔的、肌肉发达的胸膛。他的腰很粗,灰颜色的汗毛下面,皮肤斑斑驳驳,皮屑层层叠叠,还有烧伤之后留下的累累疤痕。乳头像两个粉红色的橡皮疙瘩。"我的肚子?"——肚子肌肉松弛,像胸部一样,灰白和粉红的皮肤相间,烧伤的疤痕随处可见。"我的鸡巴?"——一个粗粗的、残株似的玩意儿,活像萨立多胺药物性畸婴的胳膊,紫红色的、湿润的龟头开始勃起。亚当的阴毛特别多,密密地覆盖着阴部,一直延伸到大腿内侧。卡米拉羞得满脸通红,捂着一双眼睛转过脸去。亚当笑了起来。"我不会责怪你,亲爱的。我这玩意儿很丑,对吗?我从来不属于那种认为自己的鸡巴能给人留下深刻印象的男人。"

两条狗都用湿乎乎的、十分敏感的鼻子嗅卡米拉的脚脖子。卡米拉不知道该哭还是该笑。也不知道自己是受了侮辱,还是受到方式独特的尊重。好几个月以来,她日思夜想的充满浪漫色彩的爱情故事,就像一辆正在倾斜的车,完全失去控制,变成一幕闹剧。亚当一本正经地把阴茎塞到裤子里，拉上拉链，整理好衣服，好像什么不寻常的事情也没有发生过。直到卡米拉带着尚存的一点点尊严，挺直腰板离开他家的时候，他也还是一副不以为然的样子。亚当在她身后喊道："卡米拉，你没有生气吧？不过你也许受到点启发？"他的话听起来没有多少懊悔之意，倒像是一位挺开心的主人。亚当那两条狗——黄色纽芬兰老狗"黄油硬糖"和那条瘦削的杂种牧羊犬阿波罗小跑着跟在卡米拉身边，仿佛是主人派它们护送她走过那幢穿堂风很大的、杂乱无章的房子，一直跟到停在汽车道上的汽车旁边。

她是不是没拔车钥匙？冬日的傍晚，暮色渐浓，车灯一直那么亮着。

河面没有反光，河水宛如链条消失在远方。

我依然爱他。

回家的路上，卡米拉小心翼翼地开车，就像一个因为饮酒或者吸毒，能力受到影响的司机。她觉得自己丢尽了面子，心里非常难过。可是那荒唐可笑的一幕又在脑海闪过，她忍不住哈哈大笑起来。回到老磨坊路的家里，走进温暖的、灯光明亮的厨房，她还在笑，直笑得泪水顺着面颊流了下来。那位每星期来打扫两次房子的牙买加女人坐在一个角落喝咖啡，看见卡米拉，咧着嘴，露出残缺的门牙，微笑着。"霍夫曼太太，你一定听人家讲了个笑话，瞧你笑得那个样子。"卡米拉擦了擦眼睛，说："没错，费利西亚。"

突然之间，她来到别的地方。厨房消失了，卡米拉跌跌撞撞走进一台不停震颤的巨大的机器。那台机器像一架立起来的割草机，或者是一架直升机。她要醒了——被莱昂内尔的呼噜声惊醒——可是还紧抓着那个梦不放。亚当在哪儿？她现在明白，他已经发生了可怕的、无可挽回的事情。可是他不会离开她。他还和她在一起。我必须告诉莱昂内尔！必须坦白。把我的灵魂和盘托出。把我对你的爱公之于世,亚当。现在还不晚。

卡米拉,当然是太晚了。

不,我爱你！

可是现在我已经去了。就连我那丑陋的、千疮百孔的身体也不复存在。

可我爱心依旧。

你不能爱一个死人,卡米拉。爱活着的人。

可是,亚当……

爱活着的人。

卡米拉打了个寒战,一下子醒了过来。床头柜上那只钟绿色的闪闪发光的数字显示:三点零二分。身边,背对着她,莱昂内尔不但打呼噜,还磨牙,好像正和谁争论什么。热气从他瘦长的脊背上和乱蓬蓬的头发里散发出来。卡米拉从梦中惊醒之后,悄悄地从床上爬起来,到她浴室洗了洗滚烫的脸,喝了一杯水。(她仔细想了想,最后还是下定决心,没有再服用那种白色药片。)哦,她都梦了些什么呀？亚当从那死亡之乡带给她怎样的幻象？洗脸池上方的大镜子里,她正苦思冥想。一张女孩虚肿的脸,一双肿胀的眼睛。她激动得浑身上下颤抖起来。睡梦中她已经做出一个决定:不把自己对亚当的爱告诉莱昂内尔,尽管她曾经想向他"坦白交代"。她对亚当·贝伦德无望的(但仍然刻骨铭心的)爱。

爱活着的人,卡米拉,他这样教导她。她将这样做。

莱昂内尔进入烦躁不安的梦乡。他在睡梦中纠缠不清,就像在那张漂亮的四帷柱床上和床单、被罩、巨大的鹅绒枕头纠缠不清一样。这个该死的枕头(不管他怎样把它推到一边),总还是堵着他的脸,弄得鼻孔直痒痒。上床睡觉前,他喝了一小杯,也许是两杯波旁威士忌,润了润嗓子,漱了漱口。他没有吻卡米拉,没有向她道晚安。(他上床时,卡米拉已经安然入睡。)他像平常那样,背对她躺着,凝视着眼前的一片漆黑。今天真是一场噩梦!那么多的悲伤与痛苦。我最好的朋友。死于心脏病突发。火化。然而,真是有悖常情,向那睡乡漂流而去的时候,莱昂内尔感到性的冲动,他轻轻地呻吟着,磨着后面的牙齿。睡梦中,他仿佛蹲在一个洞口,或者地窖旁边。这种古老的地窖,他在纽约州北部地区农庄的山坡上见过。孩提时代,在阿狄罗丹克斯也见过。他笨手笨脚地蹲坐在那儿,腹股沟的血液一阵阵往上涌。那个神秘的洞穴的洞口和普通门廊一样宽,但是没有那么高。里面躺着一个裸体女子。她的头发很长,油腻腻地纠结在一起。她一丝不挂,身上沾着泥土。莱昂内尔眯着一双眼睛,看见她的脚底很脏。她让他反胃,可是又撩拨得他欲火难收。一个性感十足的纯粹的女人,尚在母腹之中。他必须让她生出来——如果敢冒这个险的话。大地就是母腹。日光就是诞生。亚当·贝伦德这样解释。莱昂内尔又往洞口蹭了蹭。天哪!他的阴茎被血涨得上下摆动,勃起之后像拳头一样硬。他大着胆子钻进洞穴,女人身上散发出扑鼻的臭气,他差点儿晕过去。她肌肤的气味,头发的气味,两腿之间的气味,带着麝香的血腥味儿,既让人反感,又有一股强大的吸引力。那个姑娘醒着,还是假装睡觉?她在泥土之上不无挑逗地动了动。她的肚子和大腿是乳白色,但是沾着泥土。高高隆起的乳房丰满、诱人,乳头像两只眼睛。还有一簇簇腋毛(对于莱昂内尔这样一个过于敏感的人,第一次看到女人腋窝儿里弯弯曲曲的毛,震撼确实不小。因为卡米拉总是把腋毛刮得干干净净,一根不剩。她羞于承认自己身上长着这种多余的毛)。她弯曲着脚趾,很淫荡地插在泥土里，就像猴子那样。把她带到日光之下。一定要把她带到日光之下。一定要让她出生。莱昂内尔明白，这个梦的目的是给他以启迪。他是个伪君子。许久以来，他一直是个伪君子。亚当·贝伦德是他真正的兄弟。他把他带到这个洞口。现在该莱昂内尔独自完成他的指令了。他必须爬到洞里，爬到那恶臭与漆黑之中，唤醒那个熟睡的女人，把她带到光天化日之下。不要羞愧。永远不要。她是你生命中的一半。莱昂内尔一激灵，醒了过来，差点儿进入性高潮。他的心怦怦地跳着，出了一身冷汗，好大一会儿，不敢动，就那样躺着。

慢慢地，血从他的腹股沟退去。

他的脑子飞快地旋转，思想渐渐地明晰起来。卡米拉躺在身边，就像鹅绒枕头一样，了无生气。她就那样无忧无虑地睡着，翻了个身，发出均匀的呼吸声。在莱昂内尔看来，一定睡得很安宁，很平静，没做什么梦。她不时长长地叹一口气。可怜的卡米拉！莱昂内尔的确爱她，永远爱她。尽管他知道她在心里一直爱着他们的朋友亚当，而亚当并没有用同样的爱回报她。我的妻子那点儿痛苦的、可怜巴巴的秘密。我不能戳穿。莱昂内尔觉得自己心里充满了高尚，在他的记忆之中，自己能这样宽宏大量还是第一次。

尽管上床睡觉时，他情绪低落，筋疲力尽，现在却精神振奋起来。我生命中的一半。我一定让它成为一个整体！莱昂内尔断定卡米拉正在熟睡之中，便悄悄从床上溜下来。

莱昂内尔光着脚，穿着睡裤和T恤衫，因为出汗，衣裤都潮乎乎的。他悄无声息地走出卧室，沿着漆黑的走廊，走到后面的楼梯。淡淡的月光像一位慈祥宽厚的神的眼睛，为他指路。他走进书房，随手关上门，微笑着，长长地舒了一口气。桌子上的数字钟显示已是凌晨三点五十八分。随时给我来电话,亲爱的。我有"魔法",知道一定是你打来的。莱昂内尔屏着呼吸,按下记忆中的号码,手指的动作既快又准确。许多英里之外,西二十条大街一幢没有电梯的楼房,第三层一部电话的铃声响了一遍又一遍,直到终于有人拿起听筒。莱昂内尔耳边响起一个略带羞涩、有点试探的声音:"喂,哪位?"莱昂内尔圈起手掌,挡住话筒,上气不接下气地说:"茜丽,亲爱的,是我。发生了些可怕又奇妙的事情。"

四十分钟之后,莱昂内尔像喝醉酒的人,摇摇晃晃,兴致勃勃,离开漆黑的书房,准备继续睡觉。突然,楼梯的灯亮了,他大吃一惊,看见卡米拉站在楼梯口,直盯盯地望着前方,十分害怕的样子,睡衣外面匆匆忙忙披了一件晨衣。"莱昂内尔,出什么事了?你怎么跑到这儿了?"莱昂内尔目瞪口呆,一动不动站在那儿。卡米拉快步走下楼梯,丰满的乳房一颤一颤,焦急的脸仿佛笼罩在蜘蛛网织成的阴影里。她——一个个子不高、体态婀娜、焦灼不安的女人——走到莱昂内尔身边,手放在他的胳膊上。"莱昂内尔?亲爱的,出什么事了?你看起来……怎么愁眉苦脸?"莱昂内尔结结巴巴地说,他烦躁不安,无法入睡,总也没法把去尼雅克火葬场的事忘掉,打扰了她睡觉,很抱歉。卡米拉抱住他,直往他怀里钻,脑袋靠着他的胸膛。他站在那儿没有动,轻轻拍着她的肩膀。他无法拒绝。卡米拉在颤抖,身上散发着一股好闻的爽身粉味儿。"哦,莱昂内尔!我知道。我特别害怕,抱住我!"莱昂内尔顺从地把妻子搂在怀里。谢天谢地,她看不见他那张歉疚的、涨得通红的脸!"你真的爱我,莱昂内尔,对吗?"卡米拉满怀希望地问。莱昂内尔抚摸着她柔软的、仿佛没有骨头似的肩膀和凌乱的秀发,喃喃着:"我当然爱你,亲爱的。你是知道的。永远。"莱昂内尔已经镇定下来,抚慰这个浑身颤抖的女人给了他力量和勇气。明天早晨,他将告诉她。明天晚上。告诉她关于茜丽的事情。他要把生命中破碎的两半弥合到一起。

卡米拉突然挺直了身子。"这是什么?"

"什么?"

"这……声音。"

他们侧耳静听,两个人在楼梯旁紧紧抱在一起。一种拼命抓挠的声音?木棍相互摩擦,或者耙子在木板上耙来耙去的声音?"一定是一只动物。"莱昂内尔压低嗓门说,颈背上的汗毛竖了起来。霍夫曼夫妇手拉着手,胆战心惊地走过他们那幢暗影重重的房子,走进厨房。莱昂内尔壮着胆子打开门外的灯。卡米拉趴到窗户跟前朝外看了一眼,大叫起来。"啊,莱昂内尔!快来看!"

骤然亮起的灯光下面,亚当丢了好几天的阿波罗拖着一条受了伤的后腿,满眼悲伤,站在门前的小路上。

岩 间 圣 母

1

双筒望远镜镜片上,一张正处于青春期的男孩的脸,在她眼前跳动。那么漂亮!

亚当·贝伦德已经死了十一天了。

她告诉自己,这样做并没有违反协议的有关条款。她并没有和儿子贾里德私下接触。

贾里德·蒂尔尼。阿比盖尔·代斯·普雷斯十五岁的儿子。他姓父亲的姓,不是她的姓。她的儿子却姓了仇人的姓!

透过双筒望远镜放大了的、稍稍有点变形的镜片,她向前凝视着。她不习惯这个挺重的、用起来不大灵便的玩意儿,再加上心里总有一种负罪之感,紧紧抓着望远镜架在鼻梁上的手微微颤抖。时间长了,鼻梁一阵阵地痛。阿比盖尔·代斯·普雷斯的鼻梁真的这么敏感,这么容易疼痛吗?难道是一个"变态的人"装模作样,把自己打扮成关心儿子的母亲?不,作为母亲,她坚决否认自己是什么"变态的人"。

现实生活中,阿比盖尔无法这样满怀渴望地凝视自己的儿子,这样毫无羞愧之心地凝视自己的儿子!他会很不舒服,甚至非常反感。他会砰的一声把门一摔,扬长而去。可是现在,不是"现实生活",而是另外一种难以名状的现实。自从亚当死去,一切都变得不真实,仿佛一层亮光闪闪的玻璃纸包裹住一片空白。阿比盖尔咬着下嘴唇,凝视着男孩的颧骨、下巴的曲线。右面的脸颊有一个酒窝,像一道刻痕。浓浓的眉毛,颜色比栗色头发还要深。她知道他的眼睛是钢蓝色的,尽管现在离得这么远,看不清楚。钢蓝色,她烂熟于心。

可是,贾里德现在看不见她。他和朋友们一起披着明媚的阳光,走在高高的大树下,全然不知妈妈的一双眼睛正紧紧地盯着他。有一次,一个男人用又粗又短的大拇指按过她喉咙上噗噗跳动的动脉。现在,这根动脉又急促地猛烈地跳动起来。贾里德!贾里德。我想念你。

这是一个阳光明媚的夏日,将近中午。北方某地——佛蒙特州?贾里德为什么跑到离家这么远的地方?是来念暑期补习班?阿比盖尔不情愿地承认,如果真是这样,倒也十分必要。她心里明白,这一年,贾里德在普雷斯顿私立中学过得很艰难。父母不和,给他带来很大压力。他的英语成绩是 D,数学居然是 F。他先前最怕到外地上六个星期暑期补习班。现在看来,他蛮高兴,甚至很轻松。阿比盖尔是他的妈妈,她当然认为这是一件好事。难道不是吗?为人父母者,你当然希望自己唯一的孩子快乐。即使这快乐和幸福不是你带来的。

有一刹那,阿比盖尔以为贾里德可能看见她了。他皱着眉头抬起头张望了一下。母亲不顾一切,"乔装打扮",藏在四十英尺外停着的汽车里看自己的儿子。如果他看见她,如果他发现了她,她就得扔下这个该死的望远镜,请求儿子宽恕。贾里德,原谅我!我真不知道自己做了些什么。我没有想到这种镜头有放大的功能。我也没有想到那个孩子会是你!

也许他会哈哈大笑,以他青春期那种惊愕和不屑一边摇头,一边大笑。

也许不会。

然而令人心痛的事实是,阿比盖尔·代斯·普雷斯,一个四十二岁的离了婚的女人,正在悄悄地跟踪自己的儿子!而她也非等闲之辈。从前,她也是一朵交际花,大美人,一个聪明的受过高等教育的女人。虽然称不上大知识分子,但明事理、讲道德、会幽默,是一个很体面的女人。她积极而又颇有节制地参加各种活动。比如"计划生育协会""全美文化志愿者协会""盐山联谊会"等。

令人遗憾的是,阿比盖尔·代斯·普雷斯眼下所做的这一切却是法律禁止的!

现在不同了,亚当去了。我再没有亲人了。

贾里德永远不会知道。

她不打算在梅德尔伯里再住一夜。下午就走。回盐山。她发誓。

不管怎么说,贾里德没有发现她。贾里德没有,和他走在一起的那几个男孩也没有。阿比盖尔·代斯·普雷斯——前哈里森·蒂尔尼太太坐在她租来的一辆凌志牌豪华轿车茶色玻璃后面,手持望远镜,皱着眉头,眯着眼睛,观察着。阿比盖尔之所以租这辆"凌志",就是因为它的玻璃窗从外面看不到里面。还因为她生怕儿子认出她那辆车。由此可见,她是经过深思熟虑才这样做的,不是心血来潮,一时冲动跑到这儿的。她心里很清楚,自己是不顾羞耻,昧着良心做这件事情的。她把"凌志"停在住宅区一条马路旁边,那儿还停放着别的车辆,不太引人注目。旁边有个汽车停放计时器。她已经交了钱,二十五美分停一小时。阿比盖尔口袋里装着二十五分的硬币,叮叮当当响着,就像海盗口袋里的金币。她从清早一直在梅德尔伯里校园附近耐心地等着。她想看看儿子。已经两个星期没见儿子,没抚摸他,没亲吻他了。

噩耗传来之后,她给贾里德打过电话。贾里德一直挺喜欢亚当。尤其是父母闹离婚闹得最不可开交的那几个月,他和亚当的关系很密切。可是整整一天半,他都没有回阿比盖尔多次打去的电话。后来,终于开口说话的时候,态度也是那么孤高冷漠,闷闷不乐。哦,宝贝儿,这个消息太可怕、太悲惨了,阿比盖尔哭了起来。我无法相信他已经没了,宝贝儿,你能相信吗?哦,天哪!从遥远的佛蒙特传来儿子平静的声音。是的,是挺让人难过。贝伦德先生人不错。你最好控制点儿自己,妈妈,明白吗?我不准备回家。

阿比盖尔吃了一惊,她并没有打算把贾里德从暑期学校叫回来。

在贾里德完全不知情的情况下这样看他,既好玩,又危险。她像个隐身人,躲在这儿,透过倍数很大的望远镜凝视儿子的时候,他就在眼前,近得让你紧张不安。放下望远镜,他的身影立刻拉到远方。那张脸变成"微型人像",她甚至无法辨认。他离她很远,安然无恙。她离他很远,也安然无恙。

就贾里德所知(阿比盖尔不敢奢望儿子能想到她)妈妈现在在盐山的家里。他们家位于宽阔、荒凉的"科德角",在麦束路更具农村特色的那一段,离这里三百一十二英里。而贾里德在佛蒙特绿树成荫的梅德尔伯里。普雷斯顿中学花费重金在这儿开办了为期六个星期的暑期补习班。贾里德认为,没有什么需要他知道的,也没有什么可怀疑的。当然,你不必回家,阿比盖尔对他说,有一种受伤害的感觉,我只是觉得,你一定想知道关于亚当的消息。

也许挂了电话之后,贾里德会流下眼泪?有这种可能吗?

或许贾里德正对亚当的死表示哀悼。他穿着一件宽大的黑T恤衫,阿比盖尔特别讨厌这件衣服,而事实上,同类的T恤衫他还有好几件。那衣服上面印着成人无法"破译"的高深莫测的字(红得耀眼的SUCKS印在胸口)。他下身穿着一条号码太大的卡其布短裤,松松垮垮地吊在屁股上。脚上穿着一双脏兮兮的"耐克"牌运动鞋。这双鞋好像对他有一种神秘的、特别的意义,总也舍不得丢掉。他不系鞋带,也没穿袜子。不穿袜子!(阿比盖尔不由得皱了皱鼻子。)这就是儿子的脚臭气熏天的原因。别的男孩子也不穿袜子。也许臭脚丫子的气味和男孩子的荷尔蒙混合在一起,就成为八十年代中期出生的这一代美国人的象征。

一位处于绝望中的母亲的幽默。一个可悲的事实是,阿比盖尔·代斯·普雷斯依然深深地爱着儿子。这种爱和儿子还在襁褓中或者蹒跚学步之时相比,丝毫未减。她不仅毫无怨言,而且是满怀幸福地把他抱在怀里。这种爱,因为婚姻破裂,因为感情生活成为一片废墟而更加强烈。她心甘情愿生活在贾里德那双被运动鞋捂臭的脚散发出的气味之中,生活在他那油腻腻的头发、腋窝、裤裆散发出的气味之中。只要贾里德能把妈妈的爱拿出一半再回报给她,不,就是千分之一、万分之一,她也心满意足了!

如果贾里德能面对她那凝视的目光,告诉她,他爱她,他的爱不是怜悯;他爱她,尊敬她,那该有多好!在她和前夫——此人恰恰是贾里德的父亲——无休无止地争吵,闹得筋疲力尽、不可开交的时候,多希望贾里德能同情她——他的母亲。喂,妈妈,没关系。我在你这边。

如果阿比盖尔现在被人撞见,她是没有办法为自己辩解的。她不能说此举是一时冲动,心血来潮的结果。为了到佛蒙特梅德尔伯里看儿子,她早就开始做准备,包括到尼雅克商业区买这架双筒望远镜。她是在一家体育用品商店买到的,人们管这玩意儿叫"侦探望远镜"。她十分镇静地说自己是刚刚从事鸟类——喜鹊——观察的科学工作者,需要一架高倍数的望远镜,价格不必考虑。

"亚当,别对我这样苛刻!我试过了。贾里德要走六个星期。而你,永远地走了。"

自从亚当火化的那个可怕的早晨,阿比盖尔经常一个人这样大声说话。那天早晨,她服用了镇静剂,有点站立不稳,一双眼睛因为不停地哭而又红又肿。她傻乎乎地望着天空……一团团烟雾从大烟囱里懒洋洋地喷吐出来,载着亚当的灵魂袅袅升起。他是她唯一真正爱过的人。自从童年时代结束之后,她认为亚当是她漫长的、充满冲突的生活中,唯一有资格接受一个聪明女人的挚爱的男人。"现在,变成了灰?变成了烟?一罐子废物?"

然后是撒骨灰。阿比盖尔拒绝参加。玛丽娜·特罗伊和罗杰·卡瓦纳夫都给她打来电话,但是她一口拒绝。他们打算按照亚当生前的愿望,把他的骨灰撒到河边亚当的花园里。阿比盖尔在电话里突然变得怒气冲冲。"我不能去!不要再给我打电话!看在上帝的分上,我希望亚当留给我的记忆是人,而不是肥料!"

阿比盖尔坐在那辆租来的"凌志"的方向盘后面,沉甸甸的双筒望远镜架在鼻梁上。过了一会儿,娇嫩的鼻梁上留下了一个印子。亚当死后,阿比盖尔的皮肤变得敏感,特别容易引起疼痛。她半张着湿润润的嘴巴,注视着那个出色的男孩——她的儿子。(她希望上海产的黑绸子唐装里面,她的乳房不要渗出甜丝丝、热乎乎的奶水。)是的,这样偷偷地用望远镜看自己的儿子是可鄙的,她感到羞愧。贾里德不会让妈妈这样直盯盯地看自己,永远不会。他压根儿就讨厌妈妈看他。讨厌妈妈用那双忧郁的、眼皮低垂的、色欲的黑眼睛看他。他太正常了,非常正常。他希望自己是个普通人。这个美国男孩不像米开朗基罗①那个和蔼可亲、完美无缺的大卫,而像贝尔尼尼②那个大卫,皱着眉头,一副桀骜不驯的样子。

贾里德是阿比盖尔生命中充满活力的核心,就像她体内的心脏,稚嫩,易受伤害,充满其自身神秘的、不可知的生命力。

贾里德和他的朋友们在一个十字路口停下,和另外几个男孩说话。那几个男孩都抽着香烟,反戴着棒球帽,背上背着书包。肥大的T恤衫上印着谜一样的符号、图案和摇滚乐队的标识,松松垮垮的短裤露出肌肉结实、已经长出一层绒毛的腿,光脚穿着运动鞋,不系鞋带。这样一群孩子!这几个粗鲁的个子挺高的陌生人挡住了贾里德。阿比盖尔只好耐心地等待着。在他们的妈妈眼里,这几个傻头傻脑的家伙也是心肝宝贝,可是在她的散发着青春活力的儿子旁边,他们都变得一片模糊。在普雷斯顿中学办的这个暑期补习班学习的孩子都和贾里德差不多,上学期考试不及格,或者成绩极差。父母着急,生怕他们将来考不上第一流的大学。阿比盖尔弄不清楚贾里德本来就是这群"差生"中的一个,还是故意装出这样一副吊儿郎当的样子。

阿比盖尔十分沮丧地看见贾里德接过那几个孩子递给他的一支香烟,点着。"啊,宝贝儿,别!"尽管她不是特别惊讶。(今年好

---

① 米开朗基罗(1475—1564),意大利文艺复兴盛期雕刻家、画家、建筑师和诗人,主要作品有雕像《大卫》《摩西》、壁画《最后的审判》及建筑设计罗马圣彼得大教堂圆顶等。

② 贝尔尼尼(1598—1680),意大利建筑家、雕塑家和画家,巴洛克艺术风格的代表人物。

几次,她闻到他头发上、衣服上、房间里有一股烟味。贾里德矢口否认,说她多疑。后来又说,为了提神,偶尔抽一支。没什么大不了的,妈妈。)

贾里德和他的朋友们继续往前走。他一边抽烟,一边甩了一下脑袋,把挡在眼前的头发甩开。只要知道没有人正在观察他,他的每一个动作都潇洒自如。有人朝他扔过一个飞碟,他像海豚一样,飞身跃起,嘴里叼着香烟,胳膊腕子一转,把接到手里的那个亮光闪闪的橘黄色飞碟又扔了回去。他的动作那么快,那么漂亮,阿比盖尔简直呆住了。就像这个男孩向太阳甩去一卷丝绸,一面亮光闪闪的旗帜。那丝绸是他的灵魂,眨眼之间,又飘飘然,落到地上。

男孩子们在斑驳的阳光下继续朝前走。一群穿着紧身短背心和短裤的姑娘从他们身边走过。她们的年纪比这几个男孩大一点儿,也许是梅德尔伯里学校的学生。两群年轻人擦肩而过的时候,没有打招呼。她们继续向前走着,贾里德和他的朋友们挤眉弄眼地说着什么,突然,爆发出一阵大笑。离得这么远,而且车窗严严实实地关着,阿比盖尔听不见他们的笑声,可她还是不由自主地向后缩了缩,知道他们不会说出什么好话。从贾里德那张漂亮的嘴巴里能轻而易举地说出什么粗话吗?

阿比盖尔·代斯·普雷斯多次听见(并不是有意偷听)儿子和来盐山家里玩的那几个预备学校的朋友们一起说脏话。想起这些,她不由得面红耳赤。

哦,贾里德,宝贝儿,你和你的朋友们非得用这种语言……说话吗?

操,妈妈,你又偷听我们说话了?

贾里德!我没有偷听,这是我的家。我在问你,为什么……这样说话?

"别听,妈妈。不听,你就不会心烦了,对吗?"

这是这一年夏天早些时候母子俩的对话。贾里德没有生气,也没有为自己辩解。碰到这种情况,他总是显得很理智。就像几年前,他想知道既然 nigger① 是个不好的字眼,为什么电视里可以说?难道在电视里说就没关系吗?

这个问题提得很好。孩子们提的问题都不错。可是该怎么回答呢?阿比盖尔再也不会像波提切利②笔下的圣母那样,宁静、安详地吻着儿子眉头紧皱的脑门儿,喃喃着说:为什么?因为妈妈这样说。

贾里德和他的朋友们朝"凌志"停放的这条街走了过来。不是径直走来,而是斜插过去向另外一条街走去。他们看起来不是回宿舍,也不是去餐厅,而是去一个不大的商业区。那儿有几家商店和餐馆。阿比盖尔贪婪地盯着儿子看,几分钟后,贾里德就在她眼前消失了。(她不打算从她住的旅馆给他打电话,几个小时之后,她就离开这儿了。她不打算去看他。)她觉得两眼充血,心怦怦地跳着。贾里德赫然出现在望远镜的镜头里,就像电影里的人物特写。他那晒成棕褐色的皮肤十分光滑,略有瑕疵,前额发际下长着几个小疙瘩,看起来,用手抠过。头发从那顶脏兮兮的"扬基式"帽子下面露出来。脖子上的头发很长,油腻腻的,一缕一缕纠结在一起。毫无疑问,贾里德不爱清洁。两分钟的淋浴,肥皂胡乱

---

① nigger 初为 negro(黑人)的方言变体,现在黑人英语中已广为使用,而在非黑人中则由于历史上种族仇恨的积淀被视为带侮辱色彩的禁忌语。
② 波提切利(1445—1510),意大利文艺复兴时期画家,运用背离传统的新绘画方法,创造出富于线条节奏且擅长表现情感的独特风格,代表作有《春》《维纳斯的诞生》等。

抹上几下，又脏又破的浴巾扔在地板上。你能有什么办法呢？长时间的分居和后来的离婚，对贾里德当然会产生影响。据说，哈里森和另外一个女人搬到纽约住去了。那个女人长得很像年轻时的阿比盖尔。贾里德年纪虽小，但是被这些事情搞得非常痛苦。发泄的方式之一就是拒绝好好洗澡。对于儿子这种表现，她的前夫哈里森觉得挺好玩，阿比盖尔却十分不安。可是，作为母亲，她能怎么办呢？按照离婚协议，她对贾里德有监护权，孩子不和父母双方的任何一方轮流居住，贾里德住在马萨诸塞州斯普林菲尔德附近的普雷斯顿私立中学。放暑假的时候，他大部分时间和阿比盖尔在一起，有时候也去哈里森那儿住几天。遇到节假日，孩子自己选择，两个家愿意去哪儿就去哪儿。普雷斯顿中学是一座久负盛名、收费很高的私立学校。学习成绩不够理想，上不了安德沃、埃克塞特、圣保罗、劳伦斯维勒学校的就来这儿念书。学校的名声不错，因为这儿吸毒的学生比大多数学校都少，而且从来没有学生在校园里自杀过。（尽管贾里德说，普雷斯顿这些良好的记录，不包括在校园之外出事的学生。）贾里德在学校和另外几个男孩合住一套房子，他们自然也比贾里德干净不了多少。所以，你有什么办法呢？

阿比盖尔不是那种对干净与否特别在意的妈妈，那种唠叨不休的妈妈，电视里的妈妈。不，不是。她只希望自己能在儿子全然不知的情况下，"监控"他。比方说，像那种可以遥控的价格昂贵的电子玩具。

贾里德的上嘴唇已经长出淡淡的唇髭！也许只是一抹暗影？不过，阿比盖尔相信，贾里德已经开始刮胡子了。一星期刮几次？她不知道。这事自然不是贾里德讲的（他死也不会把关于自己的秘密告诉妈妈），而是前夫哈里森透露给她的。凡是他认为会让阿比盖尔心神不定、坐卧不安的消息,他总会不失时机地告诉她;凡是他认为会把她渴望已久的安宁与温馨击得粉碎的事情,他都会千方百计通报她。他们很少通电话,最近一次通话,哈里①就告诉阿比盖尔,周末贾里德来他家,他借给他一把剃须刀。也就是说,贾里德的"剃须生涯"就此开始了。这就是哈里。他狡猾、残酷,可是,必要的时候,便装得十分迷人。多少年,他对儿子漠不关心,现在又千方百计骗取他的好感。正在成长的男孩需要父亲,不只是母亲。就连你,阿比盖尔,也必须明白这一点。阿比盖尔的回答义正辞严。谢天谢地,他们是在电话里交谈,前夫看不见她脸上那副沮丧、懊恼的表情。是的,她承认这一点。是的,她明白。一个男孩需要一位父亲。但不是你。

自从离婚以后,向阿比盖尔表示爱意与好感的男人大有人在,可是阿比盖尔对他们都没有兴趣。不会再有兴趣了!她在性的问题上已经麻木,而且愿意永远这样麻木下去。所以,看起来她不会很快再结婚。贾里德,这个正在成长的男孩,不会很快和一个继父生活在一起。

亚当·贝伦德爱过阿比盖尔吗?是的,爱过。不过,不是那种爱。

(阿比盖尔耳边还回荡着哈里森冷酷的声音:不只是母亲!就像在说,不只是伤风感冒,不只是一盘酸卷心菜丝。还有那充满轻蔑的就连你,阿比盖尔。)

这时,贾里德和那几个男孩已经朝一家麦当劳的方向走远了。阿比盖尔着了迷似的继续凝视着儿子的后脑勺,反戴着棒球帽,肥大的黑T恤衫里窄窄的肩膀,摆动着的胳膊和腿上一闪一闪的汗

---

① 哈里,哈里森的昵称。

毛。看见或者她觉得自己看见贾里德把香烟扔到路边的排水沟,心里不由得一阵喜悦。"宝贝儿,多保重。我爱你。"现在,还有什么事要做呢?儿子没有看见她,她松了一口气,可是又有点失望。该做的都做了,没事可干了,只有驶过漫漫长路回盐山,回那幢冷清的房子。来梅德尔伯里之前,贾里德曾经建议妈妈到马萨诸塞州沿海的南塔基特岛①过一个月。她的几个非常有钱的老朋友在岛上有幢很大的房子。可是阿比盖尔不想离开盐山。因为这儿有亚当,亲爱的朋友亚当……那天早晨,天还没有大亮,她被窗户下面一阵发了疯似的抓挠声和哀号声惊醒。她连忙爬起来向窗外望去,看见亚当那条银毛狗阿波罗——心碎了的阿波罗站在后门,嘴里衔着亚当在花园里干活时戴的一只旧手套。

她喂了阿波罗,爱抚着、摩挲着它满身的粗毛,抱着它呜呜咽咽地哭。她和它同病相怜——冥府里两个迷路的灵魂。

贾里德几乎从视野里完全消失了,阿比盖尔还举着那架望远镜,把娇嫩的鼻梁压得生疼。她俯身向前,两个胳膊肘放在方向盘上。突然,挡风玻璃响起砰砰的声音,阿比盖尔吓了一跳,连忙放下手里的望远镜,看见一个身穿制服的人正透过车窗玻璃盯着她看。"太太,请你打开车门好吗?"

一场噩梦!

阿比盖尔满脸通红,摸索着开门。那扇门铅一样沉。原来,是梅德尔伯里的一位警察。他戴着飞行员太阳镜,穿一件烫得十分平整的短袖蓝上衣,佩戴着警徽,屁股后面的皮套子里装着一把擦得锃亮的手枪。他没有帮阿比盖尔开门,而是皱着眉头直盯盯地看着她,出神地想着什么。

---

① 南塔基特岛,美国纽约东北部的岛屿。

"太太,你在干什么?"

"警官!我……可以解释。"

阿比盖尔的手腕子没劲儿,只好把沉甸甸的双筒望远镜放在膝盖上。她的眼睛因为毛细血管充血涨得难受,但还是以女人那种特有的恳求的神情看着警察,她的眼皮在颤抖,嘴唇在颤抖。碰到这样的场合,阿比盖尔·代斯·普雷斯家族的妇女世代相传,都有这样一种本领,她们能面对男人的怀疑、敌意,充分展示自己的温柔,并且表达出"请求理解"的心情。阿比盖尔虽然人到中年,但风韵犹存,除了有点瘦,还是个漂亮的女人。她没有什么后顾之忧,总是穿着价格昂贵的衣服,趣味也很高雅,头发、脸、指甲都修饰得无可挑剔。为了这次令人羞愧的远行,她穿着非常典雅的黑缎子上海唐装,下面配着同样雅致的裤子,好看的凉鞋。修长的手指上戴着贵重的戒指,细细的手腕上戴着镶嵌钻石的金表,身上散发出法国香水的幽香,租来的那辆豪华轿车"凌志"装着茶色玻璃。所有这一切都给这位梅德尔伯里的警察——一个大约三十五岁的、肚子扁平的男人留下深刻的印象。阿比盖尔压低嗓门,用沙哑的声音说:"警官,我一直在看……看我的儿子。就这么回事。远远地看着。我不想让他知道我在这儿。他以为我在家呢!他父亲和我离婚了。他才十五岁,在这儿上普雷斯顿中学暑期补习班。我答应过,不来看他,可我……实在忍不住了。没有他,我太孤独了。警官,我真是无地自容。求求你,别逮捕我!"阿比盖尔十分难过地微笑着,还擦了擦眼睛。她知道,警察根本不会逮捕她。

当然不会。警察看了看她的驾驶证、汽车登记卡,提醒她,按照停车计时器的记录,还可以在这儿停四分钟。他嘴角挂着一丝微笑,也许觉得她可怜,也许想有意卖弄,也许表示轻蔑,总之,只说了一句话:"好了,太太,祝你好运!"

她开着车向山景旅馆驶去,轻飘飘的,就像一只飘飞的气球。
"我自由了!没有被捕。"

阿比盖尔大笑着,一点也不觉得懊恼,更无悔改之意。她急着回旅馆,开始下一步行动计划。

一套漂亮、房租不菲的房子俯瞰那座宛如置于神话中的青山。贾里德会喜欢这儿吗?要让一个娇惯坏了的、十五岁的孩子喜欢什么,绝非易事。但阿比盖尔要试一试。

她给前台服务员打电话,告诉他们还要在这儿再待一个晚上。然后给贾里德住的学生宿舍打了个电话。他的电话号码她显然早已熟记于心。贾里德不在。这也是预料之内的事情。阿比盖尔用亲切但不过分兴奋激动的声音给他留言:"贾里德?我是妈妈。现在在佛蒙特,住在离你们学校两英里远的一家旅馆。别吃惊,宝贝儿——(说到这儿,阿比盖尔的声音颤抖起来,她能想象出贾里德那副皱着眉头不高兴的样子)没什么急事。我只是……突然有点寂寞。想你。还有……亚当。屋子里空空荡荡……别生我的气,好吗?我来这儿看你,只是你我之间的事,用不着让你父亲知道。"阿比盖尔停了一下,急促地喘息着。宛若另外一个时代外国电影里的场景。一个为性困扰的、在劫难逃的晦涩难懂的故事。她在屋子对面的镜子里看见自己那张脸,宛如漂浮着的一片白色花瓣。为什么红颜薄命?一九七六年,在纽约市瓦尔多夫—阿斯托利亚"国际大型新人舞会"上,她曾是何等的风光。她努力克制自己,不让儿子听出她在求他:"方便时给我回个电话,贾里德。我在这儿等你。今天晚上我们一起吃晚饭。我向你保证只一个晚上。我的电话号码是……"

阿比盖尔说完电话号码后,立刻挂断。似乎怕自己改变主意。

不过,一言既出,驷马难追!

她突然觉得筋疲力尽。黑缎子唐装的腋部和丝绸裤子的裤裆都皱皱巴巴,潮乎乎地很不舒服。她脱了这身行头和那双十分精致的凉鞋,只穿着内衣——肋骨和锁骨紧贴着白皙的皮肤,一副瘦骨嶙峋的样子——躺在那张挺高的硬床上,枕着有褶裥饰边的长枕头进入梦乡。那是一片芬芳的、让人神志失常、忘记一切的乐土。在这块土地上,亚当·贝伦德没死,儿子没生。他正十分舒服地蜷缩在温暖的母腹之中,那是安全之所在。

2

像麻雀跳动的心脏。

他突然用粗大的拇指按住阿比盖尔脖子上噗噗跳动的动脉。这个亲昵的动作让她大吃一惊。

她没有躲闪,而是抓住这只手按在自己的喉咙上。啊,亚当!

为什么这么认真,阿比盖尔?这样下去,你会毁了自己。

这个充满理性的问题,亚当·贝伦德以各种不同的方式一次又一次地问她。而阿比盖尔至今找不出答案。

那天晚上,离婚之后,贾里德不在家——在寄宿学校——她请亚当吃晚饭。在给他俩准备饭的时候,电话铃声不断,她难免提心吊胆。他们还不是情人,只是好朋友。不过,有时候,生性莽撞的阿比盖尔会利用自己身为女主人的"优势",像拥抱来访的亲密朋友那样,抱抱他。送他走的时候,也会拥抱着道一声晚安,脸上挂着迷人的微笑,也许还有点诱惑,但也不太当真。因为阿比盖尔·代斯·普雷斯并不是个放肆的女人,即使想引诱谁,也让人觉得是闹着玩儿。她杨柳细腰,婀娜多姿,尽管面色苍白,风韵不减。

即使把自己的孤独和寂寞展示在别人面前,她也会用自我解嘲的方式加以诠释。就像把自己的心血淋淋地掏出胸膛,放在颤抖着的手心里。看见了吗?这是我的心。可是,嘿……你可以视而不见!

亚当穿着一件沙色驼绒大衣(他夸耀道,是在三一①教堂花四十五块钱买的)。他在磨坏了的、挺深的口袋里摸索着找手套,掏出一把恺撒宫和拉斯维加斯赌场的收据。阿比盖尔从他手指间抢过那几张收据,颇有点儿卖弄风情的意味。她说,不知道亚当居然也喜欢赌博,是赌场的常客。这是不是他的秘密?亚当犹豫了一下,说是的。他有时候赌博,尤其喜欢掷骰子。"不是为了赌输赢,而是为了看看运气如何。如果运气不好,能不好到什么地步,能给你造成什么样的损害。"亚当说出这样一番怪怪的话,那神情,那口气都是一副易受伤害的样子。对这些令人费解的话,阿比盖尔只能"充耳不闻"。她几乎是专门迎合这个男人生气蓬勃的方面,而忽略了他忧思重重、颇具哲学意味的另一方面,说道:"带我去好吗?亚当。下一次,到拉斯维加斯。我还从来没有去过那儿。可是,我喜欢赌博……我想我喜欢!"(真的这样吗?她说的话连自己听了都吃惊。)亚当只是笑了笑,满脸慈爱,朝她眨了眨那只独眼。

他从阿比盖尔手里抢过那张收据,慢慢地而若有所思地撕成碎片。

就像一只麻雀的心在跳动,跳动,跳动。
这样的渴望。

---

① 三一,三位一体,基督教三位一体即圣父、圣子、圣灵合成一神。

一个正在成长的男孩儿需要……

……需要家里还有个男人,有个爸爸。

刮胡子?十五岁的男孩刮胡子?多长时间刮一次,谁知道呢?这是个小秘密,令人同情的小秘密,只瞒着妈妈的秘密。

还有别的秘密。比方说,哈里森允许贾里德每个月从他的信用卡里取多少钱。(按照他们的离婚协议,哈里负责儿子的零花钱。阿比盖尔有钱,为了保持尊严,不会向前夫开口要钱。爱子心切,她当然要做"贡献",便给孩子买东西。)为了赢得儿子的爱,哈里在诸如滑雪、背着背包徒步旅行、爬山这样一些运动中为儿子花了多少钱,对阿比盖尔也是个秘密。他们还到哥斯达黎加、厄瓜多尔、阿拉斯加(麦金利山)旅行。那个难忘的圣诞节,到遥远的印度洋中西部的塞舌尔群岛游玩。(阿比盖尔都待在家里,因为伤心,患感冒,思念刚刚去世的母亲,身体十分虚弱。)哈里在纽约市买那套公寓花了多少钱,在康涅狄格州康瓦尔买那幢乡村别墅花了多少钱,对阿比盖尔都守口如瓶。至于哈里和他的新妻子——那位富有魅力的二十九岁的继母,如何评论阿比盖尔·代斯·普雷斯,贾里德在她的面前更是绝口不提。

阿比盖尔追问:"他们说我什么了?贾里德。是不是说了些很刻薄的话?有没有歪曲事实?他们笑我没有?你们都笑我了吗?"贾里德被她问得满脸通红,哈哈大笑起来。就像妈妈平常问他学校里那些令人不快的事情一样,耸了耸肩。那是一个脖子突然痉挛的动作。"啊,天哪,妈妈!"

"'啊,天哪,妈妈!'……你这是什么意思?"

"他们从来没有提起过你。我们从来没有。"

这些"秘密",阿比盖尔都和亚当说过。在闹离婚以及离婚后心情沮丧的那段日子里,他是她的"首席顾问"。她说,贾里德还在十八个月的婴儿期,他们母子间的裂痕就已经出现。婴儿最初迷惑母亲的企图——婴儿第一次骗人的把戏——他偷偷地把盆子里的甜菜羹倒到地板上,却想让妈妈相信他已经吃光了。这个小把戏虽然瞒不过妈妈的眼睛,但是小家伙已经把自己置于妈妈的对立面,就如一个反叛的小天使站在全能的上帝的对立面一样。那以后,又发生了许多小宝宝骗妈妈的事情。等到他完全会讲话的时候,这些行为便变成"弥天大谎"。

那时候,阿比盖尔和哈里森还是一对相爱的小夫妻。对小宝宝尚且拙劣的小把戏置之一笑,并不感到惊讶,只是觉得好玩。贾里德是个挺正常的孩子。小家伙说几句让人一听就明白的假话,岂不是滑稽可笑?"哎呀!我们虽然是大人,可是说出来的谎话是不是也会被人一戳就穿?"哈里用他那种让人捉摸不定的腔调咕哝着说:"是的,我也这么想。"现在,虚弱无力的时候——这样的时候越来越多了:泡在浴缸里洗热水澡的时候,慢慢地呷着威士忌的时候,服过安眠药,在旅馆装了空调的屋子里渐渐进入烦躁不安的梦乡的时候——阿比盖尔突然怀着兴奋的心情想起,他们母子之间也曾有过没有任何秘密的时候。比方说,儿子在她子宫里的时候,(怀孕时她曾经想象妊娠反应一定非常难受。代斯·普雷斯家的女人都这样。她的母亲患神经衰弱,也不止一次提醒过她。可是事实上,阿比盖尔出人意外地健康,精神状态极好,一天到晚乐呵呵,理所当然地认为这个脱胎而出的小男婴会十全十美。)贾里德在襁褓之中时,他们之间没有秘密。她满怀柔情地侍弄小宝宝。那成了她最喜欢做的事情。在她看来(几乎!)比做爱还快乐。她十分轻柔地给孩子换尿布,而贾里德那位爱挑剔的父亲对此简直无法忍受。(哈里的要求是:换过尿布之后,阿比盖尔必须把身上洗干净,才能回到他身边。)她给小宝宝洗澡,小家伙又踢又叫,有时候显得十分任性,烦躁不安。用洗发水给他洗浅黄褐色的头发,然后漂洗干净。她觉得孩子的小脑袋瓜像鸡蛋壳一样光溜。她给他轻轻地洗小鸡鸡,小蛋蛋。小东西活像缎子一样光滑,样子像蜗牛,大小也和蜗牛差不多。阿比盖尔不由得想,他比成年男子身上任何东西都漂亮得多。她几乎是怀着一种敬畏,在热乎乎的水里,把小蛋蛋托在手指之间。

阿比盖尔怎么能预料到,会有那么一天,愤怒使漂亮的儿子浑身颤抖,会把他那张小脸扭曲得完全变形。他们闹离婚闹得最凶的时候,贾里德十三岁。他愤怒地叫喊,涕泪迸流。"我恨你们,明白吗?恨你们俩!他是个杂种,混蛋!你……你也不是个好东西!你们俩为什么不死?"阿比盖尔极力让自己平静下来,无可奈何地承认,是的,贾里德是对的。他应该生气。他没有一点儿错。"错的是我,还有你的父亲。"

(但是,主要是父亲的错,难道不是吗?)

秘密和那个蜗牛似的小鸡鸡紧密相连。那个丝绸一样光滑的、完美的小玩意儿,将不可避免地长成青春期男孩子的阴茎,藏在裤子里。阿比盖尔不是乱伦的母亲,不愿意去想儿子的阴茎。一个十五岁的男孩当然有自己的秘密。以后瞒着母亲的秘密越来越多,大多数是和性有关的秘密。为了我好。他不愿意让我惊讶,或者让我厌恶。精液在他的体内发了疯似的涌动,要喷射出来。哦,上帝,我知道。

阿比盖尔·代斯·普雷斯至少不会像地中海和中东地区国家那些过分关心宝贝儿子的妈妈,每天早晨都要检查儿子的床单上是不是有……

"永远不会!"

阿比盖尔在潮乎乎的床单上躺着,时睡时醒,突然觉得一阵恶心,完全清醒过来。

3

几个小时过去了,放在床边的电话一直没有响。她躺在凌乱的床上,像一堆正在腐烂的睡莲漂浮在一潭死水之上。她又一次意识到自己没有成功,只得独自品味那熟悉的苦涩,晃了晃修长的腿,坐起来,面带微笑、满怀希望地又拨了一次那个号码。

两英里外,梅德尔伯里学院学生公寓贾里德房间的电话铃声大作。这天早上,阿比盖尔从远处看见过那幢十分结实的砖房子。房子四周长着高大的橡树。现在,她仿佛看见一只男孩的手犹犹豫豫,伸向电话听筒,终于拿了起来。但是没有人说话。阿比盖尔轻声说:"哈罗?贾里德?"听筒里传来嘈杂的说话声和电子乐器伴奏的快板歌。过了一会儿,一个男孩不无警惕地说:"哈罗?"不是贾里德。是同宿舍的同学。阿比盖尔告诉他自己是何许人也。男孩吞吞吐吐地说:"贾里德现在不在,蒂尔尼太太。他……"又停了一下,听筒里传来压低嗓门喊喊嚓嚓的说话声。阿比盖尔想象得出,听筒被另外一个孩子生气地抢了过去。

"哈罗?"是贾里德,听声音他好像是跑过来的。

"贾里德!是我,你听到我的留言了吗?"

"听到了,"贾里德冷冰冰地说。阿比盖尔仿佛看见他那副面无表情的样子。"我听到你的留言了。"

"我去宿舍接你好吗?七点半可以吗?"

"最好六点半。我得早点回来,明天还要上课呢!"

"六点半!我去接你。"

"好的,妈妈。好的。"

"贾里德……"

电话挂了。贾里德走开了。

阿比盖尔在淋浴。她抬起一张笑脸,迎着温暖的水流,尽量什么都不想:死亡,分离。她知道,贾里德生她的气是因为她又违反了和父亲达成的协议(不是什么法律文书,并不真的有什么约束力),把他置于两难的境地。而且这种事情经常发生。为了保护一方,他必须瞒着另外一方。他不会出卖我,我可以信任他。可是,与此同时,如果贾里德替父亲隐瞒——比方说,哈里违背了协议,来看贾里德,阿比盖尔一定会气得发疯。贾里德会告诉我的!我可以信任他。

水流顺着阿比盖尔过分瘦削的身体流下。椎骨、肋骨和手腕子的骨头清晰可见。奶油色的皮肤光洁动人。亚当有一次说,她看起来像意大利文艺复兴时期画家笔下的女人。

至少,阿比盖尔的脸很像。

她的身体已经不再丰腴,更谈不上性感。乳房扁平。左边乳房上的切口(她从来不看,只是用手指小心翼翼地抚摸)早已愈合,月牙形的疤痕也已消失。

"说明到目前为止我的运气不错!"

六年前,阿比盖尔在一次例行体检中,发现左边的乳房有一个豌豆大小的囊肿。哈里森知道这事之后不但心烦意乱,而且十分恼火。阿比盖尔由此意识到,他已经不再把她放在心上,更不会给她什么性爱。盐山的妇科大夫安排她到哥伦比亚-长老会教友医院做手术。先做活组织切片,如果那个肿瘤是恶性的,再做乳房切除手术。哈里森警告她,不要把这事说出去。"我不想让别人知道。不想让别的男人可怜我。"阿比盖尔无法相信自己的耳朵。"可怜你?""没错儿!""因为你的老婆得了癌?""因为她少了一个乳房。"过了一会儿,哈里好像刚刚听见自己说过的话,补充道,"我的意思是,宝贝儿,我并不因为你得了癌症而羞愧。谁都有可能得癌症。这不是什么稀奇事。我只是不愿意周围的人可怜我们。你知道盐山这个地方,阿比盖尔。"阿比盖尔静静地说:"是的,我知道。"我也知道你。事实是,哈里没有拥抱她,甚至连碰都没碰她一下。看来我已经对你的名誉造成了损害,是吗?

其实,阿比盖尔已经把囊肿的事告诉了好几个女朋友。当然了,她们立刻表现出极大的同情和关心。她们也对她说了许多让人听了毛骨悚然的话和关于活组织切片的经验之谈。而且每个女人都自告奋勇,如果哈里不在家,她就陪阿比盖尔到城里去做手术。

后来,阿比盖尔才意识到,她的朋友们早就知道或者猜到了她还被蒙在鼓里的那些事情。

那个豌豆大小的囊肿是良性的,乳房自然也就保住了。X射线照片呈阴性。哈里责骂她"病态"。阿比盖尔还是哭了一场。淋浴的时候,没有人能听见。就像现在,在淋浴的水幕中哭泣一样,不无羞涩地抚摸着有一道细细伤痕的乳房。

永远买名牌衣服,阿比盖尔。少说为佳,不要炫耀。这样就可以立于不败之地。这是阿比盖尔的母亲对她的忠告,可是事实证明,她的"至理名言"一钱不值。

阿比盖尔还是十分注重穿着。对于她,这已经变成一种仪式,就像天主教徒念《玫瑰经》,完全是背下来的,连想都不用想。一个祈求好运的护身符。不过她心里明白,在盐山她那个圈子里,甚至非常爱护她的朋友也认为她爱慕虚荣。她的缺乏自信和局促不安被误认为一种自负。我忍不住要打扮自己。如果我还算不上漂亮……那么我该算什么样呢？为了这次对梅德尔伯里"不合法"的造访，阿比盖尔带了好几套衣服。今天晚上看儿子穿的是意大利进口的奶油色缎子衬衫，装饰着意大利面条式的带子。合体的上衣，长及膝盖的裙子，奶油色半高跟无带浅口羊皮鞋。贾里德五英尺十一英寸，比妈妈还高。阿比盖尔衬衫里没有戴胸罩，外套没有系扣子。她一遍遍地梳着烟青色的鬈曲的头发，直到那亮泽的秀发飘飞起来。她十分用心地化妆，凝脂般的皮肤，黑色的眼线，长长的睫毛，闪着乳光的嘴唇；金耳环，白金手表，白金戒指。但是没有结婚戒指。她知道，贾里德一定穿着平常那套肥大的衣服，脏兮兮的耐克运动鞋，头戴棒球帽。她也知道，儿子看到妈妈这身打扮一定会露出一丝讥笑，甚至会冷冷地盯着她。可是阿比盖尔还是忍不住要打扮自己。她的眼皮每一次颤动都是一个要求。只要爱我！她打扮得像一位年轻的新娘，开着车急不可耐地向那座田园诗般的学校驶去。她把租来的黑色"凌志"停放好之后，穿过一个四方大院，向贾里德的宿舍走去。虽然已近黄昏，但是夏日的阳光仍然温暖宜人。阿比盖尔鼻梁上架着墨镜，头上戴了一顶宽边草帽。校园里都是年轻人，穿着短裤、牛仔裤、短背心。许多孩子都光着脚在草地上掷飞碟玩。阿比盖尔出现在这样一个场合，颇有点如鱼得水的味道，光彩动人，款款而行。她的儿子，贾里德正和那些闹哄哄的孩子们玩飞碟。顺着伙伴们的目光望去，他看见妈妈——孩子们正直盯盯地看着阿比盖尔，努力回想在哪儿见过这个时髦女人。是模特？还是电视台的节目主持人？也许梅德尔伯里校园里正在拍电影，她是电影明星？贾里德脸涨得通红，把飞碟扔给朋友，嘟哝着说："我得走了。那是我妈妈。"他急匆匆走过去迎住母亲,领她离开草坪,免得向同伴们介绍。那一刻让人手足无措。看得出贾里德的妈妈急着想把他搂在怀里,吻他。她会像以前有的时候那样,流下幸福的眼泪,俨然一对大难不死的幸存者,刚刚找到对方。不过,谢天谢地,阿比盖尔控制住了自己,尽管她显然很着急,浑身颤抖,紧紧握住贾里德的手,轻轻地吻了吻他的脸颊,上气不接下气地说:"哈罗,宝贝儿!你洗头了?"

他们一起穿过校园,但是没有手拉着手,走到那辆租来的汽车跟前。贾里德不喜欢——尽管也有点兴奋——妈妈这样引人注目。想象之中,阿比盖尔觉得自己不无羞涩,实际上,她的自我感觉相当好。陌生人火辣辣的目光并没有让她觉得不安。她像被舞台上的灯光照得什么也看不见的演员,只顾专心致志地和自己的搭档一起演戏。"贾里德,见到你,妈妈真高兴!你好吗?"

"好,妈妈!"

"妈妈来看你,没关系吧?"她的声音里充满渴望和执拗,"一个人在家真他妈的寂寞透了。"

阿比盖尔想和贾里德套近乎,想让他觉得他们俩是"同谋者""青春期的好伙伴"时,说话故意带几个脏字,可是贾里德不为所动。"肯定是,妈妈。"

阿比盖尔朝四周看了一眼,脸上露出微笑。"这地方挺漂亮。看起来很……"她停了一下,想不出说什么才好,"你喜欢这儿吗?在这儿快活吗?"

"还好。"

"只是'还好'吗?"

贾里德耸了耸肩。"这儿是暑期补习班,妈妈。除了学习,我还能干什么呢?"

"我也在学习。"阿比盖尔乐呵呵地说,捏了一下儿子结实得让人吃惊的胳膊。

如果贾里德看见这辆他不熟悉的车感到惊讶,他也不会表现出来。妈妈经常心血来潮,干出些毫无道理的事情。他已经见怪不怪了。比如,她会莫名其妙地扔掉"旧"瓷器、盆栽的花草、家具,会满怀热情地重新布置所有的房间,甚至花园和草坪。你只能认为她有她的道理,有她的目的。也许贾里德妈妈那辆白色"本田"撞坏了,她现在无车可开。到底怎么回事儿,他不想打听。一个问题问错了,就会惹得她大哭一场。即使有人——男人开车把她送到梅德尔伯里,他也不会吃惊。不管这个人是谁,他也不会去见。当然不可能是她的朋友贝伦德先生,他已经死了。

贾里德明白,妈妈尽管人到中年,但还是一个颇具魅力的女人,一个很吸引成年男人的女人。对这一点,他很反感,但又说不出口。在他眼里,妈妈已经很老了,超过四十岁(超过多少,他也不想知道,但他知道,爸爸比她的年纪更大一些)。他讨厌这种事,连想也不愿意多想,只是感到厌烦、气愤,尽管也许还有那么点兴奋。小伙伴们对他说,天哪,贾里德,那是你妈妈?还有男老师们脸上那种表情。贾里德!下次见到你妈妈的时候,替我向她问好,好吗?普雷斯顿的校长有时候也打听:你妈妈最近还来我们学校吗?

不!最近不来!

妈妈和爸爸终于达成关于如何"监护"他的协议之后,贾里德长长地舒了一口气。按照"协议",一年大部分时间他都不在盐山。他们允许他在普雷斯顿私立中学寄宿。那是他暂且栖身的"中立国"。在普雷斯顿,和他处境完全相同的孩子大有人在。离婚和为了孩子监护权提起的诉讼使原先的"恩爱夫妻"变成恨之入骨的仇人。绝大部分情况是,母亲被抛弃,成了可怜巴巴的断肠人、失败者。父亲另娶年轻妻子。为什么不呢？这是一个自由的国家。时代变了。上帝死了。贾里德在普雷斯顿的一位"室友"问他孤独不孤独。贾里德十分轻蔑地回答道："孤独？我还不知道是什么呢！"

其实,有时候他还是很孤独。毫无疑问。但是他宁愿孤独,也不愿意过那种日子。

说来好笑,男人们都被阿比盖尔·代斯·普雷斯吸引,只有一个人例外——贾里德的父亲。有一次,他把贾里德引为知己,说了一句无法让人忘记的话:他已经和贾里德的母亲"一了百了"了。

一了百了。这也许表达了哈里森作为男人对阿比盖尔的希望,也反映了他对别的女人的欲望。贾里德认为"二者兼有"。

上车之后,阿比盖尔忍不住抱住贾里德。"来呀,让妈妈好好抱抱,好好抱抱!"她使劲吻着他的脸颊,不过还是避开儿子那张向旁边歪着的嘴。她摘掉贾里德头上那顶棒球帽,抚摸着满头浅黄褐色的头发,说需要理发了。"稍微剪一点儿。到耳朵就可以了。也许明天上午?"她朝儿子幸福地、快乐地微笑着。那件肥大的黑 T 恤衫上胸前那个 SUCKS 特别显眼。紧裹臀部的牛仔裤,散发着臭味的耐克牌运动鞋。连袜子也没穿。我的贾里德。我的爱。贾里德不情愿地笑了笑,接受了这一切。只要没人看见,他不会特别在意。他当然愿意妈妈高兴。再说肚子也饿了。

出城之后,阿比盖尔用她那沙哑的、"同谋者"的声音说:"我真的想你,宝贝。哦,天哪! 只今天晚上一次,我向你保证。"

"好的,妈妈,我不会告诉他。"

你想从儿子身上得到什么？阿比盖尔。
亚当,怎么会提出这样一个问题？

哦,回答我。

我希望……他幸福。

还有呢?

我希望……哦,我也希望幸福。和他一起。永远。

4

在这座历史上曾经引人注目的山景旅馆,阿比盖尔安排在房间里和儿子单独用餐。他们坐在俯瞰草坪的凸窗里,放眼望去,太阳渐渐消失在暮霭笼罩的青山背后,宛如明信片上美丽的风景。"在这儿行吗?贾里德。还可以到外面去吃,如果……""在这儿就行。""我想,只有我们俩……"阿比盖尔看见贾里德犹豫了一下。也许他想说"好吧",他愿意到外面吃,哪儿都行,随便找一家饭馆,和别的顾客一起用餐,不在这个小屋子里只和妈妈两个人一起吃饭。可是自从几年前,天真烂漫的童年生活被父母的争吵彻底摧垮之后,他就变得机敏乖巧,遇事总要动动脑子,不像小时候那样,想说什么就说什么。他朝装饰华丽的菜单努了努嘴,点了一份带骨牛排、法式炒杂碎和两筒可口可乐。

他好像害怕什么。害怕什么呢?

一位侍者做了一个炫耀性的动作,推着一辆车走进房间。洁白的亚麻台布、餐巾,一朵红玫瑰在花瓶里轻轻颤动。热气腾腾的饭菜。贾里德的牛排,阿比盖尔的鳎鱼排,全套银餐具;阿比盖尔要了一瓶勃艮第红葡萄酒。"是不是有点节日气氛?就像电影里的场面。在法国南部?"阿比盖尔怎么会说出这样几句傻乎乎的话呢?贾里德对法国南部知道什么?他又在乎什么?小小年纪。他最难忘的"历险记"就是去年夏天,爸爸带他到科罗拉多河大峡谷,坐着木筏子在翻滚着雪白浪花的河水中漂流。慌乱之中,他扭了脚脖子。还有一只木筏子差点儿被河水吞没。阿比盖尔呷着酒,小心翼翼地问贾里德一些问题。她和爸爸不一样,不会追问你在暑期补习班的学习情况。她从来不直截了当地问你考了几分。她不会偷偷地访查他。她不认为自己的儿子贾里德会被时代淘汰,会在他们这一代人都跻身美国精英之列时落伍。(阿比盖尔·代斯·普雷斯自己算不上精英。七十年代后期,她在本宁顿学习艺术,并且作为优等生毕业。不过她的数学、自然科学和历史知识连高中毕业生都不如。至于写作更是一塌糊涂,只知道"创造性"和"自然而优美"这样几个原则。)所以,她问儿子问题时总是谨而慎之。贾里德也用不着在黑T恤衫里烦躁不安地耸着肩膀,避开她凝视的目光。

"淘汰"——一个可怕的字眼。阿比盖尔听她前夫说过无数次。这里面有达尔文进化论的学说,也有宿命论的东西。

他们谈话的时候,阿比盖尔尽量不用急切的目光注视贾里德,也不总去抚摸他。她知道社交场合如何显得端庄有礼。女人和男人谈话的时候,可以轻轻触摸男人的手腕,而不显得轻浮。男人如果也这样,就让人觉得是一种冒犯。可是贾里德永远不会抚摸我。我还能有什么选择呢?

阿比盖尔说:"补习班结束后,我还开车来接你回家。按协议,新学期开始前,你应该跟我住在一起。"她停了一下,几乎也喘不过气来。阿比盖尔强忍着不看贾里德那张脸。他突然垂下眼帘,丰润的嘴唇抽动着露出几分不悦,一边嚼牛排,一边皱着眉头想着什么。"我想,我想,我们可以到南塔基特岛?去那儿坐帆船玩儿,你不是早就想坐帆船旅行了吗?"

贾里德没有回答,又嚼了几口,咽到肚里,然后喝了一大口可乐。"好吧,妈妈。"

"整个八月份,直到过完劳工节①,我们都可以待在一起。瑟伦森家欢迎我们住在他们的海岛别墅……"

阿比盖尔不怎么动盘子里的食物,只是缓缓地喝酒。她不是那种独自喝闷酒的人,一喝酒就上头,尤其喝红葡萄酒会头痛。她听见自己清亮的声音在布置得十分漂亮的起居室回荡。听见贾里德简短的答话和勉强的笑声。妈妈特别有幽默感!她和贾里德之间有一种无法言传的东西,一直就有。这种经久不变的压力揪扯着她的心。她简直心力交瘁。你看,我甚至不想结婚。不和那个人。不和任何人。我还是个年轻姑娘,一心想当舞蹈家!没有,那时候我没有结婚。我是为爱情而结婚的。突然,她想不起那个男人是谁。她被动地接受了他的爱。就像一个人死于瘟疫。那张脸——哈里森·蒂尔尼的脸?——像盘子里那份还没有吃的土豆泥。

亚当的死。一定是关于亚当的死,他们俩无法交流。可是,耶稣基督!她害怕。

亚当去世的那天夜里,她语无伦次地给贾里德的录音电话留言,结结巴巴地告诉他这个噩耗。那时候,阿比盖尔因为悲伤、震惊几乎要瘫痪。她喝了好多酒,醉得一塌糊涂。(罗杰·卡瓦纳夫来安慰她。不,他们没有在一起睡觉,尽管这也许正是罗杰来安慰她的"初衷"。)其实,她不应该给贾里德打电话。他才十五岁,还是个孩子。他一定非常吃惊,不知所措。他没有回阿比盖尔的电话。后来她又打过几次,也没有回。母子俩终于通上话之后,贾里德半天不吱声,后来虽然说了几句,也是一副闷闷不乐的样子。

---

① 劳工节,美国、加拿大的劳动节,九月的第一个星期一。

我不准备回家。现在,阿比盖尔觉得非常羞愧,不知道该如何提起亚当的话题,生怕自己会激动得无法自持。一路颠簸来看儿子已经把她搞得十分紧张,几杯勃艮第葡萄酒更喝得她晕晕乎乎。她想起贾里德在校园里大步流星走过的样子,和朋友们又说又笑,还点燃一支"明令禁止"的香烟,一望而知,早把她忘到了脑后。那会儿,看着双筒望远镜"放大"了的儿子,阿比盖尔觉得她仿佛从来没有见过这个孩子,无法想象这就是她的贾里德。想起这些,她心里就感到害怕。但是贾里德一定会为亚当的死难过,伤心。他知道,再也看不到亚当·贝伦德了。是的,他一定很伤心!家里情况最不好的时候,亚当对贾里德就像父亲对儿子一样。他和贾里德说知心话,而且从来不向阿比盖尔"汇报"他们都说了些什么。他带贾里德散步,骑自行车,到麦当劳和汉堡王吃快餐。阿比盖尔猜测,他一定向贾里德解释过什么叫"离婚",告诉他,"离婚"已经多么普遍。他的妈妈将因此而经历怎样的艰难,为什么她这样"情绪激动"、"喜怒无常"。贾里德应该如何对待这件事情。阿比盖尔知道,贾里德很喜欢亚当,总是打听他的消息,从来没有打听过别的朋友。可是自从亚当去世,贾里德对这个话题一直保持沉默。阿比盖尔把地方小报关于这件事情的报道给他寄去:**盐山村五十岁男子为救女童不幸身亡,盐山五十四岁男子 A. 贝伦德在帆船事故中身亡**。可是贾里德对这几份报道只字不提。

从儿子半睁半闭的眼睛,能看出他为她担心。也许他认为亚当是她的情人。她又一次失去了爱。他跟她在一起局促不安,觉得妈妈很可怜。听说妈妈做了乳房活组织检测之后,他心里很难过。阿比盖尔一直瞒着他,不想让他知道。你的妈妈完蛋了。别记着这个乳房了,好吗?它已经没用了,什么用都没有了。她觉得脸皮发紧,好像要哈哈大笑起来。大笑离歇斯底里只一步之遥。

"岩间圣母"①,阿比盖尔突然想起一段往事。

有一次,他们到曼哈顿玩,亚当带她到弗里克博物馆。那里倒是一个美丽幽雅、充满浪漫风情的去处。"美女和野兽"(亚当富有幽默感而又不无嘲讽的说法)在"镀了金的童话故事"里自由自在地行走,不受"现实生活"的打搅。亚当爱她,或者看起来爱她,尽管总是和她保持一段距离。他声称自己不配得到爱,不配得到幸福。他说,把自己和另外一个人的灵魂纠缠在一起是错误的。可是在这座流光溢彩的博物馆里,他拉着她的手走到一幅题为《岩间圣母》的画前。作者是佛罗伦萨一位不知名的画家,大约作于一五四九年前后。他让她仔细看画上那位难以捉摸的圣母马利亚。她的皮肤像蜡一样光滑,有点烦躁不安,甚至显得脾气很坏。一双大手抱着不停扭动的圣婴,背后是马格利特②风格的风景——嶙峋怪石,海滨悬崖,天低云暗,风高浪急。圣婴的脑袋和窄窄的肩膀相比不合比例,显得很大。头上的光环像圣母头上的光环一样明亮。阿比盖尔站在这幅已经有几个世纪历史的油画前面,仿佛站在一面使映像稍稍扭曲的镜子面前,十分惊讶地凝视着。亚当很亲密地碰了碰她。"哦,她让你想起了谁,亲爱的?"阿比盖尔第一个反应是笑。"可我不是……我像……像这幅画?像她?"阿比盖尔结结巴巴地说,"……用这样一双手抱着婴儿?脸上充满渴望……和迷恋。"

圣母马利亚和圣婴,在嶙峋怪石间突现出巨大的身影。

圣母马利亚和圣婴,沐浴着神圣,或者不那么神圣的天光。

---

① "岩间圣母",佛罗伦萨著名画家列奥纳多·达·芬奇的名作,创作于一五〇八年。此处所指应为另外一位佛罗伦萨画家的同名作品。
② 马格利特(1898—1967),比利时超现实主义画家,作画幻谲奇异,代表作有《风云将变》《财源宝地》等。

圣母的光脚下面有一条被打败的、目光邪恶、不停扭动的蛇。

亚当说:"看到了吗?那条蛇?'岩间圣母'有力量降服魔王撒旦,你也能,阿比盖尔!"

亚当·贝伦德说出阿比盖尔这四个字的时候,充满脉脉柔情。一想起这些往事,阿比盖尔就觉得浑身上下有一股电流通过,仿佛要融化了一样,垂下轻轻颤抖的眼帘。

她在想,他说这话是什么意思呢?降服魔王撒旦的力量?

她慢慢地呷着杯子里的酒。还有一次。在一个意想不到的地方。贾里德目光炯炯地瞪着她,好像看透了妈妈为性欲迷乱了的心思。"喂,妈妈?上点甜食怎么样?"

贾里德拨电话叫来房间的服务员,给自己要了一份甜食。每逢这样的场合,儿子那副精明强干的样子,都给她留下深刻的印象。他和旅馆前台服务员、机场工作人员、出租汽车司机说话的时候,就像大人一样,很有派头。现在他放松了许多,满脸微笑地看着妈妈。嗨!我们相处得很好。真是不可思议!

可是,儿子在这儿能跟她待多长时间呢?现在快到八点钟了。他九点就要回学校。像平常一样,贾里德吃起东西来狼吞虎咽。阿比盖尔盘子里的食物几乎没动。

前天,考虑到要出趟远门,阿比盖尔去了一趟盐山书店,借口是买几本小说带着路上读。(她已经好多年没有读简·奥斯汀的小说了,觉得该再静下心来去读那些充满柔情与苦涩的、表面滑稽而寓意庄重的故事,去品尝女性意志力胜利的甜美。)实际上,她想和玛丽娜·特罗伊说说话。在盐山村的熟人里,玛丽娜最让她难以捉摸。自从那天上午亚当火化之后,她还没有见过玛丽娜。听说玛丽娜病了,阿比盖尔想请她吃顿饭,聊聊天,安慰安慰她。可是,如果玛丽娜作为亚当的遗嘱执行人,看过阿比盖尔写给亚当的信，那该多么尴尬！是的，我很羞愧！给一个男人写了那么多情书，人家却一封也没回。可是……我无法控制自己，忍不住要给他写信。在盐山书店的遭遇让阿比盖尔大吃一惊。书店门上挂着一个小铃铛。玛丽娜·特罗伊听见铃声，看见阿比盖尔走进书店，立刻转过身，几乎是粗鲁地从阿比盖尔和另外一位顾客身边走开。"对不起，我现在很忙。没法为你们服务。"玛丽娜·特罗伊脸色苍白，神情烦乱，穿着一件破旧的无袖连衣裙，光着腿，腿上的汗毛没有刮过，铁锈红的头发披散在脑后。她站在一摞摞没有卖出去的书中间。有的书就那么乱堆在翘起来的地板上。她那双眼睛！因为吃惊和愤怒溢满泪水。那一刹那，阿比盖尔把这个偏执古怪的女人看做是自己一位悼念亡夫的姐妹，一位孀居的姐妹。一个情敌。玛丽娜嫉妒我吗？我嫉妒她吗？亚当如果活着，一定会一边摇头一边大笑——这两个女人怎么这么傻？

阿比盖尔突然说："那孩子姓斯维特。"好像她和贾里德一直在猜谜语，刚刚想起谜底。贾里德正在吃山核桃派和香草冰淇淋，手里拿着遥控器，搜索电视频道。大多数电视台都在播佛蒙特地方新闻，他毫无兴趣。山景旅馆居然没有有线电视，贾里德对此颇为不满。阿比盖尔硬着头皮要把这件事情谈下去，即使被宝贝儿子嘲笑也在所不惜。"……那个孩子掉到河里。一个年仅八岁的小姑娘。亚当想去救她。"

贾里德没有看妈妈，一边继续气呼呼地按遥控器，一边说："'想去'……？他救了她！"

"是，他救了她。可是……"

"报上说他'救了她'。就是你寄来的那些剪报。"

"哦，是的。他救了她。"

"贝伦德先生是，或者说像个英雄。那几个笨蛋，竟然敢坐一条玻璃钢帆船在哈得孙河上玩!"提起那几个孩子,贾里德便气不打一处来,一副不屑一顾的样子。

"是……"阿比盖尔慢吞吞地说,知道自己的话没有什么说服力,"一场事故。哦,天哪!"

贾里德说:"有的人认为,根本没有什么事故。"

"哦,等你年纪大了,宝贝儿,就会知道,当然会有事故。这次的事故,是帆船上那几个没有人监护的孩子,亚当,亚当的个性和他的心脏病,这样几个因素正巧凑到一起造成的。"

贾里德不愿意听什么亚当·贝伦德的心脏病。任何关于长辈身体状况,甚至包括年龄的讨论,都会让他局促不安,都会让他感到一种少年人的窘迫与羞愧。他似乎不想承认这样的老人也有身体!贾里德轻蔑地说:"斯维特家有一个孩子也在普雷斯顿。一个小伙子,不过我不认识他。"他用轻得几乎听不见的声音说,"他也是个笨蛋!"

阿比盖尔很看不起斯维特夫妇。就是这两个无知、自私的陌生人,由于没有尽到做父母的职责,酿成这场悲剧。可是现在,她觉得应该为他们说几句好话。似乎一位自己犯了错误的父亲或母亲应该保护另一位父亲或母亲,这样便可以减轻自己内心深处的负疚之感。"斯维特夫妇非常难过。在大庭广众之下曾表示过歉意。那个小姑娘叫萨曼莎。你一定纳闷,他们对她讲起这件事情的时候,会说些什么话?他们会告诉她,一个人为她献出了生命。"

贾里德生气地说:"贝伦德先生不是为她而死的,妈妈!你总是夸大其词。他根本不知道她他妈的是谁,也不知道那几个孩子是谁。他就那样做了。你知道他是……曾经是……怎样的一个人。"

曾经是。这话从贾里德嘴里说出来,阿比盖尔不由得打了个寒战。

阿比盖尔在梦里看见过斯维特。不是那个漂亮的金发小姑娘。地方报纸上登过她的照片。而是一种非人格化的力量,像一股电流,一片泥潭。掉进去就无法自拔,再挣扎也难以逃脱。亚当就沉没在这样的泥潭之中。不配被爱,为什么?不配得到幸福,为什么?好大一会儿,她就那样直盯盯地看着满脸不高兴地搜索电视频道的儿子贾里德。他正孩子气十足地使劲儿按遥控器上的按键。阿比盖尔说不出话来。她觉得自己也曾和死神擦肩而过。沿着州际公路风驰电掣般向北行驶的时候,车轮猛地转弯,就会撞到立交桥上,顷刻之间葬身火海。而火光照亮了桥上那行红笔涂写的字,虽然已经褪色,但赫然宣称:LOVE FUCK SUCK BELLINGTON H.S.'00①。

不,阿比盖尔·代斯·普雷斯不曾被压垮。今后也绝不会被压垮!

她又倒了半杯酸酸的、能使人震颤的、相当不错的勃艮第红葡萄酒。

贾里德已经第五次或者第六次按到播放棒球比赛的那个频道。屏幕上是棒球场一片耀眼的绿色。"他妈的。这些笨蛋!"他换了个频道,屏幕上正在为剃须刀片做广告,声音很大,色彩过分艳丽。他又换了个频道,还是广告,声音还那么嘈杂,画面还那么艳丽。

阿比盖尔生气地喊了起来:"贾里德,天哪!把那该死的玩意儿关了。"

---

① 涂鸦之笔,不堪入耳的脏话。

贾里德按了一下"关闭"键,把遥控器扔到地毯上。用力很大,足可以把遥控器摔坏。

阿比盖尔笑了起来。

"阿波罗!你应该看看那条可怜的狗!"

"阿波罗怎么样了?"贾里德问道,立刻有了兴趣。

贾里德从来没养过狗,特别喜欢阿波罗。他和亚当沿着河岸或者在巴特尔公园散步的时候,阿波罗总是在前面一溜小跑。贾里德刚走到亚当家门口,这条满身银毛的牧羊犬就高兴地跑过来,撒着欢儿直叫。贾里德抱着它,把脸埋在温暖的皮毛里。有一次,阿比盖尔感觉到儿子好像害怕不好闻的口气一样,转过脸不让她亲,却亲眼看见他任凭阿波罗的大舌头舔他的眼睛和微笑着的嘴巴。

阿比盖尔连忙说:"阿波罗……很好。它当然伤心透了。经常出现在人们的房屋周围。大清早,我们还没有醒来。它给我们送来亚当的东西:一只手套,一件衬衫。"阿比盖尔保存了亚当在花园里干活时戴的那只手套。那是从另一个世界送给她的"驱邪物"。她想起那天早上,她的卧室窗户下面神秘的抓挠声。这条狗怎么能准确无误地找到她的房间?她那幢向四处延伸的房子楼上有六个卧室,还有好几间客房。不是阿波罗,是亚当。

可是,亚当知道阿比盖尔卧室的位置吗?

阿比盖尔又叹了一口气,仿佛在梦中。想起他死前几天,她紧握着他的一双手吻着。他想抽身而去的时候,她笑了起来,把他那双手按在乳房上,开玩笑似的说,哦,你可真是正人君子,你也太可笑了。她热烈地吻着亚当·贝伦德的唇,吻的时候,还在笑,觉得他的性欲正在升起。亚当嘴里嘟嘟哝哝,脸涨得通红,紧紧抓住阿比盖尔的胳膊肘……

贾里德焦急地问:"它现在在哪儿?谁养着它?"

"谁?"

"阿波罗!"贾里德不高兴地瞪着她。

阿比盖尔摇了摇头,清理了一下自己的思绪。她的头好像一个玻璃镇纸器,里面装满了雪花和神秘的透明液体。"哦,是的……阿波罗。我想它大多数时间和卡米拉·霍夫曼待在一起。有时候到玛丽娜·特罗伊那儿。我一直想养它,在厨房里喂它。它睡觉的时候显得烦躁不安。醒来之后就呜呜咽咽地叫着,东闻闻,西嗅嗅,我想一定是在找亚当。它对着我大声吠叫。找不到亚当就抓着门让我放它出去。出去之后,便一路嗅着,慢慢地向远方跑去。唉,可怜的东西。"阿比盖尔不想告诉贾里德,阿波罗瘸了。它后边的右腿受伤了。

贾里德稚嫩的心深受伤害。"但愿你们这些大人不要让'慈善协会'以保护动物免受虐待为名把阿波罗给杀了,或者被警察打死。"

"卡米拉·霍夫曼想养它。她对这条狗特别有感情。她现在的心理也很怪,你不能跟她说亚当死了。只能说亚当不在了。'我觉得他是出门旅行去了,'可怜的卡米拉说,'现在看不到他,但他迟早会回来。'遗憾的是,莱昂内尔·霍夫曼是过敏性体质,见了狗毛就哮喘。"

阿比盖尔又给儿子讲了些盐山村大人们爱听的闲言碎语,但是正处于青春期的贾里德对这种飞短流长毫无兴趣。

"听我说,我想养阿波罗。它可以和我待在一起。"

"哦,宝贝儿。你一年大部分时间都在学校。"

"他妈的,如果没人管它,它会在路上被车撞伤。它是在找永远找不到的东西。"贾里德的声音里突然充满了恐惧。

阿比盖尔用餐巾偷偷地擦了一下眼睛。雪白的亚麻布蹭上一点睫毛膏。哦,她已经烦透了眼泪。她想开怀大笑。

"如果你收养阿波罗,它就得跟我待在一起,"阿比盖尔按照母亲的逻辑,慢吞吞地说,"可是它看起来不想和我待在一起。它待上一夜,第二天一早就跑了。"突然,她觉得不应该承认这一点。为什么阿波罗不愿意和阿比盖尔待在一起?她一见它来就匆匆忙忙跑出去,给它买最好的狗食肉饼罐头,狗饼干。可是全然无用。

贾里德心里突然升起思念之情,问道:"贝伦德先生埋在哪儿了?"

亚当曾经多次要贾里德直呼其名,叫他"亚当",可是,贾里德总是称呼他"贝伦德先生"。就像普雷斯顿贾里德的朋友,总是管她叫"蒂尔尼太太",要么就什么也不叫。

"宝贝儿,我对你说过,他没有埋。"

"没有埋?"贾里德吃了一惊,"那……他在哪儿?"

"我对你说过,他的遗体……按照他生前的愿望,火化了。"

"哦,是的。"贾里德很费力地咽了一口唾沫,在肥大的黑T恤衫里动了动肩膀。阿比盖尔认为,她已经弄懂了儿子T恤衫胸前那两个字——"讨厌"的意思。这两个字从云朵似的"死亡"中飘然而出,意思是什么呢?"死亡真讨厌!"看起来,这个理解是对的。

阿比盖尔尽量挤出一丝微笑,说,"你了解亚当,宝贝儿!他是个非常讲究实际的人,也是个很古怪的人。他并没有想到自己这么快就会死,他身体很好,但是他对玛丽娜·特罗伊说过,他走了之后,我的意思是死了之后,想'烧成灰'。这不是很像亚当其人吗?"阿比盖尔想笑出声来。

母子之间,感情上会承受巨大的压力。"岩间圣母"一双爪子似的大手抱着不停扭动的大脑袋婴儿。真该死,他不只是妈妈的儿子,还是上帝的儿子。在佛蒙特州梅德尔伯里郊外的山景宾馆,阿比盖尔和贾里德之间这种压力远比在盐山的家里更容易感觉到。在家里,贾里德可以溜回他的房间,坐到电脑前玩,看电视,打电话,或者干脆"逃之夭夭"。现在,这种压力就像装在纸袋里的什么东西渗漏出来,一点点地向外扩大。贾里德犹犹豫豫地说:"这么说……他已经成了灰……装在罐子里,或者别的什么容器里?"阿比盖尔说:"他希望把骨灰撒到他的花园里,宝贝儿。"阿比盖尔不想让贾里德知道,她没有参加那个简短的、范围很小的仪式。只有几个朋友去了,都是深爱亚当的人。阿比盖尔·代斯·普雷斯因为害怕,胆小,缺少魄力而没有参加。"你知道,他非常喜欢他那座花园。总是杂草丛生,蓟长得很高。但是枝繁叶茂,满眼碧绿,那么漂亮。架豆角、西红柿、胡椒、向日葵、黄花,还有那种十分精巧的橘黄色小野花,长在藤蔓上,爬在篱笆上。是凤仙花?亚当从来不因杂草丛生而着急。他常说,只要是绿色就行。他……"

贾里德打断妈妈的话:"这可真不像话,妈妈。贝伦德先生连一座坟也没有。他要是买不起,你们这些人也可以给他买块墓地呀!"

你们这些人。阿比盖尔听了既受感动又很恼火。现在贾里德要为亚当的死责备她了吗?她说:"宝贝儿,亚当很有钱。他可不像人们想的那么穷。事实上,我听说他非常有钱。各种债券,证券,房地产多的是。当然这笔财产最后都留给社区了……"

面对成年人的虚伪和诡计,青春年少的贾里德穷追不舍。"你们这些人可以给他立一座……立一座纪念碑。把他的骨灰——装在罐子里的骨灰,埋在一块墓地。像平常人一样。这样一来,如果有人来祭扫,还有个祭扫的地方。"

"你为什么口口声声把我们称做'你们这些人'呢?"阿比盖尔自尊心受到伤害,很不高兴地说,"我们过去是,现在也仍然是亚当最亲密的朋友。他似乎没有什么亲戚。他只是——亚当·贝伦德。大家对他的情况几乎一无所知。我们尊重他的愿望,做了他想做的事。你可以去花园里祭奠他。等你从暑期补习班回来,宝贝儿,我们可以一起去!也许阿波罗也在那儿,还有……"

"好的。"

贾里德喘着粗气,显然很不高兴。阿比盖尔纳闷他在想什么呢?他是不是责备她?因为什么?我问心无愧!他不可能知道今天上午我用望远镜偷偷观察他。他能知道吗?是的。他有所察觉。他察觉到什么了。他们都有所察觉。男人想和阿比盖尔·代斯·普雷斯接近时,她总是觉得烦,甚至生气。可是一旦人家退避三舍,她又神魂颠倒,心里充满渴望。不过经历了那么多磨难,她敢肯定,不是对性的渴望,而是精神上的渴望。

亚当经常上他们家。他和贾里德经常到麦束路北边的田野散步。阿波罗在前面小跑着。阿比盖尔看见他们在路上走着,粗壮的中年汉子和瘦高的少年谈得十分投机。可是她问贾里德他们都说了些什么的时候,小家伙却不好意思地耸耸肩:什么也没谈。"贾里德,不可能'什么也没谈'。我看见你们谈得挺热闹。"阿比盖尔说。贾里德说:"大多数时候都是贝伦德先生让我说。"阿比盖尔觉得自己深受伤害,不高兴地说道:"让你说!你可从来不和我说!"

阿比盖尔问亚当他和贾里德都谈了些什么,亚当也守口如瓶。他摆出一副让人恼火的理性十足的架势,说永远不会辜负贾里德的信任。

贾里德的信任。阿比盖尔想,她的信任呢?

亚当非常勇敢。他是个真正的朋友。离婚闹得最厉害的时候,阿比盖尔因为绝望、焦急,再加上感冒得了病,一天有十二个小时躺在床上。那时候,除了贾里德、亚当和那位已经无法再让她看得起的律师,她和谁也不说话。后来,亚当亲自去纽约找哈里森,想说服他。他们俩在盐山只是点头之交,不过相互之间都还有点好感。属于那种除了在社交场合偶然接触一下,其他场合绝对不会见面,也没有什么实质性问题可谈的"熟人"。亚当觉得他可以晓之以理,动之以情,说服哈里森·蒂尔尼。他那时为完全争得贾里德的监护权,把阿比盖尔告到法院。理由是,阿比盖尔不适合做母亲。是个"心理不正常、先天神经质的女人,根本就没有能力当好母亲,料理好生活"。这场关于监护权的官司一直没有结果。因为任何一个负责任的法官都不会支持哈里森的诉讼请求。可是哈里森用心狠毒,顽固坚持,一定要把这场官司打下去,似乎不把这个自己当年有眼无珠错爱又错娶的女人彻底打垮,彻底消灭,决不罢休。亚当"晓之以理":"你一定要明白,这件事唯一得利的是律师。"哈里森用沙哑的声音说:"我他妈的明白不明白都无所谓!贝伦德。我得给儿子树立一个榜样。只要是值得为之而斗争的事情,我就一直斗争下去!"亚当听了有点吃惊,说道:"可是哈里,你不会得到完全的监护权。你儿子不同意,法官也不会这么判。你这样做有什么意思?只能是折磨阿比盖尔和你自己。"哈里森恼怒地说:"废话!有什么意思?意思大着呢!贝伦德!你和那个神经过敏的婊子鬼混在一起。你想操她的屁股,想把她的钱弄到手,可以。她那个瘦得皮包骨的屁股可以归你,她的钱也可以都归你。可是你别他妈的想打我的主意,朋友。我的钱,你一个子儿也得不到。我的孩子,我的儿子,只能归我!"哈里森·蒂尔尼说这番粗俗不堪的话时,一副扬扬得意、幸灾乐祸的样子,似乎离开盐山村，就脱离了文明，就可以信口雌黄，为所欲为。这两个男人是在城里的酒吧见面的。亚当非常生气。他本来是以朋友的身份出面调解的，不但被对方断然拒绝，还受了如此的侮辱。他一声不吭凝视着哈里森，然后说了声"请原谅"，付了自己的酒钱，离开酒吧。（"我真想朝那个杂种脸上打一拳，可那样就会被逮捕，被控告。"）哈里森朝他的背影大声叫喊："祝你好运，朋友。那两样东西你都用得着！"

在和人类打交道的时候，他心目中的英雄苏格拉底犯了同样的错误。那就是，以为所有的人都是，而且愿意是理性的。在这个问题上，阿比盖尔·代斯·普雷斯懂得更多。

她以一种坦白罪行的神情和口气对怒目而视的儿子说："你知道，宝贝儿。亚当和我不是情人。我们是亲密的朋友。我爱亚当，而且，我……我想他也爱我。可是，不是那种爱。对不起，宝贝儿。"

贾里德面红耳赤。妈妈疯了！

"无论别人怎么想。无论你父亲怎么说。"阿比盖尔低声下气地说。

贾里德喃喃着似乎在说，好了，妈妈。

"现在他死了……哦，他死了。这个故事也该结束了。"

贾里德十分尖刻地说："死亡真讨厌！真烦人！"

"哦，宝贝儿，别不高兴。对不起。"

"关于死亡，"贾里德结结巴巴地说，"……我他妈的才不管它哩！要我看，我们就像池塘上面的水藻。就像我们家后面那个漂着一层泡沫、浮渣的该死的池塘！爸爸经常往里面撒尿，一潭死水。是的，一潭死水。令人讨厌的绿色泡沫。就像水藻以为自己了不起一样，我们也以为自己很了不起。可我们并没有什么了不起。死亡更算不了什么。就像电脑空间,如果最后一台电脑完蛋了,最后的内存也就消失了。没有什么了不起!亚当……贝伦德先生……当然知道这个道理。但他不这样说。因为他太,太……"贾里德像大人一样皱着眉头,想找一个恰当的词,可是真该死,一下子想不起来,"……他只想顺其自然,和人们友好相处,就像天地万物间的一株小草。他常说:'不要伤害任何人,但是也不要被伤害。'他常说:'记住,孩子。'可是,事实上,妈妈,这些说教全是废话。"

"'废话'……什么?我想什么池塘呀,水藻呀,才是废话。"

贾里德笑了起来,声音有点刺耳。"一回事儿。"

阿比盖尔也笑了。"宝贝儿,你早就不该抽烟了。记住,你曾经下过保证。对亚当和我。"

(下过吗?贾里德看着妈妈眼睛里充满愧疚。)

他带着孩子气的真诚说:"我一定不抽了,妈妈。我看过那些吸烟致癌的电视广播。"

阿比盖尔把瓶子里的酒喝了个精光,立刻就醉了。明天早晨她将为此付出代价,可是现在迷迷糊糊,飘飘欲仙,那感觉并不坏。"我相信死亡前的岁月。"她说,在漂亮的长毛绒地毯上扭动着光溜溜的脚趾,"我不知道什么样的废话才温柔亲切,才吸引人。"她还穿着意大利进口的奶油色丝绸内衣,露出两条大腿。短小的外套早就脱下来扔到一边儿,光溜溜的肩膀上,细细的胸罩带直往下滑。胸罩里,虽然白皙的乳房早已松弛,但乳沟依旧清晰可见。烟灰色的头发有点凌乱,乌黑的眼睛目光蒙眬,瞪得很大。我想要什么?亚当。想要我的儿子快乐,我也想快乐。和他在一起。永远。阿比盖尔觉得头有点儿晕,猛地站起来,像芭蕾舞演员那样单脚着地,做了个"皮鲁埃特旋转"。贾里德吃了一惊。"宝贝儿,见到你,妈妈高兴极了!回家可寂寞透了。"她贪婪地吻着贾里德滚烫的脑门、滚烫的耳垂。不过没有亲着他的嘴。贾里德不好意思地转过脸,把头低下。"天哪,妈妈!"离得这么近,儿子那张漂亮、光滑扭歪了的脸好像被望远镜的镜片放大了一样。

两只失去弹性的乳房在丝绸衬衫里自由自在地晃荡,阿比盖尔身上散发着她喜欢的那种香水——忧郁时光的气味,事实上,此刻正是"忧郁时光"。一个长夜将临、欲望难消的时刻。

贾里德局促不安地扭动着,没有硬从她怀里挣开,也没有往旁边推她。但是,阿比盖尔平静地想,她的心灵深处还有一个理智的、纯粹的、非人格化的自我。除了对贾里德无望的爱,还有一方天地。在那儿,她不是母亲,谁也不爱。就如亚当曾经说过的那样,我们都在"自我"之外睡觉。那是容易消亡的、短暂的"自我"。这个男孩——她的儿子,贾里德,也有一个完全相同、非人格化的自我。这个"自我"谁都不爱。这个"自我"对于阿比盖尔完全是个陌生人。她摇摇晃晃,差点儿摔倒。"哎呀!妈妈!"贾里德喃喃着,连忙扶住她。她几乎怀着一种轻蔑下定决心,从今往后,她对贾里德和亚当都要少一点爱。

是不是该送贾里德回宿舍了?或者可以让他在这儿过夜?

卧室里的床很大,客厅还有长沙发。如果贾里德能留下,明天早晨还可以一起在房间里用早餐。

"妈妈,我该走了,好吗?"

贾里德向后退了两步,走进浴室。阿比盖尔把一杯已经融化的冰水贴在滚烫的脸上,让自己的呼吸更均匀一些。是,是,是。或者不,不,不。阿比盖尔很麻利地拨了一下服务员的电话,让他们把用过的餐具清理走。屋子里一股饭菜的味道。她皱着眉头凝视镜子里的自己,整理了一下肩膀上直往下滑的胸罩带子,拢了拢乱蓬蓬的头发。是的,她是个漂亮的女人,即使真的神经过敏,精神错乱。表面上看,性感十足,尽管性交时达不到高潮。阿波罗抓我的门?这是什么意思?亚当从来没有在她家里过过夜。

她喝醉了。或者这一切比它的本来面目更荒唐可笑?或者,也许……她就没有醉,而这一切也并不可笑?"哦,见鬼,真是荒唐可笑。"

贾里德从浴室里走了出来。刚刚洗过的脸生气勃勃,头发平平的,钢蓝色的眼睛勇敢地甚至有点轻蔑地看着她。母亲。阿比盖尔还没听见他说出什么可怕的话,就看见他的嘴在动。什么什么什么什么?他显然在上气不接下气地反复说着什么。他的父亲想在八月份带他到肯尼亚,徒步旅游参观野生动物保护区,还要到坦桑尼亚,可能的话去爬乞力马扎罗山。贾里德舔了舔嘴唇,"我很想去,妈妈!如果你同意的话。爸爸说,只能是下个月,因为……"

不不不不不。

可是阿比盖尔听见自己平静地说,"哦,当然,贾里德。只要你愿意,我就愿意。当然。"

"没有问题?妈妈。你不会生气吧?"

"哦,贾里德,当然不会。"

"啊,妈妈!真棒。"

贾里德露出灿烂的微笑。从母子相见,阿比盖尔还是第一次看见儿子这么开心地笑。

我知道,我太爱他了。可我是他的母亲,亚当!

阿比盖尔,孩子知道你爱他。如果他不能以同样的爱回报你,他会痛苦不堪,还有你。

双筒望远镜平平安安锁在"凌志"的行李箱里,贾里德永远不会知道。

把贾里德送回梅德尔伯里。送回宿舍。

贾里德津津有味地讲肯尼亚,讲乞力马扎罗山,讲哈里森刚买的给他们俩共用的便携式摄像放像两用机。阿比盖尔却在想最后一次见亚当的情形。当然,那时候不可能知道这是最后一次。而贾里德离开她和他的父亲,还有那位花枝招展的继母("金也激动得要命,正积极准备行装")一起去非洲旅行也会是她最后一次与儿子相见。最后一次这句话在她脑子里回荡。她的脑袋空空的,就像瓷砖裂缝、墙皮剥落的破旧的公共场所,特别容易发出回声。

最后一次。就是这样?

最后一次和亚当见面,她不曾预料。但是,第一次见面,她是知道的。好多年前。那时候阿比盖尔多么年轻,心灵也没有受到过什么伤害。阿比盖尔·蒂尔尼。哈里森·蒂尔尼太太。一个有钱人的妻子,而且自己也很有钱。麦束路那幢漂亮的科德角式住宅里一对引人注目的夫妇。那时候,阿比盖尔还没有听说过亚当·贝伦德这个人,没见过他那些设计巧妙的废旧品雕塑[1],没有报名参加他在盐山夜校开设的人体素描绘画班。她还没有爱上他,或者把那一切想象成爱情。可是,阿比盖尔,如果你不认识我,怎么能爱我?得了吧,我们从来没有在一起睡过觉。也许如果我赤身裸体站在你面前,你会嫌弃我。上帝知道,有时候,我自己都嫌弃自己。

可是,真该死,他从来没有给过她机会——嫌弃他的机会。

---

[1] 废旧品雕塑,用废弃的金属、玻璃、木料等构成立体造型的艺术品。

隔着裤子,她不止一次抚摸过他勃起的阴茎,感觉很好,动作起来一定非常完美。"你真该死!"

第一次,那个男人不是亚当。因为那时候她还不认识他。

滨河路,一个男人顶着雨,步履艰难地走着。两条狗在他旁边小跑着。一条是浑身湿透了的纽芬兰黄毛猎犬,另外一条看起来像只小狼。阿比盖尔觉得非常厌恶、反感,不由得打了个寒战。她知道,倘若哈里在哈得孙-盐山滨河路看到这情景会说些什么。是不是一个无家可归的人住在附近什么地方?阿比盖尔放慢车速,用犀利的、审视的目光看着这个人。他长得丑陋、粗糙。脑袋,肩膀,两条短腿和低矮结实的身躯不成比例,让她想起……想起什么呢?克罗马努人,或者尼安德特人——反正是丑陋的原始人!这个陌生人身上穿的衣服也很不配套。彩格尼衬衫,工作裤上沾着一片片像是油漆的东西,要么是泥巴。脚上穿一双橡胶靴子,踩在泥水里发出呱唧呱唧的响声。头上戴一顶凹回去的毡帽。衬衫领子翻了起来,似乎这样就能挡住四月的冷雨。

看样子,他是个流浪汉,夜盗者。是个威胁。

滨河路上,一辆辆汽车从他身边驶过。阿比盖尔开着车与他擦肩而过的时候,心海突然泛起涟漪,是同情,还是怜悯?——一首童谣从她脑海闪过:如果希望是匹马,乞丐也想跨上它。有一刹那,她很想停下来,让这个在雨水中艰难跋涉的人搭她的车。可是那两条水淋淋的狗实在让人望而生畏,她打消了这个主意。

就这样,阿比盖尔从亚当·贝伦德身边驶过。她加大油门儿,不让自己有机会瞥他一眼,和他的目光相遇。

就像现在,沿着一条弯弯曲曲的路送儿子回梅德尔伯里。这是一条黑色的柏油路,暮色中,反光镜像走兽的眼睛。阿比盖尔把车速控制在四十英里,或者四十五英里。她眼皮发沉,嘴唇耷拉着。贾里德像个四岁的孩子,想起非洲奇异的风光,高兴得要命,不住嘴地讲着和爸爸的旅行。月亮升起,是一弯残缺的月牙,就像男人破损的脸。阿比盖尔怎么也想不起现在她是在哪儿?今天晚上,这辆车开起来很别扭,仪表板上闪闪烁烁的亮光也与往日不同。挡风玻璃有些模糊,前方黑乎乎一片,能见度很差。但是她的脚踏在油门上,忍不住想往下踩。她似乎急着到什么地方过夜。前面一定有一座城镇,已经预定了的汽车旅馆正在等她。哦,她脑子一片空白,还隐隐作痛!她看见他赫然出现在眼前,站在路边举起胳膊招呼她。看不见脸,她眯着眼睛,俯身向前,屏住呼吸,焦急地张望着。车灯照亮一个标牌,上面写着:"弯道危险,时速二十英里!"就在这一刹那,汽车驶上弯道,一只魔鬼的手抓住车轮,使劲儿向右拽。她似乎看见了那只手。她回忆,确实看见过一只手。她发誓,她看见过。不是男孩的手,而是魔鬼的手。柏油路迅速变窄,向下倾斜,几乎比一条人行小道宽不了多少。她听见一声尖叫,紧接着是一阵干树枝被压断的喀嚓声,然后——

一切都消失了。

比　赛

1

有一个男人,四十七岁。他曾经认为自己非常幸运,现在却意识到幸运已经离他而去。就像生命之血或者精液一样。年轻的时候,你总觉得这宝贵的液体无穷无尽,步入中年才明白原来是有限的,而且总有一天会衰竭得让你完全失望。

凡夫俗子想要流芳百世到底是为了什么?

"哦,亚当。我当个凡夫俗子就行了,如果这意味着至少还可以活着。"

罗杰·卡瓦纳夫,一个非常好的律师。纽约哈得孙-盐山的朋友和同行都认为他是一个刚正不阿的楷模。

可是真该死,他要到巴尔的摩①附近女儿的学校去,现在却晚了三个小时。他答应罗宾下午早一点儿去,这样可以在比赛前先"放松一下"。

当然,爸爸,我知道你总是说话算数。

---

① 巴尔的摩,美国马里兰州中北部港市。

没错,他是说话算数!至少干工作的时候说话算数。对于别人,他的一句话或者一次握手都可以像生效的合同一样予以信任。自从婚姻破裂后,罗杰·卡瓦纳夫就是为工作,为自己的名声活着:罗杰·卡瓦纳夫是个非常好的律师,刚正不阿的律师,在业内堪称楷模。

"可不是,除此而外还有什么可留恋的?"

他对女人也不留恋,他有过的女人够多了。他已经厌烦女人。他的灵魂——如果有灵魂的话,如果那些充满渴望、愤怒的心绪就是他的灵魂的话——缠绕着憎恶与反感。

十月中旬。亚当·贝伦德遗嘱上仔细伪造的签名还没有被人识破。罗杰·卡瓦纳夫刚正不阿的好名声还未遭损害。

那个星期日早晨,在他的律师事务所里,悲痛欲绝的红头发女人天真地、直言不讳地问:这合法吗?不是犯罪吗?哭得又红又肿的眼睛直盯盯地看着他。如果你,一个律师……被发现,会出什么事呢?她的话显然没有责备之意,但他听了心里很不舒服,甚至很恼火。

他打断她的话。为了避免同谋之嫌,罗杰·卡瓦纳夫不愿意和玛丽娜·特罗伊谈论亚当·贝伦德的遗嘱,也不愿意讨论他已故朋友的财产。

那会成为取消律师资格的理由。

"我不会被取消律师资格。不会被抓住。谁能证明这不是亚当的亲笔签字?谁又愿意去管这事儿?"

"玛丽娜永远不会说出去。玛丽娜爱他。"

"玛丽娜永远不会说出去。玛丽娜也卷了进去。"

"我别无选择!必须保护亚当死后的利益。因为他生前没能很好地维护自己的利益。"

这些话不是对玛丽娜·特罗伊说的,也不是对任何别人说的。不是。而是坐在他那辆"宝马"里,自言自语时说的。就像平常,他总是喜欢坐在车里,自己和自己说心里话。

"刚正不阿"的罗杰·卡瓦纳夫从纽约盐山出发,一路南行,向马里兰州尼科德马斯拉克罗夫特学校飞驰而去。路上,一直想着这些事情。他特别不高兴。他急于见到女儿,生怕出什么差错。不,不是不高兴,也不是焦急,而是生气。肚子里好像装满了因为痛苦而扭动的蛇。他像飞行员钻进轰炸机一样钻进那辆马力很大的汽车,系好安全带,在 I-83 号公路风驰电掣般地行驶。他很不耐烦,想赶快到达目的地。但是又满肚子气,不想到那个地方履行父亲的职责。是的,他曾经是父亲,他爱过自己的女儿。他大声嘟哝:"该死,该死,真该死!"

本来离开办公室就比平常晚,又碰上星期五下午堵车。罗宾参加的曲棍球比赛下午四点开始。他答应过罗宾,无论如何比赛开始前赶到。

当然,爸爸,我知道你总是说话算数。

亚当·贝伦德已经死了三个多月了。可是他给人们留下的伤痛还没有平复。罗杰强迫自己用指甲抠那伤口,似乎喜欢鲜血从伤口渗出,喜欢看血液在血管里噗噗跳动。

"你的死传染了我们,传染了我们这些尚且活在世上的人。真他妈的!"

不,罗杰满怀痛苦地悼念亚当·贝伦德,非常想念这位朋友。他和亚当争吵过。那次争吵就像一团火在地下闷燃着。

罗杰·卡瓦纳夫是亚当的律师,遗嘱执行人。他将尽量为他保守秘密。盐山的朋友们听说亚当留下巨额财产,都感到震惊,难以置信,还有一种难以名状的被刺痛的感觉。怎么可能呢?亚当·贝伦德在富裕的盐山,生活那么节俭。他似乎对他们的生活方式颇有微词。当然是以他那种不露声色、诙谐幽默的方式表示着自己的不满。亚当·贝伦德在当地也算个"人物"。谈起他人们总是满怀热情,不无赞赏。但是,言谈话语中不乏屈尊俯就的傲慢。亚当买二手大衣,二手西装,甚至穿着旧货店买来的小礼服参加盐山村的晚会。他似乎故意衬托他们衣服的考究、精美,而且看起来"乐此不疲",因为大家对自己"奇装异服"的关注而感到快乐。可是实际上,他在嘲笑他们。他开一辆锈渍斑斑的二手"奔驰"。连那辆英国自行车也是二手货。他养的几条狗很漂亮,品种高贵,可它们都是走丢了的狗,或者是被先前的主人抛弃的狗。这也是一种游戏吗?像假面舞会的游戏?亚当那幢具有"历史意义"的房子屋顶腐烂,漏雨已经好几年了,可是一直迟迟不肯动手维修。有几个朋友商量,想凑点儿钱给他修一下,又怕惹他生气(他们一直没能鼓起勇气,表示这番心意)。亚当对艺术充满热情和理想,而且真诚地相信艺术的价值,可是他创作的材料是从城里垃圾堆捡来的废物。他创作出来的那些稀奇古怪的雕塑作品,不管是谁,只要感兴趣,他就送给人家,从来不想卖出去换几个钱。像罗杰这样的朋友,对他这种行为常常感到不可理解,甚至有点恼怒。("亚当,你为什么这样做?"罗杰有一次问道,"你难道怕以此为业?怕成为一个艺术家?不愿意和别的艺术家竞争?你为什么要这样?"亚当不好意思地耸耸肩,露出一丝苦笑。"罗杰,你可是把我看透了。")这当儿,亚当一直购买因特网和生物工程债券,投资房地产,而朋友们对这些一无所知。他的经纪人遍及四个州,以六个化名存款。他的钱除了匿名捐赠给诸如"释放无辜者协会"

"罗克兰县走失动物庇护所""盐山美术协会"和"盐山环境监察中心"这样一些机构外,几乎没有派过任何别的用场。好像因为自己有钱而羞愧。他真的羞愧吗?这不对劲儿,很不对劲儿。亚当·贝伦德到底留下多少钱?可笑的谣言转了一圈儿又回到罗杰那儿。人们说,亚当给慈善机构留下一千五百万到两千万美元。沿哈得孙河还有许多产业,价值数百万美元。他是职业赌徒,以不同的化名在拉斯维加斯赌博。他有一大堆孩子,早已长大成人,和他没有任何联系,但是撒手西去之后,却给他们留下几百万美元……罗杰逐一驳斥了这些谣言。他对亚当的财产到底有多少基本上保持沉默,但是他觉得有理由让大家相信,去掉种种税费,亚当留下不超过六七百万美元,包括他那幢"具有历史意义"的住宅。

他感到羞愧。肯定这样。那么有钱。事实上比不少朋友都有钱。说什么他不配得到幸福。可是谁他妈的配?不想让我们知道罢了。就这么回事儿。他有钱,可是没有花在自己身上。全给了别人。他不愿意让别人知道他比我们大家更好,更慷慨。

"要不是撒手西归,亚当·贝伦德怎么回事儿还是不为人知。"

2

亚当叔叔。那时候,罗宾还是个小姑娘,满头蜜黄色的发卷,大大的、蜜黄色的眼睛,非常可爱。她虽然年纪很小,可是特别喜欢看书,还自己写东西。妈妈爸爸还没有离婚的时候,亚当叔叔是她家的常客。罗宾过四周岁生日那天,亚当叔叔送给她一件别出心裁的礼物。那是他自己亲手制作的一本大书。封面用混凝纸浆做成,染成漂亮的蓝绿色。里面是硬硬的奶油色美术纸,上面装饰

着小动物的卡通图案。书名用金叶剪贴而成:罗宾·卡瓦纳夫:我的故事。每一页上方有一个标题:

  我最爱的人

  我比较爱的人

  我很小的时候

  我长大以后

  我下一个生日

  我的愿望——心底的秘密

  这种生日礼物太棒了,真是意外的惊喜。我们的童年正是由这样的惊喜组成的,尽管许多往事已经忘却。

  罗宾喜欢这本蓝绿色的"书",喜欢亚当叔叔。他那么滑稽,好像总是用一只眼睛凝视着你,但并不是看你。他总是把她和爸爸妈妈逗得哈哈大笑,一聊就是好几个小时。那时候,真是其乐融融,罗宾趴在壁炉前面毛茸茸的羊毛地毯上,兴致勃勃地"填写"那本"书"。写好之后,拿给亚当看。亚当看了惊讶地叫了起来:"罗宾!你真是个与众不同的小姑娘!"

  现在罗宾还记得这些吗?也许还记得,模模糊糊、隐隐约约。《罗宾·卡瓦纳夫:我的故事》,早就丢了。

  十一年前那个夜晚,亚当·贝伦德和男女主人告别时,心情十分激动。他虽然头脑清醒,但是,毫无顾忌地表现出心中的激情,还是让人感到难为情,即使你很爱这个家伙。你永远想不到他会突然之间说出怎样一番话来!那天,他握住李·安恩和罗杰的手,使劲握着,全然忘记自己的手劲有多大。他十分真诚地说:"我想,你们俩应该知道,你们他妈的有多么幸运。知道吗?"

  "哦,亚当,知道。"李·安恩说,脸上的微笑格外迷人。

"是啊,当然知道。"罗杰微笑着,昂然挺立。

他身高不到五英尺十英寸,所以与别人说话的时候,总有意识地"昂然挺立"。

送走亚当·贝伦德,他们一边脱衣服上床,一边嘲笑亚当。亚当·贝伦德人很随和,取笑一下也没关系。他们滚烫的肌肤紧紧贴在一起。因为刚刚喝了酒,甜甜的嘴巴热烈地亲吻着。你们他妈的有多么幸运。他们知道,是挺幸运。

离婚以后,李·安恩因为亚当既同情她又同情罗杰,非常生气,再也没有和亚当说过话。她带着罗宾离开盐山又嫁了人,和在银行里搞投资的新丈夫生活在纽约。夏天,他们住在科罗拉多州阿斯彭。罗杰拨通了他们在阿斯彭的电话号码,通知李·安恩和罗宾亚当不幸去世的消息。接电话的是罗宾。"喂,爸爸?是你吗?"起初,罗宾假装没有听出父亲的声音。这两年,她和爸爸(他们很少见面)说话时变得越来越淘气,甚至有点卖弄风情。罗杰不知道如何应对,通常总是开门见山,说正经事儿。现在他心情郁闷,尽量让自己的声音听起来不那么激动。他问罗宾,妈妈能不能来接电话。罗宾连忙说——听声音,她对能有机会和爸爸单独说话很满意——妈妈和乔治(罗宾的继父)出去了,不知道什么时候回来。罗杰说:"我得告诉你们一个坏消息,罗宾。"罗宾和爸爸说话总是显得机智敏捷。"谁的坏消息?爸爸?你的,还是我们的?"罗杰严肃地说:"我们大家的。"罗宾咯咯地笑了起来,说:"那就别告诉我,爸爸。告诉妈妈。让她去对付。你知道'铁甲李·安恩'的本事。"听了女儿充满稚气的讥讽,罗杰不由得皱了皱眉头。他极力想象着女儿那张不漂亮也不难看的小脸,那双和他很像的淡褐色的眼睛,可是想象不出来。听我说,宝贝儿。我不想离婚。不想离开你。是你妈妈要我滚蛋。他让罗宾告诉妈妈,他晚上再给她打电话。他知道,李·安恩永远不会打电话给他。就是罗杰·卡瓦纳夫躺在临终床上,李·安恩也不会给他打。晚上再打的时候,李·安恩拿起听筒,冷冰冰地、没精打采地说:"喂?你有什么事儿吗?罗杰。"就像对电话推销商说话,一副不感兴趣的样子。听到罗杰告诉她亚当突然去世的消息,李·安恩喃喃着:"哦,哦,天哪!"她好长时间没有说话,听筒里只有周围(李·安恩在外面吗?她是用无绳电话跟他说话吗?)传来的嘈杂声,听起来好像有人在打网球。罗杰仿佛模模糊糊看见一只白色的球打过来打过去,太阳晒得黝黑的腿和不停挥动的胳膊,女儿神情专注地仰起小脸。谁和罗宾玩呢?她的继父?李·安恩难过地叹了一口气,说:"亚当!他的身体一直超重,一点儿都不懂得照顾自己。我并不惊讶。心脏病!他这个年纪,不好好保养,不得病才怪呢!记得,"李·安恩激动地连说带喘地举了一个例子,"亚当一推再推,不去看牙医。推了多长时间?他一点儿也不在意自己的身体。许多男人,甚至很聪明的男人都不在意。他又舍不得花钱。后来终于去了,可是只做了个牙根管填塞术就草草了事。可怜的亚当,记得……"罗杰边听她在电话里唠叨,边听旁边打网球的声音,起初感到惊讶,接着气愤难平。"你就和我说这些吗?李·安恩。我打电话告诉你,亚当·贝伦德死了,刚刚五十岁就死了。你却没完没了说他牙疼。"李·安恩生气地说:"亚当是你的朋友,罗杰,不是我的。他喜欢你。""真他妈的混蛋,李·安恩!混蛋!""别和我说脏话,我可不是你喜欢的那些娼妓!"罗杰还没来得及反驳,李·安恩就已经挂上了电话。

娼妓!这是李·安恩杜撰出来的故事。她说了那么多次,终于信以为真了。

3

除了前妻,谁也不会这样猖狂。不会。

罗杰在 I-83 号公路旁边那家名为"大小伙儿"的咖啡馆停下来,要了一杯黑咖啡。他气得心怦怦直跳,想喝杯咖啡让自己镇定下来。一想起李·安恩,想起那三分钟让人丢脸的电话,他就气得发抖,气得血直往脸上涌。塑料杯子里,滚烫的黑咖啡冒着热气,他慢慢地呷着。他妈的,烫了嘴就更划不来了!不远的"火车座"里坐着一个红头发女人,吸引了他的注意力。这个女人皮肤灰白,还有几粒雀斑,眉毛稀疏,睫毛七零八落,但是嘴唇涂得血红,和盐山书店那位姓特罗伊的红头发女人大相径庭。他觉得他爱上了那个女人——如果活到这把年纪,爱上一个女人并不是什么稀奇的事情。这个女人带着两个让人心烦的小孩,丈夫长得很英俊,像个橄榄球队的中后卫。她大约二十八九岁,相貌平平,没什么与众不同之处,但是无拘无束,安适自在,满头红发映衬着半透明的皮肤,把罗杰看得心醉神迷,腹股沟里不由得一阵蠢动……"不是她。不要想她。"他在心里盘算时间:离拉克罗夫特学校大约九十英里。虽然大部分路程在 I-83 号公路——这条路畅通无阻——但是还得向西驶上 695 号公路,再从 695 号公路向北驶往尼科德马斯。这是一条车辆很多的州高速公路,尤其星期五的下午……离开办公室前,他给罗宾打了个电话。罗宾不在,录音电话里传来女儿冷冰冰的、轻蔑的声音,罗杰不由得皱了皱眉头。嗨,我现在不在,如果你觉得有必要的话,听到"嘟"音后,留言,然后是几声干笑。我的意思是,请你留言。他给女儿"留言",解释出发的时间晚了点。爸爸晚一点儿到,不过,爸爸肯定去看你参加的曲棍球比赛。无论如何不会错过!他还告诉罗宾,不必在宿舍里等他,直接到比赛场地做准备就行了,他会到那儿找她。可是,现在已经两点多了,比赛四点钟开始,看来前面的比赛赶不上了。可是……"真该死,我必须赶到那儿!"

李·安恩发 E-mail(这是他们现在都愿意使用的联络方式)给罗杰,告诉他,她对罗宾的情况很"担心"。罗宾迷上曲棍球,荒废了学业。她似乎没有什么朋友,而且从来(特意重复了"从来"这两个字)没有在她和乔治面前提过父亲。李·安恩说:"我想,你肯定同意我的看法,这不是好事儿,因为你毕竟是孩子的父亲。"

真不知道给这个孩子取名"罗宾"是聪明还是愚蠢。"罗杰""罗宾"只有一字之差。名字不是他取的,是李·安恩取的。

他没有在十八个月里重新结婚。李·安恩结了。

受伤害的是他,而不是李·安恩。

"再也不会了。"意思是,他再也不会结婚。再也不会了。

他并没有爱上玛丽娜·特罗伊。以为自己和她相爱的想法很可笑。只有一次,在亚当工作室的地板上,他们笨手笨脚地想做爱……(想象之中,罗杰觉得有人或者有什么东西在看他们。那条该死的狗?)

他还在有意无意地看"火车座"里那个红头发女人。即使那位身强力壮的丈夫发现他在直盯着自己的妻子看,罗杰也浑然不知。他如在梦中。脉搏有力地跳动,那是咖啡因刺激的"白日梦"。那个女人抱着一个吱哇乱叫的圆脸盘小家伙一边吻,一边骂,向女卫生间走去。罗杰转过脸,凝视着他们,心里升起一股难以名状的感情。事实是:罗宾小时候,他非常爱她。他也非常爱李·安恩——当年那个充满活力的年轻的妻子。从某种意义上讲,他甚至爱年轻时的自己。是的,那时候我们很幸福。对未来充满希望。难道人到中年,理想的破灭是无法避免的事情吗?或者事实就是如此,随着时间的流逝,什么都变得不堪一击,容易破碎?从三十一岁到四十三岁,他一直过着正常的家庭生活。结婚第二年生下罗宾,他们唯一的孩子。那仿佛是很久以前的事情。十二年的婚姻生活!现在那一切仿佛成了被截下的肢体。

他会在适当的时候再次结婚。他是一个感情炽热、性欲很强的男人。他会再爱上一个女人。他相信,这事儿会发生。

可怜的家伙。即使做律师,你也是平庸之辈。

罗杰又买了一杯热气腾腾的咖啡,准备路上喝。自从朋友去世,他对心脏特别敏感,稍有不适,就觉得可能和咖啡有关系。他还在咖啡馆磨蹭着,直盯盯地看着女卫生间的门。那扇门不停地开开关关,关关开开。后来,红头发女人终于抱着小孩走了出来。罗杰看到她并不像自己想象的那么迷人,心里不由得有点失望。和玛丽娜·特罗伊相比,她简直差远了。年轻女人用探询的目光瞥了他一眼,似乎在想,她是不是认识这个男人?这个偷偷摸摸盯着她看的家伙。四十多岁,窄窄的、黝黑的脸,一副工于心计的样子,正在变成灰色的黑发从前额开始,渐次稀疏。这时,罗杰从眼角看见一个高大的身影向他走了过来。是红头发女人的"中后卫"丈夫。罗杰连忙把杯子盖好,匆匆忙忙离开"大小伙儿"咖啡馆。

不想听他们彼此间的对话。

那个家伙你认识?

他?不认识。

他怎么那么看着你?

是吗?让他看去吧。

骨灰。她喃喃着,嘴角不停地抽搐,低沉沙哑的声音似乎故意激怒他。"你要撒的不是死人的骨灰,是吗?而是死人自己。"她说这番怪诞的话时,罗杰脸上挂着一丝紧张的微笑,怀抱骨灰坛子向花园走去。他觉得一双双眼睛正盯着他,心里想,耶稣基督!可别把这事儿也搞得一团糟!至少别刮风,别把从坛子里倒出来的骨头渣子和骨粉吹到脸上。阳光穿过不透明的、苍白的天空照射下来,让人产生一种偏头痛的感觉。

他们只邀请了亚当·贝伦德最亲近的朋友参加这个仪式。亚当死后十天,玛丽娜一直把他的骨灰放在自己家里。她说,实在忍受不了了,必须尽快让亚当的骨灰"入土为安"。

罗杰同意她的意见。既然明明知道亚当愿意把骨灰撒到自己的花园里,就没有必要再把骨灰装到坛子里,放在壁炉台上。(除非亚当现在对这事儿毫不在乎。也就是说,如果亚当地下有知,不会很介意对他的骨灰如何处置。看起来不会有这种可能。)

"仪式!其实没有什么实际意义,然而,没有这种形式我们会更加痛苦。"

自从那天上午,他们在亚当的工作室笨手笨脚地做爱没有成功,罗杰·卡瓦纳夫和玛丽娜·特罗伊——他估计——都不愿意再想那件事情。两个人在一起的时候都很羞愧。羞愧的背后还有一种厌恶和恼怒。罗杰是这样一个人,对于他,任何方面的无能,都是一种耻辱,更何况性无能。如果一次无能,很可能下一次也还是干不成。这是倒霉的开始。玛丽娜难辞其咎。不,是亚当·贝伦德难辞其咎。玛丽娜是目击者,无辜的牺牲品。令人难以置信的是,玛丽娜·特罗伊居然用拳头敲打罗杰。不过他知道,错在罗杰。他讨厌自己。现在,这个女人连看都不想看他一眼。他们相互之间,还有一种强烈的性的吸引,但是已经变成嘲弄和仇恨。罗杰知道,这个女人见了他常常眼帘低垂,即使看他一眼,也是一扫而过,仿佛他是一只嗡嗡嘤嘤的蚊子。罗杰给玛丽娜家里打电话,她从来不接。如果电话打到书店,助手就说她不在,即使从市场街自己的车里打电话给她,而且明明知道她就在书店,也是同样的遭遇。于是他想,男人就这样变成一个悄悄追踪猎物的人,一个无聊的人:他是被女人逼上这条路的。可是,不,这很荒唐。罗杰不是那种喜欢向女人献殷勤的男人,即使为了第三者的利益也不会。他一定要凭他的认真、执着和律师的精明赢得玛丽娜·特罗伊的芳心,就像打赢那么多官司一样。他知道,玛丽娜怕他,恨他。因为他们的朋友死了,他却活着。罗杰对她的这种情感表示理解和同情。可是,不管怎么说,我活着,亚当死了。无论别人怎样认为,他都不信亚当和玛丽娜是一对情人。他似乎知道,亚当拒绝了盐山所有那些崇拜他的女人。也许他历来就拒绝女人的追求。虽然,玛丽娜在亚当的工作室发现了女人写的信,送的礼物,但他决不相信,她们之中的任何一位会是亚当的情人。他想安慰玛丽娜,告诉她这一点。可是,无法对她提起这种事情。她已经受到了很大伤害,并深深地感觉到屈辱。我见证了这一切,难怪她恨我!罗杰给玛丽娜打电话,没人接就给她留言。玛丽娜是个谦恭有礼、注重道德规范的人,所以过后总会给他回话,但是,肯定选在确信罗杰不在家的时候才给他留言。她说出来的话声音低得几乎听不见,不过一字一句倒很清晰。那声音就像从埋在地下的棺材里面传出来的,让人不寒而栗。她给罗杰留言的时候,总是把姓名通报得清清楚楚:玛丽娜·特罗伊,就好像他的熟人中还有另外一个玛丽娜。

　　罗杰和玛丽娜都有亚当在滨河路那幢房子的钥匙。但是他们俩不管是谁,一旦看到对方的车停在汽车道上,就立刻掉转车头,飞驰而去。

除了那天上午,在亚当的花园里撒骨灰。那是他们俩一起主持的仪式。罗杰、玛丽娜,还有另外几位前来祭奠的朋友。

阿比盖尔·代斯·普雷斯没有来。她对罗杰说,她难过得要命,而且对仪式打心眼里厌烦——"任何华而不实的、没有个性色彩的仪式",她都不感兴趣。卡米拉·霍夫曼也没来。她的丈夫莱昂内尔有点尴尬地对大家说,卡米拉无法面对亚当已不在人世的事实。"她宁愿相信,他还活着,只是暂时到什么地方旅游去了。"奥古斯塔·卡特勒来了。她打扮得花枝招展,像个时髦的女模特儿。头戴宽边草帽,鼻梁上架副墨镜,紫红色连衣裙,领口开得很低。一双眼睛定定地凝视着亚当的花园,连野花杂草都不放过,好像都是怪物,都要留在自己的记忆之中。她像罗马神话中居于山林水泽的仙女,打扮得比女儿还年轻。实际上她早已人到中年,只是不愿意承认自己已是半老徐娘,青春不再。罗杰对奥古斯塔也有几分同情,尽管她使他很不自在。她的脂粉味十分浓烈,在花园缭绕开来,甚至盖过了一株株西红柿秧散发出来的气味。她挽着丈夫欧文的胳膊,仅仅因为怕她那双时髦的高跟鞋陷在泥土里。奥古斯塔是唯一面带微笑走进亚当·贝伦德的花园的人。而且她的微笑仿佛凝固了一般,"经久不衰"。就连擦那双精心描画过的眼睛时,也还是在微笑。似乎是为了亚当的缘故——这是为纪念亚当而举行的仪式。她伸出手指使劲捏了捏罗杰的手,乳峰高耸,香气扑鼻,凑到罗杰耳朵跟前,说:"罗杰,谢谢你做的这一切。关键时刻,只有你才能担起这份责任。如果亚当的在天之灵能知道这一切,他该多么高兴!亚当爱他的盐山朋友。我们是他拥有的一切。"这话罗杰听了十分丧气,奥古斯塔却津津乐道。罗杰想起卡特勒太太送给亚当的那张性感十足的裸体照片,那丰腴的胴体坐在沙发上,如入梦境,戴了面具般的脸呈现出渴望被人亲吻的样子。如果玛丽娜没有拿走或者撕掉——这种可能性不大——这张照片一定还在亚当的工作室里,放在那堆爱慕他的女人写去的信、寄去的卡片和礼物之中。罗杰觉得,奥古斯塔一定知道这一点,也知道他已经知道了这事儿。她脸上挂着神秘的微笑,目光犀利的眼睛看着他,悄悄地说:"事情还没有结束,对吗?我是说和亚当。我们的爱。"

亚当的花园杂草丛生!花园在古老的石头房子那边,用一道五英尺高的铁丝网隔开。这道铁丝网是亚当自己拉起来的。他是个喜欢动手实干的人,拉一道铁丝网不费吹灰之力。可他不是一个善于管理的园丁。现在花园里更是潮湿、闷热,杂草、野花你争我斗。一团团蠓虫直往嘴巴上撞,甚至粘在眼睫毛上不肯下来。蝴蝶扇动美丽的翅膀翩翩起舞,蜜蜂在一朵朵盛开的鲜花间来往穿梭,忙碌在淡黄色的番茄花中辛勤采蜜,并把花粉带到四面八方。各式各样的昆虫飞来飞去,连蚊子也被血肉的气味所吸引,从对面河岸高高的茅草丛中飞来。就像斯坦伯格①漫画里的蚊虫,从天而降,猛叮裸露着的皮肤。罗杰随手拍了一下脑门,便打死一个蚊子,手指上留下一抹血污。他看见有一只蚊子在玛丽娜·特罗伊的脖颈后面飞来飞去,便大着胆子挥了挥手,把它赶跑。玛丽娜嘴唇苍白,皱了皱眉头,没有理会。我爱你。你不能原谅我吗?在这样一个庄严肃穆的场合,玛丽娜的衣着还是随随便便。她穿一件黑色紧身连衣裙,长及小腿肚。因为静电的缘故,紧紧贴着屁股和大腿。如果愿意细看的话,甚至能让人联想到骨盆的位置。她光着腿,皮肤特别白。棕红色的头发披在肩上。这一头红发和

---

① 斯坦伯格(1914—1999),美国漫画家,以几何图形、符号、数字、动物形象等构成画面,表达幽默、讽刺、幻想、哲理等,以在《纽约客》周刊上发表连环画而闻名。

对毛发气味的回想,又唤起罗杰感官上的需求。尽管站在花园里,手里捧着亚当的骨灰坛子。他却在心里想象自己作为玛丽娜的情人,手摸着她的头发,嘴贴着头发下面雪白的脖颈,舌头舔着冷而黏湿的皮肤。只是这想法令人反感。罗杰·卡瓦纳夫穿得十分整齐,刚刚理过头发,脸刮得干干净净。他的朋友莱昂内尔·霍夫曼,欧文·卡特勒,艾弗里·阿切尔也都衣冠楚楚——罗杰·卡瓦纳夫是他们当中的一员。

撒骨灰,把骨灰掺和到泥土里,不像亚当想象的那么简单。(实际上,亚当压根儿就没有想象过。罗杰对他很恼火。事情还得他来办。)要想把骨灰掺和到泥土里,首先就得把土挖起来,拔掉杂草。而亚当的花园里杂草丛生。西红柿秧子里,甜玉米秆里,架菜豆、矮菜豆、西葫芦、南瓜的藤蔓之间,到处都是杂草。已经收过的生菜地里,野草蹿得更高,开花,结籽,好不热闹。花园里到处都是蒲公英,蓟长得没过膝盖。一条非常结实的藤蔓开着一朵朵金黄色的小花。罗杰想把它拔掉,藤蔓像铁丝一样扎破他的手心。玛丽娜拿着一把锄头,神情茫然,笨手笨脚,虽然想帮他,却派不上用场。罗杰对这种"户外活动"毫无耐心,不等大伙儿来,就自己先清理出种西红柿的那块地。现在既然大家都来了,便"各抒己见"。比阿特丽斯·艾弗里说,六月份,亚当还陪她来花园看了看。亚当特别喜欢向日葵。瞧瞧,向日葵长得多高呀!比人还高!籽粒饱满的大"脸盘儿"黄灿灿的,就把亚当的骨灰撒到花园后面的向日葵地里吧!罗杰不等别人插嘴,连忙打断她的建议。他说,那儿的杂草太多了。他可不想再在这个破花园里没完没了地锄草了。现在不,将来也永远不。

听了他的话,比阿特丽斯和别的想提什么建议的人都不吱声儿了。罗杰心里想,如果你们对我不满,就见他妈的鬼去吧!他汗流淙背,把骨灰坛子倾斜下去,准备倒那些灰白色粉末的时候,胃里突然有一种翻江倒海的感觉。玛丽娜站在旁边,急促地呼吸着,好像亚当的灵魂就在眼前,他的尊严正面临危险。玛丽娜喃喃着:"让我来,请让我来。"后来,罗杰想起,她没有称呼他罗杰,什么称呼也没有。好像在她眼里,他压根儿就没名没姓一样。玛丽娜几乎是从罗杰手里抢过那个分量不轻的坛子。罗杰虽然有点担心,还是松开手,把坛子交给她。突然,坛子从玛丽娜的手里滑落下来,重重地落在地上。站在四周的人情不自禁"哦"了一声。罗杰在心里骂了一句:真该死! 或者已经骂出了声,只是自己不觉得罢了。他脸上一阵阵发烧,蹲在坛子旁边,把里面的东西倒出来。没有什么庄严的仪式,只是底儿朝天把坛子里的粉末、骨头渣子倒在泥土之中。宛如一场梦,罗杰后来回忆。好像不是我们在做这件事情,坛子里倒出的东西和人也没有什么关系。

他们神情严肃地把一个人的残留物埋到泥土之中,颇费了一番工夫,因为做起来远比想象的复杂。挖开土,耙平,要有耐心,思想要集中。一架很大的飞机从头顶慢慢飞过,天空和大地都在震颤。那嗡嗡的响声简直让人发疯,但是还得忍受。盐山二十多位朋友参加了这个仪式。大家都阴沉着脸,默不作声,只有奥古斯塔·卡特勒泪流满面。也许那是欣喜的泪水。在她看来,这是她和亚当·贝伦德最终结合的时刻,谁知道呢? 罗杰使劲忍着不要打喷嚏,但最后还是打了出来。"请原谅! 真该死!"

仪式结束之后,大家四散而去。只有玛丽娜·特罗伊跪在刚刚平整过的土地上,迟迟不肯离去。"玛丽娜,最好跟我走吧。"罗杰一本正经地说。可是玛丽娜没有理睬。他知道,如果他碰碰她,摸摸她,腹股沟一定会产生一种冲动,一种宛如江水决堤般的冲动。他很想尝试那种感觉,可是不,他是一个有理智的人,不想做这种事情,或者说不想和这个女人做这种事情。她实在不够动人!如果想和女人做爱,他更想和漂亮女人,像阿比盖尔·代斯·普雷斯那样的女人。他大步流星向自己那辆车走去,急于逃离这个地方。撒亚当的骨灰怎么把他搞得这么累?和玛丽娜·特罗伊在一起既累人,又累心。他的性功能在这个女人面前几乎丧失殆尽。而她全然不知,她在很大程度上伤害了一个男人的自尊。现在,为什么还要被她吸引呢?

"不,我不会。亚当,你的主意没错儿——不要卷到这种事情里去。"

他最后瞥了玛丽娜·特罗伊一眼。她跪在花园里,瘦小的身躯几乎淹没在杂草丛中,一只只美丽的蝴蝶在她的头顶上飞舞。

从那天起,他只是偶然在盐山看见过一次玛丽娜,而且离得很远。出于种种考虑,他没有再去盐山书店,更没有给玛丽娜打电话。再也不打了!九月初的一个晚上,他和曼哈顿一个女人幽会回来——似乎是为了挽回那种已经日渐疏远的关系,他有时候和她睡睡觉——拨通玛丽娜家的电话,想对她说:"玛丽娜?我是罗杰。我想见见你,好吗?"可是珍珠北街那幢木瓦盖顶的小房子里,电话铃声不断,就是没有人接。第二天,罗杰走进盐山书店,看见一个以前从来没有见过的女人。女人自我介绍说,她是书店经理,特罗伊小姐"出门了"。罗杰十分惊讶,问:"上哪儿去了?"那个女人很认真地摇了摇头,只是重复了一句:"出门了。"

"走多长时间?"

"多长时间?"女人犹豫了一下,"一年。"

"一年?你是说,她要走一年?"

听到这儿,罗杰不只是惊讶,简直就是愤怒了。

"她好像计划走一年。我只知道这么多。"

"可是……玛丽娜上哪儿去了？她是我的朋友。"

那个女人很年轻,可是装腔作势,不屑一顾,皱着眉头,一副重任在身、守口如瓶的架势,那把打开秘密之门的钥匙就挂在她脖子上。"如果你是她的朋友,卡瓦纳夫先生,特罗伊小姐就该告诉你她的行踪。"

罗杰生气地说："玛丽娜不只是一位朋友,她还是亚当·贝伦德遗嘱的执行人,她不应该这样甩手不管,一走就是一年。"

年轻女人使劲摇了摇头。她不会告诉罗杰·卡瓦纳夫玛丽娜的去向。可是察言观色,那种有意回避的表情和态度,都让罗杰觉得她并不知道玛丽娜现在何方。"可是……她不在期间,如果由你经营书店的话,你总得和她联系吧。"

"需要的时候,特罗伊小姐和我联系。"

罗杰气恼地离开盐山书店,挂在门上的铃铛颤巍巍地响了几声。

他们共同的朋友都不知道玛丽娜的去向。有几个女人对玛丽娜的不辞而别十分惊讶,甚至觉得受了伤害。大家和罗杰一样,都有一种被背叛的感觉。卡米拉·霍夫曼承认,她知道玛丽娜要离开一年的打算,而且知道她已经把房子租了出去。但是玛丽娜不告诉她去什么地方,也没留电话,或者信箱号码。"全都乱套了。"卡米拉说。她那股倔强劲让罗杰吃了一惊。他从来不特别看重莱昂内尔的妻子。这个女人温柔的棕色眼睛里充满痛苦,但是她有战胜这种痛苦的勇气。"我们并不绝望。你们绝望吗？我们谁也不。我当然也不。"

突然,一条像狼一样的大狗蹿了进来。是亚当的阿波罗。它似乎已经不认识罗杰了,爪子抓着地板,颈背的毛钢针般竖起,大睁着一双黄褐色的眼睛,朝他大声吠叫着。罗杰已经有好几个月没见到朋友这条狗了,惊讶地发现,阿波罗很健壮,尽管瘦了点,嘴巴平添了几分野性。它满身银毛很粗糙,但还是一条很漂亮的狗。"阿波罗!不认识我了?"这时,阿波罗认出主人的朋友——罗杰,便像一条小狗似的撒起欢儿来。它嗅着罗杰的腿,裤裆,舔他的手,像见了老朋友一样,不知如何是好。

卡米拉静静地说:"它住在我家。等亚当从他的远游之地——我想是希腊岛——回来之后再说。"

4

曲棍球场上,罗宾正在参加比赛。看见女儿那副英姿飒爽的样子,罗杰心里充满骄傲。罗宾把淡褐色的头发束在脑后。以前她可没有这样梳过。罗宾手握曲棍球棒,冲在那群姑娘前头,动作十分敏捷。球离罗宾还有一段距离时,被对方一位队员接住,打回来,在球场上滚动着。拉克罗夫特队身穿绿色运动衫的中锋——一个个子很高、肩膀很宽、金黄色头发的姑娘轻扬手臂,把球打到一边,周围爆发出一阵喝彩声、"加油"声。远远望去,这些姑娘都那么漂亮。她们大多数人都比罗宾个子高,都很健壮,就像亚马孙[①]族女战士一样,手握球棍,英勇顽强。罗杰呆呆地凝视着。球场上,姑娘们东奔西跑,很难一直看见女儿的身影。他来晚了,小看台只有三层,早已座无虚席,只好站在离场地中心比较远的观众当中看女儿比赛。罗宾挥舞着球棍又冲了过来,呈"之"字形一路带球向相反方向跑去,肌肉结实的腿爆发着青春的活力。她把球传给队友,队友接过球,猛地朝对方球门打去。球滴溜溜地转着正

[①] 亚马孙,希腊神话中相传居住在黑海边的一族女战士中的一员,喻悍妇。

中球网,对方守门员飞身跃起,扑了个空,摔倒在地上。周围的观众齐声欢呼喝彩。罗杰也忍不住喊了起来:"好球!好球!"他希望罗宾能看见爸爸。希望她知道爸爸没有让她失望,正在这儿为她呐喊助威。

像过去一样——不经常,但有那么一两次——他又得煞费苦心找理由向女儿做一番解释。

不过,不管怎么说,他来得不算太晚,只误了前半场的一半时间。另外那个队领先两分。他和拉克罗夫特队的支持者站在一起——一群零零落落的少年和成年人。少年大多数是女孩。尽管拉克罗夫特学校现在也招男生,但一个世纪以来,一直是女子学校。在东部地区被认为是二流女子学校,所以来上学的男孩不多,成绩也不太好。罗宾经常用嘲弄的口吻说,她们学校,女孩比男孩强多了,大多数男生都不是她们的对手。

前半场比赛结束之后,罗杰跑到拉克罗夫特队那边,朝罗宾招手。他惊讶地发现那个动作灵巧,头发束在脑后的高个子姑娘不是自己的女儿!罗宾比那个女孩矮一点,壮一点,头发的颜色也比她的深,卷成小卷,浸透了汗水。罗杰朝她招手。女儿看见爸爸之后,脸上露出颇有节制的微笑,举起拳头朝爸爸挥了挥,表示"我们必胜"!罗杰也学她的样子挥了挥拳头。他把两只手拢在嘴边,大声喊道:"宝贝儿,加油!"见到爸爸,罗宾没有表现得特别高兴。也许是故作镇定。爸爸没能赶在比赛前到场,当然让她大失所望。也许她心里还在想着比赛,既感到压力又兴奋激动,没有心思顾及爸爸的情绪。这是团体比赛。罗杰知道她们都陶醉于眼下的赛事,知道这群年轻人像出征的战马,心中都涌动着难以言传的快乐。她们在团队精神的鼓舞下,团结一心,准备夺取最后的胜利。这一切他心里很清楚,甚至有点嫉妒罗宾。

裁判员吹响哨子,比赛继续进行。罗杰在第三排看台上找到一个座位。他已经被比赛完全吸引,开始关心比赛的进展,希望绿队击败蓝队,希望女儿罗宾超过别人。(事实上,罗宾从小就不服输,和爸爸玩游戏,她也非赢不可。他已经在巴尔的摩市一家名叫汉诺威的三星级宾馆订了晚餐,他可不想让女儿吃饭的时候哭丧着脸。过几天,父女俩还要到华盛顿共度周末。)罗杰经常站起来,眯着眼睛看罗宾,努力让目光跟上她敏捷的动作,和别的支持者一起大声叫喊,直到喊哑了嗓子。

一场比赛,任何一场比赛都和别的比赛相似,没有什么差别。差别在于,比赛场地上是你。那时候,比赛便独一无二,因为那是你生活的一部分。

上高中的时候,罗杰在田径队里待了一段时间,后来又跑到游泳队里待了一段时间。他敏捷、灵活,动作也很协调。可是个子比队里别的同学低一点,也缺少竞技运动所必须的耐力——也许是缺乏必须的毅力和要赢得比赛的干劲儿。上大学之后,他干脆一点儿体育活动也不参加了。他觉得只有白痴才参加什么体育锻炼,那完全是浪费时间,浪费精力,浪费才华,别的同学崇拜的"体育明星"在他看来简直是"欺世盗名"。身体敏捷算什么胜利,思维敏捷才能赢得真正的胜利。罗杰·卡瓦纳夫尽管很喜欢自己的身体,但是更愿意锻炼自己的思维。这也是比赛。除了积极参与,别无选择。

拉克罗夫特队又进了一个球,双方打成平局。对方又得了两分。最后十五分钟的时候,又打成平局。场上的气氛十分紧张,扣人心弦!罗杰站起来和别人一起大声叫喊,极力不让女儿从自己的视野里消失,但她还是不时从他的目光下"逃脱"。他呢,虽然捶胸顿足,呐喊助威,可是,总想不起自己跑到这儿到底干吗来了。

听我说，罗宾，你知道我爱你，难道不是吗？可是他脑子里不停地想着玛丽娜·特罗伊。她到底上哪儿去了？为什么不和他打声招呼就一走了之呢？他们是"同谋者"。他们合谋伪造了亚当的签字。这种违法行为对罗杰·卡瓦纳夫的律师生涯可能造成非常严重的后果。是的。可他是在看女儿罗宾的比赛。他明白他对玛丽娜·特罗伊的渴望十分荒唐可笑，不会有什么结果。他只在乎比赛场地上拉克罗夫特队这群勇猛顽强的姑娘，这群"亚马孙族女战士"。她们挥舞着曲棍球棒，就像挥舞着长柄镰刀左堵右截，东奔西突。许久许久以前，人们打过来打过去的也许是个人头。不，一个比人头小的东西，或许是男人的生殖器？也许历史上某个时刻，人类学家会通过对病理学的研究，揭示出人类顽皮嬉戏的习惯，或者端庄稳重的举止，乃至人类文明本身从何而来。亚当·贝伦德仿佛是从另外一个星球，一个凉爽干燥、空气清新、视野辽阔的地方"漂流"到纽约郊区的盐山村。他用仅有的一只眼睛凝望这个世界，原谅看到的一切不公平。他永远喜欢人们，而其实人们自己也并不总是喜欢或容忍自己。

　　山洞里居住的人。重重暗影之下居住的人。如何逃脱？逃向何方？

　　优秀的运动员在紧张的比赛中会变得更好，而差一点的运动员则开始犹豫、动摇。比赛继续着，罗杰难过地看到，蓝队的边锋超过了女儿。罗宾累得满脸通红，动作也不像先前那样敏捷灵活。（罗宾不是唯一体力下降、动作迟缓的队员，连她们队里那两三位"球星"也显得力不从心。）罗宾好像突然狠下决心，挥舞着球棒，甩开两条结实有力的腿奔跑起来。见此情景，别的队友也都坚定顽强起来，摆出一副破釜沉舟、背水一战的架势。罗杰想起去年女儿身着泳装时那副样子。她的两条大腿比他的还结实，比她妈妈李·安恩的腿还粗。其实,罗宾并不十分健壮。她只是骨头架子大,属于那种永远都不会苗条的姑娘。她很容易被挫败。比赛延长了几分钟,球从她身边飞过时,她猛一转身,手起棒落,可惜角度不对,没有打中。球被蓝队从拉克罗夫特队姑娘的手中抢走,然后轻松入网。罗宾哪儿去了?哦,她摔倒了。

可是不等别人搀扶,她自己就站了起来。

她还有点瘸。比赛暂停,教练把她换了下来。真该死,倒霉。哦,宝贝儿。她又是他的小女儿了,需要爸爸的爱抚和保护。

罗宾脸上挂着明朗的微笑,坚持说没关系,只是一次小小的失误,滑了一下。"也许是她用胳膊肘撞了我一下。不过还是自己没当心。"

她强忍着没哭。这个骨架很大、满脸通红的姑娘,头发粘在汗津津的脑门上,急促地呼吸着。比赛将要结束的最后几分钟,拉克罗夫特队险胜蓝队。她吻了吻满脸焦急的爸爸,没等他拥抱,就从他怀里挣开。自从父母离婚,她和爸爸很少有亲密接触的时候,所以在一起总是不大自在。"宝贝儿,你真了不起。你们都棒极了。我一直在看……"

罗宾打断他的话,不好意思地说:"没错,爸爸!"

也许因为罗杰还很显年轻,长得也挺帅,罗宾把他介绍给那几位得意扬扬的队友时不无骄傲之情。那几个女孩腼腆地微笑着,管他叫"卡瓦纳夫先生"。介绍之后,罗宾就和伙伴们一块儿淋浴,换衣服去了。走路时她尽量不让自己一瘸一拐。她跟爸爸约定一个小时后在宿舍楼见面。罗杰看着姑娘们的背影。因为赢了这场球,她们高兴得嘻嘻哈哈,打打闹闹。她们只赢了一个球,完全是侥幸。这种胜利最值得回味。因为赢得并不理所当然,颇有点"天上掉馅饼"的味道。

有这一个小时自由支配的时间,他感到很高兴。他到镇子里唯一的一家旅馆喝点东西。人造瀑布后面有一个供应鸡尾酒的酒吧。天哪,他一点儿也没有想到,这场比赛对他产生那么大的震动!兴奋,激动和看见女儿摔倒在地时那揪心的难过。那是为人之父的心疼,以前他没有过这样的体验。

一杯双份威士忌,加水。

"岩间圣母"。她对他讲过弗里克艺术品收藏馆里收藏的这幅画。画家的名字是谁,她已经记不得了。母亲的错爱。

他们都在盐山的时候,她经常给他打电话,请他吃饭。有时候还有别的朋友,他就接受她的邀请。有时候只请他一个人,他便婉言谢绝。他知道,他和阿比盖尔·代斯·普雷斯两个人待在她家会发生什么事情。麦束路那幢孤零零的、科德角式的漂亮的房子里,住着一位离了婚的女人。她像中了符咒的公主。一个睡美人。可我不是用亲吻唤醒她的王子。阿比盖尔·代斯·普雷斯是个可爱的、颇有魅力的女人。她不缺钱,是亚当·贝伦德的崇拜者之一。甚至亚当死后,她依然"痴心不改"。罗杰不打算和一个已经死了的人竞争。亚当活着的时候,就是个强有力的对手。

他还是时不时地和阿比盖尔见上一面。他们是颇具浪漫色彩的朋友,相互之间经常倾吐点内心深处的秘密。卡瓦纳夫夫妇共同生活的那段日子里,阿比盖尔一直是李·安恩的朋友,对他家的情况比较了解,认为李·安恩对罗杰很不公平。"男人如果对妻子'不忠',从某种意义上讲情有可原,可是如果女人……"阿比盖尔拖长声音,不屑地说。罗杰气恼地说:"我对李·安恩并没有'不忠',她才'不忠'呢!"阿比盖尔一脸严肃。"是啊,我想也是这么回事儿。"

　　他和阿比盖尔就像兄妹。可是自从两个人都离婚之后,相互之间的关系就发生了某种微妙的变化。他们俩有许多相似之处——都是黑头发,都很热情,都生性多疑。只是阿比盖尔笑起来尖声尖气,像玻璃碎裂发出刺耳的响声。罗杰的笑声却粗重沙哑。阿比盖尔是个使自己和男人的友谊色情化的女人,连女友的丈夫也不例外。她之所以这样做,倒不是真的想干什么,只是因为心里涌动着想快乐的愿望。罗杰认为,像她那个阶层的许多漂亮女人一样,阿比盖尔在一种良好的氛围中长大,不是那种追求声色口腹之乐的人。就像精心喂养的猎犬,神经过度紧张,看得见它浑身发抖。玛丽娜意志坚定,孤高自傲,阿比盖尔却是个意志薄弱、柔情似水的人。罗杰知道,如果愿意,他能成为阿比盖尔的情人,在这个女人身上越陷越深,越陷越深,最终落入无底深渊。

　　七月,罗杰刚把亚当的骨灰撒到花园里没几天,阿比盖尔给他打来电话。电话打到律师事务所。罗杰正在开会,但是阿比盖尔坚持让秘书立刻把他叫来。"十万火急,我不能等。"罗杰拿起听筒,阿比盖尔在电话那边哭了起来。他摸不着头脑。"罗杰!快来帮帮我,出事儿了。"

　　罗杰后来常常想起她的话:出事儿了。她没有说,应该受责备的是我。差点儿送了儿子和我的命。

　　罗杰立刻开车去佛蒙特梅德尔伯里,接阿比盖尔回家。那辆租来的车撞得稀烂。阿比盖尔和她十五岁的儿子贾里德都受了伤。贾里德伤势不重,已经在地区医院处理过了。阿比盖尔的脸撞得青紫,还划开一道口子。一只眼睛也成了"乌眼青"。罗杰进屋之后,阿比盖尔一把抓住他的手,感动得哭了起来。"罗杰!我永远不会忘记这一切!"过了一会儿,她又说:"我差点儿死了。真的!"罗杰对她说,别胡说了,只是出了个事故。单独和贾里德谈话的时候,男孩气得要命,充满敌意。他满脸伤痕,下巴肿胀,撞断了肋骨,扭伤了胳膊。"赶快把她弄走,卡瓦纳夫先生!我讨厌她,再也不想见到她!"男孩儿的父亲哈里森·蒂尔尼正在赶往梅德尔伯里处理事故的路上。罗杰一贯不喜欢这个人。

罗杰对梅德尔伯里交通管理部门介绍说,他是阿比盖尔·代斯·普雷斯的律师。阿比盖尔受到的指控很严重。因为她喝了酒,血液里的酒精含量远远超出了佛蒙特的规定。她一直沿着一条狭窄的乡间公路行驶,转弯时失去控制,撞在一个低矮的隔离墩上,然后冲过一条小沟,冲进一片小树林。那辆"凌志"车头撞得一塌糊涂。路面没有留下刹车的痕迹。阿比盖尔和贾里德没有受重伤或者没有死亡实属万幸。贾里德没有系安全带,脑袋撞到了挡风玻璃上。

没有刹车留下的痕迹。压根儿就没想到刹车?

罗杰对交通管理部门说,他的当事人是一个温柔善良、爱子心切的女人。自从离婚,精神一直处于极度紧张的状态。他还对他们说,男孩现在情绪激动,他对警察说的话(妈妈疯了,想把他们俩都撞死)不足为信。

罗杰没法儿做阿比盖尔和贾里德的工作。男孩儿拒绝去看妈妈,不管阿比盖尔怎样求他。他对罗杰的态度也很粗鲁,带着明显的轻蔑管他叫"卡瓦纳夫先生"。他想从补习班退学。这个月剩下的时间回家和爸爸待在一起,然后去非洲——徒步旅游?爬山?——如果身体恢复得不错的话。再也不见母亲。罗杰也不想见哈里森·蒂尔尼。在盐山,他和哈里打过几次网球。这个男人给他的印象很不好,是个凶狠的家伙。在盐山,大伙儿都知道,哈里打网球作弊,打高尔夫球要赖,不是个"省油灯"。其他盐山的男人都是谦谦君子,不和他一般见识。罗杰不喜欢哈里,觉得他那么粗鲁,可是有时候不得不佩服他那种敢于冒险的精神。他总是自我感觉良好,一副满不在乎的样子。"哈里从来不在乎别人怎么看他,"李·安恩说,"正因为这样,人们才在乎他。""你是不是觉得他这个人蛮有吸引力?"罗杰觉得难以置信。李·安恩撇着薄薄的嘴唇,淡然一笑,说:"当然。难道你没有注意到,从心理上讲,女人都是性受虐狂者?这是婚姻的基础,虽然人们都讳莫如深,谁都不肯说出来。"罗杰想起几年前的一个晚上,他们在蒂尔尼家聚会吃饭。那天晚上去的人挺多。女人们对这种活动总是兴致勃勃,男人们大多数都觉得没有什么意思,只能耐着性子在那儿熬时间。吃过饭之后,罗杰到门廊里吸烟。那时候,在这种场合人们还可以吸烟。哈里也凑了过来。那天晚上,哈里虽然是东道主,但还是一副大大咧咧、满不在乎的样子。他用胳膊肘碰了一下罗杰的肋骨,哈哈地笑着说:"干什么呢?猜谜语呢?是吗?"罗杰虽然面带微笑,但心里不大高兴。身为律师,他总是保持着特别的矜持。男人们都在看盐山村的主妇们:哈里的妻子阿比盖尔、罗杰的妻子李·安恩、比阿特丽斯·阿切尔,还有两三个女人围成一圈儿,热烈地谈着什么。她们都三十八九岁,一个个面如桃花,眉飞色舞,烛光下,显得特别漂亮。她们的美展示着一种神秘的韵味,看上去纯洁天真,好像从来不曾染指于男人;好像谁都不曾在生孩子时痛苦得大声叫喊,谁都不曾在性高潮到来时快乐地呻吟,扭动,浑身冒汗。价格昂贵的衣服下面,她们的皮肤凝脂软玉般光滑细腻。参加这种聚会,她们都十分愉快。你碰碰我,我摸摸她。相互谈头发,谈皮肤,谈衣服,谈容貌。溢美之词不无夸大之嫌。这几个女人当然都是朋友,她们相识相知多年,如同一奶同胞的姐妹。哈里一只手搭在罗杰的肩膀上,做出一副亲如兄弟的样子。

罗杰觉得那几个女人在各自身上寻找青春永驻、长生不老的妙方，就像在一面魔力无穷的反光镜里探宝一样。她们宛如闪闪发光的花瓣，漂浮在盐山下面深不见底、没有光泽的死水之上。这一潭死水一直通往熔岩翻滚的地心。罗杰打了个寒战，躲开哈里森·蒂尔尼那只手。哈里说："她们很在乎这些，对吗？"罗杰问："在乎什么？友谊？""是'友谊'吗？"哈里想了一下之后改换了这个词，"我不知道'友谊'为何物。就称之为'社会交往'吧。就像池塘里的水藻，一些小小的微生物，纠结在一起，亲密无间，共生共灭。但是说到底，还是池塘里一层水藻。"罗杰一贯珍视友谊，他相信自己珍视的友谊，就如爱情对于李·安恩和女儿那样重要。他说："哈里，走吧，今天你是东道主，应该尽地主之谊了。我们以前举行的聚会你可都是座上客。"哈里笑了起来，一副满不在乎的样子。"我一辈子不见盐山的人也无所谓。你也一样，卡瓦纳夫。"罗杰说："是吗？谢谢你的指教。""没有必要谢。"哈里说，在罗杰肩膀上打了一拳，好像他们都是上高中的男孩。

　　罗杰开着车穿过佛蒙特和纽约州乡村美丽的田野，送阿比盖尔·代斯·普雷斯回家。他已经和汽车租赁公司联系了有关赔偿事宜。还为他的当事人支付了酒后开车的高额罚金。阿比盖尔的驾驶执照被吊销六个月。他没有直截了当问她路面上为什么没有刹车的痕迹。可是过了一会儿，稍微振作起来之后，她对着粉盒里的小镜子一边察看脸上的伤痕，一边说，她当时好像中了邪，连一点儿行动的能力也没有。她平常开车总是小心翼翼，十分谨慎，可是那天晚上，有一股莫名其妙的力量强迫她把车开得飞快。尽管她对这辆租来的"凌志"不熟悉，对那条路的路况更不清楚。她坚持说自己根本就没有醉。发生车祸的时候，她的头脑非常清醒。"好像有一只手在转动方向盘，使劲向右面转。结果就离开了那条路。一只魔鬼的手。"罗杰漫不经心地说:"魔鬼的手?"阿比盖尔说:"是的,他完全有力量把我杀死。"她没有对梅德尔伯里交通管理部门说这事。因为人家或许会认为她这样说是对贾里德的指责。似乎是贾里德伸出手,转动方向盘。而实际上贾里德什么也没有做,他是清白无辜的。她不敢对他们说,还因为生怕被人家认为她发疯了。除了罗杰,她没有对任何人提起这事。她求他不要告诉别的朋友,因为只要有一个人知道,就会传遍盐山。"那我可无地自容了!"罗杰又问她"鬼手"的事情。阿比盖尔承认,也许只是一种神秘的力量,而不是真的有一只手。是以手的"形式"出现的力量。她看见那只手了!当然,是感觉到的。"那只手刚抓住方向盘,我就瘫了,来不及做出任何反应。既不能把方向盘向相反的方向转,又不能踩刹车,"她停了一下,急促地喘息着,撞得又青又紫的眼睛焦急地看着罗杰,"就像现在,你坐在车里,我便什么也做不了一样。"罗杰很不自在地笑了起来。阿比盖尔是开玩笑,还是认真的?"贾里德现在连话也不和我说。他一口咬定,我想把我们俩都撞死。我绝无此意,罗杰。你相信我,对吧?"罗杰说:"阿比盖尔,我当然相信你。我是你的律师嘛。"他笑了起来。他跟她开玩笑。"哦,不,我是你的朋友。"

驶过哈得孙河上那座雄伟的大桥时,阿比盖尔难过地说,刚刚失去亚当,现在又失去贾里德。"我想这是命中注定。"罗杰表示反对:"'命中注定'?话可不能这么说。"阿比盖尔摸了摸脸上的绷带,眯细眼睛看着粉盒里的小镜子,叹了一口气,说:"你知道,我觉得老了。""你老了?"罗杰笑了起来,"你是我们当中年纪最小的一个。""不是。玛丽娜·特罗伊年纪最小。"罗杰不吱声了,心里想,阿比盖尔是不是知道点儿他和玛丽娜的暧昧关系。在盐山,这个"长满水藻的池塘",尽管大家都在努力保守秘密,但是实际上,风流韵事总是不胫而走。阿比盖尔似乎看透了罗杰的心思,非常巧妙地把话题扯到她给亚当写的信、寄的卡片上。罗杰整理亚当的遗物时,看见过这些东西吗?

"没有。你别害怕。"

"哦,没什么可怕的。这也不是什么丢人的事情。爱情。"阿比盖尔扯下一块比较小的纱布,动了动下巴。她的脸就像一个布满裂痕的花瓶。"即使没有得到回应,也不丢人。"

"亚当爱你,阿比盖尔。"

"是吗?"

"以他的方式爱你。"

"他……和你谈起过我吗?"

"你知道,亚当在这方面可是'满腹韬略'。"

"是的,可是……他和你谈起过女人吗?"

"没有认真谈过。"

"他到底结没结过婚,你知道吗?"

阿比盖尔焦急地问。罗杰有点气恼。时至今日,她居然还在想这事!"不知道,估计没有。"

"是吗?"阿比盖尔想了想,说:"可是,亚当是个合格的父亲。他应该是位父亲。他爱孩子,也爱……哦,热爱生活。可是他……难道真的没有孩子?人们谣传,他的子女要来分他的遗产。"

"纯属无稽之谈,"罗杰生气地说,"我们压根儿就没发现他有什么继承人。"

"现在下结论还为时过早,难道不是吗?说不定什么时候就会冒出几个继承人。"

"那倒是。不过我还是深表怀疑。"

"为什么像亚当这样一个人,一个好人,却没有孩子,而像哈里森·蒂尔尼这样一个坏蛋,一个痛恨生活的人却会有孩子——一个儿子?而且把孩子抓在手里不放。"阿比盖尔摇着头,叹了一口气,"真是黑白颠倒!"

"是不合逻辑,"罗杰说,"亚当也会同意你的看法。"

过了一会儿,阿比盖尔好像忍不住似的说:"亚当喜欢赌博。我是说有时候。在拉斯维加斯。"

"是吗?"

"有一年,大概是一九九七年,他赢了一万一千块,不得不向国内收入署申报!"

事实上,罗杰知道这事。他知道的情况远比这些多。但他只是用赞赏的口气说:"这当然是一大笔钱。他一定热衷于这种游戏。我想……是玩扑克?"

"大概是。他不大乐意谈这事,觉得赌博不光彩,或者是假装觉得不光彩,所以秘而不宣。他说,他把赌博看做是对自己的某种实验。比方说,看看大千世界是如何与自己的心灵、思想交会的。他似乎对什么都不很认真,"阿比盖尔若有所思地说,"对他来说,你知道,无论做什么,都只是一种行为。"这个女人居然说出这样一番话来,真是出人意料。尤其刚刚出了车祸,她便"深沉"起来。罗杰越发觉得不可思议。自从亚当去世,阿比盖尔·代斯·普雷斯变得更有头脑了。"对任何一种行为严肃认真——如果只是一种行为——那只能意味着,你把这种行为和它所代表的原则联系到了一起。比如说未来。而亚当从来不考虑这些问题。不,他不会因为赌博可以赚钱——另外一种改头换面的商业行为——就格外看重这种事情。他对这一切都嗤之以鼻,只对生活严肃认真,而所谓生活,你又无法品头论足。"

"他探求真理。就像苏格拉底。"

"苏格拉底!"阿比盖尔不无疑惑地说,"那是人们创造出来的人物。是柏拉图创造的?或者确实有这么两个人?"

罗杰想了想,说:"大家都认为是两个人。不过谁知道呢?已经是很久以前的事情了。"

"多久?一千年?"

"两千年。"

"两千年!我们的生命真是太短暂了。"阿比盖尔叹了一口气,用手指摸了摸娇嫩的皮肤。罗杰从眼角看见她手指上的戒指闪闪发光,不由得松了一口气。一个浑身上下珠光宝气的女人能有什么深度呢?"亚当这么在乎这些事情是不是很怪?那些人都是早已过时的人物。也许他不相信时间会改变一切?人类变化如此之大,我们都在'进步'。"

"但是与此相反的道理他也不相信。你呢?"

"我?"阿比盖尔笑了起来,露出满嘴漂亮的牙齿,好像那也是她的装饰,"我怎么想有什么关系?过去是遭丈夫抛弃的妻子,现在又成了被儿子遗弃的母亲。我是……"她用一块叠得方方正正的纸巾小心翼翼地擦了擦眼睛,"池塘里的水藻。"

罗杰笑了起来,那一刻,他很不喜欢这个女人。阿比盖尔·代斯·普雷斯,还是哈里森·蒂尔尼的妻子。"哦,我想我们大家都一样。"

"但是我们都在努力使自己变得更好,难道不是吗?"阿比盖尔用恳切的口气说。她摸了一下罗杰的手腕,觉得自己正在失去他的同情。她就是这样一个女人,全靠同情来"营养"自己。"我们当中有的人付出更多的艰辛。"

"是的,这样的人不在少数。"

罗杰没再说话,开完剩下的路程,回到盐山。

阿比盖尔那幢房子里一片漆黑。罗杰把她的箱子放到前厅，本来想赶快离开，可是阿比盖尔抓住他的一双手。"罗杰！我害怕，不敢一个人待着。别走。"如果他能保持足够的警惕，或者有足够的力量，或许会逃之夭夭。可是他像一堆流沙，早已没了"主心骨"，阿比盖尔柔情似水，像个任性、可爱的孩子，一头扎到他的怀里，把他抱住，两条胳膊虽然很细，且微微颤抖着，但是充满力量，"我们有那么多共同的地方，罗杰。我已经观察你好多年了。我们俩都深受伤害，我们俩的孩子年龄相仿，就像兄妹。这一切都把我们联系到了一起，难道不是吗？"她仰起脸看着他，目光里充满渴望。罗杰觉得对性的渴望有力地撞击着他的心。我的肉体这样孤单，上帝帮帮我。眼前这个女人满脸的伤痕，怕人的"乌眼青"都能让他兴奋、激动。好像这些伤痕都是他造成的。"我再也见不到亚当了。再也见不到贾里德了，我心里清楚。"她十分平静地说，一副听天由命的样子，似乎她真的杀死了自己的儿子，而且为此感到一种苦涩的满足。换了罗杰，心里也会有这样一种感觉——如果罗宾不再爱他，并且和母亲站在一起反对他。"爱我吗？给我一点点爱，好吗？"她满怀渴望地吻着他。罗杰发现自己也在吻她，在那间天花板像大教堂一样的穹顶似的起居室里。在这儿曾经举行过许多次聚会。那些聚会仿佛都是通向这个完美结局的序曲。罗杰和阿比盖尔跌跌撞撞走到锦缎面沙发跟前，两个人相拥着倒在沙发上，激动得连气也喘不过来。他们像一对少男少女在对方身上摸索着、搜寻着。阿比盖尔呼吸急促，像吹一支单簧管。"我爱你，哦，我爱你，爱你！"罗杰心里想，此时此刻她一定忘了他是谁，连他的名字也不再记得。他也忘了她的名字，忘了他们在哪儿。慌乱之中，他们把什么东西弄到地板上。到底是什么东西？是两个不大但鼓鼓囊囊的枕头。真该死！他们开始做爱。

事情就这样迅速地、轻而易举地发生了。女人修长美丽的腿,突然裸露出来的非常温暖的肚子,绒毛般鬈曲的阴毛,尽在眼前。他们充满渴望的雪貂般灵敏的身体已经成为主宰,个性不复存在。女人丰润的、贪婪的嘴唇紧贴罗杰的嘴巴。那可以是任何一个女人的嘴。罗杰突然觉得非常快活。他心里清楚,腹股沟的压力很快就会释放,很快就会在极度兴奋与快乐之中得以爆发。"你爱我吗?哪怕只是一点点的爱,"女人恳求道,"……说你爱我。撒谎也可以。哦,求求你!"她毫不犹豫地解开他的衬衫,手指摸索着,又开始解裤子。罗杰推开她,自己动手。阴茎已经勃起,他像男孩一样急不可待。女人引导他进入她的神秘之地,那里犹如一汪清水闪着亮亮的光。突然,一阵狂躁不安的声音打断他们。"什么?什么在响?"他们像两张已经拉开的弓,绷得紧紧的,躺在一起侧耳静听。女人一缕头发弄到罗杰的嘴里。她那窄小的胸膛在他的身体下面焦急地起伏着。起初那声音好像就在屋里,在某个黑暗的角落……或者在壁炉旁边?可是再细听,那声音显然是从外面传来的。什么东西发了疯似的抓挠着前门。

阿波罗?

5

罗宾一瘸一拐走下楼梯。

看见爸爸凝望着自己,她有点气恼,脸涨得通红,半开玩笑地说:"自从去年见面,我是不是又长个儿了,爸爸?"

他起初感到十分惊讶,不,简直是震惊和失望。而且这种感觉一定挂在脸上,"一览无余"。罗宾要和爸爸出去吃饭,可是穿着宽松的、脏兮兮的裤子,绿色拉克罗夫特曲棍球队的 T 恤衫,外面套了一件法兰绒衬衫,扣子扣了一半,紧绷绷地箍着乳峰隆起的胸脯,脚上穿了双挺脏的运动鞋。因为刚刚洗过淋浴,头发湿漉漉地垂下来,贴着面颊。她的皮肤粗糙,一张脸越发显得稚气十足。罗杰一直站在宿舍楼前厅等女儿,这当儿,漂亮女孩子出出进进,衣服穿得也得体,讲究。罗宾这副打扮不但引人注目,还有一股"笑傲江湖"的味道。看见爸爸勉强做出一个微笑,她笑了起来。然后,嘴角闪过一丝残忍的微笑。

　　罗杰觉得脸颊发烧。女儿对自己怎么看,他不想深究。他也不想弄明白她的话到底是什么意思。罗宾说,自从去年见面,她一直没见爸爸,其实她自己也知道,前不久他们还见过面。也许她是暗示,看着她越来越成熟的身体,她的丰乳肥臀,他感到困惑、窘迫。罗杰尽量让口气缓和一点,说道:"我们要去的那家旅馆是个档次很高的地方,宝贝。我本想你会穿戴得更……"

　　罗宾笑了起来。"'档次很高?'你这身打扮档次就够高的了,我们俩去绰绰有余。"

　　罗宾把圆桶状背包背在肩上。她不愿意把东西装在手提箱里。罗杰替她拿包时,她坚持自己拿。"这样可以锻炼肌肉,爸爸。"罗杰想起,李·安恩曾经对他说过,在过去的一年里,他们的女儿迷上了曲棍球,还迷上了学校的其他体育运动。他觉得特别沮丧。难道这个浑身带刺的年轻人就是自己的女儿?这个相貌平常的女孩总是用一双明亮的眼睛看着他,目光中充满挑衅,似乎在问:"你敢批评我吗?"罗杰在宿舍楼接待室等了她半个小时,一直观察那些进进出出的女孩子。他不想拿女儿跟她们比较,可是又不能不做一番比较。为人父也得冒点风险,哦,真该死。

　　罗宾虽然一副漫不经心的样子,一双眼睛含着深情,不是对于他的!对于这种情感,罗杰没有刻意引导。父女之间的周末刚刚开始。李·安恩对他说过,罗宾在她面前从来没有提起过爸爸。罗宾显然生他的气。他要重新获得女儿对自己的爱和信任。看着女儿受伤的腿,他心疼地说:"看起来问题不大,宝贝儿。饭,随便到哪儿吃都可以,最重要的是不能让你忍着痛去吃这顿饭。"

罗宾一直对一群和她一样打扮的女孩儿微笑,做鬼脸,然后才把注意力集中到爸爸身上,激动地说:"确实疼,不只是脚脖子疼,而是浑身疼!撞得够呛。可是,你知道,我不怕疼。也许需要到医院看看,透透视。"

他们离开了宿舍楼。看来,确实应该看看医生或者采取别的措施。罗宾说起玩曲棍球必须忍受的扭伤、擦伤、撞伤时,虽然是在抱怨,口气却轻松幽默。所有的姑娘都被撞倒过,明星也不例外。那好像是勇气的标志。有一个中锋——就是那个淡金黄色头发的姑娘,拉克罗夫特队最出色的队员,一场比赛结束之后,第二天早晨脖子痛得几乎没法从枕头上抬起来。从校园走过时,罗宾朝一帮帮男女同学点头微笑,大声打着招呼,故意给罗杰留下一个"人缘不错、在校园里还是个人物"的印象。同学们都管她叫:"罗宾""罗贝""罗布"。她的一双眼睛闪着快乐的光芒,脚掌着地,走得很快。罗杰不得不加快脚步跟上她。"看起来,你很喜欢学校生活,这就好。"

罗宾耸了耸肩。爸爸的话平淡无奇,她不知道该如何作答。

去汉诺威旅馆的路上,罗杰想和罗宾谈比赛的事情,想夸夸她。他明白,她虽然很累,而且受了伤,但是心情一定非常激动,一定还在想她的队友,想把她换下去的教练。但是罗宾只是咕哝着,什么也没说。罗杰问她:"和队友们相处得怎么样?她们看起来都是些'好女孩'。"罗宾咯咯咯地笑着,哼了哼鼻子,说:"哦,爸爸。'好女孩'。你和妈妈一个样。词汇量怎么那么有限?"罗杰笑了起来,她说得没错。除了好还有许多形容词。比如真棒、漂亮极了……这些词的含义似乎早已从他的"字典"里消失了。罗杰说:"是啊,她们看起来确实是些好女孩。短短几分钟我就看得出。你们相处得很好……"

罗宾又耸了耸肩,突然变得闷闷不乐,说道:"为什么问我喜不喜欢她们?要紧的是她们喜不喜欢我。"

罗杰无言以对。

他心里纳闷:她为什么这么不在乎自己?不在乎自己的感情?

"还是让我们面对现实吧,爸爸:如果她们更喜欢我,我就喜欢她们。"

"我以为你确实喜欢她们。我以为……"

"哦,当然,我发了疯似的喜欢她们。"罗宾笑着说,用手擦了擦鼻子,跷着二郎腿坐在那儿,卡其布裤子紧紧地绷在腿肚子上,不时揉一下脚脖子。她穿着白色全棉短袜,和他的袜子差不多。罗杰看见她的脚腕子又红又肿。

他说:"但愿不是扭伤。为什么不找人看看呢?"罗宾耸了耸肩。罗杰说:"明天如果还不好的话,爸爸带你去看医生。"

罗宾哼了哼鼻子。

"哦,爸爸,你可真酷。不带我去航天博物馆,却去看医生。"

"你要是真的受了伤……"

"我不会受伤。我比你想象的结实多了。我可不像妈妈。她弱不禁风,或者假装弱不禁风。所以乔治能把她收拾得服服帖帖。"

罗杰不想和她探讨这个话题。不,谢谢!

他亲切地说:"你们这些姑娘都打得不错。双方都很好。站在我旁边看比赛的那些人都这么认为。给我的印象也非常深刻。

不要因为教练把你换下去就心情沮丧,宝贝儿。你扭了脚脖子,教练只能这样做。至于你的球技,当然相当好……"

罗宾不耐烦地打断他。"我打得糟透了。这是我今年最糟糕的一次比赛,练习的时候也没有这么差过。"

"可是我刚来的时候……"

"问题就出在这儿!"罗宾激动地说,"你来之前,我打得相当好,差点儿得了一分。我从她们最好的那个选手手里抢过球。可是看见你,觉得你在看我,希望我别输,我他妈的就乱了阵脚。"

听了罗宾这番话,罗杰十分惊讶,开着车半晌没有说话。女儿居然在他面前说出"他妈的"这种粗话!他第一次听见她这样"出言不逊"。她没有打好球,就把责任推到爸爸头上。他觉得受了伤害,说:"罗宾,你的话既不公平,又不合逻辑。你让我来看比赛,我来了。而且你打得也很不错……"

"我打得很糟,糟透了!我是故意扭了脚脖子摔倒的。因为我知道迟早要被教练换下来。"罗宾生气地说。好像爸爸那么傻,非得让她把这件难以启齿的事情讲清楚一样。"全怪你,怪你在场。你总是把什么事情都搞糟。"

"我总是?是吗?"

"我们有位老师说,有一种心理现象,叫'心灵感应'。某人发出信号,另外一个人接受了这个信号。你,爸爸,是发送信号的人。而你发出的信号,对我这个接受者来说都是些坏信号。"

罗杰说:"纯粹胡说八道。"

"你应该知道。"

"此话怎讲?"

罗宾耸了耸肩,打开收音机,轮番按着那五六个台。他们继续向前行驶,郊外的景色变得模模糊糊。星期五傍晚,车辆总是很多。他本来应该喝两杯,时间绰绰有余。阿比盖尔·代斯·普雷斯的话没错,她和罗杰遇到的问题完全相同,都有一个正处于青春期的孩子。这是真正的纽带,就像血友病和痔疮。

罗宾给罗杰发电子邮件的时候,有时候称呼他为:亲爱的死老爸。滑稽可笑吗?一点儿也不。他漠然视之,从来不给她回信。她的签名也很特别,故意把爱你的罗宾倒着写,结果成了:罗宾的你爱。可笑吗?

罗杰说:"罗宾,宝贝儿,看见你这个样子,我心里很难过。我一直盼望着这个周末和你见面。出什么事了吗?"

"我们老师说,生命从根本上讲就是一个错误。大自然在不断斗争、发展,物种都在相互竞争。每一个物种之中,每一个个体都在相互竞争。那是一种'牙齿和爪子都沾满鲜血'的竞争。看在上帝的分上,谁设计了这样一种模式?"

罗杰惊讶地瞥了女儿一眼。女儿的情绪这么激动,你会觉得达尔文的进化论是一个全新的、激进的理论。也许,如果你今年十五岁,刚刚开始严肃认真地思考问题,也会像罗宾这样,对世所公认的道理觉得不可理解。

罗杰表示不同意她的看法:"可是,你们老师也一定对你们说过,人类的进化已经超出这个水平。我们有文明、道德、法律……"

"法律!和犹太人讲法律去吧!他们最知道纳粹怎样用焚尸炉和毒气灭绝一个种族。"

"……我们有自己的信仰,情愿为之献身的理想,不仅仅是为了活着……"

"你的所谓信仰,像独木舟一样容易损坏。风和日丽的时候,可以划着玩玩,碰上风暴……就只能逃生了。"

正是周末交通高峰,郊区公路车水马龙,你怎能一边开车一边为维护人类和人类文明,和一个十五岁的孩子争论不休呢?罗宾小时候,经常仰起小脸,一双纯真的、水汪汪的眼睛凝视着爸爸。此时此刻,罗杰仿佛又看见那双眼睛,慈爱地说:"你忘了,罗宾。爱使人类区别于任何别的动物。人类是一个可以相亲相爱的'物种'。特别是家庭的亲情。人,可以为别人做出牺牲,甚至献出生命。这是一种本能。至于父母对孩子……"罗杰充满希望拖长说话的声音。罗宾满脸嘲讽,哼着鼻子大笑起来。罗杰觉得简直忍无可忍。

可是罗宾又让他吃了一惊。她脸上的嘲讽瞬息之间荡然无存,平静地说:"我已经听说亚当叔叔的事情了,非常难过。"她喃喃着,说出亚当的名字好像有点尴尬。

"哦,是的。"

"是妈妈告诉我的。你们俩通话之后,她就告诉我了。"她瞥了罗杰一眼。罗杰正集中精力开车,思想像微微颤动的火苗在心底闪烁。她不愿意暴露自己的思想,使劲揉着脚脖子周围的一片青紫。

"他死得非常突然。我们都十分震惊,也许妈妈已经告诉你了,他是因心脏病而猝死的。她让你看剪报了吗?他是为了救一个落水的小姑娘英勇献身的。"

"哦,看过了。真不值得!"

不值得!罗杰几乎僵在那儿,不知道说什么才好,他不愿意从女儿嘴里听到这种话。

"我的意思是,"罗宾的口气缓和了一点,"……真是一场悲剧。那个'萨曼莎'的父母真是混蛋透顶。我真想……上帝,我不知道该怎么办!淹死他们!"她停了一下,急促地喘息着,"他问起过我吗？妈妈离开我们之后。"

"当然,宝贝儿。他经常问你的情况。你知道,亚当那么喜欢你。"

"是吗？"

她知道,但是总想从别人口里得到进一步的证实。罗杰向她证实了这一点。

于是,他们谈起亚当。看见汉诺威旅馆就在前面,罗杰松了一口气。他对罗宾的感觉好了许多,罗宾看起来也和爸爸融洽了许多。如果在盐山,罗宾还能喜欢哪个成年人的话,那就是亚当·贝伦德。

她犹犹豫豫地说:"妈妈告诉我,她听朋友说,贝伦德先生的房子里……藏着……什么东西……人们都非常惊讶。"

"什么东西？"

"我也不知道。"

"哪一类东西？"

"都是道听途说,你还不了解妈妈？她总是人云亦云。"

"宝贝儿,是哪方面的东西？我是亚当的遗嘱执行人,这些事我最清楚。"

"妈妈说,她听说贝伦德先生有许多钱埋藏在箱子里,或是埋在地下室。上千万的美金。"罗宾直盯盯地看着爸爸。看见他满脸苦笑,又说:"我压根儿就不信。亚当叔叔为什么要把钱藏起来呢？如果他真的有钱,可以像别人一样存到银行,对不对？我就是这样对妈妈说的。她那么可笑,真遗憾。"

罗杰小心翼翼地说:"当然,亚当没有把钱藏在家里。完全是无稽之谈！"

"我对妈妈说,根本就不可能有这种事。亚当叔叔从来不看重钱,对物质上的享受更是嗤之以鼻。"

"没错。"

"我进过亚当叔叔的地下室,去过好几次呢!那是好久以前的事情了。我跟你们去看望他。那时候,我大概十岁。"

"是吗?"

"那是个古老的地下室。阴气森森,让人毛骨悚然。亚当叔叔说,也许那里面埋着死人。可能是许久许久以前?那些人被杀死在旅馆里。亚当叔叔这幢房子从前是个旅馆,人被杀死后就埋到地下室。是这样吗?"

罗杰不愿意把话题拐到这儿,到底为什么,自己也说不清。"不可能有这种事,罗宾。你也知道,亚当爱开玩笑。"

"他那么滑稽,总能把我逗得大笑。"罗宾使劲擦了擦鼻子,"即使没有什么可笑的事,他也能把人逗笑。"

"可不是,他就有这本事。"

罗杰把他那辆"宝马"停在旅馆后院,罗宾出人意料地哭了起来。罗杰抱住女儿,罗宾把脸贴在爸爸的肩膀上。"真让人无法想象,再也看不到亚当叔叔了。呜——"

他们在前台办理了住旅馆的手续。罗杰已经预订了四楼的一套房间。汉诺威旅馆是巴尔的摩尖顶山一座有历史意义的旅馆。许多家具、摆设都是殖民地时代的古董。罗宾一边参观一个个天花板很高、凉气逼人的房间,一边说:"不用说,这儿死过许多人。"

她穿一条土黄色的、肥大的卡其布裤子,鹦鹉绿T恤衫,外面套一件法兰绒衬衫,紧紧地扣着扣子,凸现出成熟女人的乳峰。她反剪双手,左右摇晃,好像在心里计算房间的大小。高雅的摆设、古香古色的家具让她肃然起敬,也刺激她做出一连串稚气十足的动作。罗杰把衣服挂在衣柜里,看见女儿正对着镜子摇头晃脑,挤眉弄眼。刚才在停车场突然涕泪迸流,弄得她怪不好意思,不过现在还是有点激动,一双眼睛泪光闪闪,歪着脑袋让镜子上的亮光照到自己的脸上,抻了抻紧紧地裹着胸脯的那件皱皱巴巴的法兰绒衬衫,对着镜子做了个鬼脸,笑了起来。距离很近的镜子里,罗宾那张圆圆的、爱斯基摩人式的脸,略显粗糙的皮肤,看起来楚楚动人。她以一个聪明学生的口吻,漫不经心地问道:"爸爸!你是律师,逻辑思维很强,对吧?如果我对你说——只是一个假设的前提,明白吗?——一个像亚当叔叔这样的男人'感动'了我,你会怎么想呢?当我……"

罗杰转过脸凝视着她。"罗宾,你说什么?"

罗宾也盯着他看,面无表情,双手叉腰,不再晃来晃去。"你,会怎么想呢?只是一种假设。"

"你……你是认真的吗?"

"我说过,爸爸,只是假设。就像实验,逻辑推理。我只是问,你会怎么想?"

"罗宾,我觉得你这话一点也不滑稽可笑。"罗杰使劲咽了一口吐沫。他手里拿着什么东西——是个衣架,看样子连自己正在干什么都忘了。

罗宾不耐烦地说:"是没什么滑稽可笑的。只是对现实生活的一个实验。就像大家都一本正经的时候,你却说出一番有悖常理的话。比如在教堂,在葬礼上。那种场合,人们只是说些千年不变的陈词滥调。你知道,和我们这个世界相对应的还有另外一个世界——非宇宙。这都是我们数学老师讲的。"

"非宇宙?我们这是谈论什么呢?"

"并不是谈论贝伦德先生,爸爸。你用不着那么懊丧或者感到内疚。我们只是探讨,如果那样,你会怎么想。就像上逻辑课。

'非宇宙'。"

"你胡扯八道些什么呀！"

"你无法证明不存在'非宇宙'。因此，它像我们这个宇宙一样，合理合法地存在着。"罗宾扬扬得意地说。罗杰仿佛听见那个沾沾自喜的成年人把这些莫名其妙的东西灌输给他的学生。孩子们听得一个个如坠五里雾中。他真想揪住头发狠狠地撞撞那些孩子的脑袋，让他们清醒过来。

可他还是耐着性子说："无法证明的东西未必就一定存在。这并不合乎逻辑。就像神话。"

"我们数学老师说……"

"告诉他，"罗杰一边说一边把手里的衣架挂到衣柜的横杆上，因为用力过猛，把挂钩也弄弯了，"他一派胡言！"

"她。是她。"罗宾看见爸爸落入"陷阱"，特别高兴，用嘲讽的口气说，"好了，我会对她说：瑞勒小姐，我爸爸，一位爱说胡话的律师让我告诉你，你跟他一样，也是'一派胡言'。"说着哈哈大笑起来。罗杰没理睬她，走进浴室。这天，他第二次洗澡、刮脸。他要把这个恼怒的孩子泼洒到他身上的"脏东西"洗干净。她像一个淘气的小姑娘，故意把盘子里的饭菜弄到厨房地板上，让红脸保姆收拾干净，她从中取乐。

他想起去年夏天，**亲爱的死老爸和罗宾**之间通过的几封含义隐晦的电子邮件。

你为什么要和妈妈结婚？现在看完全是一个错误。

N.

我们结婚的原因很明确：我们相爱。有好多年，我们在一起非

常幸福。不是错误。还生了——你。

D.

一点儿也不错!!!

N.

6

休战。在旅馆吃晚饭的时候,小小的蜡烛像教堂墙上挂着还愿的灯,摇曳不定。罗杰和女儿在那灯光下变得心平气和,亲密无间。他们面带微笑,彼此很有礼貌,也很有耐心。只是在点菜时罗宾变来变去,一会儿一个主意,罗杰才嘲笑了她几句。吃饭前,女儿洗了洗滚烫的脸,梳了梳乱蓬蓬的头发,脱下套在T恤衫外面那件皱皱巴巴的法兰绒衬衫,换了一件漂亮的黑外套,还抹了点口红。罗杰不希望自己成为女儿的笑柄。在闪烁不定、仿佛向他们谄媚的烛光下,他看起来引人注目,甚至有几分怪诞。他微笑着看女儿,心里想,他或者李·安恩有没有美国土著人的血统?爱斯基摩人?印第安人?

他们不想再提起亚当叔叔,也不再大谈什么假设的前提。

刚才在楼上,父女俩就那些奇谈怪论交换了各自的看法。听了女儿的话,罗杰十分惊讶。不过他极力安慰自己,心里想,她在生气。不是对亚当,而是对你,对吗?他虽然认为罗宾生气没有来由,但还是忍气吞声,听凭她说三道四。他也明白,罗宾一定已经意识到,自己太过分了,所以现在对爸爸表现出应有的尊重,说话的态度好了许多。也许听到她那沙哑的声音和那些毫不留情的话,连她自己也吃了一惊。

她要的菜端上来之后,便狼吞虎咽般地吃了起来。正是长身体的时候,个子又高,罗宾的胃口自然很好。大脊骨牛排,薯条,面包,黄油。她又蘸着番茄酱吃了罗杰那份薯条。罗杰笑着拿女儿寻开心。罗宾是个脑子很快、喜欢幽默的姑娘。她经常模仿老师,连她十分尊敬的瑞勒小姐也会被她巧妙地嘲弄。所有成年人都是嘲讽的对象。她总是趾高气扬,自命不凡。罗杰无法表示反对。他喜欢女儿,也希望女儿喜欢他。他又要了一小瓶红葡萄酒。他不再沮丧。不,他觉得非常快乐。一切都会好起来。你看了她玩曲棍球。她并不讨厌你。他们一直在笑。没有什么好笑的话题时,罗杰就把阿比盖尔在佛蒙特梅德尔伯里出车祸的事讲给女儿听。在盐山上中学的时候,罗宾认识贾里德·蒂尔尼。"贾里德还活着,算他走运,对吧?"罗宾笑了起来,"你不会故意把我害死,爸爸,会吗?"

"罗宾,"罗杰说,虽然知道她是开玩笑,还是不由自主地向后缩了一下,"你觉得这话好玩吗?"

"开玩笑,爸爸。"

"好了,我知道,宝贝儿。"

吃甜点——胡桃派和两勺香草冰淇淋——的时候,罗宾说:"我想,你一定是蒂尔尼太太的好朋友,要不然怎么会去佛蒙特帮助她呢?"她眯着眼睛看着坐在对面的罗杰,好像刚想起这事。

"是的。我想,我应该是她的好朋友。"

"她是不是妈妈说的那种女人……她是怎么说的来着?"

罗杰紧咬着腮帮子,说:"不是,罗宾。"

"你爱她吗?现在。"这个问题听起来好像是开玩笑,或者还是嘲笑,但是罗杰知道背后隐藏着狠毒。

"不。我没有爱她。"

"你不爱阿比盖尔·蒂尔尼?"

罗杰不愿意回答。以前,在卧室里,脱了衣服上床睡觉的时候,李·安恩经常这样质问他。也许那时候,赤身裸体最容易被攻击。他非常生气,又不想和妻子对抗。因为他知道李·安恩多么想抓破他的皮肉,也抓破她自己的皮肉,多么希望被伤害,被蹂躏,被羞辱。他只能平静地漠然处之,心里想:我不能开这个头。现在,他只是淡淡地把真实情况告诉她:"没有,宝贝儿。如果这种事和你有关,我可以明确告诉你,我没有和阿比盖尔相爱。"他停了一下,"离婚之后,她是阿比盖尔·代斯·普雷斯了。"

罗宾就像在曲棍球赛场上,穷追不舍。"可是,在佛蒙特,你和她在一起。"

"罗宾,我没有'和她在一起'。我是去帮她和贾里德处理那场车祸。当时的情况非常紧急,我是阿比盖尔的律师。"

"从什么时候起你成了她的律师?"

"不久以前。"

"你就是这样一个角色!……她的律师。"罗宾说出这个字眼儿,就像说出一种稀有的疾病。

罗杰微笑着。一股怒火突然从心中升起。女儿拿着小勺把冰淇淋送到嘴里,小勺在嘴里搅来搅去,罗杰看了直反胃。"听我说,罗宾。我的工作、我的职业、我的生活……你没有权利嘲笑。我的收入……"

罗宾继续舔那个小勺,平静地说:"没错,爸爸。我知道。"

"律师是高尚的职业。当然也不是谁都可以干得了的职业。至于我的收入……"

"爸爸,真棒!我知道。"

罗杰的嘴唇一阵麻木,像注射了奴佛卡因。他无法相信,这些空洞无物的陈词滥调是爱讽刺挖苦、眉棱骨突出的女儿说出来的。

他们又默默地坐了一会儿。罗杰觉得耳鼓咚咚地响。他真想使劲摇晃女儿。她总是像个小孩,疯疯癫癫,没个正经。没有技巧也没有手段,更不知道为什么这样做。和她妈妈一样。总想伤害别人。李·安恩对罗杰的笑骂有时候以做爱结束。那种没有感情、闪电战式的做爱。在婚姻的过程中,这种做爱标志着婚姻即将崩溃。因为婚姻不只是稍纵即逝的热情,而是如涓涓细流的柔情,一种纯而又纯的感情。可是对罗宾这种"嬉笑怒骂",罗杰打心眼儿里感觉到厌恶。他真想一个耳光扇掉她那张充满稚气的脸上的傻笑。

罗宾还"咬"住不放。"爸爸,你基本上是在保护白领罪犯。这有什么可骄傲的?"

"罪犯?简直太荒唐了。"

"他们难道不是罪犯吗?"

罗杰纳闷,女儿真的不知道他的工作、他的生活,还是故意折磨爸爸。他说:"我的工作主要是帮助当事人签合同,立遗嘱。起草法律文书。现在我的事务所主要和公司打交道,和个人之间的业务越来越少了。我们很少到法院打官司。你怎么认为你的父亲是个专门替人打官司的辩护律师?"

"我想你是。至少有时候是。"

"很少。"

"你并不真的帮助人,难道不是吗?穷人……"

"'穷人'并非唯一需要法律帮助的群体,"罗杰平静地说,尽管脉搏噗噗地跳动,仿佛有一把榔头敲打脑袋,"我想,你对法律的理解太褊狭了。"

"你做的那些事情没有一件是生死攸关的大事,"罗宾说,有点恼火,"……所以没什么了不起!"

罗杰想让自己尽量做一位和蔼可亲的父亲,努力做出一个微笑,说:"生活中的大部分行为的确'没有什么了不起'。但这些行为对我们自己并非无关紧要。我的客户不会同意你的意见,宝贝儿。"

管这个眉棱骨突出、头发挡着面颊、满脸轻蔑、使劲嚼着胡桃派的大女孩叫宝贝儿!当爸爸的用心良苦,极力让自己和女儿亲近起来。可是罗宾挥了挥手,不管这一套。"为什么要制定法律,爸爸?主要是为律师赚钱。不是吗?我是说,主要是。"

"法律是……"罗杰结结巴巴地说,如临深渊,"……文明的奠基石。没有法律……"

"什么是文明?"罗宾激动地打断他,"文明是一种权力结构,难道不是吗?也被人们称之为霸权,用来征服老百姓和妇女。像你这样的人当然喜欢'法律'。'法律'永远在你们这边。"

"没有法律,"罗杰咬着牙说,"我们就成了野蛮人。"

"我们现在不是野蛮人?"

"如果是,宝贝儿,你自己也会明白的。"

隔着雪白的亚麻台布,罗宾注视着父亲。桌子上放着已经用过的盘子和刀叉。那一刹那,他们彼此心照不宣——面对灾难,父女双方为对方能做出多大的牺牲?可是话说回来,这种灾难又有多大的可能性?罗杰从女儿大睁着的亮闪闪的眼睛里看到一种充满孩子气的仇恨。也许正是这种仇恨促使她故意在比赛场上崴了脚脖子。我恨自己,你为什么不也恨我呢?

她低下头,脸涨得通红,用手指尖推开面前的甜食,似乎突然变得挑剔起来,而且终于觉得自己令人厌恶,并且吓了一跳。

233

7

那天夜里,罗杰睡得很不安宁。女儿的卧室和他的卧室一墙之隔。(罗杰听见罗宾轻轻地锁好两个卧室之间的门。)他一直大睁着两只眼睛,心里很乱,肚子里好像有一条蛇在蠕动,不知道这个周末该怎样度过。星期六一整天和星期日大半天,都和女儿在一起。

是的,罗杰是这个女孩的父亲。他爱她。他当然爱她。

他不想离婚,只是因为骄傲,不愿意求她。

你为什么不忠实?

为什么?因为孤独。

为谁,为什么孤独?

也许因为害怕孤独。亚当,我不知道。

可你为什么要拿婚姻和家庭冒险?有什么无法解释的理由?

即使能够解释,亚当,我也绝对不会解释,我会吗?

醒来的时候,他觉得眼睛被泪水蜇得酸痛。那是气愤、失望的泪水。他想不起自己现在身处何方,只知道一个人待在这儿,亚当已经离他而去。他失去了最好的朋友,还有谁可以代替他的位置呢?

他轻手轻脚站起来,走进浴室,生怕惊醒一墙之隔的罗宾。

他真想和亚当聊聊,畅述心怀,纵情欢笑。告诉他梅德尔伯里发生的车祸。只有亚当能分担这痛苦和忧伤。

那种想和女人在一起的渴望:和灵魂中失去的那一半在一起。失去的那一半。

他和阿比盖尔·代斯·普雷斯像两个犯了错误的孩子,慌忙从对方的怀抱中挣脱。阿比盖尔跑过去开门。罗杰不明白,阿比盖尔为什么非要去开那扇被狗发了疯似的抓挠的门。阿波罗像一条狼似的跳了进来。黄褐色的眼睛,满身粗毛上沾着蒺藜,一瘸一拐,喘着粗气。尽管刚才这条狗在门外蹲着——现在门开了——但这之前,它一定在奔跑,一股疯狂的、神秘的力量驱使它跑到这里。它饿极了。阿比盖尔在厨房里喂它。阿比盖尔和罗杰看这条牧羊犬吃食。罗杰已经整理好衣服,而且镇静下来。阿比盖尔很有礼貌地问他,要不要吃晚饭。罗杰摇了摇头。难道罗杰·卡瓦纳夫连一条狗也不如——也许真的不如!——要被这个女人出于怜悯喂养?

可是,罗杰·卡瓦纳夫依然觉得对阿比盖尔·代斯·普雷斯负有责任。他替她着急,又给她打电话。这个电话,他本不想打。因此,发现阿比盖尔家没人接电话,也没有录音电话要他留言时,他长长地舒了一口气。后来,"阿波罗事件"一个星期后,罗杰开着车离开麦束路到阿比盖尔家。环行汽车道上停着一辆剪草坪的卡车。罗杰把车停到卡车后面。如果阿比盖尔在家,如果阿比盖尔肯见他,如果天意如此,那就依天意行事吧。他就彻底勾销对那个红头发女人的爱。他将在这个女人的爱河中越陷越深,最终找到自己的归宿。只要和她做一次爱,她就会崇拜他,就会成为他的妻子。他确实想再次成家,再也不想一个人孤零零地过日子。但是走到门前按门铃的时候,负责修剪草坪的工头在割草机的轰鸣声中大声叫喊着告诉他,蒂尔尼太太走了,这个夏天不会再回来。"到南塔基特岛去了。"罗杰觉得自己的脑袋在割草机的轰鸣中震颤。

第二天早晨,大雨倾盆,他们向华盛顿方向驶去。风吹打着汽车,罗杰似乎知道,他们永远不会到达目的地。

头一天秋高气爽,风和日丽。可是现在,乌云翻滚,大雨滂沱。汉诺威旅馆的早饭也不如人意。起初,罗宾什么饭菜也不点,仰起小脸,故意做出一副十分厌恶的样子,说:"我从来不吃早饭。"像任何一个当爹妈的人一样,罗杰一本正经地说:"你应该吃。早饭在一日三餐中最重要。""亲爱的死老爸"的嘴唇机械地翕动着,连自己也不知道在说什么。"亲爱的死老爸"在说话。好像仅仅是为了博得爸爸的欢心,罗宾痛痛快快答应了罗杰的要求。"好吧,你要是非要我吃,吃就是了!"罗杰很满意,要了一份非常丰盛的早餐:鸡蛋,香肠,华夫饼干。罗宾贪婪地吃着饼干,不时低下头吃一口盘子里的香肠、鸡蛋。罗杰随手翻着旅馆免费提供的《今日美国》,尽量不去看女儿。他没胃口,只是喝着刚煮的黑咖啡。在心脏能够承受的范围之内,一杯接一杯地喝。"宝马"在风雨中穿行,罗杰的心脏在胸膛里怦怦地跳动。罗宾揉着肚子抱怨吃得太多,撑得要死,一个劲地埋怨"亲爱的死老爸"。这倒也合乎逻辑。她开始摆弄车里的收音机。贮物箱里没有她喜欢的CD。他们到首都华盛顿主要是去参观博物馆。那些规模宏大的博物馆!在电话上商量如何度过这个周末的时候,罗宾高兴得像个孩子。父女俩已经好长时间没有在一起了。让罗宾特别高兴的是,他们要参观航天博物馆。几年前,上八年级的时候,她郑重其事地宣布,要研究太空,研究宇宙。她要当天文学家,或者天文物理学家,也许还要遨游太空。她满怀热情地对父母亲说:"二十一世纪,在太空遨游将是平常事。我们可以一起去!"罗杰微笑着听十三岁的女儿发表这份宣言。也许这个孩子天分很高,能够预见自己的未来。

而中年人已经是过去岁月的"囚徒"。

大约上午十点,他们已经走完一半的路程。罗宾突然肚子痛了起来,大概是胃痉挛。也许是肠炎?"爸爸,快找个地方停车,我得赶快上厕所。"她呻吟着,在他旁边的座位上来回摇晃着,豆大的汗珠从额头流下。罗杰立刻拐下公路,找到一家咖啡店兼加油站。罗宾从车上爬下来,冒着大雨,捂着肚子,跌跌撞撞,一路呻吟着向大门口跑去。罗杰焦急地跟在后面,走进那幢房子。这是怎么回事呢?他不想承认女儿吃早饭时狼吞虎咽,把自己搞成这个样子。或者,一旦开吃,她就觉得饿,忍不住狼吞虎咽……罗杰等待着,心里充满内疚。不管什么原因,都是你的错。你自己也一清二楚。

过了一会儿,罗宾从卫生间出来,面色苍白,嘴唇没有血色,眼睛里闪着泪花,而那泪光似乎因为得意而不是沮丧才闪闪烁烁。她面带微笑,浑身颤抖着向罗杰走过去。罗杰伸出手,想摸摸女儿,问问她现在感觉如何。罗宾喃喃着,毫不掩饰地说:"孕妇晨吐,爸爸。"

前厅里响着年轻人喜欢的摇滚乐,声音很大。罗杰用一只手圈住耳朵说:"我没听见你说什么,宝贝儿。"

"你听见了,爸爸。听得一清二楚。"

"亲爱的死老爸"趔趔趄趄地走着。罗宾龇牙咧嘴地笑着,露出亮闪闪的牙齿,大步走出快餐店。罗杰好像梦游的人,浑身麻木,跟在后面。

孕妇晨吐。

孕妇晨吐?

他没有听清。不,他确实听得一清二楚。

他觉得脑袋被塞进一口嗡嗡直响的大钟。

"罗宾!宝贝儿,等一下……"

他觉得肯定是自己搞错了。是一场玩笑。罗宾是个非常聪明的"模仿专家",天才的"讽刺专家"。她不是那种女孩……

罗宾摇摇晃晃向汽车走去,一副头痛恶心的样子。罗杰想扶她,可她耸了耸肩,把爸爸甩开。她弓着腰坐在车里,双臂交叉,放在肚子上,一股刺鼻的呕吐的气味,就像口臭扑面而来。罗杰在她旁边坐下,尽量让自己镇静下来。"宝贝儿,你说'孕妇晨吐'?这是不是意味着……"

罗宾冷冰冰地说:"你当然知道这意味着什么,爸爸。"

"你妈妈……知道这事吗?"

"不知道。"

"他知道吗?"

"他?谁?"

"那个,那个……"仿佛是一个淫秽的字眼儿,罗杰很难说出口,"父亲。"

他们默默地坐着,空气十分紧张。虽然只过了两三分钟,可罗杰觉得过了许久许久。雨水顺着铁灰色新款"宝马"的车窗小溪般流下。罗杰的脑子飞快地旋转着,极力回想,李·安恩提没提起过罗宾交了男朋友,或者她有没有看见过罗宾和男孩子交往。极力回想,在学校里,罗宾有没有特意把某个男孩子给他介绍过?他还苦思冥想,在一座校风良好的私立学校,一个十五岁的女孩对怀孕、堕胎知道多少?

罗宾气喘吁吁,强忍着没有呜咽。"你知道这个父亲是谁,爸爸。难道你真的不知道吗?"

"我……知道?"

"想想看!"

"我想不出,宝贝儿。是谁?"

罗宾转过脸看着他,像猴子一样,撇着下嘴唇,一副不屑的样子。"'宝贝儿',你对多少女人称呼过宝贝儿?"

罗杰被逼到绝境,坐在那儿不知如何是好。得马上给李·安恩打电话,和她商量如何处理这件事情,尽快做出决定。他没有想起应该问问女儿怀孕几个月了,婴儿的预产期是什么时候。后来,他常常想起,婴儿的概念对于他比"长生不老"或者"遨游太空"还要虚幻,陌生。

罗宾使劲擤了擤鼻子。就像从爸爸的不幸中取乐一样,她显然也在从自己的不幸中取乐。这天早晨,她又套上那件法兰绒衬衫,扣子扣到高耸的乳峰,露出里面那件 T 恤衫。粗壮的大腿紧绷绷地箍在卡其布裤子里,脚上穿着那双肮脏的跑鞋。罗宾·卡瓦纳夫能吸引什么样的男孩呢?罗杰觉得女儿好像很为自己骄傲。看到了吗?爸爸。即使你不喜欢我,也有人喜欢。

她又转过脸,说出一句罗杰无法理解的话:"你,爸爸。你就是那种人。"

看见罗杰目瞪口呆的样子,罗宾笑了起来。雨还在下,她又打开车门,爬了出去,留下罗杰一个人凝望着她的背影。这是怎么回事儿?发生了什么事情?罗宾说了些什么?污言秽语,说不出口!他一辈子也不会忘记。你,爸爸。你就是那种人。

他颤抖起来,因为冷,牙齿咯吱咯吱地响。女儿在谴责他。谴责什么?乱伦?强奸?

不可能。可是也有可能。

女儿的谴责,她的歇斯底里。一个十五岁的孩子的报复。

即使没人相信她!比方说,李·安恩就永远不会相信她。

罗杰吓坏了,腿都几乎打了弯儿。他也从车里爬了出来,跟着罗宾,走到那幢房子后面。穿过如注的冷雨,走到墙角,站到屋檐下面。旁边有个垃圾桶,垃圾堆得像座小山。如果有人问他们现在在哪儿,他也说不出个名堂。不知道这是个什么地方。罗宾靠在水泥墙上,紧抱双臂放在胸口,圆圆的、充满稚气的脸上凝结着怨恨,怨恨背后又隐藏着按捺不住的狂喜。雨水打湿了她的衣裳,水珠像卡通片里的眼泪,顺着她的面颊流下。罗杰走到她身边,手轻轻放在她的颈背上。她像一匹紧张的小马甩了一下脑袋。她又笑了起来,狡黠地说:"嗨,爸爸,我没有。我是逗你玩儿呢!"

罗杰费了好大劲才明白她的意思。

"你……没有怀孕?"

"谁说我怀孕了?天哪!爸爸,真有你的!"

"你的意思是,和我开玩笑?"

罗宾做了个鬼脸。"你什么都信,爸爸!不管把你的罗宾说得多么卑鄙、下流,你都信!"她咯咯地笑着,一闪身,从他身边跑开,就像一个技艺高超的曲棍球运动员从对方啰里啰嗦的球员旁边跑过一样。她跑到汽车跟前。车门在淅淅沥沥的雨水中敞开着。罗宾爬了进去。一场游戏!爸爸在风雨中奔跑着,又一次被她甩在身后。

罗宾擤了擤鼻子,郑重其事地说:"我想回学校,爸爸。还有许多作业没做。好吗?"

"你不想去华盛顿了?去参观博物馆……"

"不想去了。"

"为什么不去呢?罗宾……这是我们事先安排好的。"

"我说过,还没做完作业。有两门功课我学得很糟。今天和明天,我同宿舍的同学有朋友来。是从埃克塞特①来的几个古怪家伙。"

---

① 埃克塞特,英国英格兰西南部城市,德文郡首府。

罗杰摸索着转动车钥匙,发动引擎。女儿没有怀孕。她并没有谴责他乱伦,强奸。完全是开玩笑。以后哪天说起来,他们俩一定会哈哈大笑。

罗杰又回到那条州际高速公路,找到一个出口掉转车头,向北面的马里兰州尼科德马斯驶去。雨渐渐小了,尽管还像小溪一样在"宝马"的车窗上流淌。头顶上乌云朵朵。罗宾兴奋异常,强忍着没有笑出声来。她从眼角瞥了罗杰一眼。"你的脸,爸爸。你该看看你那张脸。"她把反光镜朝他那个方向推过去。于是,他别无选择,只能看镜子里自己的脸。

再 见！

1

发疯。天亮了，她驱车西行，沿着大河终于找到琼斯角。找到斯维特家。那是一座红杉环绕、砖房矗立的牧场，俯瞰滚滚流过的哈得孙河。已经是秋高气爽的十月。他是在赤日炎炎的夏日离开这个世界的。她把车停在通往那幢房子的小路上，坐在车里足足抽了半个小时烟。她不是一个患了神经病的女人。说实话，她并没有把亚当的死归咎于斯维特家。

可是总该有人负责，毕竟死了一个人。

她此行没有明确的目的。她是一个容易冲动、感情用事的人。虽然已是这把年纪，却一直生气蓬勃，魅力十足。"随心所欲，我行我素"是奥古斯塔·卡特勒性格中最大的特点。她认为，没有这样一种性格就没有奥古斯塔其人了。

这一天是星期六，孩子们不去上学。

她激动得发抖，就像要走上灯光明亮的舞台。好几个星期，好几个月，她一直为这个时刻准备着。然而，只有在想入非非的时候，她才相信自己会干这事。亚当如果还活着，就一定不会让她这样做。

格西！看在上帝的分上，让我去吧。

激动得发抖，这可不像奥古斯塔·卡特勒。她是个工于心计的女人，通常是通过别人的眼睛看自己，并且从中感受到极大的快乐。因为人们都爱赞美她漂亮的脸蛋，苗条的身材，华贵的衣服，优雅的风度。除非她害怕，害怕自己说出什么不中听的话，做出什么不得体的事情。门终于开了，一个满脸疲惫的年轻女人站在门口，凝望着奥古斯塔，说：

"请问，您有什么事吗？"

这是哈罗德·斯维特的妻子。奥古斯塔没记住她的名字。是詹妮特，还是詹妮茜？斯维特太太在这位比她年长的女人眼里，似乎特别年轻。更让她觉得受辱的是，年轻的斯维特太太穿着汗衫，牛仔裤。她亭亭玉立，体重比奥古斯塔·卡特勒轻二十磅，两只曲线优美的乳房藏在汗衫下面，汗衫上印着"琼斯角社区学院"的字样。星期六早晨，从她身后传来孩子们的吵闹声。电话铃响了。斯维特太太满腹狐疑。

奥古斯塔连忙说："你是斯维特太太吧？你不认识我。我是奥古斯塔·卡特勒，住在盐山。我是……是……"她不知道该如何表述她和亚当的关系，既不想让人觉得他们关系暧昧，又不想让人家觉得她过分伤感。"……是亚当·贝伦德的好朋友。我想……能不能和你说几句话，只要一小会儿。"

年轻女人惊讶地凝视着这个中年妇女，心里生出反感。可是出于礼貌，没敢把奥古斯塔·卡特勒拒之门外。

一个孩子在她身后喊。妈妈？

奥古斯塔冷冰冰地说："斯维特太太，我想你应该知道谁是亚当·贝伦德。"

斯维特太太说："不，不能说知道。"她一本正经，但有点紧张。

左眼皮跳了一下。"我们以前……没听说过这个人。"

奥古斯塔的心剧烈地跳动着。亚当死前,她就经常头晕。有时候刚上一半楼梯就觉得头重脚轻。她本来就细皮嫩肉,加上非常注重保养,脂粉涂不尽,冷霜抹不完,还要做面部美容和按摩,硬是把一位半老徐娘打扮得婀娜多姿,不但瞒过了别人,甚至瞒过她自己的一双眼睛。实际上,她已经五十二岁,平时很少参加运动。

"我明白,我理解。你们过去不认识……他。所以,我希望,"奥古斯塔说,几近恳求,"……你和萨曼莎能对他多一些了解。我带来几样东西。"她的手提包里装着一沓照片。亚当·贝伦德和他的盐山朋友们的合影。亚当·贝伦德和他的一些雕塑作品。亚当·贝伦德的单人照。"我能进屋谈吗?"奥古斯塔心底的秘密被掀开一角,就像皮肤被剥开,露出白花花的骨头,伴着剧烈的疼痛。年轻女人身后远处一个房间,一个金发小女孩手里拿着什么东西跑了出来。

"萨曼莎?是萨曼莎吗?"奥古斯塔大声喊道。她想闯进去,可是那位一脸疲惫、身穿汗衫牛仔裤的女人像个动作敏捷的运动员,一闪身,挡住她的去路。

"对不起,不管你是谁,都请你最好离开这儿。"

"让我和你的女儿谈一谈,只一小会儿。"

"我说过了,对不起,不能。"

"我想,这件事对她非常重要,"奥古斯塔说,"将来比现在还重要!——等她长大,回首往事的时候。你们无法限制她对儿时的记忆,难道不是吗?你们将永远记着亚当,能忘记吗?"

年轻女人气得要命,用颤抖的声音说:"我说过,快滚!你是不受欢迎的人。不要打搅我们!你要是再不滚蛋,我就打电话叫警察了!这是私人住宅,没有人欢迎你来。你说得够多了,不要再说了!"

奥古斯塔吸了口气,刚要争辩,门砰的一声关上了。

"你怎么能这样!他为……为你们家献出了生命!你们都好好地活着,而他……啊!你们这些自私自利的小人!"

真是一场荒诞不经的闹剧。后来,奥古斯塔经常想起这件事情。那是我吗?那个不顾一切、发了疯似的女人?

她只能退却,回到盐山,回到她自己的家——那个避难所。金发小姑娘深深地留在她的记忆里。她朝她这个方向凝视着,听她说些什么。这件事对她必将产生影响。总有一天。只有这个想法使她得到一点安慰。

盐山不会有人知道这件事情。除了亚当,她没有推心置腹的朋友。现在,她简直要发疯了。啊!她还活着。

分别。有一个如同朱诺①一样雍容华贵的美人,今年五十二岁。她向丈夫宣布:"我要离开这儿了!"孩子们都已长大成人,分家另过,只有他们两个人住在雉鸡坡一幢有六个卧室的法国诺曼底式楼房里。这个地方的景色和西面几英里之外的盐山相似,都是半农业的郊区。房子也和盐山那些宽敞的、价格昂贵的豪宅相差无几。"再好,也像座坟墓。我要离开这儿!"小时候,她就梦想沿着地面飞行,然后腾空而起,引吭高歌。谁都能听见并且赞赏她的歌声,可是没有一个人能解其意。有时候她梦见自己赤身裸体,一丝不挂,蔑视一切,傲然群芳。"因为我喘不过气来。可是为了活命,我必须呼吸。"确实,卡特勒家的空气非常沉闷,不利于健

---

① 朱诺,罗马神话中的天后,主神朱庇特之妻,主司生育、婚姻等,相当于希腊神话中的赫拉。

康。你可以深深地呼吸,但还是吸不到足够的氧气。爬短短一截楼梯,你就会觉得头重脚轻,头晕目眩,就像一个"时间旅行者"①。这是个什么地方?我为什么跑到这儿来了?房子周围都是高高的树木。苏格兰松树,蓝雪松,散发着阵阵芳香进入她的梦乡。她在睡梦中叫喊起来。"亲爱的?怎么了?"丈夫微笑着问——那种迷惑不解的微笑。他在读《纽约时报》商业版。他听见了妻子的叫喊,但是听不清她在说什么。夜里,他们俩同睡一张床的时候,丈夫常常鼾声如雷,或者翻来覆去把床弄得吱吱嘎嘎地响,奥古斯塔便捅他。欧文说:"一会儿就好,亲爱的。"此刻,他正皱着眉头看报,听见妻子在梦里叫喊,还是那句话:"一会儿就好,亲爱的,好吗?"

  这是历史转变的新纪元,是二十一世纪的新开端。一个突然停止又突然开始的新时期。一个探索、合并、不知不觉之中消亡的时期。你可以将饱经风霜的面皮剥掉,换一副新的、赏心悦目的面孔。你可以用激光重新设计梦幻中的美景。丈夫皱了皱眉头,从眼镜上方瞥了一眼。在有的人眼里,欧文·卡特勒还是个英俊的男人,可是在另外一些人眼里,他已经虚肿,肥胖,让人看了就泄气。在盐山,他也算个刚正不阿的男子汉。可是,心里仍然充满浪漫的感情,他经常在大庭广众之下,直盯盯地看着妻子,目光中充满赞美和爱恋。"格西?你刚才说什么来着?"做出这个决定之后,奥古斯塔觉得自己那么勇猛,精神那么振奋。那个独眼男人已经进入她的灵魂。他迫使她不抱幻想,直面人生。那个姓斯维特的女人把她拒之门外。是的,是时候了。"我们结婚多长时间了?

---

① 时间旅行者,时间旅行是一种科学幻想活动,指人离开现在,置身于未来或过去。

欧文。"尽管她已经知道答案,可她还是伸出两只手,扳着手指头一次,两次,三次地计算。在这个十月末,凉风习习的星期日早晨,她在下楼之前,先用冷水擦了一把脸。她大睁着一双眼睛,像圣诞节的灯,亮光闪闪。五十二岁,不算年轻,但也不算老。这个男人不了解她。他只了解她的外表,了解女人的怪癖,了解她如何化妆,爱穿什么衣服,和她不知疲倦的、感情的变幻。已经长大成人的孩子们不了解她,朋友们当然更不了解她。只有这个独眼男人走进她的心灵。奥古斯塔觉得,仿佛一缕阳光穿透头顶的乌云。啊!她还活着。"我们结婚已经三十一年了。到这个周末三十二年。够长了。"丈夫面色红润,嘴很小,很尖,活像鸟的喙。他从半月形眼镜片上方,打量着妻子——一个容易激动的女人,一个对他来说至亲至爱的女人。他五十五岁,高血压,一直服用疗效很好的药控制着病情。裤衩里,生殖器软绵绵地耷拉着,藏在衣服下面,似乎已经萎缩。不知道为什么,他总能感觉到它的存在。想到他的曾经"热乎乎的种子"变成孩子——他的孩子,他就觉得妙不可言。孩子们虽然早已长大成人,离开这个家,但是有的时候,在这幢静悄悄的房子里,他仿佛又听见他们跑来跑去的脚步声、吵闹声、说话声。"格西,什么?什么够长了?"三十一年来,她一直被孩子们"扣为人质"。谁也猜不出她多么怨恨这种生活,怨恨为人妻、为人母的辛苦。身为欧文·卡特勒的妻子,她那日见消退的灵魂犹如掉进烟囱里的小鸟,在禁锢中无望地拍打翅膀。"格西,你在发高烧呢!披头散发,脚上连鞋也没穿,你一定很不舒服!"丈夫做梦也想不到她深深地爱着亚当·贝伦德,想不到她内心深处的激情。他不会知道。他和别人在罗克兰县和州的北部地区合伙经营医疗器械厂。投资虽然不多,但项目是经过严格筛选的。他从小就是个理想主义者,做过那么多神奇的美梦。那些幸福的梦等他睁开眼睛便消失得无影无踪,只留下一阵凄凉和辛酸。在盐山,他是个挺有名望的人物,不管走到哪儿,人们都向他伸出热情的手。他很惊讶,人们居然没有看出他——欧文·卡特勒不过是漂浮在一片空虚中的泡沫,居然愿意和他握手言欢。女人们还能穿着昂贵的高跟鞋,扭扭搭搭走过来,用嘴唇贴贴他的面颊。他从心里感激又不无愧疚。"格西?什么?"他看见妻子嘴唇翕动,但是没有弄清她在说什么。突然,她似乎说起让人莫名其妙的外国话。她的嘴唇平常总是抹得红红的,像个工艺品,现在却薄薄的没有血色。奥古斯塔·菲茨杰拉德十九岁那年,在佐治亚州亚特兰大初进社交界的女人里已是最活泼、最漂亮的人物。可是为了逃脱命运的安排,她很快就跑到北方。现在"命运"就在眼前。一个男人站起身来,走到她的面前,声称她是他的爱。"别,别碰我。我已经对你说过。一切都过去了。"晚秋的凉风吹过夜空,天空仿佛被洗过一样干净。四季常青的松针,穿过夜空落到房顶的石瓦上。丈夫从妻子的眼睛里看到危险、残忍的光,不过他还是壮着胆子碰了碰她。他只想安慰她。他害怕歇斯底里的女人。"不!再也不!"她发了疯地扇了他一个耳光。他无法相信,一身嫩肉的她会有这么大的力量!"格西,求求你!你在发烧。你得病了。"这是正在变得弱小的灵魂的新纪元,又是令人激动的、充满浪漫风情的新纪元。总统和实习医师姑娘。宛如被爱情之火燃烧的朱庇特①和艾奥②。都是些迟钝笨拙、呆头呆脑,而又潇洒漂亮的人物。没有一个凡夫俗子能对他们做出评判。女实习生头戴漂亮的贝雷帽,满脸稚气,得意扬扬,俯身被孩子般微笑着的总统拥抱,亲吻,

---

① 朱庇特,罗马神话中统治诸神、主宰一切的主神,相当于希腊神话中的宙斯。
② 艾奥,希腊神话中宙斯所钟爱的少女。

并且如一颗演艺界的明星粲然升起。还有黑人体育明星和金发美女——他的前妻、孩子们的母亲——悲惨的爱情故事。所有美国人都被这个故事震惊。黑人体育明星潇洒英俊，血气方刚，正值壮年。他那么爱那个金发美女，最后竟把她杀死。他激情似火，差点儿用刀把美女的头割下来。这种男子汉血气方刚的激情，只有少数心智不全的人才会有。欧文·卡特勒通过这件事情认识到，他不会再为情所动。可是内心深处，仍然保留着对"爱情故事"的记忆。他的美丽的新娘身披镶嵌着花边的洁白婚纱。年轻的她爱意绵绵。现在，这位中年妇女却公然斥责他："欧文，我们俩相互之间早就没有了神秘感。我们就像两具涂了防腐油的尸体，躺在这座坟墓里。我再也忍受不了了。"她呜咽地哭了起来。他想给她讲道理，劝阻她。她却像一只发了疯的猪，又踢又撞，用尖尖的指甲抓破他的脸。"奥古斯塔！你他妈的真该死！"他从来不骂人，可是这一次，被这个女人逼急了，一反常态，"大放厥词"。她从他身边跑开，直奔楼上。他震惊、气愤、浑身颤抖，没有追她。他讨厌、看不起，也害怕歇斯底里的女人。哦，盐山村的女人。为了哀悼那个独眼男人，她们一个个变得凶恶而贪婪。贝伦德，这个无赖！一个令人生疑的家伙。死后就更令人生疑了！他——欧文·卡特勒，几乎没有考虑过死亡。如果有人提出疑问，他就吹嘘他对什么都不感兴趣，是禁欲主义者。他在圣公教会教堂受洗礼，相信灵魂不灭。但并不是所有灵魂都可以永不消灭，只有西方文明人的灵魂才可以不灭。他早就立了遗嘱，签了名，密封好，随时可以执行。这份遗嘱不过是那些与他相伴一生的文件中又一份法律文书罢了。他不想放纵歇斯底里大发作的妻子。这样做没有好处。亚当·贝伦德让盐山的妇女们着迷。贝伦德宛如生活在林中空地边缘一头伤痕累累的老象。他不愿意结婚，不想过家庭生活。贝伦德身上有一种特别让人气愤的东西。这个"独眼龙"似乎总是正确的。就连他公然承认自己不对的时候,好像也还是没错。他属于那种把别人都置于错误之中的人。欧文听到贝伦德的死讯之后,嘴里吐出的第一个字是:"好!"如果他真的相信奥古斯塔是这个"独眼龙"的情人……她那暖烘烘的、充满性感的、美丽的身体曾经展示在这个畜生面前……如果她对欧文一直不忠……"不,绝对不可能。"女人喜欢想入非非,不想虚度年华。男人应该理解她们,原谅她们。这些女人好像使了什么魔法,虽然生儿育女,五十多岁,但青春依旧,风韵犹存。她们喜欢夸大其词,愿意搞点风流浪漫的事情也在情理之中。尽管这其实是一种病态。他不会像一条哈巴狗去追奥古斯塔。"让她找我吧!"他用一块纸巾擦了擦脸,惊讶地发现,那道伤痕渗出鲜血。三十年前,他和奥古斯塔的争吵经常升级为格斗,奥古斯塔扑过去朝欧文又抓又打,欧文扭住她的胳膊,让她动弹不得。可是最后总是抱在一起做爱,气喘吁吁。现在,再不会有这种好事了,一切都结束了。贝伦德死了,永远离开了盐山,欧文很高兴。透过一扇精巧的窗户,欧文看见阳光朝他眨着眼睛,嘲笑他把虚幻的生活看得这样重。

楼上,奥古斯塔在穿衣服。她有钱,事实上有很多很多钱。她一直暗中准备有朝一日远走高飞。她可以到机场买机票。"可是,上哪儿去呢?我能到哪儿呢?亚当,请你告诉我。"她像精神错乱的人,眼睛闪闪发光。她不会被自己的幻觉吓倒。孩子们把她当做"人质"。可是,再也不会有这样的事情了。

"亚当,我做得没错,是吧?我必须呼吸。"

如果他允许我爱他就好了。因为只有奥古斯塔知道如何去爱。

格西,亲爱的,我们不能。

她笑着说,废话!

她朝亚当大笑着。亚当似乎吃了一惊。尽管他们经常开玩笑,说些粗俗的俏皮话。他是个性格随和容易相处的人。但是奥古斯塔忽略了他性格中的另外一方面,那就是他对艺术、对雕塑的痴迷,对哲学、真理这样一些古老而又沉闷的东西的追求。他为什么不给她更多的关注呢?为什么不爱慕她呢?奥古斯塔那张美丽动人的嘴巴私下里喜欢和无拘无束的男人,而不是她的丈夫说些淫秽放荡、有伤大雅的粗话。她对亚当开玩笑说:你为什么不操我呢?亚当,只一次,试试看。来吧!他哈哈大笑着,转过脸,避开她的眼睛。可是奥古斯塔看得出,他不但受宠若惊,而且已经心旌摇荡。

你知道,不会只是一次,格西。也不会只是操一下那么简单。

她当然知道!她不该使他们之间的友谊陷入危险。因为和亚当·贝伦德的友谊已经成为奥古斯塔生活中最珍贵的东西。连为人之母的幸福也不如这友谊重要。

六月,亚当死前几个星期,像平常那样,他应奥古斯塔之邀,来卡特勒家的游泳池游泳。那天下午,只有奥古斯塔在家,她又看见亚当毛茸茸的胸膛上烧伤留下的疤痕和脊背上面比较轻的几块伤疤。她第一次壮了壮胆子,问他疤痕的事。因为只有亚当和她两个人,他们可以更亲密一些。在游泳池,她摸了一下那疤痕,觉得亚当微微颤抖了一下。这是童年出了事故留下的疤痕吗,亚当?

奥古斯塔知道,不该问这事,可还是忍耐不住。还有别人在大火里受伤吗?亚当。她突然感觉到一种难挨的想要知道事情真相的愿望,一种为人之母的焦急。可是亚当好像没有听见似的,掉转头向远处游去。从我身边游开,一直游向死亡。

亚当推开粼粼银波,一下一下划着水,露出水淋淋的、十分灵活的脑袋,就像一只水獭,漂游在映入水面的、辽远的天空。奥古斯塔只有一次,谨慎地用过药之后,来到滨河路亚当那幢房子。她满怀敬畏之情,注视着掺和了情人骨灰的泥土。已经是七月末,花园里杂草丛生。蓟长得很高,藤蔓上开着鲜花,一派勃勃生机。阳光明媚,除了秋虫唧唧、鸟儿鸣啭外,花园里一片寂静。炎热,干旱,亚当种的西红柿长得很矮。架菜豆枯萎,似乎染了什么病毒。到处都是蚜虫和日本丽金龟。沿后面的篱笆,向日葵低着"脑袋",长得不像过去亚当精心照料时那么高。生命吞噬生命,亚当曾经这样说。但是人打破了这种循环,因为人有记忆。真是这样吗?所谓记忆真的那么牢靠吗?那不是犹如朝露,阳光下转瞬即逝,终将被遗忘吗?奥古斯塔在花园里慢慢走着。她体态丰满,线条优美,谁都会把她错当成一位很年轻的女人。一个仍然充满渴望、不断探求的女人。她拍打着飞来飞去的苍蝇、小昆虫,越来越气恼,突然哭了起来。哦,真是太可笑了!为什么要来这儿呢?凝望着价格高昂的皮凉鞋下面一踩就碎的泥土,你寻找什么呢?是找那灰白的粉末——早已逝去的亚当·贝伦德?亚当自己也许就在笑她。格西!看在上帝的分上,快回家去吧!亚当·贝伦德是个过分拘谨的人。总是劝告盐山的女人们"快回家去吧",回到丈夫、儿女身边。这个家伙,没老婆,没家,说说当然容易。奥古斯塔完全可以对亚当嗤之以鼻。几年前,她也有情人,虽然不很多,但也有那么几个。她精心挑选的那几个情人都不是盐山的居民,但都是和她社会地位相同的人。这几个男人和她的丈夫都认识,尽管只是点头之交。他们尊敬她的丈夫,当然也尊敬美丽的奥古斯塔·卡特勒。是的,不少男人都曾经插入她柔软的、喜欢感官享受的身体,给她带来快乐。尽管只是断断续续的、飘忽不定的快乐。这些事情,欧文一直不知道。(他是不是猜到点什么?有所怀疑?

有时候,朋友们聚会的时候,他总是直盯盯地看着她。那种古怪的、仿佛因为拥有她而骄傲的目光常常让她害怕,也有点纳闷儿。)

到过花园之后不久,她收到一封信,普通的马尼拉纸信封,收信人写着:奥古斯塔·卡特勒太太。没有落款,邮戳是盐山。里面装着六七张奥古斯塔的裸体照片。这些照片都是奥古斯塔用带三脚架的照相机自拍的。照片上的她模仿马奈的奥林匹亚,做出一个个好看的姿势。她丰腴的胴体肤若凝脂,只戴着一串珍珠项链,秀发上插着一朵花儿,雪白的波斯猫翘着狮子鼻,蹲在她光溜溜的脚边。她把这些照片寄给亚当只是开个玩笑。(也许,不全是开玩笑。她摆的那些姿势很有诱惑力,不乏挑逗,绝对算不上高雅。)他们俩一边看这些照片,一边哈哈大笑。亚当喜欢他的好朋友格西自拍的这些照片,便自告奋勇替她保存。结果他死了。你永远不会想到你的情人会死!后来呢?另外一个女人——他的遗嘱执行人出现了,并且发现了这些照片。信封里虽然没有只言片语,但奥古斯塔估计,一定是玛丽娜·特罗伊寄来的。这种机警、圆滑的做法很符合那位文静的、红头发年轻女人的性格。奥古斯塔非常感谢玛丽娜,因为这些照片倘若落在别人手里,或许会成为讹诈她的"物证"。那样,她就会把自己置于困境,为别人制造丑闻提供了最好的材料。与此同时,奥古斯塔又十分尴尬,甚至觉得深深地屈辱。真该死!奥古斯塔·卡特勒爱亚当·贝伦德关玛丽娜·特罗伊什么事?(她更害怕的是,这个年轻女人知道亚当没有回报她的爱。这才是真正的屈辱。)但是,奥古斯塔毕竟是个宽宏大量的女人。她去了一趟位于市场街的盐山书店,匆匆忙忙买了三百多块钱的书。奥古斯塔热心于爱情故事,只要这些故事乔装打扮成"严肃文学"或者"纯文学"。散文之类的东西激发不起她的想象力,一般小说也无法使她沉浸在浪漫的、色情的遐想之中。这一天,奥古斯塔在玛丽娜的书店里十分失望。玛丽娜一直躲在后面的办公室里没有出来,只有一位年轻姑娘接待她。请你告诉玛丽娜,她的朋友格西向她问好。我很快就打电话请她吃晚饭。可是,不知怎的,奥古斯塔一直没给玛丽娜打电话。她打算过几天再到市场街那个小书店,买些书,后来也没去。夏天过去了,碰巧聚到一起的时候,她总是躲着玛丽娜·特罗伊。一看到那个瘦长的、神情忧郁的红头发女人,她就生气。秋天,听她们共同的朋友说,玛丽娜已经离开盐山,把她那幢房子租了出去,雇了一个经理照料书店。人们谣传,玛丽娜到坎特斯凯尔或者阿狄罗丹克斯去了。因为亚当·贝伦德在遗嘱里留给她一份产业。这个消息对奥古斯塔打击很大,亚当什么也没给她留下。她安慰自己:不要嫉妒,你不了解具体情况。亚当只是可怜她。你才是他真爱的人。

现在她收拾行装,准备远走高飞,心里充满喜悦。从孩提时代起,她就做着这样的美梦! 就连上帝也用慈爱的目光看着她,表示赞许。哦,亚当,我的爱。我一定要到你身边。我发誓。

2

寻找。丈夫寻找妻子,心里充满懊悔,或者看起来是这样。因为妻子歇斯底里大发作,他也许心里还在生她的气。他到卧室找她,不见踪影。于是又到旁边那几间屋子包括她洗桑拿的浴室里找,还是没有她的影子。他到客房里找,又到楼下客厅和自家用的起居室、餐厅、厨房、日光浴室里找,还是不见踪影。他到他自己的书房里找,到地下室、后面的楼梯和橱柜里找,也没有找到。"奥古斯塔?"他喊了起来,"奥古斯塔,宝贝儿?"惊慌的丈夫叫喊着,没有人回答,不会有人回答。共同生活将近三十二年的妻子就这样突然消失得无影无踪。除了那熟悉的回声,房子里一片寂静。就连那声音的震颤,侧耳静听时,也渐渐消失。

第 二 部

……我不会从你手里逃走

第一章

生命不息，战斗不止……

黑 暗 降 临

1

宾夕法尼亚州,大马士革县。我像一个前来朝拜的香客,想发现等待我的将是什么,同时被人发现。

新生活刚刚开始,就让她大吃一惊。帕克诺山里,亚当·贝伦德立契赠予她的那幢房子。她在后面一间屋子里,发现许多没有完成的雕塑。那显然是亚当的作品。她又推开一扇门,猜想肯定又是一间没有家具、摆设的卧室。但是,眼前出现的这个昏暗的"洞窟"里,空气仿佛被时间凝固了一般,光溜溜的地板上乱扔着破旧的报纸,几尊几乎像真人一样大小的"塑像"矗立其间。那是些用金属片、普列克斯玻璃、塑料、铝箔、朽木、干灯芯草、黏土、玻璃制作的粗陋不堪的玩意儿。玛丽娜第一个反应是害怕——这是些活物吗?第二个反应是感激。

"亚当!这都是你留给我的。"

新生活就这样开始了。在这个阳光明媚的秋日,玛丽娜住进这座石头房子。从一个个房间走过去的时候,她虽然漫不经心,但是主人的感觉已经油然而生。而这种感觉在盐山时并不曾有过。

即使一个人待在珍珠北街自己那幢房子里也没有过。宾夕法尼亚州北部帕克诺山脚,这块约四十英亩左右未曾开垦的土地和松林,这幢亚当·贝伦德送给她的漂亮的老房子里,没有任何响声,寂静得像一块要被打碎的玻璃。

"所有这一切都是我的?真漂亮。"

是漂亮。连绵起伏的山岭,郁郁葱葱的松林,几乎每一扇窗户都将远山近水收入眼底。她晕晕乎乎,走过老石头房子的每一个房间,耳朵里隆隆地响着,就像远方有一道瀑布飞流直下,溅起雪白的水花。一切对她都那么新鲜,那么陌生。我的房子。这是爱人的馈赠,唯一的原因是:他爱她。

他一直爱着玛丽娜·特罗伊。那个十年前,因为怯懦、因为害怕、因为对失败的恐惧而抛弃艺术的玛丽娜·特罗伊。亚当·贝伦德爱的是那个玛丽娜·特罗伊。

"当然不是对艺术麻木不仁的玛丽娜。"

现在,她有宾夕法尼亚州大马士革县明克池路1183号所有权的一应法律文书,有房间钥匙,还有亚当留给她的那张他自己画的地图,和一张人名、电话号码表。不过那是好几年前写下的,也许现在已经过时。玛丽娜会自己到镇子里问个究竟。最近的邻居家坐落在那条弯弯曲曲的山路尽头,离玛丽娜的信箱至少也有一英里远。站在这条路上放眼望去,浓密的白桦树林、松树林、橡树林和巨大的泥土色砾石之下,几座房子隐约可见。最近的、可以称之为镇子的"大马士革岔路口",只有四百多人,在玛丽娜这幢房子西面七英里。最近的城市在三十英里之外,坐落在特拉华河岸边。这座城市便是满目萧瑟的东斯特鲁斯伯戈。玛丽娜独自站在这个偏远、美丽的地方,呼吸着清冽的、有一股石头味儿的空气。那空气仿佛从大地深处一口井里升起。她想让自己相信,这一次的决定完全正确。不是为了逃避亚当之死留下的忧郁和绝望,不是为了逃避夜不能寐的痛苦与悲伤,也不是为了从心力交瘁的自我吞噬中解放出来。玛丽娜,去吧。救你自己的性命。我们中的一个已经溺水身亡,这已足够了。

救自己的性命。这就是她来这儿的原因。

"哦,上帝,亚当!别让我垮了。"

她目光明亮,审视这幢房子。房子很老,要想收拾出几个房间舒舒服服过冬,还得花费很大的力气。房子急需通风,打扫。到处都是蜘蛛网,地板上扔着脏兮兮的报纸,软百叶窗帘烂了好几个地方,一缕缕秋天的阳光照射进来,让人觉得有点滑稽。和玛丽娜在盐山那幢整洁、狭小的房子相比,真有天壤之别。到处都是灰尘,几件家具上面苫着污渍斑斑的布单。一截狭窄的楼梯连着楼上楼下两层。浴室很小,水管勉强还能用。厨房很大,按七十年代的样子装修过,现在看起来早已过时。地板上铺着几块亚麻油毡,油毡上尽是污垢和煤尘。玛丽娜试图想象亚当坐在厨房里那张简陋的木桌旁边。桌子正对窗户,他弓着结实的肩膀,凝望远处的群山。可是,只一刹那,想象中的情景便化为乌有。实际上,亚当不常在这儿住。他已经好多年没来过这幢石头房子了,只是雇了一位看门人替他照料。夏天,当地一位房地产经纪人还把它租给来山里度假的房客。

如果这儿没有亚当留下的什么东西,如果找不到和他有关的任何东西,她怎么能耐得了这种孤独的隐居生活?

玛丽娜焦躁不安,很难坐下来安静地歇一会儿。沿 I-80 号公路横穿新泽西州北部地区,已经累得精疲力竭,现在又一头扎进这莫测之地探寻,更让她心里阵阵发虚。她又楼上楼下走了一遍,边走边数共有几个房间。可是就像童话里的小女孩,中了什么魔法,每一次数出来的数儿都不一样。楼上究竟有几个卧室？三个还是四个？楼下呢？宽敞的起居室兼餐厅。大鹅卵石砌的壁炉，日久年深，足有十二英尺长，放得下长长的木头棒子。壁炉的炉膛里堆放的引火柴上像花彩一样结满了蜘蛛网。旁边那个房间俯瞰陡峭的山坡，山坡上砾石随处可见。房间里摆着摇晃不定的书架，书架上塞满了言情小说、侦探小说、"纵横填字谜游戏"以及"编织大全"之类的书籍。墙壁上贴着红得耀眼的壁纸，玛丽娜无法想象亚当能忍受这样的装饰，更不用说选择这种颜色了。这真是一幢陌生人的房子，一幢无法想象的房子。脚下到处是小鸟、老鼠的遗骸，昆虫风干了的壳。一只很大的银灰色的蛾，翅膀上布满漂亮的黑点，仿佛难懂的象形文字。

多么奇怪的蛾！玛丽娜拿起这只蛾，仔细看着。翅膀上有一层闪闪发光的粉末，黑眼睛像云母一样亮。

"亚当，看见了吗？真正的艺术品！"

玛丽娜的情绪渐渐平静下来，打了个寒战，把蛾扔到地上。

她下意识地在衣服上擦了擦手指上的粉末，继续在她的新房子里走来走去。她的房子！她的财产，她的责任。她不愿意承认兴奋和激动的背后正涌动着一股恐惧、焦虑的暗流。她好像又回到早已逝去的少女时代，开始一次新的冒险。不是吗？每一个房间都是一个惊奇。地板在脚下吱嘎响着，仿佛警告她不要轻举妄动。奇怪的是，同样的景色，从不同的窗口望去总会有些许的不同。茹山在哪儿？她以前找到过帕克诺山的最高峰，那是从距离山顶三千英尺的高度望过去发现的。还有一座较小的山峰，"独柱山"。或者是她自己糊涂了，分不清哪座是哪座？藤蔓挡住了窗户和肮脏的窗框，挡住了她的视线。她听见有什么东西从房顶上急匆匆跑过。是松鼠还是老鹰？（帕克诺山里红尾鹰很多。玛丽娜注意到它们在明克池路上空盘旋,好像给她带路:从这儿走!从这儿走!)她侧耳静听,告诉自己,当然什么也没有。

这时候,她推开通往后面一个房间的门。那扇门看起来好像插着门闩,实际上门闩早已松动,不起作用。她不记得刚才匆匆忙忙"巡视"这幢房子的时候,进没进过这个房间。这幢古老的石头房子有许多扇门。有一扇从厨房通往地窖,还有几扇通往盥洗室、储藏室。不过这扇门后面那个房间,玛丽娜先前确实没有注意到。这个房间显然是后接的。玛丽娜壮了壮胆,推开门走进去,不由得倒吸一口凉气——哦,那里面装的都是什么呀?

亚当创作的十分粗糙的美术作品,没有完成的雕塑。这间房子一定是亚当的工作室,不过比他在盐山的那个工作室小,光线更昏暗。暗影重重,像个山洞,散发着一股潮气和尘土味。年久不用,满目悲凉。相互纠缠的蔓藤就像没有遮蔽的血管爬在窗前。尽管秋日的阳光格外明亮,却很少有亮光照射进来。玛丽娜按了一下头顶那盏电灯的开关。灯没亮。这很正常。她还没来得及和有关部门接洽通电的事情。我是大马士革岔路口,明克池路1183号的新房主。请你帮我通电好吗?

玛丽娜怯生生地走进亚当从前的工作室,为自己的好运气而惊讶。总算找到了亚当·贝伦德留在身后的一些东西!看起来,连他自己都忘了。(或者几年前亚当把这幢房子送给玛丽娜的时候就知道,她总有一天会发现这些玩意儿?)她着了迷似的看着那几件雕塑。这几件雕塑和她见过的亚当作品的风格一样,包括那尊雄心勃勃的拉奥孔的雕像。不过,这几件可以说只是一个框架或者草图,即使完成了规模也不大,最多到玛丽娜肩膀那么高。通常亚当已经完成的作品都很高大,气势恢宏。她忍不住摸了摸,玛丽娜自己就是雕塑家。雕塑家必须触摸——她伸出手指触摸着那些扭曲了的废金属、易碎的塑料、铝箔、玻璃纸、镶嵌在泥巴里的碎玻璃。亚当已经多少年没有触摸这些东西了？雕像上落了厚厚的一层尘土。蜘蛛网就像布满尘埃的网眼织物。亚当用这些材料的时候马马虎虎。用铁丝、细麻绳甚至晾衣绳捆扎到一起就算完事儿。有的材料已经脱落下来，掉到地板上。"哦，亚当，瞧瞧你干的这些活儿。"她仿佛听见他表示不同意见：他愿意捕捉生活中那些稍纵即逝的东西，那些可以称之为艺术的、偶然发生的事物。即使那是些蹩脚的或者具有讽刺意味的突发事件。但是仅此一次便注定了它的价值。大多数雕塑家都追求永恒。亚当却认为所谓永恒是对自己作品过高的估计。所以，他一直漫不经心，马马虎虎。看看他这几件作品的状况便可见一斑了。

盐山的朋友一直想从亚当手里"抢救"出他最好的作品。现在，颇具讽刺意味的是人去物在，这些作品比它们的主人"活"得更长。

亚当留在帕克诺山这幢老石头房子里的作品，在普通人眼里自然粗陋不堪，一钱不值。可是玛丽娜·特罗伊对它们却有更深刻的理解。她知道，如果雕塑家坚持下去，慢慢地、一点一点地把它们完成，这些框架或者说草图一定会变成精美之作。有时候，灵感突然从你脑海闪过，每一个构思都有一种意境——艺术家的想象。而这种想象甚至几年后的现在仍然可以变成现实。玛丽娜觉得自己可以揣摩出亚当思想的轨迹，创造出一条条曲线，完成这几件作品。亚当·贝伦德留下的这些雕塑除了是一个个谜团，还会是什么呢？难道不是落入泥沼中的珍宝？

快到傍晚了。九月初这个秋高气爽的日子，距离亚当之死已经九个星期。玛丽娜觉得那仿佛是好久以前发生在远方的事情，她几乎回想不起那一切。她的心平静地跳动着。幸福之感像一缕阳光,从她心头慢慢升起。

"亚当!我可以为你完成这些作品。这也正是我为什么来这儿的原因!"

房子外面,暮色渐浓,玛丽娜从已经结了籽的草丛中走过。萋萋蒿草犹如凝冻了的波浪。苍蝇和蠓虫嗡嗡环绕。她穿着长裤,长袖衬衫。扎人的藤蔓像喜欢纠缠的陌生人和她拉拉扯扯。野玫瑰藏在草丛里。得把它们清除掉,不能让它们在这里疯长。房子前面有一道装着纱门的门廊。木头廊柱刷成暗红色,油漆已经剥落,纱门也已生锈,坑坑洼洼,需要换一扇新的。几根坚韧的、看起来像是紫藤的藤蔓居然穿门而过,很快就会覆盖门廊和窗户,急需铲除。喂!我叫玛丽娜·特罗伊。我是明克池路1183号的新主人,你帮帮我好吗?

那静谧的、宛如波浪凝冻了的草地,野玫瑰和藤蔓多么漂亮!很快就是深秋了,枯黄的落叶把常青的松柏映衬得越发青翠,天空一碧如洗,连金色的云霞也融入一片深蓝。

安一部电话?

她不想安什么电话。

难道她不需要电话吗?

不需要。

万一……

没有什么万一。

这样做是不是太危险,也对自己太不负责任了?一个女人在这样偏远的地方,连一部……

不。

她怕罗杰·卡瓦纳夫给她打电话。他们之间共同的记忆就如

265

肌肤在一起拍击发出的响声。不,不!这个想法让她恶心。夜半时分,从对性的渴望的梦中醒来,无法自持,她觉得两腿之间隐隐作痛。梦中,她被欲火烧灼着,呻吟着,向这个男人敞开凝脂软玉。即使他变成任何一个男人,那男性的身体仍然温暖健壮,雄伟漂亮。她触摸着,爱抚着,亲吻着:快来,哦哦!求求你。醒来之后,她满脸羞涩,激动得气喘吁吁。一个没有情人的女人,对性的渴望如此强烈的时候,做个梦又有什么可耻、可恶、可自我鄙薄的呢?对于罗杰·卡瓦纳夫是否意识到她的感觉,她半信半疑。他也梦见过玛丽娜吗?他们差点儿变成情人。那事几乎就要发生,可却终究没有发生。简直是一幕粗俗的滑稽剧!玛丽娜的脑子里还模模糊糊留着那个荒诞的记忆——荒诞不经!当她和罗杰·卡瓦纳夫像两个一同挣扎的溺水者,在亚当工作室坚硬的地板上搂抱在一起的时候,总觉得亚当正在冷眼旁观,哄然大笑。她知道罗杰永远不会为这个"插曲"原谅她。她也不想原谅他。他们在一起的时候曾经那么别扭。在花园里撒亚当骨灰的时候,他偶然碰一下她的胳膊,她都厌恶地往后缩一缩。不,不!她不是一个没有理性的人。(没有理性的人会这样告诫自己吗?)但她无法忍受罗杰·卡瓦纳夫的触摸。整个夏天,他都在打电话找她。她从他们共同的朋友那儿得知,他经常打听她的消息。罗杰·卡瓦纳夫是个男人,律师。对他而言,打电话是他的意愿不由自主的流露。而他的意愿,一个律师的意愿,是必定要付诸实施的。她知道这一点,又害怕知道这一点。她逃避了他,而且要继续逃避。她从他身边逃走,逃到宾夕法尼亚州,大马士革县。我不需要你。我需要的是亚当。我爱亚当。

她想,他迟早会打听到她的地址。但她现在不愿意多想,盐山的事已经委托别人代为办理。她不在期间,一位名叫莫莉·艾沃斯的年轻女子为她打理书店。玛丽娜想和莫莉联系时，可以去大马士革岔路口给她打电话。她还把附近一位房地产经纪人的电话号码给了莫莉。万一发生什么紧急情况，莫莉可以通过这个电话找到她。莫莉还有玛丽娜在镇子里的邮箱号码。她发誓，绝不把这个号码告诉任何人。玛丽娜还给缅因州的亲戚留下联系办法，以免母亲那里有什么急事找不着她。够了，这就足够了！

玛丽娜又往前走了几步，穿过草地，脚步跄跄地走到石头砌成的井台跟前。她从小就怕这种深不见底的玩意儿，就像升降机的竖井，谁知道会通到什么地方呢？还是不看为妙。住这幢房子，饮用的是地下的山泉水。泉水从泉眼流到这口井里。现在这口井上面盖着沉重的石板，已经不再使用。房子四周还有几间小屋：一个油毡搭起来的小车库，一间用看起来相当结实的原木搭建的客房。一间库房和一间已经坍塌的棚屋。车库里堆满没用的破烂，一台锈迹斑斑的割草机，裂了缝的陶罐，一辆车胎扁扁的自行车。都不是亚当的东西。客房只是一个没有任何装饰的单间。地板上铺着一块编结地毯，已经褪得看不出什么颜色。一个大肚铁炉子结满蜘蛛网，床上光溜溜的，只铺着脏兮兮的褥垫。地板上扔着一只没有鞋带的男孩子的运动鞋。还有一只风干了的死鸟。库房里有一台拖拉机，扁扁的轮胎早已没气了。还有修剪花草树木的工具，上面都结着蜘蛛网。看起来，没有一样东西属于亚当。一个陌生人生活中留下的这些支离破碎的东西，如果不能转换为艺术，就不会引起玛丽娜的任何兴趣。玛丽娜在门廊下面站着的时候，拖拉机后面突然蹿出一只小兽，因为跑得太快，玛丽娜只来得及瞥了一眼，毛乎乎的，像一只浣熊，并不是有很大威胁的野兽。她的心剧烈地跳动着，好像刚刚跑完长跑。她知道，没有必要害怕，可是一个人站在草地上，还是不由得发抖。

四十英亩土地。她的财产。

她的车停在房子旁边的车道上。那是一辆铁灰色的吉普,看起来像辆军车。玛丽娜瞥了一眼,自己都吃了一惊。这辆车是刚买的。因为她觉得在大马士革县,需要一辆更大、更结实的车,所以就把那辆小轿车卖了,换成这辆吉普。一路向西驶往宾夕法尼亚州的时候,公路上大卡车、拖车的轰鸣不绝于耳。她庆幸自己换了这辆结实的吉普,对它的高度也颇为满意。但是她还不习惯拥有这样一辆车,不习惯乍看上去的那种感觉。

"这一切都是我的?"大马士革县的这份产业,这份馈赠!盐山的朋友里很少有人知道这件事情。罗杰·卡瓦纳夫作为律师当然知道,但她从来没有和他讨论过这件事。几年前,亚当第一次和她提起这幢房子的时候,她很生气,心里很烦,不想听他把话说完。虽然亚当完全出于好意,但她总觉得是对自己的伤害。她想争辩:"可是亚当,我爱你!你就不想念我?你怎么能把我送到那么远的地方?让我走整整一年!"从那以后,一想起大马士革这个字眼儿,她的心就隐隐作痛。现在,在这遥远的大山里,在这个美丽的幽居独处之地,渐渐暗淡的阳光像一把镰刀,掠过她的脸和上半身。突然她想,也许当初亚当打算在她离开盐山的一年里,经常来看她,和她一起住在这幢老石头房子里。远离他们那些朋友的监视和流言蜚语。

也许她完全误解了亚当的意思。

她后悔那时候没有追问亚当关于这幢房子的情形。他为什么买这幢房子?什么时候在这儿住过?为什么没有卖掉它?(他有许多分散在各地的产业。房产业主那一栏都写着各不相同的名字。)玛丽娜想起,亚当说过,他在长岛纳塞县居住的时候,曾经来这儿度过周末,来疗养。玛丽娜刨根问底,问他那时候从事什么工作？为什么一直住在长岛？亚当耸了耸肩,模棱两可地说:"没什么大事,玛丽娜。"就像一扇门,轻轻地,但是坚决地在她面前关上了。他似乎提醒她,自己是个被遗忘症折磨的人,对目前的处境心满意足,只有一些特殊的事情尚可唤醒他对往事的记忆。

玛丽娜非常懊悔,她没能唤醒亚当·贝伦德。

也许有女人唤醒过他,但不是玛丽娜·特罗伊。

这当儿玛丽娜一直心烦意乱,绕着这块林中空地慢慢地走着,一直走到仓库那边比较平坦、湿软的地方。松树林从这儿开始向远处延伸。还可以看到很多小树,灌木丛,野玫瑰,欧石楠向这里步步紧逼,争相侵占这块空地。大自然总是在不断地形成,倘若人类放弃对它的控制,大自然就会泛滥成灾。如果玛丽娜不采取行动加以阻止,再过几年,这幢房子、这份产业就会被森林吞没,最终消失在密林之中,被人们遗忘。和明克池路相连的这条车道也同样会被荒草淹没。"这是我的责任,难道不是吗？是！"她突然觉得深受鼓舞,充满信心。亚当·贝伦德送给她这座房子是有道理的。她不能辜负他的希望。

一股浓烈的、令人作呕的气味扑面而来。脚下的泥土松软,到处都是垃圾。还有腐烂的木头,一桶早已凝固的沥青,小孩玩具。一个没头发、光屁股的胶皮娃娃,瞪着一双绿眼睛看她。玛丽娜十分生气,亚当的"前房客们"居然这样糟蹋这幢房子。玛丽娜下意识地捡起那个胶皮娃娃。娃娃面无表情,一双"眼睛"却像宝石一样放着绿光。玛丽娜抠出那双"眼睛",把娃娃扔到地上,仔细察看掌心上那两个玻璃球。这件事看起来怪怪的。她在用画家的眼光观看周围的世界。任何一样不起眼的东西都有可能激发她的灵感:"我发现了这样一些玩意儿,意味着什么呢？"扑鼻而来的臭气分散了她的注意力。她皱着鼻子,觉得一阵恶心。本能要她赶快离开这个地方,可是在好奇心的驱使下,她还是硬着头皮向那一丛丛野玫瑰和灯芯草走去,惊恐地凝视着,啊……那是什么?野草丛中,好像躺着一具赤裸裸的女尸,棕色的头发缠结在一起。

不。是一头死兽。

是吗?兽……一定是头死兽。

玛丽娜心里一阵难过,满眼泪光迷离,几乎什么也看不见。心剧烈地跳动着,好像胸膛里揣了一只兔子。

她又蹑手蹑脚向前走了几步,想看个究竟。当然,不是什么女尸,而是一具白尾鹿的尸体。她不由得舒了一口气。

一头母鹿。已经开始腐烂。肚子和躯干没了,显然被什么食肉动物凶残地撕扯走了。脑袋还在,细长的脖子伸向一边,半张着嘴,那副痛苦的样子和毕加索笔下的死马十分相像。

2

就这样,玛丽娜·特罗伊三十九岁那年,完全出乎预料,而且心甘情愿地一个人住到了宾夕法尼亚州北面帕克诺山里的一幢石头房子里,周围尽是充满原始风情的景物。这幢房子在大马士革县,离大马士革岔路口那个小镇不远。在此之前,她从来没有听说过这个地方。

真是发疯了!她完全是拿自己的生命冒险。

从九月份来这儿,直到年底之前,玛丽娜一直全力以赴完成亚当·贝伦德留下的那些残缺不全的雕塑。事实上,还不应该把那堆破烂称之为雕塑,那不过是些"胚胎"。玛丽娜将赋予它们生命。这当儿,她忽而欣喜若狂,忽而垂头丧气。她是在冒险。她把自己的计划放到一边,而且是无限期地拖延下去,做这件她认为是当务之急的事情。有的早晨,天还没亮,她就从梦中惊醒。灵感突至,心里充满力量和想要马上开始工作的欲望。她只穿件法兰绒睡袍,肩膀上披件运动衫,两个袖子系在胸前,牙不刷,脸不洗,光着脚便开始干活。有的早晨,秋雨敲打着石头房子的窗户,她睡得昏昏沉沉,醒来时憋得难受,就像什么东西压在胸口。似乎是那只黑毛小兽,脑袋像个子弹头,看不清它的脸。但是它把嘴伸过来,吸吮我的嘴巴。它长着小小的玻璃珠似的黄眼睛。为了从睡梦中真正清醒过来,她得把那个毛乎乎的家伙推开。躺在这张不熟悉的床上,眨巴着眼睛望着同样不熟悉的天花板,她大口大口喘着气,好一会儿才完全清醒过来,想自己现在在哪儿?为什么在这儿?

宾夕法尼亚州,大马士革县。一座石头建造的古老别墅,四十英亩高低不平、松林覆盖的土地。偏远、美丽却没有多少实用价值。亚当·贝伦德的遗赠。亚当遗嘱里留给玛丽娜的产业。

遗赠给我的朋友玛丽娜·特罗伊。亲爱的朋友玛丽娜·特罗伊。我死后,她还将活在世上。

她知道在哈得孙河岸边的盐山,关于她会有些什么流言。玛丽娜上哪儿去了?她为什么这样草率行事?玛丽娜深感震惊吗?玛丽娜痛苦哀伤吗?玛丽娜怎么能放弃自己的生活、自己的责任呢?她真的要在那儿住一年吗?为什么?玛丽娜这样想象着,满腔愤怒。她不想说什么,不想为自己辩解。她决心已定,是完全出于自己的意愿做出的这个决定,彻底结束了麻木不仁的生活。亚当曾经用这个词描绘盐山的生活——"麻木不仁"。再也不过那种生活!她把珍珠北街那幢房子租了出去。雇了一个很能干的年轻女子经营她的书店。她不再做亚当·贝伦德的遗嘱执行人,不想再深入了解亚当的私生活。我永记心头的将是我认识的那个亚当。永远不会改变这一点。

玛丽娜一旦完全清醒,走出缠绵不休的梦境,便开始在房子后面的工作室里工作。窗户很窄,外面的藤蔓已经清除,里面的蜘蛛网也已经打扫干净。太阳升起的时候,阳光便从东面照射进来。现在,她的生活已经大大地简化。她觉得自己强壮了许多,心里也轻松愉快。当初来大马士革县的时候,她是想重新捡起二十多岁时就丢开的艺术,一心一意地从事自己的艺术创作。可是现在条件还不成熟,并且"眼下这活儿更重要,刻不容缓"。她觉得是在和亚当争论,她要说服他。她仿佛处于一种惯性之中,不知疲倦地工作。这里面没有自己的创造。她是在修复,是在揣摩主人的意图来完成它。她的想法是,不给亚当那些尚未完成的作品增加任何东西,什么废金属、塑料、碎玻璃、树枝等等,一概不加。

工作室的墙壁上贴着亚当在盐山完成的那些雕塑作品的照片(她带到帕克诺山的为数不多的东西中就有这些照片。因为玛丽娜想把这几张照片带在身边做个纪念)。她经常站在那儿久久地凝视着这几张照片,可是那其中的神秘色彩,就像对她施了什么魔法,几乎让她目无所视。快来呀。深入到我的内心世界。给我生命!

亚当·贝伦德活着的时候并没有被人们当做天才的雕塑家。玛丽娜觉得这简直太不公平了。他的作品应该在各大画廊不断地展出,应该被各大美术馆永久收藏。他如果没有雄心壮志也就罢了!事实上并非如此。亚当像雕塑家劳尔·法克一样,既有天才又有独创性。而亚当居然隐姓埋名,不惜重金买上劳尔·法克的作品供美术协会收藏。毫无疑问,他像劳申伯格一样,具有所谓"美国风格"。而他那几件更为简约的作品像亨利·穆尔[①]的作品一

---

① 亨利·穆尔(1898—1986),英国雕刻家,按自然形体和节奏原则而非几何形体作抽象雕刻,代表作有石雕《母与子》、木雕《两个形体》、铅雕《新娘》等。

样颇具魅力。"但是,没有必要这样看待问题。这是对亚当的贬损。"

随着时间的流逝,亚当的两件作品——照片上再现的作品,对玛丽娜产生了强烈的影响。"大自然的十字架"用非常古怪的扭曲的橡树枝干雕刻而成,底座是造型奇特的岩石。那尊六英尺高的"美国的拉奥孔"则用半透明的塑料雕刻而成。即使在照片上,也栩栩如生,不断变化着色彩。现在,玛丽娜站在这间比较小、光线也比较昏暗的工作室里,想起亚当工作室里那件比真人还要大的塑像,它的表情似乎充满嘲弄和恶意。如果有能耐,你就捕捉我的神韵。但你永远不会捕捉到。

但是,玛丽娜并不直接照搬亚当的任何一件作品。她不!

完成这几件作品之后,如果她觉得和亚当以前的作品不相上下,不至于辱没他的名声,她就打算拿到纽约找一家有影响的画廊展览。她在做一件大胆的、前所未有的事情。这些作品将冠之以"亚当·贝伦德的帕克诺山之作"。人们立刻就能认出,这些雕塑出自亚当·贝伦德之手,并且那又是些全新的、独一无二的作品。贝伦德的作品。那人活着的时候似乎没有什么创造力。真是奇迹。玛丽娜不得不承认自己在这些作品的创作过程中所起的作用。因为不承认这一点,就要涉嫌"伪造"。事实上,她在完成这些作品的时候,像禅宗的和尚那样沉思默想,全神贯注,把自己的思想深深地注入其中。她的理念、记忆、思考、冲动都受着亚当的目光、立场的制约和引领。她带来不少亚当读过的书,利用工作以外的一切时间迫不及待地阅读,并且努力把亚当在下面画了线的段落背下来。那是柏拉图、奥维德①、布莱克、惠特曼和霍

---

① 奥维德,古罗马诗人。代表作为长诗《变形记》。其他重要作品有《爱的艺术》《岁时记》《哀歌》等。

普金斯①的作品。她是否可以从这些作品当中找到她的爱人从未向玛丽娜·特罗伊暴露过的最深邃,最难捕捉的灵魂呢?

> 醒来时,黑暗降临,白昼消失,
> 今夜,我们度过了,度过了
> 难忘的时刻!
> 你的心看见了什么?
> 走过怎样的路?
> 而更加漫长的白日,
> 一定有更多的收获。

重塑亚当这些雕塑的时候,她觉得他的力量贯穿了每一根神经。她不知疲倦,长时间地工作着,只是偶尔意识到,整个生命的力量都集中在指尖。即便偶然抬起头,朝窗外瞥一眼一闪而过的什么东西,或者朝空地、森林以及茹山那边辽远的天空眺望,她也不知道自己到底看到了什么。因为她只是在审视自己的内心世界。手指工作的时候,她也许听见一辆汽车沿着坑坑洼洼的车道向这幢房子驶来,也许听见风中传来一个声音,但是立刻又随风而去。也许看见一个身影(人?还是动物?)在树林边缘一闪而过。但是,她一点也不紧张,也不会因此而分散注意力。

从秋到冬,玛丽娜一直这样工作着。她很快活,并且取得了缓慢的进展。她计划着,集中精力修复亚当的作品,一件接着一件,就像构思一个个谜语。像童话故事中的女主人公面对一个个必须解读的谜,否则就会遭受她不愿意看到的命运的作弄。她慢慢地

---

① 霍普金斯(1844—1889),英国诗人,作品充满纤细的情感,集知识的力量和浓烈的宗教色彩于一体,首创一种接近日常语言的诗歌韵律——跳韵,对后人产生很大影响,诗作有《风鹰》等。

274

完成那些作品,扩展它们的形体,深化它们的主题。碰到意外的困难,就暂时搁下,去搞另外一件。因为她想同时完成这十一件作品。亚当就是这么干的,同时雕塑好几件风格不同、流派各异的作品。

就这样,她忙得晕头转向,有时候,连自己都想笑出声来。直到很晚,她才暂时从那个完全占据了她心灵的人留下的景物与回忆中走出。

夜晚,那个毛乎乎的东西又压在胸口上,口鼻贴着她的嘴巴,一会儿,又紧贴肋骨,吸吮她的乳房。她简直要窒息而死!但是那玩意儿暖烘烘的,给人一种奇怪的慰藉。她真想抬起胳膊拥抱它。它的毛很长,很粗糙。那皮毛的颜色宛如木头燃烧时冒出的烟,随着冬天的临近,颜色也越来越深。

有时候,玛丽娜就站在门廊凝视她加工修复的这些作品。她在这幢老石头房子里发现的那些残缺不全、"发育不良"的雕塑已经成形,开始激发人们的兴趣。

玛丽娜,你自己的作品呢?

这就是我的作品,亚当!

我是说,你自己的作品,玛丽娜。

亚当,这就是我的作品。请你相信我。

厨房里,靠窗户放着一张节疤很多,但挺别致的木头桌子。她坐在桌子旁边,就像好多年前,还是个小姑娘时那样,把些稀奇古怪的东西堆到一起。一只很大的灰蛾,翅膀上斑斑点点,如象形文字一般。老鹰的羽毛,小鸟的遗骸,扣子,小孩玩儿的拨浪鼓,她刚来那天从胶皮娃娃脑袋上抠下来的玻璃眼珠。有时候,她下午才吃第一顿饭,常常狼吞虎咽,一边吃一边对着这些玩意儿沉思。

3

玛丽娜往盐山打的电话都是为了生意上的事情。她每个月给负责照料珍珠北街那幢房子的房地产经纪人打一次电话。每星期一下午六点准时给替她打理书店的那位能干的年轻女人打一个电话。玛丽娜一直固执己见,不肯在那幢老石头房子里装电话。因为,即使电话号码不刊登在《电话号码簿》上,也还是容易接到一些她不想听的电话。在这样孤独寂寞的日子里,我也不想打什么电话。

她曾经含糊其词地答应,给那几位女朋友打电话,但是现在看起来无此必要,也没有这种可能。她们总想给她点"忠告"。(所谓女朋友,不过是些好为人师、热心于"忠告"的角色,不管人家是否需要。)她本该发现自己是在扮演"玛丽娜·特罗伊",而且这"活儿"干得实在不怎么样。

年轻的书店经理莫莉·艾沃斯是个什么时候都不灰心的乐天派。坐落在市场街的那个别致小巧的木结构书店生意"很好"……"天气糟透了,生意做成这样就算不错了。"……"真不错!"……"好极了!"莫莉说,盐山有一位侦探小说家,最近出了一本书,被《纽约时报》评为畅销书。这位作家应莫莉的邀请到书店签了一大摞书,短短几天就卖了三十二本。玛丽娜在帕克诺山遥远的居民点,用付费电话对她说:"棒极了!"她是想给这位比她小十岁的雇员鼓舞士气,想让莫莉觉得她也充满乐观精神,从而不对她格外担心。不过,不管怎么说,莫莉干得确实不错。同样一本书,可以卖出三十二本,也可以卖出两本,可以卖出三千二百本,或者只有一千本。关键看你怎么经营。在市场街,必须"兜售",而不是"销售"。这意味着什么?意味着,我过去的生活已经开始消失,亚当。玛丽娜从小就特别喜欢书,比对美术的热爱更胜一筹。但是,现在连她自己也弄不清楚,对书的酷爱怎么可以和试图或者愿意销售书联系到一起。做买卖,数量便至关重要。数量是销售的意义之所在。如果不是为了大量销售,干吗还做买卖?买卖到底是什么?像苏格拉底一样,亚当就爱提这种人们司空见惯的问题。然而,最难回答的也正是这种所谓司空见惯的问题。

"玛丽娜,你还在那儿吗?"

"是的,莫莉。你的消息真不错!"

"下星期赛莉·贝克要来。就是那个写食品营养的作者。签名售书,会见读者。星期日从下午两点到六点开门儿。我准备些茶点、饮料。"莫莉又连忙补充道,"花不了多少钱,玛丽娜。作者提供食物。"

"莫莉,听起来很好。真希望我也能参加这些活动。"

电话两边,玛丽娜和莫莉都停顿了一下。就连对什么都不怀疑的莫莉·艾沃斯,似乎也满腹狐疑。

莫莉压低嗓门,好像怕被人听见似的悄声说:"有个叫罗杰·卡瓦纳夫的人来过书店。是个律师?我想你认识他,对吗?他总打听你。"

"是吗?"

"是个好顾客。每次来都要买一本精装书。不过,他似乎就是冲你来的。他很关心你。"

"我对你说过,莫莉。告诉他我出远门,就得了。"

"玛丽娜,他知道你出门了。可他想知道你上哪儿去了。"

"告诉他出门就足够了。"玛丽娜觉得因为生气懊恼,脸涨得通红,"我得挂电话了,莫莉。有人等着用呢!"

总有一天他会找到这儿的。他想让我爱上他。可是这种事不会发生!绝对不会!

玛丽娜有时候到大马士革岔路口加油站和汽车修理部外面的公用电话亭打电话。从九月份起,她便成了这个加油站固定的用户。她待在明克池路那幢石头房子里,在亚当的工作室一干就是好几个小时。有时候实在觉得太孤独,太寂寞,就开着车到特拉华河散散心,然后再回来。或者开车到山里,观看奇峰怪石;或者到东斯特鲁斯伯戈购物中心,买生活必需品。她把这种开车远足当做艺术家构思、默想的一部分,同时也需要经常来加油。她知道,在大马士革岔路口这个仅有四百人的小镇,她已经变成人们猜测的对象。"特罗伊小姐"……"独自住在明克池路的那个女人"。她停下车走进电话亭的时候,尽量避开加油站那几个工作人员好奇的目光,就像在一群男人火辣辣的目光下,溜进厕所的女人。

有时候,不想面对男人们审视的目光,她便到县房屋租赁公司打电话。这家公司也在大马士革岔路口。这些年来一直负责照看、出租亚当这幢房子。房主不在期间,公司一直提供服务,还雇了一个看门人。一个名叫贝沃利·贺加的中年妇女,好像是唯一处理业务的经纪人。她态度友好,但是过分自信。公司在农场常见的那种仿红杉木房子里办公。房子前面装饰着许多面小旗,风吹过时哗啦啦地响着,像在拼命鼓掌。玛丽娜心想,这几个月正是旅游淡季,租赁公司一定没有什么业务,停车场除了贝沃利那辆丰田牌小轿车,再也没有其他车辆。贝沃利·贺加是玛丽娜在大马士革岔路口认识的第一个人,给她提供了不少毫无价值的信息(比如,强力推荐的灭鼠剂和杀虫剂的名称)。她坚持让玛丽娜免费使用公司的电话机打区内电话,如果打长途,就用她自己的电话卡。对玛丽娜没有安装电话,贝沃利深表关心,就像她是个固执的小女孩,特别需要一位年纪比她大的女人的关爱。除了过于热情,急于交际,贝沃利·贺加常常浓妆艳抹,香气扑鼻。染得很不内行的灰黄色头发,让玛丽娜不由得想起盐山的某些女人——被寂寞和对性的渴望蹂躏的富婆。她们莫名其妙地被丈夫冷淡,儿女长大成人之后,又个个让她们失望,心里没着没落,总想跟人家说话。这些好心的女人,那么慷慨,那么善良,那么爱关心别人,弄得人家一边结结巴巴道歉,一边把目光移到别处,匆匆忙忙从她们身边逃走。玛丽娜搬进这座石头房子后,贝沃利没被邀请,便开着车来看过她好几次。她砰砰地敲着前门,把玛丽娜吓了一跳。有几次,玛丽娜在后面的工作室里工作,听不见前面的敲门声,她便绕过高高的草丛,去敲后门。"来看看你过得怎么样,玛丽娜。需不需要什么东西?"玛丽娜对她的来访表现冷淡,过后又觉得对不起人家。所以,有时候她宁愿在散发着尿臊味的公用电话亭里打电话。不过玛丽娜心里明白,贝沃利无时无刻不在注视着她在大马士革岔路口的行动。如果玛丽娜不来看看她,不向她道道谢——尽管压根儿就没有什么需要道谢的事情——贝沃利就会生气,觉得自己受了伤害。贝沃利·贺加是这样一种女人,你也许不想和她成为好朋友,但你肯定不愿意和她为敌。

就像此刻,十一月这个秋风萧瑟的下午,贝沃利紧握玛丽娜的手,问:"怎么样呀,玛丽娜?"红塑料边眼镜后面充满同情的目光在玛丽娜的脸上扫来扫去。她的这种关注让人压抑。玛丽娜知道,她正在被这位不速之客牢牢地记在心里。她往盐山打的那些平淡无奇的电话也一定被她侧耳静听,牢记心间了。

贝沃利在电脑上飞快地打字,玛丽娜给莫莉·艾沃斯打电话。莫莉向她报告,尽管天气恶劣,这个星期书却卖得相当不错。随着圣诞节的临近,销售量一定会猛增。玛丽娜挂上电话。贝沃利端着两杯速溶咖啡和家里做的花生奶油蛋糕,放到她的面前,用一种不容置疑的口吻说:"玛丽娜,你要是不来我这儿打电话,我会很想你。可我还是要说,家里如果没有电话,我真没法儿生活,尤其在深山老林。如果我是你,冬天到来之前,一定装上电话。"

玛丽娜喃喃着说:"是。我也许会装。"

"第一场大雪,就会把你封在山里。"

"是的。"

"我们这个社区大家都相处得很好。相互关照。许多人家都是好几辈子的世交了。"贝沃利开始讲寡妇们的故事:她的一位年纪很大的姑妈,一个人住在像明克池路那样偏远的地方……有一次,突然中风。幸亏邻居去看她,救了她一条命。"从露伊莎姑妈的厨房里拨了911。你瞧,她幸亏装了电话,要不然上哪儿去叫救护车!"

"哦,我明白,贝沃利,你说得没错。"

"你不想让什么人给你打电话,是吗?玛丽娜。"贝沃利大睁着一双眼睛,极力做出一副不想介入别人事情的样子,"或许,你是为了逃避什么人才来这儿的……从哪儿来的?"

玛丽娜不置可否,满脸通红,笑着摇了摇头。热咖啡烫了一下嘴,她拿起一块蛋糕,在手指间捏碎。

"你知道,大家都觉得奇怪。我对他们说,一个成年妇女当然有权安排自己的生活。应该享有隐私权。"

"当然。"

"也许为了前夫的事?瞧我妹妹,和她的前夫都干了些什么呀!打来打去,打出个法院'强制令'①。这还是最轻的呢!"

"哦,真遗憾。"

"是遗憾。唉,谁愿意听那些麻烦事呢?"贝沃利冷冷地微笑着,正了正鼻梁上的眼镜,双光镜片后面,眼睛像两条小鱼跳荡了一下,"都是些让人毛骨悚然的故事。男人有两种:一种只想遥控你;另一种神魂颠倒,恨不得杀了你。这就是他们的'爱'。"贝沃利哈哈大笑起来。玛丽娜听见自己也在跟着她傻笑,就像一辆小汽车失去控制,跟在一辆飞驰而过的大车后面行驶。贝沃利狡黠地说:"你接上电视没有?我知道,那幢房子里有台电视机,一台相当好的电视机。"

"是的。"

真有吗?玛丽娜不记得看见过一台电视机。

"不过接收器和你们在纽约地区用的不一样。这儿是山区,得有卫星定位接收器。就像我那个。"

玛丽娜郑重其事地点了点头。这种既古怪又亲切的谈话,双方得有足够的智慧才能交流,而且总是年长的女人教给年轻的女人。玛丽娜眨巴着一双眼睛。她特别累!天不亮就开始干活,然而看着辛劳一天的成果,她几乎绝望。她开始担心,自己是自欺欺人。亚当倘有在天之灵,一定会大失所望。她怎么能以为自己有能力揣摩出作者的原意,修复这些作品?简直是发疯!

贝沃利看见玛丽娜心不在焉,一个劲儿走神,便用她那种快活的、不容置疑的口气把她拉回到自己身边。"玛丽娜!我估计,你是从贝伦德先生手里直接买的这幢房子,没有通过经纪人,

---

① 强制令,法院强制被告从事某项行为或者不得从事某项行为的正式命令。

对吗?"

玛丽娜犹豫了一下。"不,是通过经纪人办的。"

"那么,贝伦德先生是通过新泽西州的中介机构卖的,是吗?我从来没听说过这件事。"

"不是。我想不是。"

贝沃利神秘地点了点头。"他是一位真正的君子,只是有点让人琢磨不透。"玛丽娜没吱声。贝沃利撇了撇嘴,继续说:"听说他过世的消息,我们都大吃一惊。他才五十多岁!"

"是呀,确实……出人意料。"

"过去几年,我们当然没怎么见过贝伦德先生。我估计,他忙得很,有好多地方要去,好多事情要办。他来大马士革岔路口,主要是度周末。他从来不打猎,不钓鱼,冬天也不滑雪。大多时候,他都是一个人来。有一年夏天,他在这儿住了一个月。他是个雕塑家,是吗?"

"对,是个雕塑家。"

"可是他不雕人像。他那些雕塑,你们叫'现代派'。对,是'抽象派'。什么流派,我可说不清。"贝沃利叹了一口气。她一直颇为优雅地、小口小口地吃着蛋糕,蛋糕渣掉在丰满的胸脯上。好像有玛丽娜在场,就不能狼吞虎咽。"你会纳闷,他怎么喜欢这玩意儿?当然,像毕加索那样的大艺术家,可以用这种作品赚钱。"

玛丽娜笑了笑。这样的谈话能谈出个什么名堂呢?她既觉得浑身上下不自在,又看到一丝希望——玛丽娜还不认识亚当·贝伦德的时候,贝沃利就已经认识他了。她或许能提供一点关于亚当的情况。一个更年轻的亚当。日月如梭,那仿佛是许久以前的事情。贝沃利压低嗓门,好像怕被人听见似的说:"这个人生活中有许多不幸,真的! 你看他那张脸。一只眼睛瞎了,可是另外一只眼睛却目光犀利,看得透你的心思。有一次,我直截了当地问他——我有时候喜欢这样向人提问——有没有家,有没有孩子。你猜他怎么说?"

"怎么说?"

"他说,'也有也没有。'"

"'也有也没有'。这是什么意思?"

贝沃利笑着说:"我要是知道不就好了吗?玛丽娜。"

玛丽娜仿佛清清楚楚听见亚当·贝伦德对这个女人说也有也没有。说没有,也许是指他自己没有孩子。说有,也许是指从另外一种意义讲,他也有孩子。

贝沃利一副非常精明的样子,说:"他喜欢狗。"

"他是喜欢狗!"

"他有一条非常漂亮的狗。牧羊犬。是条年纪不轻的'导盲犬'。"看见玛丽娜一脸茫然,不解其意,贝沃利连忙解释道,"'导盲犬'是专门给盲人带路的狗。这种狗只能用几年,年纪大了就退休。盲人只用小狗。所以人们可以弄到年纪大的导盲犬。那是极好的宠物。在东斯特鲁斯伯戈能买到这种狗。贝伦德先生来这儿的时候,常带着那条狗。不过,你知道,这种狗活不长。还不太老就死了。牧羊犬个头都比较大,个头大的狗活得不如个头小的狗时间长。事实就是这样。至于为什么,我也说不清。你知道吗?"

玛丽娜慢慢地摇了摇头。她被贝沃利这番关于狗的议论搞得头晕目眩,就像坐在一辆飞速行驶的汽车里,只能听司机喋喋不休地饶舌。

"如果喜欢上狗可就麻烦了。那是摆不脱的累赘。"

"是的,我知道。"

玛丽娜眼睛微闭，仿佛看见亚当穿着短裤，肌肉发达的腿汗毛很重，晒得黝黑。他蹲在地上，搂着阿波罗的脖子。那条狗贪婪地舔着他的脸。这个想象之中的场景竟让她生出几分嫉妒。她知道，亚当可以把自己的柔情蜜意给他那些狗中的某一条，但却不会含情脉脉地抚摸玛丽娜·特罗伊。

玛丽娜的眼睛突然被泪水迷住。她连忙偷偷擦掉。

这个动作当然没能逃脱贝沃利·贺加的眼睛。也许，她一直千方百计把玛丽娜推向这个情感的旋涡。现在我明白了。你爱他。可你对他的了解不比我更多。你这个自命不凡的婊子！

玛丽娜瞥了一眼手表，希望找机会摆脱贝沃利，赶快离开这儿。山顶之上，一团团破棉絮似的乌云飘过来，空气中散发着霜雪的气味。贝沃利一直把她送到门口，邀请她随时来她家喝杯咖啡，喝杯酒，或者吃顿饭。她家就在旁边。还叮嘱她一定尽快装上电话。玛丽娜喃喃着表示谢意，脑子里却想着石头房子后面工作室里那几件没有完成的雕塑，就像流产的胎儿躺在那儿等待她，责备她不能赋予它们新的生命。

贝沃利用一种怀旧的口吻说："有一次，我带亚当·贝伦德参加一个农场的拍卖会，那是特拉华河岸上一幢很大、很漂亮但已破败的砖房子。他买了些东西。他很有钱。钱包里现金塞得满满的。他买的那些东西里有一样就是这枚戒指。"她把手伸到玛丽娜面前。那是一枚镶嵌在图案复杂的银底座上的紫水晶戒指。她戴在右手中指上，在其他几个戒指中显得格外耀眼。

玛丽娜静静地说："很漂亮。"

"是漂亮。"贝沃利继续举着她那只胖乎乎的手，皱着眉头，面带感激的微笑，端详着那枚戒指，"见过这枚戒指的人都说漂亮。"

为什么坐在这幢渐渐开始喜欢的石头房子里，想不起从外面看它是个什么样子。出去之后,又想不起里面是个什么样子?

为什么我总是迷路?后面那间屋子里的东西总是嘲笑我。

窗外的景色看起来一点儿也不和谐。

茹山已经在云雾中消失好几天了。

一口气憋在喉咙里总也出不来。一到夜里,那个热烘烘、毛乎乎、沉甸甸的东西就压在我的胸口上。湿淋淋的口鼻贴着我的嘴,不停地吸吮。

4

好日子毕竟还有。而且是非常好的日子!

她并不是发了疯才费心劳神地做眼下的事情。她看得很清楚,在过去的十二个星期里,已经有了很大的进展。

她早早地醒来,浑身上下充满力量,心里充满希望,也不乏灵感。她把夜晚的疑虑全都丢到脑后,用凉水洗把脸,对着自己微笑。玛丽娜,亲爱的!亚当充满鼓励的声音在她耳边回荡。她在工作室整整干了一上午,直到下午也没停下。她不灰心,不失望。像一个瞎了眼睛的女人,摸索着前进,可是,渐渐地,这个"瞎女人"找到了路。

身后屋子那边的窗户传来一阵轻微的响声,像人的指甲或者动物的爪子在抓挠玻璃。那声音不大,似乎在试探什么。

玛丽娜?这是谁的房子?

有时候,她正全神贯注地读书,会被头顶传来的响声分散了注意力。地板也不时传来轻微的、吱吱嘎嘎的响声。当然不会有人。

有一天夜里,她听到不远处,从仓库的方向传来一阵说话声。伴着风声。就是风声!最近总刮风。玛丽娜摇了摇头,努力排除这些杂念,但是心里还是不踏实。她一直在读亚当那本帕斯卡①的《思想录》,觉得亚当·贝伦德的心和自己贴得很近,而以前很少有这种感觉。他的声音低沉,有几分神秘,好像在取笑,却又不乏善意。因为一件微不足道的小事给我们以慰藉,因为一件微不足道的小事让我们苦恼。他在这几行字下面画了红线,还在那一页的空白处写了一个"是"! 玛丽娜脸上不由得露出一个微笑。人所有的不快都源于这样一个事实:不肯老老实实在自己的窝里待着。外面传来沉闷的笑声,一个男人的咳嗽声。然后一片寂静。

玛丽娜的眼皮子突然变得非常沉,书从手指间滑落下来,重重地落在她的脚脖子上。她打了一个激灵,醒了过来。

有一天早晨,她终于看见它——夜里出现的那只黑毛怪物。

那个怪物一到夜里便卧在她胸口上。那么暖和,那么有诱惑力。既给她慰藉,又令她窒息。

万籁俱寂。十一月惨白的阳光下,泥土色的砾石映衬出一个剪影般的活物。那是一只斑纹杂乱的大花猫。比普通家养的猫大得多。是一只野猫,两只尖尖的耳朵,扁扁的猫头鹰似的脸,清晰可见的胡须,警惕的茶色眼睛。玛丽娜正在厨房里,便悄悄蹲下来,透过窗户看这只猫。她的心不由得为之一震。风吹着它的毛像层层起伏的涟漪。深红褐色的皮毛摸起来一定像锦缎一样光滑。烟灰色的尾巴像一根漂亮羽毛。它正在寻找进入这幢房子的路。它知道自己需要什么。过了一会儿,这只猫从房子旁边的落叶上走过,发出沙沙的响声。玛丽娜听出就是夜里经常听到的那

---

① 帕斯卡(1623—1662),法国数学家、物理学家、哲学家、概率论创立者之一,提出密闭流体能传递压力变化的帕斯卡定律,写有哲学著作《致外省人书》《思想录》等。

种声音。这只大猫走起路来轻盈灵活,十分敏捷,不像狗或者狼那样一溜小跑,而是用非常优美甚至神秘的动作向前滑行。四条柔韧敏捷的腿,奔跑时脑袋和身体保持同一水平,给人以身子静止不动的感觉。四条腿的动作便像动画片里的猫一样滑稽可笑。黑夜里,它就是这样奔跑的。不过谁也没有看见过。玛丽娜跟着猫,转过一个墙角,来到餐厅一扇窗户前面,连忙抬起头。那只猫眼睛一亮,看见了玛丽娜,连忙掉转头,撒腿就跑,眨眼之间便消失在松树林里。

"真该死!"

那只漂亮的猫来到玛丽娜的门前。可是她竟像傻瓜一样把它给吓跑了。

她在后门台阶上放了一个盛着鸡肉的铝盘。几个小时后,盘子里的鸡肉就不见了。

她给它取了个名字,就叫它"黑夜"。它的皮毛大部分那么黑,即使在明媚的阳光下,这个昼伏夜出的家伙,也给你一种幽灵的感觉。

她似乎正向亚当解释这一点。他皱着眉头,没有明确表态。你没法儿对亚当预测什么。他崇拜苏格拉底。像苏格拉底一样,他的性格中有那么理性、那么明智的一面,为捍卫真理敢于直抒胸臆,发表自己的见解。可是亚当的性格中还有另外一面。而这一面,直到他死后,玛丽娜才有所认识。那是不光明正大的一面,阴暗的一面。他撒了那么多弥天大谎,有那么多谁也不曾料到的财富,那么多拉斯维加斯卡西诺赌场的彩票,俗不可耐、性感十足的女人照片,假名。是啊,这个人用过多少假名?用这些假名都干了些什么?你随便想起一个名字,就是他的假名……

她管那只猫叫"黑夜"。

5

大马士革岔路口邮政局,玛丽娜·特罗伊的管状信箱里塞满了邮件。这些邮件大部分都是转过来的。有一封信的信封上贴着回信地址:卡瓦纳夫律师事务所,赛克广场,哈得孙-盐山,纽约。玛丽娜纳闷,就像我们之中许多人常常感到纳闷那样——为什么律师的名字、地址听起来就像妙语连珠的笑话。

"哦,为什么?"

她匆匆忙忙把这个信封连同别的邮件一起,塞到挎包里或者卡其布夹克衫口袋里。她两颊发烧,就像被人扇了个耳光。这个男人为什么一定要和她联系呢?她已经辞去亚当·贝伦德遗嘱执行人这个差事了。罗杰·卡瓦纳夫又雇了一位助手接替她的工作。因此,罗杰给她写信肯定不是因为有公事要办。

玛丽娜开车回家的路上,一肚子不高兴。她想,如果罗杰·卡瓦纳夫对她紧追不放,那也是对她的报复。他一定要让我爱他,引诱我和他做爱,然后再得意扬扬地把我甩了。我知道。可是事情的发展竟是如此奇妙。玛丽娜回家之后,一样一样打开她带回来的东西,把口袋里所有的东西都掏出来,放在厨房那张桌子上。别的邮件都在,唯独卡瓦纳夫寄来的那个信封不见踪影。

玛丽娜在吉普车里找,在汽车道上找,在门前的落叶里找。她不想看到从盐山寄来的这个该死的信封。也许正因为不想,它竟消失得无影无踪。现在,她觉得内疚,还有几分懊悔。也许她不喜欢罗杰·卡瓦纳夫毫无道理。也许她怕罗杰·卡瓦纳夫。他那双充满饥渴的眼睛总是盯着她。她打他时,他脸上那种受伤害的表情——盛怒之下她竟打了他。哦,她永远不会忘记这一切。真可耻,她竟把粗鄙的、动物性的欲望暴露无遗。她被性欲折磨着,可怜巴巴地抓挠他。她永远不会忘记这一切,永远不会原谅自己。

玛丽娜永远不会找到那个信封。

突然下了一场霜。高高的茅草上,一堆一堆的枯叶上,结了一层厚厚的霜花。空气中增添了几分凛冽。

后门旁边躺着一只被吃了一半的小兔子,肠开肚破,脑袋也没了。玛丽娜刚看见霜花之上的滴滴鲜血时,以为是一只受了伤的小动物爬过林中空地,来这幢房子寻求帮助的。仔细一看,才发现,当然是只猎物,残缺不全的猎物的遗骸。

怜悯之情油然而生。她来不及多想,用一张报纸把那个可怜的小兔子包好,拿到仓库后面,埋了起来。

(然而,那就像一个纪念品。报纸上留下兔子的血迹。那斑斑血渍意味着什么?留在报纸上的血的图案,犹如一篇印在纸上的讲话稿。)

"黑夜",那个食肉的家伙。

"黑夜",给她带来这样一个血淋淋的猎物。

长着一双茶色眼睛的"黑夜",牙齿像刀片一样锋利的"黑夜",食肉的"黑夜",口鼻散发着血腥味,跳到她胸口上的"黑夜",毛乎乎的身体把她柔软的乳房压得紧贴肋骨。"黑夜",她无法抬起手把它从身上推开。"黑夜"让她轻轻地呻吟,呜咽和啜泣无法从嗓子里迸发而出。"黑夜",她怕它湿润润的口鼻,怕它的胡子,怕它紧贴她半张着的嘴巴和干裂的嘴唇。睡梦之中,她怕"黑夜"

吸吮完她赖以生存的氧气。

6

"去呼吸。去看看天空。"

烦躁不安！沿着山路漫无目的地行驶。那些路的名字都很陌生。避开繁忙的高速公路，避开公路沿线的商业区：巴克山滑雪场，帕克诺山度假村，山林汽车旅馆。盘山路直达山下的大河。河岸上，稀稀拉拉的小镇名字别出心裁：丁曼斯渡口，布什凯尔，威尔士城，鞋匠林，回声湖。"这些名字挺浪漫，亚当。"

尽管这些位于交叉路口的小镇从来都不像它们的名字那样浪漫。

她停下车，用宝丽莱照相机拍照片：山，天空，特拉华河。幽幽的河水泛着铅灰色的光。那弯弯曲曲、波浪翻滚的大河就像充满活力的机体，很难深入进去。她出神入迷地看着眼前陡峭的石灰岩山崖。"银线瀑布。这名字取得挺美，对吧？亚当。"不远处有一座磨坊。河岸上还有几座废弃已久的手套厂，针织厂和罐头厂。玛丽娜也都拍了照片。"很美。不是那种一眼看上去就让你心动的美，可是……"

不要管我了，玛丽娜，亲爱的。你知道，我已经是个死人了。

可我没有死，亚当。相信我。

"我嫉妒吗？没有。"

那枚戒指也许根本就不是一枚紫宝石戒指。

狡猾的贝沃利·贺加没有说是。

是挺漂亮。显然是一枚老式戒指，但不会是上个世纪的饰物。

也许玛丽娜错把一块切割得十分精致的紫色玻璃当成宝石了。在农场拍卖会上给贝沃利·贺加买一枚戒指,这倒是亚当·贝伦德典型的做法——他总是一冲动便慷慨解囊。

可是,不管怎么说,玛丽娜还是不想马上再去这家县房地产代办所。现在不想去。

"特罗伊小姐,女士!你好吗?"

你好吗?玛丽娜不知道该如何回答,只好咧咧嘴露出一个微笑。很好!

这一声问候透着一股咄咄逼人、傲慢无礼的气息,拖着一种介于阴阳怪气和性骚扰的腔调。玛丽娜每次开着吉普车到普雷德加油站和汽车修理部加油时,都得摇下车窗玻璃,硬着头皮应对这种事情。小里克走了过来(他的名字印在油腻腻的工作服上),热辣辣的目光,拖着一条瘸腿,大声问候:"加油吗?特罗伊小姐,女士。"

"好的,谢谢,里克。"

玛丽娜只好忍受里克·普雷德这副油滑的样子,除非不来这儿加油。可是到别的地方又很不方便。贝沃利·贺加曾经警告过玛丽娜。她说,普雷德父子就像有特异功能,如果你到别的地方加油或者修车,绝对瞒不过他们。而且他们会千方百计让你感觉到,他们已经知道你的"非法之举"。这就是大马士革岔路口!不管是好是坏,谁都能把对方的底细摸得清清楚楚。

玛丽娜把车开到油泵跟前的时候,里克似乎总是藏在加油站水汽蒙蒙的玻璃窗后面。(她隐隐约约觉得,在她溜进修理车间旁边的公用电话亭打电话的时候,里克也在暗处盯着她。)里克瘸得很厉害,脸上疤痕累累,是烧伤留下的,看起来怪吓人的。有点像亚当的伤疤,只是毁容的程度更彻底。他脸上总是挂着滑稽的、"杰克灯"①似的微笑,露出一嘴被尼古丁熏黄的大獠牙。浓密的黑唇髭和又直又硬的络腮胡子遮住瘦削的下巴。里克从来不急着加油,总要先给你留下一个敏捷、真诚、礼貌周全的印象。他一边咧嘴笑,一边嘟嘟哝哝,手里拿一块破布,卖力地擦拭玛丽娜那辆吉普宽大的挡风玻璃和反光镜,结果在玻璃上留下一道道污渍。他嘴里总是嚼着一大块多汁的什么东西,不时停下来吐出一口棕黄色的口水,而且一副神情专注的样子,然后伸出关节粗大的手,用手背擦擦嘴巴,微笑地看着玛丽娜。玛丽娜想避开他那双眼睛,但是又忍不住要看他一眼。她不知道这个目光炽热的家伙是那个脾气暴躁、沉默寡言的老普雷德的儿子还是弟弟。

有一天下午,里克正给玛丽娜的吉普加油,突然出人意料地说:"我发现,你有时候很爱看我这张古怪的丑脸和这条瘸腿,特罗伊小姐,对吗?所以,我想应当给你讲讲,我是怎么变成这副模样的。"玛丽娜尴尬得无地自容。里克很和善地笑了起来。显然,能让这个女人手足无措,他很高兴。他说,他是大马士革县唯一从海湾战争回来的伤兵。他曾经是海军陆战队的狙击手。海军陆战队狙击手是优秀中的优秀。可是,你得为这个优秀中的优秀付出代价。他已经为此付出,而且还要付出沉重的代价。他的脸植过皮,腿先后做了六次手术。如果玛丽娜认为手术做得不怎么样,那就大错特错了。因为手术前,他的情况非常糟。糟得连他的狗都认不出他了。

里克不假思索,又不无狡黠地问玛丽娜,还记不记得海湾战争爆发的时间。

---

① 杰克灯,把南瓜挖空,雕成人面形的"灯"。

玛丽娜觉得血直往上涌,脑子里一片空白。

十年前?十年多?反正是九十年代。

里克笑了笑,露出一嘴黄牙。"小姐,没有什么不好意思的。没人记得。除了像我和我的战友这样一些倒霉蛋,谁还会记得那场战争?当然还有伊拉克人。我想,他们一定记着。"里克就像一个喜欢恶作剧的男孩,大笑起来。他嚼着嘴里那团东西,俯下身,小心翼翼往靴子中间吐了一口口水,擦了擦弄脏了的胡子,面带微笑地看着玛丽娜。"时间是一九九一年一月三日。"

"已经很久了!"玛丽娜叹了一口气说。

"我想,你猜不出我今年多大年纪。"

这是里克发出的挑战。玛丽娜很不自在地扭动了一下身子。里克看起来既像个小伙子,又像个饱受磨难的中年人。如果在大街上与他擦肩而过,他那张满是伤疤的脸和一瘸一拐的腿,一定会让你觉得他有四十五岁。

"三十?"

里克的嘴角抽搐了一下,露出一丝微笑。"差不多,小姐。你的眼睛挺毒。不过,你可以算出我的年龄。一九九一年,我能有多大。"

"不!你看起来很年轻。"

"哦,我可不年轻。"

里克笑了起来。油泵计数器上的数字不停地跳动着。玛丽娜心里很不舒服,不知道这位里克对她的"讯问"还要持续多久。

"啊,真抱歉,里克,你一定遭受了许多疼痛……"

"疼痛算得了什么,特罗伊小姐。我不敢抱怨。你瞧,我毕竟还活着,很好地活着。可是我的许多亲密的朋友已经不在人世了。"他的嘴角抽动着,好像又要吐口水,但是没有。眼下没有。

"真抱歉。"此时此刻,当然不是一个"真抱歉"就可以表达自己的心情,但是玛丽娜想不出该说什么。她只觉得嗓子眼好像被什么东西堵着,半晌说不出话来。

里克耸了耸肩。"我想,我们这帮家伙是有点飞扬跋扈。那时候,我们的座右铭是:'无论放到哪里,我们都是精英中的精英!'"他停了一下,看玛丽娜对他的豪言壮语会有什么反应。他知道,敏感的女人听了这番话都会本能地退缩。玛丽娜也不由自主地向后缩了缩。"不过,这已经是历史了。"

里克摘下头上那顶肮脏的帽子,使劲拢了拢满头黑发。那一刹那,玛丽娜突然感到一种性的吸引。一种已经消失了好几个月的冲动。这一刻之前,她一直没有意识到这个身穿满是油污的工作服、被战火烧坏了眼睛和皮肤的里克,也是个性感十足的男人。他比玛丽娜年轻不了多少。他也为此而骄傲,总想在女人面前显示显示自己。

加油泵计数器蹦字的速度终于慢了下来。里克神情茫然,此时此刻说起这个话题似乎非常自然。"这个坏毛病是在海湾战争中学会的。那时候,怕打瞌睡,你猜我们这些家伙怎么干?往眼睛里揉烟丝。"他举起手,舔了舔食指,又把这根手指放到眼角。玛丽娜不由得又向后缩了缩。里克轻松地笑了起来。"啊,小姐,现在我再也不会什么都不管不顾了。我不那么干了。"

玛丽娜的油箱终于加满了。普雷德的油价高得吓人。玛丽娜付了钱,里克很麻利地把找出来的零钱交给她。现在,双方都是公事公办的样子。

他似乎是不经意地说:"你住在明克池,小姐,对吗?那幢石头房子。过去是贝伦德先生的房子。你知道,我们普雷德还有一项业务,那就是清扫汽车道。"里克进一步解释说,如果事先预约,每清扫一次积雪四十美元。如果大雪封山时顾客才打来电话请他们去铲雪就是五十美元。里克特别强调说,只有雪积到一定的厚度,普雷德才出动铲雪车。似乎干这个行当的人挺多,生怕人家怀疑他说的不是实话。"我们算过一笔细账,小姐。如果一个冬天,帮你铲十次雪,不事先预约,你就得花五百美元。如果事先约定了,就是四百美元。如果你现在和我们签了合同,这个冬天你在森林里待着就可以安然无恙了。"

一辆小卡车开到玛丽娜的吉普后面等待加油。玛丽娜连忙说:"好主意,里克。我一直就想请你们帮我铲雪。我的汽车道足有半英里长,很难……"

"不,小姐,不会超过四分之一英里。不过那也不能困在山里呀。这种事我见得多了。"里克说。

于是,玛丽娜决定这个冬天雇用普雷德清扫汽车道上的积雪。事后想起,她觉得此举是她做出的诸多明智决定之一。别人也和她一样,在这个冬天里雇用普雷德铲雪。

几天之后,十二月二日,下了第一场大雪。整整一天,大雪夹杂着呼啸的北风。玛丽娜焦急不安地看着窗外,雪花漫天飞舞,雪霰像沙粒一样敲打着玻璃窗,敲打着伫立在风雪中的树木。她祈祷千万不要停电。傍晚,她生着壁炉,手里拿着一本书,蜷缩在炉火旁边,等待着。

半夜,雪停了。积雪不到三英寸。普雷德的铲车没有来。

7

黑暗降临,白昼消失。皑皑积雪又映衬出那只大猫的黑色剪影。玛丽娜站在窗前凝视着它,就像这个小生灵刚刚喊过她的名字。

白天越来越短。一朵白云被一团团巨大的乌云包围着,太阳早已消失得无影无踪。

"如果从来就没有太阳,人类能想象出一个太阳吗?"

如果没有太阳,便只有漫漫长夜。那么可靠的黑夜。"黑夜"。

那个小生灵就在窗外的雪中。因为冬天的缘故,它的皮毛更厚,更油光水滑,竖着两只耳朵,扁扁的猫头鹰似的脸,一双聚光灯一样的眼睛。玛丽娜。玛丽娜!

"我一定太寂寞了。都是幻觉……"

玛丽娜蹲在窗户旁边,一缕头发耷拉在脸上。她从昏暗的卧室溜进旁边那个房间,蹑手蹑脚走到另外一扇窗户跟前,蹲在窗台下面,希望看到那只绕着房子转悠的大猫。如果一不小心,碰了什么东西发出声音,"黑夜"就会消失得无影无踪。

除非什么东西把她从梦中惊醒,它才踩着枯叶鬼鬼祟祟地溜走——房子周围到处是被风吹来的落叶。

玛丽娜经常给这只猫放上几块肉。尽管也许浣熊捷足先登,填了它的肚子。玛丽娜藏在窗帘后面,等着瞧到底是谁大驾光临,但是什么也没看见。至少她在这儿的时候,谁也没有来。可是第二天早晨,铝盘子像垃圾一样被扔在一边,肉不翼而飞,代之以吃了一半的野兔或者松鼠。那些血淋淋的残骸,大多有拳头那么大。更让人称奇的是,所有内脏像做了外科手术似的被掏得干干净净,扔在旁边的雪地上。有时候,玛丽娜看了就有一种想呕吐的感觉,但她总是要看上一眼。她明白,这是"黑夜"送给她的。

在那座通风良好的石头房子的窗台上,玛丽娜收集的东西越来越多。

那只翅膀花纹十分美丽的蛾。小鸟的枯骨,纤细精致如网状织物。掉到地板缝隙里的纽扣。小孩儿玩的拨浪鼓。胶皮娃娃的那双绿眼睛,沾着铁锈色血渍的报纸。血渍形成的图案很像一个星座。除此而外,还有许多一钱不值的小玩意儿。都是偶然被玛丽娜看到,并让她动心的东西。

她就是一只小鸟,用附近找得到的东西给自己搭窝。她就是一只松鼠,贪婪而又足智多谋。

清晨,天寒地冻,一团团哈气从她嘴里飘出。玛丽娜用宝丽莱相机拍下房子后面,"黑夜"给她留在雪地里的那些东西。那些血肉模糊的东西就像冤死在母腹中的胎儿,是对她无儿无女的嘲弄。那些毫无抵抗能力的小动物遭此劫难,惨不忍睹,让人怜悯。玛丽娜眼睛微闭,但还是决心把它们拍摄下来。因为她觉得这种结局很像命运。

白雪皑皑的大地,除了点点血渍,还有野猫的脚印。玛丽娜非常认真地把它们拍了下来。

整个冬天,在这幢老石头房子里,玛丽娜·特罗伊积攒着这样一些东西。她把那些照片摆在窗台上,目的何在?

"黑夜",玛丽娜一直没能给它拍上一张照片。

有一天,玛丽娜到仓库里找雕塑用的材料,发现一箱子发了霉的文件。

那是一个不大的硬纸板箱子,塞在几张破烂的躺椅中间,上面布满了蜘蛛网和耗子屎。大部分文件都是计算机打印出来的一模一样的数字,早已褪色,字迹模糊。是银行的结算单?如果是亚当·贝伦德的,应该有他的名字才对。后来,玛丽娜在另一份文件上看到一个名字:埃兹拉·克瑞恩。玛丽娜觉得这个名字挺熟悉,在哪儿见过却想不起来。一张印着加拿大税务署——非加拿大居民结算清单的文件上方,模模糊糊地印着另外一个很熟悉的名字:塞缪尔·梅伊尔斯。

玛丽娜继续翻那些文件,没有多少让她感兴趣的东西,直到碰巧看见一页撕下来的纸。上面的字迹非常熟悉。

那是亚当的笔迹!无论在哪儿,玛丽娜都能认出。

可是他签下的名字玛丽娜却闻所未闻。

Francis Xavier Brady
Francis Xavier Brady
Francis Xavier Brady
Francis Xavier Brady
Francis Xavier Brady
Francis Xavier Brady

弗朗西斯·泽维尔·布雷迪。

这个名字在一张纸上从上到下写了六遍。

为什么?为什么亚当要签另外一个人的名字?

"亚当?你就是弗朗西斯·泽维尔·布雷迪?……你?"

如果这样,就保守这个秘密。

谁是布雷迪?布雷迪来自何方?亚当不想让我知道。

如果你爱他,就替他保守秘密。

好吗?

玛丽娜把那张纸撕成碎片。但是她将牢牢记住弗朗西斯·泽维尔·布雷迪这个名字,就像亚当亲口告诉她的那样。

8

这天早晨,天气特别冷。玛丽娜把头发胡乱编成一条辫子,盘在头上,用发卡紧紧别好,戴一顶羊毛帽子,低低地压在脑门上。她穿着长裤,裤腿塞在靴子里,卡其布夹克衫,羊毛里子,看起来,一副精明强干的样子。她喜欢把自己打扮成这副不男不女的样子,乍看更像大马士革县开吉普车的小伙子。她开着车穿过小镇,驶上一条高速公路。公路旁边是山林滑雪场。天气好的时候,从公路上就能看见滑雪的人从白雪皑皑的山坡上飞驰而下。他们不怕出事故,不怕受伤。玛丽娜嫉妒这些勇敢、潇洒的陌生人。在玛丽娜看来,生活需要太多的勇气,她没有时间去潇洒。她心里很着急。亚当的雕塑没有多大进展。为什么呢?她真想赶快搞完!她把亚当最好的作品拍成照片贴在墙上。可是这些照片非但没有给她半点儿启发和灵感,反倒让她生出一种被束缚、被威胁的感觉。在这种无形的力量控制之下,她只能模仿。但她不想这样赤裸裸地模仿。这不是她的初衷。

亚当·贝伦德最成功的作品在一般人看来生硬、粗糙甚至支离破碎。可是在玛丽娜眼里,却是貌似风马牛不相及的素材神秘完美的结合。废金属、木头、塑料。有的透明,有的是泥土的色调。有的地方,看似简单的几"笔"却给人以和谐的感觉。表现出一种朴实无华的美,或者有意识要给人留下随意、"偶然"的感觉。但是玛丽娜知道,他的创作过程绝非随意、"偶然"。

玛丽娜来到肖尼人①废品收购站,问那个脖子短而粗的主人,能不能四处看一看。"我丈夫是个雕塑家,让我来找点材料。"她说。主人好奇地打量着她,说:"我们这儿没有雕塑家用的材料。"玛丽娜说:"不是你想象的那种材料,只是来找点儿普通的东西,什么东西都行。"肖尼人耸了耸肩,对玛丽娜说:"那好,想要什么东西,自己去找就是了。"玛丽娜在院子里搜寻起来,感觉到那人正从活动房屋的窗户看她。她努力用亚当的眼睛看周围的世界。这个星期,她屡受挫折,但此刻,沐浴着明媚的阳光,她又充满乐观精神。

正是圣诞节。这个星期,美国人的欢乐情绪不受任何限制。玛丽娜虽然没有心思庆祝圣诞节,而且打心眼儿里讨厌过什么节日,但她仍然感觉到轻松愉快的节日气氛无处不在。就连肖尼人废品收购站也装饰着俗不可耐的花哨,活动房屋的房顶上还坐着一个耀眼的红塑料的圣诞老人。

"亚当,你看有能用的东西吗?你想要什么?"

她从一辆破烂汽车上弄下一块变了形、掉了色的铁皮,一个破碎的车灯,一块脏兮兮的小地毯,一根断裂的变速杆,一块锈渍斑斑的车牌。挂在汽车后视镜上的满是油垢的丘比特娃娃。门把手,球形柄,破镜子。满地的碎玻璃,而且破镜子居多。收购站的主人自称斯蒂夫,走过来问玛丽娜,要不要帮她把这堆破烂儿搬到吉普车上。玛丽娜连忙说,谢谢,不用,自己干得了。她是干得了。新的艰苦的生活,已经把她磨炼得力气大了许多。她问斯蒂夫,要不要给他留点钱。斯蒂夫挥了挥手。"说什么话,夫人。那不过

---

① 肖尼人,美国印第安人的一族,以前住在俄亥俄和田纳西,现在主要住在俄克拉荷马。

是一堆垃圾。欢迎你随便挑,随便拣。""可是……至少应当给你留下五美元吧!"斯蒂夫皱着眉头,往后退了几步,好像玛丽娜得罪了他。不过玛丽娜听到斯蒂夫称她"夫人",也满肚子不高兴。"夫人"之尊,便和她拉开了距离,把她看做陌生人或者旅游者,而不是这个社区的成员。她仿佛听见自己对斯蒂夫说,她和丈夫就住在附近,大马士革岔路口北面的明克池路那幢建于二十年代的老石头房子。她仿佛听见自己(为什么,为什么她要这样做呢?)问斯蒂夫见没见过她的丈夫亚当·贝伦德。斯蒂夫摇了摇头。没有,他没见过。斯蒂夫比亚当年轻,但是像亚当一样敦实,皮肤不好,好像总在掉皮。"我敢打赌,你肯定见过他,几年以前,"玛丽娜说,"他肯定来这儿找过东西。雕塑家亚当·贝伦德。"

"贝伦德?"斯蒂夫皱着眉头很认真地想了想,最后还是摇了摇头,"真抱歉,夫人,没有见过。"

开车回家的路上,玛丽娜心里想,为什么自己这样在意废品收购站老板是否记得亚当?

"我这是怎么了?"

圣诞节前,盐山书店的销售量相当不错……"有时候很火"……"考虑到眼下的情况,还不错。"(玛丽娜纳闷,眼下有什么情况。)莫莉·艾沃斯兴致很高,向她报告说,她一直到下午七点才关门,有时候干到八点。但是,透过她那喜气洋洋的声音,听得出烦躁不安。那声音好像是勉强挤压到电话听筒里的。玛丽娜一直希望这个年轻女人这样热情洋溢是事出有因,现在突然觉得一阵懊恼和失望袭上心头。赔钱了吗?是不是要破产了?书店像盐山村一样,对玛丽娜来说已经那么遥远,好像她身体里已经麻木的一部分,对什么都失去了感觉。但是玛丽娜知道,不管是否能够感觉到疼痛,疼痛仍然是客观存在。她要靠那个该死的书店维持生计。除非很快再找到一条生路。

"那个经常四处打听你的鲁莽家伙,就是那个律师——卡瓦纳夫——不来找你了。这总算一个好消息吧,玛丽娜?"

9

刚过圣诞节,各大仓储商店掀起打折销售的狂潮。玛丽娜也像勃鲁盖尔①笔下那些有血有肉的人物一样,在人群中挤来挤去。为什么这些美国人活得都比玛丽娜·特罗伊更实在?那么多人推着购物车,上面堆满各式各样的商品,赠品。在"大甩卖""亏本销售"的诱惑下,兴致勃勃地买回一堆又一堆的商品。商店里仍然回荡着圣诞颂歌,节日气氛仍然浓烈。一月就是淡季了。不过现在还没到。

玛丽娜身为"一家之主",也喜欢买减价出售的商品。她也无法拒绝那些商品的诱惑。厨房用具降价百分之四十,毛巾、浴巾、女式防水靴降价百分之五十。铲雪的铁锨、捕鼠器、浴帘、内衣、电视机、地毯边角料降价百分之六十。

有我想要的东西吗?有我需要的东西吗?

有时候,在仓储商店,玛丽娜也能看见几个熟人。贝沃利·贺加正在人来人往的通道那边买东西,浓妆艳抹,灰黄色的头发像假发一样光亮。在沃尔玛,她好像看见了比阿特丽斯·艾弗里,不由

---

① 勃鲁盖尔(1525?—1569),佛兰德斯画家,善画农村景色,反映农民生活和社会风情,主要作品有《农民的婚礼》《盲人的寓言》等。

得大吃一惊。当然不可能是比阿特丽斯。她的品位很高,不可能走进沃尔玛任何一个连锁店。玛丽娜还看见几个男人,特别像盐山的熟人。远处,有个女人很像妖艳的奥古斯塔·卡特勒。购物的人群不时挡住她的视线,小孩跑来跑去,一不小心便撞到她身上。圣诞节喜庆的音乐震得她头痛。有时候,她仿佛看见亚当·贝伦德。她凝视着,眼前的景物不停地晃动。亚当·贝伦德似乎比平日里更笨重,在"西尔斯"和壮实的、已是中年的妻子买东西。他们站在一块"大甩卖"的招牌下面,考虑是否要买一块亚麻油地毡。玛丽娜连忙把头转了过去。我是不是太寂寞了?我并不寂寞。在"西尔斯"和灯火辉煌的"墨西哥花园"之间的停车场,玛丽娜看见两个人正在吵架。那个怒气冲冲的年轻人是里克·普雷德,一缕黑色的长发披散到肩头,两撇唇髭,满脸络腮胡子,大红夹克衫,脊背上印着黑色图案(狼或者獾)。不过这个里克·普雷德不瘸,骂起人来,声音又尖又细。和他吵架的姑娘年纪不大,最多十九岁,长得不错,但是一副粗野的样子。她似乎是大马士革岔路口的一位出纳员,玛丽娜和她打过交道。那时候,她的态度挺友好。两个年轻人的争吵逐步升级。玛丽娜从来没跟人吵过架。玛丽娜·特罗伊在盐山属于这样一个档次的人——公共场合从来不会大声说话。现在听着这一男一女的叫骂,不由得大吃一惊。从来没有,以后也不会有人跟她这样说话。"你这个婊子……""该死的家伙,你不能……""听着……你!""你听着……""操你,走着瞧……"玛丽娜站在吉普车旁边,掏出钥匙慢慢地打开车门,无法把思想集中起来。她没戴手套,手指光溜溜的,冻得生疼。天气很冷,脚下的泥土和积雪冻结在一起,比铁还硬。林荫道上,圣诞节的灯火辉煌耀眼。灯火之上,是晴朗的夜空。那天下午,玛丽娜开着汽车到特拉华河。她在河岸边走来走去,待了好长时间,拍了不少照片。回家的路上，心血来潮，在东斯特鲁斯伯戈林荫路停了下来。她没什么事，不急着回明克池路自己那座阴冷而荒凉的山庄。结果，出乎预料，站在这儿听人家吵架。那两个满口脏话、怒不可遏的年轻人她都不认识。玛丽娜站在小伙子能看得见她的地方，一边朝他那个方向张望，一边在心里告诫自己：别管闲事。小伙子已经拧着姑娘的胳膊，把她逼到一辆汽车跟前。姑娘一边哭一边扇了小伙子一个耳光。玛丽娜觉得姑娘这样做很危险，一定会激起小伙子更大的愤怒。这是玛丽娜很少看的那种电影或者电视里的镜头。但她还是壮着胆子走了过去。"对不起，出什么事儿了吗？"她的声音听起来很镇定，"你们干什么呢？"小伙子转过脸。这张脸和里克·普雷德那张粗俗不堪，但男人味十足的脸很相像。看到有人出面干涉，他十分生气。"和别人无关，太太。你他妈的最好管你自己的事儿吧，太太。"他恶狠狠地说着，充满讥消。

　　玛丽娜的心激烈地跳动着。她还从来没碰到过这种事。但是她不能袖手旁观。她问姑娘："他打你了吗？"姑娘突然放声大哭，从那个穿红夹克衫的男人手里挣脱，朝玛丽娜跌跌撞撞地跑了过来。小伙子一边恶狠狠地辱骂，一边追了过来，可是只走了几步，就停了下来。林荫道上有保安，他不想惹麻烦。

　　姑娘求玛丽娜："太太，你能让我坐你的车，赶快离开这儿吗？"她满脸通红，沾满泪水，一双离得很近的眼睛被睫毛膏染得一塌糊涂。她气喘吁吁，头发粘在脸上。玛丽娜纳闷，她和那个怒气冲冲的小伙子是不是小两口。

　　我在干什么呀，这是个错误。

　　可是亚当从来不会为了自己的利益瞻前顾后。他也非常勇敢。

玛丽娜打开吉普车,姑娘爬了进去。玛丽娜的手颤抖着,好半天才把钥匙塞进锁孔,转动着,发动引擎,把车开出停车场。年轻人在后面大声叫骂。婊子!狗娘养的!完全是电视里的镜头。玛丽娜不知道这件事会如何收场。事后想起来,她当时既激动,又冷静。也许是不恰当的冷静。可是,在那种情况之下,怎样行事才算恰当呢?那个身穿大红夹克衫,满脸胡子的家伙一直跟在吉普车后面愤怒地比比画画,两只手一会儿握住,一会儿松开,因为愤怒,扭歪了一张脸。玛丽娜匆匆忙忙沿着停车场入口的那条路向前行驶,吉普颠簸着,不时撞到马路牙子上。红绿灯仿佛在眼前旋转。她还没弄清怎么回事儿,就闯了红灯。现在,她已经上了县里的高速公路。一个陌生人——一个哭哭啼啼的姑娘,坐在身边。那个姑娘嘟哝着:"我恨他!恨他!恨他!"还不停地用拳头敲打着自己的大腿。玛丽娜表示要送姑娘回家,可是她好像没听见似的,只顾自己说下去:"那个混蛋,他只想伤害我,折磨我,太太。不管什么事儿,错的总是我!真希望我们俩都死了!"

玛丽娜漫无目的,只是开着汽车往前走。面对这个激动不已的姑娘,她不知道该说什么,该做什么。她似乎是向南,朝东斯特鲁斯伯戈开,和大马士革岔路口的方向正相反。已经七点多了。这个抽抽嗒嗒的姑娘在车里占了那么大的地方,就像一个巨大的婴儿,屁股肥大,面如满月,泪光闪闪。头发刚刚烫过,穿一条名牌牛仔裤,裤腰下面钉着商标的铜牌。上身穿一件俏丽的浅黄褐色仿鹿皮夹克,敞着怀,露出廉价的黄羊毛套衫。套衫紧紧箍在身上,凸现出丰满的乳房。两只耳朵沿耳朵边戴着一溜亮光闪闪的耳钉。左眉上还镶着一粒小小的珍珠似的东西。她浑身上下散发着香烟味,发胶味,啤酒味和女人身上那股特有的气味。和情人的争吵好像突然之间把她从梦中唤醒。她大张着鼻翼,一双眼睛瞪得老大。玛丽娜听得见她呼哧呼哧的喘气声。

玛丽娜又一次问她去哪儿？那姑娘和刚才一样，好像压根儿就没听见她的问题，仍然愤愤不平地说："他欺侮我！那个混账。你都看见了，太太！我有证人。他没有权利这样对待我。"

玛丽娜问道："他怎么欺侮你？"

"千方百计欺侮我！什么手段都用上了。"

"我们去警察局好吗？我是不是应该停下车报警？"

姑娘转过脸看着玛丽娜，吃惊地说："哦，天哪！不，太太，不能报警，"她用一种厌恶的口气说，"他就是警察，看在上帝的分上。他的哥们儿也是。"

事后，玛丽娜静下心来想，他要真是警察，就一定会记下我的车牌号。如果愿意，他就能找到我。可是那阵儿，除了身边这个哭哭啼啼的姑娘，她什么也没想。

她们终于在一家饭店门口停了下来。姑娘想先洗把脸，再打个电话。

饭店挺大，大部分顾客都是年轻人，闹闹哄哄，摇滚乐震耳欲聋。灯光明亮，就像一个大舞台。她们被领到后面一个角落的"火车座"里坐下。玛丽娜一直没弄清姑娘家住哪里。她只告诉玛丽娜，她叫罗伦尼，别的就不肯再说了。"你看起来不像个社会工作者，太太，对吗？"她咬着大拇指指甲，皱着眉头，白皙的皮肤面团似的皱皱巴巴。"像是……县里的公务员？"

玛丽娜笑了起来。"不，不是。我只是个幽居独处的普通老百姓。"

"你好像不是住在这一带吧？"

"我就在这一带住。离大马士革岔路口不远。"

姑娘满腹狐疑地摇了摇头，好像从来没听说过大马士革岔路口这样一个地方。"你的口音不像这儿的人,看起来也不像这儿的人。"

"我原先住在缅因州。"

"缅因州!天哪!"姑娘笑了起来。在她看来,缅因州是外国,或者是加拿大的一个省。她说:"你帮了我大忙,实在是太感谢你了!太太。"

"叫我玛丽娜。"

罗伦尼皱了皱眉头。对自己的救命恩人不愿意直呼其名。就像你对自己的高中老师不愿意直呼其名一样。总觉得那样做不合适,让人不好意思。

她有点狡黠地说:"玛丽娜……这个名字很好听。"

"罗伦尼也好听。"

罗伦尼耸了耸肩,做了个鬼脸。"哦,真该死!"似乎在说,你用不着恭维我,太太,也用不着对我好,真的!

罗伦尼上卫生间去了,走了好大一会儿。玛丽娜要了两杯咖啡。她把胳膊肘放在桌子上,冰凉的手托着热乎乎的面颊,身子向前靠着,有点儿颤抖。不远处,亚当·贝伦德正在看她。如果定睛细看,就不见他的踪影,可是用眼角的余光就能看见。他是不是很惊讶,是不是困惑不解?纳闷儿玛丽娜怎么跑到这儿了?怎么会在宾夕法尼亚州东斯特鲁斯伯戈城外这样一个人声喧闹的地方?和他有什么关系吗?怎么会和他有关系呢?不过她知道,亚当肯定为她高兴。他喜欢玛丽娜也能这样"见义勇为"。

罗伦尼从卫生间回来,挤进"火车座"坐下。她已经洗了脸,擦干净弄得到处都是的睫毛膏,但是一双亮晶晶的小眼睛依然红红的。她那张脸有点虚肿,薄薄的嘴唇红得发亮,看起来就像一个成熟的十七岁的少女,又像一个不成熟的二十七岁的女人。她耳朵上那圈儿亮闪闪的耳钉和左眉上那粒小小的珍珠,在玛丽娜看来颇具吸引力。淡黄色的头发呈波浪形垂过肩头。她不时用有点夸张的动作,把耷拉到脸前的头发撩开,拢到脑后。她的眼睛亮光闪闪,瞳仁很大,玛丽娜怀疑她在吸毒。或者只是现在过分激动、焦急的缘故?玛丽娜突然觉得心头一阵悸动,仿佛正面临危险,而且不由自主地被那危险吸引过去。

女服务员给她们送来咖啡。罗伦尼把两小包糖都倒到她的杯子里,抽了抽鼻子,在夹克衫口袋里摸索着找纸巾。玛丽娜从一小包已经打开的舒洁纸巾①中抽出一张递给她。罗伦尼像个听话的小姑娘,接过来擤了擤鼻子,笑着说:"你知道吗?太太。我的生活好像要发生一种变化。从今天晚上开始,我就是这样想的。"

"很好,罗伦尼。难道不是吗?"

"我得好好想想!我需要想一想。"

罗伦尼滔滔不绝,兴高采烈地谈她的新计划。是制定新计划的时候了。她曾经让那么多人失望,现在觉得非常内疚。"今天晚上,你,太太"让她有了新的想法,她感激万分。从她的言谈话语中,玛丽娜听出,她结过婚,后来又离了,或者分居了。似乎还有个小孩,一位亲戚替她照看着。玛丽娜还想问点什么,罗伦尼突然说:"我现在要做的是,打个电话,太太。这就是我要做的事。"她显得既兴奋又紧张,"我得打个电话。如果打通,就会有人来接我。"她犹豫着,好像等待玛丽娜的允许。

玛丽娜说:"快去打吧,罗伦尼!这主意不错嘛!"

罗伦尼擦了擦鼻子,有点难为情地说:"我好像没零钱。"

玛丽娜给了她几枚二十五美分和十美分的硬币。

---

① 舒洁纸巾,全球最知名的纸巾品牌之一。

罗伦尼说:"谢谢,玛丽娜!"脸上荡漾着灿烂的微笑。她能一下子就把满面愁容一扫而光。玛丽娜心想,难怪男人会被她吸引。

罗伦尼走了大约十分钟。回来的时候摇着头,一副大失所望,躲躲闪闪的样子。她说,她要找的人不在。"我坐公共汽车到我要去的地方,明天才能走。但是得先给他们打通电话才行。"

"你要上哪儿去?也许我能开车送你。"

罗伦尼摇了摇头,没有看玛丽娜那双眼睛。她不相信我。为什么不相信呢?"用不着,我坐公共汽车去就行。"

"你上哪儿坐公共汽车呢?东斯特鲁斯伯戈?"

"哦,哪儿上都行。"罗伦尼有点儿不高兴,含糊其词地说,"还得打个电话。"

她们俩都有点尴尬。玛丽娜知道罗伦尼在冷落她,但还是微笑着掏出几美元递给罗伦尼。因为刚才那点儿零钱她都花光了。罗伦尼嘟哝着道了谢,又从"火车座"挤出来。这个骨架很大的漂亮姑娘,秀发飘飘,左眉上那颗珍珠闪闪发光。她又走了大约十分钟。玛丽娜啜着咖啡,全然不管咖啡因会让她兴奋得一晚上都睡不好觉。她朝四周瞥了一眼,心一下子停止了跳动。里克·普雷德走进饭店。不,不是里克,是刚才对她大声叫骂的年轻人。不,也不是那个年轻人。是个陌生人,满脸黑胡子,一缕缕黑发垂在肩头。不过身上穿的不是大红夹克衫。是一个肩膀窄窄的高个子男人。玛丽娜以前从来没有见过。

罗伦尼再回来的时候,微微颤抖的手指间夹着一支没有点燃的香烟。"刚才和前面那个家伙要的,"她笑着说,"天哪,我这个人真操蛋。这里面大概不准吸烟。"她又挤进"火车座",脸色红扑扑的,好像刚刚跑完步。她又笑了起来,用皱皱巴巴的餐巾擦了擦鼻子。"我可以从……比如,从东斯特鲁斯伯戈坐公共汽车。明天早晨。"

"到哪儿的公共汽车?"

罗伦尼嘟哝了一句,好像是到匹兹堡。她的嘴唇似乎动也没动。

"匹兹堡?你在那儿……有亲戚?"

"哦,有几个亲戚。"罗伦尼抬起一双眼睛,很坦率地看着玛丽娜,似乎在说:你瞧,我没撒谎。

玛丽娜问罗伦尼有没有坐汽车的钱。罗伦尼耸了耸肩,不好意思地喃喃着说:"用不着。"或许是说:"我也不知道。"在座位上忸怩了一会儿,又说,"看情况吧。如果能打通电话,就不需要了。"

她总是这样含糊其词,玛丽娜不知道如何是好。不过,她不想抓住这个话题不放。"好了,你需要多少钱我都可以借给你。"

罗伦尼凝视着自己那双手,脸颊泛起两朵红云。她的指甲染过,可是褐紫红色的指甲油已经开始剥落。她的两只手上戴着好几枚戒指。她摇了摇头,似乎不想谈这个问题。"我不想接受别人的施舍。"

"不是施舍,罗伦尼。是借给你。"

"太太,你真好。那么善良。我想,你可没指望我还你钱,对吗?"

"叫我名字,玛丽娜。"玛丽娜微笑着说。

"好的,玛丽娜。"罗伦尼也努力做出一个微笑。

这当儿,罗伦尼一直拢着头发,不时朝玛丽娜身后瞥一眼。那双离得很近的眼睛不停地转动着,就像落入陷阱的野兽,烦躁不安。玛丽娜想把她的注意力吸引过来。但她还是一副心不在焉的样子,没把心思放在她们的谈话上。此刻,和这个姑娘谈话,就像往山坡上推一块巨石,何其艰难。可是玛丽娜不会轻易放弃。

"那个男人,就是威胁你的那个家伙,是个警察?"

罗伦尼直盯盯地看着玛丽娜,吓了一跳。"谁说的?"

"你说的呀!"

"对,是我说的。真是活见鬼。"

玛丽娜无法理解罗伦尼为什么这样说话。罗伦尼皱眉蹙眼,充满稚气的脸现出一副苦相。

玛丽娜说:"你没嫁给他吧?"罗伦尼一脸嘲讽地笑着说:"嫁给他?除非太阳从西边出来。"玛丽娜说:"如果他威胁你,你可以去告他,法院可以对他发出'禁制令'。"玛丽娜说话的口气很坚定,实际上,她对这事儿并没有把握。

罗伦尼轻蔑地哼了哼鼻子。"'禁制令'!'禁制令'还能管得了像他那样的家伙?知道他们是些什么东西吗?太太。臭狗屎!"

看到罗伦尼那副恶狠狠的样子,玛丽娜不由得往后缩了缩。她问罗伦尼要不要再喝杯咖啡。罗伦尼生气地说:"不,谢谢!"话音刚落,又说,"好吧,来一杯也行。"女服务员走了过来。玛丽娜吩咐她再送两杯咖啡。她清楚地感觉到,罗伦尼正生着闷气等她做点儿什么,或者发生点儿什么事。她既焦躁不安,又神情冷漠,不时舔舔嘴唇,把卷曲的头发从眼前撩开。玛丽娜从对面墙上的镜子里看见一个四十岁左右的男人,头戴棒球帽,穿一件风衣,没有拉拉链。那人从"火车座"旁边走过去的时候,直盯盯地看了罗伦尼一眼。看起来,他并不认识她,只是被她所吸引。他的目光从玛丽娜·特罗伊身上掠过,就像根本没她这个人。

玛丽娜说:"帕克诺山村的景色真美。只是现在变得太发达了……"

罗伦尼凝视着玛丽娜,好像什么也没听见。玛丽娜热情洋溢的话像气球一样慢慢地向她飘过去。"发达……是的,我没太注意。"女服务员端来咖啡。罗伦尼又往她的杯子里倒了两小包糖。"记不得以前是什么样子了。"

"你一直住在这儿?"

罗伦尼把咖啡端起来送到薄薄的嘴唇边。咖啡热气腾腾,她就急着要喝。她心不在焉,好像在问:住在哪儿?嘴里却喃喃着:"是,我想是。"过了一会儿又笑了起来,说,"不,只住了几年。"犹犹豫豫,欲言又止。

玛丽娜说:"我住的大马士革县,山很多,风景很美,但是很偏僻。我家门前的汽车道也没铺柏油。"

罗伦尼带着毫不掩饰的轻蔑说:"如果有地方住,干吗在那儿住呢?我是说,一年四季住在那儿,真没法儿想象。如果是夏天,度度假倒无所谓。冬天也可以滑滑雪。可是就那么在山里住着,天哪!"她气喘吁吁地笑着,对玛丽娜打了个手势,意思是她并不是小瞧她,或者成心跟她做对,只不过"实话实说"罢了。

玛丽娜有点儿拘谨地说:"那幢房子是朋友留给我的。一座很漂亮的房子。"

罗伦尼一下子来了兴趣,抬起头问:"哦,是吗?谁留给你的?"

"一个男人。他过去跟我的关系非同寻常。"

罗伦尼大睁着一双眼睛,不无同情地说:"唔——唔!'过去'。我想,他已经过世了?"

玛丽娜点点头。过世。她感谢罗伦尼用这个委婉的词说出那个可怕的事实。

罗伦尼抽了抽鼻子,用责备的口气说:"我父亲也过世了。那是两年前的事。嗨,我怎么这么操蛋,跟你说这事。他得的是肺癌,后来扩散到脑子里。病得真不轻。你知道,父亲没给我留下什么。穷人嘛,能留给女儿什么?"罗伦尼举起那支已经被她有意无意捏得皱皱巴巴的香烟。

玛丽娜说:"真抱歉,罗伦尼。请你接受我对令尊的哀悼。"

罗伦尼不好意思地说:"哦,没什么,他已经死两年了。"

"你一定还很思念父亲吧?"

"你呢?还很思念你那位朋友,对吗?你们俩在恋爱?"

"是。"

罗伦尼突然之间不再粗鲁,而是那么坦率,坦率得像个孩子。玛丽娜感谢她的真诚。她微笑着,没有让自己流下眼泪。一张脸因为激动而发烫。没有人对我这样坦诚,好多年都没有了。

罗伦尼俯身向前,头发遮住了半个脸,好奇地问:"他出什么事了?玛丽娜。"

玛丽娜静静地说:"他死了。去年夏天,在哈得孙河的一场事故中不幸身亡。"

真怪,她居然可以这样平静地和一个陌生人谈论亚当的死。好像那只是时间长河中一朵平淡无奇的浪花,一个无关紧要的故事。

"是因为游泳,还是因为划船?"

"那是一条漂亮的白色小帆船,"玛丽娜说,突然激动起来,泪水迷住眼睛,心在痛苦地颤抖,"他跳到河里救一个落水的小女孩儿。从当时的情况看,他有点儿莽撞。别人也在救那个小姑娘。可是亚当,一定要成为'别人'中的一个,尽管他有病。结果就那么死了。"

"哦,天哪!你当时也在现场?都看见了?"

玛丽娜捂住脸,让自己平静下来。

罗伦尼做出一副善于面对损失,并且不怕谈生活中苦难的样子,连忙说:"真惨,玛丽娜。一定非常可怕,他多大年纪?"

玛丽娜犹豫了一下。"也就是我这个年纪。"

她知道,罗伦尼一定在心里飞快地估算她的年龄。一个三十多岁的女人,可以看起来比实际年龄小,也可以比实际年龄大。

玛丽娜不想让这个没有耐性的年轻女人把她的亚当想成一个老头子。

后来,她想,对她而言,我当然也是长者。属于上一代人。

玛丽娜擦干眼泪,把话题转到一些更为实际的事情上来。罗伦尼该怎么办呢?玛丽娜觉得对这个姑娘有一种责任感。就像一位老大姐。她又提起坐公共汽车到匹兹堡找亲戚的事情。还表示要"借给"罗伦尼五十美元。罗伦尼拒绝了她的好意。玛丽娜却一定要"借给"她。后来,罗伦尼只好妥协,虽然很不好意思。"哦,好吧。不过,我是一定要还的,玛丽娜。给我留个地址好吗?"她微笑着说。微笑中不无苦涩。眼睛里充满感激,也不无气恼。玛丽娜从钱夹里取出两张二十美元和三张五美元,又加了十美元。她很为自己的慷慨解囊而兴奋激动。拿起一张没有用过的餐巾纸,仔细地写下她的地址:

玛丽娜·特罗伊

R. R. #3　139 **信箱**

大马士革岔路口,PA 18361

罗伦尼好像生怕被人看见,从玛丽娜手里接过钱之后,数也没数。然后把餐巾纸小心翼翼地叠好,和钞票一起装进仿鹿皮夹克口袋里,用几乎听不见的声音喃喃着:"谢谢!"

玛丽娜说:"可你今天夜里怎么办呢?罗伦尼?如果明天早晨之前没有车,你上哪儿过夜呢?"

的确是个问题。罗伦尼的目光变得茫然。

"还得试着打这个电话,"罗伦尼说,突然之间又活跃起来,"打通就好了。"

你可以去我那儿住,罗伦尼。

我知道你不愿意。可是,你真的可以和我一起住。

她们的目光相遇。罗伦尼满脸通红,把头转了过去。两个人又有点局促不安。罗伦尼急着去打电话,可是从"火车座"挤出去的时候,似乎又极不情愿。她的一双小眼睛又黑又亮,身上散发着一股汗味和香水味。她走到玛丽娜身边,很动情地俯下身,喃喃着说:"谢谢,玛丽娜!"然后在玛丽娜的嘴角使劲吻了一下,就走了。

玛丽娜坐在那儿一动不动,似乎被电击了一下。

她的脑海里就像有许多只蛾,紧张不安地扇动着翅膀。那个吻在她的嘴角留下火辣辣的感觉。

事后想起这个让人困惑不解、无法连贯起来的夜晚,玛丽娜的心情很平静。当然,为什么要大惊小怪呢?可是当时,她非常懊悔。她全然没有想到那个自称罗伦尼的姑娘走出东山饭店,就再也没有露面。事实上,她一直眼巴巴地盼望罗伦尼回来。她不时瞥一眼对面墙上的镜子,希望看见一个骨架很大、秀发飘飘、身穿仿鹿皮夹克的姑娘突然出现在眼前。

十分钟过去了。十五分钟过去了。玛丽娜担心出了什么事儿。对面,撒在桌子上的砂糖亮光闪闪,旁边扔着一支揉破了的香烟。一张皱皱巴巴的餐巾纸,上面沾着紫红色的口红。

玛丽娜到饭店前面的公用电话亭找罗伦尼,没有她的人影,也没有人在那儿打电话。女盥洗室里也没有罗伦尼。玛丽娜吃了一惊,心里非常着急,连忙回到熙熙攘攘的餐厅里找罗伦尼。她看见有几个姑娘像罗伦尼,或者说像自称是"罗伦尼"的那个姑娘,但是都不是她要找的人。

玛丽娜又去问给她们上咖啡的那位女服务员看没看见罗伦尼离开饭店。女服务员说:"你那个朋友?我想,她走了。和一个小伙子走了。大概十分钟前走的。"

玛丽娜倒吸了一口凉气。和一个小伙子!

她惴惴不安地问,那个小伙子长什么样?

女服务员耸了耸肩。"就是个小伙子呗!"

"他留没留胡子?是不是穿一件大红夹克衫?"

餐厅里人声鼎沸,女服务员不得不把手掌放到耳朵旁边,大声问:"什么颜色?"

"大红。红色。"

"没错儿,太太。那人是穿一件大红夹克衫。"

真蠢。让人羞愧!更糟糕的事情还在后面。

这一次"历险记"不是在"东山饭店",而是在停车场结束。我发现吉普车的四个轮胎都扁了。是用刀扎破的,干得很内行。挡风玻璃也打破了。也许是用棒球棍打破的。我仿佛听见他边打边骂:婊子!骚货!狗娘养的!所幸挡风玻璃没碎,要不然,那天夜里,我就无法开车回大马士革岔路口——换完轮胎已经是后半夜了(花了大约六百美元)。嘲笑我吧,别可怜我!

只能说,玛丽娜·特罗伊咎由自取。

10

十二月底,新旧交替之时,那个暖烘烘毛乎乎的家伙又偷偷摸摸溜进来,卧在她的胸口上,压得她连气也喘不过来。它似乎越来越重。喘不过气。救救我!夜里,那个皮毛呈黑色的小生灵把散发着血腥味的口鼻凑到玛丽娜的嘴边,轻轻地拱她,吻她。那个沉甸甸、暖烘烘的家伙长着锋利的牙齿和爪子。斯维特,斯维特!耳边响起沉闷沙哑的叫喊。玛丽娜在睡梦中拼命往后缩,把那个家伙从身上推开。醒来之后,直犯恶心。"我这是怎么了?我无法忍受这一切。"她简直要发疯。斯维特疯了。"黑夜"疯了。她从乱糟糟的床上爬起来,就像从浅浅的腐朽的坟墓里爬出来一样。

她光着脚,浑身颤抖,走进后面那间工作室。那些东西,亚当的东西,正在等她。她打开灯,灯光照耀之下,那一层温情脉脉、充满浪漫色彩的"轻纱"消失得无影无踪。她看见的只是它们的本来面目:丑陋的、尚未成形的"雕塑"。几个月来,她一直满怀希望、不辞辛苦地塑造它们。此刻,那种一事无成的感觉像一盆脏水淹没了她的心。徒劳无益,自欺欺人,彻底失败。她几乎想仰面大笑。玛丽娜·特罗伊没能完成亚当·贝伦德留在这幢房子里的那些残缺不全的作品,而是破坏了一番。显然,玛丽娜·特罗伊对亚当·贝伦德一无所知。这个人,最终还是个陌生人。玛丽娜无法捕捉他的想象和灵感,就像无法走进他的心灵。她只能是她自己。

老磨坊路：变革

1

世界上,任何事情都是一种巧合！亚当·贝伦德曾经这样说。或者,没有一件事情是巧合。

然而,莱昂内尔·霍夫曼终于向妻子卡米拉倾吐心底秘密的这一天,正是那条叫"影子"的狗进入卡米拉生活的前夕,并非巧合。

"卡米拉,我有事告诉你。"

我有事告诉你。这话听起来冷冷的,让人心里不安。已到中年的妻子们最怕听这种话。可是现在,这话就从丈夫的嘴里说了出来。他说话的时候,嘴角挂着一丝勉强的、满怀希望的微笑。

我有事告诉你。莱昂内尔·霍夫曼不无歉疚地说。他向来说话干脆利落,可是现在却结结巴巴。他直流泪,鼻窦也疼,就像过敏反应。尽管他已经为这个"场景"准备了好几个星期。自从亚当·贝伦德火化之后那个可怕的夜晚,他就一直为这一刻做着准备。他已经无数次念叨过这句话,就像嘴里含了一块石子,又别扭,又没有味道。但是话终究得说出来。

"卡米拉,你在听着……是吗?"

他没有说亲爱的卡米拉,也没有说卡米拉,宝贝儿。没有叫她一声亲爱的卡米拉,卡米拉,宝贝儿,以便减轻即将降临到她头上的打击的分量。是的,再也没有什么亲爱的卡米拉,卡米拉,宝贝儿了。意识到这一点,恐惧像正在逼近的死亡让她胆战心寒。

是的,卡米拉是在听着。不,卡米拉正一个人大声哼哼着曲子。她蹲在厨房的一个角落里,莱昂内尔站在她身后的门廊上。这也像电视画面,电影镜头,只是更生动,更具独创性。还像牙医没有打麻药就用钻头钻你的牙齿,彻骨地痛。我没有想法。一点儿也没有。没有!在这幢房子里,我们过得很幸福。卡米拉用一块潮乎乎的纸巾使劲擦地上的瓷砖。这种瓷砖很贵,让人想起十八世纪厨房坚硬的木头地板。那种地板上有节瘤、疵斑、裂缝。卡米拉·霍夫曼早就是老磨坊路这幢修整得很漂亮的殖民地时期房子的女主人了。莱昂内尔·霍夫曼是这幢房子的男主人。作为"共有所有人",霍夫曼夫妇的房地产大约价值二百五十万美元。我们决不会卖!决不!他们夫妻俩很少看到对方那么生动活泼,更不用说同时出现在一幕"戏剧"之中。因为儿女都已长大成人,远走高飞,他们的生活很少再有戏剧性的场面。不,我从来没有想到这一点。我们过得一直很幸福,怎么能想到!然而,此刻,家里的空气犹如暴风雨就要来临一样紧张。

卡米拉怀着歉疚之情使劲刮擦地板。阿波罗吃东西,把厨房搞得一团糟。她不愿意让莱昂内尔知道,他不在家的时候,这条狗经常在屋子里面而不是在屋子外面"就餐"。可当初收留这条狗的时候,她曾经对丈夫做过保证,不准它跨进房门半步。她不想让他知道(莱昂内尔当然知道。他对狗毛的过敏反应,随时可以向他提供最准确的情报)莱昂内尔在曼哈顿工作的一个星期里,阿波罗就成了她形影不离的伙伴。卡米拉在厨房的一个角落铺一张报纸,报纸上放几个狗食盘子,那儿成了阿波罗的"餐厅"。那条瘦骨嶙峋的牧羊犬吃起东西来狼吞虎咽。自从主人从它的生活中消失,阿波罗总是焦躁不安,吃东西的时候也是神经兮兮的,常常把狗食弄到给它铺的那张《纽约时报》外面,把厨房地板弄得一塌糊涂。

哦,卡米拉责怪阿波罗。卡米拉想学亚当那样,软硬兼施,调教这条狗。"注意你那副吃相,阿波罗,求求你!"卡米拉说,"当一条好狗,求求你!"卡米拉以为莱昂内尔听不着,其实莱昂内尔已经把她的话听得一清二楚。听见妻子低三下四地求一条狗,莱昂内尔特别生气。在盐山村度过的这些无休无止的周末,莱昂内尔不得不和卡米拉一起关在这幢房子里,过这种封闭的洞穴式的生活。而他的情妇茜丽却在几英里之外东村的公寓里,修长、白皙的肢体舒展在松软的床上,乌亮的眼睛充满痛苦和忧伤。在莱昂内尔看来,她仿佛在遥远的丹吉尔①过着孤寂的日子……茜丽,亲爱的!想着我,就像我想你一样。莱昂内尔不想承认自己也在低三下四地乞求。而此刻,老磨坊路这幢房子里,卡米拉正在努力消除阿波罗留下的蛛丝马迹。就像一个和别人通奸的女人,努力消除情人留下的痕迹,天真地希望瞒过丈夫的眼睛。卡米拉甚至连给他们打扫房间的莉娜也信不过。她总是亲自动手除掉狗毛、皮屑和能使莱昂内尔过分敏感的鼻子受到刺激的狗的气味。用吸尘器吸,用拖把拖,打开窗户通风,一边做这些事情,一边轻声责备阿波罗。而这条孤独的狗又很挑剔,要求很高。莱昂内尔听见卡米拉对阿波罗这样絮絮叨叨,恨得咬牙切齿。卡米拉对那条狗一会儿

---

① 丹吉尔,摩洛哥北部港市。

乞求，一会儿责备，一会儿哄骗，一会儿引诱。"阿波罗，求求你。你必须学会服从。即便不为我，也要为亚当想想。"莱昂内尔真想把这条该死的狗永远赶出家门，只是不想让别人看笑话。他不想对这条狗或者对容易情绪激动的妻子表现得过分残酷。不到万不得已，他不想把事情做绝。他不是一个心肠狠毒的人，而是一个彬彬有礼的绅士。莱昂内尔希望在盐山村这个圈子里成为大家公认的绅士。你这么尊重你的妻子，我很敬佩，茜丽在他的怀抱里轻声地说，可你对我也尊重吗？

"卡米拉，你能抬起头来看一看谁在这儿站着吗？"

莱昂内尔的声音虽然冷冰冰，却不无歉意。真该死，卡米拉怎么了？"地板已经干净了，卡米拉。我不介意你一直在家里喂狗。可我……"莱昂内尔犹豫了一下，好像踩在一块吱嘎作响、就要裂开的冰上，"有话对你说。"

"哦，莱昂内尔！我没想到你在这儿。"

卡米拉脸上挂着微笑，就像被一缕阳光照射着，不停地眨巴着眼睛。肌肉松弛的脸不再像她正擦着的地板那样闪闪发光。她显然是个什么都不怀疑的女人，一个像孩子一样天真无邪的女人。她穿一件浅橙色圆领T恤衫，外面套着园丁穿的劳动布工作服，蹲在那儿两条大腿显得特别粗。棕色头发正在变成灰色，梳在脑后用卡子卡着。她没有化妆，看起来就像没长睫毛。莱昂内尔气恼地想，卡米拉原先是不是睫毛很长？她那张微笑着的嘴像胶皮一样富有弹性，让丈夫想起玩具娃娃的嘴。这样的嘴巴自然永远都不会有人愿意亲吻。

他已经想不起最后一次亲吻这张嘴是什么时候。这个想法让他既感到内疚，又感到厌恶。哦，茜丽！

"卡米拉，你为什么不站起来？蹲在那儿我怎么和你说话？"

卡米拉轻声笑着站了起来。她摇晃了一下,似乎莱昂内尔的出现让她头晕目眩。她又紧张地笑了笑。莱昂内尔很想上前扶她一把,就像她是个因上了年纪而站立不稳的人。

"莱昂内尔!你今天回来得挺早。今天是星期四?哦,不,是星期五。"

是星期五,周末。星期五晚上,莱昂内尔有时候坐七点零八分的"美铁"①回盐山,有时候坐七点四十五分的"美铁"。和霍夫曼家族别的男人一样,他也是个循规蹈矩的人。可是今天晚上,由于茜丽的怂恿,他回来得比平常早。坐的是六点四十八分的车。

你一定要告诉她。你答应过我!

"卡米拉,对不起,让你吓了一跳。我以为你听见我的汽车声了。"

她当然听见了。要不然怎么会急着收拾厨房呢?怎么会匆匆忙忙把阿波罗赶出去呢?现在那条狗正在后院汪汪地叫着,诉说心中的委屈呢!

"我……我有话对你说。"

这话,这空洞无物、毫无新意的话!莱昂内尔自己都觉得厌恶。他似乎是一个六英尺高的木偶,别人,或者别的什么东西,通过他那张嘴巴说话。他相信,人们不会认为那些平庸乏味的话是从他嘴里说出的。

卡米拉,这个好女人,微笑着鼓励他说下去。她那双没有睫毛的、水汪汪的眼睛充满疑惑。

"莱昂内尔,亲爱的,什么事呀?"

---

① "美铁",美国全国铁路客运公司 American Track 的缩写。

她开着那辆崭新的白色"本田",旁边的座位上"坐"着阿波罗,气喘吁吁,一副迫不及待的样子。这不是梦,因为现在已经是早晨,新的一天开始了。她离开盐山路,向北开上西斧大街。头天夜里她没有睡觉,好不容易盼来天亮。现在,她开着车行驶在大街上,向西去尼亚克农贸市场,好像没出什么岔子,好像生活并没有被一把利斧拦腰斩断,一分为二。她睁大一双红肿的眼睛凝视着前方。大街中间绿草如茵的隔离带上有一条狗,眼巴巴地看着两边飞驰而过的车流,吓得直往后缩,进退不得。这个可怜的生灵是不是被人遗弃的?被人如此狠心地遗弃?还是自己迷了路?卡米拉放慢车速,看着那条狗,一颗心提到嗓子眼。小狗犹豫了一下,壮着胆子跳下隔离带,又跳上去,然后又冒险跳下来,鼓足勇气冲向右面的车道。但是刚跑几步,就被一辆飞驰而过的小货车撞得飞了起来,像一团破布被甩到二十英尺外的路边。"哦,天哪!天哪!"卡米拉不管后面的汽车喇叭声响成一片,也不顾自己是否安全,猛地刹车,跳下来向那条狗跑去。受伤的狗已经爬起来,跑过人行道,钻进草丛,鲜红的血滴答了一路。那是一条拉布拉多杂种狗,浑身是血,没有戴写有主人名字的标牌。它又痛又怕,可怜巴巴地呜咽着。阿波罗站在卡米拉身边,兴奋地汪汪大叫。

这不是梦。这条以繁忙著称的大街车流依旧。那辆小货车已经消失得无影无踪。没有一辆车停下来看看发生了什么事情。这是十月一个星期六的早晨,莱昂内尔·霍夫曼离开老磨坊路的家的第一个早晨,也是卡米拉·霍夫曼被丈夫抛弃的第一个早晨。她手掌放在胸口,放在破碎的心上,为这条受伤的狗哭泣。"你也好可怜!你也好可怜!"她跪在血迹斑斑的草地旁边,伸出颤抖的手,抚摸那条因为痛苦而不停扭动的狗。狗垂着脑袋,疼得直流口水。阳光照在她美丽却无用的戒指上,光彩夺目。

一言既出,驷马难追。

我们本来过得很幸福,你为什么要这样?

莱昂内尔的脸因为内疚而涨成深紫色,就像血液渗透进一个半透明的袋子。他觉得喉咙里好像扎了刺,沙哑的声音连自己听了都觉得陌生。

他结结巴巴地说:"卡米拉,我……对不起。"

"是我对不起!"

卡米拉故意做出一副轻松的样子,尽管她像喝醉酒似的觉得天旋地转,尽管因为强作笑颜使得面部肌肉都麻木了。

"卡米拉,我得告诉你。是……是时候了。"

"是吗?"

"我们俩不能再继续下去了……显然不能再像过去那样了。"

"我们俩不能?"

卡米拉是不是大吃一惊?是不是目瞪口呆?她还是那样明朗天真地微笑着。莱昂内尔没有微笑,因为这是一件很难微笑面对的事情,也不是一件可以轻率地反复改变的事情。容易过敏的鼻子被室内的气味堵塞了,连气也喘不过来。这条该死的狗!莱昂内尔想起他的朋友亚当·贝伦德就来气——他死得无忧无虑,还留下一条狗要他们照顾。是啊,阿波罗毕竟是一条狗。孩子们小的时候,他总是向他们解释:爸爸容易过敏,不能和狗呀、猫呀、鹦鹉呀生活在一起。也许这是真的,或许在某种程度上是真的。现在嘛,当然是真的了。莱昂内尔两只眼睛因为疼痛、痛苦和激动直流泪,他似乎急于让卡米拉进入角色,不顾一切地说:"你瞧,卡米拉……我以为,你一定早就知道……"

"早就知道什么?"

卡米拉微笑着,背靠厨房那张桌子,保持身体平衡。她看见丈夫脸上是一种怜悯、内疚、同情、懊恼混杂的表情。她对这样一个场面毫无思想准备。这是电视和电影里常见的那种画面。卡米拉不知道如何扮演这个角色,就像不知道如何在一个画面里表现自己的死亡。那么突然!毫不掩饰!当头一棒。

"这几个月,"莱昂内尔说,似乎他的话有着深远的意义。"……去年,准确地说,从去年十一月。"

"……去年十一月?"

卡米拉再也保持不了身体的平衡,连对方说什么也听不清楚。一切的一切都那么奇怪!电冰箱的嗡嗡声仿佛就在她的耳朵里轰鸣,体内奔涌的血液撞击着她的耳鼓。厨房的台面上,扔着几块湿乎乎的脏纸巾。地板却是亮光闪闪,一尘不染。

"……从那时候起,我认识了她。那个女人……我和她……已经交往……"

交往?这个内涵丰富的中性词像看不见的尘埃在他们之间游动。

"卡米拉,我从来没想到会发生这种事。起初……我的脊柱上面……是脖子,很痛。你还记得吗?对了,医生说是颈椎病。后来……"莱昂内尔脸上一副如在梦中的困惑不解的表情。就像奶油融化在热烘烘的肉片上。他摊开两只手,一副无可奈何、听天由命的样子。

卡米拉费力地想弄清丈夫这番莫名其妙的话到底是什么意思。他是不是在火车上喝酒了?在车上喝酒?这可不像莱昂内尔呀!可是现在这副吞吞吐吐、言不及义的样子……她隐隐约约想起,几个月之前,莱昂内尔是说过脖子疼。可是"脖子疼"和他想说的事情有什么关系呢？震荡耳鼓的轰鸣变成一阵喧嚣。她看见丈夫的嘴巴不停地闭合。看着他那焦虑的眼神，觉得他说出来的话就像一块块泥巴溅到她的身上。莱昂内尔犹豫着，向卡米拉走过去，想抚摸她，可最终还是没有。她站在那儿直盯盯地看着他，就像受了致命的伤，但是还没有倒下。莱昂内尔浑身僵硬，惊恐地望着这个被他伤害了的女人，不再向前走去。

他已经不想碰我了。我的婚姻结束了。还有我的生活。

就在这个难堪的时刻，电话铃响了。

电话！卡米拉像一个梦游的人，走过去接电话。她仍然面带微笑。通常有电话来总是一件让人高兴的事。莱昂内尔受不了妻子那热情的、勇敢无畏的声音。"喂？啊，玛塞。哈罗！"莱昂内尔像一个逃离现场的罪犯，连忙走了出去。

玛茜是他们的女儿，今年二十七岁。

莱昂内尔怕她和二十五岁的儿子凯文知道这件事情。

哦，爸爸，你怎么能这样呢？怎么能让妈妈伤心呢？

莱昂内尔打算收拾几样东西回城里。莱昂内尔的车是"凌志"，是霍夫曼家两辆车里比较老的一辆。不过他宁愿开这辆。茜丽和他约好在东六十一条大街等他。（也许她已经准备好最拿手的印度素食。）这几个月，他一直趁卡米拉不注意，把衣服、文件装到公文包里偷偷地带到城里。他相信卡米拉没有发现。卡米拉也确实没有发现。在曼哈顿，茜丽陪他买了几套新衣服，还给那套公寓添了几件新家具。茜丽认为那套房子很漂亮，但是采光不好，装修得没有什么想象力。和你截然不同，莱昂内尔！你有一种独特的气质。

莱昂内尔隐隐约约听见卡米拉在电话里和女儿说话。她很镇静，就像什么事情也不曾发生。哦，卡米拉是一个多么善良大度的女人！他把滚烫的脸埋在一双手里。他都干了些什么呀！已经无法挽回了吗？他放下手,嘴扭歪着,就像建筑物上的怪兽状滴水嘴,在痛苦之中发出一声怪笑。

真是风驰电掣！星期六早晨,卡米拉在9W路的车流中飞驰了一英里半,来到盐山村北面的"罗克兰县走失动物避难所"急诊室。那只狗躺在她旁边的车座上血流不止,痛苦地扭动着,呜咽着。几个月前,她曾经带阿波罗来看过病。那位年轻的兽医——洛特先生似乎还记着她。他惊讶地看着卡米拉。卡米拉怀里抱着那条受了伤的狗,全然不顾血和尿把衣服弄得一塌糊涂。狗痛得要命,摇着秃尾巴,舔她的两只手间或吠叫着咬她一下。卡米拉轻声说:"你不会死。你绝不会死。我起誓!"

可是那位兽医匆匆忙忙检查了一下之后,建议让它安乐死。这是条母狗,伤得非常重。两条后腿、脊柱、脾都受了伤。表面的出血可以止住,可是里面也在出血,只能马上做外科手术。"做这样的手术要花费非常高的费用,霍夫曼太太。而且,没有什么实际意义。"卡米拉对这样的结论是有思想准备的。她挺了挺胸,严肃地看着洛特医生和他的女助手,一副决心已定的样子。"不,这条狗不能'安乐死'。一定要尽最大的努力把它救活。"洛特医生皱着眉头,说:"这是谁家的狗？你是在哪儿发现它的？它没有戴标牌,也没有戴项圈。"卡米拉觉得躺在铝制诊察台上的狗一定听懂了他们的话,它浑身颤抖,喘着粗气,用哀求的目光看着她。她连忙说:"我遇到它,完全是天意。它在西斧大街被一辆小货车撞伤,那一刻我正好在那儿,目睹了那悲惨的一幕。这是命运之神有意的安排,洛特医生！世界上没有什么巧合,除非每一件事情都是巧合,而那是不可能的！请你一定救活这条狗。"卡米拉嗓门很高,上气不接下气。可兽医还是板着脸,不停地摇着头,再次强调手术费很贵,而且他不能保证一定就能把它救活。卡米拉大声说:"洛特医生,无论花多少钱,都由我付,我绝不放弃。这是天意。"兽医盯着卡米拉,好像直到此刻,他才真正看清了眼前这个女人。他是个年富力强的医生,刚四十出头,习惯于对别人,尤其对女人指手画脚。卡米拉的表现给他留下深刻的印象。卡米拉突然觉得自己充满力量。这种感觉真好!现在,我不再是别人的妻子,我也用不着非把自己打扮成贤妻良母。

他都干了些什么,他都干了些什么呀!

逃离了老磨坊路那幢房子。

自由!他自由了。他的心像快要爆炸的气球,充满欢乐。

终于,他可以把切割成两半的生活,再拼接起来。不再虚伪,不再偷偷摸摸。让她堂堂正正,你一定要让她堂堂正正。一定要赋予她新的生活。渐渐地,莱昂内尔相信,这就是他的朋友亚当·贝伦德的忠告。梦境中的山洞。亚当的声音。没有什么羞愧,永远不要再觉得羞愧。把支离破碎的生活再弥合起来。亲戚朋友见了茜丽,看到爱情改变了莱昂内尔,就会理解他。"一生中第一次真正的恋爱。"许多年,好几十年!他就如同一具活着的木乃伊。说话言不由衷,办事违背心愿。直到有一天,身体背叛了他,给他带来疼痛,钻心的疼痛。那疼痛一直蔓延到脊柱上半部和脖颈,差点儿瘫痪。不知不觉,他开始轻视自己。可是现在,他已经变成一个新人。自从茜丽进入他的生活,他就变成一个新人。家人和朋友会理解,并且原谅他的。总有一天,那些胸怀更加宽阔的人会为他高兴。

莱昂内尔开着那辆钢青色的"凌志",就像驾驶着一辆坦克,行驶在9W公路上,然后向南,驶向高高的乔治·华盛顿大桥。他开着车,心里充满快乐。他从大桥上层驶过宽阔的河面。河面像颤抖着的银箔闪着亮亮的光。亚当·贝伦德就死在这条河里,但他没有白死!

一轮皎洁的明月从大桥的主梁上升起,宛如一只正凝视着他的眼睛。

"茜丽,亲爱的!我已经离开盐山。"

"绝不是巧合。是亚当把我带到这儿的。"

那条受了重伤的狗正在做手术。没有希望,毫无希望!可是卡米拉却满怀希望。她坐在候诊室里,不时站起身焦灼不安地来回踱步。阿波罗也很紧张,但它却老老实实蹲在那儿,聪明的眼睛焦急地盯着卡米拉,好像知道那条受了伤的狗和它的命运都系在她的身上。"是的,我一定救你!我一定救你!"卡米拉到卫生间洗掉沾在手上和胳膊上的狗血,可是弄到衣服上的血,却难以洗掉了。那是一身高档名牌运动服。纯棉裤子,漂亮的夹克衫。候诊室里还有一些带着宠物来看病的人。换个场合,卡米拉一定觉得这副样子很没面子,可是现在,她什么都不在乎了。这些人带的狗都用皮带拴着牵在手里。带的猫都放在一个小箱子里。大家都很着急。有个女人和卡米拉有过一面之交,带着一条巴儿狗来看病。她问卡米拉怎么弄成这副样子,卡米拉给她讲了那条被人遗弃的狗如何受伤的故事。"它的名字叫'影子'。好像天上掉下来似的,突然出现在我的身边。"

那个女人一边摸着呼哧呼哧直喘的巴儿狗的脑袋,一边对卡米拉说,她完全明白卡米拉的意思。

那么紧张!她披头散发,穿着血迹斑斑、散发着一股血腥味的衣服,在候诊室走来走去,全然不像盐山一位百万富翁的妻子。站在候诊室后面,听得见旁边的养狗场传来狗的吠叫。那断断续续的狗的"大合唱",就像一面又一面相互照着的镜子,永无止境。"这么多可怜的动物,"卡米拉叹了口气,自言自语,"谁来负责照看它们呢?"吠叫的狗撕扯着她的心。动物的悲伤,动物的痛苦。她是不是一时心血来潮,做了一个自私的决定,试图把这条狗救活。为她救活?

亚当也收留无家可归的动物。阿波罗就是一条被人遗弃的狗,是他从马路边捡回家的。亚当还在遗嘱里给"罗克兰县走失动物庇护中心"留下好几千美元。

这不是巧合。是你把我带到这儿的。哦,亚当!

"影子"活下来了,手术持续了七十分钟。洛特医生解释说,它的两条后腿很难彻底恢复,不过命是保住了。"眼下没问题,霍夫曼太太。""影子"在门诊部待了六天之后,便出院由卡米拉照顾。医疗费一共花了两千美元,她毫不犹豫地开了一张支票,然后又开了一张四千美元的支票,捐赠给"罗克兰县走失动物庇护中心"。收款人立刻叫来洛特医生。洛特医生紧握卡米拉的手,惊讶地凝视着她。"霍夫曼太太,谢谢你!"

卡米拉语气坚定地说:"不,洛特医生。是我应该谢谢你。"

2

他不知不觉就坠入情网。仅仅因为那姑娘的触摸。

他还没怎么看清她的模样,就坠入了爱河。那时候,他的头像被人念了紧箍咒一样疼痛难忍。对于他,这个年轻女子并无特殊意义，只是帕克街颈背医院的治疗专家随便分配给莱昂内尔·霍夫曼的一位医生，名叫茜丽，一位白衣天使，纯洁得像雪白的绷带。起初，他满脑子只有绷带、夹板、牵引器之类的东西。（尽管莱昂内尔敏感的鼻子很快就从她身上闻到一股肉豆蔻味。那味道是从她的皮肤和盘在脑后乌黑的发髻上散发出来的。）"茜丽"起初对于他只是一双手：敏捷，轻柔，耐心，技巧娴熟。按摩的时候，她很少说话，只是莱昂内尔因为疼痛浑身僵直或者龇牙咧嘴的时候，她才说一句："霍夫曼先生，请你放松一点。"

不是责备，而是轻柔的抚慰，就像劝告一个小孩，完全是为了他好。

好几个星期——其实好几个月，甚至好几年前就埋下了隐患——莱昂内尔一直觉得脖子针扎似的痛。从今年夏天起，疼痛渐渐加剧，一直从脖子放射到脊柱，还向上延伸到颅骨底部。莱昂内尔经常半夜醒来，口干舌燥，生怕长了瘤子。当然是瘤子！皮肉里埋下一粒种子，生根发芽，一天天长大，一点点吞噬着他的生命。霍夫曼出版公司出版过一本医书。莱昂内尔·霍夫曼读过"小脑"那一节。书中写道：小脑控制肌肉运动的平衡与协调。小脑损伤或者病变都会出现这样的症状：行走不便，瘫痪，言语不清，长期抑郁。有时候，莱昂内尔连起床都很困难。可他才五十三岁！

莱昂内尔怀着一种歉疚和焦急，想起弟弟斯各特。斯各特三十六岁就死了，已经在坟墓里腐烂许多年了。在斯各特看来，五十三岁一定已经是高寿。可我不想死，我还没活够呢！

其实他知道，不可能长了什么瘤子，更像是打网球，打壁球，或者打高尔夫球拉伤了筋腱，扭了脖子。（莱昂内尔没有多少时间参加这种活动。）如果你是一个自认为"活跃""精力充沛"的中年人，就总想把身体不适归咎于"运动过度"，不想解释为久坐不动，失败主义者的心态和无可避免的"老龄化"的结果。你不想把性欲骤然减退,对性的刺激无动于衷(比方说早已烂熟于心的妻子的身体),"举而不坚"解释为不可避免的"老龄化"的过程。

莱昂内尔偶然在世纪俱乐部碰到哈里森·蒂尔尼。经他指点,到帕克街颈背医院就诊。平常,莱昂内尔不可能和他提起这个话题。脖子痛毕竟是太具"个人色彩"的事情。可是那天他们互致问候的时候,莱昂内尔歪着脖子直咧嘴。哈里问他怎么回事,莱昂内尔说,可能是打高尔夫球扭了脖子,时好时坏。虽然不太严重,但是他不得不因此而想自己的健康问题。他还说,他不习惯为身体上的事情操心,从来都不觉得自己的健康会出什么问题。哈里觉得莱昂内尔太不把颈椎当回事儿了,劝他一定要认真对待。还告诉他一位第一流的矫形外科医师的名字,让他立刻和那位医师预约。"颈椎出了问题可不是闹着玩儿的,朋友。他会安排你到一家门诊部理疗。他们一定能治好你的病。"

哈里森·蒂尔尼对莱昂内尔说出这样一番真诚的话,倒真是出人意外,也有点儿不可思议。因为他们压根儿就算不上朋友,或者曾经是朋友。蒂尔尼以其伶牙俐齿、喜欢挖苦讽刺而著称。在盐山那个圈子里,莱昂内尔对他避之唯恐不及。他不喜欢他那种滑稽幽默,更不喜欢他对女人包括对卡米拉打情骂俏。(盐山所有的丈夫们都怀着某种欲望,谨而慎之地凝视着哈里的前妻阿比盖尔,那个神情忧郁的美人,和她保持一定的距离。)蒂尔尼对莱昂内尔——霍夫曼出版公司的总经理,格外尊重,甚至是一种献媚。自从和可怜的阿比盖尔离婚,又娶了个年轻女子,离开盐山之后,蒂尔尼看起来年轻了许多。头发更黑了(染的?),留着唇髭,皮肤晒得黑黝黝的,少了许多皱纹,一双眼睛亮光闪闪,让莱昂内尔想起深海里的鱼眼睛。哈里森·蒂尔尼身上有一种好色成性、粗陋而又率真的东西。亚当·贝伦德曾经说过,这个人是个坏蛋。蝎子就是蝎子。江山易改,本性难移,他无法改变自己。亚当的同情都在阿比盖尔——那个被抛弃、受伤害的妻子那边。

哈里一边轻轻地揉着自己的脖子,一边说:"你如果一天到晚,浑身上下不是这儿疼,就是那儿痒,活着可就没什么意思了,莱昂内尔。即使有几千万美元,还是身体第一!"莱昂内尔笑了笑,不知道他们到底在谈论什么。病,还是钱?他并不信任哈里森·蒂尔尼。不过哈里还是显得挺真诚,没有喝多了的样子。

那时候,亚当·贝伦德还活着。尽管哈里森·蒂尔尼和莱昂内尔都谈到他们共同的熟人,但是谁也没有提起亚当。因为,人们普遍认为,阿比盖尔已经和亚当热恋了好长时间。分手的时候,哈里伸出一只热烘烘的、让人很不舒服的大手,拍打着莱昂内尔的肩膀。莱昂内尔不由得往后缩了缩。那只手像个猪腰子,散发出一股潮乎乎的尿臊味。哈里说:"记住我在盐山和你们度过的快乐时光,我的朋友!哦,盐山——'天堂里的地狱'。"说着,放声大笑,就像发明创造了一句充满智慧的格言。莱昂内尔虽然心里不高兴,但也跟着他笑了起来。

天堂里的地狱。哈里森·蒂尔尼说这话的意思是什么?

莱昂内尔接受了哈里的建议,和他推荐的那位矫形外科医师预约了一个看病的时间。他如约走进医生那间布置得非常考究的诊室,脊柱像不停闪烁的霓虹灯,一跳一跳地痛。医生检查的时候,手法很重,全然不管病人"死活"。只几分钟,泪水就滚下莱昂内尔刮得溜光的面颊。检查之后,那位矫形外科医师对莱昂内尔说,问题出在颈椎上。由于多少年坐姿不正确,对颈部肌肉造成严重的压迫,软组织和韧带受到损伤,形成"斑痕组织"。莱昂内尔听了非常害怕。那几分钟,他变得像婴儿一样不堪一击。只要不是致命的疾病就行,只要还能活着就行。"这种损伤……治好吗?"莱昂内尔焦急地问。医生是个面色红润、五短身材的中年人,四十多岁。他只顾开处方,没太注意听莱昂内尔的话,说道:"如果马上开始理疗,当然能治好,莱昂内尔。不用服药!我们不相信'镇痛',而是要'控制疼痛'。建议你每星期来理疗三次,再加上自己做一些适当的运动,很快就能控制住病情,并且最终把它治好。"

莱昂内尔穿衣服、扣衬衫纽扣的时候,手指直颤抖。医生像自家兄弟一样,笑着说:"你很幸运,莱昂内尔。你的疼痛不是器质性的病变引起的,只是'机械性损伤'的结果。人在很大程度上不过是一台由骨骼、肌肉、各种器官、软组织和神经组装成的机器。我们寄生于这些'机器人'里,没有必要多愁善感。因为它们不是我们,我们也不是它们。永远记住,保护好脊柱是你的责任。如果脊柱出了问题,就必须学会如何对付它,如何避免出现新的症状。三个星期之后,我再来看你,莱昂内尔。我敢断言,到那时候,你就能挺起腰杆走路,感觉就会好许多。"医生热情地握着他的手,让他既感到慰藉,又体会到一种"震慑力"。莱昂内尔心里不大舒服。医生的话似乎不是谈身体上的病痛,而是讲一个更深刻的道理。

在这座豪华的帕克街颈背医院,一位名叫茜丽的年轻女理疗师负责莱昂内尔的治疗。他痛得晕头转向,压根儿就没注意这个年轻女人什么模样。那时候,他每走一步都痛得龇牙咧嘴,两只手捏着脖子,不无尴尬地跟在女理疗师身后,走过好像天井似的门诊部。被疼痛折磨的病人不少,大多数都是像他这样的中年人。都在用各种健身器材锻炼身体。门诊部还有一个洗旋涡浴①用的池

---

① 旋涡浴,将身体全部或部分浸在热水中的一种理疗浴。

子，冒着热腾腾的蒸汽。还有一个更大的池子，里面的水呈浅绿色，有几个人正小心翼翼地把腿浸泡在水里。还有几面用帷幔分隔开的大镜子，四周摆放着看起来像是热带植物的盆栽花木，以及非常光滑的镀铬工艺品。这些工艺品表现出亨利·穆尔的艺术风格和审美情趣。门诊部播放着柔和悦耳的印象派音乐，都是德彪西①和拉威尔②的乐曲。这里没有市中心雅皮士健身俱乐部播放的那种软性摇滚乐③，没有身材秀美、体态匀称的年轻人在地板上锻炼身体，一面对着镜子比比画画，孤芳自赏。这里没有健康、强壮的"顾客"。莱昂内尔明白，这里的收费标准一定相当高。毫无疑问，那位矫形外科医师也是门诊部的"股东"之一。这些精明的医生从别人的痛苦中获利。

莱昂内尔跌跌撞撞地走进理疗师那间没有窗户、墙壁洁白、只有一扇门与"天井"相通的正方形诊室。他按照理疗师的要求，脱掉大部分衣服，在那位年轻女人的帮助下小心翼翼地在医疗台上躺下。台子上铺着很硬的褥垫。女人柔声说："霍夫曼先生！慢点，慢点。"他为自己大声呜咽羞愧得无地自容。羞愧之余又是一阵恐惧，心里想没有人扶持他也许再也坐不起来了。他闭着眼睛，一动不动地躺着，希望自己能坚强有力。一个念头在脑海中闪过：我，莱昂内尔·霍夫曼成了一个伤残人，只不过还能勉强走路罢了。这一点，不能让任何人知道。不但霍夫曼出版公司的工作人员不能知道，妻子和盐山的朋友们也不能知道。他生怕别人用审

---

① 德彪西（1862—1918），法国作曲家，印象派音乐奠基人之一，主要作品有管弦乐《牧神午后前奏曲》、歌剧《佩利亚斯与梅丽桑德》、钢琴曲《意象集》等。并有论文集《克罗士先生》。

② 拉威尔（1875—1937），法国作曲家，追求形式与风格的完美，作品有钢琴曲《夜之幽灵》、管弦乐曲《西班牙狂想曲》和芭蕾舞剧《达菲尼与克罗埃》等。

③ 软性摇滚乐，一种音调较低、节拍自由、技巧较为高级的摇滚乐。

视的目光观察他,使他成为被怜悯和同情的对象。一想起卡米拉的女朋友们以盐山人特有的方式急不可耐地打听他的健康状况,他就特别恼火。(在盐山,当然首先是女人,被各式各样莫名其妙的病症折磨着——神经质,偏头疼,抑郁症,胃口不好。还有些说不清楚的毛病,人们把它笼而统之,叫作"流感"。除此而外,还有一种几乎是普遍存在着的"慢性疲劳症"——"EB 病毒①综合症"。这种病特别容易"感染"那些没有工作、无所事事的人。比如阿比盖尔·代斯·普雷斯。过去,盐山的妇女们相互谈论的、交换的都是食谱呀,服装样子呀,宝宝长大之后不能再穿的衣服呀。现在聚到一起谈论的都是得了什么病了,有什么症状呀,服什么药呀。这些话题成了她们相互联系的牢固的纽带。卡米拉的毛病显然都是身心失调造成的,不是生理上出了什么问题,而是心理上不健康。对于她的这些病症,莱昂内尔从来不闻不问,也不问她找哪位医生看病,服用什么药。)莱昂内尔无法忍受这一切,对于意志薄弱的人,他总有点困惑不解。

"霍夫曼先生,你要放松点儿。越紧张就越疼。"

理疗师虽然轻声细语,但是说出来的话不容置疑。莱昂内尔紧紧地闭着一双眼睛,下定决心不喊出声来。即使痛得浑身颤抖也不叫喊。理疗师的手指既灵敏又有劲,很快就找出她称之为"病区"的"受压迫的肌肉",然后慢慢按摩。她让莱昂内尔一会儿像乌龟一样把头往里缩,一会儿又像蛇一样往外伸。还让他左右前后地转脖子。他的脊椎渐渐放松,像骰子一样颤动。疼痛一阵阵袭来,眼球在眼眶里骨碌碌地转动,汗水顺着腹胁小溪般流下。

---

① EB 病毒,爱泼斯坦-巴尔病毒,一种疱疹病毒,与淋巴瘤及鼻咽癌有关,由英国人爱泼斯坦和巴尔于一九六四年首次分离。

理疗师不停地喃喃着:放松、别紧张,霍夫曼先生。有些动作需要莱昂内尔面朝上或者面朝下躺着完成。有的动作要坐起来完成。作为一个习惯于发号施令的总经理,他不喜欢这样直挺挺地躺着伸胳膊举腿。可是渐渐地,他喜欢上了这套动作。因为虽然他习惯于发号施令,但是现在精疲力竭,不想再行使这种权力。理疗师站在身边,身穿尼龙白色大褂,就像几十年前莱昂内尔的妈妈一样亲切。不过和妈妈不同的是,这位理疗师很少说话。这倒让莱昂内尔松了一口气。他早已习惯女人的唠叨。在这里他不需听别人唠叨,或者和别人唠叨——成年之后,这种"唠叨"占了他生活很大的比例——实在是难得的自由。泪水顺着莱昂内尔的面颊潸潸流下。这套动作的确很痛。但是这眼泪主要是因为感激才流下的。

理疗师少言寡语,莱昂内尔心里想,也许因为她的英语说得不好。她叫什么来着?……"苏拉"……"茜丽"?也许她来自中东,或者印度?可是她说话的时候没有明显的口音。略带沙哑的声音富有磁性。莱昂内尔双目微闭,模模糊糊看见姑娘那张白皙的脸,微微噘起的双唇。她的眼窝很深,一双大大的、颇有点"异国情调"的黑眼睛神情专注地看着他。但是,她并不是真的在看我。她对我一无所知。她那浓密的黑发盘在脑后,散发出一股淡淡的麝香和肉豆蔻的气味。

他在想,如果她的头发披散下来,能有多长呢?他在想象,她那柔软光滑的头发一缕一缕披散下来,一定非常好看。

完成这一套练习之后,理疗师在莱昂内尔的脖子上套了一个像马颈圈一样笨重的项圈。项圈在热水里不停地震荡。令人惊讶的十分钟之后,莱昂内尔觉得不再疼痛。他高兴极了!灵魂就像从躯体之中逃脱,站在一个新的高度审视自己的生活。他原谅了别人,也原谅了自己,决心给卡米拉更多的关注和友善,决心对儿女更加忍耐一点。在他的眼里,他们永远是长不大的孩子。这个周末,他要去看看亚当·贝伦德。他是一位最值得交往的朋友。

亚当,我对生活有了深刻的理解。生活的奥秘就是……

莱昂内尔准备离开,要把几张钞票塞到理疗师手里时,年轻女人往后退了几步,抱歉而又懊恼地说:"霍夫曼先生,谢谢。我不收小费。"莱昂内尔瞥了她一眼——他们几乎一样高——心怦怦地跳了起来。

"对不起,"他注视着她,说,"我是第一次来这儿看病。"

我爱上你的时候,立刻坠入爱河。你的手。你的触摸。哦,茜丽!

莱昂内尔很快就认识到,如果没有茜丽,他的余生只能是因为精疲力竭而垂着沉重的眼睑,整日里昏昏欲睡。

莱昂内尔等待着,直到第三个星期理疗结束——那时候,他已经恢复得相当好了——才问茜丽,以后能不能来"看"她。茜丽立刻拒绝了他的好意。她低垂着眼皮,神情窘迫,一副歉疚和懊恼的样子(也许是莱昂内尔自己的感觉?),似乎因为拒绝莱昂内尔的请求,让他失望而自责。莱昂内尔从这个沉默不语的漂亮姑娘身上看到,她很在乎别人的感觉。而这一点,不像美国人的做法,是只有外来民族才具备的品德。"如果我不是你的病人呢?茜丽。那样会有什么区别吗?"莱昂内尔问道。茜丽十分尴尬,转过头,喃喃地说:"霍夫曼先生,这让我说什么好呢?"

莱昂内尔心里想,她这话说得模棱两可,只能猜测了。

这时候，他已经知道她名叫茜丽·约奥。没有人听到的时候，他经常大声说出这个名字。他从她的只言片语中得知，她住在曼哈顿东村。她似乎一个人住在那儿，没有什么亲戚。她最大的心愿就是当一名理疗医师，最大限度地解除别人的痛苦。姑娘的理想主义深深地感动了莱昂内尔。她让他想起许多年前，自己的理想主义。那时候，他还没有进入霍夫曼家族的出版公司。莱昂内尔对茜丽说，她给了他很大的帮助，他心里非常感激。只是……"我病好之后，我们俩是不是就再也不会见面了？这可不公平。"

茜丽唯一的回答是神经质地笑了起来。

夜里，他梦见的都是她。脖子，肩膀，脊背，脊柱都是"性欲发生区"。他似乎又恢复了青春的活力，热血向腹股沟挤压，醒来时几乎要达到性高潮。白天，在霍夫曼出版公司，开会，吃午饭，甚至打电话的时候，他都充满一种莫名其妙的快乐和希望。你不会抛弃我，茜丽！我知道。有时候，他的脖子和脊背又痛了起来，心里充满了悲凉之感。自惭形秽，失望，无奈。当然，对你来说，我太老了。我的弱点你都看到了，在你的面前暴露无遗。许多年，莱昂内尔都不像现在这样感情活跃。他早就认识到，爱情会带来恐惧——担心你的付出不会得到同样的回报，担心你的真情被对方拒绝。

他想不起曾经这样爱过卡米拉。

他想不起曾经这样爱过任何人。

他只是告诉卡米拉，脖子和颈背有点痛，正在城里由一位矫形外科医师治疗。卡米拉满脑子自己的问题和盐山朋友们的事情，对丈夫的处境没有表示特别的关注，只是"略表同情"，淡淡地问："拍X光片了吗？亲爱的。没什么大问题吧？"因为盐山的社会生活像游乐场的"过山车",一旦上去就很难下来。

莱昂内尔告诉卡米拉,没有什么大问题。

跟她在一起的时候,他不觉得多么轻松自在,离开的时候,干脆丢到脑后。茜丽,你已经占据了我的全部生活。茜丽,赐福于我!

有一天——理疗的第五个星期,做完一套非常疼痛的颈部练习之后,莱昂内尔躺在那儿,痛得龇牙咧嘴,直喘粗气。茜丽轻轻地,继续按摩他的脖子,然后,用手捋他汗津津的前额。莱昂内尔睁开眼,看见茜丽那双温柔的眼睛正凝视着他。他紧紧抓住她的手,一直抓了好长时间。

受伤后还在行走的人。现在,无论在哪儿都能看见这样的人。他可怜他们,又看不起他们。每当他们充满痛苦的目光落在他身上,他就赶紧把头转开。

坐着缩头。坐着伸脖子。躺着缩头。躺着伸脖子。左右活动脖子。绕环。坐着放松脖子。每一个动作重复十次。每天在卧室里做两次,或者按照茜丽的说法,根据需要多做几次。

"可是我需要疼痛。疼痛是和你联系的纽带。"

莱昂内尔不在盐山住,而是住在东六十一条大街的公寓里。他睡觉用的枕头和枕套之间,放了一个很硬的、由一根根管子连接而成的垫子。这玩意儿叫"颈椎垫",是茜丽推荐他在门诊部买的。有时候,他梦见茜丽大睁着一双美丽的黑眼睛,浑身散发着肉豆蔻味儿,按摩他的颈背,用几乎听不见的沙哑的声音说:"霍夫曼先生,放松点。"有时候,他梦见自己在大庭广众之下,一丝不挂地跪着,脖子搁在一个桶上,一跳一跳地痛。断头台的钢刀已经升起,正要落下来,切掉他的脑袋。

他知道,他知道!她很快就会同意来看他。

(可是,她会吗?太可笑了。我的年纪太大了。亚当一定会嘲笑我。)

茜丽那么善良。莱昂内尔·霍夫曼走进她的诊室之前,走出她的诊室之后,常常听见她和别的病人说话,也听见过她打电话时的声音。她总是那么和善,热情。她那敏捷有力的手指把内心深处的真诚与美好表现得淋漓尽致。她是一位白衣天使。白罩衣,长裤。白罩衣很宽松,穿在身上看不清胸脯的轮廓,不过能看出她的乳房不小,但也算不上大。茜丽的体形和卡米拉有很大的不同:苗条,像男孩子一样瘦削。大腿、臀、腰、肩膀、手臂的比例都非常匀称。肌肉结实,没有一点多余的脂肪。可怜的卡米拉却是丰乳肥臀,粉红色的圆脸总是急于取悦别人。应该说,她那一代女人没有赶上好时候。现在的女人不会因为骨盆狭窄,死于难产,也不会因为给孩子喂奶,把漂亮的乳房变成两个大布袋。想起茜丽光滑扁平的肚子,莱昂内尔就浑身冒汗。真可笑!帮帮我。

然而,他知道,她一定会来看他。很快。

茜丽在帕克街颈背医院下班的时间是六点。莱昂内尔提前雇好一辆市内汽车①,在路边等她。茜丽看见莱昂内尔,大吃一惊。她显然不大乐意他在医院门口等她,但是又有点受宠若惊的感觉。"茜丽,我必须和你谈谈。私下里。""霍夫曼先生,医院有规定。

---

① 市内汽车,一种司机座和乘客座间有可移隔板的四门轿车,也指一种专在城市街道使用的低速短程汽车。

这是不允许的。""不允许谈话？这不可能！"莱昂内尔笑着说。连他自己也没有想到,刹那间,他变得像电影里那些"情圣"一样潇洒、幽默。要不是脊柱有问题,他一定会在马路上翩翩起舞。他像小伙子一样急不可耐,他的微笑极具魅力。在死水般的盐山,他从来没有像现在这样才思敏捷,妙趣横生。"依照美国宪法,茜丽,我们受言论自由的保护。你是美国公民,亲爱的,难道不是吗？"虽然是玩笑话,但是切中要害,茜丽也不好意思地笑了起来。一双充满"异国风情"的黑眼睛看着他,摇了摇头,很难说清楚她的真实意思——同意还是反对。今天,茜丽满头乌亮的秀发从中间分开,披在肩头,从侧面看,就像古埃及妇女,真是美丽极了！"我们可以在车里谈。在送你回家的路上谈。你不必坐地铁。""霍夫曼先生,要是我的上司看见……""我们可以在一起吃顿饭。喝点什么,吃点什么。然后送你回家。总之,我们俩一定要好好谈谈,茜丽。你应该知道我的心意。""可是,霍夫曼先生……"那姑娘看起来很认真,也很真诚。有人在监视他们吗？莱昂内尔没有看见周围有什么人。他大着胆子挽起茜丽的胳膊,向那辆正在等他们的汽车走去。茜丽虽然没有表示同意,但也没有拒绝。两个人一起钻进汽车,在后排座坐下。司机发动引擎,汽车汇入滚滚车流。车窗的茶色玻璃像一道屏障,保护着他们。现在,莱昂内尔和茜丽已经完全逃脱人们的视线,逃脱了医院的规章制度,真该松一口气！在市内汽车的秘密空间里,他们俩都气喘吁吁。莱昂内尔现在处于"优势",他要用行动维护自己的"权威"。他握住茜丽的手指,为自己的勇敢哈哈大笑。茜丽看起来有点害怕,脸上露出勉强的微笑,喃喃着说:"霍夫曼先生……"莱昂内尔把她的手握得更紧。

　　市中心车水马龙。他们在闪闪发光的车流中行驶着。莱昂内尔·霍夫曼——家住盐山,在曼哈顿拥有实力雄厚的公司,家产何止千万。茜丽·约奥不是傻瓜,而且很可能不像表面上那么天真无邪,对他的身份不可能一无所知。

"叫我莱昂内尔,茜丽。时至今日,你应该知道我的名字了吧。"

既已开始,就没有什么力量可以阻挡!他在车里轻轻地吻了吻她。他们走进东区一家饭店,在墙角一张烛光照耀的桌子旁边坐下。莱昂内尔说话的时候,轮廓漂亮、头发灰白的脑袋向茜丽凑过去。吃饭的时候,茜丽一直悄悄地听着,只有莱昂内尔一个人喋喋不休。他没有想到,在这个姑娘面前,他居然有一肚子苦水要倾吐,而且闸门一开便滔滔不绝。一个被情欲唤起的男人,但还是绅士。他务必要使茜丽明白,他是个绅士。他要把自己的生活告诉她。直到这天晚上,开始向这个美丽的年轻女人倾诉之前,他从来没有想到,自己的生活也会是个故事。茜丽满怀热望,凝视着他,不时面带羞涩摸一下他的手。如果以前茜丽从她接触的众多病人中,听到过富裕的中年人的故事,此时此刻她也不露声色。如果莱昂内尔这样满怀激情、滔滔不绝地讲述时,茜丽心猿意马,另有所思,她当然也不露蛛丝马迹。她看起来完全被莱昂内尔·霍夫曼的故事迷住了。莱昂内尔说他过的是缺乏激情、恬淡寡欲、只尽责任和义务的日子。"新教徒的道德规范、宛如精神枷锁的神学理论。但愿你不曾被这些教条所束缚,茜丽。"回首往事,莱昂内尔觉得,从孩提时代起,自己所做的每一件事情,都是遵照别人的意愿行事的结果。属于自己的隐秘,或者自作主张的事情,都是偶然为之。比如小时候,在布鲁姆山下湖边发现的那对嬉皮士的尸体。"就像发现了财宝,把人吓得心惊胆战的财宝。只是我不知道那一切意味着什么。"茜丽能从这番令人困惑的表白中领悟到什么,很难说。但她还是神情专注地听他讲下去,一双眼睛凝视着他。哦,那双亮光闪闪、仿佛能施催眠术的眼睛。热烘烘的皮肤散发出肉豆蔻的气味,浓密的秀发垂在颈背。莱昂内尔真想解开她的发辫,把脸贴在她的颈背,紧紧地、紧紧地偎依在她的怀里。小姐,再来一瓶酒!(茜丽只喝矿泉水。)他一定要把自己的生活告诉她。和她相遇以前的生活。"谢谢上帝给了我这份痛苦。正是这痛苦使我走到你的面前。现在,我明白了上帝的本意。世界上没有什么巧合,茜丽。"他说话的时候,她一直喃喃着:"是。"或者"是吗?"她那神情专注的目光、嫣然一笑露出的洁白的牙齿,都显示出他的话给她留下多么深刻的印象。他又给了她多么强烈的性的吸引!她不但赞赏他,而且不乏敬畏之感。他在讲霍夫曼出版公司的事儿。茜丽知道,霍夫曼出版公司是美国出版医学书籍最好的出版商。他对她说,他取得很大的成就,为家族争了光。可是为了这种成功,他牺牲了那么多的幸福和快乐。所以,总是愤愤不平。他结婚很早,而且完全是为了让父母高兴才过早地背上这个包袱。和他结婚的姑娘也是父母看中的。虽然人还不错,但从未真的爱过她。"这就是我碰到你之前的生活。我的妻子,我的儿女。那都是过去的事情了,茜丽。此刻,我觉得自己简直被幸福淹没了!然而……这真是一个谜!"

从饭店出来,他们来到东六十一条大街莱昂内尔的公寓。握着茜丽的手,往里走的时候,莱昂内尔突然着急起来。记得过四十岁生日的那天,卡米拉为了给沉默寡言、容易局促不安的丈夫一个惊喜,特意进城,来公寓等他。如果今天,她又心血来潮……哦,谢天谢地,公寓空无一人。莱昂内尔看见茜丽脸上充满稚气的、惊奇的表情,大声笑了起来。"我就住在这儿,每星期四个晚上。房子还不错吧?"霍夫曼家一九七五年就买了这套房子,装修得十分豪华,尽管没有什么新意。总共有六个房间,天花板很高,灯具的样式虽然已经过时,但不失精美。锦缎帷幔,厚厚的手织东方式地毯。莱昂内尔好多年也没有认认真真看一眼自己这套房子,现在从茜丽大睁的眼睛里看到它的价值。他的心因此而充满喜悦。他是那样爱慕她,想要得到她!一个离开自己的工作环境、不能再对病人"发号施令"的女理疗师,一个性感十足、充满吸引力的姑娘,必定服从于另外一个人的"号令"。"霍夫曼先生,我不应该来,我应该离开这儿。"莱昂内尔没有答话,只是吻她。她想从他怀里挣脱,上气不接下气地说:"霍夫曼先生,你是有家室的人。这样做不对。你知道不对。哦!"她从他的怀抱中挣脱,跑进另外一个房间。莱昂内尔追进去,把她堵在屋里。莱昂内尔觉得自己高大,威猛,充满力量。因为茜丽没有穿她的尼龙白罩衣。此刻,她不再是他的理疗师。她已经完全置身于他的控制之下。就像许多年前,孩子们听凭他摆布一样。"别害怕,亲爱的。我不会伤害你。"莱昂内尔说。"霍夫曼先生,求求你,别。"茜丽轻声说。他们在莱昂内尔的书房里。漂亮的红木写字台上放着霍夫曼家的"全家福",就像好莱坞电影里的画面。明亮的阳光在照片周围跳荡。照片上,一张张微笑的脸充满生机。那是莱昂内尔和他年轻美丽的妻子卡米拉,还有玛塞和凯文。两个小家伙都面带微笑。一个令人羡慕的家庭,美国人的家庭。莱昂内尔已经好长时间不曾看这些照片,就如不愿意回首往事一样。要不是每星期清扫工来替他打扫一次房间,照片早就落满了灰尘。"霍夫曼先生,这是你的妻子?这两个……是你的孩子?"那一刻,茜丽一副可怜巴巴的样子。那么脆弱,易受伤害。莱昂内尔看了,怜香惜玉之情油然而生,越发爱她,越发想得到她。他伸开双臂搂着她,脸贴着她的颈背,贪婪地闻着她秀发和肌肤散发的清香,难以自持。"霍夫曼先生,这样不好。我必须离开这儿,哦,求求你!"她挣扎着,莱昂内尔把她抱得更紧。他吻她,紧紧地贴着她的嘴巴。她起初双唇紧闭,但是终于让步,任凭他的舌头分开那两片美丽、丰润的朱唇。他们俩抱在一起,跌跌撞撞,好像要昏过去一样。莱昂内尔感觉到她的心贴着他的胸膛怦怦地跳,感觉到她脉搏的跳动和她的惶恐不安。他解开她的头发,秀发像瀑布一样流泻下来。他们在锦缎双人沙发上绊了一下。莱昂内尔急不可耐,揪扯起茜丽的衣服。就像这几个星期以来,一直想脱掉她的罩衣和长裤。一直发了疯似的想脱她的罩衣和长裤!完全是靠了极大的自制力,才没有这样做。茜丽虽然吓了一跳,但是大笑起来,那笑声听起来很是放荡。莱昂内尔哼哼着,身体紧紧贴着她的身体,她一定感觉到他已经勃起。这间屋子是卡米拉精心设计、装修的。那时候,那个搞室内装潢的工头要价很高,尽管对他的设计,莱昂内尔从来不感兴趣。在这里,我曾经那么寂寞,身心疲惫。"霍夫曼先生,这是错误的!你知道,这是错误的……"茜丽喃喃着。莱昂内尔说不出话来,只是哼哼。许多年来,他不曾像拥抱茜丽一样,拥抱过别的女人。你没有这样拥抱过你的妻子。这个想法很荒唐。夫妻之间的性爱不会那么疯狂。倘若那样,倒是偏离了常规。他生气地责问:"怎么就是错误?为什么我们的行为错误?我们可以做我们想做的事情,这难道是错误?我对我的妻子没有欲望,永远不会有。难道我的余生再也不能有欲望?难道让我永远关在婚姻的牢笼里,直到离开人世?我怎么能忍受这样的命运?"莱昂内尔慷慨激昂。茜丽因为羞愧向后缩了缩。她对他似乎有了新的认识,黑眼睛闪着明亮的光,把这种认识表露给他。现在,他们在卧室里。高高的、窄窄的窗户挂着白纱窗帘。奶油色壁纸上印着非常雅致的绿色条纹。这间屋子很有情调。但是莱昂内尔曾经在这里做过那么多噩梦。独自一人躺着度过那么多夜晚。床很大,罩着绿缎子床罩。旁边放着一个非常精致的红木床头柜。天知道卡米拉和她那位搞装潢的熟人从哪儿找到这样一件家具。"颈椎垫"塞在右面那个枕头里。莱昂内尔睡在那边。让自己带来的姑娘发现这玩意儿,莱昂内尔有点不好意思。可是转念一想,这个垫子原本就是她催促他买的,便放下心来。"霍夫曼先生,莱昂内尔……这是错误的……哦,求求你……"但是她已经无力拒绝。莱昂内尔完全主宰了她。这个手指灵巧、训练有素的年轻女人,这个具有一种消除病痛的神奇力量的理疗师,在莱昂内尔面前变得软弱无力。他仿佛喷射出一股火焰,融化了那块拒绝的坚冰。但是,她的"消极"越发刺激得莱昂内尔欲火中烧。因为女人现在做爱的时候,已经不再让自己处于被动的状态。就连卡米拉和他刚结婚那几年,在妇女杂志上刊登的那些不乏色情内容的文章和《性生活指南》的鼓舞下,也总是千方百计地"挑逗"呆头呆脑、茫然不知所措的丈夫和自己做爱……可是眼前是茜丽——美妙绝伦而又颇具"异国风情"的茜丽。她比卡米拉年轻许多,比卡米拉性感百倍。她似乎真的害怕莱昂内尔,怕他十足的"男人味儿"。现在,他们俩的位置完全颠倒了。他是主人,她完全听命于他。困扰他那么久的疼痛哪儿去了?是被茜丽的"精心照料"彻底消除了,还是被莱昂内尔自己战胜了?还是性欲驱散了颈椎钻心的疼?莱昂内尔和茜丽在床边绊了一下。她的衣服已经解开。莱昂内尔的衬衫和裤子也已经解开。茜丽昏昏沉沉,唤着他的名字,不再是霍夫曼先生,而是莱昂内尔。她眼帘低垂,白皙的脸像一朵绽开的鲜花。莱昂内尔想做什么都可以。他知道,她不会拒绝。莱昂内尔的"阳刚之美"从来没有像现在这样发挥得淋漓尽致。那是蕴藏在他体内炽热的生命之泉。他的腹股沟,他的阴茎,他的脊柱,他的整个身体都沉浸在欲望的胜利之中。现在,女人的裸体在他的怀抱之中,一缕长长的黑发含在嘴里。他浑身颤抖,跪在她身边,勃起的阴茎像一根棒子!他停止思想,向她的体内挺进。哦,什么都不想是何等的轻松!他的脑子仿佛被一道白光灼伤,留下一片空白。我绝对不会像亚当那样去死。决不!女人在他的重压下动了动,轻轻呻吟着。她的意志已经被他彻底打垮,仿佛在昏睡中,任凭他摆布。没有女人的固执,也没有让男人生气的忸怩与羞涩。莱昂内尔把生命的力量注入这个女人,注入她大腿之间那黑幽幽的隐秘之地,快乐到忘我的境地。他只感觉到女人修长、结实、乳白色的胳膊搂着他的脖子,带着胜利和满足轻声喃喃:"莱昂……内尔!"白得耀眼的床单映衬着长长的黑发。薄薄的嘴唇拼命吸吮他的嘴。他感觉到她坚硬的牙齿,感觉到她的骨盆按照自己的节奏十分有力地向上顶着他的骨盆。他们被激情之火燃烧着,一起在爱河里沉没。枕套里的"颈椎垫"滑落出来,掉在地板上,拼命奔逃似的滚出好几英尺。莱昂内尔许久不曾激动的心剧烈跳动着,浑身布满咸咸的汗水。他活到现在,从来没有感觉到自己如此有力!他的力量贯穿了整个身体,气喘吁吁地喃喃:"宝贝儿,我的宝贝儿!我的……"

骤然之间,他攀上巅峰,快乐得忘了这个女人的名字。

3

有一个女人,夜里醒来好多次,清晨发现枕头湿乎乎的,脸上也沾满泪水,睡梦中,她一直在哭泣。

是的,许多次。绣着漂亮花朵的亚麻枕套浸透了伤心的泪水。在这个伤心之年的深秋。卡米拉·霍夫曼生命的深秋——或者已经是初冬？

是的。已经是十二月,最严酷的一个月份。他是十月份离开这个家的。

我的耻辱。如何承受？可我爱他,我原谅他!

他一定知道,我会原谅他。我将永远爱他。

唯一的安慰是阿波罗和"影子"。每天夜里,它们俩都睡在女主人床前的地板上。阿波罗在左边,"影子"在右边,就像把守在古埃及木乃伊女主人坟墓前面石头雕刻的狗。

夜里,如果卡米拉辗转反侧难以成眠,或者在睡梦中呻吟、抽泣,两条狗就会立刻醒来,警惕地环顾四方,随时准备应付任何危险。

它们永远不会抛弃她。

莱昂内尔·霍夫曼突然离开老磨坊路的房子,搬进曼哈顿东六十一条大街那幢公寓之后,一直想和卡米拉"保持联系"。他想把事情处理得"公平、公正"。十一月中旬之前,他们每天都要通电话。后来,由于卡米拉不知道的原因,她再把电话打到丈夫办公室的时候,秘书总是回答"经理不在";打到公寓更是没有人接听。留言之后,莱昂内尔也很少回电话。即使回话,也总是含糊其词,支支吾吾,一副心不在焉的样子,似乎想不起她是何许人也。(这怎么可能呢?)

有一次,他们这样别别扭扭通话的时候,卡米拉听见有人在电话那边悄悄地说话,还有使劲忍着的咻咻的笑声。莱昂内尔嘟囔着,或者哼哼着。

对于这种"干扰",卡米拉表现得很有礼貌,也很大度。

他们分居后的头几个星期,莱昂内尔像战士宣誓一样,向卡米拉再三再四地保证,他爱她,尊重她,他将永远爱她,像爱玛塞和凯文一样。但是眼下,他对她的爱不是爱情。

这便是问题的症结。对于我们爱的人,我们很少出于爱情。

卡米拉连忙说:"哦,是的。我明白,莱昂内尔。我……明白。"

"这不是一个人的事,卡米拉。你一定要理解。"

"哦,我能理解。"

"电闪雷鸣,从来不是单方面的事情。"

"绝对不是。"

你知道吗,亲爱的,我可以原谅你。我永远爱你。这幢我们曾经度过那么多快乐时光的房子,永远向你敞开大门。

"卡米拉,我要挂电话了。"

"好吧!谢谢你打电话给我,莱昂内尔。"

"卡米拉,是你给我打来的。"

"对!谢谢你……"

"再见!"

尽管他们有那么多事情要商量——共同拥有的财产,投资,财务情况,婚姻前景。("离婚"这个谁都不愿意听到的字眼还没有说出口。)孩子们对这个出人意料的坏消息会做出什么反应?("毫无疑问,玛塞和凯文已经不再是孩子了,卡米拉,难道不是吗?"莱昂内尔冷冷地说。)他们从来没有提起过那个女人,那个肯定非常漂亮的年轻女人。莱昂内尔爱上的大概就是她。尽管卡米拉很想知道实情,从某种意义上讲,她甚至对他们有点同情。

有一次,在电话上断断续续谈完这件事情之后,莱昂内尔好像痛心地喃喃着说,他永远不想伤害她,故意伤害她。

"你可太善良了,莱昂内尔!想得多周到呀!"

挂上电话,卡米拉大笑起来。两只手的手心揉着红红的眼睛。她的笑声又尖又细,阿波罗和"影子"连忙跑了过来。

阿波罗很漂亮,总是高昂着头。过去,亚当不在家的时候,它就住在老磨坊路这幢房子里。它是品种优良的德国牧羊犬和爱斯基摩狗的后代,非常忠诚、聪明。亚当把它托付给卡米拉——他最亲密的女朋友。阿波罗大概六岁,应该说还没过壮年。一双眼睛充满深情,银狐般的皮毛油光水滑。因为卡米拉总是买富含维他命的狗食给它吃,而且总是小心翼翼梳理它的皮毛,把爱毫无节制地给它。"影子"个头比较小,没有什么特点,是一条拉布拉多杂种狗。一双忧郁的眼睛经常糊着眼屎,狐狸脸,烂耳朵,波浪状的黑毛粗糙、没有光泽,牙齿变了颜色,是一条看起来上了年纪的小狗。从某种意义上讲,它还是个小狗崽,没有长大,(幸亏莱昂内尔不在这个家,不知道这些事!)更没有受到足够的训练。乍看,它又是条老狗。腰变了形,左面那条后腿切除了一截,瘸得非常厉害。可怜的"影子"一听见外面有响动,或者听见电话铃声,就吓得浑身颤抖。经过无数次训练,才懂得不能在屋子里汪汪地大声吠叫。它对新主人非常忠诚,不知道怎样才能表达心中的爱。卡米拉一看见"影子"水汪汪的眼睛又蒙上可怕的记忆留下的阴影,无论手里正干什么,都立刻停下,蹲在地上抱住它,轻声安慰:"'影子',好宝贝儿!现在安全了。和我在一起,你永远安全。"

"影子"特别淘气,喜欢围着卡米拉跳来跳去,扭动着变了形的屁股和秃尾巴,呜呜咽咽地叫,舔她,吻她。有时候实在高兴得不能自持,还轻轻地咬她。它的牙齿特别尖,一不留神,就会咬破皮肤,流出血来。"别,别,'影子',这样可不好!"这时候,阿波罗就会跑过来,嫉妒之情"溢于言表",巴不得立刻投入卡米拉的怀抱。它冲到卡米拉和"影子"身边,围着他们转来转去,又是拱又是叫,不顾一切地吻主人的脸。"阿波罗,注意你的举止!"卡米拉像个小女孩,高兴得哈哈大笑,笨手笨脚地保持身体的平衡。有时候她倒在地上,两条狗又舔又吻,在她脸上留下一片片酸酸的唾液,干了之后,滑溜溜的,就像被阳光照过。

"妈妈,你是认真的吗?告诉我,你是开玩笑!"

卡米拉皱着眉头。女儿玛塞对她的了解也太少了点儿,怎么能想到妈妈在这样重大的事情上和她开玩笑。

"爸爸已经搬出去了?离开我们家了?到纽约去了?到底发生了什么事?妈妈!"

该怎么和孩子们说这事呢?怎样才能心平气和、谨而慎之、实事求是地把这件让人心痛的事情告诉玛塞和凯文呢?作为一个被抛弃的妻子,个人的痛苦和身为人母而无法维系一个家庭的完整和安宁的耻辱相比,已经算不了什么。向玛塞和凯文解释这件事情的责任当然只能落在卡米拉的肩上。

莱昂内尔说女儿和儿子已经长大成人——虽然都二十多岁了——实在太不准确,也太残酷了。似乎"长大成人"就可以不受伤害,就不会失望。卡米拉知道,两个孩子和老磨坊路这幢房子有着千丝万缕的联系,那是他们魂牵梦绕的地方。尽管小时候姐弟俩总是为这个地方争争吵吵,甚至公然宣称,讨厌盐山。和所有的朋友一样,他们都烦透了这种"白种人富足的乡村生活"。他们在美国历史上最富足、竞争最激烈的年代长大——二十世纪最后十年除外。这一代年轻的美国人也许已经认识到,光凭自己的努力,很难取得父辈当年取得的成就,也难积累父辈当年积累的财富。玛塞已经在纽约大学获得文科学位,现在为西雅图一家网上杂志

《石板》工作，没有什么明确的职务，莱昂内尔和卡米拉估计，她也就是个普通职员。凯文在哈佛大学工商管理学院毕业，也拿到了学位，可是激烈的竞争中，没能崭露头角。他现在搞电脑，和姐姐一样，也没有一个明确的职位。工作倒是很忙，在波士顿技术投资网站当程序员，一星期发了疯似的干六十个小时。由于工作压力太大，小小的年纪已经开始脱发，肠胃也不好。和莱昂内尔年轻时候一样，凯文也不愿意到自家的公司里工作。他满怀希望，或者说由于某种错觉，一心依靠自己的力量创业。（莱昂内尔的策略是，不给儿子施加压力。"凯文什么时候愿意和我一起干，他自己知道，我也知道。"卡米拉熟知丈夫的"绅士风度"——口是心非，表里不一，明白他是找借口。实际上，他信不过儿子的商业头脑和工作能力，不想让他参与霍夫曼出版公司的工作。）

卡米拉心烦意乱、羞愧难当，迟迟不想给玛塞和凯文打电话，一直拖了好几个星期。感恩节前十天，她意识到不能再拖了。因为，玛塞和凯文一定认为，像往年一样，妈妈准备了丰盛的宴席，等待他们回来过节。平常，他们至少请二十五位客人。都是双方的亲戚，还有像亚当·贝伦德这样的朋友。（卡米拉不敢想象亚当再也不能来吃她做的饭菜，再也不能和他们欢聚一堂了。也许最聪明的办法就是干脆不举行这种家宴和聚会？）其实玛塞和凯文对回家过感恩节并无多大的热情。只是出于责任感或者因为没有别的邀请，才回来凑个热闹。可是当卡米拉不无抱歉地通知他们，今年家里不准备过感恩节了，姐弟俩都非常惊讶，而且都很沮丧。玛塞第一个反应是生气。卡米拉别无选择，只好结结巴巴地告诉女儿，她和莱昂内尔出现了"婚姻危机"。莱昂内尔已经"搬到纽约去了，暂时"。和玛塞谈话的气氛急转直下。玛塞非常尖刻地说："他又找了个女人，对吗？我知道会出这事，妈妈！你一直在做梦。这么多年,你一直蒙在鼓里。爸爸是个英俊潇洒的男人。他还不是个穷光蛋。你难道就不明白?"愤怒的女儿在大陆那端对她说这番话的时候,卡米拉觉得一阵眩晕。两条狗中的一条伸着大脑袋蹭她的膝盖,舔她的手,给她慰藉和鼓励。是阿波罗。小一点的那条——精瘦的"影子",从旁边跑过来,嘴里呜呜咽咽,暖烘烘的皮毛紧紧贴着她,安慰她。"玛塞,这不是一个人的事。你父亲挺着急,希望我们大家都明白这一点。""不是'一个人的事'。此话怎讲?我不相信这种屁话!""莱昂内尔说……就像电闪雷鸣。和别的没有关系……""电闪雷鸣也是爸爸搞的!哦,看在上帝的分上,妈妈,不要自欺欺人了。爸爸就是该死的闪电!""玛塞,求求你……""我要给他打电话。我有话对这个好老爸说!""哦,玛塞,亲爱的,不要这样。我相信他只是暂时鬼迷心窍。过圣诞节的时候,他就回家了。以前,他从来没有做过出格的事儿。""事实上,上星期,我一直给他打电话。打到办公室。人家总是告诉我,'霍夫曼先生现在不能接电话。'而且他从来不给我回电话,"玛塞说,"他不敢对我说!""玛塞,你父亲肯定最近就会给你打电话。你……""不要对我说,爸爸这把年纪还冒出个女朋友。是这样吗?真是这样吗?""玛塞,我……""妈妈,让我告诉你,这可是这星期我听到的最糟最糟的消息!这个星期,简直糟透了!"玛塞气得哭了起来。卡米拉生怕女儿扔下听筒,挂断电话。以前不止一次,为了一点小事她就摔听筒。可是,满腹辛酸,她又希望玛塞把电话挂断算了。玛塞愤怒地说:"我一定把这件事情弄个水落石出!我要飞回去。不管什么感恩节不感恩节!大家的父亲都在离婚,都在娶我这样年龄的女人。可是霍夫曼家不行!凯文和我事先看不到一份'婚前协议',他休想!妈妈,你也是!自从我上班离开家,你至少又长了二十五磅肉。"卡米拉面对女儿的"打击",不由得闭上眼睛。她知道,女儿的话不是没有道理,但是她并没有因此而减轻痛苦。她想起玛塞在盐山县中学上七年级的时候,一直是同学中最胖的姑娘。那时候她拼命节食,非常讨厌自己那张和妈妈很像的"肉丸子"似的脸。有一次,卡米拉责怪她不该为了减肥饿肚子,玛塞气得要命,说出一番让卡米拉永远难忘的话来:"别管我,妈妈!我宁愿死也不胖成你那个样子!"那时候,卡米拉才超重八磅。

她从来没有和莱昂内尔说过这事。有一次,想和亚当说,可是话到嘴边又咽到肚里。她怕亚当可怜她,因为她最不愿意做的事情就是被亚当可怜。

玛塞似乎感觉到妈妈的沮丧,有点后悔。"喂,妈妈,你还在吗?哦,真对不起。我想,你的心一定……碎了,是吗?"卡米拉擦了擦眼睛,不敢回答,生怕一开口就无法再支撑下去。玛塞又问,就卡米拉所知,是不是有个"第三者"。卡米拉努力收拾起自己被击得粉碎的尊严,说:"这事得问你父亲。只有他知道。"

和玛塞通完话之后,卡米拉精疲力竭,脑子里一片混乱,很想在沙发上躺一会儿。但是她知道,必须马上给凯文打电话,否则盛怒之下的玛塞就会抢先打电话给弟弟,结果把事情越搞越糟。还算走运,凯文在家,电话一拨就通。听了这个消息,他也惊呆了。"爸爸搬出去了?从我们家里搬走了?他疯了吗?到底出什么事儿了,妈妈?"卡米拉小心翼翼地说:"只是暂时,凯文。我已经给你姐姐打电话,解释这件事情了。莱昂内尔是……""等等。我们先把事情一件一件理清楚,妈妈。爸爸搬出去了?搬到纽约了?什么时候搬走的?为什么我不知道?你是什么时候告诉玛塞的?是不是什么人搅和到这件事情里了?"凯文平常说话总是慢条斯理,还喜欢冷嘲热讽。现在声音里却充满少年人的痛苦。卡米拉结结巴巴地说:"我……真的不知道,凯文。他也许说过……也许提到过……我脑子里乱得很,不知道听明白了没有。"事实上,卡米拉确实记不清了。莱昂内尔是不是真的说过那句不吉利的话?自从去年十一月……有个女人……进入我的生活……或者只是卡米拉做了一场自我惩罚的噩梦,想象出这样一些细节?她觉得,莱昂内尔不可能整整一年和一个女人搅和在一起——不管这种搅和意味着什么——而她身为妻子,居然一无所知。凯文关键时刻总是站在妈妈一边,保护妈妈的利益,而妈妈也是他和爸爸的权威相抗衡时唯一的"同盟军"。他看出在父母的婚姻之中,有一种力量对比的不平衡,不公正。他恼怒地说:"一定有!真该死!想想看,爸爸那把年纪,五十多岁。怎么好意思?"凯文发出一阵怪笑,好像莱昂内尔·霍夫曼和别的女人通奸,把自己打扮成一个"离经叛道"的老情人是一件令人发笑、荒唐至极的事情。同情、紧张,卡米拉心里像打翻了五味瓶,不知如何是好,也跟着儿子笑了起来。她不大情愿地把狗从身边推开。这两个家伙热情不减,拼命舔她的手,用焦急的眼睛看着她,安慰她,求她不要难过。她无法集中精力,觉得很累。自从"影子"走进她的生活(那是一种恩赐,不请自来的天惠),她一直对"罗克兰县走失动物庇护中心"充满感激之情。现在她成了那儿的"志愿者",每星期去干两个下午的活儿。凯文和姐姐一样,也怒气冲冲地说,今年没什么感恩节可过了,也许圣诞节也过不成了。卡米拉没有说话。她头疼。她心里想,如果能和狗一起生活,为什么非要和儿女一起?为什么非要有个丈夫?狗不会品头论足,不会说三道四。狗只会爱你。凯文非常任性地说,他要回家,看看"爸爸到底想干什么"。他对卡米拉抱怨说,他一直给莱昂内尔发电子邮件("都是关于专业上的问题"),可是莱昂内尔一封邮件也没有回过。他在纽约吗?在他那套公寓吗？卡米拉喃喃着说，她想应该在。还说，她也给他打过电话，他总是不肯痛痛快快回电话。凯文绝望地说："别让爸爸把房子卖了，妈妈。我想，这是你们共同拥有的财产。你们所有的财产、投资、储蓄，都是共同的，对吗？别让爸爸从你手里骗走任何东西。别让他卖了我们的家！"卡米拉摸着两条狗的头，对儿子的想念像一根针扎着她的心。小时候，凯文就不是个怕事的孩子。像姐姐一样，宁愿陷入进退两难的境地，也不会只生闷气。如果他们在一起，卡米拉一定会把儿子紧紧抱在怀里，大哭一场。可是凯文远在波士顿，只有电话听筒传来他沉重的喘息声。"哦，不，凯文！你父亲绝对不会那么狠毒。他不会卖这幢房子。事实上，等到圣诞节……他就会回来。那时候，他的疯劲也该过去了。"

真出乎预料！卡米拉收到莱昂内尔从巴巴多斯寄来的一张明信片。他说，他已经请了五天假，很快就会和她商量将来的计划。他建议她考虑一下法律上的事实陈述。还对这些日子没能和她取得联系表示歉意。唯一的借口是，他的生活又变得妙不可言，美好得令人难以置信。

这是一个令人心酸的、具有警世作用的故事，一位盐山的妻子被人抛弃的故事。

比阿特丽斯·阿切尔含着热泪说："我知道。我刚把车停在霍夫曼家的汽车道上，看见卡米拉那几盆迎风怒放的菊花东倒西歪，几个打碎的花盆扔在地上，就知道他们家一定出事了。"

十二月初的一天，比阿特丽斯壮了壮胆子去看望卡米拉·霍夫曼。她是不请自来。此前给卡米拉打过好几次电话，卡米拉都没有回话。"可是我们不能像莱昂内尔那样扔下她不管。这个可怜的女人受的打击太大了。"比阿特丽斯·阿切尔刚到中年,不但显年轻,长得也很漂亮。金光闪闪的头发垂在完美得无懈可击的脸颊两边,宛如一对向前翘着的翅膀,画出美丽的曲线。她的丈夫是盐山一位很有名的内科医生。她非常关心朋友,尤其现在,孩子们都已经长大成人,远走高飞。她是新基督教①徒,而且信仰特别坚定。她怂恿丈夫艾弗里·阿切尔在纽约和莱昂内尔联系一下,如果可能,和他见上一面。"给他讲点儿道理。这个莱昂内尔,这么多人,偏偏是他干出这种事情。一定要让他明白,这样做,有失身份。"(可是艾弗里抱怨说,莱昂内尔从来不回电话。霍夫曼出版公司莱昂内尔的秘书总是说:"霍夫曼先生不在!"然后就把电话挂了。)一天上午,比阿特丽斯决定径直去老磨坊路看望卡米拉。老磨坊路和老荷兰路相交。阿切尔一家住在老荷兰路一幢修整得非常漂亮的新乔治王朝式房子里。周围是三英亩森林覆盖的绿地,环境非常优美。比阿特丽斯认为,自己虽然是不请自来,卡米拉也得让她进家。"我们毕竟经常来往,相互看望是常事儿……"

但是,菊花一点儿也不赏心悦目,对于像比阿特丽斯·阿切尔这样一位爱挑剔的家庭主妇,简直就是一团糟。霍夫曼家这幢房子是殖民地时期流行的样式,窗户很多,可是大多数窗户都用百叶窗遮挡着。比阿特丽斯走到前门用颤抖的手指按响门铃,两条狗不知道从哪儿跑出来,围着她汪汪地叫。她认出阿波罗——亚当特别喜欢的那条狗。自从亚当去世,她就没有再看见过它。还算走运,阿波罗似乎也认出了她。"阿波罗?你认识我。我是亚当

---

① 新基督教派,指任何以当时流行的哲学,特别是近代唯理论来解释基督教教义或教条的教派。

的朋友比阿特丽斯。阿波罗,好宝贝儿!"这条德国牧羊犬摇着尾巴汪汪叫着,尽管声音不像比阿特丽斯希望的那样嘹亮、那样充满生机。更让人担心的是那条小一点的狗。这条狗样子古怪,有点畸形,是一条黑颜色的拉布拉多杂种狗,三条腿,水汪汪的眼睛,以前比阿特丽斯从来没有见过。这两条狗都和卡米拉一起生活吗?或者那条黑狗是一条走失的狗?它的叫声就像指甲抓挠黑板的声音,特别难听,虽然浑身残疾,但是张牙舞爪,一副好斗的样子。"我真怕卡米拉开门之前,那个畜生就咬伤我,或者撕烂我的衣裳。它的颈毛像钢针一样竖起,一直猖猖狂吠。这条狗变了形,丑得像个鬼。"这时候,卡米拉气喘吁吁跑来开门。她穿着一件脏兮兮的工作服,凌乱的头发随手束在脑后。两条狗都把鼻子凑到比阿特丽斯身上,毫不客气地嗅来嗅去。卡米拉不无歉意地喝退两条狗,解释说,它们不习惯生人。"当然不会给客人带来什么危险。阿波罗和'影子'都训练有素,非常听话。"

比阿特丽斯不请自来,心里发虚,格外热情地拥抱着卡米拉,吻着她的面颊。多日不见,卡米拉好像变了一个人。真诚的、同情的泪水迷住比阿特丽斯那双精心描画的、亮光闪闪的大眼睛。"卡米拉,见到你真高兴!这些天我们一直为你悬着一颗心。给你打电话也没有人接。你这个'计划生育协会'资金筹集人,孤零零一个人住在这儿,能不让大伙儿担心?你伤害了朋友们的感情,知道吗?卡米拉。"比阿特丽斯·阿切尔就是这样,总是以责备表示她的关切和同情。

卡米拉满脸通红,不知道该说什么才好,一边请比阿特丽斯进屋,一边连连道歉,因为两条狗跟在她们身后,继续把鼻子凑到比阿特丽斯的腿上嗅来嗅去。比阿特丽斯后来说,当时的情景真让她寒心。那么漂亮的一幢房子,到处散发着狗的气味。门厅一张樱桃木桌子上,放着一大堆没有拆封的邮件。"就像死了一家之主,只有什么无关紧要的人在这儿敷衍,把邮件拿进来,拆都懒得拆。"

这次别别扭扭的访问持续了不到一个小时。两个女人坐在卡米拉宽敞而又凌乱的厨房里,冬日的阳光照射进来,越发增加了它的冷清和凄凉。窗台上摆着几盆枯萎了的非洲紫罗兰。墙角地板上放着几个红色、黄色的塑料盆。那是盛狗食用的,下面垫着报纸。比阿特丽斯看到,大多数房门都关着。也许是怕狗进去祸害。她还觉得屋子里的气氛很紧张,就像卡米拉估计到会发生什么事情,或者已经发生了什么事情。眼下的凄凉不过是事发之后的结果。她和大家说,卡米拉对她的态度算不上粗鲁,事实上,可怜的卡米拉已经没有能力对什么人粗鲁了。"她说要给我倒咖啡,可是一直没有倒。我想,她总是忘了!"看到朋友变得"面目皆非",比阿特丽斯很不好受,好奇心也油然而生。莱昂内尔离家还不到两个月,卡米拉漂亮的、呈波浪状的金发就开始变得灰白。她没有化妆,红扑扑的脸皮肤粗糙,就像一直站在冷风里。她神经质地微笑着,不停地眨巴着一双没有睫毛的眼睛,凝视着比阿特丽斯,似乎正在用另外一种她不熟悉的语言谈话,说说停停,不无艰难。比阿特丽斯注意到,卡米拉那条劳动布裤子紧紧地箍着她那肥大的屁股,裤腿上留下狗爪子抓过的痕迹。比阿特丽斯还看见卡米拉的指甲上有裂痕,指甲缝里有污垢。这样的指甲,真是女人被彻底打垮的象征。比阿特丽斯真想给她修修指甲。"可是我当然不想让她心里不安,不想让她觉得我是在介入她的生活。只想让她意识到盐山的朋友在关心她。我对她说,阿比盖尔·代斯·普雷斯非常想见她,想给她'精神上的抚慰'和'法律上的建议'。因为阿比盖尔几年前也碰到过这样的问题。和哈里。可是卡米拉立刻打断我，说：'没有必要。我不需要律师。你可以替我谢谢阿比盖尔，我们俩的情况不一样。我的丈夫也许圣诞节前就回家了。我们经常通电话。他非常爱我。爱他的儿女，爱这个家。我们永远不会卖这幢房子。'她一口气说了这么多话！卡米拉满脸通红。那时候，我们俩真想抱头大哭。我握着她那双冰凉的、微微颤抖的手说，当然，当然！艾弗里刚听到这事的时候就说：'莱昂内尔会回来的。'卡米拉听了这话立刻满脸放光，说道：'艾弗里这样说过？比阿特丽斯。真的？他说，莱昂内尔会回来？'"

这以后，卡米拉的话多了起来，尽管有时候前言不搭后语。她经常咯咯地笑着，或者擦擦眼睛，打断自己的谈话。她以孩子般的信任向比阿特丽斯倾诉衷肠。她说，其实是玛塞和凯文被父亲此举搞得心烦意乱，她自己倒无所谓。"你知道他们那么钦佩父亲。他刚正不阿，是他们道德的楷模。当然也是我的楷模。"她还给比阿特丽斯讲了一件特别令人感动的事情：莱昂内尔搬走几天之后，她把酒柜里已经打开的所有的酒——威士忌、苏格兰威士忌、波旁威士忌、杜松子酒，统统拿了出来，装在一个箱子里，扔到垃圾场。这样一来，就不至于借酒浇愁了。"至于那些还没有开瓶的酒和莱昂内尔酒窖里存放的酒，我打不开，所以……我很安全，不会酗酒。"说到这儿，她和比阿特丽斯都笑了起来。卡米拉确实是个处处小心谨慎的人。她自知不胜酒力，一杯白葡萄酒喝下去就头重脚轻，所以就自个儿先采取措施，防患于未然。比阿特丽斯也对酒精过敏，除了社交场合，滴酒不沾。即使社交场合，也是"浅尝辄止"。听了卡米拉的故事，比阿特丽斯心里想，倘若艾弗里离家出走，她也会像卡米拉这样谨慎行事。（不过，比阿特丽斯到死也不会相信忠心耿耿的丈夫会离她而去。）卡米拉拿出一张从巴巴多斯寄来的明信片。这张明信片似乎是莱昂内尔最近寄给她的。上面印着美丽的风景,似乎是度假的饭店和宽阔的海滩。"这是巴巴多斯的希尔顿饭店。莱昂内尔和我曾经在那儿住过。他一定想起我们婚后的幸福生活,对吗?那么多美好的记忆。否则,他不会寄给我这样一张明信片。他如果故意拿这样一幅画面刺激我,未免太残酷了。而莱昂内尔绝不是一个狠毒的人。"卡米拉的声音颤抖着。比阿特丽斯连忙说:"当然不是!在盐山,莱昂内尔是最具绅士风度、最懂得关心体贴别人的人。他比艾弗里可强多了!"卡米拉没太注意这句玩笑话,直盯盯地看着明信片上潦潦草草写着的那几句话。比阿特丽斯想,莱昂内尔是不是和传说中的女朋友——在曼哈顿医院认识的那位非常漂亮、极具"异国风情"的年轻理疗师一起溜到加勒比海了?但她没好意思问。

卡米拉又为自己没能参加"计划生育协会"的会议再三道歉。还向盐山公共图书馆、盐山音乐联谊会、盐山美术协会的朋友们表示歉意……她把有限的时间和精力都花在"罗克兰县走失动物庇护中心"的工作上了。他们急需帮助和捐助。她告诉比阿特丽斯,莱昂内尔离家的第二天早晨,她开着车在西斧大街行驶,突然看见一条被车撞了的狗,躺在路边等死。她停下车,把受伤的狗送到罗克兰宠物医院,紧急手术,才救了它一命。讲这件事情的时候,卡米拉非常激动。"'影子'是我们这些没有被摧毁的朋友中的一员。我管它叫'影子',是因为它在令人炫目的阳光之下,像一个影子,突然出现在我的眼前。我抬起头,蓦地看见它就在那儿等我!"那条受过重伤、变得残缺不全的狗听到主人说它的名字,竖起两只耳朵,水汪汪的眼睛闪闪发光。比阿特丽斯是个爱挑剔的女人,对任何身有残疾的动物都嗤之以鼻,可是现在突然觉得自己感觉到了这条狗的内心世界——如果狗也有"内心世界"的话——不由得打了个寒战。"卡米拉,你收养了这条狗,真是太慷慨了！一条被遗弃的狗。还是个'残废'。而且是在你最艰难的时候。"卡米拉用责备的口吻说："不，它来得正是时候。我知道。这不是什么巧合。"比阿特丽斯脑子里突然出现一个想法。"你还想收养狗吗？那些无家可归的野狗？"卡米拉抱歉地笑了笑。"哦，比阿特丽斯，恐怕不行。我这幢房子倒是蛮大，按理说再养几条也没问题，可是有阿波罗和'影子'就足够了。尽管它们大部分时间都在外面，睡觉也在仓库。可你知道，莱昂内尔对狗毛过敏。"比阿特丽斯说："人们都认为，我们的孩子已经长大成人，在家里闲着没事儿，所以总是缠着你收养猫呀，狗呀。弄得你无话可说。"卡米拉好像没听见她的这番话，说道："当然，你也知道，阿波罗不可能永远和我们待在一起。"比阿特丽斯喃喃着说："是吗？"卡米拉说："我想，亚当正在埃及旅游。"她眼帘低垂，闭上眼睛，似乎不想看见比阿特丽斯那副惊奇、尴尬的样子。"说不准什么时候就回来。估计新年之后，该回来了吧。"比阿特丽斯突然也变得出神入迷起来，在小包里摸索着，找纸巾。卡米拉面带微笑，说："比阿特丽斯，最近我常常做梦。那梦境栩栩如生！我认得出那是地中海。十年前，我和莱昂内尔乘坐一条希腊游艇在大海里游弋。我们还去过沙漠，金字塔。那条碧波粼粼的河一定是尼罗河。那是一条古老的河。开天辟地之时就有了的河，我想，亚当现在正在这些风景名胜之地游览呢！"她像个小姑娘似的笑了起来。"连张明信片也不给我们寄，这可不像亚当平常的做法！"

比阿特丽斯听见自己也结结巴巴地说："是啊……是不像亚当的做派。他不是那种忘记朋友的人。我是说……哦，是的……我想是。"

听到"亚当"的名字，阿波罗不安地扭动起来。两条狗一直躺在厨房地板上，就在卡米拉身后，好像守护她一样。阿波罗向前竖着两只耳朵,尾巴像一根银棒在地板上甩了几次。比阿特丽斯看出,对于亚当的死,他的狗比可怜的卡米拉还"心中有数"。卡米拉总让自己相信,亚当还活在世上。事实上,那悲伤的时刻已经成为永远的过去。

说完这番话之后,比阿特丽斯吻了吻朋友的脸,起身告辞。走出老磨坊路这幢房子,她长长地舒了一口气。哦,那股令人窒息的狗味! 让人压抑的气氛! 卡米拉说出来的每一句话,每一件事似乎都有双重含义。其中一层总是和狗有关。不过,从总体上讲,她对自己此行还算满意。她相信,卡米拉一定非常感谢她的来访。卡米拉虽然不无勉强,但还是答应周末到阿切尔家共进晚餐。下星期和她、阿比盖尔·代斯·普雷斯一起到盐山新开的一家泰国餐厅吃饭。精神正常的人应当遵循的原则,首先就是和外部世界保持联系。这就是所谓外交。第二个原则是什么呢? 比阿特丽斯心里没谱。

卡米拉会收养托尔①。当然,这是明智之举。

这天剩下的时间,比阿特丽斯给所有朋友们都打了电话,挨个儿告诉她们到霍夫曼家拜访的故事。大家一致认为,卡米拉现在的处境很艰难,必须善待她。比阿特丽斯被人们看作天使。或许有一天,卡米拉将满怀感激之情告诉大家,是比阿特丽斯·阿切尔救了她的性命……这天晚上,艾弗里因为在纽约参加一个医学学术会议,回家很晚。也许是在波士顿,还是芝加哥? 他在灯光昏暗的主卧室默默地脱衣服的时候,比阿特丽斯又给他讲了一遍到老磨坊路看望卡米拉的事情。"那个可怜的女人简直快要崩溃了,艾弗里。她还没有走出亚当之死给她留下的阴影,现在又被莱昂

---

① 托尔,北欧神话中的雷神。主神奥丁之子,此处为狗的名字。

内尔抛弃了。那个该死的家伙！他一直没给你回电话？他在故意冷淡你？我想,他是没脸给你打电话。他应该觉得他没有脸面见人。莱昂内尔·霍夫曼,在这样一个时刻离开了卡米拉!"

艾弗里说:"也许莱昂内尔想救他自个儿一条命呢,宝贝儿!"

4

我只为此倾倒,别无他物。

他在一种极度的快乐中醒来,女人的发辫横在他的嘴上。他深深地吸着女人身上那股麝香味儿。那气味中混合着他自己的体味。他们都一丝不挂,宛如两个游泳的人一起沉入海底,四肢纠缠在一起。他觉得自己腹股沟热血激荡,又成了正值壮年的小伙子。欲望像一把大头锤敲打着他的骨头。他无力反抗,呻吟着表示认可。

没有！别无他物。

"卡米拉？是的,我很快就会打电话给你。我只能给你简单写几句话,但我想着你。我知道这事很难。对于我,也是艰难时刻。可我想让你知道……"

她的手在他身上慢慢滑动。从后面开始。温柔地抚摩,轻轻地挤压——不是那种轻柔的挤压。有时候,她是个专门和他胡闹的捣蛋鬼,浑身散发着麝香味儿,悄悄地说:霍夫曼先生,别出声儿。绝不能让任何人知道！

他呻吟着,一阵呜咽哽住喉咙。电话听筒从手里滑出,耷拉下来,在床边晃来晃去。

巴巴多斯。在那座豪华的假日饭店,那套俯瞰棕榈树、白沙滩、浅绿色大海的房间里,她像一个贪婪的小女孩,心里充满感激。也许你真的爱我,霍夫曼先生。和他在明媚的阳光下做爱,她像小孩一样,因为疼痛叫喊起来。莱昂内尔从来没有过如此强烈的欲望。这个女人在他的面前——男人的面前,显得那么狡黠、谦卑。吻他的手,吻他的胸膛、肚子。把脸贴在他的腹股沟。如果妻子曾经这样待他……! 这个想法那么荒唐,令人作呕。可是茜丽要他这样做。茜丽知道他需要什么,即使他无力地挣扎着表示反对,她也还是要吻他,吻他。他推开她,她却"坚持不懈",结果,他的一双手把她抓得更紧,抱得更紧。夜里,她用嘴巴把他弄醒。他的眼睛蓦地睁开。阳台的门敞开着,对面就是波浪翻滚的大海。

没有! 别无他物。

"说不定哪天,茜丽想看看你住在哪儿。看看你的真实生活。"

茜丽像个孩子似的,故意用第三人称和他说话。一个任性、调皮、什么都瞒不过她那双眼睛的孩子。莱昂内尔估计她看见公寓里那几张照片了——几年前霍夫曼拍的"全家福"。盐山老磨坊路那幢修整得非常漂亮的十八世纪的房屋。"你的真实生活,不欢迎茜丽闯入。"她当然是在开玩笑。

她和他捣乱,一丝不挂地在床上爬来爬去,气喘吁吁地骑在他身上,肌肉结实的大腿夹着她的"病人"的肚子。

"霍夫曼先生。听话。放松,放松,尽量放松。"

秘书郑重其事地告诉他,他的女儿、儿子,对了,还有霍夫曼太太都打电话找他。已经好几天了。"谢谢,艾琳! 我很快就给他们回电话。"他微笑着,一副无忧无虑的样子。眼下的局面他还控制得了。"他们要是再打电话,就这样告诉他们。"艾琳对他的话半信半疑。"'就这样告诉他们',霍夫曼先生?""是的。我很快就给他们打电话。"

玛利亚每星期四来公寓打扫房间。她犹犹豫豫地报告莱昂内尔,客房浴室小柜子里放着的几块价格昂贵的法国香皂不翼而飞。还有霍夫曼太太的香皂,霍夫曼太太的伊丽莎白·雅顿牌化妆品,雪花膏,浴盐都不见了踪影。也许还有一块浴巾。那块很厚的、镶白缎子边的浴巾。腼腆的玛利亚用结结巴巴的英语报告着,希望她的雇主明白,这些东西不是她拿的。

十一月,在巴巴多斯,他们非常快活。至少他非常快活。看起来她也很快活。十二月初,又在圣莫尼卡①度过一个长周末。他是来办公务的,带着茜丽。他敢发誓,他是在恋爱。茜丽那么漂亮!如果不漂亮,茜丽就不成其为茜丽了。莱昂内尔爱得发狂。在太平洋海岸的沙滩上,他气喘吁吁快步走在她身边。别的男人,小伙子都用异样的目光凝视她。茜丽穿着紧身短背心,比基尼小裤衩,光脚,卷曲的头发像波浪一样,披在肩头。他承认,他喜欢他们那种火辣辣的目光。男性"掠夺者"的目光。作为一个结婚已经几十年的男人,他以前从来没有注意过这种目光。他非常激动!不,他极其反感。那是一种下流、淫荡的目光。但还是让人激动。她的皮肤闪着光。有时候沾一点沙土。她那双狡黠的、傲慢的眼睛。她那沙哑的笑声。她不爱你,傻瓜。她根本不把你当回事。

---

① 圣莫尼卡,美国加利福尼亚州西南部城市。

她和她那些年轻的崇拜者都在嘲笑你。

这样的想法真是令人作呕。然而即使是自我轻贱,只要和茜丽有关,就让他兴奋激动。因为他的"自我轻贱"除了"轻贱"本身,并无别的内容。"讨——厌!"就像孩子们的"口头禅"。"讨——厌!"就像卡米拉坚持要贴的那种俗不可耐的壁纸。"讨厌!"就像卡米拉非要让他参加"盐山音乐联谊会"举办的音乐会。他脑子里一片空白,听得直打盹。卡米拉不得不用胳膊肘把他推醒。现在,他的厌恶和这种"讨厌"全然不同。他的厌恶与"自我轻贱"和性冲动有关。这种冲动藏在衬衫里,撞击着他那黏滑的皮肤;藏在短裤里,撞击着他那不断膨胀的腹股沟。他常常生出一种莫可名状的不安——倘若他需要的时候,茜丽不在身边该怎么办?这种不安,这种焦虑,他自己想起来都觉得恶心。如果哪天晚上,或者哪天夜里,茜丽有别的事情该怎么办呢?如果茜丽到城外度周末去了,该怎么办呢?如果别的理疗师替了茜丽的班儿,又该怎么办呢?他知道,茜丽有自己的生活,他有妻室儿女,所以从来没有和她谈婚论嫁,从来没有说过要和自己那位悲伤痛苦、没有活力的妻子离婚。茜丽当然有自己的生活。她不止一次对他说过这事儿。茜丽并不受雇于人。作为一个理疗师,她只受雇于医院。即使在医院,她也有权利选择病人。并非必须听命于人。这是医院的制度。因为有时候,病人(当然是男人)对女理疗师心生邪念,试图在医院之外和她们接触,悄悄跟踪,死乞白赖地追求。"可是茜丽并不受雇于人,霍夫曼先生。难道不对吗?"

当然对。可是又不完全对。莱昂内尔喜欢急三火四地脱她的衣服,撕扯下她的白尼龙罩衣和裤子。他要求她穿制服到东六十一条大街的公寓。他要求她把头发编成辫子,盘在脑后。他的乐趣之一是亲手解开茜丽的发髻,让拳曲的头发披散下来,贪婪地吸那肉豆蔻的清香和还没有洗浴的淡淡的体味。做爱的时候,她把一缕头发绕在脖子上。她逗他:霍夫曼先生!使劲!把我弄痛!我知道你喜欢这样。进入高潮之时,他那张脸像正在水中融化的、腐烂了的什么东西。茜丽看了哈哈大笑。一边笑一边咬他的下嘴唇,直到渗出一个血珠。

他无法相信自己会变成这样一个人。

那个让人心痛的"插曲"。圣诞节,他和茜丽准备到基韦斯特岛①旅游。茜丽没有按时到公寓和他会面。莱昂内尔正等得着急,电话铃响了。他不假思索,拿起听筒。电话里传来玛塞的声音。"备受伤害的小玛塞"带着哭腔的声音:"爸爸,是你吗?我是你的女儿玛塞!"她的声音充满讥诮。莱昂内尔能想象出她那双愤怒的眼睛。"我给你打过无数次电话,就是找不到你!妈妈告诉我了。哦,爸爸,你出什么事儿了?看来,今年我们是过不成圣诞节了……"莱昂内尔像个胆小鬼,连忙挂了电话。

"我无法相信这一切,居然变成这样一个人,连女儿的电话也不敢接。"

他不会把这种想法告诉别人。连茜丽也没有告诉。他对她吐露过太多的秘密。他倒了一杯苏格兰威士忌,慢慢地喝着,又笑了起来,觉得很滑稽。

一月。新年。事情开始发生变化。茜丽在他的怀里喃喃着。是的,你这样爱我,可你尊重我吗?他从镜子里瞥了一眼她那张好

---

① 基韦斯特岛,在美国佛罗里达州南面佛罗里达群岛最西端的岛屿。

像受了伤害的小女孩的脸,惊讶地发现一种粗俗。水汪汪的眼睛就像玛塞那双眼睛,闪着恼怒的光。

玛利亚向他诉说。哦,霍夫曼先生!他书房里一个装着照片的相框不见了。那个相框是皮革做的,非常精美,价格不菲。莱昂内尔板着面孔站在那儿。玛利亚急于让他相信,拿走相框的不是她。她每星期都要掸一掸照片上的尘土,而且总要停下手里的活儿看一看。霍夫曼先生那么年轻,微笑着站在海滩上。霍夫曼太太年轻漂亮。还有一个可爱的小姑娘和一个小男孩。一个幸福美满的家庭。莱昂内尔一声不吭,脸上的表情难以捉摸,玛利亚看了急得几乎要哭。她求他相信,照片和别的东西都不是她拿的。霍夫曼先生能相信她吗?

莱昂内尔用手指尖摸了一下眼皮,说:"玛利亚,我当然相信你。"

他什么也没有对茜丽说,更没敢指责。可是茜丽一直生闷气,不说话,一副冷漠超然的样子,拒绝陪莱昂内尔出席鸡尾酒会。带茜丽参加这次酒会,是莱昂内尔向往已久、梦寐以求的事情。他特意到麦迪逊大街的时装店为茜丽买了一件非常漂亮的橙色锦缎晚礼服。礼服开衩很高,露出大腿美丽的曲线。是的,你爱我,霍夫曼先生。可是你尊重我吗?像尊重霍夫曼太太一样尊重我吗?她撕扯着那件漂亮的礼服和礼服上镶嵌的非常精美的纽扣。他抓住她,抓住她那两只肌肉发达、拼命挣扎的胳膊,直到力气从她身上一点一点消失。茜丽靠在他身上啜泣。你不尊重我,所以我觉得受了伤害。你只尊重你的妻子。盐山家里的妻子。

莱昂内尔当然尊重他的妻子卡米拉。也爱她。

不管孩子们说什么。

不管盐山的朋友们说什么。

他不会对卡米拉那么狠心。他不会像别人那样——比如混蛋哈里森·蒂尔尼——对待和自己共同生活了三十年的妻子。哦，上帝，可是我觉得窒息。只有卡米拉离开我，才能舒一口气。还有那幢该死的房子！亚当也讨厌我。他的死在我心中留下阴影。

和哈里森·蒂尔尼一起喝酒的时候，他发誓一定善待卡米拉。他要慷慨大度，和卡米拉做一个最后的了断。房子给她。卡米拉喜欢这幢房子，孩子们也喜欢。男子汉大丈夫不应该在这个问题上小肚鸡肠。痛痛快快都给了她，然后"再见"。哈里森·蒂尔尼看起来很年轻，满头黑发油光水滑，黑眉毛倒是有点花白，耷拉着左眼皮，露出一丝假笑。他举起盛满苏格兰威士忌的酒杯，乐呵呵地说："为你的慷慨，干杯！朋友。"哈里，这个臭名昭著、自私自利的家伙嘲笑莱昂内尔？嘲笑莱昂内尔·霍夫曼，一个讲良心、讲道义的人？莱昂内尔连忙说，他是正人君子。是的，他是天主教徒，并且为此而骄傲。他从小到大，一直要求自己做一个绅士。哈里森·蒂尔尼嘴里嚼着果仁，静静地听着。这两个男人在盐山的时候，根本算不上朋友。现在都在曼哈顿，便自然而然走到了一起。他们在帕克街200号"云霄夜总会"。这个夜总会在第五十六层，放眼望去，曼哈顿灯火辉煌，宛如撒满珍珠宝石的海滩。从远处望去，你无法识别真假珠宝。因为真也好，假也好，都闪闪发光，令人目眩。过了一会儿，哈里森·蒂尔尼打断莱昂内尔，问道："谁是你的新欢？莱昂内尔。这事儿听起来还挺严重。"莱昂内尔满脸通红，结结巴巴地说："我……我也说不清。"哈里笑了起来。"说不清那个女人的名字？""说不清她是不是我的……"莱昂内尔犹豫着,好像嘴里塞满黏糊糊的东西,"……新欢。"哈里问她多大年纪。莱昂内尔因为喝了酒,判断能力极差,回答道:"我想……三十岁左右。"哈里点点头,好像这个答案很好。"你是在哪儿认识她的?莱昂内尔。""医院。""医院?""帕克街颈背医院。你知道那家医院。几个月前我脖子痛,还是你介绍我到那儿看病的呢!"哈里扬了扬眉毛,嘎嘣嘎嘣地嚼着巴西果。"她是那儿的理疗师?哪一位?"莱昂内尔咽了一口唾沫,有点慌乱地微笑着。他能在此时此地,对这个人说出那个对他来说如此重要的名字吗?"茜……茜丽。""茜丽?"莱昂内尔从他朋友的声音里听出一种"顿悟"。哈里凝视的目光蒙上一层阴影,嚼巴西果的下巴不再有力。他显然吃了一惊,而且很尴尬。

莱昂内尔第一次发现,伶牙俐齿的哈里森·蒂尔尼也有说不出话来的时候。

莱昂内尔还算那家医院的病人。脖子的疼痛已经奇迹般地消失了。但是他怕旧病复发。没有茜丽,就会有病痛。作为茜丽的病人,莱昂内尔按要求脱掉部分衣服,老老实实躺在茜丽的治疗台上。有时候,他们像两个陌生人。"茜丽小姐","霍夫曼先生"。理疗师一双训练有素的手十分敏捷地控制着莱昂内尔。一种强有力的唤起性欲的东西在他们之间传递。莱昂内尔在勃起,哼哼着,欲火中烧。茜丽态度坚定,不肯让步。

"霍夫曼先生,如果让人看见就麻烦了。"

茜丽好几天不见踪影。她上哪儿去了?和谁在一起?莱昂内尔不敢责备她。她笑嘻嘻地说,对她自己而言,茜丽并没有消失,只是从他的眼前消失罢了。

"我就是我自己。不属于你,对吗?"

莱昂内尔心里想,也许茜丽想跟他结婚,就像许多年前,卡米拉想跟他结婚一样。订婚戒指,盛大的婚礼。婚姻,家庭,再生几个孩子。莱昂内尔一阵眩晕。这一切,他早就经历过了。

孩子们早已长大成人。他们不断地打电话找他。最让他难堪的是电话打到霍夫曼出版公司。还没完没了地给他发电子邮件。莱昂内尔在东六十一条大街很少查看电脑里的邮件。他在圣马科斯广场附近徘徊。茜丽就住在那一带。除了那些无家可归、坐在门洞里打瞌睡的人之外,目光所及,四周溜达的人,他的年纪最大。难道他不觉得难为情吗?

他往医院打电话,还屈尊到医院打听她的消息。接待人员认识他。和茜丽一起做理疗师的姐妹们也认识他。有的人带着怜悯或者同情朝他微笑,要么就是嘲笑。"霍夫曼先生,茜丽今天不在。"莱昂内尔尽量保持尊严,用微微颤抖的声音打听,茜丽上哪儿去了?是不是到城外去了?她都有些什么朋友——男朋友?他们叫什么名字?花点钱能不能弄清楚他们姓甚名谁?

"霍夫曼先生,不可能。"

莱昂内尔的颈椎又痛了起来。他一只手扶着脖子,侧着身子在市中心十字街慢慢走着。他要去广场饭店和凯文一起吃午饭,已经和饭店预约了。凯文一直打电话求他。爸爸,我们得好好谈谈。真该谈谈。你都对妈妈干了些什么呀!可把我吓坏了。莱昂内尔终于答应和儿子见面。可是到了饭店,莱昂内尔才发现,凯文没在那儿。他去服务台查了一下,预约名单里压根儿就没有他的名字。经理查了查预约簿,才弄清莱昂内尔预约的是前一天的午餐。

茜丽回来了。她打电话告诉莱昂内尔她回来的消息。莱昂内尔在他给茜丽买的那件海豹皮大衣口袋里发现一张大陆航空公司的登机牌。从圣地亚哥到纽约。座位号是 E3，头等舱，靠窗户。莱昂内尔纳闷，谁给她买的机票？他？

霍夫曼出版公司的工作无休无止！茜丽暗示，莱昂内尔可以把公司股份卖了，以千万富翁的身份退休，周游世界。为什么不呢？你不可能再活一次，也不可能变成穷人，难道不是吗？茜丽有个朋友，是一位离了婚的律师。这位律师朋友也办理婚前协议。你从来也没有带我去看过盐山那幢房子。也许可以把它卖了？一个老太太独自一人住那么大一幢价格高昂的房子也太浪费了吧？在霍夫曼出版公司，莱昂内尔身为总经理，很受雇员尊敬，不少人甚至怕他。就连霍夫曼公司资格很老的股份所有者对他也赞赏有加。莱昂内尔虽然不能和父亲相提并论，但是公司业务确实搞得不错。美国经济繁荣，在这种浪潮的驱动之下，图书销量十分看好，收入逐年增加。作为美国一家规模宏大的出版集团，当然不乏感兴趣的买主。如果莱昂内尔出卖自己的股份，肯定能发一笔大财。可是这样做，他将无法面对那么多亲戚。不过，话说回来，他已经厌倦了出版那些售价二百美元、长达八百页，而且带插图的"大部头"——《内分泌学》《胃肠学》《耳鼻喉科学》《眼科学》《心血管外科学》等等等等。如果说，他曾经像父亲那样迷过医学的话，现在他早已不感兴趣了。人类处于一个知识爆炸的时代，世界仿佛由无数看不见的蛀洞组成。只要想一想这种现象，就会头晕目眩，心力交瘁，彻底绝望。自由市场经济一片繁荣，赚钱容易得多。他一直在赚钱，完全可以为此而骄傲——如果莱昂内尔·霍夫曼先生仍然认为自己是个有资格骄傲的人。

他大声笑着，心里想，赚钱，赚钱并不是一件难事。

"谁也无权评判我。"

莱昂内尔心里乱作一团,好像有一群发了疯的黄蜂在他的脑壳里飞。他想,他不会被那些自封的"道德家"吓倒,不会被出面干涉的儿女和没有任何怨言的妻子吓倒,也不会被霍夫曼家族的亲戚和盐山的朋友们——"前朋友"——吓倒。连那些已经故去、被人们奉为圣人的人也无法对他产生影响。

亚当·贝伦德远非圣人,他也靠房地产和低档风险债券赚钱。有时候甚至干些见不得人甚至违法的勾当。但是看他过着苏格拉底式的生活,听他言必为真善美而奋斗,谁能想到那些内幕呢?亚当死后这几个月,莱昂内尔听到许多关于他的传闻。有人说亚当用假名投资赚钱;有人说,他工作室的地板下面有个保险箱,里面装满女人——包括盐山几个女人写给他的情书,还有许多女人的裸体照片。有的十分淫荡,都是亚当自己拍的。

想到这儿,莱昂内尔脸上露出一丝微笑。不,这些事情让他心烦意乱,但也让他感到某种解脱。

也许这些谣传夸大其词,也许实有其事。谁知道呢?

(莱昂内尔知道,关于他,盐山有许多耸人听闻的传闻。都是女儿玛塞发电子邮件告诉他的。有人说莱昂内尔和一个"小得可以做他女儿的女人"搞得不可开交。还有人说,堂堂莱昂内尔·霍夫曼居然爱上一个"模特",一个"在夜总会表演歌歌舞①的女郎",一个"演三级片的女演员",一个"高级应召女郎"。)

如果卡米拉对亚当也有过非分之想,那么就可以解释,她为什么会对莱昂内尔的行为表示原谅。她写给他的短信,让他心里十

---

① 歌歌舞,在夜总会等处由女子表演的一种卖弄色相的摇摆激烈的舞蹈。

分难受。亲爱的莱昂内尔，我永远爱你。我永远是深爱你的妻子。请你记住这一点！你的卡米拉。如果茜丽发现这封信，一定会大发雷霆，撕得粉碎。茜丽认为，卡米拉根本没有原谅他，不过是耍手腕罢了。

"她会使出一切手段把你留在身边，但不是为了爱。我才是真正爱你的人，霍夫曼先生。"

茜丽将表现她是如何爱莱昂内尔的。

几天之后，在市中心一条大街上，莱昂内尔听见一个熟悉的声音喊他的名字。转过脸，看见罗杰·卡瓦纳夫满脸堆笑，大步流星朝他走来。"莱昂内尔！你这家伙怎么样啊？"两个人紧紧握手。莱昂内尔觉得罗杰仿佛是从尘封已久、不无悔恨的记忆中走出的幽灵。莱昂内尔一直很喜欢罗杰。在盐山，他也是个屡受攻击的人。

"我怎么样？我……很好呀！"

两个男人在第六大街一家酒吧喝酒。罗杰的眼睛亮光闪闪，好像有什么秘密。他是进城办事的，为"释放无辜者协会"提供法律援助的。"你知道，这是亚当的事业之一。他留给这个协会五万美元。我现在也参与了这项工作。"罗杰兴致勃勃地谈起正在联邦法院提起上诉的一个案子。一九八九年，新泽西州亨特顿宣判的一个一级谋杀案。被告是个黑人，名叫小埃尔罗伊·杰克逊。莱昂内尔静静地听着，或者努力让自己听他唠叨。别人的理想主义听起来那么乏味。不，他是有点嫉妒。罗杰在关心别人，不像他那样，只关心自己，只想着荒唐可笑的性的需要……

莱昂内尔努力不让自己去想茜丽，不想他们最近的争执。他和她的争执。他觉得自己好像饱餐了一顿很难消化的美味佳肴，肚子里沉甸甸的,仿佛装了一块铅。

罗杰没等莱昂内尔察觉,便换了一个话题。"婚姻真是不可思议,莱昂内尔,你说对吗?我们无法过没有婚姻的生活,可又无法在婚姻的围城里生活。男人像动物一样,显然不愿意被驯养在家。男人天性愿意有多个配偶,这是常识,是我们身上的腺体决定的。在我们自己衰弱或者被别的更加狂热的男人击败之前,总是想让尽可能多的女人怀孕。这是'自然',而'自然'是不可逆转的。与此同时,除了和与你相爱的女人结婚,别的都是扯淡。你明白,莱昂内尔,我也明白。"罗杰呷了一口酒,把烟灰漫不经心地弹到桌子对面。他们在一家豪华的雅座酒吧——"雪茄酒吧"喝酒。女服务员穿着黑色斯潘德克斯短背心和紧身健美裤,乳峰高耸,浓妆艳抹,目光流盼,像奴比亚奴隶,端着饮料从一片昏暗中走出来。莱昂内尔笑了起来,对罗杰这番评论颇为反感。"我明白?我明白什么?"罗杰没有在意莱昂内尔这种咄咄逼人的口吻,继续说:"寂寞孤独很难称其为生活。我无法理解亚当为什么喜欢这种生活。人就是要过家庭生活。我想,他一定觉得自己没有资格过完整的生活。他一定做过什么,或者由于他,造成过什么后果。也许在他还是孩子的时候。当然我从来没有问过他这些事情。作为他的遗嘱执行人,我一直在追寻他的过去,可是最后总是走进一条死胡同。他是明尼苏达州人,或者蒙大拿州人,生于一九四八年,或者一九四六年。我深信,他改过名字,而且是经过官方正式更改的。他还非正式地用过别的名字。一个人,如果想掩盖自己的历史,肯定有他的原因。对吗?作为朋友,应该尊重这个事实。"莱昂内尔对这个话题很感兴趣,问道:"亚当正式改过名字?因为什么?"他突然想到,自己干的那些蠢事都是以霍夫曼的名义干的。如果有勇气也换个名字岂不更好?和家里的钱财就没有关系了……罗杰说:"女人需要一个家,男人也需要。我知道,我失去了家,失去了女儿。她对我恨之入骨。我一直爱着一个女人,可惜事情进展得很不顺利。"罗杰停了一下,向服务员打了个手势,又要了一杯酒。莱昂内尔有点尴尬。他猜出罗杰是指玛丽娜·特罗伊。在亚当的火化告别仪式上,他看见罗杰和玛丽娜在一起。后来撒亚当骨灰的时候,又看见玛丽娜从罗杰身边气咻咻地走开,罗杰一副愁眉苦脸的样子。他当时对此还生出一丝嫉妒。"她从盐山消失了。她离开了我。尽管我们还不是大家心目中那种情人。我知道,她是为了躲避我才离开盐山的。真是活见鬼!"罗杰笑了起来。两个人默默地喝了一会儿。这天夜里,莱昂内尔一个人睡觉,准备早晨给茜丽打个电话。他还准备和茜丽结婚。因为如果不娶她为妻,就会失掉她。而他无法承受失掉茜丽的痛苦。这样一来就不得不和卡米拉离婚。结果就会彻底毁掉卡米拉。如果我们的社会是一个通情达理、讲求实际、一夫多妻的社会,事情就好办了。莱昂内尔尽可以娶茜丽为第二个妻子,一个年轻漂亮、身强力壮、可以生儿育女的女人。现在他刚过五十,还算年富力强,可以娶好几个年轻的妻子。他就不会变成一具"木乃伊",就不会脖子总是一跳一跳地疼。他想知道,像罗杰这样一个精力充沛、生机勃勃的人对性、对爱情持有怎样的看法。

突然,罗杰小心翼翼地说:"我带给你的真正消息是,莱昂内尔,我要当父亲了。"莱昂内尔说:"当……什么?"罗杰笑着说:"父亲。"莱昂内尔说:"你已经是父亲了呀!"罗杰说:"第二次当父亲。这一次,我想把这个父亲当好。"

莱昂内尔急切地希望他把这个故事讲下去。罗杰说,"释放无辜者协会"有一位律师的专职助手,从去年秋天起就和他"好上了"。但是他并不爱她。"诺梅当然也不爱我。"这个年轻女人本来可以把肚子里的孩子做掉,可是经过"双方协商同意",她打算把孩子生下来。罗杰兴致勃勃地说着,可是脸上一副惊奇的表情,就像当头挨了一棒。莱昂内尔听了觉得简直难以置信,而且十分沮丧。当父亲!第二次当父亲!更要命的是,罗杰压根儿就不爱这个将要生下他的孩子的女人!

倘若茜丽给他怀个孩子,莱昂内尔会有什么反应呢?一定既兴奋激动,又觉得恶心。然而,这却证明了一个中年男子的生育能力。

莱昂内尔问孩子多会儿出世,罗杰不无骄傲地说,预产期是七月十一日。他又压低嗓门补充道:"罗宾要是知道这事,准得把我恨死。"莱昂内尔也觉得一阵冲动,说道:"我的女儿也把我恨得要命。"两个男人突然爆发出一阵大笑。

他们一边喝酒一边笑,莱昂内尔觉得鼻窦很痛。酒吧里不少人在抽烟,一派奢华、淫荡的景象。乳房高耸的女服务员穿着亮闪闪的紧身短背心,满脸媚笑,在缭绕的烟雾中走来走去。莱昂内尔也想笑,但是嘴巴好像上了一把锁,动弹不得。颈背很痛,一直通到脑壳。热泪顺着面颊流下。"雪茄酒吧"烟雾缭绕,宛如轻纱遮挡着人们的视线,罗杰假装没看见这令人尴尬的一幕。这也是盐山人无可挑剔的绅士风度的表现。

那天晚上,莱昂内尔一个人回到东六十一条大街的公寓。一进门就闻到一股淡淡的烟味。他天真地想,一定是我衣服上、头发上的味道,屋子里不可能有烟味。他还努力想,刚才董事长是不是抽过烟?想了半天,觉得他没有。

走进卧室,莱昂内尔发现,绿缎子床罩被胡乱掀起,亚麻布床单皱皱巴巴。他弯腰细看,发现单子上有一块块硬币大小的污渍。

那污渍似乎是一种分泌物,还潮乎乎的没干。另外一个男人的精液?这怎么可能呢?枕头上留下口红的印迹。那颜色好像干了的血,正是茜丽平常使用的那种口红。床单之间散发着茜丽身上那股浓浓的肉豆蔻气味和男人的汗臭。镶着洁白瓷砖的浴室里,每一条浴巾都被用过,皱皱巴巴搭在架子上,或者扔在水淋淋的地板上。淋浴喷头还在滴水。长长的、蛇一样弯弯曲曲的黑发堵在下水道的地漏上。浴室里还有一股潮气,不过镜子上的水汽已经蒸发。洗脸池上方那面镀锌镜框的大镜子里,一个男人苍白、惊骇的脸,像小孩子手里的气球,慢慢升起。他大张着嘴,好像猛然遭到大头锤的重击,脑子里一片空白。

5

"阿波罗!'影子'!托尔!"

她只需站在洒满阳光的门口,喊一声,再举起手拍三下,三条狗就撒着欢儿向她跑来。它们对女主人非常崇拜,俯首帖耳。在她眼里,它们个个漂亮得无与伦比。

气喘吁吁跑在最前面的是托尔。它最小,是一条只有两岁的德国种短毛猎犬。虽然很瘦,但非常结实,皮毛油光水滑,目光如炬,牙齿锋利。紧随其后的是年纪大一点的阿波罗。和任何一条爱斯基摩牧羊犬一样,它的胸膛肌肉厚实,两条后腿十分有力。那副急于取悦于主人的活泼可爱样子,就像一条小狗崽。跑在最后面的是个子很小、像只蜘蛛似的"影子"。满身粗糙的黑毛,三条腿,摇晃着窄窄的屁股,急促地喘息着,发出呲呲的响声。"宝贝儿,快过来!"从前,在这间厨房里,卡米拉·霍夫曼给丈夫和孩子们做饭吃,给坐在长长的餐桌旁边的客人们做饭吃。那时候,她是那么快乐。现在,她怀着更大的热情,更少的焦虑,在厨房一个角落里喂狗。每条狗用一个小盆。"托尔,来这儿。阿波罗,你来这儿。注意你的举止。'影子'你在这儿。别把盆弄翻了,宝贝儿。"托尔用的是一个黄塑料盆,阿波罗是红的,"影子"是深绿色的。一个大白塑料盆里盛着水,三条狗共用。盆下面都整整齐齐垫着报纸。

这些报纸(通常是《纽约时报》"证券市场"版)卡米拉隔两三天就换一次,依照狗吃食的时候弄脏弄乱的程度而定。

新的一年,老磨坊路这幢整修得非常漂亮的仿殖民地时期式样的房子不再是遮风挡雨的"洞穴",而是向明媚阳光敞开大门的豪宅。想起从前,对家具、窗帘、帷幔、地毯,她曾经那样在意,卡米拉不由得笑了起来。那时候,孩子们回家,把一点点泥土带进楼下一尘不染的房间,她都要生一肚子气。记得有一年,除夕夜,他们家里举办家宴和舞会。第二天早晨,她走进客人用的浴室,发现刚刚装修的硬木地板上有一个烧焦的印迹。估计是谁喝多了酒,在地板上掐烟蒂时烧的。卡米拉气坏了。("在我们家,一位所谓的朋友居然干出这种事情。你能想象得到吗?会是谁呢?"卡米拉和莱昂内尔都估计,干这种缺德事儿的人只能是哈里森·蒂尔尼。没过多久,他就离开盐山,对所有盐山人都嗤之以鼻。)现在想起来,这种鸡毛蒜皮的小事算得了什么?德国种短毛猎犬托尔跟了卡米拉第二天,就猛地蹿到餐厅窗台上,龇牙咧嘴,对着窗外汪汪叫。(它也许看到一只鸟从窗外飞过?)它咬住那块编织得非常精美的网眼窗帘,使劲揪扯,直到把它完全弄下来。阿波罗和"影子"本来就对主人新收养的这条狗心存嫉妒,现在更不能甘拜下风,一起冲着它汪汪地叫。"哦,你们这些坏孩子!你们在破坏我这幢漂亮的房子!"卡米拉笑着说。

实际上,她心里很不安。过几天莱昂内尔回来会说什么呢?"这也是他的家。他有过敏性鼻炎,最怕狗毛和狗身上的气味。家里一下子养了三条狗,会把他吓坏的。"倘若卡米拉的亲戚和莱昂内尔那方面的亲戚来访问,会说什么呢?诸如比阿特丽斯·阿切尔、阿比盖尔·代斯·普雷斯这些盐山的朋友又会怎么说呢?她们经常给她打电话表示关心,都说她一个人待在家里的时间太长了。(卡米拉很想反驳她们,她并不是一个人在家。她还有阿波罗、"影子"和托尔。她还在"罗克兰县走失动物庇护中心"当义工。她现在特别喜欢这项工作,在那儿交了不少朋友,还会交更多的朋友。那些人都和我一样,我们都理解动物。圣诞节的时候,她又慷慨解囊,捐助美国慈善协会新泽西州分会。春天,她将作为志愿者,参加他们在全国范围内发起的运动,要求政府出台一项保护动物的法令。依据这项法令,虐待动物应该是不能宽恕的重罪,而非罚款了事的轻罪。)在这个全新的领域,她像一位探索者,战战兢兢、尽心竭力。以往的生活没有为她现在的事业做任何准备。

但是,到时候,她一定会准备好的。她坚信这一点!

让人心烦的节日总算过去了。卡米拉虽然有一种度日如年的感觉,但还是满脸微笑送走了过去的一年。她从来没有想过,装出一副快乐的样子是多么沉重的负担!因为过节,必须硬撑着,不让别人扫兴。玛塞和凯文都回来了。看见这几条狗都老大不高兴,甚至很嫉妒。"你养了这么多狗还让不让爸爸回家?你知道,他过敏!"玛塞生气地说。卡米拉解释说:"可你爸爸不在家,亲爱的。这几个可怜的小东西需要一个家。"玛塞说,声音里充满讥诮。"妈妈,你要做的下一件事情就是盖一间狗舍了。"

为什么要盖狗舍呢?卡米拉心里想,客房有的是。现在情况变了。那些装修豪华、闲着没用的房子为什么不能派点新用场呢?

玛塞和凯文回家过节,给原本沉重的气氛又蒙上一层阴影。他们俩都抱怨母亲。为了在这样一个敏感、痛苦的时刻回来陪她,他们不得不放弃原来的计划。姐弟俩多次给父亲打电话,发电子邮件,希望和他取得联系,可是都未能如愿。她听见他们在电话里闷闷不乐地对朋友们说:"可怜的妈妈需要我们,她一直没能从震惊中解脱出来。""爸爸需要我们,他的精神快崩溃了。"他们去曼哈顿霍夫曼出版公司找他,去东六十一条大街公寓里找他,都没有结果。在莱昂内尔的办公室,秘书再三保证霍夫曼先生不在,他已经离开美国到别的地方度假去了。玛塞不听她的解释,硬是闯了进去。爸爸的办公桌前果然空无一人。"简直是变魔术。爸爸就是个魔法师。他就这样消失得无影无踪。"玛塞极为反感地说。到公寓之后,他们十分懊恼地发现,手里的钥匙打不开房门。爸爸的门锁早换了。"简直像卡夫卡①,"凯文说,"父亲的耻辱还要由儿子承袭。"

然而,玛塞和凯文毕竟是孩子。随着圣诞节的到来,他们依然固执地相信,莱昂内尔应该、必须至少在圣诞节前夜回到老磨坊路这幢房子!早在十二月上旬,卡米拉就这样期盼过,现在已经彻底失望,便提醒两个孩子,莱昂内尔和他那位年轻的新朋友很可能已经出国度假去了。他们似乎经常旅游,特别是到花红柳绿的热带地区。玛塞用嘲笑的口吻说:"你知道爸爸这位'年轻的新朋友'是谁?干什么的吗?我知道。""是吗?你都知道些什么呀?谁告诉你的?""我知道她是个'第三世界',"玛塞得意扬扬地说,"你

---

① 卡夫卡(1883—1924),奥地利小说家,现代派文学的先驱之一。作品象征着二十世纪的忧虑和渗透于西方社会的异化,著有长篇小说《判决》《城堡》等,死后出版《卡夫卡全集》。

肯定不会把她错当成白种人。我就知道这么多。"凯文生气地说："这是谁对你说的？听起来怎么都是废话？""都是真话！"玛塞把脸凑到凯文面前，好像要打架。"我在村子里碰到盐山一位离了婚的女人。她的前夫和爸爸一起参加那种两对男女的约会。那两个女人都是来自第三世界的妓女，而且……"凯文不等姐姐说完便叫了起来。卡米拉连忙跑过来劝架，那情景和将近二十年前姐弟俩吵架时一模一样。"孩子们，别吵了！"她说，绞着一双手，站在他们中间。好心的妈妈只会做这样一个可怜巴巴的舞台动作。"别吵了！别在圣诞节这么吵吵闹闹，求求你们！"两个孩子嬉笑着偃旗息鼓。

阿波罗汪汪地叫。"影子"关在另外一个房间，生怕主人被袭击，急得团团转，也呜呜咽咽叫了起来。

玛塞是个喜欢偷偷摸摸四处徘徊的大女孩。她一边走来走去，一边嗲声嗲气地唱："圣诞节好像要到了，不！还没有。"凯文一天到晚梳那几根稀疏的、没有光泽的头发，似乎非要把它们都梳光不可。他把卡米拉拉到一边，说他担心姐姐因为爸爸令人作呕的行为得了抑郁症，而且工作上激烈的竞争使她"濒临崩溃"。有一次，玛塞把妈妈拉到一边，偷偷地说，她担心爸爸令人作呕的行为和妈妈的"优柔寡断"加剧了弟弟的"性格认同危机"[①]。卡米拉勉强笑了笑，答应尽可能帮助儿子走出危机。

一个令人尴尬的事实终于"大白于天下"——圣诞前夜，莱昂内尔不可能回家吃团圆饭，不可能送给家人圣诞礼物，甚至连一个表示歉意的电话也没有！卡米拉极力安慰两个孩子。玛塞伤心地

[①] 性格认同危机，弗洛伊德心理学用语，尤指在青年期产生的心理矛盾和混乱现象，既关心个人的社会作用，又难于认识或树立自己性格的同一性。

说:"长这么大,这是我爱并且爱我的爸爸第一次没有和我们一起过圣诞节。"凯文激动地说:"这一幕简直糟糕透了!连俄狄浦斯情结①也不如。因为那是希腊神话,你可以探索其中的奥秘。可这件事,简直混蛋透顶!""糟糕透了!该死的生活!该死的圣诞节!都他妈的物质主义!物欲横流!我们的文化都被这种东西糟蹋了!你他妈的怎样才能表达你的爱呢?说一说,有什么办法。"

就在这时,电话铃响了。卡米拉三步并作两步,气喘吁吁去接电话。倘若是一出舞台剧,电话铃声可能是一个皆大欢喜的结局的信号,可是在狗叫声不绝于耳的现实生活中,"剧情"未必按照这个逻辑发展。卡米拉像一位年轻姑娘,心怦怦直跳,尽管她努力让自己保持清醒的头脑,不断告诫自己:"镇静,镇静,卡米拉!"那一刹那,她竟然想起许多年前,第一次和莱昂内尔见面的情景。那是在州边远地区喧闹的、烟雾缭绕的大学生联谊会上。她的镇静对莱昂内尔产生了很大的影响。那时候,他正为错过了与联谊会一位兄弟的约会而不安。卡米拉尽管很年轻,但是很冷静,很乖巧,也很坚定。正是这种品格,使她的生活发生了很大的变化。可是……真该死!电话是比阿特丽斯·阿切尔打来的!祝她圣诞节快乐,还顺便提到,"有一条非常漂亮、非常可爱的狗",是条德国种短毛猎犬,名叫托尔,需要赶快给它找个家。卡米拉有什么建议吗?"托尔是条纯种短毛猎犬,非常敏感,不能住在没有人情味的狗舍之类的地方。它需要一个真正的家,卡米拉。我和艾弗里都想收养它,可是……"卡米拉极力掩盖自己的失望,或者说绝望,不让对方从她的声音中听出异样。"比阿特丽斯,谢谢。可我不能再养第三条狗了。真的不能!真不知道莱昂内尔回家看到这么

---

① 俄狄浦斯情结,恋母情结,指儿子恋母仇父的情结。弗洛伊德用语。

多狗,我该做何解释。请你理解!"卡米拉心烦意乱,没等比阿特丽斯那节奏明快的"女高音"从耳畔消失便挂断电话。

她回到孩子们身边的时候,玛塞正在大唱:"我梦见一个雪花飘飘的圣诞节……结果**不是**!"凯文说:"我想**不是**爸爸的电话吧?"声音里充满少年人的讥诮。

圣诞前夜就这样熬过去了。还有圣诞节。卡米拉·霍夫曼和两个已经长大成人的孩子交换了礼物,再也没有提无影无踪的丈夫/父亲。节礼日①第二天早晨,玛塞和凯文便离开家。卡米拉在沙发上整整睡了六个小时,直到狗的抓门声和吠叫声把她惊醒。多么快乐!她的情绪高涨起来。有一会儿,她想不起来究竟为何会有这种感觉。

一月初,比阿特丽斯·阿切尔又给她打来电话。"卡米拉!你要是同意见见托尔的话,我就把它给你送去。只见五分钟。"

"比阿特丽斯,我不能。我已经向你解释过了。"

"五分钟,卡米拉!我向你保证,一分钟也不会多。"

"不,比阿特丽斯!"

"卡米拉,你平常可不是这个样子呀。你声音里那股硬气我可没怎么听过呀!你要是能看看这个可爱的、漂亮的小宝贝儿……"

卡米拉怎么能再说"不"呢?她的心已经碎了,怎么还能再硬起来呢?

---

① 节礼日,英国和部分英联邦国家的法定假日,在圣诞节的次日,按习俗这天向雇员、仆人、邮递员等赠送匣装节礼。

就这样,新年刚过,托尔就和卡米拉住到了一起。"三条狗!我想在别人眼里,我一定是个怪物了。"见到托尔,看见它那双亮闪闪的眼睛,卡米拉便知道,她无法拒绝收留这条小狗。一条纯种德国短毛猎犬!原本是阿切尔家的大儿子迈克的。现在,"没法再养它了。"比阿特丽斯含糊其词地解释道。卡米拉用非常柔和的声音对托尔说话。托尔虽然有点害羞,但是能够做出回应。它当然是条好狗,尽管十分敏感,焦躁不安。因为紧张,黑油油的皮毛不停地颤动,甚至睡觉的时候也不平静。和那两条大一点的狗在一起时,它显得胆子很小,稍微有点动静就被吓醒。附近有一架直升机,每逢飞机嗡嗡地喧嚣着升上天空,它就抬起头,没完没了地吠叫。它的牙齿非常锋利。(卡米拉知道,托尔来她家第一个星期,朝她龇牙咧嘴地叫了几次,是因为害怕。)卡米拉给托尔梳理皮毛的时候,惊讶地发现,这条小狗脖子上的毛掉了许多,皮上面还有伤疤,好像它被紧紧地勒过。其他地方也伤痕累累,令人生疑,像一条已经被人呵斥、踢打惯了的狗,一有动静,它就吓得要命。卡米拉大感不解。阿切尔家的大儿子迈克在盐山上中学的时候,是凯文的同学,现在在华尔街当市场营销分析员。这样一个人怎么能虐待自己的狗?卡米拉轻轻抚摸着托尔瘦骨嶙峋的头,喃喃着:"托尔,我向你保证,你再也不会受到伤害了。"

一月,她收养了托尔。三月,又收养了范西。

"范西是我的宝贝儿,现在恐怕要成孤儿了。我们就直来直去,把这件事情说清楚吧,亲爱的。"

干河农庄是一个二十英亩大的庄园,和老磨坊路毗邻。庄园的主人弗洛伦斯·费里斯太太把卡米拉请到她那座都铎式大宅第,请到她的床前。老太太已经年过九旬,由于中风和其他老年疾

387

病,一直卧床不起。她的已故丈夫是位海军将军,也是和艾森豪威尔①打高尔夫球的"球友"。费里斯太太因其乐善好施,特别是经常给类似"盐山音乐联谊会""县历史学会"这样的组织资助而广为人知。卡米拉以前只是在募捐活动中见过几次这位声名卓著的老太太。能应干河农庄主人之邀,迈进这座豪华府邸的门槛,卡米拉深感荣幸,但又忐忑不安。费里斯太太找她有何贵干?缝制得非常精美的床罩上,一条洁白的法国鬈毛狗懒洋洋地躺在费里斯太太干枯、皱缩的病体旁边。卡米拉心想,可不能再收养一条狗了,决不!费里斯太太说:"亲爱的,真遗憾,以前不认识你,现在……"费里斯太太笑了起来。那笑声虽然凄惨,但不乏威严。老太太没等卡米拉说出自己的想法,便继续说:"我不想兜圈子,亲爱的。听人说,你做了许多好事。你能收养我的宝贝儿范西吗?我非常爱它,急于给它找个好人家,还不能离我这儿太远。它已经八岁,不再年轻,生性敏感。我想在我……死前,把它安顿好。省得它将来不定落到什么人手里,精神上受到更大的创伤。"卡米拉脸上现出一丝淡淡的微笑,暗想,不!我发誓,决不收养!头一天晚上,她梦见了莱昂内尔。梦中的莱昂内尔不像上次见她时那样被欺疚折磨得呆头呆脑。他像十五或者二十年前那样,头发乌黑,身体壮实,温柔体贴。在那可爱的、玫瑰色的梦境中,他们在加勒比海辽阔的天空下,手拉手滑冰,那么幸福,那么快乐……费里斯太太滔滔不绝地说:"你知道,鬈毛狗在所有狗里最聪明,而范西简直就是个鬼精灵。我必须告诉你这一点。她那么可爱,善解人意,看得懂你的心思。不过,如果惹恼了,它会咬人。所以,别让淘

---

① 艾森豪威尔(1890—1969),美国第三十四任总统、共和党人、五星上将,第二次世界大战时任欧洲盟军最高司令。

气的孩子靠近它,卡米拉!"费里斯太太深情地笑了起来,"我们范西还是'女继承人'呢!对不对?范西。"

鬈毛狗大睁着一双水汪汪的、狡黠的眼睛,像发莫尔斯电码一样,朝卡米拉叫了三声。

卡米拉不情愿地说:"费里斯太太,我倒愿意收养你这条可爱的小狗。可是我丈夫对狗毛、狗味过敏。他什么时候回家,只是个时间问题……"

费里斯太太开始发号施令:"范西,别畏畏缩缩,卑躬屈膝,拿出点勇气。这是你的新主人。"

范西从费里斯太太瘦得像刀锋一样的屁股那边瞥了卡米拉一眼,又像发莫尔斯电码一样从喉咙深处嗥叫了一声。

"费里斯太太,谢谢你的信任。可是我……"

"范西是一位'女继承人'。费里斯家还没有一个人那么小气、吝惜。"费里斯太太朝卡米拉挤挤眼睛。卡米拉脸涨得通红,结结巴巴地说:

"哦,可是……我……我不是为了钱,费里斯太太。我自己的钱都花不完。真的。对那些不幸的动物,我当然要帮助。在那种情况下……"

"在那种情况下,范西就能找到一个合适的家。它的女主人就可以放心地安息了。"

就这样,卡米拉还没完全弄清怎么回事,范西就被稀里糊涂地交到她手里。费里斯太太对卡米拉千恩万谢,紧紧地握着她的手嘤嘤啜泣。范西也呜呜咽咽地叫着,在卡米拉怀里不停地扭动。"范西,再见!你要离开我了。从今往后,你要和我的好朋友、好邻居卡米拉生活在一起了。当个乖孩子,听新主人的话。要是想起我,就多想想我的好处。去吧!"

一位穿制服的护士和一位穿制服的管家帮卡米拉把那条浑身发抖、不停呜咽的狗弄到车上。还有铺着垫子的柳条床,装着小"罩衣"、小"外套"和各种玩具、奖品的柜子,非常精美的罐装、袋装的狗食。范西挣扎了一会儿,最后只得听从命运的安排,在卡米拉身上撒了一泡尿之后,老实起来。卡米拉一直担心它在回家的路上歇斯底里地大叫,可是范西很乖巧,居然没叫。也许还不到汪汪乱叫的时候。

四月,复活节前十天,"美女"住到老磨坊路这幢房子。

在卡米拉的"狗之家"——她后来一直管这个家叫"狗之家"——里,最可怜的就是"美女"。有一天下午,卡米拉正在值班,"美女"被送到"庇护中心"的急诊室。这是一条杂种母狗,显然已经怀孕,斗牛狗血统,泥土色,体重大约三十磅,流血不止。把它送到急诊室的目击者说,这条没有戴项圈的无主狗被几个以施虐为乐的男孩拴在一辆小卡车的保险杠上,拖着飞跑,直到它快死的时候,才把它扔到盐山北面一条公路旁边。狗爪子上面的肉都磨光了,右腿错位,好几根肋条骨折,肚子、屁股、两条后腿血肉模糊。

在"罗克兰县走失动物庇护中心"里,虽然志愿者很多,但是,只有卡米拉愿意在它漫长的恢复期间,服侍这条奄奄一息的狗。只有卡米拉有足够的耐心,喂这条无论身体还是精神都遭受巨大摧残的狗。它爪子缠着绷带,肋骨打着石膏,只能侧身躺着。卡米拉像喂婴儿一样,亲手喂它吃食。为了防止它因为惊恐,突然"翻脸不认人",咬她一口,卡米拉两只手都戴着直到胳膊肘的手套。她不怕苦,不怕累,什么也不在意,很快就喜欢上这条浑身颤抖、但非常勇敢的狗。手术第二天,看见卡米拉朝它走过来,它就高兴得直摇尾巴。"'美女',这就是你的名字。因为总有一天,你会成为一条当之无愧的漂亮的小母狗。别害怕。你现在安全了。"卡米拉轻轻摇晃着缠满绷带的狗,"'美女','美女',你再也不会受到伤害了,'美女'!一定为你报仇!"

四月的一天早晨——卡米拉把"美女"带回家,和她以及另外几条狗一起生活没有多久——电话铃响了。卡米拉接电话的时候,以为会听到哪位新朋友的声音。但是听筒里传来的声音沙哑、颤抖,就像一只紧张的牛蛙在井底鸣叫。她很难分辨出到底是谁。"卡米拉?我是莱昂内尔。"停了一下。卡米拉痛苦的心激烈地跳动着。"我能回家吗?"

卡米拉仿佛在做梦,想说话却说不出来。她慢慢地倒下来,晕了过去。电话听筒从手指间滑落下来。几条狗一起向她冲过来,紧紧地围在她身边,有的舔脸,有的舔手。

戴红色贝雷帽的小姑娘

就是她。就是那个女人。

整个秋天,冬天,直到春天,人们一直窃窃私语,毫不留情地窃窃私语!就像鼓起腮帮子,拼命吹下枯黄的树叶。那树叶滚动着,发出沙啦啦的、不无嘲讽的响声。当然不会当着依然楚楚动人的阿比盖尔的面,而是戳她的脊梁骨。

就是她,那个失去儿子的母亲。儿子已经宣布和她断绝关系。你能想象到吗?她超速行驶,想把儿子和自己都撞死!说这些话的人都是阿比盖尔的朋友,盐山的邻居。他们知道,她的精神已经被击得粉碎,希望她赶快站起来,就像希望一个康复中的病人赶快痊愈一样。但是他们都摇着头,一副迷惑不解、不敢苟同的样子。他们惊讶地微笑着,不愿意相信,他们之中的一分子居然做出这样的事情。微笑,惊骇。可怜的阿比盖尔是不是一直在喝酒?

当然,答案就在这里。

佛蒙特那个夜晚,恶鬼的手伸过来,使劲拽方向盘,硬把阿比盖尔和贾里德置于死地。从那时候起,阿比盖尔滴酒未沾。她发誓不再喝酒,连盐山人精心挑选的干白葡萄酒也不碰。她的问题之一是:"生活,清醒的、理智的生活和我所感知的'生活'不是一回事,而是另外一种东西。"什么东西？尸体检验报告。纽约市广播电台连续广播的交通新闻。没完没了的MV。如果你是中年人,而不是美国青少年,就会像被捆扎的火鸡,瞪着一双眼睛,看这种节目。永远如此。

她准备四月三十号自杀。选择复活节星期日之后这个星期日,很符合她谦和的性格。这时候,节日气氛已经淡化,生活又变得懒散而松懈。在阿比盖尔——一个"离经叛道的美国新教圣公会教徒"看来,这个日子很合适。因为复活节本身的象征意义太强烈。一定会有谁的胳膊肘子捅捅上帝的肋骨:知道吗？不能让这个女人复生！可是,不可避免地发生了一件事情,改变了她的"日程"。(电话铃一个劲儿地响。她盼望打电话的是贾里德。他已经好几个月不和她说话了。)第二天是五月一号。也许这意味着什么？我死后新生活的第一个早晨。

阿比盖尔慢慢地(颤抖着！)开着汽车进入盐山村,沿珍珠街行驶。她看起来依然年轻漂亮,戴着墨镜,虽然脸色苍白,但魅力犹存,就像一个正在恢复健康的吸毒者,另外一个时代的摇滚歌星。她坐在那辆闪着白光的"宝马"轿车里,宛如处于医学上称之为"假死"的状态。等待感受什么！感受任何东西！因为我毕竟还活着。现在已经是春天,我还**没有死**。但是,她脑子里一片模糊,就像喝鸡尾酒时,杯口留下的口红。既然头天晚上没有死成,就得继续她那怪诞的、心力交瘁的生活。她的生活恐怕世界上几十亿人口中的大多数都非常羡慕。(是的,在这个身体不适、精神压抑的冬季,阿比盖尔获得了新生。)一个住在市郊、四十三岁、离了婚的女人还有那么多活动要参加,忙忙碌碌,不得空闲。约会、社会工作、各种差事,就像念珠上的珠子,拨过来,拨过去,一个接着一个。亚当死了,贾里德不在身边,阿比盖尔连再婚也不能！连走出婚姻的废墟,再寻找一个爱她、她也爱的男人也办不到。沿着珍珠大街行驶,经过老盐山公墓——许多美国革命时期的爱国者埋在这里——经过那座由整修一新的新乔治王朝风格的大楼改建的公共图书馆和塞克广场时,她的脑子里突然变成一片空白,想不起是要进城,和主办盐山历史学会一年一度的春季花会的主席共进午餐,还是要到麦束路,再从那儿回家。那座漂亮的房子像一座坟墓,空空荡荡。她也想不起头天晚上,她把珍藏已久的安眠药、镇痛片放在厨房台面上,准备用伏特加灌下去之前,是想给贾里德最后打一次电话,请求他原谅,还是出于值得赞赏的崇高的母爱,决定不去打搅他。他毕竟才十六岁(她是妈妈,当然应该知道),父母离异已经给他造成很大的伤害。在珍珠大街和渡口街交叉路口,阿比盖尔等红灯变成绿灯的时候,碰巧看见那个头戴红色贝雷帽的小姑娘……

"她一定很孤单。总是一个人。"

小姑娘像中国人,大约十一岁,小巧玲珑,眉清目秀,宛如一朵刚刚绽开的鲜花,乌亮的秀发垂在肩头,剪得很整齐的刘海覆盖着脑门。手里提着一把装在琴盒里的大提琴,仿佛迎着令人神清气爽的风,快步走着。小姑娘穿着朴素的夹克衫,宽松的长裤,头戴一顶小红帽,形成一道亮丽的风景。阿比盖尔以前就在盐山见过这个女孩几次。每次看到她,心都为之一动。阿比盖尔不认识这个小姑娘,小姑娘也不知道她是何许人。有时候,她提着大提琴,有时候不。盐山是个小地方,不管你愿意不愿意,时间一长,大家都觉得面熟,只不过不知道名字罢了。这个戴红色贝雷帽的小姑娘是钱伯斯北街盐山中学的学生。阿比盖尔见过她一个人从学校出来。阿比盖尔还在公共图书馆见过她,也是一个人。毫无疑问,盐山中学还有别的中国女孩,可是这个戴小红帽的小姑娘总是独来独往。至少阿比盖尔见到她的时候，没有人跟她做伴。阿比盖尔第一次看见这个小姑娘，是在图书馆外面的人行道上。她怯生生地从一群粗鲁的、吵吵闹闹的中学生中间走过。与她年龄相仿的男生女生对这个身材矮小的中国女孩视而不见。她经过的时候，他们故意推推搡搡。少男少女下意识的凶残！阿比盖尔看了非常生气，她想跑过去"解救"这个中国女孩，挽起她的手，把那些孩子推到一边。一群无耻之徒！白种人！她满脸通红，为这种种族偏见羞愧。因为白种人在这儿是"多数民族"，你尚可以用羞愧而不必以别的方式表示自责。阿比盖尔在离他们几码远的人行道上徘徊，在心里琢磨，万一哪个喜欢恶作剧的男孩抢走小姑娘的贝雷帽，或者有什么非礼之举怎么办？阿比盖尔是盐山一位母亲。这些孩子在母亲的权威面前应该有所收敛。(他们会吗?)作为贾里德的母亲，阿比盖尔听到这些放肆的、娇惯坏了的孩子满嘴脏话，不应该大惊小怪，但她还是感到震惊、沮丧。他们毕竟还是孩子，可是谈到"性"，个个眉飞色舞，妙语连珠。几个十二三岁的女孩在大街上吞云吐雾，悠然自得。她们把嘴唇涂得血红，眼影抹得浓重，超短裙紧紧绷在屁股上。男孩子们穿着"香蕉共和国"①和 Gap 的宽松的裤子，价格高昂的运动鞋，连鞋带也不系。这些生活优裕、享有特权的孩子的父亲大多数是千万富翁，可是专门以模仿黑人聚居区年轻人那种"街头时尚"为荣。那些孩子的父亲有的在监狱里服刑，有的背井离乡，不知道流落在什么地方，有的早已命归黄泉。贾里德至少已经过了这一阶段。阿比盖尔希望贾里德已经度过这一阶段。

---

① 香蕉共和国为 Gap 旗下比较偏向贵族风格的休闲品牌。

真可悲！阿比盖尔的儿子连话都不和她说，更别说见她。她很想在大庭广众之下做出一副勇敢的样子，可是由于羞愧而生的精神上的畸形，时时刻刻与她相伴。她的脖子上还生出一个很大的甲状腺肿块。

金秋的那一天,戴红色贝雷帽的小姑娘从那群打扮得花里胡哨的、闹哄哄的、没礼貌的同学当中走过时,腼腆得一句话也不说。她皮肤白皙,面无表情,一双美丽的亚洲人特有的眼睛眼帘低垂,目不斜视,神情庄重。阿比盖尔激动地想:她比所有那些孩子都强。他们必须认识到这一点。她尽量不引起这些少男少女的注意。尽管事实上,盐山这些白人小孩压根儿就没注意她。现在,阿比盖尔坐在"宝马"轿车方向盘后面,眼巴巴看着这个孩子手里提着大提琴,从离她的汽车只有一英尺的地方走过。她又怦然心动,想保护她,帮助她。这个女孩身上有一种与她的年龄不相称的忧郁,仿佛一个年老的灵魂装在年轻的躯体里。这可能吗？是的,在阿比盖尔眼里,小姑娘很漂亮。尽管,在那些更为挑剔的人看来,她也许相貌平平。是小姑娘的纯而又纯、天真无邪使她伤痕累累的心开始复苏。我为什么就没有女儿！这真是一个错误！事实上,当年,哈里连第一个孩子也不怎么想要。那孩子毕竟是个男孩,长着小鸡鸡,一个小小的DNA携带者,发起脾气也和哈里一个样儿,哼哼唧唧,乱扔东西。若再生第二个孩子,那就意味着在社交界引人注目的、苗条美丽的妻子又要变成一个呼哧呼哧喘着粗气的大肚子女人。家里又要挂满臭烘烘的尿布,散发着消毒水的气味,还得再雇一个"生活习惯不同的少数民族"保姆。不！谢谢！阿比盖尔叹了口气。戴红色贝雷帽的小女孩从她身边走过,全然不知"宝马"方向盘后面坐着的那位白种女人,戴着一副名牌墨镜,正十分感兴趣地凝视她。这个孩子的妈妈是谁呢？她可真是个幸运的女人！毫无疑问，这女孩长得一定像妈妈，眉清目秀，黑发飘逸，举手投足，都毫不张扬。但是渐渐地，她就变得越来越"美国化"，最终伤透了妈妈的心。那也值得。能给我们几年快乐就该知足了。要求过高未免太自私了。阿比盖尔突然生出一个念头：也许应该嫁给一个亚裔美国人？盐山有四十多岁的亚裔美国人吗？她隐隐约约知道，亚裔美国人不常离婚。他们虽然很年轻就结婚了，但一直忠于自己的家庭。如果出了什么风流韵事也只是在本族或者本阶层之内。"前夫"哈里森·蒂尔尼到东京和台湾出差回来之后经常说，亚洲人真是不可思议，"好像故意把我们衬托成一群大笨蛋。"阿比盖尔想，如果能让一个亚裔美国人动心，爱上她，并且和她结婚，也许就可以彻底解决她的问题了。盐山和盐山周围富庶之地的亚裔美国人，人数虽然不多，但毕竟有那么一帮人。奇怪的是，阿比盖尔交往的这个圈子里一个"亚裔"也没有。同样奇怪的是，虽然盐山一直是个崇尚民主自由的地方，但是没有黑人和西班牙裔美国人进入他们的社交圈子。("我们努力了！不断地努力！"盐山的家庭主妇们十分真诚地说，"我们邀请过他们，但是谁也不来参加我们的聚会。即使来也只是那么一次，过后就没有他们的消息了。")那些易于接受的文化上的"陈词滥调"在阿比盖尔脑海里翻腾，就像一堆衣服在洗衣机里搅来搅去。她知道，亚裔美国人的孩子们学业都非常优秀，亚裔美国人的家庭观念都很强。每年，都有更多亚裔的新面孔出现在盐山。阿比盖尔觉得，从原则上讲，这是一件好事。她估计，这个戴红色贝雷帽的小女孩一定是某位盐山"新移民"的女儿。她的父亲也许是一位投资银行家，也许是一位医生，或者是生物工程学家。他们花百万美元在类似林肯·格林、野鸡谷、自由谷这样的高档住宅区购置了房产。

后面的汽车喇叭声把阿比盖尔从恍惚中唤醒了(这里是盐山,不是纽约),她连忙把车开过交叉路口。她不知道该上哪儿去。不过,到哪儿去并不重要。就像她的自杀,发生点偏差问题也不大。她把车开到贵格大街,想再绕回到珍珠大街。(她要干什么?)(她的借口是,这是一个天低云暗的春日天气,暴风云蓄势待发,阵风夹带着雨,如果那个戴红色贝雷帽的小女孩被大雨浇了……)可是运气不好,正赶上盐山这条狭窄的马路塞车,阿比盖尔只能放慢速度。买东西的女人们开着豪华轿车,左冲右突,拼命想赶快把车开到停车场,就像身材高大的女人硬往身上套一件紧身胸衣一样。阿比盖尔虽然着急,但也不好意思按汽车喇叭。大家都是熟人。等她回到珍珠大街和渡口大街那个交叉路口之后,沿珍珠大街找了好几条小巷,也没有看见那个戴红色贝雷帽的小女孩。

你干什么呀?妈!跟踪别人家的孩子!你有病呀,妈?

是呀,最近这些日子我和贾里德是没怎么说过话。但我经常听到他的声音。他在我心里。我和他息息相通。

阿比盖尔·代斯·普雷斯并没有跟踪什么人,更不要说跟踪一个十一岁的小女孩了。瞧,她那样认真地履行自己的职责,按时来到"柠檬树饭店",和举办"花会"的主席共进午餐。(尽管她脑子里闪过一个念头,可以找盐山的音乐教师——为数不会很多——打听一下那个大约十一岁、头戴红色贝雷帽、学拉大提琴的中国女孩的情况。可是,下一步该怎么办呢?这需要机敏。)阿比盖尔发现,来盐山新开的这家最受欢迎的饭店"柠檬树"跟她共进午餐的朋友和她一样,穿得非常漂亮,修饰得无懈可击。身穿白色制服的年轻侍者忙忙碌碌,亮闪闪的刀叉叮当作响,录音机反复播放着古钢琴演奏的巴赫的钢琴曲。顾客的说话声像血脉的流动,在耳畔嗡嗡地响着。两个女人面前都放着一盘鲜美可口的凉拌蔬菜,旁边放着醋油沙司。"昨天,复活节后的星期日,是个好日子,可惜错过了。"

"做什么的好日子?阿比盖尔。"

自杀的好日子。"反思我这一生的好日子。收拾屋子,清理橱柜,把去年一年没穿的衣服都扔掉。都是女人的东西。"

"你说什么?'鸥女①的东西'?太吵了,我没有听清。"

"女人,鸥女。"阿比盖尔几乎是开心地大笑起来,"还真有点儿说不清呢!"

阿比盖尔十分懊恼地发现自己又在喝白葡萄酒。从什么时候开始喝的?她曾经发誓绝不再喝酒!事实上这是她对罗杰·卡瓦纳夫许下的诺言。在佛蒙特的梅德尔伯里,是罗杰勇敢地救了她。再也不要喝酒了!和阿比盖尔共进午餐的是比阿特丽斯·阿切尔。她是个金发美人,谁也说不清她究竟多大岁数,三十五岁到五十岁之间你可以随便猜。她头戴一顶精致的宽边草帽,就像好莱坞电影里的人物。比阿特丽斯一边呷红葡萄酒,一边兴致勃勃地说盐山医疗中心的朋友们也将举行一年一度的花会。时间定在五月,那是募捐的最好时节。阿比盖尔表示愿意参加这次活动。理由是,花会到来之前,她还不至于自杀,也不至于精神崩溃。事实上,比阿特丽斯是花会的主席之一。头天晚上,就是她给阿比盖尔打的电话,打断了她自杀的计划。她提醒阿比盖尔共进午餐的约会,提

---

① 鸥女,美国俚语,指舰队的随军妓女或海军基地附近的妓女。gull(鸥女)和上文中 girl(女人)发音相近,因餐馆里人声嘈杂,比阿特丽斯没有听清,故有此说。

醒她必须马上去做的几项工作——给志愿者打电话,协调各方面的关系,和盐山宾馆落实具体事宜。他们将在那儿举行盛大的午餐会,每张入场券一百五十美元。"医疗中心"的成员要捐献鲜花,当地的花商和苗圃也要捐花。一位获普利策奖的诗人(男,美籍爱尔兰人,"浪漫派")要向参加午餐会的客人朗诵诗歌。比阿特丽斯嘴唇上沾着酒,半张着,露出明朗的微笑。

把头探过去,吻吻比阿特丽斯! 也许你是同性恋者。这是你性压抑的秘密。

"……二十六,二十七,二十八……三十,三十一。"

她把安眠药,各种镇痛片,还有九个胶囊都放在厨房那一尘不染的台面上。又找出哈里留下的一些药丸。这些药丸是一九八七年从医院购买的处方药。阿比盖尔对头顶那台看不见的监视器,说出一番似乎颇为睿智的话来:"这药还是前总统执政期间开的,由此可见,你在同一幢房子里住的时间太长了。"阿比盖尔又拿出一瓶伏特加,就像放在祭坛上一样,放在眼前。她浑身颤抖起来,不过这也许是个好兆头?我是认真的。我已经下定决心。如果不走服毒自杀的路,她会更加平静,难道不会吗?她可以因酒精中毒而死。慢慢地喝酒,直到脆弱的心脏形成纤维性颤动,最后爆裂而死。这样一来,"盐山人就会说:'可怜的阿比盖尔!她是借酒浇愁呀!这是一场事故。'"倘若把三十一片安眠药,几分钟之内用伏特加灌到肚里,便成了一个需要警方介入,查清原委的案件。

"亚当,我真是进退两难。你也看到了,我活得很惨。可是如果一死了之,又会给别人带来麻烦。"

阿比盖尔,别这样!你知道,我听不见你的声音。

"可是我必须弄清楚,如果自杀,我是否应该声明,这是我经过深思熟虑的、在神志完全清醒的情况下做出的选择;还是不留遗言,一死了之?"

阿比盖尔,你真是荒唐可笑。我和你说过,我听不见你的声音,我已经不在人世。

"亚当!你知道,我没有安全感。你知道,我总想做点儿正事,可是……什么是正事?你知道,我一直都很不幸福。这种状况已经很久了。"

谁又幸福过?你以为人死之后,"生活"就充满笑声?

"可是,我也许能和你在一起。"

也把骨灰撒到我的花园里?和泥土一起耙平?谁为你做这一切呢?

"我想念你,亚当。"

沉默。

"亚当,你生我的气了吗?请不要……"

沉默。阿比盖尔能听见亚当在叹气。他经常用关节粗大的手拼命揉眼睛,发出唧唧咕咕的响声。阿比盖尔相信她又听见了这种声音。

"亚当,别揉。这个习惯可不好。"

我的一只眼睛已经瞎了,还有什么可在乎的?

阿比盖尔苦笑着。"亚当,求求你。我需要你的忠告。如果我自杀成功,是不是应该留个条子?比如:

亲爱的贾里德:

这是我的选择,对我而言当然是最聪明的选择。我的心碎了。我想,我是个胆小鬼。亲爱的,不要为我而歉疚。永远

记住,你不该为母亲糟糕透顶的生活承担任何责任。

我爱你。

爱你的妈妈

亚当,你瞧,临死前,我还在讨好贾里德,以一种很不高明的、轻佻的方式,使用类似'糟糕透顶'这种孩子们的语言。现实生活中,我从来不这样说话。亚当,我是不是很可悲。"

阿比盖尔,你是个被伤害的女人,但也是个坚强的女人。你心灵的创伤一定会愈合。

"我是个坚强的女人,心灵的创伤一定会愈合。你是这样说的吗?"

愈合,阿比盖尔。让心灵的创伤**愈合**。

阿比盖尔高兴地笑了起来。"亚当,我的一生都在追赶别人,夹着尾巴,畏畏缩缩,颤颤巍巍。人们注视着我,以为我是个充满魅力的女人。我的感觉越糟,看起来越引人注目。表面上看,我是一条纯种阿富汗猎犬;骨子里,我是条胆小如鼠的杂种小狗。"

"柠檬树饭店",阿比盖尔那位金发生辉的同伴对她微笑着,大惑不解。"'污渍'①,阿比盖尔,你在说什么?"

阿比盖尔说出声了吗?她凝视着眼前的凉拌菜,刹那间紧张不安,盘子里那碧绿的蔬菜仿佛一条条纠结在一起的蛇。她闭上眼睛,叉子从手指间滑落下来。即使没有她的"参与","柠檬树"里仍然人声鼎沸,就像人类灭绝之后,宇宙仍将存在一样。我无法

---

① 污渍(smut),这个词和上文中的"杂种小狗"(mutt)发音相近,因餐馆里人声嘈杂,比阿特丽斯没有听清,故有此说。

过没有爱的生活。上帝原谅我,我不够坚强。阿比盖尔极力把亚当那张饱经沧桑的脸从思想里推开。比阿特丽斯像要密谋似的俯身向前,脖子上的金项链闪闪发光。她告诉阿比盖尔,莱昂内尔终于回到卡米拉身边了。"回得正是时候。可怜的卡米拉已经变得那么古怪,她收养了罗克兰县所有的野狗。那幢漂亮的房子臊味儿扑鼻,简直成了狗舍。"

阿比盖尔冷冰冰地说:"卡米拉——一直很孤单,比阿特丽斯。我不敢冒昧地对她做什么评判。"

"我不是评判卡米拉。"比阿特丽斯连忙说。

"她是个非常出色的女人。我们谁也想不出她有多么出色。现在,她该服侍莱昂内尔了:因为溃疡出血,他必须马上做手术。然后,还要做一次脊柱手术。他还有点儿——卡米拉说这事的时候,斟词酌句,小心翼翼——'精神崩溃'。"比阿特丽斯一本正经地说,嘴角挂着一丝不易察觉的微笑,"听说,和他胡搞的那个女人年龄和他的女儿玛塞相仿,而且是个水性杨花、变化无常的轻薄货。"

阿比盖尔没有说话。这些消息她早有耳闻,而且听说,给莱昂内尔介绍这个女人的正是她的前夫哈里。更可恨的是哈里也和这个女人有染。比阿特丽斯继续说:

"莱昂内尔能够回来,卡米拉松了口气,心里充满感激之情。但是,她不肯抛弃她的狗。莱昂内尔当然不同意她在家里养那么多狗。可是现在,他在家里的道德权威没有了,说话已经不算数了。"比阿特丽斯停了一下,微笑显得更加灿烂,"他拄着拐杖,头发花白,即使做完脊柱手术,也不会再当总经理了。艾弗里听人说,接替总经理的是一位很有进取心的年轻人。他要把业务扩展到互联网,而且要出大众医学方面的书籍和用外语撰写的《自救手册》。卡米拉现在是责任重大呀！不过她看起来干得挺红火。和以往一样,她给'花会'捐了许多花。卡米拉对我说:'我不会为了这几条狗,放弃莱昂内尔,也不会为了莱昂内尔放弃这几条狗。他们都需要我。'"

说起狗,阿比盖尔就十分敏感。想起亚当的狗阿波罗宁愿跟卡米拉·霍夫曼也不愿意跟她,就觉得自尊心受到了伤害。有几次,阿波罗叼着主人一件旧衬衫或者一件套衫,跑到她家门口。阿比盖尔把它哄进家,可它总是待一会儿就走。就像它的主人过去那样,一到阿比盖尔家就坐卧不安。她虽然从来没有对别人说过自己因此而受到的伤害,可心里觉得很委屈。卡米拉相貌平平,臃肿不堪,穿上什么衣服都不好看,可是远比她走运,不但丈夫又回到身边,还成了亚当·贝伦德爱犬的主人。更让人无法容忍的是,阿比盖尔自认为自己和亚当·贝伦德的关系比卡米拉与亚当的关系密切得多。如果他爱过哪个女人,那就是我。"卡米拉还认为亚当没死,还和他说话吗?"阿比盖尔眯着眼睛问。

比阿特丽斯打了个寒战。"可不是!我对卡米拉唯一不敢提的,就是这个话题。如果你提起亚当,用的是过去时,她就变得焦躁不安。在这件事情上,她的态度特别坚决。"

"在卡米拉的心目中,亚当现在在哪儿?"阿比盖尔漫不经心地问道,"我只是好奇。"

"卡米拉说,他在印度贝拿勒斯①旅游呢!那是印度的圣城。"

"印度!我还以为亚当在地中海呢!"

"可不是嘛。卡米拉'看见'他向东去了。"

"她怎么知道?"阿比盖尔居然嫉妒起来。难道亚当给卡米拉

---

① 贝拿勒斯,印度东北部城市瓦腊纳西旧称。

寄明信片了？

比阿特丽斯笑了起来，好像阿比盖尔说出的话幽默可笑。"卡米拉这么土里土气，就像勃鲁盖尔笔下的家庭妇女，傻乎乎的，想不到竟然是个空想家。你能想到吗？"

阿比盖尔虽然对卡米拉有点怨恨，但是觉得有必要替她说几句公道话。"对待死亡的方式各有各的不同，比阿特丽斯。我敢断定，虽然我们大家都认为自己是'现实主义者'，可实际上，都是'空想家'。我倒希望自己能像卡米拉那么忠诚——对亚当，对那几条狗，对背叛过她、现在又成了'病秧子'的丈夫。"阿比盖尔咽下一口干白葡萄酒，半闭着眼睛，仿佛看见十六岁的儿子贾里德爬山时出了事故，成了终身残废，一瘸一拐地走着，或者坐在轮椅里，向妈妈"走"来。

"还有鼻窦炎。发作起来真够他受！"比阿特丽斯突然说，好像刚想起这事。

"鼻窦炎？什么鼻窦炎？"

"莱昂内尔的鼻窦炎可厉害呢！他对狗毛、狗味过敏。"

两个女人都笑了起来，泪光在精心描画过的眼睛里闪烁。

这顿饭本来可以在愉快的气氛中结束。比阿特丽斯已经招呼服务员来结账，而且两个人争着埋单。可是服务员端着两个盛满香槟的高脚杯走了过来。"两位夫人，这是坐在墙角的那位先生送给你们的。他说，向你们致以诚挚的问候！"两个女人向四周瞥了一眼，不由得吃了一惊。原来是她们的朋友欧文·卡特勒。可怜的欧文，大周末一个人跑到"柠檬树"吃饭。欧文摘下眼镜，朝两位女士微笑。虽然离得很远，她们也能感觉到，他急切地希望她们邀请他一起用餐。比阿特丽斯喃喃着说："哦，天哪！欧文那么孤单。可我真不想再听他为格西的事儿唠唠叨叨诉苦了。"阿比盖尔同意她的看法,不由得打了个寒战。自从妻子从盐山消失,欧文给阿比盖尔打过无数次电话。有时候半夜三更还要和她"聊一聊",还想请她吃饭,得到她的慰藉。即使和性无关(阿比盖尔很难想象欧文·卡特勒成为她的性伙伴),至少也应该有点儿浪漫色彩。一杯香槟,哦,那正是阿比盖尔最爱喝的,可是她生怕犯了酒瘾,没法收拾,从来不敢给自己要上一杯。她连忙说:"服务员,快把酒拿走。我的朋友和我可不是妓女!"阿比盖尔一本正经地说。服务员和比阿特丽斯直盯盯地看着她,都吓了一跳。

离开"柠檬树"的时候,两个女人礼节性地走到欧文那张桌子跟前,向他道谢,但是没有接受和他"坐一会儿"的请求。"我最近总是做这样的梦,"欧文说,抓着她俩的手,"梦见格西死了。而且责任在我。"两个女人从欧文冰冷的手里抽出自己的手,安慰他,格西当然活着,而且很快就会回到他身边。她们在饭店外面的人行道上慢慢地走着,比阿特丽斯犹豫了一会儿才说,她听人说,奥古斯塔真的不在人世了。"欧文应该对她的死负责。"阿比盖尔也听到过这种传闻,戴墨镜的时候,明显地打了个寒战。她用开玩笑的口吻指责她的朋友:"比阿特丽斯,这太可笑了!盐山的丈夫不会谋杀妻子。"

失去儿子,那是一种什么感受?就像不用麻药做人工流产。

阿比盖尔开着车在珍珠大街慢慢行驶。两个小时前,她在这儿碰见那个戴红色贝雷帽的小姑娘。"亚当,我知道,这样做很可笑。但我并不想伤害任何人,难道不是吗?"

沉默。这就意味着亚当不同意她的看法。

"我不会主动和她说话,不会让她受惊吓。只是万一她需要,需要大人……帮助,比方说,突然扭了脚脖子,需要有人送她回家。"

阿比盖尔每次回到麦束路自个儿那幢房子,就怀着一线希望想,也许她不在家的时候,贾里德给她打过电话,磁带录下了他的留言。或者给她发来了电子邮件。喂,妈妈!你好吗?

以前,贾里德给她发过这种"短信息"。当然并不经常发。不过总比不发好。

自从那次事故,自从那只恶鬼的手要把她和儿子置于死地,自从送到急诊室,贾里德就拒绝再和妈妈见面。他的亲妈妈!他向罗杰·卡瓦纳夫控告母亲,让阿比盖尔丢尽了脸面。他坚持给哈里打电话,让父亲接他回家,把母亲弄得无地自容。等到秋天,他已经恢复得又像往日一样健壮,可以和父亲以及父亲刚娶的那个年轻漂亮的妻子一起到肯尼亚游猎,到坦桑尼亚乞力马扎罗山远足。离开北美大陆之前,他没和妈妈告别,到了非洲之后,连明信片也没有给她寄过。"也许他死在那儿了!他要是真死了该怎么办呢?"阿比盖尔知道,这些事情想也没用,就像念"玫瑰经",除了痛苦,没有一点儿好处。可是一进家门,她就忍不住胡思乱想。往日的欢乐消失得无影无踪,连记忆里贾里德孩提时代的叫声、笑声也不复存在。

罗杰安慰她,直截了当地说:"贾里德迟早会认识到哈里是个混蛋。他会和你言归于好的。"

阿比盖尔笑了起来。"等到贾里德认识到哈里是个混蛋,也许会觉得他的母亲至少比这个混蛋强一点儿。但愿会有这一天。"

罗杰不喜欢被人质疑,即使那"质疑"有一种调情的味道。他生气地说:"我的女儿罗宾,把我恨得要命。可我并没想杀死她。"

阿比盖尔仿佛受到极大的伤害,连忙说:"罗杰,我并没想杀死贾里德。你说这话是什么意思?"

"我是说你当时的幻觉——那只恶鬼的手。得了,宝贝儿。"

宝贝儿!阿比盖尔凝视着她的朋友。作为一个律师,他为她做的辩护非常出色。在他的劝说下,梅德尔伯里交通法庭那位法官对她非常同情。那人显然被她迷住了。我至少要和罗杰做爱。也许我们俩还能结婚……罗杰继续说:"你当然不是有意要杀贾里德。根据法律,可以判你过失杀人罪,仅此而已。我当然可以为你开脱罪责。但是你必须认识到,你所做的一切是一种潜意识的行为。"

阿比盖尔突然打了罗杰一个耳光。完全是电影里歇斯底里大发作的女人才会做出的动作。但这既非电影,阿比盖尔也没有歇斯底里大发作。罗杰大吃一惊,眼里含着泪水,从她身边跳开。阿比盖尔也惊呆了,喃喃着说:"罗杰,原谅我。"罗杰抓住阿比盖尔瘦削的肩膀,用力亲吻,像一条猪鼻蛇乱咬乱啃。没有激情的吻,只有愤怒和轻蔑。几个小时后,阿比盖尔的肩膀和娇嫩的嘴巴还隐隐作痛。她把一小块冰贴到嘴上,融化了的水顺着胳膊流了下来。

这个不愉快的插曲发生在一月,在阿比盖尔家,和十月份他们正要做爱,被阿波罗抓后门的唰唰声打断一样尴尬。最近,阿比盖尔从各种渠道听说,罗杰正在恋爱。不是和玛丽娜·特罗伊,而是和一个女律师。盐山人都不认识,据说很年轻。罗杰已经让那个女人怀了孩子。阿比盖尔就像被情人抛弃了的少女,心里一肚子气。

"要是那天我们俩做爱,那个孩子也许就是我的。"

一个令人沮丧的恋爱季节。但是阿比盖尔充满希望。

塞克广场有一幢殖民地时期建造的房子,虽然经过整修,但是砖石早已褪色,还是给人一种沉闷、单调的感觉。盐山历史学会就在这座房子里举办活动。这天晚上,阿比盖尔·代斯·普雷斯也来听讲座。她温柔娴淑,做出一副全神贯注的样子。主讲人是当地一位刚到中年的建筑师。演讲的题目云山雾罩、不着边际:"今后关键的十年和更远的将来盐山会衰败吗?"建筑师讲得热情洋溢,阿比盖尔听得索然无味。这个男人最引人注目之处就是鹰钩鼻子。鼻孔很大,吸气的时候,鼻翼收缩,微微颤抖;呼气的时候,鼻孔张大。阿比盖尔两手交叉放在膝盖上,俯身向前,一副洗耳恭听的样子。可实际上,她连一句话也没听进去。脑子就像电视机屏幕,任凭一个不安分的十几岁的男孩手拿遥控器,没完没了地换频道。和她那个圈子里的大多数人一样,阿比盖尔多年来一直是"历史学会"的支持者,可是很少来参加"学会"的会议,或者晚上举办的活动。这天晚上来,只是为了避免用伏特加灌下那三十一片安眠药,而且怀着一线希望,或许能"碰上"一个让她中意的男人。她"茅塞顿开",还因为听说亚当·贝伦德不但给历史学会留下三万五千美元,供他们修缮当地的历史遗址,保护周围环境的本来面目,而且积极参与了"学会"制定的各种计划。(可是,亚当活着的时候,也来参加活动吗?阿比盖尔对此表示怀疑。)

这是一个雨雾蒙蒙的五月的傍晚,一个充满浪漫色彩的傍晚。阿比盖尔很高兴自己没有死,还健健康康地活着。她从麦束路那幢房子开车驶入盐山村。辽阔的田野、芳草青青的山坡、花满枝头的树木和灌木,这风景宛如莫奈①笔下的图画。一幢幢房屋,灯火

---

① 莫奈(1840—1926),法国画家,印象派绘画创始人和主要代表人物,常在户外作画,探索光色与空气的表现效果。代表作品有《睡莲》《鲁昂大教堂》《帆船》等。

通明,虽然看不见里面住着的人,但是明亮的灯光撩拨人心。她曾经是哈里森·蒂尔尼太太。那仿佛是上辈子的事情。那时候,无论走进哪个房间,她的儿子——小贾里德都会跑过来抱着她的腿快乐地叫喊:"妈妈! 我爱你!"

生活多么简单。贾里德那么小。小孩知道爱就是一切。

阿比盖尔坐在第二排折叠椅上。会议室里灯光昏暗,散发着一股尘土味。在这群人里,她算年轻人(也就是说五十岁以下),尽管想自杀,但依然光彩照人,甚至说"妖艳"也不为过。她身着一套做工精致的阿玛尼名牌春装,亚麻布料,颜色介于鸽灰色和淡紫色之间。修长的腰身,精巧的垫肩,越发把她衬托得婀娜多姿。下午刚抹过油的烟灰色头发亮光闪闪,潇洒飘逸。那嘴像熟透了的李子,任何健康的男人都想上去"咬"一口。一双略带茫然的眼睛,目光流盼。她的心——像蹒跚学步的小孩的拳头那么大——充满希望,急切地跳动着!(也许有咖啡因的作用。阿比盖尔尽量避免喝酒,成了一个喝咖啡上瘾的人。)那位建筑学家大谈保护珍贵历史遗址和保护生态平衡都是"精神需要"时,阿比盖尔偷偷朝四周瞥了一眼。她下意识地寻找(她总是在寻找!)亚当·贝伦德。有意识地寻找"合适的男人"。亚裔美国人?事实上今天晚上到会的男人不多,总共不超过十五个。这十五个人里大多数都是所谓"老先生"。盐山历史学会的成员大多数都是年纪很大的白人妇女,有的不但年事已高,而且体弱多病。(对于筹集资金的人,盐山真是一座取之不尽用之不竭的金矿。这儿的许多居民不但有钱,而且年事已高。这种富裕实在难得。贵夫人弗洛伦斯·费里斯最近刚死,享年九十三岁,留下四千多万美元的财产,由她生前资助的慈善机构,包括历史学会分享。)

会议室尽头的墙上挂着一幅褪了色的油画,画的是一八〇四年七月,伯尔①副总统和汉密尔顿将军②在新泽西州维哈肯附近那场臭名昭著的决斗。画下面坐着一个满头黑发的陌生人,也许是一位亚裔美国人。从侧面看,他的脸扁平,坐在那儿一动不动,像阿比盖尔那样全神贯注地听着。(可是,一位亚裔美国人为什么会对盐山的历史感兴趣?对于来自历史悠久、博大精深的中国或者日本的人来说,美国历史实在是太浅薄了。他们的历史不是以几百年,而是以几千年为单位计算的。几十亿人在那里繁衍生息,生老病死,被人遗忘,最终像萤火虫一样消失在黑暗之中。)阿比盖尔天真地想,一位亚裔美国人会给我带来希望,不一定非做我的情人,朋友足矣,像女朋友一样。我之所以要枯萎、要死灭,就是因为没有希望。

阿比盖尔感觉好了许多。找到问题的症结是解决问题的开始。

她意识到自己置身于一帮虽然不再年轻,但有权有势的人们之中。自从繁荣昌盛的六十年代,盐山一直充满"爱国主义"的战斗精神。和别的地方——不如他们富裕的近郊社区——相比,哈得孙河上的盐山村付得起高昂的诉讼费打官司,保留他们的传统。当地大发横财的律师和联邦、州、县政府打官司都是赢家。诸如反对州际联运,反对拓宽州高速公路,反对住房补贴,反对一项耗资上亿美元的生物研究工程。("这岂不是在我们这儿搞细菌战试验吗?")除此而外,铺设新的下水道管线,铺路,开办诊所,建立一

---

① 伯尔(1756—1836),美国副总统,在决斗中杀死政敌 A.汉密尔顿,一八〇七年被控策划西部独立,被捕受审,后宣告无罪。
② 汉密尔顿(1755—1804),美国联邦党领袖,美国独立战争时曾任华盛顿秘书,大陆会议代表,后担任首任财政部长,提出建立国家银行和加强中央政府等施政方针。

座州立大学分部,增设公立学校都属于被反对之列。就连为残疾人开辟几条有服务设施的小路,他们也极力阻挡。"敌人"变了,现在的敌人是"进步"和"利益",至少在他们这座小镇如此。亚当虽然嘲笑盐山是"偏执狂",可是也给历史学会留下很多钱,还把自己住过的那幢房子立契转让给小镇。阿比盖尔觉得,亚当这样做一定是为了减轻心里的歉疚感。

为什么歉疚?她心中无数。

也许,歉疚都是主观想象的结果?一旦长大成人,就会想入非非。

那位建筑师的名字既难记又难听,是加斯塔夫还是加里克,或者戈哈斯?姓欧尔特,还是奥尔特?这位老兄讲了半个小时,还滔滔不绝,没有放慢速度的意思。他长得又丑又怪。那张脸既有点儿孩子气,又显得很狡猾。长长的鹰钩鼻子,很大的鼻孔。浓眉下,一双忧郁的眼睛深陷在眼窝里,下巴又尖又长,还向里收缩。说话的时候,牙齿闪着亮光,脸上挂着微笑,显得既紧张又兴奋。他大概四十七八岁,穿一件黑花呢夹克衫,肩膀松松垮垮,好像少了一枚纽扣,很像亚当·贝伦德在二手商店买的衣服,但却穿不出亚当的气派,也缺少亚当的自信。他身上没有一点儿亚当那种吸引异性的风流倜傥。他说话的时候,激动得比比画画。他的头发很长,盖过耳朵,领带歪歪扭扭套在脖子上,可是阿比盖尔还是对他产生了兴趣。她几乎确信这个男人性感十足。欧尔特或者奥尔特是个很聪明、原则性很强的人。他的目光在屋子里不安地扫视着(有的听众像阿比盖尔一样"全神贯注",另外一些人——大多数是男人——正在打瞌睡),不时回到她的身上。他似乎在问阿比盖尔:"为什么未来的景象对我们如此缺乏吸引力?缺乏感染力?因为我们还没有生活在未来。我们祖祖辈辈都生活在过去。

我了解或自认为了解这个国家的过去。我们的使命是用聪明和智慧保留我们的过去，保护我们的灵魂。"欧尔特，或者奥尔特那么丑陋，你即使紧闭双眼也不会去亲吻这样一个鼻孔朝天的男人。

会议室里灯光变暗，建筑师准备放幻灯。阿比盖尔松了口气，用不着凝视他那张脸了。

阿比盖尔纳闷，他说得对吗？我们真的了解这个国家的过去，而这个国家的过去还值得保留吗？最近这几个星期，自从想到死，她就不时想起贾里德在梅德尔伯里旅馆漫不经心说的话。我们就像池塘里的水藻，该死的绿色浮藻。贾里德那双轻蔑的眼睛，那张扭歪了的、好看的嘴巴。想起这一切，阿比盖尔觉得一阵心痛。为什么不去找儿子？不去拥抱他？为什么傻头傻脑，只知道羞怯不安？贾里德需要她。孩子的心都碎了。阿比盖尔应该紧紧拥抱着他，和他一起痛哭。不，不，不。我们不是池塘里的水藻。我们是**人**，我们有**灵魂**。

阿比盖尔擦了擦眼睛，心烦意乱。作为母亲，她是失败者。不是因为差一点儿将儿子置于死地，而是因为不知道教他如何生活。

幻灯放的都是当地有历史意义的建筑物，修整前和修整后迥然不同的面貌。建筑师欧尔特或者奥尔特是一家专门从事历史遗址修复和保护的公司的头目。他干得很不错。他的作品多次获得大奖。昏暗之中，这个男人显示出一种权威，甚至魅力。如果我能爱上他，爱上像他这样的男人……幻灯播放的是哈得孙-加利利村附近那幢老房子——格雷斯沃尔德府邸（1683年建造），哈得孙-礼拜堂村那座老邮局（1797年建造），克利夫府邸（1840年建造），曾经是滨河路驿站，离亚当那幢房子不远。哈得孙-黑斯廷斯的哈得孙旅馆（1883年建造）。这是一座维多利亚时代建筑风格的豪华旅馆，几乎被贪婪的房地产开发公司拆除。由于"保护主义者"的全力抗争,才得以幸存。看着那些古老建筑的纹章图案,阿比盖尔不由得泪眼模糊。用历史的眼光审视,即使丑陋的东西也是美丽的。斯旺渡口的公谊会教徒会议厅(1845年建造),几乎成了废墟,现在改建为罗克兰县公共图书馆分馆。绝壁之战纪念钟楼(1911年建造),盐山大街复兴银行(1925年建造)现在是一家房地产中介公司。里阿尔托电影院(1934年建造),也在盐山大街,修复之后重新开放,专门上映艺术电影。接下去,建筑师放映的幻灯片是当地遭到严重破坏、急需拯救的建筑物。他的结束语充满激情:"下一个十年,新世纪第一个十年,对于今后的发展将是至关重要的十年。我们希望能够得到你们的支持。我们每一个人都对历史负有责任。"

阿比盖尔想,修复我吧!我已是一座废墟。

灯亮了。大家似乎都松了一口气。阿比盖尔眨巴着眼睛,觉得有点儿眼花。她的第一个反应是赶快离开这儿回家,回到她那宛如陵墓的安全之地。第二个反应是留下来。她来这儿是有目的的。(什么目的呢?)盐山的熟人和邻居都和她寒暄,握手,礼节性地吻吻面颊。我们都是池塘里的水藻。该死的绿藻。她已经认识好多年的这些了无生气、行动迟缓的人概莫能外。"阿比盖尔·蒂尔尼!好久没见了。"对于这样的问题,阿比盖尔自有一套应对的办法。她像高中的啦啦队队长,一副矫健、活泼的样子,乐呵呵地说:"我已经不再是蒂尔尼太太,变成'代斯·普雷斯女士'了。哈里和我离婚了。"阿比盖尔说出"女士"这个词的时候,小心翼翼,就像初进社交界的少女,碰到一个喜剧场面,示意她的"听众"听了她的话之后,不要本能地退缩,而是要像她一样面带微笑。她讨厌人家说:哦,听到这个消息,真让我难过。倘若碰到这样的情况,她就故作轻松地说:"我都不难过,你也就用不着难过了。"

能不能不谈这个该死的话题？求求你！

阿比盖尔·代斯·普雷斯,盐山传说中的患神经官能症的离婚女子,今天晚上在历史学会的会议室里最具吸引力。因为她最年轻,成了男人注意的中心。就像足球场上的足球,被人们呐喊着追赶。男人们争先恐后,希望博得她一个神情茫然而又不无魅力的微笑。老磨坊的邻居,八十岁的B坐在轮椅里朝她点头致意。还有S,联邦一位声名卓著的法官,用胳膊肘轻轻碰了她一下,既表示亲密,又有几分威胁的意思。阿比盖尔曾经和他有过一次约会。此公身穿黑色细条纹西装,因为做过结肠造口术,漂亮的衣服下面藏着一个盛排泄物的袋子。他吻了吻阿比盖尔瓷器般细腻的面颊,用责备的口吻喃喃着:"阿比盖尔,这些日子你躲到哪儿去了?给你打电话,你总是不在家,而且从来不回电话。"这天晚上,还有几个男人极力炫耀他们的"男子汉"气派。其实,他们垂垂老矣,无论什么气派也都是"明日黄花"。有两个男人打开烟盒,取出香烟。还有一个人手里把玩着没有点燃的烟斗。那两个男人中的一个想凑过去和阿比盖尔说话,连忙拂掉落在外套口袋上一块皱皱巴巴的香烟包装纸。另外那个进不了阿比盖尔的视线,紧张地微笑着,抚弄手里的香烟,一会儿松开,一会儿捏紧,显然心潮滚滚,难以平复。P,许多年前,阿比盖尔或许爱过,就像在类似场合一样,若有所思地吮吸着一只没有点燃的烟斗。这些人都挺自觉,没有吸烟。原因不言自明。

"阿比盖尔!你看起来还是那么可爱。"

阿比盖尔非常失望地发现,那个她原以为是亚裔美国人的黑头发男人原来是盐山的一位熟人。一个靠购买低档风险债券发财的百万富翁,也是过去经常和哈里一起打高尔夫球的"球友"。G朝阿比盖尔走过来,他的体重足足超过阿比盖尔一百磅。他吻了吻阿比盖尔的面颊,尽管阿比盖尔并没有以任何方式示意他这样做。G似乎做过美容,看起来很"年轻"。浓密的头发像渡鸦的翅膀,又黑又亮。昂贵的科隆香水压不住那股像是皮鞋油的刺鼻的气味。阿比盖尔说话时,G一直盯着她的嘴看。他们的谈话别别扭扭,断断续续。过去,碰到这种情况,亚当便飘然而至,将她"解救"出来。可是现在,亚当在哪儿?G脸上挂着一丝微笑,对阿比盖尔说,许久以来——好几年!——他一直想给她打电话,"表示同情"……"一起聊聊那个'世界级'大混蛋哈里森·蒂尔尼。他居然那样对待你!坦率地说——原谅我说粗话——竟敢像对待狗屎一样,对待你这样一位夫人!"他还压低嗓门怂恿她溜出会议室,跟他一起,到酒馆喝一杯。也许最近什么时候,可以一起出去吃顿饭?阿比盖尔想赶快从这个男人身边逃开,可是他已经把她逼到一个死角,热辣辣的目光直盯盯地看着她那张嘴。(他是不是想在大庭广众之下吻她?阿比盖尔像一个十三岁的小姑娘,吓得心怦怦直跳。)G把阿比盖尔领到一盏灯下,解释道,他的两个耳朵都聋了。"但是我能看口型。"G下意识地咂了咂嘴唇。阿比盖尔满脸通红,总算设法从他身边走开。鸡尾酒招待会特别像足球比赛,必须保持运动。"代斯·普雷斯小……小姐?你好。"那位长了一张不乏稚气的狐狸脸的建筑师迎面走来。

建筑师讲话的时候,阿比盖尔发现他不时把目光投到自己身上,心里有点不安。后来她觉得一定是自己神经过敏,以为人家在看她。现在,那人真的站在自己的面前要和她说话了。他叫戈哈斯·奥尔特,原来是亚当·贝伦德的朋友。"虽然不像你们二位那样,代斯·普雷斯小姐,算不上关系很密切的朋友,但我非常赞赏亚当·贝伦德。他是美国真正具有独创性的艺术家。"阿比盖尔皱了皱眉头。她不喜欢给亚当冠以"具有独创性的艺术家"的头衔。这样的艺术家和自学成才的画家爱德华·希克斯一样，只能创造些发育不良的人物。她不情愿地和奥尔特握了握手。他的手潮乎乎的，显示出过度的急切。这个男人简直就像十五岁的大男孩，而不是一个已经颇有建树、声名卓著的成年人。他没有洒科隆香水，身上散发着一股汗味和有点腐烂的牡蛎的气味。近距离看，他的鼻孔不只是大，简直就是两个黑窟窿。他说话有点儿结巴，不过满脸稚气，平添了几分可爱。阿比盖尔以她特有的女性的娇媚，莞尔一笑。奥尔特虽然很丑，但毕竟是个男人。阿比盖尔和她这个阶层、她这个年龄的大多数女人一样，总要在男人面前做出反应，展示"女性的娇媚"。就像被砍了头的鸡虽然喉咙喷血，还要跌跌撞撞做出些滑稽可笑的动作。被砍下来的脑袋还要在临死前眨眨眼睛，张张嘴，做出一种卖弄风情的微笑。戈哈斯·奥尔特一直在谈亚当·贝伦德的雕塑作品。他非常赞赏亚当的雕塑。看起来，他错把阿比盖尔当成一位雕塑家了。阿比盖尔虽然十年前上过亚当的美术课，但是对雕塑不感兴趣。此刻，她心里有气，不想纠正奥尔特。他觉得我像个雕塑家吗？奥尔特说话的时候，显得生气勃勃。他让她想起的不是那个实实在在、真真切切的亚当·贝伦德，而是想象之中的亚当：更年轻，不是那副粗壮结实的样子，不是那张宽宽的脸膛，而是一张刀条脸，对自己没有足够的信心，在女人面前忸忸怩怩。如果亚当有两双眼睛的话，那么这一双深陷在眼窝里，目光忧郁。哦，一个长着鹰钩鼻子的亚当。这样想，有什么意义？奥尔特的粗花呢夹克衫肩膀上斑斑点点，落着白花花的棉绒似的东西，也许是头皮屑。他比阿比盖尔高不了多少，当然阿比盖尔穿着高跟鞋。他的领带歪歪斜斜，就像一根带条纹的破烂带子，还露着撕破了的标签。阿比盖尔情不自禁地伸出手，正了正那条领带。那是身为人妻者才会有的本能的动作。倘若站在眼前的是亚当,她不假思索就会这样做。戈哈斯像触了电一样,脸腾的一下涨得通红,鼻孔大张着,仿佛一双凝视的眼睛。眼睛里激情荡漾。好像我碰了他那玩意儿。我碰他那玩意儿了吗?哦,天哪!奥尔特结结巴巴,阿比盖尔满脸通红,连忙说:"啊,对不起,奥尔特先生!我也不知道怎么就……"奥尔特说:"代斯·普雷斯小姐,谢谢。我这个人总是衣冠不整。"

他发出刺耳的笑声。他的牙齿显然没有包金,也没有镶银。他还想说点什么,阿比盖尔找了个借口,不失体面地逃之夭夭了。

池塘上的水藻。该死的绿色水藻。

阿比盖尔睡得很晚,一直在想,贾里德这一代人接受的教育都是关于生态的相互关联,没有更为崇高、神圣的信仰。(阿比盖尔怎么能把儿子带到新教圣公会教堂?那教义连她自己都不信。哈里森·蒂尔尼更是吹嘘,在娘胎里,他就是无神论者。)而对于美国孩子,电脑比"生态"更为重要。玩游戏。想入非非。自然主宰一切,限定一切。除了自然没有别的更重要的东西?

难怪贾里德和他的朋友们对历史没有兴趣,一丁点儿也没有。历史不过是已经死去的人做的那些早已成为过去的事情。

生死相连,周而复始,但是人类打破了这个循环,因为人类有记忆。

亚当曾经这样说过。哦,为什么阿比盖尔没有拥抱贾里德,和他一起哀悼亚当?为什么她不愿意和他开诚布公地谈心?

因为你总是在迎合他,迎合他青春期的焦虑。你对他卖弄风情。你自己的儿子!

自杀?那可能是个错误。(严重的错误!)如果阿比盖尔死了,财产就由贾里德继承,他是她唯一的儿子。可是,贾里德还是个未成年人。他的父亲哈里森·蒂尔尼,这个"世界级大混蛋"就会控制这笔巨额财富。他是我不共戴天的敌人。我一定要活得比他还强!

第二天早上,十点整,电话铃响了。阿比盖尔拿起听筒,犹犹豫豫地回答道:"喂?"不敢奢望会是贾里德打来的。(当然不是贾里德,永远不会是他。)耳畔响起一个结结巴巴、呼吸困难的声音。"代斯·普雷斯小……小姐?阿比盖尔?你好!"阿比盖尔很有礼貌地说:"我认识你吗?"打电话的人说:"我们昨天晚上见过面。在盐山历史学会。"建筑师那张平庸的面孔模模糊糊浮现在她的眼前:忧郁的眼睛,硕大无比的鼻孔,急切地微笑时那副怪相。哦,天哪!她干吗要招惹他呢?她身穿加了衬垫、扎出菱形图案的睡袍,光着脚,凝望窗外绿色的山坡,觉得自己也挺残酷。"我的名字叫戈哈斯·奥尔特。我们说过几句话。"

"对,没错。你昨天晚上的讲话很有激情。"

"是吗?谢谢!"

阿比盖尔闭上眼睛。为什么要跟他说这些呢?就像砍下来的鸡头,非要按照老习惯张那么几下嘴。

"你知道,我一直在尽最大的努力……我相信,我是在满腔热情地做我和我的助手正在做的工作。不仅仅是修复建筑物,你知道。还有环境规划。有时候,我们首先考虑如何安排周围的环境和风景。过去,人们最后才想到要请建筑师搞这方面的设计,可是那时候,已经没有多少钱做出恰当的……"

阿比盖尔把脸贴在窗玻璃上。这座科德角式"陵墓"拥有太多的房间。她在其中的一间。独自一人的生活让她心力交瘁。一个人独处,就会想得太多。上床睡觉之前,脑子就像钟摆永远不会停止摆动。就是在这个房间,罗杰·卡瓦纳夫吻她。她本来也应该吻他,搂着他的脖子,吻他,也可以使劲蹭他的腹股沟。罗杰和别人有的那个孩子,完全可能是她的。

"你能和我一起吃晚饭吗?今天晚上。"

"今天晚上?当然不行。"阿比盖尔不得不停下来想一想,她是在和谁说话呢?

"明……明天晚上呢?"

"真对不起,我已经有了约会。"

她觉得自己那么残酷。简直就是亚马孙。她已经去掉一个乳房,射箭的本领比以前更高超了。她理解卡米拉·霍夫曼为什么一见狗就没了主意。哀怜的目光,急促的喘息,一直爬到你的脚边。

"星期天……怎么样?"

阿比盖尔叹了口气。她想笑。打电话的人——腼腆的、结结巴巴的奥尔特仿佛正紧紧地盯着她。阿比盖尔不得不把听筒从耳边拿开。

"星期天。好吧。谢谢,再见!"

这是逃脱的唯一办法。阿比盖尔挂上电话,急匆匆地离开那个房间,可是没走几步,电话铃又响了。

"哈里,请你告诉我……贾里德的情况怎么样?"

一阵停顿。听到她的声音,哈里显然为之一震。

或许他想调整嗓门说话?在他的生活中曾经有过那么多女人,来也匆匆,去也匆匆,就像池塘里的水藻。

"把他的情况告诉我。否则我们就没有通话的必要。"

哈里吃力地咽了一口吐沫。阿比盖尔从听筒里听得一清二楚。

"阿比盖尔,贾里德和我在一起,并不是我的主意。他愿意来,我不能拒绝。"

阿比盖尔什么也没说。她浑身颤抖,紧紧握着听筒不让它也颤抖。

"你知道,他一直说,你要杀死他。"

阿比盖尔闭上眼睛。不是我!是那只恶鬼的手。

"不管是真是假,"哈里显得和蔼可亲,这倒令人惊讶,"他这样认为。或者愿意这样认为。"

"哈里,求求你。能不能把贾里德现在的情况简单地告诉我。"

"他没有给你发电子邮件?我以为他一直给你发电子邮件呢!"

见鬼去吧!你以为。

"你是说,他没给你发?从来没有发?"

阿比盖尔轻轻地哼了一声,表示默认。像被砍了脑袋的鸡发出最后一声哀鸣。

"这个孩子!算了,他毕竟是个孩子嘛。"

"哈里森,不要让我求你。你总是这样,非要我趴在你的面前,低三下四地哀求不可。我只要你告诉我儿子的情况。他好吗?"

长时间的停顿。阿比盖尔非常着急。电话那边吵吵嚷嚷的声音(像是哈里后娶的那位年轻妻子金在责骂女佣)突然停止,似乎是哈里一脚踢上房门。过去,阿比盖尔经常被哈里这种粗暴的行为吓得连连倒退。

421

"他还是个孩子。像他的那些朋友一样,把什么都弄得一团糟。他十六岁了。你还问他'好不好呀'?"

"怎么个'一团糟'法儿?"出于母亲的天性,她心里突然生起一个希望:贾里德一定想念妈妈!他现在只是在耍小孩子脾气,很快就会和妈妈和好。

哈里生气地笑着。"让我告诉你怎么个'一团糟'。在学校里,社会上,家里,心理上都他妈的一团糟。还有那双臭脚。"

"臭脚得怪那双鞋。运动鞋。不穿袜子。"

"贾里德那双脚不穿运动鞋也会臭气冲天。"哈里说。阿比盖尔仿佛看见前夫用手指拢着稀疏的头发,仰起一张脸,皱眉蹙眼,活像怪兽状滴水嘴。这是他非常厌恶,或者濒临高潮时的表情。"当然,你说得没错儿,他那双运动鞋比什么鞋都臭。"哈里停了一下,阿比盖尔仿佛看见他那副皱着鼻子、噘着嘴的样子。他是个非常讲究、又爱挑剔的人。过去孩子拉了屎,稍稍闻到一点儿臭味,他就犯恶心。可是阿比盖尔刚刚做了母亲,会高兴得把什么都忘了。名牌服装,有点儿挤脚的意大利皮鞋,每周做一次头发,这些统统丢到脑后,一心陶醉于小宝宝那个"一团糟"的世界。就连孩子拉屎也是她最为关注的事情,因为从中可以看出孩子的肠胃功能如何。

"我太孤独了。我想贾里德。"

又是一阵沉默。阿比盖尔突然间表示出来的坦诚让哈里森·蒂尔尼觉得难为情——如果他不能用一句玩笑话搪塞过去的话。"没错。可是孩子说,你们俩在一块儿总是吵架。"

"我们没有总吵架!"

"我知道,可是贾里德……一个孩子懂得什么?"

"你和贾里德之间发生什么事儿了吗?哈里。"

哈里叹了口气。阿比盖尔又看到一丝希望。"他说,你总是唠唠叨叨地指责他。说他抽烟。可他说,他没有抽烟。"

"哈里,我亲眼看见他抽烟。"

"还有更糟糕的事情。"

"怎么……吸毒?贾里德在……"

"他十六岁。住在寄宿学校。他在家可以规规矩矩,可他也到曼哈顿。我能说什么呢?"

"他在吸毒?什么……什么样的毒品?"

阿比盖尔又看见哈里那张仿佛闻到什么难闻气味而皱眉蹙眼的脸。

她想起哈里曾经多么厌烦她的母亲化——这是他创造的词。她听到过他用极其下流的语言和几个男性朋友开玩笑。女人"那玩意儿"什么时候就不成其为"那玩意儿"了呢?等她们当了妈妈之后。阿比盖尔觉得脸上火辣辣的痛。她真希望这位前夫就在眼前,她就可以扑过去抓他那张得意扬扬的胖脸。

阿比盖尔用哀求的口吻说:"我没责备贾里德,真的。我应该把他紧紧地抱在怀里。"责备,拥抱。这两个截然不同的动作都包含着妈妈一片苦心。可是对于一个十几岁的男孩也许很难理解其中的含义。

"你瞧,我说对了吧。"

阿比盖尔知道,这次谈话只能使她精疲力竭,伤痕累累,就像一丝不挂从荆棘丛中跑过一样,但她无法就此打住。她说:"我并不想杀死贾里德,哈里。你是知道的,难道不是吗?"

长时间的沉默。"我不相信你会故意杀害贾里德,或者你自己。你不是一个深思熟虑的人。"

阿比盖尔十分恼火,笑了起来。"那么,我是个什么样的人呢？一个靠本能办事的人？一个简单、粗糙、没有开化的女人？"她看过一个关于澳大利亚土著女人的短片。她们住在荒凉偏远的地方，怀着身孕，臃肿不堪，布袋似的乳房耷拉到肚皮上。

"你是个非常有女人味的女人。"

"什么意思？"

"我的意思是，你总是预想不到自己行为的后果。事后又翻来覆去地想。"

"你根本就不为自己的行为反思。"

哈里笑了起来。"反思就会后悔，所以干吗自讨苦吃呢？"

阿比盖尔想，和哈里森·蒂尔尼争论，你永远占不了上风。他总能自圆其说，总能把你难倒。

"'不是什么事故。'孩子说。他认为这事和你那位朋友贝伦德有点儿关系。"

阿比盖尔没有搭理他。她敬重亚当·贝伦德，不愿意和哈里森·蒂尔尼吵架时把他扯进去。

哈里笑了起来。"不过，这孩子差点儿把我，他的爸爸弄死。我现在还瘸着呢！"

"哈里，出什么事了？"

"我们到阿斯彭山滑雪。不知道怎么回事，贾里德的滑雪板突然脱落，从一道陡坡上滚下来，撞到我身上。我又撞到金身上，肚子撞在她的滑雪板上。等我醒来，已经躺在一辆救护车里。受了两处重伤。我是说，右股骨两处骨折。幸亏脑袋没有受伤。"

阿比盖尔立刻想到，他一定会借机责备自己。果然不出所料。

"哈里，听到这个消息我很难过。我……"

"你像首次登台的女演员，脸上挂着灿烂的笑容，每一颗漂亮的牙齿都闪闪发光，"哈里笑着说，"别假惺惺地骗我了。"

他说得没错。阿比盖尔嘴角抽搐着正在微笑。

"贾里德……受伤没有?"

"受了点儿轻伤。你知道这孩子,总是大难不死。"

"这肯定是意外事故,哈里。贾里德决不会故意伤害你。"

"是的。"

阿比盖尔心里清楚,应该马上挂断电话。和哈里谈话,就像打一场心理战。可是她的心在激烈地跳动着,无法立刻收场。哈里说:"听没听到罗杰·卡瓦纳夫的消息?"

"他又要给一个孩子当爹了。"

"真荒唐!他这把年纪!"

"罗杰不老。"

"我们大家都不老,阿比盖尔。只是不再年轻了。"

"罗杰似乎很快活。他……"

"他似乎处于震惊和兴奋的状态,那个可怜的家伙。"

"你见过那个女人吗?"

"没,没有。"哈里哼着鼻子说。怀了孕的女人对他没有吸引力。"坦率地说,我很惊讶。我一直认为,罗杰和你的关系非同寻常。"

阿比盖尔没有搭理他,说道:"你听没听说莱昂内尔回家了?他和卡米拉和好了。"

"莱昂内尔回家的事我倒是听说了。那家伙成了个废物。不过他和卡米拉并没有像你说的'和好'了。"

"人们都说,他那位'异国风情'的情妇是……"(阿比盖尔为什么说这事呢?就像拿着一根划着了的火柴向什么易燃物靠近。她知道她会后悔的。)"是你介绍的。那个女人是你的'理疗师'之一。"

哈里开心地笑了起来,没有否认。

这也是哈里森·蒂尔尼的策略。不道歉,不解释,不否认。阿比盖尔狡黠地说:

"这位理疗师也是个业余妓女。从牙买加来的一位肤色较浅的'外国人'。"

"牙买加?谁说的?"

阿比盖尔笑了。她想象得出哈里脸上的表情。很少有朋友知道哈里森·蒂尔尼是个隐蔽的种族主义者。

"大伙儿说的。你知道盐山是个什么地方。"

"当然知道,"哈里愤怒地说,"所以我才离开那个鬼地方。"

"你不知道莱昂内尔那个姑娘是个肤色很浅的黑人?"

又是一阵沉默。阿比盖尔听见前夫喘息的声音。她纳闷,金,他那位新娶的妻子,是不是在偷听哈里和前妻的谈话。这种性质的谈话从某种意义上讲也是一种"通奸"。只有在曾经是夫妻的人之间才有可能发生。阿比盖尔纳闷贾里德是不是也在旁边。

不可能,贾里德应该在学校。那是一个"中立国",离爸爸、妈妈都有一段距离,因而他还安全。

哈里说:"茜丽不是……她不是你们说的那种人。"哈里哼着鼻子,示意最好不要谈这个话题。然后,以他那种特有的狡猾方式问:"你怎么样啊?艾比①,我听说了一些关于你的传闻。"

艾比!可以把它理解为你这个可怜的婊子。"什么传闻?"

"传闻而已。"

就像用棍子捅一个昏睡之中的人。阿比盖尔是那个昏睡中的人,哈里挥舞着棍子。准确地说,不是折磨她,而是要看看她对疼

---

① 艾比,阿比盖尔的昵称。

痛有没有反应。

不过,阿比盖尔还是保持高度的警惕,虽然她对这个话题很感兴趣。她的内心世界一片空虚,很想知道别人为她想象出怎样一个"世界"。

"你和许多男人幽会。大都是些缺胳膊少腿的家伙。"

阿比盖尔笑了起来。哈里的话刺痛了她的心。"实际上,我想停止。"

"停止什么?"

"停止和许多男人的幽会。"

阿比盖尔又笑了起来,就像一只小野兽被卡住脖子时发出的声音。然后,用几乎听不到的声音补充道:"不!停止生命。停止他妈的生命!"

哈里那边一阵沉默,不是那种让人觉得遥远、幽深的沉默,而是显示出烦躁不安的沉默。这个男人因为觉得妻子乳房上长了一个豌豆大小的肿块就觉得难为情。父亲的死也让他生气、为难。因为他要出差到国外,弥留之际的老父亲却迟迟不肯撒手人寰,延误了他的行程。哈里笑了起来,有点紧张。在阿比盖尔的想象之中,他一定满脸通红。"当然,我并不是真的想死。"

哈里冷冰冰地说:"我知道你也不想。"说完便挂断了电话。

"'人生'。我们认为理所当然的事情,别人要靠诀窍来完成。"

阿比盖尔在一片寂静中大声说。她想不起这是亚当说过的"至理名言",还是她自己的发现。"如果是亚当说过的话,那便是思想深邃的格言。如果是我——'艾比'所说,便是一位受了伤害的小女人信口开河。"

寂静。

阿比盖尔等待亚当或者别的什么人驳斥她。

她笑了起来。"我当然和'缺胳膊少腿的家伙'幽会。除了他们,还能有谁呢?"

亚当·贝伦德是不是不同意阿比盖尔这种自我憎恨的态度?他是固执己见,还是忸怩作态?或者亚当根本就不在这儿?

阿比盖尔,别说废话了。你知道我已经不在人世。我成了一把灰。你也说过,我已经变成肥料了。

真精明!阿比盖尔坚持在大河边斯旺渡口旅馆的饭店里和戈哈斯·奥尔特会面。这样一来她就得自己开车赴约。必要的时候,便可以开车"逃之夭夭"。她充满希望,并不悲观。"我喜欢他。戈哈斯。"她记不清楚他那副尊容,只记得希特勒的建筑师好像就叫戈哈斯。你和许多人幽会,大多数都是些缺胳膊少腿的家伙。阿比盖尔想抗议:她没有和许多人幽会,从来没有。

这是一个春风和煦的傍晚。"夏时制"使得白天更长。如果你喜欢漫长的白日,这便是一个令人愉快的季节。如果你喜欢到处开放的烂漫的杜鹃花,这个季节不会让你失望。为什么不满怀希望呢?就在这天,阿比盖尔自告奋勇,向大家介绍美籍爱尔兰诗人道尼格尔·克鲁姆。他将在五月中旬举行的花会午宴上,朗读他的作品。她已经拿定主意,至少要活到那个时候。

"我从来都不会让女朋友失望。从不!"

阿比盖尔到斯旺渡口的时候,晚了二十分钟。轻轻摇曳的烛光下,戈哈斯坐在桌子旁边,眯着眼睛看他带来的那本书。那副样子一望而知,他肯定提前二十分钟赴约。阿比盖尔向他走过去的时候,他惊讶地瞥了她一眼,似乎忘记了阿比盖尔是谁?他自己怎么坐在这个地方？戈哈斯连忙站起身来，已经放在膝盖上的餐巾掉下来，落在两个脚踝之间。"阿比盖尔！这个……这个……"戈哈斯结结巴巴地说，眨巴着一双眼睛朝阿比盖尔微笑，慌里慌张地和她握手。"你好！"阿比盖尔一边说一边坐下，傻乎乎地微笑着，一脸茫然。就像平常一样，那句"禅宗用语"又出现在脑海里：为什么？为什么我在这儿？为什么在这儿？但是她像家庭主妇用扫帚打扫屋子一样，把这个念头从思想中清除出去。下一个念头是：来一杯酒，喝一杯酒！这个念头也很快被阿比盖尔打消。戈哈斯已经开始说话，一双忧郁的眼睛急切地盯着阿比盖尔。他在说什么呢？阿比盖尔尽量让自己集中精力，听他说话。戈哈斯·奥尔特是个非常好的人。这样的人在盐山随处可见。感觉迟钝、人品很好的中年人。大多数都有妻室儿女。（戈哈斯为什么不是一位有妇之夫呢？阿比盖尔有一种预感。她很快就会被告知为什么。）

在这个烛光摇曳的充满浪漫色彩的夜晚，戈哈斯看起来越发像只狐狸。今天晚上，他穿了一件洁白的宽松衬衣，系着一个很大的方格蝴蝶结。外边套着一件松松垮垮的粗花呢外套。他的头发颜色很浅，乱糟糟地覆盖在头顶上，就像一团半透明的泰国面条。他咧开嘴笑的时候，阿比盖尔有一种冲动，很想数一数他的牙齿。那细小的牙齿肯定比别人多。戈哈斯一直戴着一副双光眼镜看书，看见阿比盖尔，连忙摘下来装进外套口袋里，就像那种腼腆、不做作、虚荣心又强的人不希望被人看破一样。希望在另外一个人近视的眼睛里得到补救。所有的浪漫故事都有这样的企望。阿比盖尔问戈哈斯读什么书，戈哈斯告诉了她。

他们要了饮料：毕雷矿泉水①加酸橙。每人一杯。

---

① 毕雷矿泉水，法国南部产的一种冒泡的矿泉水。

阿比盖尔很想问问戈哈斯为什么不喝酒。她当然没有问。她是一个说话很讲技巧的人。要是弄明白他"一直酒精过敏",只能让人沮丧。

戈哈斯兴致勃勃地说着话,一双明亮的眼睛直盯盯地看着阿比盖尔的脸。阿比盖尔偷偷地朝四周瞥了一眼,看有没有熟人在座。也许她只是在寻找亚当·贝伦德。斯旺渡口旅馆建于一七九一年,是河岸上的"历史遗址之一"。现在是一家三星级酒店。灯光昏暗,价格不菲,墙上挂着骑马人的照片,还有马鞭,马具。旁边那面墙上挂着乔治·华盛顿总统的巨幅画像。总统身穿礼服,头上曲曲弯弯的假发十分死板,深红色上衣,金丝绒编成的肩章,铜柄宝剑,翻领上挂着北美革命军授予的勋章。背景仿佛是孩子们喜欢的卡通画——六匹白马拉着总统华丽的、淡黄色的马车。画这幅画像的时候,华盛顿还算年轻,不过饱经风霜,看起来神情冷峻,已是人到中年。据说,当年华盛顿是斯旺渡口旅馆的常客。他也是几英里之外亚当住过的那幢房子(从前的酒店)的常客。(只去小酒家,或者也去妓院?)亚当经常开玩笑说,他地下室肮脏的地板下面埋着尸骨。在阿比盖尔·蒂尔尼的婚姻接近尾声时,她有时候和亚当·贝伦德在这儿见面。他们最喜欢去的地方不是豪华的饭店,而是这家小酒馆。坐在温暖的壁炉边,充满浪漫风情。阿比盖尔叹了口气。她突然清楚地想起那个冬天的傍晚,她穿了一双露脚后跟的羊皮凉鞋,几乎冻僵了脚。亚当把她穿着长筒袜的脚丫子放在自己的膝盖上,在桌子下面用他那双雕塑家的手暖和着。虽然显得很亲密,但是没有性的成分。就像阿比盖尔是个孩子,亚当是位慈祥的父亲,一边温和地责备,一边亲切地关爱。可是阿比盖尔情不自禁地蠕动着脚趾,把脚伸到他的腹股沟里。亚当涨红了脸，把她的脚推开。"对不起。"阿比盖尔轻声说。其实这不是真心话。阿比盖尔在这方面很少有觉得对不起谁的时候。亚当很不自在地动了动肩膀，用那只好眼睛看了看她，说："你已是有夫之妇，不应该玩这种通奸的把戏。""玩？谁玩这种把戏呢？"阿比盖尔当然明白，虽然哈里不住在曼哈顿的公寓，但从法律上讲，他们还生活在一起。不过，她更明白，结束蒂尔尼太太的身份已经为时不远了。几个星期前，她做了乳房活体组织切除手术。丈夫对她现在的状况很是嫌弃，好像她已经变成一个畸形人。阿比盖尔本来不想告诉亚当这事儿，（是不是她也羞于启齿？）可后来，她还是告诉了他："还是个小姑娘的时候，我经常想，长大成人之后，肯定会发生'通奸'的事儿①。就像玩桥牌一样。"（果真如此吗？阿比盖尔这种故事的真实性到底有多大呢？）亚当哼了哼鼻子表示不敢苟同，连忙换了话题。

可以约会的地方很多，阿比盖尔为什么非要选择斯旺渡口旅馆与戈哈斯见面呢？她突然害怕起来。想到曾经与亚当在这里促膝长谈的情景，她或许会哭出声来。

戈哈斯谈起"已故的妻子，盖尔"。这么快就进入主题！不过时机选择得让人尴尬。面带微笑的服务员站在面前，手里拿着菜单。厚重的菜单仿佛雕刻着图案的大理石板。阿比盖尔一边细看草书的菜名——开胃小吃，第一道菜，主菜……一边注意听戈哈斯的谈话。戈哈斯谈兴正浓，滔滔不绝，就像一个受了伤的男人无处诉说，好容易找到阿比盖尔，找到一个对别人来说不无尴尬，但对他来说可以理解的时机。他对阿比盖尔说，他的妻子六年前死于

---

① 通奸（adultery），在英语中和"成年人"（adult）的词根相同，故有此说。

胰腺癌。"肿瘤专家告诉我们,她还能活五个月,可是不到三个月就死了。"已故奥尔特太太也是建筑师,她的专业是建造和修复教堂。戈哈斯"心灵的创伤还没有平复"。阿比盖尔一边满怀同情地点着头,一边瞥着菜单上主菜那一栏。没有她想要的红色肉类①,有酒焖子鸡,剑鱼排、蒜味明虾。没有杂碎……戈哈斯两个胳膊肘放在桌子上,弓着腰,眼睛闪着忧郁的光,硕大的鼻孔收缩张开,张开收缩,向阿比盖尔·代斯·普雷斯倾吐心中的悲哀。就像往一个茶杯里倒一加仑水,流得到处都是,他也视而不见。阿比盖尔对戈哈斯这番表白的理解也许并不正确:别想进入我的生活。我很纯洁,也很深沉。我还沉浸在失去爱妻的痛苦之中。阿比盖尔咬着嘴唇,什么都没说。她不想把自己家那点伤心事都抖搂给眼前这个男人听——离婚,儿子断绝来往。戈哈斯倒是越讲越起劲儿。身体前倾,弓腰曲背,表情严肃,就像往山下滑行的滑行者,马上就要失去控制。"我还有个女儿,名叫塔玛,十一岁,是我们收养的。她还沉湎在失去母亲的痛苦之中。有时候,好几天不说话。"泪水迷住戈哈斯的眼睛。阿比盖尔吃力地咽了一口唾沫。"和她交流起来一定很困难,"阿比盖尔说,"……如果她,哦,总是不说话。她一定很难和……"(阿比盖尔该怎么说呢?总不能说很难和正常的孩子沟通吧。)她吞吞吐吐,没有把话说完,言语之间表现出一种歉意。"塔玛是我们收养的。"戈哈斯说。他把大理石板似的菜单推到一边,看也没看。相比之下,阿比盖尔觉得自己一直研究那些美味佳肴实在太残酷、太粗鲁、太贪婪了,连忙把菜单合上。"盖尔非常

---

① 红色肉类,指牛肉、羊肉、鹿肉等,区别于鸡肉、野兔肉、猪肉等"白色肉类"。

想要个孩子。她常说:'我们应当为什么人活着,不只是为我们俩。'我当然也觉得她的话有道理。男人也许对这方面的事情想得不像女人那么多。但是我爱盖尔,为了让她快乐,做什么都愿意。其实结婚之前,我对她还没有一个全面的了解。我是说,对她的母爱精神,对她想要做母亲的心愿不了解。我得承认,那时候,我很惊讶。也许我这个人不够成熟,满脑子只有工作。大伙儿一直叫我'工作狂'。当然,我也……也想要个孩子。我的意思是,我并不是不要孩子。"戈哈斯那副样子好像一个要溺水身亡的人。阿比盖尔喃喃着安慰他。"当然在这个问题上,男人和女人的想法不同,这很正常。"男人把种子射到一个小窟窿里,九个月以后,女人生出一个有胳膊有腿的"大西瓜"。这就是不同。戈哈斯感谢阿比盖尔的理解。"我们做过许多努力,都没有成功。找过生育专家,到医院看过医生。我们祈祷!最后只得求助于基督教收养机构——盖尔出生于一个长老会传教士家庭。他们介绍我们和一位'生育母亲'接触。起初是个罗马尼亚人。没有什么结果。最后……"说到这儿,戈哈斯一副十分委屈,大丢面子的样子。这个善良的、有点糊里糊涂的人是否后悔收养了这个女儿?他是不是想从自己身上卸下这个包袱?阿比盖尔看见服务员在几码开外走来走去,似笑非笑,一副不耐烦的样子。她只能安慰戈哈斯,让他正视眼前的事实——点菜,吃饭,付钱,两个小时之内离开此地。可是她突然泪流满面,哭了起来。阿比盖尔·代斯·普雷斯在痛哭!泪水破坏了她那张精心描画过的脸!这种软弱,这种社交场合不得体的行为——在大庭广众面前痛哭流涕,连她自己都惊讶不已。她责备亚当,在酒馆这个精心挑选的角落,他还像个该死的清教徒,从腹股沟推开她那双冰凉的脚。阿比盖尔用白亚麻餐巾捂住沾满泪水的脸。

她从餐桌旁边摇摇晃晃地站起来,喃喃着表示歉意:"我没法儿在这儿待。晚安!"

阿比盖尔逃出斯旺渡口旅馆的餐厅,泪眼迷离,羞愧难当,满心悲伤。她听见有人在后面喊她:"阿比盖尔!"她分辨不出谁的声音,那声音让她停下脚步,一动不动站在路边。

把他从名单上勾掉。一个算不上缺胳膊少腿的人。

按照阿比盖尔·代斯·普雷斯的说法,她这一生中,"多次错失良机"。时机到了,才意识到,和自己原先的想法完全不同。就这样,她终于离开麦束路那幢房子,离开那一间间空荡荡的屋子。

她有时候突然笑起来,那笑声连自己都感到惊讶。有什么可笑的?

"哈里脸上的表情。我看得见他的表情!他给我讲滑雪'事故'发生时的表情。"阿比盖尔擦了擦眼睛。是挺好笑。哈里,贾里德还有哈里那个打扮得花枝招展、名叫金的第二个妻子,在雪地里滚作一团的情景。

"亚当,你怎么不笑?"

阿比盖尔,为什么要嘲笑别人的不幸呢?

"去你的!因为好笑,所以才笑。"

你愿意让哈里嘲笑你吗?

"没问题。我可笑的时候很多,让那个无赖尽情地笑吧。从前,我们在一起也有过快乐的时光。哈里把我逗得哈哈大笑,就像用粗大的手指搔你的胳肢窝。他喜欢模仿少数民族的言谈话语,行为举止。各民族有各民族的习惯,当然无可厚非,更谈不上滑稽可笑,可是一到他那儿就变了味,歪曲,夸张,逗得你捧腹大笑。"

你还爱哈里吗?阿比盖尔。

"狗屁!我爱你。"

你爱他给你造成的痛苦。这种爱已经变成一个表明你身份的标签。

"真见鬼,你知道什么呀!我巴不得哈里死!或者半死不活。不要脑死亡,还是让他瘫痪更好。是的!如果贾里德撞断他的脊梁骨,现在他就该耷拉着脑袋坐在轮椅上了。金推着轮椅,对着他的脑袋直翻白眼。这才是我所希望的呢!"

阿比盖尔,你应该为自己羞愧。你不该说这样的话。你是不是喝多了?

"去你的!谁想知道呢?不干你的事。"

你答应过罗杰不再喝酒。他在梅德尔伯里救了你,还记得吗?

"该死的罗杰。罗杰把我的心都伤透了。"

你撵走了罗杰,阿比盖尔,你不爱他。

"起初,我确实爱过哈里。没有人喜欢我的第一次。我是个处女。哈里来了,用他的靴后跟插进我的身体。人们说女人并非天生的性受虐狂,是文化造成这种病态。可我怎么知道呢?没有天性就没有文化。没有……狗屁。我在说什么呢?亚当。我知道自己在说什么吗?"

你在做细微的区别和对比,阿比盖尔。但是现在你已经分不清是非了。

"哈里是我们的潜意识,是我的,也是盐山的。我不爱他,但想念他。几乎像想念你一样,亚当。"

你现在在谈一件深刻的、需要勇气面对的事情。对于一位盐山的居民,这可是了不起的洞察力!

"然而,亚当,这是真的吗?"

沉默。

"亚当,请你告诉我。是真的吗?"

沉默。该死的亚当。他在哪儿呢?又像以往那样,玩起他的捉迷藏游戏。

"亚当,喂!你过来呀。"阿比盖尔摇摇晃晃站起来,努力保持身体的平衡。年轻时,她跳起舞来,体态灵活,脚步轻盈,现在却脚踝发紧,动作迟缓。她跟跟跄跄,走过一间间空荡荡的屋子。那空空的、空空的、家具精美、装修漂亮的屋子就像一面没有止境的大镜子,照得她头晕目眩。

有一个男人在电话里给她留言。他嗫嚅着报出自己的名字,怯生生地说,如果打扰了她,请求她原谅。他说,非常想再次见到她,或者至少能和她尽快说几句话。阿比盖尔赶快按了一下"3",删除了这个人的留言。不再和缺胳膊少腿的人幽会!

五月一个风和日丽的早晨,盐山公共图书馆旋转门前突然变得热闹起来。阿比盖尔出于好奇走了过去,看见一个中年妇女正和图书馆的管理人员争吵。这个女人面颊绯红,灰白色的头发剪得很短,身穿一件劳动布工作服,工作服上的口袋像一朵向日葵。"霍夫曼太太,求求你!你知道,狗是不能进图书馆的!"

原来是卡米拉·霍夫曼!

阿比盖尔在离卡米拉不远的地方凝视着这位老朋友。她就在那儿站着,没有再往前凑。

卡米拉特别生气,两条腿像扎了根的树干一动不动,她那母性的柔情似乎已经屈服于另外一种更为强硬、更加顽固的东西。她努力克制着自己,声音里暗含着威胁。"对不起。它们不是狗,不仅仅是狗。"卡米拉手里握着拴狗的皮带。那是两条个头很大,长得很漂亮的狗。一条是亚当的阿波罗,它按照主人的命令老老实实地蹲在地上。另外一条是德国种短毛猎犬,虽然精瘦,但油光水滑,很是健壮。它紧张、激动,不肯老老实实在一个地方待着,虽然牵在卡米拉手里,还是直往前扑,喉咙里发出呜呜咽咽的声音。阿比盖尔当然一眼就认出阿波罗,但是那条短毛猎犬她从来没有见过。

图书馆的不少赞助者聚集在周围,冷眼旁观。

在盐山,公共场所很少发生这种吵吵闹闹的事情。阿比盖尔觉得自己有责任介入,可是该说什么呢?

("坦率地说,"事后,阿比盖尔对比阿特丽斯·阿切尔说,"我很怕那条德国种短毛猎犬。")

那位既焦急又尴尬的管理员坚持卡米拉必须把狗留在外面。卡米拉一再重复,这两条狗"不只是狗"。管理员威胁她要去"喊保安"。卡米拉终于怒气冲冲地转过身,喊着:"阿波罗!托尔!我们不会在不需要我们的地方待着。相信我,我决不会给不需要我们的地方任何资助。走!"

卡米拉刚走了几步,背后便爆发出一阵热烈的掌声。阿比盖尔·代斯·普雷斯没有鼓掌。她是卡米拉的朋友。

卧室的门突然响起一阵抓挠声。

阿比盖尔还没有完全从梦中清醒,门就被推开。

一个毛乎乎的东西!阿波罗!嘴里叼着什么跑进漆黑的卧

室。似乎是亚当在花园里干活儿时常穿的那件红法兰绒衬衫。衬衫上沾着泥土。

阿比盖尔跳下床,抓住那件衬衫。阿波罗不松口,阿比盖尔也不放手。阿波罗摇着脑袋,哼哼着发出警告,阿比盖尔坚持着,一定要把那件衬衫夺回来。

在这个漫长的、气喘吁吁的夜晚,阿比盖尔和阿波罗的争夺一直坚持着。

"作为本宁顿学院的毕业生,我深感荣幸,万分激动……"

阿比盖尔·代斯·普雷斯是七十年代末本宁顿学院的本科生,主修理想主义的"人文科学"。那时候,她经常爱上年长的、根本不可能得到的男人。美籍爱尔兰诗人道尼格尔·克鲁姆就是其中之一。那年,她上大二,十九岁,克鲁姆刚刚出版了他的第一本诗集《海之变》,在美国引起强烈反响。文学评论界赞扬他是狄兰·托马斯①的继承人。他的作品比叶芝②"更抒情"。克鲁姆应邀来本宁顿学院举行他的作品朗诵会。校园里人头攒动,都是崇拜他、赞赏他的年轻女子。阿比盖尔挤在同学们中间,心剧烈地跳动着,洗耳恭听皮肤黝黑、英俊潇洒的克鲁姆朗诵他用重叠手法创作的、热情洋溢的作品。他的诗歌不像狄兰·托马斯和叶芝的作品那样晦涩难懂,而且华美、充满感情,给人一种感官的享受,"极其流畅","极具魅力"(大西洋两岸的评论家评论

---

① 狄兰·托马斯(1914—1953),英国诗人,作品多探索生与死、爱情与信仰的主题,著有诗集《死亡和出场》和《诗集》,散文《艺术家作为一条小狗的画像》及广播剧《奶树林下》等。

② 叶芝(1865—1939),爱尔兰诗人,剧作家,都柏林阿比剧院创建人之一,写有诗作《钟楼》《盘旋的楼梯》及诗剧《心愿之乡》《伯爵夫人凯瑟琳》等,获一九二三年诺贝尔文学奖。

道)。听完朗诵,她立刻买了一本克鲁姆的书,排在激情荡漾的姑娘们的长队后面等待诗人签名。

> to Abrigail—
> Donegal Croom
> 3 Nov. 1978

(诗人写错了她的名字,多了一个字母"r"!)

(或者是秘密传递给她的一个信息?)

阿比盖尔面带羞怯谢过诗人,跌跌撞撞从他身边走过。如果道尼格尔·克鲁姆又看了一眼这位苗条秀丽、黑发齐腰,身穿黑色健美裤、肥大T恤衫的姑娘,阿比盖尔也没有注意,因为她实在太激动了。那个年纪,她虽然浪漫,但很纯洁,只能把那本海蓝色的书紧贴心口,抱在胸前。她也写诗,幻想有朝一日自己写的诗能够谱成歌曲,编成舞蹈。她要做一个集诗人、作曲家、舞蹈编导和舞蹈家于一身的艺术家。(本宁顿学院的老师们都是六十年代的"激进派",偏爱神秘的、刺激创作灵感的致幻毒品,总是用这样的宏伟蓝图鼓励阿比盖尔和她的同学,不管她们是否有艺术天分。)道尼格尔·克鲁姆诗歌朗诵会几天之后,他的诗句脱离了原来的意蕴,伴随着音乐的节奏在阿比盖尔的脑海里不停地闪现,就像蝴蝶扇动着翅膀。她看得见那一只只"蝴蝶",几乎能捕捉到它们。但最终它们还是逃脱了。她知道,那"蝴蝶"有多么美丽。

现在,二十四个年头过去了,阿比盖尔还保存着那本《海之变》。这本书已经成了收藏家手里的珍品。克鲁姆出了好多本诗集,获得好几项大奖,包括普利策文学奖,这一切都为他赢得很高的声誉。(出于好奇,她在电脑上打开道尼格尔·克鲁姆的网站,发现一本完好无损的《海之变》第一版作者签名本价值三千美元。"我当然不会卖这本书。")重读这本诗集,阿比盖尔又一次受到震撼,虽然不像最初那样强烈,但仍然可以感觉到心灵的律动。正如诗集封套上那一行行文字宣称的那样,这是一本充满魔力与性爱之美的佳作。"我把书递给他,请他签名时,如果我们目光相对,该有多好!"

阿比盖尔到盐山书店买道尼格尔·克鲁姆的著作。橱窗里摆放着他的六本书,还有一张粗犷而英俊的照片。拍这张照片时,诗人正值壮年,长发飘逸,一望而知是爱尔兰人。华发初上,环绕着饱经风霜的脸。克鲁姆多大年纪?四十六七?阿比盖尔听说,克鲁姆结了三次婚,但是现在没有妻室,至少没有正式的妻子。这是一个好兆头。我还有机会。也许他很寂寞。橱窗里之所以展示克鲁姆的作品和照片,是因为他即将于花会召开之际光临盐山。这在盐山成了一大新闻!到处都张贴着广告。多么好的事业!尽管她一下子想不起,究竟是什么事业。她推开书店的门,头顶传来悦耳的铃声。走进玛丽娜·特罗伊这个古香古色的书店,她仿佛有一种走进圣所的感觉。墙上挂着 T. S. 艾略特,弗吉尼亚·吴尔夫①,詹姆斯·乔伊斯,薇拉·凯瑟②,威廉·福克纳③和其他上世纪文学巨匠的照片。在这个新的因特网遍及全球的时代,他们像古老的神灵一样遥远。阿比盖尔赞美这些高尚的人物,准备尽快重读他们的作品。

走进盐山书店,阿比盖尔习惯性地环顾四周,怀着一种歉疚之感,寻找玛丽娜·特罗伊。(阿比盖尔之所以负疚,是因为她在某

---

① 弗吉尼亚·吴尔夫(1882—1941),英国小说家,评论家,主张淡化情节,运用内心独白和意识流手法写作,著有长篇小说《海浪》《达洛维夫人》《到灯塔去》《幕间》等和评论集数种。
② 薇拉·凯瑟(1876—1947),美国小说家,作品描写美洲大平原的开拓者和边疆居民的生活,其中《我们中间的一个》获一九二三年普利策小说奖。
③ 威廉·福克纳(1897—1962),美国小说家,美国"南方文学"流派的代表人物,其作品多以约克纳帕特法县为背景,反映美国南方社会的历史状况,代表作有《喧哗与骚动》《村子》等,获一九四九年诺贝尔文学奖。

种程度上,勾引过罗杰·卡瓦纳夫。而在盐山,人们普遍认为,罗杰和玛丽娜的关系虽然尚未明确,而且还没有进入实质性的阶段,但他们是"一对儿"。)阿比盖尔想念玛丽娜!许多年来,玛丽娜一直吸引着她。她觉得玛丽娜就像一位固执的、不易相处的妹妹,或者表妹。是她——阿比盖尔一个孤独、寂寞的变体。她勇敢地抵御了男人的花言巧语和种种诱惑。灵魂深处,她是一个贞女。谁也无法征服她。阿比盖尔已经好长时间没见玛丽娜了。

"代斯·普雷斯太太,您好!"

玛丽娜的助手莫莉·艾沃斯大声问候道。阿比盖尔勉强做出一个微笑。莫莉是个热情洋溢、精神抖擞的姑娘,她身穿一件肥大的紫色罩衫,黑色尼龙裤子,浅黄色的头发一缕缕披散下来,把一张娃娃脸衬托得就像快乐的木偶。玛丽娜总是面带羞涩,嫣然一笑欢迎顾客。莫莉却喜欢大声问候。人们都说,玛丽娜不在期间,由于这位经理不懈的努力,在与商业区几家大书店和因特网的激烈竞争中,她的生意出奇地好。她组织各种促销活动,比如请当地的诗人和作家朗诵他们的作品,弄点有特色的开胃小吃招待顾客,节假日不休息,平常到深夜才关门。《盐山周报》的记者采访莫莉·艾沃斯时,问她如何取得这么好的业绩,莫莉坦言:"我从来不睡觉!"

在盐山,人们背地里都说,玛丽娜·特罗伊不回来了。她的书店租给或者卖给了莫莉。亚当·贝伦德的死把这个可怜的女人搞得心力交瘁。

阿比盖尔知道,她不应该打听,即使打听也只能遭到拒绝,但还是忍不住问莫莉,玛丽娜的情况怎么样。莫莉很谨慎地说:"哦,玛丽娜很好,谢谢!"阿比盖尔想问,自从去年秋天,玛丽娜一直待在什么地方。可她以前问过这个问题,和她那个社交圈子里的其他朋友一样,都被断然拒绝。于是兜了个圈子,问玛丽娜什么时候能回盐山?莫莉似乎对阿比盖尔格外开恩,压低嗓门,说道:"哦,代斯·普雷斯太太!玛丽娜一直在搞雕塑呢!她说,她非常快活,打算秋天回来,举办展览会展示她的作品。"阿比盖尔听了这个消息非常惊讶。她更愿意把玛丽娜想象得比自己还神经质,比自己还可怜。"她很快活?你是说她……"阿比盖尔停了一下,不知道自己在说什么。她已经走出亚当之死的阴影?这怎么可能呢?

阿比盖尔当然不可能问这样的问题。如果她真的提出,莫莉·艾沃斯也不知如何回答。

阿比盖尔买了几本道尼格尔·克鲁姆的诗集,开车到盐山中学附近一个公园,坐在一张长椅上读了起来。她注意到封面上的作者照似乎几年都没有变化。评论家赞美他的诗作"质朴自然"……"激情澎湃"……"抒情而又粗犷"……"如自然本身,充满潜力"。阿比盖尔虽然不能完全理解这些诗的意思,但很快就被那优美的诗句迷住了。有的诗写出古代盖尔人的英雄库丘林①,有的写古代墨西哥阿兹克特人和托尔特克人崇奉的重要神祇——羽蛇神。这个恶神主管古老的祭献仪式,不但残酷掠夺平民百姓,还吃人肉。克鲁姆的诗里有雄鹰,毒蛇,美洲豹,鲨鱼,牡马,公牛。读了克鲁姆那首有争议的诗《斗牛》之后,阿比盖尔不寒而栗,那匹掏空内脏的马,似曾相识。

> 正如哀叫的马的内脏,
> 在尘封的岁月中纠缠不休,

---

① 库丘林,爱尔兰民间传说中独自一人保卫祖国、抵抗侵略的英雄。

442

> 我的灵魂疯狂地挣扎,
> 拒绝被人遗忘。

阿比盖尔赞赏这首诗的韵律,以及诗人"面对'上帝便是博爱'的信条,对大自然不妥协的、禁欲主义的讴歌。引自克鲁姆的导师 D. H. 劳伦斯"。(摘自封面上的书评)

阿比盖尔听到一阵笑声,抬起头向四周瞥了一眼。放学了,几个十几岁的孩子走在回家的路上。她的心里突然升起一种怅然若失之感。贾里德离开了她,看起来再也不想回来了。那个头戴红色贝雷帽的中国小姑娘也好长时间没有看见了。多长时间?两个星期?对于这个孩子,阿比盖尔还是一无所知,只知道她突然不见了。也许她们家从盐山搬走了?或者从来就没有过这样一个孩子?阿比盖尔觉得心针扎似的痛。那是心灵深处一种从未有过的空空荡荡的感觉。

"作为本宁顿学院的毕业生,我深感荣幸,万分激动……"

"花会"这天,阿比盖尔起得很早。她一遍又一遍地重写、预演介绍道尼格尔·克鲁姆的"开场白"。如果她的介绍有奉承、讨好之嫌,惹得这位以"敏感"而著称的诗人不高兴怎么办?她和理发师约好,九点钟做头发。她精心化妆,特别是眼睛。他的诗里对眼睛的描绘比比皆是。像一个更为浪漫的轻佻少女,她换了好几次衣服,最后才选定新买的浅褐黄色爱马仕真丝套装。配一条黑色丝巾,黑草帽,无带浅口的黑色轻便鞋。按照比阿特丽斯·阿切尔的要求,阿比盖尔提前半个小时到达盐山旅馆。真让人兴奋,激动!天意,命运。为什么不是呢?我依然年轻。阿比盖尔花了那么长的时间一遍又一遍地读克鲁姆的诗,一遍又一遍地写那五分钟的"介绍",一双眼睛累得目光迷离,好像她一直在服用阿托品。自从大学毕业,她还从来没有这样用过脑子。那时候,读了约瑟夫·康拉德①的《黑暗的心》,要以作品中光明与黑暗的形象化描述为题写一篇长达二十页的文章。读了威廉·戈尔丁②的《蝇王》,要就作品所表现的"原罪",读了陀思妥耶夫斯基的《罪与罚》,要就主题的"二重性"大做文章。她在旅馆前厅看见她的朋友比阿特丽斯和一位身穿劳动布夹克衫、脸颊肌肉松弛的长者站在一起。"阿比盖尔,快过来!"比阿特丽斯焦急地说,像个中学生,捏了一下阿比盖尔的手。这个穿劳动布夹克衫的老头一定是……道尼格尔·克鲁姆了?阿比盖尔凝视着他,不无惊讶。她当然知道,诗人一定比记忆中的那个克鲁姆年老,可眼前这个老头儿简直就是克鲁姆的父亲!……淡黄色的头发蓬松如狮,垂在布满红丝的面颊两边,鼻子虚肿,眼睛充血,目光散乱。但是他穿着年轻人穿的劳动布夹克,T恤衫,牛仔裤,肚子凸起在腰带的搭扣上方。左耳垂上戴着一个金耳钉,像一只故意和人作对的眼睛不停地闪着光。比阿特丽斯介绍阿比盖尔的时候,克鲁姆吃力地、不太礼貌地凝视着她,像一条刚刚被唤醒的狗,鼻孔大张,嗅来嗅去。他的个子几乎和阿比盖尔一样高。也许是流逝的岁月把他变矮了?他身上散发着一股淡淡的酸臭味,混合着刚刷过牙的牙膏和科隆香水味儿。他似乎好几天没刮胡子,乱蓬蓬的头发也没梳过。阿比盖尔听到自己轻佻的笑声。"克鲁姆先生,有一次,您管我叫

---

① 约瑟夫·康拉德(1857—1924),英国小说家,当过水手、船长,作品大多描写其航海生活经历,代表作有《水仙号上的黑家伙》《黑暗的心》等。
② 威廉·戈尔丁(1911—1993),英国小说家,作品讽喻人性中固有的邪恶与理性的文明的矛盾,代表作为长篇小说《蝇王》,其他小说还有《继承人》《塔尖》等,获一九八三年诺贝尔文学奖。

阿布雷盖尔。那是好久以前的事了。"克鲁姆瓮声瓮气地说："好呀！看起来午饭前要喝一杯开胃酒了，'阿布雷盖尔'。"他领着她从比阿特丽斯·阿切尔和另外几个面带微笑、等待介绍这位著名诗人的女人身边走开，一直走到前厅那边灯光昏暗的酒吧间。刚刚中午十二点，吧台那边没有人。"服务员！"道尼格尔·克鲁姆龇着牙好像在微笑，伸出拳头咚咚咚地敲着吧台，"我这儿急着呢！快点儿！"阿比盖尔站在旁边，觉得很丢面子。他抓着她的手腕，好像她是他的人质。克鲁姆说："盐山……这是纽约市的郊区？以前我来过这儿吗？亲爱的。你非常漂亮，不过，你们看起来都是一个样。"阿比盖尔解释道，哈得孙河上的盐山实际上不是郊区，而是一个村庄，它的历史可以追溯到十八世纪初。可是克鲁姆一心想喝酒，压根就没听她的解释。她想告诉他，他的诗歌有多么大的魅力，过去许多年里，对她意味着什么。还想告诉他，经历了生活的磨难，诗歌对人有多么大的慰藉。一个身穿白色工作服，留着唇髭的黑人终于走了过来，虽然板着面孔，但还算礼貌。"两杯麦芽威士忌。纯的！"阿比盖尔不知道两杯中有她的一杯，还是都是诗人自己的。她发过誓，不喝任何含酒精的饮料。道尼格尔·克鲁姆很快就喝下半杯，然后满意地舒了一口气。现在他两手捧着头，坐在吧台前面的凳子上，脚边放着一个破旧的帆布箱子。他从拉瓜迪亚直接到盐山，还没来得及进住已经订好的房间——今天夜里他就在这里休息。他似乎已经忘记，阿比盖尔和他在一起，举起酒杯送到唇边，弓着腰，在吧台前面的凳子上晃了晃。他嘟嘟囔囔自言自语，听不清在说什么。阿比盖尔想，也许他在说盖尔语，口音很重，听起来很深奥。离得这样近，阿比盖尔看见道尼格尔·克鲁姆后脑勺的头发已经稀疏，而且越往下越少，露出粉白色的头皮。道尼格尔喝完第二杯威士忌之后，又要第三杯。阿比盖尔只得硬着头皮出面干涉:"不要再给克鲁姆先生拿酒了!我们必须走了。"

克鲁姆转过脸,生气地看着阿比盖尔,好像不知道她是谁。过了一会儿才叹了一口气说:"好,你说得对,亲爱的。你永远都是正确的。"他把一只柔软得出人意料的手放在阿比盖尔纤弱的肩膀上,粗大的手指把漂亮的丝绸弄得皱皱巴巴。"是他们派你来的吗?给我带来灵感的女神。太好了。"他坐在凳子上摇来晃去,向阿比盖尔凑过去,好像要吻她。阿比盖尔站在那儿一动不动,仿佛被人施了催眠术。发生了什么事?克鲁姆称她是他的女神是什么意思?比阿特丽斯·阿切尔和委员会另外几个成员对她焦急地打着手势。阿比盖尔轻声说:"克鲁姆先生,请原谅。我们该走了。你跟我走好吗?"

"好,亲爱的。跟你走到天涯海角我也愿意。"

克鲁姆拿起阿比盖尔的手,吻了吻她的手心。这个动作来得那么突然,又显得那么亲密,阿比盖尔觉得一阵头晕。我的朋友都看见了!那一刹那,阿比盖尔·代斯·普雷斯觉得非常幸福。

阿比盖尔领着道尼格尔·克鲁姆,就像拉着一条用尾巴行走的笨拙的大鱼,走进人声喧闹的舞厅。舞厅里花团锦簇,到处都是鲜花,有的刚刚采下,有的栽在精美的花盆里。道尼格尔·克鲁姆的书像金字塔一样摆放在正中。午餐后,诗人将签名售书。这里充满高雅、祥和的节日气氛。克鲁姆好像大梦初醒,吃力地凝视着。"盖尔"音乐在"洞穴般深邃"的舞厅里低回。克鲁姆四处张望,似乎在寻找音乐是从哪儿播放出来的。"我一定死了。只有死亡才能解释这一切。"阿比盖尔领着克鲁姆走过一张张装饰华美的桌子组成的"迷宫曲径",向讲演台走去。他紧紧地靠着她,喘着粗气,一缕头发耷拉下来挡住通红的脸。克鲁姆在讲台前面的台阶上绊了一下,阿比盖尔连忙扶住他,就像一个年老的、可以依靠的妻子。阿比盖尔把椅子拉出来,让他坐好,然后面带微笑,在他身边坐下。哦,微笑!朋友们都把注视的目光向她投去,赞赏她那顶黑草帽,草帽下的秀发,爱马仕套装。也许好多年来,她们第一次对阿比盖尔·代斯·普雷斯心生嫉妒。阿比盖尔很喜欢这种感觉,只是心里有点紧张。她对这顿午餐的胃口并不比道尼格尔·克鲁姆强多少。芦笋奶油汤上漂着几片欧芹,松软的油酥点心里塞着海鲜。加醋油沙司的蔬菜沙拉,当点心的新鲜树莓。不上档次的夏敦埃酒①数量有限。(道尼格尔·克鲁姆看见阿比盖尔不喝酒,毫不客气地把她那杯酒"据为己有"。)阿比盖尔仿佛用诗人那双充血的眼睛,凝望花彩装饰的舞厅。一张张桌子旁边坐满了女人,个个花容月貌,花枝招展。那么多桌子,那么多女人,像小鸟一样叽叽喳喳,喋喋不休。到处都是鲜花:玫瑰,百合,蝴蝶花,兰花,栀子花……阿比盖尔看见盐山的女人——她的姐妹们都那么漂亮。奇怪!个个都漂亮。财富的魅力把相貌平平的人变成美女。不再有丑女人。精心修剪过的头发,精心涂抹过的面孔,水虎鱼般的微笑,信号灯一样闪烁的珠宝首饰。各式各样的香水味和酒味混合在一起。"帮帮我,亲爱的。哦,天哪,我一定尿裤子了。"道尼格尔·克鲁姆凑到阿比盖尔的耳朵跟前喃喃着。阿比盖尔不知道他是在开玩笑还是真的,只见他那布满红丝的脸扭歪着。是充满期待,还是有点紧张?或者对盐山妇女们那发自少女情怀的热烈掌声表示感谢?阿比盖尔·代斯·普雷斯必须在他之前讲话。比阿特丽斯·阿切尔正在介绍她。她穿着高跟鞋站在

---

① 夏敦埃酒,一种类似夏布利酒的无甜味白葡萄酒。

讲台上,明显地发抖。哦,怎么会吓成这个样子?朋友们都凝视着她,希望她表现好一点,但是不要太好。太好了就更该招嫉妒了。"作为本宁顿学院的毕业生,我深感荣幸,万分激动……"介绍很快就结束了,像一场梦。阿比盖尔回到座位上,满脸通红,心里想,台下响起的热烈掌声至少有一部分是为她而鼓的。道尼格尔·克鲁姆站在讲台上,大肚子顶着讲桌。他戴上老花镜,一副"老爷爷"的样子,尽管耳朵上的金耳钉一闪一闪,给人一种淫荡的感觉。在盐山,克鲁姆这一代男人没有一个戴耳环。只有搞同性恋的侍者才戴,而在盐山,这种人极少。克鲁姆站在讲桌后面,显得块头很大,对着麦克风叹了口气,全然不管这一声仿佛远处传来的闷雷般的叹息会在听众中产生什么效果。他皱着眉头,不紧不慢地翻那几本不知道翻过多少遍的书。他是不是没想好要朗诵哪几首诗?他是否根本就不把盐山医疗中心的朋友们如此看重的"花会"放在眼里?克鲁姆终于开口说话,起初声音很低,几乎什么也听不见,后来就像上满发条的音乐盒,声音越来越高,说出的话越来越有韵味。舞厅里坐着三百多位妇女,都用急切的目光盯着他。克鲁姆用哲人般的口吻称颂诗歌是"具有心灵象征意义的表现",是一种"不合规范的创作","狄奥尼索斯式的艺术"……是一种"预言"。他直言不讳地告诉大家,诗歌"救了我的生命",诗歌"将其独一无二的寓意赋予了我的生命"。要想理解诗歌,创作诗歌,就必须"屈从于诗歌的灵魂,必须有信仰"!讲到这里,周围爆发出一阵掌声。克鲁姆那双充血的眼睛扫视着花团锦簇、令人目眩的舞厅,扫视着一张张仰望着他、出神入迷的女人的面孔。终于开始用充满激情而又飘飘渺渺的声音朗诵他的作品。《雄鹰》《垂死的美洲豹》《困境中的老人》《年轻的欲望》《溃烂的伤口》《羽蛇》《斗牛》。舞厅里,所有的人都在一种愉悦中轻轻战栗。这天晚上,哈得孙河盐山村这些温文尔雅的女人将如何向她们的丈夫描述美籍爱尔兰诗人道尼格尔·克鲁姆朗诵诗歌的情形?怎样才能传达出被这个男人那些浸透了感官享受的诗句撩拨得心痒难耐、浑身战栗的愉悦和快乐,以及为了让台下的女人们充分理解他那些诗句,骨盆向前一挺一挺的色情的样子。如何描绘"没有规律的——狄奥尼索斯"式的快乐,和触及她们内心世界的狂放的"预言"——通奸的兴奋与激动。在女人犀利的目光里,站在她们面前的道尼格尔·克鲁姆虽然五十多岁,但是已经满脸沧桑,如同一座废墟,与橱窗里、诗集中照片上英俊潇洒的他相比只有一点点相似。但是她们都很乖巧,不愿意承认这个事实。这些女人已经习惯于对男人的不完美视而不见,而对她们自己些许的"不完美"却焦灼不安。也许有的盐山女人看到克鲁姆并不比自己的丈夫更有男子气,或者更有吸引力,而感到满足,感到一种快意,尽管毫无疑问,他是一位了不起的诗人,获得过普利策奖和许多其他大奖。多么美妙的诗句。那么鼓舞人心。我买了他所有的著作,这次"花会"搞得真好,真值!

　　道尼格尔·克鲁姆朗读他那些放荡不羁、充满魔力的诗句。阿比盖尔双目微闭,回想道尼格尔·克鲁姆年轻时的样子。她曾经默默地爱过这个男人。他是人中"雄鹰",迸发着力量,显露着柔情,处处表现出对性的自信。也暗示了他的伤痛和失败,"竞争的失败,灵魂的失败。"一九七八年,克鲁姆满怀激情背诵他的诗歌,而不仅仅是读给大家听。阿比盖尔还努力回想自己十九岁时的样子,一个天真无邪、充满理想的"贞女",留着嬉皮士式的短发。那时候,她最大的理想就是当一个舞蹈家,像伟大的巴兰钦①那样。当然,要想成为舞蹈家,十九岁的阿比盖尔年龄显然大了一点儿。更要命的是,她缺乏舞蹈家必备的素质:很难说清楚的、综合性的天才,坚韧不拔和大胆泼辣。"我是个胆小鬼,我真感到羞愧!"她曾经对亚当·贝伦德这样说。因为她知道,最艰难的时候,只有亚当关心她,照顾她。

接下去,道尼格尔·克鲁姆津津有味地介绍被他称之为最有争议、最具个人色彩的诗《黑色的缪斯——六节诗》。克鲁姆开始用低沉的、仿佛施了魔法的声音背诵那备受推崇或者令人反感的诗句:"只有女人没有牙齿的嘴巴,才像没有牙齿的死亡。"阿比盖尔觉得脸上发烧。在座的女人是不是只有她明白克鲁姆指的是什么?别人都面带微笑,一副为克鲁姆加油助阵的样子。空调发出嗡嗡嗡的响声,克鲁姆的话听不大清楚,阿比盖尔因此而感到一<u>丝</u>宽慰。她的注意力被身穿制服、端着盘子在挂满花彩的舞厅里走来走去上菜的服务员所吸引。他们就像机器人一样,面无表情,动作机械,大部分都是小伙子,肤色各不相同,有白种人、黄种人,还有黑人。有一个黑发稀疏的小伙子长得很像贾里德,只是比他更成熟,端着一副男子汉大丈夫的架子。如果贾里德处于同样的境地,他肯定做不到这一点。阿比盖尔感觉到服务员们似乎很看不起她们——他们为了赚钱不得不服侍这些盐山的老女人。她还看出他们对道尼格尔·克鲁姆拿腔拿调的朗诵置若罔闻,简直觉得和空调的嗡嗡声无异。别这样看待我们,我们曾经和你们一样年轻。

---

① 乔治·巴兰钦(1904—1983),生于俄国的芭蕾舞剧编导,曾任纽约市芭蕾舞团艺术指导和总编导,著名作品有《小夜曲》《大调交响乐》和《竞争》等。

克鲁姆突然停下,好像因为疲倦,或者因为厌烦,或者……阿比盖尔猜测,因为听众惹他生气——这些女人对一首"狂放无羁"的诗,居然还能一本正经地侧耳静听。克鲁姆读了不到半个小时(尽管按合同,他应当读四十分钟,赚五千美元,不包括其他费用)便摆了摆手,请听众提问。这样也好,阿比盖尔心里想。她站起身来,带头鼓掌。阿比盖尔身穿赫尔墨斯套装,头戴黑色草帽,面带幸福的微笑,光彩照人。盐山的朋友、邻居都起劲地鼓掌。她们都是慷慨大度的女人,让人心情紧张的插曲已告结束。

午餐之后,比阿特丽斯·阿切尔走过来紧紧拥抱阿比盖尔,热烈地亲吻她的面颊,弄得她满脸都是口红。比阿特丽斯睁着一双水汪汪的大眼睛,说:"你真棒!阿比盖尔,我们都为你骄傲!"

这也是要活下去的理由。为什么不呢?

尽管道尼格尔·克鲁姆的朗诵模糊不清,但卖出去的书却不少。简短的作者签名仪式结束之后,克鲁姆坚持让阿比盖尔陪他回房间。按照日程,他要在盐山住一夜——恢复一下体力,振作一下精神。他对阿比盖尔说,他觉得"浑身颤抖","到了崩溃的边缘"。为那些对他的诗歌怀有敌意的人朗诵时,这种情况经常发生。阿比盖尔反对道:"哦,克鲁姆先生,这些听众对诗歌并无敌意,她们都崇拜你!"克鲁姆任性、恼怒、孩子似的笑了起来。他那副样子让阿比盖尔想起贾里德,对眼前这位男人不由得生出几分同情。看起来克鲁姆真的大失所望,尽管他签了许多书,但是还不够。不管卖出多少本,不管他那遒劲有力的手签过多少次名,他都不满足。阿比盖尔觉得克鲁姆属于这样一种人——对于别人的赞赏总是认为理所当然,一旦赞赏的呼声不像他所期望的那样高,就要发脾气。根据以往的经验,有这种毛病的都是男人。她的前夫哈里森·蒂尔尼就是其中之一。尽管他看不起别人,但却希望得到别人的赞赏。一旦不能如愿便大发雷霆。

只有亚当·贝伦德不同。那么不同!别人喜欢他的时候,他总是感到惊讶。

阿比盖尔陪同道尼格尔·克鲁姆走进旅馆房间,又激动又紧张——她在众多女人中有幸被这位著名诗人挑选为"陪同"。谁知道这种"亲密"会引向何方?看起来,他真的被我所吸引,简直是一种不可思议的神交。也许克鲁姆还记得一九七八年,本宁顿学院那个阿比盖尔!也许流逝的岁月并没有磨蚀她在他心目中留下的印象。当然这种可能性不大,但仍然是一个美妙的、难以丢开的念头。阿比盖尔知道,克鲁姆和好几位杰出的女诗人都有过一段艳史。他一直和一位才华横溢、备受关注的画家同居。他结过三次婚,但没有孩子。("那是我自己的选择。家里有一个贪得无厌的、孩子气的'自我'已经足够了。"道尼格尔·克鲁姆接受《纽约时报》记者采访时这样说。)阿比盖尔知道,这个人绝对靠不住,他会伤透她的心。可是此刻,她正搀扶着他,走进他的房间,允许他靠在她的身上,侧着身子向床边走去。他叹了一口气,说:"哦,天哪!我在哪儿?盐山?盐——山?美国郊区的天堂。洗个热水澡会让你浑身舒坦、昏昏欲睡,生也好,死也罢,什么都不在乎。"即使他有点夸张,克鲁姆看起来也确实是累了。他喘着粗气,摇摇晃晃,也许因为喝多了酒?签名的时候,他不失时机地又喝了几杯夏敦埃酒。

多么浪漫!几十年前,我们第一次见面。那时候我还是个少女,本宁顿学院大二的学生。现在我们又在盐山见面,还是那么融洽,还是那么短暂,谁能解释这一切呢?这也许就是缘分。必须相信这是缘分。

克鲁姆洗澡的时候，开着一道门缝，传来哗啦的响声。后来，水龙头关了好长时间之后，响起一阵咳嗽声。咳嗽过后，诗人终于出现在门口，湿淋淋的头发梳在脑后，歪歪斜斜地向阿比盖尔走去。阿比盖尔站在那儿，一副天真无邪的样子，正在读克鲁姆的新作——《鞭笞的心》。他拉起她的手，高深莫测地微笑着，在那张有四根帷柱的床上躺下。床吱吱嘎嘎地响着，好像骨头在断裂。有一会儿，克鲁姆红扑扑的脸——那座废墟的男性之美——痛苦地扭曲着。尽管刚刚洗过澡，但他身上还有一股洗不掉的酸臭味。阿比盖尔是个非常讲究的人，皱着鼻子抵御那股气味的侵袭。"只有你！只有你救了我的一生。"阿比盖尔既骄傲又忧心忡忡。但是，克鲁姆让她帮他脱鞋，解开腰带，开大空调的时候，她都一一照办。克鲁姆让她紧挨着他在床边坐下的时候，她也没有违抗。"我的海伦，在那帮婊子里，你是唯一理解我的诗歌的人。他们请我来朗读诗，却有意侮辱我。"阿比盖尔连忙说，没有人侮辱他，恰恰相反，所有的听众都很崇拜他。特别是《斗牛》这首颇有争议的诗。是的，大家都被黑缪斯的形象迷住了。"当然了，她们对'六节诗'这种形式不很熟悉，道尼格尔。但是她们潜意识里非常理解你的象征和比喻。你的诗深深植根于艺术的最高境界，即使对于那些不熟悉诗歌这种艺术形式的人，也极具感染力。"阿比盖尔东拉西扯，一口气说出这番用报刊书评拼凑起来的赞美之词。诗人听了连忙从枕头上抬起头，大睁一双破鸡蛋似的眼睛，直盯盯地看着阿比盖尔。"真的？你这么认为？那些女人能听懂？""是的，以她们的方式，当然能。"克鲁姆脸上露出一丝狡黠的微笑。"诗歌就是操，亲爱的。潜意识。你明白吗？"对于这种坦白，阿比盖尔非常惊讶。但是她只能接受克鲁姆的观点。他毕竟是个诗人。他说："诗人的任务是什么？我一直试图完成的使命是什么？就是操那些听众,让她们感觉到什么,让她们身不由己达到高潮,即使是违背她们的初衷。所有的诗人都是男人,所有的听众都是女人。诗歌是优胜者意志力的胜利。我并不是说,我,道尼格尔·克鲁姆是什么'优胜者'。但就创作而言,我们把最杰出的悟性和灵感叫作诗歌。它既是神秘主义的,又是性爱的。性爱是最高层次的奥秘。"克鲁姆充满激情又不无懊恼地说,"你认为今天那些听众都明白我的意思了?该死的空调没有影响我的朗诵?"阿比盖尔连忙说:"当然明白了,道尼格尔!你的朗诵充满力量,非常深刻,充满性感。在盐山,人们将长久地记着这个美好的时刻!"

克鲁姆几乎是谦恭地说:"我想,没有多少诗人会来盐山朗诵诗歌,对吧?"

"像你这样有影响的诗人没有来过。"

克鲁姆摸索着抓起阿比盖尔的手,放到唇边,吻了吻。就像鼻涕虫的亲吻,软绵绵的,让人难受。"亲爱的,我的海伦。你是我的缪斯。我可爱的盐山缪斯。戴着那样一顶可笑的草帽。我们虽然是陌生人,但神交已久,早已是心灵的伴侣。在这样一个糟透了的地方。'哦,我们度过了,度过了那么可怕的时光!'你不要离开我,好吗?亲爱的?直到……"阿比盖尔明白,克鲁姆的意思是,直到我让你离开。但她嫣然一笑,默认了他的要求,摘下那顶"可笑的草帽"放到床边的桌子上。克鲁姆喃喃着,说出一大堆绵绵情话,吻着阿比盖尔手腕凝脂般的肌肤。阿比盖尔用另外那只微微颤抖的手,轻轻抚摩他那张红红的、暖暖的、像面团一样柔软的脸。她已经习惯了他衣服上那股酸臭味,不由得心里生起一股柔情。这个可怜的人,那么疲倦。他是当代最重要的诗人之一。二十世纪诗歌选中,没有一本不选用他的诗。他才五十四岁!却已经如此疲惫。阿比盖尔冒着被克鲁姆讽刺挖苦的危险,突然面带羞涩说道:"我……我有个朋友,一生中最亲密的朋友。现在,他已离我而去,我的心里一片空虚,再也不会变得充实。这位朋友非常赞赏你的诗,克鲁姆先生!他在盐山办过一个美术班,经常在课堂上朗读你的诗,鼓励我们。他朗诵得几乎像你自己朗诵得一样好。他叫亚当。"(阿比盖尔是不是在胡编乱造?亚当朗诵的是惠特曼和霍普金斯的诗,而不是道尼格尔·克鲁姆的诗。不过,克鲁姆显然深受这两位诗人的影响,他们之间有一种亲缘关系。)

"是吗?朗诵我的诗?哪些诗?"克鲁姆越发紧紧地握着阿比盖尔的手,像孩子一样急切地问。

阿比盖尔说:"《海之变》《羽蛇》,当然还有《斗牛》,还有……《鞭笞的心》和其他许多诗作。"阿比盖尔一双清澈明亮的眼睛凝望着克鲁姆,轻声说,言语之间充满了诱惑力。她发现,大多数女人与男人这样亲密相处的时刻,都会即兴施展她们真正的天才,使男人的自负和自尊迅速膨胀。阿比盖尔像蜘蛛织网一样编织这些故事的时候,道尼格尔·克鲁姆急切地听着,鼓励她,好像他们的位置完全颠倒,克鲁姆成了阿比盖尔的缪斯。"你的那位朋友是谁?"克鲁姆问道。阿比盖尔说:"一位雕塑家。我想念他。"克鲁姆出人意料地表现出一种同情,用审视的目光看着阿比盖尔,好像第一次看到她。"你爱他?他对你非常重要?"阿比盖尔点了点头,是的。她容光焕发,像一朵美丽的长寿花。阿比盖尔几乎看得见自己婀娜多姿的样子。克鲁姆问:"他死了,是吗?怎么死的?"阿比盖尔不想过于激动,小心翼翼地说:"淹死的。在哈得孙河。为了救一个孩子。"克鲁姆说:"淹死的!就像雪莱。那是英雄之死,壮丽的死,难道不是吗?好样儿的,他很有勇气。他多大年纪?"阿比盖尔犹豫着,不知道该说他多大为好。如果说亚当死的时候和道尼格尔年纪相仿,或许会让诗人心里不安,破坏刚刚营造起来的这种充满性爱之美的气氛;如果说亚当比道尼格尔年纪大,诗人就会误以为阿比盖尔"年事已高"。若把亚当说得太小,她自己都觉得恶心。"亚当……我不知道他多大年纪。我们虽然是爱人,而且爱得很深,但是很少在一起。对于年龄的事情,都不在意。那似乎都是'身外之物'。"克鲁姆同意她的说法。他一直在抚摩她的胳膊,肩膀,光亮的头发。他说:"说来奇怪,深刻和平庸总是同时存在。我们一生中碰到成千上万的人,为什么偏偏只爱几个人呢?我们在努力,可是有时候,爱来得太迟。"

阿比盖尔用咄咄逼人的口吻说:"不,爱永远不会迟到。爱情可以——再生。"

克鲁姆不无悲凉地笑了起来。他一直在揪扯皱皱巴巴的牛仔裤的裤裆,压低嗓门说:"亲爱的海伦!我在《垂死的美洲豹》那首诗里触及了一个最具个人色彩、最隐秘的问题。这件事,我和谁都没有说过。是的,我感到羞愧,一种深深的屈辱,男人的自尊受到很大的伤害。可是我必须告诉你:我得过前列腺癌。他们说,已经把前列腺'切除'了。显然,癌是控制了,可是我失去了控制膀胱的能力。我总是垫着尿布,亲爱的。现在,我已经习惯了。我想,就像女人习惯了月经期间垫卫生巾,塞月经棉团一样。上面浸着血,生怕别人闻到那股异味。我的情况当然更糟,就像漏水的龙头,总在滴水。"

阿比盖尔凝视着道尼格尔·克鲁姆,惊讶得不知道说什么才好。

"哦,是的。我不行了,阳痿。这还用说吗?"

克鲁姆咯咯地笑了几声,温情脉脉地抚摩阿比盖尔的头发。他的呼吸渐渐平稳下来,不再沮丧,尽管还是一副精疲力竭的样子,眼皮越来越沉。此刻,是一个阳光明媚的五月份的中午,但是对于诗人仿佛已是傍晚。而具有历史意义的盐山旅馆这间舒适的、家具过多的客房宛如一个遥远的隐居之地，一座山洞。克鲁姆很快就进入梦乡，阿比盖尔还坐在他身边，不想就此离开，也不知道道尼格尔·克鲁姆是否"让她离开"。"不管怎样，我都爱你，道尼格尔。我爱你的诗！"阿比盖尔轻声说。可是，好像无形的手指施展了什么魔法，克鲁姆的眼皮已经紧紧闭上，半张着嘴，湿润的嘴唇连一点儿弹力也没有。克鲁姆开始打鼾，睡梦中抽搐了一下，就像一条大狗想逃脱梦境但没有成功，只好沿着马路牙子跌跌撞撞往前走。阿比盖尔抚摩着这个男人的脸，乱蓬蓬的头发，感到一种奇怪的满足。是这样吗？是！她觉得亚当·贝伦德正在看她。亚当过去、现在、将来都这样关照她。除了亚当希望她活着，她没有理由活在世上。与道尼格尔·克鲁姆的邂逅，将作为精神上的享受，成为永久的、辛酸的记忆。一行行微微闪光的诗句犹如轻柔的花瓣，或者蝴蝶的翅膀出现在眼前。不，那是跳动的火焰，那么美丽。阿比盖尔的眼里溢满感激的泪水。她伸出手去触摸那火焰。火焰已经消失。

阿比盖尔精疲力竭地回到麦束路她那坟墓似的房子时，留言电话传来一个吭吭哧哧、结结巴巴的声音。听到这个似曾熟悉的声音，她既感到歉疚，又有点气愤。"阿比盖尔·代斯·普雷斯？你……你好！我是戈哈斯·奥尔特，你还记得我吗？我希望……我们见面……"阿比盖尔·代斯·普雷斯按了一下"快速前进"键，使录音带快速前进了几圈。"我想……最近哪个晚上，如果你有空……如果……（为什么有的电话留言那么长，简直就是个长篇故事，听到结尾，已经忘记前面说了些什么，可又不想重放一遍。）你是否可以考虑……我知道太突然了，也不符合常规。或者你会生气,阿比盖尔。你可否考虑,我的意思是,这完全是个建议,嫁——给我好吗?"

阿比盖尔太累了,连感到震惊的力气都没有,虽然这件事简直令人难以置信。她连再听一遍,看看是否听错的兴趣都没有,按了一下"3",消掉那段录音。

这是一个充满悲凉色彩的浪漫的季节。

阿比盖尔不再去想那位腼腆、结巴的建筑师——求婚者戈哈斯·奥尔特。(尽管他在盐山的口碑很好。阿比盖尔不断听到人们夸奖他是个"能干、善良、非常成功"的单身汉。)星期一,她为了那些鸡毛蒜皮而又非办不可的事情开着车到盐山,偶然看见戈哈斯和那个戴红色贝雷帽的中国小姑娘手拉手经过"艺术俱乐部"旁边那块草地。看起来两个人很亲热,虽然那一刻没有说话。戈哈斯手里提着小姑娘那把大提琴。

阿比盖尔惊讶地凝视着他们。"他的女儿!"

她驱车而过,不让自己进入他们的视线。一颗心在不由自主、令人眩晕的爱的冲击下剧烈地跳动。

亲爱的死老爸

1

罗杰·卡瓦纳夫的计算机屏幕上出现了女儿罗宾发给他的邮件。起初,他以为那是一首诗。

亲爱的死老爸

我怀疑你是不是
我真正的父亲
我身上连一点你的影子也**没**有
我宁愿这样。

请你**永远**不要再来找我
对我说
你"爱"我这样的
假话。

(罗)

2

"是的,这样做对我们大家都有害而无益。可是罗宾非常固执,也许这是最好的选择。"

……好长时间,他呆呆地出神,凝视着办公室桌上那个石英钟迅速变化着的数字。这当儿,电话听筒紧贴耳朵,一个女人的声音要穿透他的大脑。分分秒秒在他眼前闪现,仿佛在施催眠术,他的心怦怦地跳着。罗杰桌子上的这个石英电子钟贵得出奇。如果仅仅是为了看看时间,在杂货店里随便买一只小闹钟同样准确。可是坐落在哈得孙-盐山塞克广场八号的卡瓦纳夫律师事务所里怎么能摆放那样一个便宜玩意儿?("我他妈的是谁?——'卡瓦纳夫'。")他坐在装修豪华、家具锃亮的办公室里,听着自称是他前妻的女人用令人难以忍受的镇定的声音对着他的耳朵说话。

他爱过李·安恩,他知道,就像知道那些已经远去的生活中的事实,虽然有点难以置信。

去年七月就在这个办公室里,他爱上了谁呢?……那个红头发女人,那个执拗的女人,那个拥有一家书店的女人,那个已经离他而去的女人。玛丽娜·特罗伊。去年,他在亚当·贝伦德那份遗嘱上伪造了亚当的签名,又让玛丽娜·特罗伊以证人的身份写下自己的名字。那时候,他就爱上了她。他成功地说服她干了一件违法的勾当,为了亚当,也为了他,损害了她自己的刚正和诚实。

现在,玛丽娜从他的生活里消失了,罗宾也从他的生活里消失了。

对于那位红头发女人,他无权干涉,只能随她而去。看在上帝的分上,他不可能悄悄地跟踪她。是的,我可以。但决不。可是,罗宾是自己的女儿,是他唯一的孩子,怎么能让她一走了之?尽管她抛弃了"亲爱的死老爸",尽管她像李·安恩得意扬扬告诉他的那样,她是"严肃认真"的。

自从那次在马里兰与罗宾很不愉快的会见,罗杰和罗宾的关系就像好多年前和李·安恩的关系那样,一天比一天疏远。那封电子邮件虽然让他震惊,但也在预料之内。罗杰一直想讨女儿的欢心,但女儿却不买他的账。他一直想表现对女儿的爱,但是女儿不需要他的爱。现在,她向妈妈宣布,下学期不回拉克罗夫特学校念书去了。自从爸爸来看她,那个学校的操场对于她就是一种亵渎。她坚持要转学到缅因州布伦瑞克一所较小的学校读书。缅因州!"怎么能这样做呢?三年里换了四个学校,或者这是第五个?越换离父母越远。"罗杰尽量心平气和地说,就像对待一个顾客。对于顾客你永远要心平气和。李·安恩表示同意。是的,没错。这样做有害无益。可是这也许是"最好的选择"。前妻对女儿做法的默认使他非常为难。李·安恩心眼好,但是很固执。罗杰一直希望她能阻止任性的女儿无理的要求。李·安恩若有所思地说:"最好还是让罗宾离你远点儿,罗杰。不要让她爱你爱得太深。""爱我爱得太深!"罗杰笑了起来,觉得简直难以相信,"罗宾恨透了我。她恨我的职业,恨我所做的一切。"李·安恩一本正经地说:"别说得那么玄乎,罗杰。你的性格让人无法忍受。罗宾说,你这样做是为了维护自己'男子汉大丈夫的权威'。这是一种'性恐怖主义'的行为。""罗宾这样说吗?这种话像是出自她的某位老师之口。""罗杰,再见!我要挂电话了。"罗杰先砰的一声扔下听筒。他无法忍受。她们简直疯了。

这就是他的私生活!他不想再过这种生活。他愿意埋头于毫无个人色彩的工作。只有工作才能救他。

他凝视着电子石英钟一闪一闪的数字。说到底,这就是生活。发了疯似的向前冲。分分秒秒,一个小时又一个小时,一天又一天,一年又一年。穿过时间隧道,然后,在遗忘中变成一片虚无。

就在前天,他又过了一个生日。他已经四十八岁!自艾自怜折磨着他,就像鳗鱼不停蠕动着肚子。他那么痛苦,不知道是因为绝望、愤怒,还是因为羞愧。

他想问李·安恩,几乎是想请求李·安恩告诉他,为什么女儿对他如此怨恨?

或者,罗杰·卡瓦纳夫真是那么让人讨厌的人?

你所做的一切都不是生死攸关的大事。你不过是为白领罪犯辩护,有什么可骄傲的?

3

有一点他很清楚:在律师事务所,对任何人都不要提及个人的弱点,不要提及自己作为一个离婚的男人、被嘲笑的父亲的尴尬处境。他在公司的名声很好:见多识广,工作效率高,办事有条不紊,不感情用事。罗杰是个能力很强的律师,为他的客户也为自己赚了不少钱。

律师不过是个赚钱机器。

有什么可骄傲的?罗宾嘲笑他,皱着鼻子,好像闻到什么难闻的气味。

罗杰并没有骄傲。骄傲是年轻人的"专利"。他只是在行使自己的职责,以后仍将这样。

最重要的是,他懂得这样的一个道理,那就是:永远不要对盐山的朋友谈自己的私事。男人们(他和他们一起打网球,打壁球,有时候打高尔夫球)听了他的表白,会像躲避病毒携带者一样躲避他。女人迫不及待地邀请他共进晚餐(特别是周一到周五,丈夫在城里上班的时候),打着动人的、令人战栗的"同情"的幌子,巴不得吸吮干他所剩无几的精血。

阿比盖尔·代斯·普雷斯就是其中之一。这个女人让他大为恼火,他连想都不愿意想她。

可是和新结识的、不太了解的同事(罗杰最近参与了"释放无辜者协会"当地分支机构的工作)聊天时,他就放松警惕,心血来潮,说出平常不想说的话。"我十五岁的女儿像丢一只破鞋似的把我丢掉了。"

"那有什么不可以的呢?你女儿有这个权利。"

说这话的人是一位年轻女子,名叫内奥米·沃尔普,罗杰办小埃尔罗伊·杰克逊案子时,她是他的助手。

"她有这个权利?我的女儿有这个权利?"罗杰愤怒地说。

内奥米·沃尔普说:"对于你女儿自己来说,她不是你的女儿。相信我。她就是她自己。"

没错儿,罗杰想。麻烦就出在这儿。

这是罗杰和内奥米·沃尔普第一次单独离开位于下曼哈顿的"协会"办公室。他们开着罗杰的汽车到新泽西州亨特顿县,会见一九八九年审理这个倒霉的案子时,小埃尔罗伊·杰克逊的辩护律师。时间是十月下旬的一个阴天,刚收到那封题目为"亲爱的死老爸"的电子邮件没几天。罗杰开着车,对这位女助手咄咄逼人的架势颇为不满。他不习惯下属,尤其是女下属,和他唇枪舌剑。可是内奥米·沃尔普满不在乎,正用一双雪貂般犀利的眼睛盯着他,似乎压根儿就没把罗杰·卡瓦纳夫和他作为一名律师的声望放在心上。她说:"男人总把自己的女儿当作私有财产,当作

463

一件附属物。可是女儿看问题的角度全然不同。你要记住,今天十五岁的女孩比十年前十八岁的女孩懂得的东西还要多。美国小孩成长得快着呢!"内奥米武断地说。好像她的话绝对没错儿。自从作为"志愿者"参加这个"委员会"的工作,他就经常在电话里听到这个咄咄逼人、不容置疑的声音。他真想掐住沃尔普的脖子,使劲摇晃她。不过他只是说:

"罗宾虽然十五岁,可她还很不成熟。"

"何以见得?"沃尔普的反应非常敏捷。

"她……生性残忍。喜欢空想,而且……"

"你以为只有处于青春期的孩子们才残忍? C 先生。"

C 先生! 她这样称呼他是在挖苦讽刺,还是一种表示服从、敬重的方式? 或者只是开个玩笑,甚至有引诱之嫌? 和内奥米·沃尔普在一起——她让罗杰只称她沃尔普——你很难琢磨透她的言谈举止还有什么别的含义。

"当然不是。但是,这些处于青春期的孩子有一种轻率的、不动脑子的'残忍'。说出的话,做出的事不着边际,没有责任感。"罗杰想起罗宾半开玩笑半指责亚当·贝伦德"触动"了她。"触动"了她! 真是心血来潮,异想天开,背信弃义。只是一种假设,爸爸。你明白吗? 罗杰不明白。为了"害"他,罗宾情愿牺牲亚当·贝伦德。而罗杰相信,她真的爱过亚当。他说:"承认你自己的孩子心肠歹毒,人品不好,是一件很痛苦的事情。"

"你就行事端正吗?"

这位沃尔普倒是个天生的律师。可惜她不是,只是一位助手。实际上,罗杰认为她不过是个"仆人"。但是她具有律师的素质,敢于毫不留情地和对手交锋,勇敢地提出质问。热情高涨的律师就像圆锯,离刀片太近,就会被它锯得粉碎。而罗杰已经习惯于做一把圆锯,而不是它的牺牲品。

罗杰避开这个问题,说:"在罗宾的想象中,我简直是个魔鬼。我真不明白为什么会是这样?"

沃尔普点着一支香烟,向车窗外吐出一口烟。"是的,C先生,你可或许不明白。"

罗杰生气地说:"你好像很了解'女儿们'的心理。"

"当然!我就做了十六年的女儿。"

"是吗?你的父母死了?"

"对于我来说,已经死了。"

罗杰打了个寒战。

这位沃尔普帮办,也是个女中豪杰,虽然只有五英尺高,而且是"委员会"一位新成员,但是对死刑案进行法律援助时,很有经验。她一直在得克萨斯州工作,那儿可是美国处死刑的中心。她住在泽西城①,每天乘车来曼哈顿东十五条大街上班。她喜欢穿黑颜色的衣服——性感十足的男同性恋者的行头!长袖衬衫塞在裤子里,勾勒出结实、浑圆的小屁股好看的曲线,脚蹬黑色系带靴,身穿黑色皮外套。你可以凝视她(罗杰常常下意识地这样看她),却弄不明白她长得很吸引人还是平平常常。或者,她认为自己吸引人还是平平常常。她的嘴很小,只有咧嘴大笑时,才露出亮闪闪的牙齿。她那沙哑的笑声很难说具有感染力。那是一种嬉笑,让你立刻产生一种戒备之心。她在嘲笑我?罗杰有点赞赏沃尔普瘦而结实的、男孩子似的身材,两个乳房像石头一样,在瘦小的衣服里突起。还有她的头发!那深棕色的、亮光闪闪的头发后面剪得很短,两边和前面很长,一定是喷了发胶或者抹过油,蓬蓬松松宛

---

① 泽西城,美国新泽西州东北部港市。

如穗状花序。一望而知,这个活跃的小女人喜欢标新立异。那样子有点像卡通片里脚趾插进电源插座里的人物,浑身放电,连头发都直立起来。她的皮肤仿佛被一把脏兮兮的刷子刷了一下,眼睛看起来也被什么东西弄得很脏。两个耳朵上戴着好几个亮光闪闪的耳环、耳钉。鼻子上还戴着一个银环,让人想起土著人的野蛮和凶猛。她比罗杰·卡瓦纳夫小很多,但他并不觉得她很年轻。她身上没有姑娘的妩媚,更谈不到迷人。即使心情平静的时刻,前额的"抬头纹"也清晰可见。浓眉紧锁,一副好奇、探究的神情。和罗杰初次见面时,她说:"哈得孙-盐山的卡瓦纳夫先生,幸会。"当时,罗杰并不认为这位年轻助手在讽刺他。

去新泽西州的路上,他们俩变得熟悉起来。沃尔普告诉罗杰,她进过好几所法律专业的最高学府,后来,又到纽约大学学习,可都是中途退学。课堂上讲的都是大话、空话,侵权行为、申请、诉讼要点、案情摘要、法官的裁决和判例。谁也不关注公理和正义,谁也不关心合乎道德规范的生活。可是现在,她很后悔没有拿上学位。因为只有当上律师,才能对这个"坏透了的消费者社会"发生影响。在这个社会里,一切都可以出卖,尤其公正与公平的原则。罗杰估计,沃尔普在学校的成绩一定不好。毫无疑问她很聪明,可是没有耐心。她显得烦躁不安,一肚子气,没有征求罗杰的意见,便点燃一支香烟。(这是他的车,而且更重要的是,去查案子的是他。他自己抽烟太多,现在正在想办法戒掉吸烟的恶习。)沃尔普这种满不在乎、咄咄逼人、我行我素的样子肯定不会博得法律教授的欢心。尤其作为一个女孩子。卡瓦纳夫所在的律师事务所,大伙儿都义气相投,和谐融洽,谁都不像沃尔普这样冷漠孤傲。即使在曼哈顿,成熟老练的律师以及参加过类似美国公民自由协会这种松散组织的人士当中,沃尔普也显得与众不同。"委员会"在一幢陈旧的褐沙石楼房的三层,天花板很高,通风良好。沃尔普在前面昂首阔步地走着,不知道是用一种什么纤维做成的紧身裤箍在屁股上,发出沙沙的响声,好像轻声说着我的屁股。我的屁股。喂,看见了吗?我的屁股。罗杰听人们说,沃尔普是个"性变态"。甚至有传闻说,沃尔普生过一个孩子,生下之后,就送给一对有钱的夫妇。罗杰觉得这事不大可能。总的来说,他不喜欢她。尽管她是个非常能干的助手。可是相处下去,他觉得他们其实有许多相似的禀赋。罗杰知道!他知道这种类型的人。沃尔普声称自己是来自中西部,可是她的口音像布鲁克林区①的人。她说话很快,总是一副不耐烦的样子,给人留下一种她认为自己比谁都强的印象。罗杰对她这副样子当然不以为然(通常,他都属于"强者"之列),可是也不自觉地被她这种气势所吸引。罗杰听过沃尔普给类似小埃尔罗伊·杰克逊的前律师这样的同行打电话。对这些人,仅仅为了操纵他们,也应该有起码的礼貌,可是沃尔普不是讽刺就是挖苦。自从参与"委员会"的工作,罗杰每周都要抽两到三天,在下午晚些时候来这儿上班。一进门就能听见这个尖酸刻薄的女人责骂当地的律师助理、辩护律师甚至当事人、社会工作者、法学教授。他还听过她用西班牙语连珠炮似的发表自己的看法。他们办公室有个实习生名叫巴纳德,是个行动迟缓、眼睛大而无神的姑娘。别的同事对她都很耐心,只有沃尔普一天到晚吹毛求疵。现在,坐在汽车上,沃尔普向罗杰夸耀,她曾经在与曼哈顿全然不同的亚利桑那州生活、工作。还到过佛罗里达、阿拉斯加、温哥华、不列颠哥伦比亚②、得克萨斯、开普敦、南非。在南非的英语补习

---

① 布鲁克林区,美国纽约行政区名。
② 不列颠哥伦比亚,加拿大省名。

班,给已经成年的非洲黑人教过一年英语。"那是我一生中最累也最有收获的一年。"(罗杰问她为什么离开开普敦。沃尔普承认是迫不得已。一帮吸毒的黑人青年袭击她,把她"打了个半死,还好,没被他们强奸"。她无法承受继续工作下去的压力。)她一直是布朗克斯区①一位社会工作者的助理。还是法律援助办公室的律师帮办,也在布朗克斯区。十六岁那年,她就宣布和印第安纳州白人中产阶级家庭脱离关系。"制度"对小埃尔罗伊·杰克逊以及"释放无辜者协会"援助的其他黑人的迫害,令沃尔普非常气愤。她坚信,美国存在"心照不宣、精心策划的种族隔离"。体育界、娱乐界和艺术界那些优秀的非裔美国人的露面,甚至法律都是这个"隔离阴谋"的一部分。"小埃尔罗伊·杰克逊就是一个极好的例证。至于所谓'公正'的象征克拉伦斯·托马斯不过是一个'例外',是统治阶级可以骄傲地指给别人看的'商标''标识'。'在我们这个以资本主义消费者文化为特色的世界,这些少数民族成员干得很好。别人为什么不可以像他们一样?'就像那些女性'领袖'们,睁着眼睛说瞎话。明明是一个一天二十四小时都有妇女和少女被强奸、被蹂躏、被杀害的病态的、性受虐狂者的社会,非要说人人平等,处处平等。"罗杰开着车,凝视着前方的公路和一闪而过的景物,仿佛看到一个巨大的"店铺",一天二十四小时开放,专门为这样的暴行提供场所。

　　罗杰当然没有笑,更没有表示不同意见,可是沃尔普生气地说:"如果你生来就长着女人那玩意儿,C先生,你就明白了。"

　　"什么……长着什么?"

　　"你听见了。女人那玩意儿!"

---

① 布朗克斯区,美国纽约市行政区名。

罗杰不由得往后缩了一下,颇有点愤愤不平。如果从他嘴里说出这个字,有人控告他性骚扰也无话可说。可是这个长着一双雪貂眼、鼻子上戴个银环、头发直立、疾恶如仇的小内奥米·沃尔普却可以随心所欲,脱口而出。

看到罗杰脸上的表情,内奥米用嘲讽的口吻说:"对不起,C先生。我应该说,如果你生来就是个女人,而不是一个享有特权的白种男人,你就明白了。"

"明白什么?沃尔普。"

罗杰已经想不起刚才的话茬。和他的助手谈话,就像开汽车时打乒乓球——危险。沃尔普说:"明白什么是哑巴,什么叫性奴役。"

"可是,沃尔普,我可不觉得你是个'哑巴',也不觉得你是个受性奴役的女人。"

"这是一种指控,C先生,还是威胁或者诱饵?"

她脸上露出一丝微笑。

4

罗杰·卡瓦纳夫知道,最好不要和跟你一起工作的女人关系太近,偶然为之也不行。

罗杰和他的助手沃尔普在新泽西州萨默维尔一个很小的律师事务所,见到了小埃尔罗伊·杰克逊一九八九年受审时法庭给他指定的律师:雷金纳德·斯佩瑞斯。此人中等个儿,大胖子,体重足有三百磅,脸上挂着不安的微笑。"二位好!请进,欢迎,欢迎。我想,一定不习惯我们这个小地方的生活,很抱歉。"罗杰瞥了一眼那个狭窄的、杂乱不堪的房间,吓了一跳。就连总是面无表情、神气十足的沃尔普也大吃一惊。斯佩瑞斯伸出一只足有棒球手套那么大的冷而黏滑的手等客人去握。罗杰强忍着没有向后退缩。他在想，和他握手会不会传染上什么疾病？

斯佩瑞斯好像为自己精心设计的一个玩笑向客人表示歉意。他的办公室连坐的地方都没有。要想坐就得把堆在椅子上那些还没有处理过的文件放到地板上，可是地板有地板的用处，无法占用。"你瞧，我和另外一位同事共用一个房间。他专门为有精神病的客户打官司。"斯佩瑞斯呼哧呼哧地喘着，笑了起来。罗杰和沃尔普都没跟着他一起笑。"对不起，我的膝盖不行，只能坐着，"斯佩瑞斯边说边一屁股坐回到他那张转椅里，"……但愿你们不要以为我这个人没有礼貌。"罗杰看出这位斯佩瑞斯根本就不在乎什么礼貌不礼貌。不过，他还是彬彬有礼地说："当然不会，斯佩瑞斯先生。我们不会占用你多少宝贵的时间。"

斯佩瑞斯答应给他们提供关于小埃尔罗伊·杰克逊一案的资料。可是他只有几份法庭的庭审记录、判决书之类的文件。这些东西早已在罗杰的掌握之中。很难判断斯佩瑞斯真的关心小杰克逊的命运，还是为了应付这次令人尴尬的会见，故意做出一副悲天悯人的样子。谈案情的时候，罗杰尽量不让自己的目光落在他的身上。他从来没有近距离地见过一个让人这么反感的人，更不用说一位律师。斯佩瑞斯身上堆积着一层又一层脂肪，脑袋后面仿佛鼓起一座座小山，圆滚滚的脸像个皮球，手指就像小香肠。罗杰自己也说不清楚，是因为斯佩瑞斯和他一样也是个男人让他恼火；还是因为他是个律师，和他同行更让他生气。此时此刻，内奥米·沃尔普那双眼睛和罗杰的极为相似，都充满了讽刺和讥诮。仿佛在说：律师，有什么可骄傲的？一大摞文件上面，刚刚看得见墙上挂着的毕业文凭——斯佩瑞斯毕业于鲁特戈斯法学院。罗杰真想问问这位同行,他的生活究竟出了什么问题,居然混到这般田地?按理说,鲁特戈斯法学院也是一所不错的大学,能拿到那里的文凭并非易事,他怎么能呼哧呼哧喘着,待在这样一个耗子洞似的办公室里,浑身散发着失败的晦气,臃肿得像一具溺水身亡的尸体?罗杰不由得打了个寒战。这种事也会轮到你的头上。别着急。

他毕竟也干过违法的事情,伪造过一个死人的签名。和另外一个人合谋干了这件事(虽然为了慈善事业)。你知道风险有多大,完全可以因此而被取消律师资格。

斯佩瑞斯极力让"释放无辜者协会"来的这两位持怀疑态度的客人相信,他已经尽最大努力为小埃尔罗伊·杰克逊做了辩护。问题是,他没有充足的时间做准备,他的当事人又被警察开枪打伤,神志是否清醒还很难说。在大多数白人陪审员眼里,杰克逊"一看就是个坏蛋"。在这种情况下,能有成功的机会吗?"伙计们,这儿是亨特顿县,明白吗?证明无罪之前就说你有罪。在纽约坐几天监狱就可以假释的轻罪,在泽西城也许就要掉脑袋。明白吗?在我们这儿,死刑像电视里的摔跤比赛一样平常。"斯佩瑞斯摇着肥胖的下巴,乐呵呵地说。深深的眼眶里,一双眼睛像正在融化的果子冻,滴溜溜地转着。这位律师很精明,他知道罗杰和他的助手此行绝不是为了跟他聊天,所以早已设防。罗杰估计斯佩瑞斯四十多岁不到五十——就是他这个年纪!可是还像一个喜欢恶作剧的少年,一个胖乎乎的大男孩,觉得与成年人竞争是他的屈辱。他头发稀少,露出白白的头皮。因为紧张,出了一身汗。汗味和装过比萨饼的纸盒子的气味扑鼻而来。最让罗杰反感的是他那身装束。上身穿件T恤衫,下身穿条涤纶裤,紧紧地绷在肥大的屁股上。小埃尔罗伊·杰克逊被关在死囚牢里,七个月之后就要注射毒药送他上西天。然而,面对这样严酷的事实,斯佩瑞斯仍然不能表现得更清醒、更冷静。罗杰看了看杰克逊一案的副本,用不容质疑的口气说:"你为什么不坚持让共同被告到证人席做证?如果他出来做证,你就可以对他进一步盘问。这个人显然在撒谎。他和有关人士共同编造了案情。你为什么不提出异议?"

斯佩瑞斯在转椅里动了动,表示反对:"这个案子已经是很久很久以前的事情了。我一直非常非常忙。杰克逊属于你可以称之为'下层社会'的客户。黑人,墨西哥裔美国人。在我们这个县,他们人口不多,可是我竟有幸成了他们当中某位罪犯的代理人。当然,这是我的职业,卡瓦纳夫先生。我说这些,只是为了解释我们看问题不同的角度。明白吗?"罗杰冷冷地说:"我一直在看这个副本和庭审记录,坦率地说,斯佩瑞斯先生,你让我大为震惊。一九八九年,你压根儿就没有在这个案子上下过功夫,你下过吗?这可是个人命关天的案子!你有充分的理由提出异议,可你一次也没有这样做。这个被指控的'共同被告'有一大堆犯罪记录。因为武装抢劫曾经被判入狱。可是你的当事人杰克逊只有过小小的过失,而且警察最初的报告明确指出,没有具体证据证明杰克逊和这个枪击案有关。他只是碰巧在犯罪现场,要跑的时候,警察让他停下,他没有停,结果被打了一枪。他因此被指控犯了谋杀罪,并且被判处死刑。我真不知道你脑子里在想什么?"斯佩瑞斯生气地喃喃着:"你还问我!自从八十年代,搬到萨默维尔,像这样的案子你知道我接过岂止几百件!我不是说死刑案,是指像这个莱罗伊,不,是埃尔罗伊这种当事人的案子。你以为我愿意在萨默维尔这个鬼地方待着?伙计,你当然可以来这儿放放马后炮。可是不要忘记,'与其事后聪明,不如有先见之明'。你犯不着来这儿对我指手画脚,侮辱我!"斯佩瑞斯越说越气,简直义愤填膺。转椅在他巨大的身躯下旋转着,发出吱吱嘎嘎的响声,果冻似的眼睛闪着怒火。"我不是什么高级律师事务所的合伙人。我一个小时赚不了五百块钱。你以为神圣、伟大的新泽西州给我这种人多少钱?我一个星期赚五百块钱就谢天谢地了!"内奥米·沃尔普一直静静地听着,手里不停地做着笔记。突然她气咻咻地站出来为罗杰辩解:"你不要信口雌黄!卡瓦纳夫先生是志愿者。他来收拾这个被你弄糟的案子,每小时的收入是零,你知道吗?"

斯佩瑞斯渐渐地垮了下来。你能看出他是个喜欢按照自己的节奏一点一点垮下来的家伙。一个在法庭上任人摆布的家伙。他承认,他在杰克逊的案子上没花多少时间。因为他没有时间。他受新泽西州公设辩护律师①协会管辖,而他的同事都是些贪得无厌的家伙。他们不想接的案子就可以甩手不管。"再加上,我当时处于这样一种精神状态……说实话,我不想承认这一点,可是,为什么不能坦诚一点呢?或许你们能对我表示一点同情和理解。你们瞧,那时候,我脑子里有这样一种想法:我那些当事人或多或少都有罪。大多数人都是些犯罪嫌疑人。拦路抢劫、贩卖毒品,难道不是吗?所以这个杰克逊怎么能例外呢?我不敢百分之百保证泽西城的警察——像所有警察一样——都是程度不同的种族主义者,也不敢说所有的老百姓都支持他们。但是种族主义这条曲线在这里确实上升到了冰山的顶峰。是的,我知道。我心里一清二楚。你们看我的眼神就说明不同意我的看法。那是因为你们像脑袋插进沙堆的鸵鸟,不想正视现实罢了。我的当事人里犯罪嫌疑人大有人在,这是事实。还有精神病患者。我说过精神病患者吗?鱼在水里游吗?游吗?精神病患者是孤立无助的个体,而且是一

---

① 公设辩护律师,美国由法庭和政府机构指定、为无钱雇用律师的被告辩护的律师。

个你不太愿意帮助的个体,对吗?这是人的本性。他们可不像跟你打交道的那些客户,卡瓦纳夫先生。你是在纽约,盐山。杰克逊也许就是那些精神病患者之一。警察开枪打过他,也许还搞过逼供信,让他屈打成招。你知道警察是怎么回事儿。这儿是亨特顿县,不是曼哈顿。明白吗?他的精神世界、思维方式受到别人的干扰。现在你们来了。案子发生十二年之后才来。'与其事后聪明,不如有点先见之明。'虽然我没有事先得到阁下的指教,现在总算听到了你的'事后聪明',也算是抽签中彩的赢家。我肯定不会再在这儿待下去了。好了,卡瓦纳夫先生,那时候,有些事情我确实没有看清楚。你想把我吊死?没错儿,杰克逊是倒霉。可他是唯一的倒霉蛋吗?死囚牢里要坐电椅而死的人多的是,他不过是其中之一。你不会知道被电击是什么滋味,卡瓦纳夫先生,你会吗?"斯佩瑞斯像个孩子,哼哼唧唧地说。罗杰看得出,斯佩瑞斯成年以后,一定靠了承认自己无能而逃脱历次惩罚。靠装孙子讨碗饭吃。面对他的所谓诚实,你只想猛击他的肚子。因为他实在无可救药,没有一样体面的东西供你重塑他的形象。罗杰说:"由于你的无能,斯佩瑞斯先生,一个无辜的人在死囚牢里整整关了十二年!先后六次推迟执行死刑。毫无疑问,公诉人无视杰克逊无罪的证据,法官充满了偏见。可是,他们是他们,你是你!你赚了人家的钱,你的责任就是为小埃尔罗伊·杰克逊辩护。何况这是一个生死攸关的案子。你的当事人毫无罪过可言。可你居然干出这样卑鄙无耻的事情!你的律师资格应该取消!"

"取消我的律师资格!"斯佩瑞斯吃了一惊,但是言辞间不无讥讽。他那件艳丽的T恤衫腋窝和肚子前面都被汗水浸湿。脑袋后面是一扇脏兮兮的窗户。这扇窗户俯瞰萨默维尔大街,此刻正对他轻蔑地怒目而视。"哦,听我说,朋友。我会尽最大的努力做我应该做的事情。按照你们大城市的标准,这也许算不了什么,可是对于我,那可是竭尽全力,明白吗?他们把这种狗屁案子交给我办,就像光靠两只手划逆流而上的独木舟。现在我能做什么呢?只要能让你办案子的时候省点劲儿,我愿意效劳……"罗杰打断他这番自艾自怜的表白,说道:"我们协会收到了一项对你的控告,说你在法庭上打瞌睡。这是杰克逊的控告,同时得到别人的证实。我在这份副本上看到,法官说:'醒一醒,斯佩瑞斯先生。你不是在家看电视。'"斯佩瑞斯气愤地说:"我从来没有在法庭上睡过觉。没有!也许我闭了闭眼睛。我头疼,想闭闭眼睛养养神。难道这也是罪过?这也是道德上的堕落?你来试试看。到了那个法庭,你也得'打瞌睡'!你们俩都把我看做一堆臭狗屎。我从来没有在法庭上睡过觉。谁要是说我睡觉,法官也好,别的什么人也罢,都是他妈的诽谤!"

"你做最后陈述和辩护的时候,似乎一直都在睡觉,"罗杰说,"颠三倒四,语无伦次。从来就没有抓住过要害问题:杰克逊清白无辜,他的'共同被告'在撒谎,试图嫁祸于人,减轻自己的罪责。你没有查对公诉人的证词,也没有传唤你自己的证人。就这么轻轻松松地放过了每一个极其重要的环节。你受人钱财,怎么可以这样对待自己的工作?"

斯佩瑞斯说:"事过之后,你批评指责别的律师,说点儿风凉话当然容易。可是一九八九年,当这个家伙需要一位像您这样的大律师辩护的时候,您在哪儿?您为什么不把宝贵的时间白白送给他呢?卡瓦纳夫先生。还有后来的上诉,您怎么不出面替他申诉?那时候,您老先生在哪儿呢?"

内奥米愤怒地打断他的话:"你!你这个胖猪。如果我是你,早就自个儿割断喉咙见上帝了。你还当他妈的什么律师,你多当一天,就多一个像小埃尔罗伊·杰克逊这样的当事人被判处死刑。"

斯佩瑞斯挣扎着,从椅子上站了起来,做了一个防御性的动作,似乎以为,或者假装以为沃尔普要揍他。沃尔普把这个动作误解为或者假装误解为对她的攻击,以迅雷不及掩耳之势,双拳出击,朝斯佩瑞斯打过去。这一定是个武术动作,虽然罗杰不知道属于柔道还是空手道。斯佩瑞斯肥胖的脖颈两面同时遭到重重的一击,满脸惊讶,痛得吱哇乱叫,就像一个跑了气的气球。斯佩瑞斯坐在椅子里朝一边倒下去的时候,抓住桌子边。桌子一歪,上面的文件、塑料杯、盛东西的盒子像瀑布一样落在他的身上。斯佩瑞斯坐在地板上,像一条直立的小鲸鱼,满脸通红,气喘吁吁。"滚!马上滚!"他轻声说。

沃尔普还想说点什么,可是罗杰碰了一下这个年轻女子的肩膀,把她拉开。他们一句话也没说,离开斯佩瑞斯的办公室。"没必要打那个可怜的杂种。"罗杰笑着说。"让他告我去吧,"沃尔普愤怒地说,"打他,我一点儿也不丢人。应该给他注射毒药,而不是给杰克逊!"罗杰就像安慰一条恶狗似的对她说:"别担心,沃尔普。我是唯一的证人。当然会站在你的一边。"

见过斯佩瑞斯之后,内奥米·沃尔普脸上发烧,就像被太阳晒过一样。她烦躁不安,没法儿在罗杰的车里安安静静地坐着。"能不能停车喝点儿什么呀?""当然可以,"罗杰说,"我也想喝上一杯。"那个"耗子洞"真是令人作呕。日后可以作为一场"历险记"给别人讲讲。共同的"历险记"。卡瓦纳夫和沃尔普现在已经成了同志和战友,一起无情地嘲笑被他们击败的敌人。"那个笨蛋真他妈的该死!"内奥米·沃尔普大声说,全然不管周围的人是否听得见,"你能相信那个混蛋吗?他的块头可真大!他也算个男人!我真想当着他的面放声大笑。别看他块头大,那家伙的鸡巴也就这么一点儿。"沃尔普伸出右手小指头,"这事儿你尽管问我。我知道。"沃尔普额头的皱纹很深,一双雪貂似的眼睛闪闪发光。在泽西城这家灯光昏暗的酒吧,她那脏兮兮的、下巴尖尖的脸看起来很有点儿吸引力。罗杰很高兴,在共同的事业中,这位年轻助手表现得如此出色。几杯啤酒,一两支香烟过后,沃尔普表现出的忠诚让他非常感动。他觉得,关键时刻,即使谁都不站在他这边,沃尔普也会。她一定会为他挺身而出,据理力争。他之所以自愿参加"释放无辜者协会"的工作,是为了让女儿尊敬自己。即使罗宾仍然不尊敬他,至少有让她尊敬的理由,而且,他可以因此而尊重自己。这个协会是亚当·贝伦德的事业之一。一项极好的事业。如果内奥米满怀热情参与其事,她就是一个值得尊敬的女人。

离开酒吧的时候,天已经大黑。夜色给人一种温馨安谧的感觉。白天你要考虑的事情太多,白天你的头脑会更加清醒冷静。此时此刻,他们没有时间概念。是啊,谁会在意时间呢?回东十五条大街显然太晚了。罗杰开着车,找上州际公路的入口。沃尔普还在慷慨激昂地发表自己的看法。她坐在座位上,俯身向前,没有系安全带。在一个红绿灯交叉路口,罗杰看见沃尔普脸上有个小包。在酒吧的时候,她就不时用手指挤着那个包,一副气恼和紧张的样子。她这个动作特别像罗宾。罗宾就经常用指甲挤脸上的青春痘,有时候直到挤出血来,才肯罢休。罗杰伸出手,抓住她那只还在脸上摸索着的手,说:"别瞎挤!"这是他第一次和她"亲密接触"。沃尔普凝视着罗杰,脸上露出微笑。她从他的手里抽出自己的手,两个人都急促地喘息着,有点激动。罗杰摸了一下她的脸和用发胶定了型的头发。内奥米探身向前猛地吻了他一下,就像轻轻地咬了他一口。罗杰没有回过神,他想也许内奥米并没有吻他,而是她鼻子上的那个银环擦了一下他的皮肤。欲望像融化了的蜡烛,流遍全身。记忆中,他和别的女人没有过这种暧昧关系。他摸索着,抓住沃尔普窄窄的、肌肉结实的肩膀,就像一个落水的人抓住一根救命的稻草。他满怀激情地吻了她一下。两个人气喘吁吁,笑了起来。"你为什么生我的气呢?内奥米。我是站在你这边的。"罗杰说。沃尔普用两只拳头夹住罗杰的头发。"没有人站在我这一边,C先生。"

罗杰把车开进一条死胡同,旁边都是仓库,还有一个操场。他不知道现在身处何方。内奥米·沃尔普已经解开他的运动衫和白色棉衬衫。她的手指焦急地揪扯着,恨不得把它们撕烂。

5

他开着车,在雪地里行走。

那是雪山上的一条公路?天高云淡,空气像玻璃一样清澈。穿过一片四季常青的树木,他看见一扇窗户闪着光亮。他能看得很远很远。或者他是用望远镜看……一个红头发年轻女人正从窗前走过。阳光照耀她那白皙、庄重的脸和长长的纠结在一起的红头发。她就是他爱的那个女人,但她没看见他。她能看见吗?

他大声喊,玛丽娜!

他凝望着,看见那女人关上窗户,拉下百叶窗。

他在盐山家里那张床上醒来,性的冲动让他羞愧。

第二天早晨,他给正在协会总会上班的内奥米·沃尔普打了个电话。她一直让他在电话里等着。

6

意料之外的性行为!在罗杰看来,这完全是另外的一个时代——七十年代人们的行为。他从来没有随随便便和一个像内奥米这样的女人做过爱。尽管李·安恩常常毫无道理地指责他。罗杰虽然很浪漫,但是他更传统,占有欲更强,不想随随便便和别人分享什么。他希望性爱不仅仅是一种性行为,性爱应该有更深层次的含义。究竟是什么含义他也说不清楚,但他知道,应该有。并不是他爱上了内奥米·沃尔普,只是觉得内奥米·沃尔普爱上了他。至少,以她的敏感和多情应该爱上他。从他这方面讲,他想对她表示关切和保护。想让她觉得他对她的温柔和体贴。这很正常,难道不是吗?他已经进入她那小巧玲珑、快乐得发狂的身体。他已经和她做爱,或者用她的话来说他操了她("操"这个词简直成了沃尔普的口头禅,就像别人说"好呀""唔"一样),但不管怎么说,他相信他给她留下了深刻的印象,让她感觉到了什么。而这一点很重要,难道不是吗?

总而言之,这年秋天和冬天,罗杰和内奥米·沃尔普做了不到十二次爱。严格地说,他们的关系不是恋爱,也不是友谊。沃尔普似乎很讨厌亲密的关系。和罗杰以前交往过的女人不同,她对所谓"推心置腹""亲密交往"都不感兴趣。在罗杰的怀抱里,她总是焦躁不安。不做爱的时候,他能感觉到她的思想在不停地旋转。站着的时候,她口若悬河,躺在床上便谨言缄口。自从第一次谈起罗宾,她再也没有怂恿他谈自己的事情。后来再谈起这个话题,提起令他头痛的女儿时,内奥米·沃尔普几乎连听也没听。谈到小埃尔罗伊·杰克逊的案子,沃尔普就会表现出真正的热情和激动。她为那个被判死刑的人愤愤不平,恶狠狠地咒骂"敌人"——"白人检察官"。(即使极少数黑人学有所成,当了检察官,也控制在白人集团掌权人的手里。)罗杰认识到,内奥米是个疾恶如仇的烈性女子,也是个冷漠的、缺乏激情的情人。他们俩之间的性行为,就罗杰而言,偶尔为之,也无法把握。而沃尔普,只有心情坏到了极点,为了发泄才和他做爱。(作为一个口口声声捍卫下层阶级利益的女人,沃尔普却喜欢豪华饭店。她唯一的要求是到热闹的市区,包括联合广场。)

他们在泽西城沃尔普的公寓里做过好几次爱。她愿不愿意留罗杰过夜,或者罗杰是不是急于回到盐山,以便一早就出现在塞克广场自己的办公室里都不得而知。有时候只有他们俩待在东十五条大街的办公室,受不了欲火的煎熬,就在沙发上做爱。沃尔普施展种种花样,尽其所能在已是四十八岁的罗杰·卡瓦纳夫身上索取快乐。沃尔普对这个不公平的社会越恼火,对性的要求就越迫切。她的手指陷在罗杰的头发里,紧紧地抓着,呻吟着,两只脚钩着他的腰背,在下面用力冲撞。罗杰不止一次担心会弄伤自己的腰。这种姿势对他来说实在是太"年轻"了点儿,像是耍杂技,或者增氧健身法。有时候,沃尔普突然之间就想做爱,连使用安全套之类的措施都来不及采取。"没关系,我服避孕药了。快来!"罗杰在性方面虽然得到满足,但是气喘吁吁,困惑不解。他觉得受到伤害,很是气恼。如果这位助手给他往盐山打个电话,或者给他往协会总会发个电子邮件,留个字条,虽然他会感到惊讶,但总会是一种慰藉。可这些让你觉得在她心中尚有一席之地的方式一概没有,罗杰感到非常委屈。如果她告诉罗杰,她不能见他,另有约会——不管这位"朋友"是男还是女——罗杰自然会吃醋,可毕竟有了一个说法。他知道沃尔普是地地道道的"现代派"。她虽然不是那种男女乱交的人,但是非观念和罗杰有很大的不同。正如对女性化妆、时装之类的东西毫无兴趣一样,她对传统意义上的爱情也漠然视之。你不能指责内奥米·沃尔普对罗杰不忠诚。因为忠诚这种观念在她看来滑稽可笑,甚至令人讨厌。罗杰对自己说:"是的,我也有同感。"

你简直胡闹。你想让她崇拜你那玩意儿。超越一切。到死才分开。

罗杰给内奥米·沃尔普——他的助手！——打电话的时候，如果她没有接着，事后从不回电话。罗杰对此非常恼火。在协会办公室里见面的时候，她也只是瞥他一眼，脸上露出一丝假笑，喃喃着说："你好，C先生！领带挺漂亮。"她是不是在嘲笑我？为什么？他虽然和她保持一定距离，但真诚友好。办公室里没有一个人能够猜到他们是——有时候是——情人。（他们真是情人吗？）沃尔普有时候用模棱两可的理由推托，说她晚上另有安排。罗杰听了非常生气。如果李·安恩知道这一切，如果盐山的朋友知道这一切，一定会笑掉大牙。他觉得内奥米·沃尔普这样对他很不公平。她皮肤粗糙，相貌平平，绝无迷人之处。声音沙哑，鼻子上戴着个银环，在办公室里不过是个律师助手。有人对她感兴趣，应该感激涕零才对。

他纳闷，沃尔普是不是个女同性恋者？

他纳闷，她另外那些情人都是谁？

他没法和她探讨这些事情，也不想让她知道他对她有这种看法，或者他对她如此在意。罗杰从她无意之中流露出来的那些话，判断她在性欲上是受两性吸引的人——"至少在理论上是这样"。（这种判断鼓舞人心：沃尔普更喜欢男人？喜欢男性的性器官？）有一天晚上，他们在一起喝酒的时候，她谈到物神"超自然的力量"。她说："每个人都是'拜物教徒'，只不过绝大多数人不知道这一点罢了。他们还没有发现自己崇拜的对象。就像血型，C先生！知道自己的血型之前，可以说你对这方面的知识一无所知，但这并不意味你没有可以证实的血型。"

罗杰听了觉得好笑。他也是个"拜物教徒"。

胡说八道。他是标准的异性恋男人。

他说:"那么,你崇拜的对象是什么呢?内奥米。"

"'沃尔普',请你叫我沃尔普。我以前对你说过。"

"这么说,你的'崇拜对象'是'沃尔普'而不是'内奥米'?"

沃尔普眉头紧皱,吃了一惊。她总是习惯于向别人提问,不善于回答问题。她有点紧张地说:"C先生,时候不早了。今天晚上我得坐火车回家。晚安!"

沉湎于性。他还没有落入这张罗网。和内奥米·沃尔普的关系不属此列。

7

谁把罗杰·卡瓦纳夫领进这条死胡同?除了他的朋友亚当,还会有谁?

作为亚当的遗嘱执行人,罗杰发现一些与"释放无辜者协会"有关的文件和剪下来的资料。亚当给这个组织留下五万美元。他还记得,亚当去世前几个月,曾经和他谈过一次话,表示要"与不公平斗争"的愿望。他说,他在法学院念过书,还拿了法律专业的学位。罗杰冷冰冰地说:"你以为这事儿律师能办到吗,亚当?和'不公平'进行斗争?"

"是的,有的律师就可以办到。"

罗杰勉强露出一丝微笑,朋友的话刺痛他的心。

真该死,贝伦德。生活可没有那么简单。

罗杰心里想,不当律师的人总是喜欢将法律理想化。对律师而言,法律则是实实在在的东西,就像地铁的线路图。只不过是一种工具,一种手段。你要到X,就走去X的那条线路。如果你永远不去X(如果你一辈子只是在Y工作),就没有必要看去X的路线。你可以知道X的存在,但它的存在与你并无关系。

亚当一直在谈他已经清楚认识到的"不公平"。在美国,黑人的人口和被判死刑的人数不成比例。不少无辜者被处死。亚当似乎还讲过小埃尔罗伊·杰克逊的案子。说来惭愧,罗杰后来把这事忘得一干二净。身为律师,他一直觉得自己在这一场争论中处于守势。亚当近乎天真的义愤让他生气。而对这种理想主义,你忍不住想反驳,反驳不了就否认,然后尽可能忘掉。

亚当死后,罗杰发现了许多让他惊讶不已的事情(比方说,亚当投资规模之大和范围之广,家庭和亲戚的神秘缺失),渐渐认识到"亚当·贝伦德"是一个刻意创造出来的人物。在盐山,大家都喜欢这个和蔼可亲、举止古怪的哲学家、雕塑家,有的人甚至爱恋着他。亚当不是那种爱张扬的人,从来没有让人发现他积累了那么多财富,而且统统捐助了"值得捐助的"慈善事业。亚当允许朋友们以错误的方式解读他。允许他的朋友们爱的那个其实并不存在的亚当。

查看亚当档案柜里存放的"释放无辜者协会"的文件时,罗杰发现了小埃尔罗伊·杰克逊的案子。在亚当掌握的案子里,这个案子的资料最为齐全。长达一百多页的复印件,法庭文书、信件、剪报、备忘录。在有些文件的空白处亚当写下了不少感慨万千的批语。字里行间充满了怜悯和同情。读杰克逊的案件时,你有一种强烈的愿望——闭上眼睛,把它推到一边,一个字也不要再看!这是一个多么熟悉的、反映了社会丑恶的故事:新泽西州萨默维尔一家商店被几个持枪歹徒抢劫,一名职员被打死。当时有一个黑人虽然和抢劫团伙毫无关系,但是恰巧在犯罪现场。看见歹徒杀人抢劫,吓得拔腿就跑。警察命令他停下来,他没有听从,结果被警察开枪打伤。后来他被屈打成招,"承认"自己和别人共同作案。据另外一位更为狡诈的黑人揭发,他有前科,但都是一些小小不言的罪行……目击证人宣称,枪响之前,看见过小埃尔罗伊·杰克逊在那家店铺附近转悠。有人则说,枪响时,看见他从那儿跑了出来。众说不一,陪审团该听信谁的证言?可事实上,杰克逊压根儿就没有枪,在他的手里、衣服上,也没有发现残留的火药。他的陈述与真正杀手的交代根本对不上口径。那个人肤色较浅,是个更聪明、更狡猾的黑人。他知道如何配合公诉人,把罪责推到一个无辜者的头上,以减轻对自己的刑罚。有人被杀,就得有人偿命,倒霉的小埃尔罗伊·杰克逊就成了替罪羊。

罗杰一遍义一遍地读杰克逊的案卷。天哪!显然是对法律的滥用,对公正的践踏。许多对杰克逊有利的证据都没有拿到法庭,或者说杰克逊那位无能的公设辩护律师没有把那些证据拿到法庭,所有的证词都前后矛盾。可是亨特顿县的公诉人居然可以把这样一个案子拿到陪审团"认证"。陪审团的成员大多数都是白人和已经退休的陪审员。就是这样一个陪审团掌握着生杀予夺的大权。他们将判他在实施一项重罪的时候,杀了人。杰克逊被判处死刑,只是行刑的方法更为人道——注射毒药。

执行死刑的日期多次推迟。事实上,新泽西州二十多年来没有执行过一例死刑。现在,右翼政客和他们的选民一直给州政府施加压力,要求恢复死刑,而最近美国最高法院出台的新规定使得死刑犯上诉更加困难。罗杰越看,越生气;越看,越失望。难怪亚当对这个案子义愤填膺……

案卷里还有杰克逊的几张照片。他皮肤很黑,三十四五岁或者三十八九岁。扁平的鼻子,厚厚的嘴唇,一双焦灼不安的眼睛深陷在眼窝里。他并无特别之处，完全是因为运气不好，陪审员才认为他犯了公诉人指控他所犯的那些罪行。（更倒霉的是，那个完全是假想出来的"共同被告"，皮肤的颜色比较浅，有点像白人，那张脸很有感染力。而且他的辩护律师伶牙俐齿，人很精明。）罗杰想象得出斯佩瑞斯在法庭上那副狼狈相。审判一定像推土机一样，毫不留情地、迅速向前推进。案卷里还有杰克逊对警方前言不搭后语的"供诉"。后来他将这些"供诉"全部推翻，但仍然记录在案。一旦做出有罪裁定，"司法"这台机器便像绞肉机一样开始启动。在新泽西州，死刑案件可以自行上诉。可是十二年来，杰克逊的有罪裁定一直没有被动摇。读着这份案卷，他为之奉献终生的法律的黑暗面暴露无遗。罗杰非常难受，非常惭愧。他理解女儿对他、对他的职业的反感，而且无言以对，不知道如何为自己辩解。

很晚了。罗杰一个人坐在滨河路亚当那幢房子的办公室里。这幢房子很快就归盐山美术协会所有。罗杰精疲力竭，脑袋放在胳膊上，眼睛一阵阵地痛。亚当不在的时候，一个人待在他的家里，有一种怪怪的感觉。虽然他没有进入梦乡，但总觉得罗宾就在几码开外凝视着他——是同情吗？可怜的爸爸。爸爸累了。这是一件生死攸关的大事。一件可以为之骄傲的事情。对吗，爸爸？

罗杰几乎听得见女儿的声音。

8

"对于你，这将是极好的教育，C先生。"

十一月，罗杰和他的助手内奥米·沃尔普驱车到新泽西州拉赫维，会见关在死囚牢房的小埃尔罗伊·杰克逊。在这间牢房里，杰克逊已经被关了整整十二年。十二年！这个简单的数字背后是难以言传的残忍、无情和苦难。罗杰第一次到监狱造访,而且是这样一座关押死囚的、高度戒备的监狱。他不知所措,心灵受到强烈的震撼。几个月之后,他还会在噩梦中看见倒霉的小埃尔罗伊·杰克逊和那座戒备森严的监狱。一个板着面孔的警卫把他们带到会见室。走过一个个电子监视器之后,一股像被乙醚浸泡过的破布的气味扑鼻而来。内奥米·沃尔普出人意料地紧紧抓住罗杰的胳膊,是出于同情还是怜悯,不得而知。看见从盐山来的律师面色苍白,内奥米·沃尔普仿佛在说:没关系,我和你在一起,我是你的朋友。

作为回报,罗杰本想捏一下这个年轻女子的手,可是内奥米·沃尔普躲了一下,不让他够着。

内奥米·沃尔普总是躲躲闪闪,不让罗杰·卡瓦纳夫类似的"阴谋"得逞。

沃尔普对罗杰夸耀过,她对监狱,包括戒备森严的特别监狱都不陌生。她知道那里面的规矩,所以对狱吏和看守蛮横无理的态度不像罗杰那样在意。"他们看见你系着领带,便知道你是律师。这些家伙都恨律师,包括站在他们那边的律师。可我们是来帮助我们的当事人的,只好由人家摆布。反正一会儿就离开这个鬼地方了。没什么大不了的,你说对吗?"沃尔普兴致勃勃地说。她穿着黑色紧身连衫裤,黑色慢跑运动鞋,乌亮的头发后面和两边刚刚用剃刀刮过。乍看会错把她当成拉赫维监狱的犯人。她没有见过小埃尔罗伊·杰克逊,但一直通过电话与他保持联系。因此她介绍杰克逊和罗杰相互认识,并且告诉杰克逊,罗杰将和新泽西州美国公民自由协会一位律师协同工作,向新泽西州联邦法院提起诉讼,要求对杰克逊的案子重新审理,或者将他立即释放。小埃尔罗伊·杰克逊听了沃尔普的介绍没有任何反应,只是嘴角抽搐着,露出一丝不无讥讽的微笑,喃喃着,好像说:"以前也听说过。"要么只是"唔,唔"地哼了哼鼻子。罗杰现在发现自己在扮演一个热情洋溢、崇尚自由主义的白人律师的角色,一个新的、未经检验的角色。一个白人拯救黑人囚徒!

他们在一间没有窗户的斗室里见面。头顶上的灯照得人头晕目眩。会见的时间很短,谈不上令人满意。罗杰问的大多数问题,杰克逊以前都有更为详细的、更有条有理的叙述,而且在罗杰掌握的案卷中都有记载。经过漫长的十二年,他心灰意冷,垂头丧气,把那些背过无数次的话,背给他听。罗杰觉得这个脸颊肌肉松弛的中年囚徒与一九八九年那个小埃尔罗伊·杰克逊相比,简直判若两人,就像他年老多病的父亲。对于毁了他一生的这场悲剧,他几乎没有多少记忆。他似乎只记得别人对他起诉的那些内容。他耷拉着眼皮,一双眼睛布满血丝,黑皮肤就像砂纸一样粗糙,一点儿光泽也没有。他穿着监狱里的连衫裤,臃肿得像一袋子面粉。他只能断断续续向这两位热心的白人来访者叙述十二年前的往事,吭吭哧哧地回答几个问题。好像他的呼吸系统有问题,喘气的声音很虚弱。过去的几年里,到拉赫维找过他的人不少,对他的执行也一拖再拖。可始终没有得到改判,他的生命像一块破毛巾在这里一天天磨蚀。罗杰向他保证,他的案子肯定可以重新审理,甚至可以彻底翻案。因为罗杰已经发现,过去的审判中有许多"昧良心的错误"。杰克逊痴呆呆地看着他,唇边挂着一丝微笑,哼哼哈哈,一副迷惑不解的样子。他看着身穿合体的灰色条纹西服的罗杰·卡瓦纳夫,就像看着一只嘤嘤嗡嗡、令人讨厌的苍蝇。"你听明白了吗?杰克逊先生。"罗杰很有礼貌地问道。杰克逊就像一条大狗准备摇晃那身皮毛,猛地抬起头,说:"我听着呢,斯佩瑞斯先生。"

斯佩瑞斯！罗杰满脸通红,自尊心受到极大的伤害。就连内奥米·沃尔普也感到很震惊,好像亲眼见证了一个令人发指的场面。她用责备的口吻说:"杰克逊先生,你的新律师是卡瓦纳夫先生。我是他的助手内奥米·沃尔普。我们在'释放无辜者协会'工作。斯佩瑞斯早就不管你的案子了。"

杰克逊喃喃着,似乎表示歉意,可刚说了两句就笑了起来。不,是大声咳嗽起来。罗杰·卡瓦纳夫别无选择,只好赶快从外套口袋里掏出自己的手帕递给他。那是一块刚刚浆洗、熨烫过的洁白的全棉手帕,上面还绣着由罗杰名字第一个字母组成的花押字。杰克逊往手帕上吐了一口灰绿色的痰。小埃尔罗伊·杰克逊要把弄脏了的手帕物归原主的时候,罗杰连忙说:"你留着吧。"他直犯恶心,不由得打了个寒战。一个真诚友好的举动竟以令人啼笑皆非的结果而告终。

这一幕之后,会见很快就结束了。

大墙外面,新泽西州空气中那股辛辣的气味扑鼻而来,但和监狱里令人窒息的气味相比,罗杰觉得简直甘甜清冽。内奥米·沃尔普开玩笑道:"C先生,死囚牢房的生活怎么样?和哈得孙-盐山大不一样,对吗?"内奥米漫不经心的叨唠像过去一个小时里内心深处遭受的挫折一样,激发了他心中的热情。他抓住沃尔普的肩膀,把她拉到身边,一边吻她薄薄的嘴唇,一边用不容置疑的口吻告诉她,一找到地方就要和她做爱。沃尔普雪貂似的眼睛闪闪发光。他拥抱她的时候,她已经把身子紧紧地贴在他的腹股沟上,急不可耐地搂住他的腰。"好呀,C先生!我正想这事儿呢!"

他们一起度过这个令人沮丧的下午。晚饭之后,在离泽西公路不远的拉玛达旅馆又待了几个小时。那以后,罗杰有好几个星期没见沃尔普。看见的时候,也只是远远地打个招呼。

他想,这样也好。尽管沃尔普做起爱来身手不凡,但毕竟不是他喜欢的那种类型的女人。

9

你离开盐山,到哪儿去了?

他在纽约待的时间越来越长,工作繁忙的时候,就到东十一条大街租只有一间卧室的公寓临时住住,但大部分时间都是在盐山村。当初离婚的时候,他和李·安恩匆匆忙忙卖了房子,他又买了一幢红砖排屋。这幢房子位于盐山另外一个"历史"区域,离塞克广场不远,始建于一九〇一年,后来多次整修。房子很高,简朴无华,日久年深的砖石,黑色百叶窗,黑色饰条,碧绿的草坪,四周围着锻铁栅栏。只有有钱、有品位的人才会买这样的房子。每当走进这幢房子,一种所有者的快乐与兴奋就油然而生。我的!我是这幢房子的主人。

他从来没有带内奥米·沃尔普来过这座房子。他从来没有带内奥米·沃尔普到过盐山。他怕年轻的助手对他的郊区生活发表评论。"C先生!对所有这一切,我毫不惊讶!"

做爱的时候,他不止一次,把她脸上得意扬扬的假笑操得无影无踪,把这个喜欢唠叨的女人操得一句话也说不出来。她呻吟着,浑身是汗,紧紧抱着罗杰,忘了他是谁。

C先生!对于沃尔普这种嘲笑的口吻,他确实不满。

一切都始料不及。等到初冬,罗杰已经在小埃尔罗伊·杰克逊的案子上花了许多时间,即使为盐山的客户——那些花钱雇他的客户打官司时,他也想着杰克逊的事情。他开始痛恨他的那些当事人。为他们辩护的时候连一点激情也没有。他们打官司只是为了钱,为了所谓尊严。你赢我输,你高我低,其实并无实际意义。他们是在做生意。卡瓦纳夫律师事务所的同人都是商人。虽然不是亿万富翁,但也都有数百万的家产。对于他们来说,百万也好,亿万也好,其实没有多大的区别。在盐山,他们的名声极好,他们过着舒适的生活,退休后的"黄金时代"指日可待。他们的孩子都已经长大成人,远走高飞。

每当早晨查看电子邮件的时候,他都盼望罗宾的来信,哪怕是那种故意搞得神神秘秘、令人困惑的小诗。可是她已经不再和"亲爱的死老爸"联系了。他不得不接受被女儿抛弃的事实。对她个人而言,她不是你的女儿。她就是她自己。

罗杰为逝去的青春而懊悔。把时间和精力都浪费在哈得孙-盐山。他本来应该到美国公民自由协会,为维护公民的权利、保护环境、反对贫穷而奋斗。他应当找一个愿意和他一起献身于这一事业的女人结婚。他应该再生一个女儿或者几个儿子。孩子们会热爱、尊重充满理想的父亲。可是他爱上了好看的富家小姐李·安恩。她那位精明的母亲在蒂芙尼公司①给女儿"订购"了结婚礼物。她那位在保险公司当主管的父亲坚持把他们的一幢房子给这对新婚夫妇……难怪沃尔普戏称他为"C先生"。罗杰只是一个首写字母,而不是一个活生生的人。他不知道他到底是谁!

罗杰想起当年在法学院一起读书的同学。他们对放弃律师事务所的工作,去干更"有意义"的事业的"理想主义者"既赞赏,又轻蔑。他们缺乏的是一种难以言传又根深蒂固的观念。

"现在我成了他们之中的一员?在我这把年纪?天哪!"

---

① 蒂芙尼(1812—1902)是美国珠宝商,在纽约开设蒂芙尼珠宝商店,经营珠宝及玻璃器皿、瓷器等,后组建蒂芙尼公司,成为美国著名珠宝商之一。

就像把手放到研磨机跟前，一不小心就会卷进去。如果不赶快把手拿出来，整个人都会被卷进去。

欧文·卡特勒给罗杰打过电话之后，便带着一瓶酒窖里放了好久的价格高昂的法国夏敦埃酒和从盐山海鲜酒店买的几样精致小菜到罗杰家与他一起小酌。"自从格西出走，我已经好长时间没有款待自己了。"如果这话听起来偏执、古怪，罗杰也没露声色。盐山人都知道，自从妻子失踪，欧文·卡特勒变得越来越古怪。事实上，他已经丢开所有业务，成天待在家里哪儿也不去。（"万一格西打来电话，或者突然回来，家里没有人怎么办？"）听人说他在家里养了许多热带花木。罗杰和卡特勒夫妇已经认识多年，可是住在郊区的有钱人都是若即若离，他对他们不怎么了解。实际上在此之前，他从来没有和欧文·卡特勒认认真真地谈过话。而这一次，比他预想的要严肃认真得多，时间也长得多。"罗杰，你也许已经听到，人们现在谣传格西的失踪和我有关系，"欧文结结巴巴地说，一副羞愧、懊恼、受到伤害的表情，不敢正视罗杰的眼睛，"可是她的事情我从来不插手，罗杰。我向你发誓，从来没有。格西有自己的投资，自己兑换现金。她就这样消失了。从这个地球上消失得无影无踪。我雇了私人侦探去找她，可一点儿线索也没有。"罗杰虽然同情欧文，但是担心他会待得太久，所以想问他几个最紧要的问题。可是欧文不停地絮叨，不时揉揉布满血丝的眼睛叹口气。后来好像终于下定决心，一口气说出下面这番话来："罗杰，我……我并不想惹你生气……永远也不想惹你生气……可是，你和格西是不是关系很密切？你们是……情人吗？"

罗杰对他这番话本该有思想准备。因为他听人说，欧文已经问过好几个朋友同样的问题。可事实上他还是吃了一惊。不过，不是因为这个问题唐突无礼,出人意料,而是因为欧文的猜测实在太没有眼光!罗杰·卡瓦纳夫和奥古斯塔·卡特勒!

罗杰真想告诉欧文,在盐山他爱的女人是玛丽娜·特罗伊。毫无疑问,这事大家都知道。

罗杰立刻向欧文保证,不,他和奥古斯塔从来就不是什么情人,只是朋友。

"只是朋友?不过我想,是好朋友。"

"当然,欧文。我们都是好朋友。我的意思是,我们大家都是好朋友!"

"你知道,格西被你深深地吸引。她说你'充满活力',说你那双眼睛'格外迷人'。"看到罗杰脸上的表情,欧文连忙说:"我说不准她说这话是什么意思。你知道,格西这个人总是想入非非,可是,显然她觉得你很有吸引力。她发现你很有魅力,罗杰。"

罗杰坐在那儿一言不发。面对"胸怀坦荡"的欧文,你实在无话可说。也许只能说:谢谢!或者对不起。

"我想,格西和亚当的关系更亲密。你是他们的知心朋友,对吗?"

"知心朋友?此话怎讲?"

"他们最信任的朋友。你难道不明白?"欧文·卡特勒满脸焦急、痛苦和岁月的痕迹,做出一副推心置腹的样子,朝罗杰微笑着。罗杰凝视着他不解其意。"我知道,亚当能让格西快乐。格西和他无所不谈。他能帮她卸掉心上的负担。我们的妻子们想说的话多着呢,罗杰。如果不对我们说,就得找个'知己'。我对亚当非常感激,真的非常感激。"

欧文·卡特勒半夜才走。罗杰心血来潮,拨通了泽西城内奥米·沃尔普的电话。她的电话响了又响……却没有人接。真该死！等到电话留言信号响过,罗杰急忙说:"内奥米！我是 C 先生。我想你,给我回电话,好吗？"格西·卡特勒和沃尔普都不是罗杰·卡瓦纳夫喜欢的那种人,可是寂寞难挨之时,她们都可以给他以慰藉。

那天,阿比盖尔·代斯·普雷斯来塞克广场罗杰的办公室,请他吃午饭(罗杰婉言谢绝)。阿比盖尔满脸微笑,含情脉脉地说:"你现在远离盐山,罗杰。就像玛丽娜·特罗伊一样。"

罗杰生气地说:"不,不像玛丽娜·特罗伊！"

他是不是对盐山最会调情的离婚女人——漂亮的阿比盖尔太不礼貌了？他巴不得这样呢！

10

美国法律是另外一种斗争方式的范例。这也许正是罗杰年轻时学法律的原因。现在,他想和他的对手——指控小埃尔罗伊·杰克逊的人谈一谈。他相信自己有能力说服他们。毫无疑问,他们也是通情达理的人？(说来也巧,和杰克逊这个案子有关的人——公诉人、辩护律师、法官都是男人。)法院的文件上有个名字跃入他的眼帘——"加尔文·兰塞姆"。这个人是罗杰在哥伦比亚法学院念书时的熟人。一九八九年,兰塞姆是亨特顿县的助理律师,参与过起诉杰克逊和杰克逊的"共同被告"的工作,现任亨特顿县的审计官。他是共和党党员,一位民选的官员。罗杰想,这很合乎情理。当年,作为法律系的大学生,兰塞姆和罗杰·卡瓦纳夫一样都雄心勃勃。他们算不上朋友,但彼此很熟,相互尊重,还算友好。

"他和我会坦诚相见,不打官腔。"

然而,和加尔文·兰塞姆约一个见面的时间并非易事。后来,终于约好在新泽西州弗莱明顿漂亮的市府大楼见面。罗杰走进兰塞姆审计官的办公室,秘书告诉他,兰塞姆接见他的时间只有半个小时。罗杰听了好不生气。

"半个小时!这个无赖!"

自从以志愿者的身份参加"释放无辜者协会"的工作,罗杰才渐渐明白为什么内奥米·沃尔普和另外几个同事常常显得那么粗鲁,那么不耐烦。为什么一个个总是满腔怒火,像炮仗,一点就着。

加尔文·兰塞姆来了,在新泽西州政界也就是个初露头角的人物,也许是个百万富翁。亨特顿县过去是一片农田,现在却成了你争我抢的"黄金地段",成了美国郊区的"天堂"。房地产开发商带着大把大把的钱蜂拥而至,身为审计官的兰塞姆自然大发横财。兰塞姆和罗杰用力握了握手。他很胖,鼻梁上架着金丝边眼镜,那副样子好像总是在提防什么。罗杰一下子就觉得这个人不但无法信任,还令人讨厌。他希望兰塞姆对他不要产生同样的感觉。他们俩年龄相仿,只是罗杰的头发没有脱落,体重比兰塞姆至少轻二十磅。现在处于求人帮忙的境地。提起小埃尔罗伊·杰克逊的话题,兰塞姆立刻沉下脸来。厌烦!一个人快要死了,这个混蛋却那么厌烦。罗杰真想朝他那稀松的肚皮上揍一拳,但还得满脸堆笑,做出一副和蔼可亲的样子。他连忙解释,他参与了这个案件的调查工作,希望释放杰克逊。加尔文·兰塞姆心不在焉地听着,不敢把心里的厌烦表露出来。他的策略是让罗杰自个儿在那儿"喋喋不休"。罗杰最后说:"加尔,坦率地说,这个案子让我非常震惊。我是第一次调查这种案件,刑事案。由一个死刑案件引发的争议。我只是一个志愿者,正式工作还在律师事务所。可是我发现的问题不仅仅是对小埃尔罗伊·杰克逊审判工作中的错误,还有起诉过程中就有意掩盖可以洗刷被告罪名的证据。警察最初的报告和有利于被告的证据都没有在法庭出示,而是……"加尔文·兰塞姆冷冰冰地说:"陪审团认为杰克逊有罪。陪审团宣判他死刑。上诉的程序也没少。这个人得到了法律的充分保护。"兰塞姆像电视屏幕上政客们那样打着官腔,恰到好处地表现出自己的轻蔑。

罗杰说:"法律的'充分保护'!法律毁灭了这个人。一个黑人……"

"双方都是黑人。被罪犯打死的那个小伙子也是黑人,难道不是吗?"

"那个小伙子是墨西哥人。不过这与本案有什么关系呢?小埃尔罗伊·杰克逊的精神彻底崩溃了,就像遭了雷击。他生性迟钝,无法应付这场突如其来的灾难。他的辩护律师又是那么一个笨蛋——斯佩瑞斯。你一定认识他吧。我相信,在地方法院他一定是个人物,给人留下许多笑柄。"

兰塞姆耸了耸肩。在这位亨特顿县审计官过去的律师生涯中,斯佩瑞斯一定让他陷入过尴尬的境地。

罗杰觉得自己像一个真诚、热情的学习法律的学生,滔滔不绝地发表看法。兰塞姆坐在一张很大的写字台后面,两只手放在脖颈后面,假装听他的争辩。"这个案子完全被人背后操纵,加尔。联邦法院会为我们找到证据的。我并不是指责你,加尔。我是说公诉人办公室。你当时只是一个助手。开枪的那个人——真正的凶手,被判了二十五年徒刑,现在也在拉赫维监狱服刑——被捕的时候,看见另外一个人,也就是杰克逊(他们俩认识),从犯罪现场——那家商店跑出来的时候,被警察打了一枪。于是这个家伙为了减轻自己的罪责,便诬告杰克逊是他的同伙。由于他的律师比斯佩瑞斯精明一百倍,他们打通了公诉人办公室的关节,请求减刑,而不必出庭做证,因此,这个案子审理过程中始终没有反诘①。这只是我发现的一个错误。还有许多……"罗杰听到自己的声音咄咄逼人,看见加尔文·兰塞姆阴沉着脸,闷闷不乐,明白自己已经跨越一条界限,进入不该进的"禁区",卷入与自己无关的事情。其实,罗杰·卡瓦纳夫从根本上讲,不是爱管"闲事"的人,可是现在,他已经义无反顾,跨出了这一步。

兰塞姆笑着说:"你从什么时候起,也成了'社会改革运动的斗士',卡瓦纳夫?是不是有点儿太晚了?"

"操你祖宗,兰塞姆!"

不到半个小时,罗杰便离开审计官的办公室。他觉得一阵恐慌。法官,加尔文·兰塞姆这样的官员,这样的律师,居然想把一个无辜的人送上断头台。这就是敌人。他们可以利用自己手中的权力滥杀无辜!后来,在开车回盐山的路上,他想,恨和被恨的感觉其实也不错。

11

"这是什么?化石?"

十二月,罗杰来到泽西城内奥米·沃尔普的公寓。他已经好几个星期没有来这儿了。内奥米·沃尔普的房间布置得绝对算不上雅致。几件随便拼凑起来的家具,塞得满满的书架。一台很大的电视机放在一张富米加塑料贴面的矮墩墩的桌子上。还有几个

---

① 反诘,指诉讼当事人一方的律师向对方证人就其所提供的证词进行盘问,以便发现矛盾,推翻其证词。

纸箱子,从上次搬家一直就没有打开过。给人整体的印象是,狂风曾经横扫过这几个房间。屋子里散发着一股香烟、食物、杀虫剂的气味。(还有大麻?看来罗杰从来没有在这儿过夜是做对了。)罗杰给沃尔普打了好几次电话,她只回了一次,说非常抱歉,她在华盛顿出差。罗杰碰巧知道她离开泽西城的时间没有这么长。不过他不想深究。沃尔普想找个借口,表示一点点歉意,他已经受宠若惊了。

内奥米·沃尔普有时也会出人意料地表现出她性格的另外一面——或许可以称之为"女子气"的东西。

沃尔普的公寓坐落在泽西城与仓库区相邻的荒僻之地。那儿有一幢幢出租房屋。此时此刻,走进这个温馨安谧的房间,罗杰又想起前几次和沃尔普一起度过的快乐时光,不由得欲火中烧。那几次都是沃尔普领他径直走进卧室,所以他对其他房间的布置没有什么印象。这次,沃尔普到厨房找干净酒杯和酒的时候,他站在狭小的、长方形起居室等待着。这更像社交场合,气氛和谐愉快。但罗杰兴奋,激动,等得有点儿不耐烦。他仔细看着装在很便宜的相框里挂在墙上的照片。那些照片似乎是一座座山洞的洞口和洞窟,还像书写在岩石之上的楔形文字①。在哪儿拍摄的呢?西南地区?欧洲?不过那些程式化的图形似曾相识,罗杰觉得他肯定在哪儿见过。

罗杰急于见沃尔普的时候,她连电话也不回。他不想让她看出自己的恼火,也不想表露自己的嫉妒!C先生不想这样。

罗杰走进公寓的时候,沃尔普没有吻他,但也没有拒绝他的

---

① 楔形文字,公元前三千多年美索不达米亚南部苏马连人创造的文字,笔画像楔子,古代巴比伦人、亚述人、波斯人等都曾使用这种文字。

吻。她任凭他热烈地亲吻,任凭他那双手在她身上急切地乱摸。她异乎寻常地温顺,令人困惑不解。连一直高高竖起的头发,也平平地覆盖在头顶之上。鼻子上那个环也不见了,似乎从来都没有戴过。显然,她没有注意情人的心境,只是在想自己的心事。罗杰给她讲拜访加尔文·兰塞姆那个混蛋的经过,和杰克逊一案的最新进展,她只是皱着眉头听,什么也没说,也没和罗杰一起指责兰塞姆。她耸了耸肩,好像在说:是吗?他是敌人,你还能指望他怎么样呢?

"女人的生殖器,"沃尔普把酒递给罗杰的时候,指着镜框里的照片,平淡无味地说,"这些石刻是在莱斯·伊吉斯已经有三万年历史的山洞里发现的。很漂亮,不是吗?"

罗杰凝视着那些照片,不由得满脸飞红。女人的生殖器!现在他终于看清这些程式化的柏拉图式的几何图形。骨盆,阴唇,阴道,外阴,阴蒂。成百上千!成千上万!无论这些原始的雕刻家是谁,男人还是女人,他们都像孩子被她的生殖器强烈吸引一样,深深地迷恋于这个主题。早已被淹没的史前文化又出现在眼前。他们是尼安德特人①,还是克罗马努人?从理论上讲,他们都是罗杰的祖先。沃尔普说,这些装在镜框里的照片是"一位非常特别的朋友,一个女人"送给她的。那位朋友后来死于卵巢癌。"这些雕刻告诉我们,性不过是一种生物现象。性器官像我们的胳膊肘、牙齿一样,没有什么神秘。你甚至可以把它简化为一个方程式。性行为导致了一个新的生命在女人体内孕育,然后通过这些器官让他诞生于世。就像变形虫的无性繁殖一样,没有什么奥秘。"沃尔

---

① 尼安德特人,人类学用语。旧石器时代中期的古人化石,分布在欧洲、北非、西亚和中亚,最初发现于德国杜塞尔多夫附近尼安德特河流域的洞穴中,故名。

普说这话的时候,就像要宣布一个好消息,罗杰却觉得有点沮丧。变形虫!他想表示反对。这个比喻太过分了!

他们坐着。罗杰面对那堵挂满女人生殖器照片的墙壁,呷着杯中的酒。他觉得自己很蠢。勃起的阴茎像脓肿的齿龈一样一跳一跳地疼。为什么沃尔普感觉不到他的欲望,或者感觉到了,故作不知。她取掉鼻子上那个晃来晃去闪闪发光的银环,难道有什么象征意义?他纳闷,她是为了他,今晚特意取掉这个环,还是与他的造访毫无关系?沃尔普告诉他,她对一九八〇年以来,全国范围内黑人、西班牙裔和墨西哥裔美国人、亚洲人、白人被捕、被起诉、被定罪和在监狱里服刑的情况做了深入的调查研究。她要把小埃尔罗伊·杰克逊的案子放在这个大背景下分析研究,这样做"意义更加深刻"。

为了使气氛更轻松一点儿,罗杰说:"内奥米,我为你的研究而骄傲。"

"骄傲?为我?"沃尔普一副大惑不解的样子,好像罗杰说的是什么淫秽、下流的语言。她连忙站起身来,走进厨房。罗杰觉得她在躲避他。这和沃尔普平常的表现可大不一样!他开始不安,抬起眼睛看着雕刻在岩石上面的那些楔形文字似的图案,那简洁的线条似乎在嘲讽他。

类似现代同性恋:这个物种在生命学上有着太重要的意义。

沃尔普从厨房回来之后,没有坐到罗杰身边。她皱着眉头,脸色灰黄,有点虚肿。她还穿着去拉赫维监狱时穿的那条连衫裤,只是显得松松垮垮,原本小巧玲珑的她好像瘦了许多。她说:"罗杰,我要告诉你一件事。"

罗杰,而不是C先生!

"是吗?"罗杰不知道这件事他愿不愿意听。

"我好像怀孕了。"

"怀孕！"

"我是说，我怀孕了。肯定有了。"

罗杰的第一个反应是：我要永远失去玛丽娜了。

第二个反应是：再一次得到孩子的机会来到了！

罗杰脑子里一片茫然，麻木的手指紧紧捏着酒杯。他在看而不是听这个头发直立的年轻女子跟他讲话。他惊讶万分，居然忘了她的名字，想不起他俩是什么关系。内奥米·沃尔普两只手抱在胸前，好像很冷。额头的皱纹显得更深。一双水汪汪的眼睛闪闪发光。罗杰大为震惊，这个男孩似的女人居然可以怀孕。罗杰把怀孕和"脆弱"联系到一起，又把"脆弱"和"女子气质"联系到一起。沃尔普说："我已经知道六个星期了，可一直不知道该如何处理这件事情。预产期是七月的第一周——理论上是这样。"

罗杰的心怦怦地跳着，出了一身汗。六个星期！预产期！他仿佛看见自己正在乞求李·安恩和罗宾的原谅。她们现在对他的轻蔑和厌恶可以说是完全彻底了。

罗杰脑子里一片麻木，问她必须问的问题：为什么直到现在才告诉他？她打算怎么办？怎么怀上的？

"你不是告诉我，你一直在服用避孕药吗？"

内奥米突然发起火来。"难道避孕只能是女人的责任？'你服避孕药呢！'——你混蛋！"

"我的意思只不过是……"

"我知道你是什么意思，C先生。我把你看得一清二楚。"

罗杰结结巴巴地表示歉意。事情发展得太快了，他一下子理不清头绪。他只知道太阳穴噗噗地跳动着，眼睛好像爆裂似的疼。天哪！事后想起来，他觉得自己做得很差劲。如果他爱着的女人告诉他,怀了他的孩子,出于本能也该握着她的手,把她搂在怀里。可是他没有。

(他的孩子?怎么能知道是他的孩子呢?)

(要求做DNA检查?罗杰·卡瓦纳夫还不至于这么没有教养,这么狠毒。)

内奥米·沃尔普脑子里想的或许也是这些事情。她与罗杰拉开一段距离,平静地、非常正式地向他表述自己的看法。平日里的活泼、轻佻如同鼻子上的银环消失得无影无踪。罗杰更喜欢她这副样子,但是对她的欲望减少许多。事实上压根儿就没了欲望。勃起的阴茎已经疲软,下腹脐窝变得冰冷。血都涌到脑子里,或者都从脑子里涌了出来。罗杰只断断续续听见内奥米说:"……可以做些安排。就在东十五条大街,人们管那儿叫'妇女之家'。"

罗杰说:"我一定帮助你。我的意思是,"他觉得面颊发烧,"……钱由我来付。别的开销也由我来承担。"

内奥米把脸转到一边,不无痛苦地承认、接受了这一事实。她把左手放在扁平的肚子上,那个姿势显得很笨拙。听罗杰说话的时候,内奥米·沃尔普觉得肚子隐隐作痛——更像是默认了他的"处理意见"。倘若过去,沃尔普一定会毫不客气地打断他。"也许你需要休息一段时间?内奥米。把事情……处理完之后?作为律师助手,你的薪水并不高,但你一直非常努力地工作。这次可以休休假……"

"你和我一起去好吗?"内奥米几乎是满怀希望地问,"我可不愿意一个人去。"

这使罗杰感到意外。"我……我也许能。这倒是个好主意。"

"到加勒比海,"内奥米热切地说,"也许去多米尼加共和国?那儿的风景非常漂亮。你工作得也很辛苦,罗杰。我们都该放松一段时间。"

这是内奥米·沃尔普在说话吗?犹犹豫豫,显得那么脆弱?罗杰简直可以对天发誓,以前从来没见过这个女人。

他走过去,抱住她。内奥米·沃尔普立刻把脸贴在他的胸口,他能感觉到她热乎乎的皮肤,但他们俩现在都没有了做爱的欲望,甚至连往日的欲望也不再记得。罗杰在想:必须这样做。此时此刻。

在泽西城这套没有电梯的公寓里,他们站了好长时间,谁也没看对方的脸。

12

罗杰没有陪内奥米·沃尔普去多米尼加共和国。事实上,罗杰并不知道她是否真的去了多米尼加共和国。她心里清楚,他没有和她一起度假的热情。显然他并不爱她。"我可以自己走。我又不是孩子。谢谢你的关心!"正好是圣诞节,罗杰心里有愧,而且觉得应该出手大方,便给内奥米·沃尔普开了一张五千美元的支票。看见支票的金额,沃尔普神经质地笑了笑,把支票收好,说:"C先生!你还算个绅士。"

罗杰尴尬地笑着,心里想,我是个混蛋。

"协会"准了沃尔普的假。她消失了,罗杰没有听到她的消息。几个星期过去了。一月份过去了,二月份也过去了。罗杰偶然听说,沃尔普已经回到美国,暂时在华盛顿工作,还到孟菲斯[①]和新奥尔良旅游。他往泽西城她的家里打了个电话,没有人接,就

[①] 孟菲斯,美国田纳西州西南部城市。

很礼貌、很友好地留了言:"内奥米?我是罗杰。我只是想知道你回来没有。一切都好吗?抽时间给我回个电话好吗?"出人意料,沃尔普给他回了电话,但是动了一番脑筋,专门在他不能亲自接电话的时候,给他在录音电话里留了言。留言简短,用词颇为谨慎,说她对死刑案例的研究"取得很大进展","对未来十分乐观"。听声音,她似乎强打精神。罗杰想,她刚做了人工流产手术,心里一定很难过。

罗杰感到一种损失,对他来说似乎是第二次更为重大的损失。第一次损失的是罗宾。这一次是一个还没有出世的生命,不到两个月的胎儿。又一次得到孩子的机会而他给破坏了。

13

三月初,沃尔普回曼哈顿上班。罗杰不但感到惊讶,而且觉得在感情上受了伤害——她居然没有事先告诉自己。有一天下午,他来"协会"工作,听到他的助手正在办公室里打电话。像以往一样,说话还是那么急三火四,还是那么咄咄逼人。罗杰站在她那个分隔间外面,口干舌燥。被他搞得怀了孕的那个女人就在那儿。她的皮肤晒得黝黑,头发染成青紫色,后面虽然不像以前那样用剃刀剃过,但剪得很短,刚刚盖住耳朵。耳朵上戴着亮光闪闪的耳环,鼻子上又戴着那个银环。她身穿运动套衫,黑色羊毛裤,胸脯挺得很高,红扑扑的小圆脸气色很好。罗杰目瞪口呆。这个女人是个孕妇。

看见罗杰,沃尔普立刻将目光移开,对着听筒继续"慷慨陈词"。终于挂断电话之后,她才愤愤不平地说:"真是个混蛋!我要是在录音电话里给他留言就好了。"

罗杰说:"内奥米,我们应该谈谈。你说呢?"

沃尔普说:"我现在很忙,罗杰。好几个星期的电子邮件需要处理。"

罗杰说:"我们确实有事要谈,难道不是吗?"

沃尔普平静地说:"C先生,我不知道你我之间还有什么可谈的事情。我和你真的没有什么好谈的。"

"可是……你好吗?"

"我很好。从来没有这么好。"

罗杰凝视着她,神情恍惚,听到自己说出几句最乏味的话:"是的,你……看起来气色很好,内奥米。"

沃尔普一下子发起火来。"我不应该气色好吗?难道非要我看起来像一堆臭狗屎,你才高兴?我应当脑出血撒手人寰,或者服用过量的巴比妥一命呜呼?你难道情愿看到这种场面?"

"内奥米,我们需要找一个地方好好谈谈。"

"'需要',谁说'需要'?谁的'需要'?"

"只谈几分钟好吗?我只是想……"

"让我告诉你,C先生。我忙得要命。我在超负荷工作,工钱却很少。我是这个制度的奴隶。我没有像你们这些狗屁家伙拿到什么学位,获得什么资格,但我仍然献身于这个事业,明白吗?不要再打扰我。贫穷的女助手大有人在,你继续引诱她们去吧。"

罗杰浑身发抖。他看见沃尔普那双雪貂似的眼睛燃烧着怒火,明白此时此刻,"走为上策"。

在他和另外一位律师合用的办公室里,罗杰给内奥米·沃尔普发了一个电子邮件。

晚八点,在联合广场咖啡厅吃晚饭。

罗

几分钟后,沃尔普就给他回了一封邮件。

C先生,你是一位绅士。

罗杰知道,内奥米·沃尔普无法抗拒第一流饭店的诱惑。

知道真情之后,罗杰非常惊讶。是的,她起初是想做人工流产。不,她也没有料到事情会演变成后来的样子。是的,她"喜欢"他,觉得他人很不错。无论作为律师还是一个普通男人她都"尊重"他,不,并不想"欺骗"他。可是她的身体毕竟属于她自己。她的生命就是她的生命。把肚子里的孩子生下来是她的责任,而不是他的。"父亲的作用微不足道。从大自然的规律看,他的作用在那一刹那就结束了。"沃尔普咬着手指头,眼睛闪闪发光。因为日子过得不错,显得挺精神。罗杰从来没见过她这样动人。她当然很喜欢手里那杯酒。

罗杰知道最好不要惹恼这个女人,所以说话时字斟句酌,小心翼翼。"内奥米,我只是感到惊讶。毕竟我是父亲。"他停了一下,好让双方都有一个思考的余地。是这样吗?不做实验,你就认定自己是父亲吗?"我想我们双方都有责任。你该记得,早在去年十二月,我们就做出了决定。我并不是责怪你,内奥米,可是……"

沃尔普一下子火冒三丈。"'不是责怪你'!但愿如此。你他妈的有什么权利指责我?在我的个人生活里,我不是你的助手,C先生!不是你的性奴隶。我不是一只盛你那宝贝种子的碗。你射完了,拍拍屁股走人,然后忘得一干二净,就像擦完屁股,一拉抽水马桶,扬长而去。也许我改变了主意,想把这个孩子足月生下来,给他或者她一个幸福的家。你觉得怎么样?现在是二十一世纪,不是一世纪。女人有自己的人身自由。哦,但愿如此!"沃尔普的鼻孔大张,隔着桌子俯过身来,咄咄逼人。罗杰不由得向后缩了缩。她的声音很大,凶神恶煞,让人胆寒。旁边几张桌子上吃饭的人都把目光投向他们这边。"你命令我杀死我的孩子。可是,我有权选择不!"

罗杰说:"我没有'命令'你……我也不想……"

"'我出钱',你说。这是从你那张嘴里说出的第一句话。"

"内奥米,我不认为……"

"你这话的意思,不是指这个孩子上大学的学费,对吗?"

"那时候,我想你愿意……"

"那时候,你除了吃惊没有任何别的表示。也许还有点厌恶。不,别做出一副内疚的样子,也别表示什么'关心'。现在一切都晚了。你甚至连碰都不想碰我一下,看在上帝的分上。好像我是个麻风病人。"

"内奥米,我确实碰过你。我非常关心……"

"事实是,C先生,你不想要这个孩子。我肚子里怀着的这个孩子。他已经四个月零一个星期了,能踢会动,不再是胎儿,而是孩子。明白吗?孩子!你在开支票收买我的时候,在道德上和法律上就失去了拥有孩子的权利。你以为这件事情就此了结,就可以尽快从我的生活中消失。你这个混蛋!"

罗杰两只手捧着脑袋。这一切都是真的吗?倘若在某种程度上是真的,对他有多大的约束力呢?他试图解释:"内奥米,我不想违背你的心愿让你怀孕的。也许我误解了你。是的,那时候,我是吃了一惊,也不知道该如何面对这件事情。"

沃尔普讽刺道:"你害怕这个孩子会把你我捆在一起。我就要求你对我承担什么责任。我们就有可能生活在一起,或者结婚。

你吓坏了,对吗?"沃尔普笑了起来,喝了一大口酒。她显然很"欣赏"眼前这一幕。罗杰纳闷,她是不是事先"排练"过这场"戏",或者——这种想法太令人作呕了,他不愿意承认——事实上,她以前就和别的男人(男人们),玩过这种把戏?

他想起人们对内奥米·沃尔普的谣传:她生过一个孩子,送了人。给了一对"有钱"的夫妇。

"如果内奥米·沃尔普和那个孩子一起来,你就得把孩子丢到厕所里,对吗?你脸上的表情清清楚楚地告诉我,你就是这么想的,C先生。你以为不论什么丑恶的思想都会瞒得过世人的眼睛,其实都写在你的脸上,就是傻瓜也看得出来。你敢说我说错了吗?"

罗杰沉默着。是的,她没有说错。不管是不是有孩子,他都宁愿服毒自杀,也不会和内奥米·沃尔普这样一个女人生活在一起,更不要说和她结婚。

真是倒霉透顶!如果命中注定,罗杰·卡瓦纳夫几个月前要让某个女人怀孕,为什么这个女人不是阿比盖尔·代斯·普雷斯呢?阿比盖尔还算得上年轻。她当然是个漂亮的、令人愉快的女人。他们的关系密切,不止一次做过爱。从某种意义上讲,他爱过阿比盖尔。她温顺,有点神经过敏,她也爱他。如果他们的关系发展下去,现在早就生活在一起了。他情愿住到麦束路她那幢漂亮舒适的房子里。他们会结婚,生下这个孩子。盐山的朋友们会把他们的结合当作重大的社会新闻"广为传颂"。对于他们俩,这都是第二次机会。结果被罗杰搞得一塌糊涂。

这天晚上,罗杰在联合广场咖啡馆剩下的那一段时间,一直昏昏沉沉,如坠五里雾中。这个表示要足月生下他的孩子的女人,坦言自己以前就有过类似的经历。"那也是一次意外。不过'意外'

也能带来好处。"他们已经开始喝第二瓶葡萄酒。当然是价格高昂的好酒。沃尔普胃口很好,大口大口地吃着烤牛腰肉,薄嘴唇油光闪闪。她以一位在更衣室里脱衣服的女人的泰然自若,全然不管是否有人暗中窥视,大言不惭地告诉罗杰,她"成功地"做过几次"人流"。第一次是十六岁那年。但是最近,她对妇女的生育功能有了一个"全然不同的新看法"。"至少在我们这个资本主义消费者的社会"。怀孕和生孩子不过是一个生命过程。可是这个过程被所谓"第一世界"国家涂上一层怪诞的、不无伤感的浪漫色彩。"如果这个孩子一生下来就送给别人抚养,我就不再是'母亲',和这个孩子只是生与被生的简单关系。这种事情可以通过一位信誉良好的经纪人去做。网上也有'抱养'这项服务,效率非常之高。不存在'买卖'人口之说,那是违法的。当然,'一手交钱一手交货'在所难免。现在一个孩子的价码已经上升到五位数了。不过大家谈这个'敏感话题'时,使用的语言都隐晦曲折,表现出来的趣味也相当高雅。谁也不会亲自去'卖'。事实上,对于那些迫切需要孩子的夫妇,这岂不是行善之举?你说呢?"沃尔普把问题推到罗杰面前,好像这是他们一直讨论的话题,罗杰应该知道答案,"这些夫妇都是知识分子,很有钱,一直为公共福利事业无偿服务。慈善机构募集资金时,他们总是慷慨解囊。他们在政治上也很活跃。可是不能按计划生下孩子的时候,他们急得发疯。他们也想接续香火。文明需要上等的遗传因子延续。而我们这个孩子的血统会让他们放心:父母双方都是纯粹的白种人。一方是伶牙俐齿、唇枪舌剑的大律师,另一方虽然只是律师助手,可智商很高,十五岁时测试的结果就是153。(实际上,这些文件我都有,就装在我的钱夹里。)没有艾滋病毒,也没有盲人的DNA。"她开心地笑了起来。

罗杰惨然一笑。"我想你可以接受订单了。订货的人是'卡瓦纳夫'。"

"你这是讽刺挖苦。我讨厌讽刺挖苦的人。"

"这一点,我看得出。你是理想主义者嘛。"

"你应当采取防护措施,朋友。你应该知道你是在冒险。"

冒险?他被性的欲望搞昏了头。沃尔普似乎也不能自持。

(也许是这个女人设下的圈套?精心安排,然后付诸实施。)

"我不知道,"罗杰喃喃着说,意思是:我不知道为什么会冒这个险?"我以为你在服用避孕药。我记得你告诉过我。"

"是吗?有时候会计算失误。"

"可不是,如果不谨慎,这种事倒也会发生。"

罗杰这番话听起来就像出自一个因为无知、没有经验而怀了孕的年轻姑娘之口。事实上是因为他的无知、没有经验才使别人怀了孕。也许——仅仅是也许——他压根儿就不应该因为沃尔普没有做人工流产而感到惊讶。或者仓皇失措。

"有一点我非常清楚,"罗杰说,"我的孩子决不能拿到市场上出售。"

晚餐以罗杰·卡瓦纳夫给内奥米·沃尔普开了一张一万美元的支票而结束。这只是"支付的部分款项"——辛苦费。他们还商定其余款项等孩子生下来交付给父亲时,一并付清。罗杰坚持订个合同。"当然,C先生!什么事儿都得说到明处,都得合法,"沃尔普说,"我并不想抚养这个孩子。"罗杰交给她支票的时候,她瞥了一眼金额,赶快折叠起来,放在她的手提包里。第二瓶酒还剩下一点儿,内奥米把酒分别倒在两个杯子里,"C先生,为我们三个人的未来,干杯!"

14

　　暮色中,浅绿色的水塘闪着微光。他多么想一头扎进去,就像扎进辽远的天空。但是他感到羞愧——如果沉入水底,该作何解释?那个红头发女人在池水那一端,对他的存在一无所知。他也看不清她的脸。他的朋友亚当·贝伦德勇敢地潜入水中。他宽阔的肩膀,疤痕累累的胸口覆盖着古铜色的汗毛,有力的四肢在水里划动着。罗杰大声喊道:亚当?帮帮我!告诉我该怎么办?他那颤抖的声音在四周回荡。要不理会这凄惨的声音是不可能的,可是亚当却毫不留意,径直向水塘那边游去。罗杰硬着头皮跳进水里,跟在亚当后面向前游去。他是沉入水底还是浮在水面,他一直不清楚。因为这场梦在轻微的爆炸声中结束。

15

　　"这件事没有做错。这一次,我没有做错。"
　　他不愿意想:这个女人在敲诈我,我没有办法。
　　他不愿意想:如果不是我的孩子怎么办?
　　在他们这种莫名其妙的友谊存续期间,罗杰要给内奥米·沃尔普多少钱——"当场支付"和"借贷"——连他自己都不想计算。为那次未做成的"人工流产",他给了她五千美元。三月份,给了她一万美元。六月份,各种开销加起来,给了她八千美元。等到七月份孩子生下来,"交付"给父亲时,还得给她一万二千美元……出人意料的是,罗杰和沃尔普的关系越来越像父女关系。好像罗杰就是这个年轻女人的父亲。(孩子的父亲到底是谁有什么关系?最重要的是孩子。)

罗杰沉醉在自己又要当父亲的感觉中,他这样告诫自己。

现在他和沃尔普很少做爱。只有沃尔普在办公室辛苦一天、心气不顺的时候,才例行公事似的做上那么一次。而且沃尔普对罗杰性欲锐减大为不满。有一天晚上,她终于忍无可忍,大发雷霆,对罗杰又踢又打。"真该死,卡瓦纳夫!你不想出力,对吧?每个臭男人都他妈的这种德行!一个健康的孕妇需要性爱,你们这些家伙却打不起精神,提不起兴趣!"罗杰抗议道:"宝贝儿,我不想伤着你,或者伤着宝宝。"沃尔普哈哈大笑:"伤着我!你他妈的拿什么伤我?就你那个软东西?给你一碗布丁你也戳不进去,还伤我!别叫我'宝贝儿'!你根本就不爱我,连喜欢都谈不到。你巴不得赶快甩掉我,把孩子整个抱到手。"

罗杰畏缩着,但无法否认这一点。他和沃尔普好像一对早已结婚的夫妻,现在进入令人精疲力竭、冷战不断的最后阶段。

他对这个女人已经没有什么欲望,但是非常关心她的起居,关心孩子的安全。(要是沃尔普不小心流产怎么办?她还在抽烟,被他发现过好几次。她还在喝酒,对自己的身体一点儿也不在意。要是她在乘坐地铁时摔了跤怎么办?从出租车出来被人撞了怎么办?倘若发生这样的事情,罗杰永远不会原谅自己。)我的第二次机会。不能再把事情搞得一塌糊涂。晚上,沃尔普和曼哈顿的朋友们一起玩,甚至到某位情人的公寓里快活的时候,不管多晚,罗杰都要开车送她回泽西城。他们用手机联系。罗杰在办公室工作到很晚,一个人在附近的餐馆里吃点儿东西,在酒吧或者停在人行道的汽车里毫无怨言地等着,直到沃尔普打来电话。"罗杰?你还没有睡觉?好吧,现在来接我。"有时候是半夜一点,有时候是凌晨三点。罗杰成了这位助手的专职司机。有时候,沃尔普善心大发,告诉他回家,她自个儿在城里凑合一晚上,保证照顾好自己。可是罗杰执意不走。不管等到多晚,他都不介意,毕竟没有比接送沃尔普更重要的事情。沃尔普哈哈大笑:"C先生!真不好意思。"

罗杰一本正经地说:"我不是为我自己。"

正是在这期间,罗杰在市中心区的一条大街上碰到莱昂内尔。两位盐山的老朋友到第六大街一家酒吧喝酒。莱昂内尔·霍夫曼的变化可真大!莱昂内尔在盐山也算得上一个居家过日子的中年好丈夫,而且相对而言,他的年纪比较轻。可是现在,他那副样子就像一匹孤单的老狼。瘦长脸,警惕性很高,烦躁不安。罗杰说话的时候,莱昂内尔一直瞅着那些衣服又透又露的女服务员,还不时抽着鼻子,擤鼻涕,搞得罗杰心里很是恼火。尽管罗杰对他的私生活非同寻常的变故早就有所耳闻,但莱昂内尔闭口不谈。后来,罗杰终于忍耐不住,委婉地表示,对于莱昂内尔和卡米拉的分居,他非常难过。莱昂内尔大声擤着鼻涕,喃喃着,好像说:"是的,我也很难过。"便不再谈这个话题。

时隔不久,罗杰在市中心一家档次很高的饭店看见莱昂内尔和一个年轻女人在一起。他坐在一个比较远的角落,从镜子里观察他们,发现两个人无论从年纪还是从气质上看,相差都很悬殊。那个姑娘非常年轻,时髦。像一个肤色很浅的黑人,或者东印度人。她的头发编成辫子,蛇一样盘在脑后,一双眼睛滴溜乱转。甚至莱昂内尔把她的双手握在自己手里,无限真诚地诉说着什么的时候,她还是烦躁不安。罗杰出神入迷地看了几分钟,觉得十分反感。

"可怜的莱昂内尔!真是个笨蛋。"

罗杰开始迫不及待地、非常入迷地看有关怀孕、分娩、婴幼儿喂养方面的书。他把盐山书店婴儿专柜里的书差不多都买了下来。("卡瓦纳夫先生,"莫莉·艾沃斯惊讶地说,"你怎么突然对婴儿发生了兴趣?""因为我要有个婴儿了。七月份。")他还向盐山的熟人打听,准备雇一位全职保姆。除了工作特别繁忙的时候,他无时无刻不在想这个即将问世的孩子。沃尔普原则上不喜欢"医疗技术的介入",拒绝用超声波探测孩子的性别。"新千年当爸爸的人还是多一份惊喜为好。"沃尔普的肚子越来越大,罗杰对她越来越惦记,经常往她的手机打电话,总是随口问道:"你怎么样啊?内奥米。""C先生,很好,"沃尔普说,虽然咯咯地笑,心里却很恼怒,"如果有什么问题,我第一个告诉的就是你。"罗杰记着沃尔普每一个定期检查的日子,到时候就提醒她,因为沃尔普连女医生也不喜欢。她说:怀孩子也成了"资本主义—消费者企业"的一部分。真让人恶心!"我们应该蹲在地里或者壕沟里生孩子,用牙齿咬断脐带,然后继续去做。"

罗杰纳闷她要继续做什么。

等到第六个月,肚子越来越大,成为负担时,沃尔普便开始抱怨。膀胱受压迫尿频,"浑身浮肿"。她还暗示,也许自己把孩子怀到"足月"是犯了一个错误。也许现在做人工流产还来得及。听到这些话,罗杰不寒而栗。他弄不明白沃尔普说的是真心话还是故意试探;是嘲弄他,还是逗他玩儿。这种时刻,她是暴露了自己的真实愿望,还是"逢场作戏",随便说说而已。我必须小心应对,决不能和她发生冲突。哦,天哪!他害怕哪天给她打电话时,沃尔普告诉他,她已经改变主意,孩子没了。

他开车送她到产科医师门诊部,自己在外面的房间等着,像任何一位满怀期望的父亲一样,有点难为情。在沃尔普的影响下,不上班的时候,他把自己打扮得很年轻。当然,他已经开始歇顶,还剩下的那点儿头发也像被霜打了似的渐渐变白。他变得烦躁不安,(像他的朋友莱昂内尔?)但还是很乐观,显得很年轻……有一天下午,产科医师门诊部新来的接待员问罗杰,他和他的"女儿"住在什么地方。罗杰像被什么东西叮了一下,说:"我的女儿在缅因州一所寄宿学校读书。我住在纽约盐山。"那个女人凝视着他,脸上露出困惑不解的微笑,不过没有再问什么。他把这件事情告诉沃尔普之后,沃尔普为他打抱不平。"你的女儿!笑话。我的父亲老得足可以当你的父亲。我们的年纪关别人屁事儿。"她一把抓住他,在他嘴上狠狠地亲了一口。然而,如果有谁真的想侮辱罗杰·卡瓦纳夫,那正是她。

16

"刚听到这事,我简直无法相信自己的耳朵。当然,我还是相信了。你这个自私自利的杂种。"

明明知道前妻李·安恩肯定会把这事告诉女儿罗宾,他还是硬着头皮告诉了她。这个电话非打不可,但是羞愧、内疚,他一直拖到四月中旬,沃尔普已经怀孕六个月的时候,才拨了那个号码。他相信,那时候,他们在盐山的共同朋友早已把这个消息告诉了她:一个谁也不认识的女人要给罗杰·卡瓦纳夫生孩子了。是个比他小得多的女人。想想看!他那把年纪!罗杰说:"什么叫'自私自利'。难道我非得首先得到你的允许?"李·安恩愤怒地说:"除了自己,你还想过别人吗?你想过罗宾吗?她会怎么想?""这次怀孕很偶然,李·安恩。坦率地说,那时候我没想到罗宾。""别来这一套,别装幽默。你是个地地道道、自私自利的杂种!"罗杰还想据理力争。"让一个需要来到这个世界的孩子出生有什么罪？这个孩子将得到他应该得到的一切，得到爱……"李·安恩打断他的话，嘲讽道："'得到爱'，笑话！问问罗宾得到你的什么'爱'，你这个婊子养的！"说着挂断了电话。

罗杰万分惊愕，觉得受到伤害，对前妻这种做法非常恼怒。她有什么权利对自己做这种道德上的评判？李·安恩痛恨怀孕。她把怀孕称为"荷尔蒙的暴虐"。她讨厌这种"暴虐"，讨厌身体的变化。李·安恩尽管极力掩盖、否认自己作为一个女人的虚荣心，有时候还是不可阻挡地爆发出来。而此时此刻，她竟莫名其妙地嫉妒起罗杰。（罗杰年轻的时候，是一个忠心耿耿的丈夫，细心周到的丈夫，从来没有被女人所吸引，他发誓！）

罗宾出生之后，便成了他们生活的中心。一个又大又胖的婴儿把他们的婚姻挤得变了形。他们曾经谈过再生一个孩子，想要个男孩。可是罗宾襁褓中就是个难缠的孩子。等她长到四岁，更是耗尽他们——特别是妈妈的时间和精力。一想起再生第二个孩子，李·安恩就头疼。当然，她也想极力改变自己这种坏心情。李·安恩经常和丈夫开玩笑说："一个罗宾就够受的了！"

罗杰对妻子这种说法在心里默默地加以修正。一个罗宾可不仅仅是够受的了。

17

罗杰用他那长于辞令、善于说理的律师的腔调说："内奥米，我不想对你吹毛求疵，也不想无端打扰……"沃尔普没等他把话说完，就抢着说："是吗？那就别！C先生。"罗杰坚持把话说完，希望不要惹恼这个脾气暴躁的女人。她的肚子里怀着他的幸福，怀着他生存的理由,以及他的未来。"……可是,孕妇是不可以吸烟的,难道不对吗?"沃尔普从鼻孔里喷出两股烟,一双雪貂似的小眼睛轻蔑地看着罗杰那张脸。"我一星期也就吸两三支烟,而且总是吸到一半就扔掉。"一星期?一天还差不多。可是罗杰还是耐着性子说:"不管怎么说,内奥米,你还是吸烟了。你曾经答应过……""你不是也吸烟吗?""可我不是孕妇。""我也不想变成'孕妇',"沃尔普愤怒地说,"这个角色是你强加给我的。"她装模作样,在烟灰缸里掐灭香烟,"我不愿意被人在暗中监视,C先生。这本身就是一种性骚扰。"

沃尔普笑了起来。那笑声尖厉刺耳。

罗杰一直胡思乱想,生怕孩子生出来会是个缺胳膊少腿的畸形儿。或者大脑受到损害。他听人说过,有个孩子生下来器官就裸露着,包括脑干。他还听说,有个孩子生下来没有脊柱。他的一位姨妈曾经生下一个不成形的婴儿,孩子的五官都皱缩在一起,好像融化了一样。姨妈因此精神崩溃……夜晚,他常常猛的一个激灵,醒了过来,一个人呻吟不止。"这是个错误。李·安恩说得对。我都想了些什么呀!"

他希望从来没有见过内奥米·沃尔普,希望从来没有参与"释放无辜者协会"的法律援助。从某种意义上讲,这是亚当的过错。

如果孩子能平平安安地生下来,我就给他取名为亚当。

18

七月一号刚过,内奥米·沃尔普就不见了。

她给罗杰留了一张简短而又让人困惑不解的便条。

对不起,我不知道我是否能做到这一切。把我的骨肉拱手交给他的生身父亲。我知道,我签过一份合同。可是你和我都明白,这种合同并非可以强制执行的法律文书。特别是当母亲和婴儿**下落不明**的时候。

内·沃

便条是手写的。写在一张用过了的纸的背面。难熬的三天之后,第二封信闪闪烁烁出现在罗杰计算机的屏幕上。

对不起,让你伤心了。我想,你一定后悔与我相识。我希望自己是这个孩子真正意义上的母亲。你是个好人,罗杰。你的错误在于,你一直极力反对你那个阶级的错误。

我知道,我曾经答应,等这个孩子足月生下之后,我会把他交给你。

请你不要找我。没用。我在离你一千英里以外的地方。我知道你的种种努力。我的消息很灵通。你太傻了。

但愿我们曾经真诚相爱,你说呢?

内·沃

罗杰按照邮件的地址,匆匆忙忙给内奥米·沃尔普回了一封信(这个邮址是否和泽西城的公寓有关不得而知,但是罗杰知道那幢房子里空无一人)。此后几天,罗杰心急如焚。沃尔普为什么这样对待他?她不是一直不把他放在眼里吗?或者她的感情是真诚的?再过几天就是孩子的预产期(七月十一日)。毫无疑问,这是他一生中最难熬的几天,尽管时光会冲淡一切,刻骨铭心的痛苦也会忘却。就像女人,生完孩子,便忘了分娩时的痛苦。七月十一日前的一天晚上,电脑屏幕上出现这样一封不同凡响的信:

第一次宫缩已经开始。大约十五分钟一次。再也没有退路,孩子要生了。

如果男人也能体会到分娩的痛苦,这个"物种"还会存在吗?

你还记得吗?你曾经想把这个孩子"做掉"。可是还有人对这个孩子感兴趣。你必须承认,一对可爱的、有文化、有钱的夫妇(才三十多岁)比一个单身汉(已到中年)更适合抚养这个孩子。如果你愿意这个孩子能有一个最好的成长环境,罗杰,你必须承认这一点,你说对吗?

内·沃

"不!"罗杰永远不会承认这一点。他发了疯似的等电话,等电脑传来的信息。在盐山内奥米·沃尔普从未来过、也不会再来的房子里走来走去。他喝酒,一支接一支地抽烟,不脱衣服就倒在那张弄得乱七八糟的床上。睡不着,悬着一颗心熬过四十八小时,直到电脑屏幕上出现下面的信息:

亲爱的罗杰·卡万夫:

内·沃要我报告你这个好消息。孩子已经平安出世。是个男孩。体重八磅十一盎司,身长二十一英寸,黑头发,蓝眼睛,一切正常,护理得很好。

内·沃想说,她的愿望是做一件正确的事情。不要找她,到时候她会与你联系。

这封信下面没有署名。罗杰知道,按照邮件的地址回信就像朝无底深渊叫喊,没有用。这封信也许就是沃尔普自己写的,故意试探他,折磨他。她很狡猾,故意把卡瓦纳夫写成卡万夫。别跟我玩这种把戏。该死的家伙,有什么要求只管说就是了。不就是想多要点钱吗？可以给你。只要把儿子给我！

几个星期前,欣喜若狂的罗杰就到"儿童世界"疯狂采购了一番,将育儿室需要的东西都买得一应俱全。这个"神奇"的房间墙壁雪白,又放了一张白得耀眼的柳条编制的婴儿床。房间在这幢三层楼房的二楼,紧挨罗杰的卧室。罗杰雇的保姆是一个出生在危地马拉的女人,名叫赫琳达,住在育儿室对面的房间里。罗杰领着赫琳达走马观花地看了一下这座房子。这个女人问了许多问题,最让罗杰尴尬的是:卡瓦纳夫太太到哪儿去了?

罗杰小心翼翼地说:"赫琳达,眼下这个家还没有卡瓦纳夫太太。孩子的妈妈只是一位朋友。也许她到外地悄悄地生孩子去了。"罗杰说。赫琳达那双神情专注的眼睛和土黄色的脸似乎给了他某种启示。"……也许她回老家去了,与她的母亲一起住一段时间。我们只是暂时没有联系。但一切都会好起来的,赫琳达!我向你保证,她很快就会回来。"如果赫琳达——一位阅历丰富、口碑极好的保姆——有什么怀疑,她也不露声色。赫琳达对生活在郊区的美国白种人阶层那神秘的、令人困惑不解的生活方式十分熟悉。她很有礼貌地要求卡瓦纳夫先生预付定金。罗杰立刻给她开了一张支票,金额相当可观,算做"不能退回的"薪水,然后迫不及待地交给赫琳达,手在不停地颤抖。

是的。我付钱。我是付钱的人。

只是,求求你,上帝,**把儿子给我。**

19

他做了最坏的思想准备,没敢想什么好结果。

他已经不再相信什么浪漫的爱情故事,如果这辈子能不再碰别的女人,就谢天谢地了。

他还在等待内奥米·沃尔普的消息。他很少离开盐山的家,生怕错过她打来的电话,或者错过她。(也许她会抱着儿子来找他,把儿子亲手交给他。这个希望未免太渺茫、太离谱了。)罗杰把活儿都拿回家里干,通过电话和电子邮件与律师事务所的同事们保持热线联系。他一天埋头工作十六个小时,为盐山富有的客户服务,为蒙受不白之冤的小埃尔罗伊·杰克逊打官司。下个星期就要向联邦法院提出重新审理的请求。只有工作的时候他的心才能平静,才能客观、冷静、诚实,正直,不偏不倚,不带个人色彩。尽管后来罗杰承认,那些日子,他烦躁得要命。他强迫自己去淋浴,刮脸。强迫自己换衣服。那些漫长的仲夏之夜,他无法入睡。等待内奥米·沃尔普和他"联系"。等待他的小儿子。不敢想这是精心设计的骗局。孩子永远不会回到我的怀抱。她安排了一切,早已将孩子卖给了陌生人。

七月三十日晚上,他头枕胳膊,伏在桌子上睡着了。他脑袋发沉,就像亚当·贝伦德雕塑时用的石头模子。睡梦之中,他觉得,实际上自己就是亚当·贝伦德雕塑的一个人物。那个一直躲避他的孩子出现在面前——体重八磅十一盎司,身长二十一英寸,浓密的黑发,湛蓝的眼睛。罗杰要摸他的时候,小宝贝一下子消失得无影无踪。罗杰在哪儿?好像在宾夕法尼亚车站。熙熙攘攘的人群,模糊不清的面孔。扩音器里报告火车进站的消息,脚下却是沼泽般的又软又湿的泥潭。亚当·贝伦德在安慰他。可是他说的话一句也听不见。亚当和那个将要叫做"亚当"的孩子。这是梦的逻辑。倘若在别的地方没有意义,在这儿却合乎逻辑。罗杰跌跌撞撞,摸索着找那个孩子,可是孩子不见了……他在哪儿?罗杰呻吟着睁开一双眼睛,浑身上下没有一点力气。

他看见电脑屏幕上,一条新的信息在等待着他。

C先生!给我打电话。我回来了。

内·奥

20

罗杰永远记着这一幕。仿佛是那场梦的继续。

罗杰匆匆忙忙跑到街角,路灯下,停着一辆汽车。她坐在"乘客"的座位上,车门敞开着。车主是个陌生人,方向盘后面坐着一个女人。但罗杰没有注意她,只是直盯盯地看着内奥米·沃尔普。她穿着长裤,侧身坐在座位上,膝盖上放着一个白布包,布包里小宝宝动了两下。内奥米轻声笑着,用嘲讽的口吻说:"看谁来了?宝贝儿,是爸——爸。"

21

现在,整个盐山都在议论罗杰·卡瓦纳夫。

"罗杰?当爸爸了?又生了个孩子?他要抚养这个孩子?"

"可是……妈妈呢?谁是孩子的母亲?"

大家都觉得焦灼不安。对于所有那些认识他的人而言,罗杰·卡瓦纳夫——他们中的一员,跨越了盐山"部落"的"边界",为自己争得了最大的幸福。

罗杰很少向别人倾诉衷肠,现在却以令人惊讶的坦率回答朋友们的问题。做了父亲,他高兴得忘乎所以,根本不顾及是否暴露自己的隐私。他转遍了盐山朋友们的家,显摆他的小儿子"亚当"。邀请朋友们傍晚和星期天去他家喝酒。危地马拉保姆笑容可掬,站在旁边。罗杰把孩子抱在怀里,骄傲,兴奋,沉浸在当父亲的幸福之中。是的,有时他给孩子换尿布,有时给孩子喂牛奶,洗澡。他总是亲手把孩子放到床上,哄他睡觉,这几乎成了神圣的仪式。他承认,当年他没有很好地照顾过女儿。那时候年轻气盛,雄心勃勃,工作特别忙,又缺乏经验。"这一次,一定好好当一回父亲。"

他说,逝去的年华又回到身边。

对男性朋友,他坦言:"我把生活搞得一塌糊涂。可是这件事改变了一切。"

人们都说,罗杰·卡瓦纳夫看起来"年轻了好几岁"。

人们还说,罗杰现在说起话来妙趣横生,让人想起已故的亚当·贝伦德。甚至在他挖苦他们的时候,也能逗得他们哈哈大笑。他对自己并不宽容,把和孩子母亲的关系说成是一种"萍水相逢"的关系。盐山人谁也没见过他那位让人困惑不解、琢磨不透的助手。他还对大家说,她把孩子交给他的时候,说:"C先生,孩子在这儿。我的支票呢?"

这个玩世不恭的女人移居到圣何塞[①],负责"释放无辜者协会"在那儿设置的办公室的工作。应该说,她得到这个位置是罗杰极力推荐的结果。她搬迁过程中的开销都由罗杰支付。她把孩子的监护权都给了罗杰。在孩子的出生证明上,赫然写着父亲:罗杰·卡瓦纳夫。他一遍又一遍地看着这份文件。内奥米·沃尔普,罗杰·卡瓦纳夫。这一对陌生人的偶合创造出亚当·卡瓦纳夫。

---

① 圣何塞,美国加利福尼亚州西部城市。

罗杰有种种理由相信,再也不会看到沃尔普了。

比阿特丽斯·阿切尔第一次看到宝宝亚当,并且把他抱在怀里的时候,激动得流下了眼泪。她自己再也生不出孩子了。这个孩子活泼、健壮、明亮的蓝眼睛,一看就有个"男人样",方下巴很像亚当·贝伦德。"当然,我们大家都知道,小亚当不是亚当的儿子。"比阿特丽斯为朋友们的幸福兴奋激动,就像为他们的灾难伤心难过一样。她喜欢生活中发生点什么,尤其是出人意料的结局更让她怦然心动。她给在外地甚至在遥远的欧洲避暑的朋友们打电话,及时通报了罗杰·卡瓦纳夫这一惊人之举。

人们自然要问:母亲是谁?比阿特丽斯解释说:"一个我们谁也不认识的女人。"

22

阿比盖尔喃喃着:"管他叫'亚当'真奇怪。你为什么要给他取这个名字?罗杰。"

罗杰耸了耸肩。"怎么不能呢?"

客人都在阿比盖尔那幢大房子后面大卵石铺成的露台上聊天儿。阿比盖尔有话和罗杰说,便向旁边走了几步。这是劳工节的周末。阿比盖尔和戈哈斯从南塔基特岛回来刚几个星期。他们举行这次家宴,宣布两个人即将结婚。("阿比盖尔终于要再婚了!"朋友们惊讶地说。"一个时代结束了。")罗杰的小儿子已经七个星期了,他内心充满快乐。可是听说阿比盖尔要嫁给盐山一位名叫戈哈斯·奥尔特的建筑师——他们这个圈子对他知之甚少——心里一点儿也不高兴。

这个男人给人的第一印象实在太差。你连第二眼都不想再看一看。罗杰打听过他的情况,知道奥尔特是一位颇有建树、受人尊敬的建筑师。因此,他一定有钱,或者说能赚钱。可是阿比盖尔·代斯·普雷斯不需要钱。她需要什么?难道就需要这样一个鹰钩鼻子、下巴短小、鼻孔硕大、说话结巴、连握手都很紧张的腼腆、粗俗的男人?奥尔特的个子几乎和阿比盖尔一样高。他总是怯生生地凝望着阿比盖尔,一望而知,对她爱意缠绵,无限忠诚。可是阿比盖尔怎么可能爱上他?他们俩是一见钟情的爱人吗?罗杰感到一种男人的嫉妒,甚至愤恨。

他本来有可能娶阿比盖尔·代斯·普雷斯为妻的。

这年秋天,罗杰不管到盐山或者盐山周围的什么地方做客,都要带着可爱健壮的宝宝亚当和能干的危地马拉保姆。等到客人们夸够了、逗够了小宝宝,就让赫琳达把他送回到自家的育儿室。阿比盖尔用她光洁纤细的双臂抱起小亚当亲了亲小家伙热乎乎的眉毛,对孩子的父亲洒下激动的眼泪。"我真为你高兴,罗杰。这是一个惊喜……"罗杰说:"我也为你高兴,阿比盖尔。当然……"语气诚恳,似乎真的为她高兴。

罗杰对戈哈斯·奥尔特彬彬有礼。他估计以后在社交场合会经常见到奥尔特,因此要"确定"对他采取什么态度,就像为你的客户制定出一套行动方案一样,最大限度地争取可能得到的利益,把损失尽量减少。

奥尔特在离他们只有几英尺远的地方站着,脸上挂着羞涩、充满希望的微笑。可是阿比盖尔和罗杰似乎压根儿就没有注意到他。赫琳达把小宝宝送回家以后,阿比盖尔喝了一杯香槟,大胆地握着罗杰的手。"和我聊聊天儿吧,罗杰。这些日子发生了那么多事儿,我们都没有机会好好地交流交流。"阿比盖尔问起关于法律援助的事儿。罗杰讲给她听的时候,她非常认真(而许多盐山的朋友们对此并不感兴趣)。阿比盖尔心血来潮,甚至表示要向"释放无辜者协会"捐钱。"我想,这是亚当曾经做过的工作之一,对吧?"罗杰说:"是的,亚当做过的工作。"由于做这项工作,认识了沃尔普。由于认识了沃尔普,有了这个孩子。但是他没有进一步讲这三者之间的关系。对阿比盖尔,他也不想透露。现在,该是阿比盖尔讲述她的新生活了。她的声音微微颤抖,没怎么讲戈哈斯·奥尔特,但是讲了许多关于他抱养的那个女孩的情况。女孩儿名叫塔玛,十三岁,是个中国人,很腼腆。奥尔特和妻子抱养她的时候,女孩儿刚刚一岁。后来,塔玛很小的时候,奥尔特的妻子就得癌症死了。"失去母亲,她的身心受到严重的摧残。她对谁都不信任。我当然不会责怪她。我想像母亲一样地爱她,只是不知道该怎么做。这个女孩就像一朵含苞待放的鲜花。如果阳光太强烈,刚刚绽开的花瓣,就又会收缩回去。"阿比盖尔的话令罗杰非常惊讶。她满怀激情地说,自己像禅宗①信徒一样,一天到晚不声不响地围着那个女孩转。比方说,她从来不进塔玛的房间,除非她请她进;从来不主动和塔玛说话,除非她想跟她说。"过去,贾里德总是说我'伏击'他,'侦察'他。现在,我很注意,决不让塔玛有这样的感受。现在我懂了,最不该做的事情是把自己的想法强加给孩子。我带塔玛到城里去看芭蕾舞,看电影,参观博物馆。她会成为一个很有前途的大提琴演奏家。现在,我是她的'首席'听众。我很少说话,尽量不夸奖她,大多时候,都是侧耳静听。这就是我们交流的方式。我就是这样希望渐渐成为她的母亲。哦,罗杰,你说,这样做会起作用吗?我多么希望能有点用处。塔玛爱她

---

① 禅宗,佛教派别之一,以专修禅定为主。禅定指安静而止息杂虑的佛教的修行方法。

的父亲,可是很少和他交流。戈哈斯也很难和她沟通……"阿比盖尔被一种莫可名状的感情激动着,说话的声音微微颤抖。阿比盖尔能向自己倾诉衷肠,罗杰深受感动,他们终于可以这样亲密相处,无所不谈。可是,一想到阿比盖尔和奥尔特父女这样的陌生人建立起显然让她万分激动的关系,他就生气。他说:"贾里德对母亲的再婚会怎么看呢?"阿比盖尔绷着脸把头转向一边,显示出一个心灵创伤已经平复或者几乎要平复的女人应有的尊严。她说:"哈里抱怨,贾里德越来越不听话,'青春期的危险倾向'越来越严重。和父亲吵架,和继母吵架。他拒绝与我联系,我只能敬而远之。像你一样,罗杰,我想开始新的生活。"

　　罗杰不知不觉把阿比盖尔领到房子那边,避开正在露台上聊天的人们的视线。阿比盖尔心甘情愿与他相伴。罗杰知道,戈哈斯·奥尔特没有跟踪他们的胆量,盐山的朋友们也不会无聊到暗中窥视的地步。在盐山人的想象之中,罗杰和阿比盖尔是一对很难界定其性质的"浪漫的情侣"。阿比盖尔从罗杰温暖的手里抽出自己的手,可是罗杰又抓住了它,轻轻地捏着她的手指,说:"阿比盖尔你不是真的爱那个戈哈斯·奥尔特,对吗?你们俩的感情和性生活真的很和谐吗?"罗杰用一种责备的口吻说,就像一个老大哥。阿比盖尔说:"我敬重、赞赏戈哈斯,但我只能爱你。"她笑了起来,那笑声就像汩汩的流水声。

　　罗杰微笑着把脸转到一边,心里十分恼怒。婊子!

　　但是他最终让阿比盖尔·代斯·普雷斯就他们的浪漫关系说出了最后那番话,他却是个正人君子。

　　晚上,回家之后,卧室旁边的育儿室里,宝贝儿子——罗杰的儿子正等待着他。

"亚当·卡瓦纳夫"成了罗杰生活的中心。以前,他的生活没有中心。

赫琳达向这位溺爱孩子的父亲详细汇报自从罗杰离开他们之后,她和小亚当之间每一点奇妙、细微的"交流"。(喂奶,打嗝,换尿布,洗澡,吮吸橡皮奶头,在摇篮里又踢又闹,盖上毯子,蹬开毯子,尖叫,哭,笑,转动眼珠,"听"和"微笑"。)罗杰听得非常认真,好像这是他生活中唯一的内容。赫琳达上床睡觉好长时间了,小亚当也早已沉沉入睡,可是罗杰还坐在洁白的柳条摇篮旁边,心里充满敬畏之情。他那么幸福,把恐惧全然忘到脑后。

失踪的人

1

六月末,电话终于打来了。

从八个月前,奥古斯塔从他的生活中悄然消失以来,欧文·卡特勒一直惴惴不安地盼望这个电话。

"卡特勒先生?你是坐着接我的电话吗?请你坐好。"

打电话的人是伊莱亚斯·韦斯特,私人侦探。欧文雇他寻找奥古斯塔。他在佛罗里达州。佛罗里达大沼泽地北面亨德里县,有旅行者发现一具无头裸体女尸。死者是个白种中年女人,大约五十岁。这个尚未确定身份的女人曾经遭受"性暴力",骨盆区被破坏,手指被残酷地剁掉。罪犯显然是为给警方确认死者身份设置障碍。所幸尸体在被扔到荒郊野外不到四十八小时就被人发现,因此,尸体还没有腐败。否则,正值仲夏,很快就会被破坏。

此前,寻人启事已经在全国各地散发。伊莱亚斯·韦斯特认为,他们应当去辨认一下。因为韦斯特曾经在佛罗里达发现奥古斯塔的线索。(四月,在迈阿密海滩有人发现奥古斯塔·卡特勒的手提包,里面有她的身份证明。)韦斯特直言不讳,向他的雇主提出这样一个问题:卡特勒先生能否来佛罗里达一趟?敢不敢看那具残缺不全的尸体?他还记不记得妻子身上有什么特殊的、可以确认她身份的记号——比如痣、雀斑、伤疤等等?

欧文·卡特勒听到第一声铃声便拿起电话听筒,犹豫了一下,说:"是。"是的,他坐着。他的声音不高,但很平静。欧文要对付孤独——妻子失踪、令人汗颜的孤独——天气冷的时候,他就在温室里侍弄花草;热了之后,在新开辟的花木繁茂的花园里干活。他还是罗克兰县几家医疗设备公司的合伙人,但不再是一位积极的合伙人。在这个阳光明媚的六月的早晨,他坐在后院一张粗糙的工作台旁看报,头顶是一把红色的遮阳伞。他看的那堆报纸里有《迈阿密时报》和《今日美国》,希望能够发现和奥古斯塔失踪有关的线索。

"如果那个女人是奥古斯塔,我必须去认领。我们分别的时间太久了。"

在迈阿密海滩的一个建筑工地上发现奥古斯塔·卡特勒的手提包说明了什么?

伊莱亚斯·韦斯特只能从理论上推断这件事情:奥古斯塔到过迈阿密海滩。她的手提包被人抢走,不过或者只是被偷走,但她本人平安无事……"这是否可以认为,我的妻子还活着?"欧文·卡特勒焦急地问。韦斯特已经把手提包拿到盐山请欧文辨认。欧文把脸贴在那个已经破损、弄脏的手提包上,希望能闻到奥古斯塔常用的香水味,可是除了一股腐臭,什么也没有闻到。说实话,欧文认不出这是不是妻子的东西,因为奥古斯塔有许多手提包……

"绝对是这样,卡特勒先生,"伊莱亚斯·韦斯特加重语气说,"如果愿意,当然可以从这个物证推断出那样的结论。"

接到韦斯特电话的第二天早晨，欧文乘飞机到达佛罗里达州那不勒斯。私人侦探和两个皮肤黝黑的亨德里县治安官的副手到飞机场接他。然后一起驱车到亨德里县陈尸所。那天阳光耀眼，天气很热，但是欧文对周围的一切全无感觉。接他的人都拿他当病人看待。事实上他走路摇摇晃晃，靠着大伙儿的帮助，才爬上那辆没有标志的警车。他的眼睛里闪烁着很不自然、又充满希望的光。空旷的沼泽地之间是一片片荒凉的土地。汽车沿着被太阳晒软了的柏油路飞驰，车里的气氛非常沉闷。副手中比较年长的那位对欧文说，搜索队还没有找到被害人"被切割掉的肢体"，也许永远无法找到。"有的罪犯为了自己不可告人的目的，会把死者的头颅隐藏起来，或者为了不被警方辨认出死者的身份，一点一点将其销毁。"伊莱亚斯·韦斯特和他的雇主一起坐在后排的座位上，他进一步解释道："如果无法确认死者的身份，卡特勒先生，就很难找到罪犯。"欧文在座位上动了动，好像因为衣服太紧，不舒服。他喃喃着："是的，我明白，对不起。"

他们告诉欧文，将要看到的被害者不是被什么锐器打死或者被刀砍死的，而是被勒死的。"也就是说，被害者的头颅是死后被罪犯切割下来的。"（也许是。可这意味着什么呢？焦急不安的丈夫想。）她的手腕和脚腕都有很深的血印子，也就是说，她被人用铁丝之类的东西捆绑过。罪犯在抛尸之前或者之后，从她身上取下了铁丝。不过在尸体附近没有发现任何作案工具。有迹象表明，被害人生前手上戴着好几枚戒指，但是没有发现珍宝首饰，因为她的衣服一件也没有找到。他们还说，死者大约五十岁，被害前身体良好，比较丰满，生过一个或者几个孩子……欧文虽然十分认真地听着，但眼前金花飞舞，胃里翻江倒海，终于请求司机在下一个加油站或者休息地停车,他要上趟厕所。从厕所回来之后,他脸色苍白,焦急不安,身上散发着一股呕吐物的气味。欧文出去的时候,亨德里县的两位副官和伊莱亚斯·韦斯特一直在悄悄地谈论着什么,看到他回来立刻停下话头。

欧文带着一个公文包,里面装着个人物品,包括奥古斯塔的几张照片,以备急用。还有一本《伦理学选编》。欧文和亚当·贝伦德没有什么交情,刚听说亚当在河里淹死的消息,他甚至暗中高兴(现在想起来简直无地自容)。可是奥古斯塔失踪的这几个月,想起亚当·贝伦德生前喜欢哲学,他也对哲学产生了浓厚的兴趣,尤其是古希腊哲学家伊壁鸠鲁的学说和斯多噶派学者的理论。他相信自己终于过上了一种充满哲学意蕴的生活,一种理性的生活。格西一定会赞赏他。盐山人如果知道他这种精神状态,也一定会赞赏他。现在,他想向这两位副官提几个与他们工作有关的问题,尽可能想象他们生活中的艰难,并且表示自己由衷的同情。这样做,或许可以克服自己此刻的软弱。"你们面对的现场一定非常可怕!大多数人都无法承受。"对于两位副官来说,类似这种骇人听闻的无头女尸——可能是纽约郊区某位富商妻子的遗骸——凶杀案,不过是平常乏味、烦琐的警察生活中一个很刺激的插曲。他们接受了欧文的赞扬,喃喃着表示谢意。

"都是分内的事,卡特勒先生。我们一起看看这件事情的结果吧。"

汽车在灿烂的阳光下飞驰着。奥古斯塔责骂他的声音始终在欧文的脑海里回荡。她嘲弄他,骂出那么多让人无法忘记——无法原谅!——的话来。相互之间早已无神秘可言。两个人的尸体一起被注射了防腐剂。他是不是打了她,让她住嘴?他是不是扼死了她?(可是,他怎么能把她的尸体弄到佛罗里达州亨德里县呢？他的脑子里一片混乱,被这些解不开的谜缠绕着。)

"人们说,像这种妻子失踪或者被杀的案子,丈夫是第一个被怀疑的对象,"欧文小心翼翼地说,"不过,我想,这个案子……你们的思路也许有所不同？"

开车的人从反光镜里看着欧文,坐在副驾驶位子上的副官也惊讶地转过脸看他。伊莱亚斯·韦斯特连忙说:"这几位警官不负责侦破奥古斯塔失踪案,卡特勒先生。这是完全不同的两个案子。我想,是我没有把情况说清楚。这是一具无名女尸案,失踪人如果符合尸体的某些特征,就要进行进一步的调查。死者并不一定是你的妻子。明白吗？卡特勒先生。"韦斯特从前是美国联邦司法区的执法官,四十多岁就提前退休。现在已经五十多岁、将近六十。瘦长的身材,溜肩膀,早已秃顶。拳曲的花白头发披在肩头,就像漫画里的西部执法官。他态度谦和、虚荣心很强,行为举止显得很有修养,爱说些愤世嫉俗的话。他穿着很好的衬衫,系着一条窄领带,里面穿着背心,外面是一件做工精致的黑色外套。腰带的金属搭扣闪闪发光,裤裆很浅,裤子吊在屁股上。面皮微黑,眼睛的颜色很浅,转来转去,很是灵活。他给人的印象是,已经"全副武装",而且随时准备使用他的武器。应该说,欧文·卡特勒在他身上没少花钱,而且把这种高额佣金看做是私人侦探专业技术高超的表现。韦斯特和亨德里县两位副官显然心照不宣。他们毕竟是同类。韦斯特对两位副官说,他退休前是联邦司法区的执法官。两个人对他肃然起敬,问他曾经在哪儿工作,为什么提前退休。韦斯特没有细说,只是说执行任务时受了伤,"肚子中了子弹"。两位副官又问韦斯特,他的雇主是个什么样的人。韦斯特说:卡特勒先生是一位令人尊敬的、诚实正直的绅士,正在寻找离他而去的妻子。那位妻子也许是跟她的情人跑了,尽管韦斯特还没有找到相关的证据。她卖了她名下的财产,大约五十万美元,然后就消失了。四月,在迈阿密海滩发现了她的手提包。他——韦斯特曾经到处搜寻,可是一直没有结果。"我不相信这个女人——她不是一般的家庭主妇——会被诱拐。奥古斯塔·卡特勒是自愿离家出走的。现在,她也可能遇上了麻烦。她的照片你们也看过了。一个长得很漂亮、很性感的女人,而且有钱。"

欧文用令人惊讶不已的声音说:"奥古斯塔离家之前,最后一次跟我说的一句古怪的、仿佛预示着什么的话是:'我们是两具注射了防腐剂的尸体。这是我们的坟墓。'"他笑了起来,那声音好像飞快旋转的车轮压住了什么东西。亨德里县的两位副官和私人侦探伊莱亚斯·韦斯特都大吃一惊,一句话也说不出来。

为了到佛罗里达州中部这次犹如噩梦的旅行,欧文·卡特勒特意穿了一身挺时髦的泡泡纱西服,虽然衣服有点皱皱巴巴。这套西服是几年前,大儿子结婚时,奥古斯塔特意给他挑选的。(也许是濒临崩溃的丈夫心想,如果那具无头女尸不是奥古斯塔,而奥古斯塔就在附近的什么地方的话,她一定会认出这套泡泡纱西服,并且深受感动。)他还穿了一件白色运动衫,敞着领口。匆匆忙忙刮脸的时候,刮破了好几道口子。不过想起来很欣慰:至少我还活着,这就是证明:血。可是他的脸像皂石一样苍白,没有血色,只有细密的麻点。在过去的八个月里,他仿佛变成一座石雕,几乎完全秃顶的脑袋,就像古罗马人质朴、刚毅的头像,骨骼突出,有棱有角,纵横的线条,仿佛岁月冲刷出来的溪谷。一双眼睛不停地眨巴着,让人觉得他一定是个找不到眼镜的"深度近视"。坐在警车里去佛罗里达州克罗普西的几个人中,只有欧文没戴太阳镜。他半张着嘴,好像不是因为沉思默想,而是因佛罗里达六月的闷热让他喘不过气来。这张嘴已经好久好久没有被女人亲吻过了,皱皱巴巴像一只鼻涕虫。

行尸走肉。盐山人想起纵欲无度、命运难测的奥古斯塔,便对欧文·卡特勒做出这样的评价。从盐山消失就等于从地球上消失。在某些人眼里,欧文是个让人同情的人物。从他的身上他们似乎看到了自己可能的命运,(不是很有可能!)因此,在大庭广众之下,他们对欧文都避之唯恐不及。对于另外一些人——那些认识他多年、赞赏他但并无钟爱之情的人来说,欧文创造了盐山的"悲剧之最"。他们都像躲避瘟疫一样躲避他。尽管如此,遇有社交活动,欧文仍然属于被邀请之列。他强打精神,把自己收拾得干干净净,出现在每一个公众场合。可是平日里,他就把自己关在家里,头不梳,脸不刮,穿着脏兮兮的园丁穿的工作服,趿拉一双破旧的拖鞋。大家发现他现在走路总是拖着左脚。还发现,别人议论他的时候,他没有反应,可是谈论与他无关的事情时,他反倒听得很认真。卡特勒家里的孩子们从个人利益出发,委婉地表达了对两位老人的看法。他们总结了上一代人的性格特点,表示了对父亲"临床症状"的关心。据说,卡特勒家族有老年痴呆症的病史。尽管八十五岁以下的长辈还没有这样的病例。但是作为卡特勒的继承人,他们还是着急。他也许会做出什么"不顾后果"的事。欧文已经把财务上许多重大的责任移交给年轻的助手,对金融方面的事情他也越来越没有兴趣。连《华尔街时报》也懒得看。这些做法让孩子们十分震惊。他还悬赏五十万美元寻找奥古斯塔。这种做法当然不算过分,孩子们毕竟希望母亲早日回家。可是,让人无法容忍的是,他居然要建立什么"奥古斯塔·卡特勒基金",资助当地的艺术团体和慈善机构。他还迷上了兰花,园艺,哲学。知道孩子们不同意他的做法,欧文心里非常不安。尤其是沃顿商学院毕业的大儿子，一位雄心勃勃的研究生，对欧文的健康格外关心。欧文的朋友和邻居莱昂内尔·霍夫曼身体和精神彻底崩溃，对大家都是一个极大的震动。莱昂内尔·霍夫曼回到老磨坊路的时候，成了一个病人，不得不放弃出版公司总经理的位置，尽管那是他们自己家族的产业。对赚钱失去兴趣，就是没落的开始。

欧文曾经答应孩子们，一旦有了奥古斯塔的消息，一定及时告诉他们。但是伊莱亚斯·韦斯特来电话的事他一直守口如瓶。因为没有必要让他们陪伴自己去经历这次噩梦般的旅行。如果事实证明，那具女尸是奥古斯塔，可以免去他们看到母亲被害惨状的痛苦；如果不是奥古斯塔，最好永远不要让他们知道这件事情。

他以爱人的忠诚，早已将奥古斯塔脊背上的雀斑熟记于心。左面乳房下有一颗痣（也许在右面），面颊上还有一颗痣。她用眉笔把它画大了一点儿，使它成了美人痣。当然是模仿玛丽莲·梦露的结果。她的奶头周围是让人感到温暖的浅褐色的乳晕。乳头受到刺激，便硬硬地突起。还有奥古斯塔凝脂软玉般的肌肤，和那肌肤泛起的玫瑰红。她心头奔涌的热情，不可阻挡的活力，都使得奥古斯塔出类拔萃，无与伦比。尽管奥古斯塔也许已经死了，他要去辨认的这具尸体也许就是奥古斯塔，他还是无法相信（决不相信！）奥古斯塔已经真的离开人世。

即使这就是她的尸体，即使……

听说奥古斯塔偷偷卖掉她继承的部分财产，带着五十万美元藏匿起来，欧文十分懊恼。这笔钱对于他们家来说虽然算不了什么，但毕竟不是好事。她显然在银行新开了一个账户。在哪家银行？以谁的名义？都不得而知。伊莱亚斯·韦斯特仿佛走进一条死胡同……

有一次，他问，卡特勒太太会不会跟一个男人——她的情人跑了？欧文听了笑了起来,生气地说,根本没有这种可能。她的情人早就死了。

（此时此刻,欧文想的却是：亚当·贝伦德真的死了吗？欧文没有看到他的尸体。没有举行遗体告别仪式,也没有举行葬礼。他的"遗体"就是些骨头渣子,撒到了亚当的花园里。那玩意儿有可能是任何一个死人的。奥古斯塔也许和她的情人制定了一个非常高明的计划,瞒过了所有人的眼睛……不过,倘若真有这样一个"计划",其精巧、严密也不是欧文的脑子所能想象出来的。）

佛罗里达州克罗普西郊外一闪而过的房屋、店铺,在欧文那双昏花的眼睛里就像亮光闪闪的玻璃窗上点缀着的纸牌。难道已经到达目的地了？这么快？今天上午他才离开盐山……年纪比较大的那位副官和蔼地说："卡特勒先生？准备好了吗？这可不是一件轻松的事。"

欧文从汽车里爬出来的时候,一股热浪——一股微微闪光、热气腾腾的热浪——扑面而来。伊莱亚斯·韦斯特挽着他的胳膊,"沉住气,卡特勒先生。"年轻一点的副官替他打开门,让他注意脚下的台阶。空调设备送来阵阵冷风但不是新鲜的空气,而是夹带着一股化学药品和无法冲淡的臭味的冷风。欧文皱着鼻子,屏着呼吸,跌跌撞撞地走着。"注意台阶,先生。扶着扶手……"（为什么这些家伙这样对待他——欧文·卡特勒？好像他已经是个老头。他才五十六岁,在卡特勒家族,五十六岁还是年轻人。心脏病,前列腺肥大或者结肠癌还没找上门儿。不过只是迟早的事情！）周围是人们压低嗓门说话的嗡嗡声。还有一个女人的声音。你能感觉到此时此刻身处美国偏远地区——说话的人都操南方口音。他被这些身穿制服的陌生人簇拥着,在走廊里走着,心里非常恼火。这是什么地方？泡沫在一片空虚中翻滚。对于这一切你早已知晓。现在一定不要感到惊讶。斯多噶派学者教导人们(他们自己相信吗?)人心是衡量一切的标准:善恶,苦乐。我们总结了自己的经验,而这些经验并不存在。如果一个人的妻子从自己身边走开,如果一个人的爱被毁灭,他就必须正视"妻子""爱""损失"这种现象,而不是屈从于感情的支配。"卡特勒先生?请您靠近点儿,先生。"一块布单被掀了起来。他们煞费苦心,只准可能是死者亲属的人看死者身体的一部分。布单被掀到脖颈为止,那里曾经和一个美丽的头颅相连。欧文立刻看出,当然是奥古斯塔。骨盆区也被遮盖着。对于警方这种精心安排,他非常感激。尸体的躯干部分已经变了颜色,几乎辨认不出那是人的身体。松弛的乳房很大,紫痕斑斑,圆滚滚的肚子,粗壮的大腿。真难看!当然不是奥古斯塔·卡特勒。他凝视着那双手。一定出了什么问题?手指那么短,没有指甲!奥古斯塔特别注意保护自己那双手。纤纤手指总是散发着护手液的清香。她每个星期都要修一次指甲——星期六上午,去盐山做头发的时候。指甲修剪得无懈可击。手指上戴着非常雅致的大钻石戒指,结婚金戒指——传家之宝,还有庆祝结婚二十周年时,他送给她的翡翠戒指。奥古斯塔这些漂亮的戒指哪儿去了?欧文对这几枚戒指的丢失感到一种特别的恐惧。奥古斯塔是一个充满孩子气的、虚荣心很强的女人,但他崇拜她。是的,可是你从来没能真正了解她。只有亚当·贝伦德了解她。"卡特勒先生?"他们期待他说点什么。也许他还没有"进入角色"。死者的躯体就像被切下来的肉一样,一部分一部分地展示着。你或许会想到,这是当代什么流派创作的美术作品。通俗艺术。用黏土塑造的被肢解了的女人的躯干。欧文伸出手摸了一下,满意地发现那东西像石头一样冰冷。奥古斯塔像一团火。不可能是奥古斯塔。左面那个乳房下面有一颗痣。欧文能认出这颗

537

痣吗？或者，以前从来没有见过？他见过那一对大而松弛的乳房吗？欧文摇了摇头，没有。他的心剧烈地跳动着，觉得要晕过去了。他无法抗拒这种天旋地转的感觉。最好一死了之。被毁灭也比受煎熬强。"卡特勒先生，你没事儿吧？"他态度生硬地说，当然没事儿。他不辞辛苦，跋涉几千英里来到这个鬼地方就是为了辨认这具女尸是不是失踪的妻子，可他们总是没完没了地问他没事儿吧？他觉得这简直是对自己的侮辱。现在，他们小心翼翼地、慢慢地把那具尸体在轮床上翻了个身，让他辨认背部的标记。遮盖在脖子上的布单滑了一下，欧文看到他事先没有看到的情景：一截脖子，没有头。没有头。他神志迷乱，脸上露出一丝微笑。如果没有头怎么能够辨认出她是不是奥古斯塔呢？奥古斯塔的头哪儿去了？"真奇怪。太奇怪了……"周围的人似乎没有听见他在说什么。他们在问痣、雀斑、伤疤的事。好像压根儿就没有问过他，他也不曾告诉他们自己知道的情况。他讨厌他们问话的腔调，连他花钱雇来的那个皮肤黝黑的家伙也毫不客气，就像他是个大脑受到损伤的病人。"是的。"他说。我看见了。他不明白那具尸体左肩胛骨下面几粒雀斑意味着什么。（这些雀斑会不会是奥古斯塔背上那几颗痣呢？但是她那几颗痣似乎还要靠上一点。）背的下部，脂肪很厚、已经变得青紫的中年人的皮肤上有一个很大的痦子，乍看像甲虫。欧文情不自禁想把它拂掉。格西最讨厌甲虫之类的东西！他又去查看死者的两只胳膊。相对而言，胳膊没有受到损坏，白皙的皮肤上点缀着许多细小的雀斑。但是没有记忆中的奥古斯塔胳膊上那种细密的汗毛。（除非欧文的记忆已经"过时"，进入中年以后，奥古斯塔胳膊上的汗毛已经稀少，就像两条腿一样，用不着总去"刮毛"。）这时候，他斜着眼睛瞥了伊莱亚斯·韦斯特一眼。伊莱亚斯·韦斯特凝视着轮车上的躯体，好像辨认出了什么。这是格西。这个人认为是格西。

"不,"欧文急促地喘着气,连忙说,"不是。不是。不是奥古斯塔。这个人不是!"他哭了起来。刹那间,他那张石雕似的脸碎裂了,而且正在化为乌有。辨认看起来可以结束了。人们把欧文领出冷藏室。他在门槛上绊了一下,但是马上恢复了平衡,也恢复了尊严。"为什么我要为这一切受指责呢?我不该受指责。你为什么对我、对我的家庭做出这样的事情呢?奥古斯塔!"

他突然觉得天旋地转,瓷砖地板倾侧着,撞上他的面颊。大伙儿立刻把这个受尽折磨的人送到地区医院急诊室,检查他是中风还是心脏病突发。检查结果表明,他既没有中风也没有心肌梗死之类的问题,只是休克了十几分钟。值班医生说,这种情况很危险,必须住院观察。第二天早晨出院时,医生又强调,尽快和他的私人医生联系。伊莱亚斯闷闷不乐,租了一辆车把他送到那不勒斯机场。警察局关于欧文·卡特勒辨认这具无名女尸的报告,只能以"没有结果"了事。他似乎一会儿认为无头女尸是他的妻子,或者曾经是他的妻子;一会儿又说不,不是。伊莱亚斯·韦斯特不敢追问,生怕雇主一怒之下,免了他的工作。去那不勒斯机场的路上,两个人几乎没有说话。欧文似乎在生韦斯特的气,至少对他的态度很冷淡。他看起来疲惫不堪,俨然一位老年人的样子。左脸贴着一块很大的纱布,遮住了青紫的伤痕。泡泡纱西服皱皱巴巴,好像他一直和衣而睡。那天早晨,他没刮脸。去机场的路上,他一直看着装在公文包里的那几样东西。美丽的奥古斯塔的照片。那是六十年代末他们初次见面时拍的。欧文一定看到,岁月无情,不同年代拍摄的照片上,妻子的变化越来越大。他叹了一口气,收好照片,装进公文包。烈日炎炎,汽车沿着高速公路飞驰。欧文看他随身携带的那本《伦理学选编》,可是很快就因心烦看不下去。好像经过深入的研究,独自发现了什么,他若有所思地说:"这些话,这些哲学家,都是一片虚无中的泡沫,如此而已。他们连自己说的话也不相信。"不一会儿,他就打起瞌睡,那本书从手指间滑落下来,掉到地板上。

在规模不大的那不勒斯机场,伊莱亚斯·韦斯特替欧文办好回北方的手续后,终于硬着头皮问他的雇主,要不要继续搜寻卡特勒太太? 或者……克罗普西陈尸所里那具女尸就是卡特勒太太?

欧文凝视着地板,一副茫然若失的表情,过了一会儿才说:"是她。你知道是她。可是我们不能停止调查,伊莱亚斯,停止吗? 决不!"

2

去探索那久远的、久远的过去! 寻找另外一个人的秘密,就如掉进一个旋涡。有时候,奥古斯塔想她会不会淹死在这个旋涡里? 如果她正在寻找的是一个绝对不可以跨入的禁区,也许她会后悔。

尽管如此,这场冒险还是让她激动不已! 在盐山层层庇护的生命历程中,她还从来没有做过这样的事情。一个女人独自旅行,开着租来的汽车,戴着一副墨镜,在路边的汽车旅馆住宿,在自己的房间里吃饭。听凭头发长长,露出银白色的头发根……"去寻找那个真实的亚当·贝伦德。"

亚当已经离开这个世界,即使还了他的真面目,对她也没有多大的意义。可是她愿意体会那样一种亲密的感觉——只有她才真正了解他的秘密。她想真正了解那个无人知晓——包括崇拜他的别的女人——的亚当。

开始旅行之前,奥古斯塔在迈阿密海滩弄到一台数码相机,准备拍摄关于贝伦德的"背景资料"。她暂时化名为"伊丽莎白·伊斯曼",而且弄到了相关的身份证明。(她曾经和伊莱亚斯·韦斯特开玩笑说:"我叫莉兹·韦斯特怎么样?"当然只是个玩笑。)去年秋天,奥古斯塔逃离盐山的时候,心情坏到极点。当时并没有明确的计划,只是想远离她一直过着的那种行尸走肉的生活,离得越远越好。那时候,待在盐山,她苦不堪言,没有一天不想亚当。直到几个月后的一天早上,醒来之后,看见阳光照耀着的白色花格窗,她突然想起一个主意——弄清亚当的来龙去脉。

"一定!我一定试试看。"

这件事将赋予她死水一潭般的生活新的意义。奥古斯塔·卡特勒的生活一直平淡无奇,索然无味。

许多次她都想摆脱这种生活,就像扔掉一个空包装盒一样,没有伤感,没有懊悔。

她害怕变老:越来越老。在美国,步入老年犹如步入深渊。亚当曾经责备她,不该为这样的小事烦恼。这不过是美国人的"老年强迫症"。她当时生气地说:是的,这算不了大事,可是我们之中不少人陷入其中无法自拔。你就可怜可怜他们吧。

她,奥古斯塔·卡特勒,现在五十三岁了。

她有足够的理由离开哈得孙-盐山。这里谁都认识她。

"可是没有一个人理解我!那些该死的家伙!"

奥古斯塔只是知道或者怀疑,亚当从一九六九年起就改名为"亚当·贝伦德"。她之所以这样怀疑是因为有一天下午,出于好奇,她翻看亚当的文件柜(实际上是出于嫉妒,想看一看亚当和别的女朋友有没有来往信件之类的东西),发现一个皱皱巴巴、已经发黄的高中毕业证书。证书是一九六九年六月,明尼苏达州红湖中学发给弗朗西斯·泽维尔·布雷迪的。

亚当很少锁他那幢坐落在河边的老房子的后门。这扇门直通工作室。大家都知道,他随时欢迎最亲近的朋友来家里小坐,不管他是否在家。奥古斯塔就经常坐在工作室里等他。那天下午,她来看亚当的时候,只有几条狗看家。狗认出奥古斯塔是主人的朋友,对她当然友好。

奥古斯塔的脑子飞快地想着这件事情。这个毕业证书意味着什么?为什么在亚当手里?按逻辑推断,亚当·贝伦德年轻时一定叫弗朗西斯·泽维尔·布雷迪。

以前,她一直怀疑亚当·贝伦德改过名字。谁也不知道他的年纪到底有多大。但是,他显然过了五十,不到五十五。如果他生于一九四七年,一九六九年应该是二十二岁。二十二岁才拿到一个高中毕业证书未免太大了一点,除非有什么特别的原因,中断了学业。

奥古斯塔顺着这个思路,越想越激动。她渴望与这个男人发生性行为,但遭到他的拒绝。

亚当谨言缄口,说话总是留有余地。七十年代中期,他住在曼哈顿长岛,一九八一年搬到罗克兰县。以前的情况盐山人一无所知。如果你问亚当任何一个直接的、和他的个人生活有关的问题,他都会用一句玩笑话把你挡回去。"我怎么知道呢?我可不是研究自己这一辈子的历史学家。"如果这个问题涉及一个日期,他就说:"我怎么知道呢?大概是'很久很久以前……'"看起来,亚当搬到盐山,买下那座老房子之前,不是雕塑家,至少没有人知道他是雕塑家。盐山的朋友们把从纽约的熟人那儿听到的消息拼凑起来,得出一个结论,亚当那时候在搞房地产和证券市场的交易。("但是他从不张扬。你永远猜不出他究竟干得怎么样。")有一次,奥古斯塔在曼哈顿碰到一对夫妇,一九七四年至一九七五年间,他们曾经和亚当住在东五十七条大街同一幢楼里。奥古斯塔找到那座公寓楼之后,有点失望。那只是曼哈顿一幢很普通的高层建筑。比阿特丽斯·阿切尔对奥古斯塔说,艾弗里曾经碰到一位自称是亚当在长岛纳塞县居住时的"牌友"。那位"牌友"说,亚当一直在租房子住,而且没有跟任何一个女人有特别的交往,尽管他有许多朋友——对他忠心耿耿的朋友——其中不乏让人心动的女人。

在盐山,人们传说亚当和奥古斯塔关系暧昧。奥古斯塔提到这个谣传时,竟表现出令人愉快的好脾气:"只是猜测。"亚当则压根儿就不予理睬,甚至嗤之以鼻。

奥古斯塔相信,如果亚当和谁关系暧昧的话,只能是那位年纪比较轻的红发女郎玛丽娜·特罗伊。"可是,她哪点儿让亚当动心呢?那个女人一点儿也不性感。"

这样一个神秘兮兮的人,当然会改名换姓。那个破旧的铝合金文件柜,是亚当在一次"火灾中受损物品拍卖会"上买的,里面还有几个抽屉。奥古斯塔挨个儿翻了一遍,没有找到与改名字有关的任何文件,也没有写"弗朗西斯·泽维尔·布雷迪"这个名字的任何材料。

车道上响起亚当的汽车声。奥古斯塔急忙把那个毕业证书放到原来的地方,关上文件柜,不无内疚地走出亚当的书房。亚当的狗刚才一直在书房里陪伴着她,听见主人回来,汪汪地叫着向门外跑去。亚当已经看见奥古斯塔停在车道上的汽车,知道她正在工作室等他。奥古斯塔经常到工作室欣赏他正在雕塑的作品。她是个对艺术感兴趣的女人,如果这位"艺术家"是她的朋友的话,兴趣自然更加浓厚。亚当没有发现什么可疑的情况,一切都和平常一样。只是奥古斯塔特别兴奋,好像欲火在全身燃烧。她知道了!知道了亚当一个秘密!她觉得他们之间的关系密切了许多。只不过他对此一无所知。

亚当走路的脚步声很重,进屋之后,看见奥古斯塔正若无其事地在厨房里从水龙头接水给狗喝。那两只狗刚才冲出去迎接主人,现在又一溜小跑回到她的身边,柔情万种地蹭着她的腿。这两只狗是阿波罗和另外一只个头虽然小,但已经年老的黄狗。叫什么名字,奥古斯塔忘了。已经是好多年前的事了。她只记得,它和阿波罗一样,是一只被遗弃的狗,时隔不久就死了。

奥古斯塔想起自己年轻时,充满希望的那副样子,心中不由得升起一种怅然若失的感觉。那时候,她穿着一件橘红色全棉衬衫,裙子做成旗袍的式样,两边开衩。脚上穿着一双露脚趾的软木底凉鞋。那已是久远的过去,服饰对于她至关重要。她总是光着两条白皙的、特别好看的腿,头发亮光闪闪,像戴了一顶头盔。她完全可能是亚当·贝伦德忠贞不贰的妻子,在河边这幢破败的、具有"历史意义"的房子里等待丈夫回来,等待那位邋遢的雕塑家回来。然而,这是生活,不是电影脚本。奥古斯塔正弯着腰把给狗盛水的塑料盘子放到地板上,觉得亚当的指尖触摸她的后脑勺,好像祝福,又好像故意做出惩罚她的样子。

"格西,看在上帝的分上,你用不着管这只狗。"

"可是今天天气太热。它们的水……"

她在说些什么呀?这话重要吗?她凝视着亚当·贝伦德,心想:你是谁?告诉我。

奥古斯塔兴冲冲地吻了吻亚当的两个面颊——这是她的方式——不等亚当抽身,她就已经从他身边走开。香水味在他们四周缭绕。Noli me tangere①——不要碰我！——是亚当·贝伦德在性方面犯下的过失,是这个男人的信条。(对于这种"信条",奥古斯塔真的介意吗？如果他们曾经是情人,他们的友谊会因此而不可避免地结束吗？)这天下午,像后来许多次一样,奥古斯塔特别想问:"'弗朗西斯·泽维尔·布雷迪'是谁？是你吗？"但是她鼓不起勇气,不敢惹他生气。因为,有些事情你可以肆无忌惮地和亚当谈,可有些事情不行。凡是对他的刚正不阿提出挑战,对他的过去刨根问底的行为,他都无法容忍。他会立刻沉下脸来,用那只好眼睛愤怒地盯着你。不,奥古斯塔不打算问他"弗朗西斯·泽维尔·布雷迪"的事情。

但是奥古斯塔显然非常激动,兴高采烈,不可能像平常那样心平气和地谈话。她一个劲儿地赞扬亚当正在创作过程中的、粗野的、稀奇古怪的作品。如果不能从他身上得到爱,她至少希望能感受到他那最宝贵的聪明和智慧。亚当听着她这些赞美之词,茫然出神。"每逢看到艺术作品,我就想知道,艺术家自己相信吗？"

"相信什么？格西。"

"只是相信。也许……相信上帝？"

"什么样的上帝？自己心目中的上帝,还是普遍意义的上帝？"

"只是上帝。传统中的上帝。"

"谁的传统？"

"亚当,别装糊涂。当然是我们的传统。"

"可是,'我们'是什么意思？你怎么会这样胸有成竹,认为我们有共同的传统？因为,说同样的语言,"亚当开玩笑地说,"并不

---

① 拉丁语,不许接触或干涉的警告;禁止接触的人或物。

意味我们对语言的内涵有同样的理解。"

奥古斯塔生气地扬了扬手。这个人也太固执了。谁都知道"上帝"是什么意思,亚当却在那儿装糊涂。

他说:"我不相信上帝,不相信!——不是人格化的上帝,而是《圣经》里那个任性的、只关心自己利益的上帝。但我觉得别人信仰上帝是一件很有趣的事情。"

"你对死后怎么看?亚当?"

"没怎么想过。"

"坏人不会因为他们干坏事而受惩罚?"

奥古斯塔怀着一种渴望说。她特别希望坏人能得到报应。这样一来,她也可以时时提醒自己不要做坏事。

"坏人和我们大家一样,都可能遭到惩罚,但不一定因为他们的罪恶。"

"难道我们不会因为自己的过去而受到惩罚?就像人们常说的那样,'过去不会追着你不放'?"

这是一个危险的话题。因为对亚当而言,他的过去是个谜。他瞥了奥古斯塔一眼,然后把目光移开,蹲在一尊雕塑前头,好像瞎子似的摸着那个蹩脚的造型。奥古斯塔坚持自己的看法:"如果我们不会因为过去做过的事情受到惩罚,为什么有时候还要掩盖自己的过去?为什么会这样?"她天真地、不无挑衅地问。

"毕竟人们会悔恨,"亚当终于说,"还会为自己过去的行为而羞愧。"

两只狗又走进亚当的工作室,爪子抓着溅了颜料的地板。阿波罗比较小,更活泼,精力更充沛,它舔着亚当的手,在地板上卧下,脑袋搁在亚当的脚上,尾巴耷拉在奥古斯塔那双软木底凉鞋上。这是一个温馨安谧的时刻,是亚当可以接受的一种亲密友好的关系。

奥古斯塔该走了。可是她一点儿也不想走。亚当陪她走到她那辆汽车跟前。那是一辆十分漂亮、价格高昂的欧洲产新款黑色轿车。停在亚当这条杂草丛生、炉灰渣铺成的汽车道上，极不相称。奥古斯塔每次钻进这辆豪华、舒适的轿车，总是想：我放弃了一切，开这样一辆车，值得吗？也许值得！亚当闷闷不乐，奥古斯塔在心里责备自己不该惹他生气。她说："那么，你信仰什么，亚当？"亚当说："我信仰天恩。""天恩？"奥古斯塔脸上现出一丝捉摸不定的微笑，"我也信仰天恩，尽管一直没弄明白'天恩'为何物。"

亚当说："天恩是一种顿悟，一个美丽、纯洁的时刻。尽管我想，也可能是一个极端丑陋的时刻，稍纵即逝的虚幻景色。我们从自身的躯壳中飘然而出，就像从陶罐里看见一个大千世界。刹那间明白了。"

"可是，亚当……我们明白了什么？"

奥古斯塔急切地问。她想抓住亚当那双关节粗大的手，贴在自己的胸口。

亚当耸了耸肩，笑了起来。"什么也没有明白。永远也不会明白。我们跟着信仰走，永远搞不清楚要走到哪里。"

就这样，奥古斯塔飞到亚特兰大。不过，她没有从亚特兰大转机到别的地方，而是在机场旅馆订了个房间，倒头便睡。她累得精疲力竭，心烦意乱，睡到很晚才起来。起来之后，就到旅馆游泳池游泳，舒腰展背，任凭碧波轻轻拍打。她没有化妆，苍白的皮肤没有色彩，头发平平地梳到脑后，女人的诱惑力荡然无存。没有一个男人向她投来感兴趣的目光。其实，要想不引起别人注意，这很容易:只要你不去注视别人。要想不因为离开丈夫、家庭而深感内疚,这也很容易:只要不去想他们。

奥古斯塔从来没有像在斯维特家门口那样动过杀机。她再也不想让自己付出这样一种不健康的感情。"那个名叫萨曼莎的小姑娘长大以后,不会知道亚当曾经救过她的命。她的父母因为羞愧不会告诉她这件事情。这很自然。如果我处于他们的境地,一定也会这样做。该死的家伙!"她希望再也不要想起斯维特一家。

她从亚特兰大出发一路向南。已经是十一月,北方开始变冷,她租了一辆车,穿过佐治亚州,尽量避开州际公路,住路边的汽车旅馆。她知道,无论欧文·卡特勒多么想让妻子回家,警方也不会把一位"失踪"的成年人列为他们搜寻的对象。但是,她猜测到,如果走 I-75 号高速公路,住过去她和欧文经常光顾的高级旅店,就有可能被发现。好几次,她心软了,差点暴露了自己。她想给儿子和女儿打电话。她想念他们。(真想吗?)她觉得内疚。他们肯定为她坐卧不安。(为什么不呢?他们让她坐卧不安的时候太多了。现在该是妈妈让他们坐卧不安了。)她慢慢地拨着记忆中的电话号码,准备说:"喂,是我。你们荒唐可笑的妈妈。"可是这话她说不出口。因为这是假话,她并不觉得自己荒唐可笑。她觉得自己所做的一切都是真诚的、发自内心的。她不可能一边抱歉地笑,一边说:"喂,宝贝儿!真对不起,让你们着急了。"因为,事实上她不觉得自己对不起谁。她永远不会再向孩子们道歉。

奥古斯塔继续向南进发。她在杰克逊维尔①、佛罗里达和棕榈滩②都有亲戚。圣彼得斯堡③有几个表妹,还有上大学时和她住

---

① 杰克逊维尔,美国佛罗里达州东北部港市。
② 棕榈滩,美国佛罗里达州东南部城镇,冬令旅游胜地。
③ 圣彼得斯堡,美国佛罗里达州西部港市。

在同一宿舍的老同学。这个同学已经离婚，独自一人住在一座豪宅里。奥古斯塔曾经想过，和她们之中任何一位住在一起都会安全可靠。她们都会欢迎她而且为她的行踪保密。可是她没有在杰克逊维尔停留，而是开车继续向南前进。原本打算到棕榈滩住上一段时间，可是看到去那儿旅游的人，她就恶心，只好作罢。她没有穿越佛罗里达州去圣彼得斯堡。如果去了，一定会受到朋友们的热情欢迎，在暖融融的情谊中喝个一醉方休。然后就应邀在这儿过冬。我不能。不能再以奥古斯塔的名义生活在这个世界。在佛罗里达州东海岸的度假村，她在寒风横扫的海滩散步，禁食，练瑜伽功，睡觉。她不再刮腋毛，也不去美容店做头发，听凭它疯长。银丝缕缕，已经从发际线开始向纵深蔓延。她还从地摊上买了几件便宜但穿在身上很舒服的衣服：宽松的涤纶长裤，色彩柔和的无领套衫，棉线针织运动衫。她惊讶地发现自己多么充满魅力——不是那种妖艳，也不是通常的漂亮：是魅力———一种不施粉黛的自然魅力。白皙的皮肤上雀斑隐约可见，一双没有涂染过睫毛的眼睛显示出中年女人的聪慧和明智。可是对性的贪欲又故态复萌。有一次，她在比阿斯要塞雅座酒吧认识了一位四十岁的、梳马尾辫的吉他手，便把他带回她住的汽车旅馆。同时带回去的还有一大堆淡紫色避孕套，以及装在一个野餐篮子里的熏鲑鱼、硬皮的法国面包、布里干酪①、葡萄、几瓶上好的意大利葡萄酒。一夜风流之后，她在波卡·拉顿、拉乌德代尔要塞、冲浪浴场，又放荡了几次。然后，便来到迈阿密海滩。

在迈阿密海滩，奥古斯塔又开始享受往日的奢华，住进海滩最高级的洛维斯大酒店。她在豪华的餐厅用餐，不再自己待在房间

---

① 布里干酪，原产法国北部的布里，色白而软。

里吃两口了事。她在俯瞰大海的露台上喝鸡尾酒。她又开始做头发，修指甲，足疗。她买了一条鹦鹉绿真丝裤子，配上一件领口开得很低的短上衣，露出奶油色的乳沟。她沿着海滩散步，到时装店购物，又沉湎于往日那种怪诞的快乐之中，虽然常常感到内疚。("这种日子不会很久，亚当，我发誓!")在迈阿密海滩住了一个星期之后，她发现有一个人总是偷偷摸摸监视她，跟踪她。不管在什么地方，他都会突然冒出来! 旅馆前厅，游泳池边，雅座酒吧，海滩。这个人虽然满脸沧桑，但仍然英俊潇洒。黝黑的皮肤，花白的长发像印第安骑士一样披在肩头。在迈阿密海滩上，很少有人像他那样，身穿黑色西服，系着领带，腰带上太大的银搭扣格外触目。我的跟踪者，奥古斯塔想。他很性感，虽然不愿意让奥古斯塔发现，但还是昂首阔步，一副神气活现的样子。(奥古斯塔是个自相矛盾的人，不但能感觉到而且很欣赏他这种做派。)我的跟踪者比奥古斯塔大几岁，对像她这样体态丰满的女人颇感兴趣。他们俩不止一次目光相遇，一种让人兴奋的战栗从心头掠过。奥古斯塔觉得腹股沟有一股水银似的东西猛然流动，欲望像电流流遍全身。她转过身准备离开露台(暮色渐浓，已是喝鸡尾酒的时候)，可是又突然出人意料地回转身，看见我的跟踪者正直盯盯地看着她。她壮着胆子向他走过去，身后留下一股浓重的香水味，用愤怒的、微微颤抖的声音说:"你在跟踪我? 为什么?"

就这样，奥古斯塔·卡特勒认识了伊莱亚斯·韦斯特——丈夫雇的私人侦探。

韦斯特脸上的表情让人难忘! 站在奥古斯塔面前的是一个狡诈多变、手腕高明的男人。他像四十年代好莱坞电影中的私人侦探那样，左胳膊下面藏着一只手枪(有合法的持枪证)。他也是个长于辞令、善于说谎的家伙。他已经记不得什么时候跟人说过真话了。他也是个和许多女人"有染"的男人，从长达十一年（一位前妻）到只有十一分钟（连名字也不知道的女人），交往的时间长短不等，关系深浅不一，人数多得难以计算。因此他经常自夸，对女人的魅力有绝对的"免疫力"。可是看到他那位富有的雇主的妻子——奥古斯塔·卡特勒，他不由得为之一震。这个微微颤抖、白里透红的女人，宛如雷诺阿笔下身穿绿色衣衫的冷艳美女。她的胸脯和任何一位女人一样曲线优美，可是对于她这个年纪的女人却是不可多得。韦斯特无法掩饰自己的激动。他——伊莱亚斯·韦斯特居然也有满脸通红、结结巴巴的时候！他说："卡特勒太太，是的。是你把我'带'到这儿的。"韦斯特还算个绅士，伸出手和她握了握。

他们俩——奥古斯塔和伊莱亚斯·韦斯特——相处得相当不错。应该说，这两个人是标准的"一丘之貉"。不正当的关系、对别人信任的背叛，都会给他们带来快乐。他们做爱，欺骗哈得孙-盐山可怜的欧文·卡特勒。他正焦急不安地等待花重金雇来的这位私人侦探向他报告妻子的消息。"他一定非常爱你，卡特勒太太，"伊莱亚斯·韦斯特以少有的温柔，抚摸奥古斯塔奶头很大的乳房，"自从你离家出走，他一直坐卧不安，心烦意乱，不止一次对我说：'钱不是问题。'"奥古斯塔听了哈哈大笑，把舌头伸到韦斯特热烘烘、软绵绵的耳朵里。韦斯特也笑了起来，虽然有点难为情——这样公开出卖一位客户的利益未免太卑鄙了，而且可能最终给自己带来麻烦（比如说，奥古斯塔回家之后，向丈夫坦白了一切）。不过，奥古斯塔向他保证，绝对不把这件事情说出去。"事关重大，我怎么能那么傻呢？"她像一个和好朋友握手的女人，用

"训练有素"的手指捏弄韦斯特还没有完全竖起来的阴茎,让它慢慢变硬。

那天,在旅馆楼上,奥古斯塔的房间里,他们第一次单独待在一起。刚刚做完爱,奥古斯塔还满脸通红,便把一沓钱放到伊莱亚斯旁边的桌子上,说:"我愿意花钱雇你,不要把我的行踪告诉欧文。你看这笔交易怎么样?"韦斯特说:"奥古斯塔,在现在的情况下,我不能要你的钱。但我向你保证,不会把关于你的任何消息告诉你的丈夫。"他皱着眉头,停了一下,"话说回来,作为他雇的侦探,要想不被他解雇,就得制造点假象,迷惑他。他盼你心切,我总得告诉他点什么。""也许……"奥古斯塔沉思着说,"可以让他们发现我已经死了?我的意思是,在什么地方发现一具和我差不多的尸体。"韦斯特说:"这个办法也许可行,但是需要很长时间。而且,即使尸体腐败,面目全非,通过有关文件和科学方法还是可以确定死者的身份。"奥古斯塔捂住脸,有一会儿激动得无法自持。"太可怕了!真希望我压根儿就没说过这话。"韦斯特抓住她的一双手,说:"亲爱的,不管是谁,什么时候,在什么地方,被人杀死,都和你无关。"奥古斯塔打了个寒战。"说这种事真让人害怕。真希望我没有和你讲过这种话。"韦斯特说:"如果我们想甩开你丈夫,还有别的更省事的办法。"

他们开始讨论如何对付欧文·卡特勒。奥古斯塔听说欧文悬赏五十万美元寻找她的下落,很受感动。"可怜的欧文!我想我还是爱他的。可是……"奥古斯塔擦了擦眼睛,表现出一种和她的性格不太相符的伤感和懊悔。伊莱亚斯·韦斯特皱着眉头,说:"奥古斯塔,如果你爱你的丈夫,为什么扔下他不管,心甘情愿地看着他这样受煎熬,受折磨?他看起来真的很爱你。"奥古斯塔使劲摇了摇头。她刚才一丝不挂,现在穿上一件毛巾布浴袍,紧紧地系上腰带。"欧文爱的是'妻子'这个概念,并不是我。我这一辈子,只有一个人在理解我、尊重我的基础之上爱过我。可惜他已经死了。"伊莱亚斯·韦斯特心里酸溜溜的,不过没有表现出来。"这位尽善尽美的完人是谁?"他用讥诮的口吻问。奥古斯塔没有在意他的讥诮,脸上挂着一丝微笑,说:"哦,亚当不是什么'完人',远非尽善尽美。他一点儿也不漂亮。他的脸被毁过,很难看,还瞎了一只眼。你知道,"奥古斯塔压低嗓门,抚摩着韦斯特的脸,"我爱英俊的男人。""他是个出色的、了不起的情人?"韦斯特生气地问。奥古斯塔说:"情人?我想是。我的意思是,我们本来会成为情人。准确地说……不是。""可你爱他?"韦斯特惊讶地问。奥古斯塔说:"当然爱!亚当是我这辈子见过的最有魅力、最浪漫、最有男子气的男人,包括我的父亲。如果你让我解释为什么会得出这样一个结论,我也说不清。我只知道,亚当就是这样一个男人。我之所以离开盐山是因为无法忍受那种没有他的生活。现在,我要追寻他。我的意思是,要弄清楚他的来龙去脉。"伊莱亚斯介入她的生活,使得这个念头变得更加清晰,更加强烈。她抬起头看着他,一双眼睛亮光闪闪。"也许你能帮助我?伊莱亚斯。我当然按你们的规矩付费。"

伊莱亚斯·韦斯特答应了奥古斯塔的要求。

出乎奥古斯塔的预料,短短几天,韦斯特便通过电话、传真、因特网,了解到亚当一九七三年去纽约前的情况。"去东部地区之前,你那位亚当·贝伦德在密歇根州底特律,为一位搞房地产开发的千万富翁工作。这之前,他住在密歇根湖畔的玛斯克根。我能了解到的情况是,他在那儿结识了这位房地产开发商。那时候,这个开发商正在开发临湖地区的花园住宅。那家伙一定很赏识你那位亚当·贝伦德,把他带到了底特律。他似乎领到了经销房地产的营业执照。如果我们按时间顺序倒着往前追溯,就发现,此前,亚当·贝伦德在明尼阿波利斯过着完全不同的生活。那时候,他白天开卡车,晚上到明尼苏达大学商学院读'夜大'。(我想让教务主任传真一份他的成绩单过来,但是他们不肯。)这之前,一九六九年,他住在明尼苏达州一个叫红湖的地方。在那儿打零工,还到安大略西部边境地区干过活儿。再往前,"韦斯特皱着眉头说,"线索就断了。"

奥古斯塔心里想,再往前,世界上还没有"亚当·贝伦德"这个人呢!

她不会把"弗朗西斯·泽维尔·布雷迪"这个名字告诉韦斯特。只有她,奥古斯塔拥有对"弗朗西斯·泽维尔·布雷迪"的"知情权"。

奥古斯塔问韦斯特有没有发现亚当·贝伦德结过婚的记录。韦斯特说:"没有。迄今为止还没有发现。"没有家?没有亲戚?韦斯特说:"要想详细了解这些情况,就得亲自去一趟。你还雇我吗?我们可以一起去。"

"不,不!谢谢。知道这些就够了。"奥古斯塔连忙说,几乎有点害怕。她不愿意和任何人"分享"亚当·贝伦德。当然更不会和一个陌生人一起探寻亚当的秘密。"我该给你多少钱?"

韦斯特吻了吻奥古斯塔,把手伸到毛巾布浴袍里,摸着她的肩膀。"我的费用好商量。"

奥古斯塔离开迈阿密海滩前一天晚上,伊莱亚斯·韦斯特跑到离她住的那家旅馆几英里之外的一个建筑工地,把她的手提包扔到栅栏那边。韦斯特拎手提包的时候,始终戴着手套。手提包里只有几张用过的纸巾、化妆品和一个空钱包。钱包里有一张哈得孙-盐山纽约公共图书馆发给雉鸡路39号奥古斯塔·卡特勒的借书卡。手提包是意大利产品，非常漂亮。韦斯特故意把它弄脏，还弄了几个口子。这样一来，拣到的人就不会据为己有。恰恰相反，面对这样一个精美、昂贵的皮包，他一定觉得有必要向警方报告。

伊莱亚斯·韦斯特在寻找奥古斯塔·卡特勒的过程中，一直和佛罗里达警察局，特别是代德县警察局保持联系。第二天，他给他们打电话了解有无线索的时候，警方告诉他，在迈阿密海滩发现奥古斯塔的手提包。这时候，奥古斯塔已经独自驾车向北飞驰而去。他们的计划成功了！但是伊莱亚斯·韦斯特没有感到多少喜悦。他给雇主打电话报告了这个消息。这是他们迄今为止发现的第一个可靠的线索。

伊莱亚斯·韦斯特不得不承认，他非常想念奥古斯塔。在他作为职业侦探的生涯中，还从来没有遇到过像奥古斯塔这样让他动心的女人。

"伊丽莎白·伊斯曼"既满怀希望又忐忑不安，向西北方向行驶，穿过佐治亚州、田纳西州、肯塔基州、印第安纳州、伊利诺伊州、威斯康星州……漫漫长路，花了许多时间。她既想赶快到达明尼苏达州红湖，又怕到达那个神秘之地；既想弄清又怕弄清亚当·贝伦德的本来面目。到达明尼苏达州之后，一路向北穿越这块狭长的土地。这时，无法阻挡的白头发根又清晰可见，腋毛也蓬勃而出。她又穿上涤纶弹力裤，T恤衫和无领无扣套衫。她把戒指都取下来，藏到箱子夹层里面。指甲油擦得干干净净。租的车也是一辆普普通通的灰色本田轿车。迈阿密海滩的奢华与放荡已经成为过去，和伊莱亚斯·韦斯特的一夜风流也很快淡忘。分别后的第一个星期她还常常想起他。他们俩性情相近，趣味相投，淫荡起来更是棋逢对手！可是后来也就忘到脑后。分手时,韦斯特把手机号码给了她,让她随时和他联系。一旦有事,他"召之即来"。可是奥古斯塔把那个电话号码扔了。爱伊莱亚斯·韦斯特不是对欧文·卡特勒的背叛,而是对亚当·贝伦德的背叛。

奥古斯塔在佛罗里达买了一架照相机。快到明尼苏达州红湖的时候,开始拍照,似乎用这种方法就可以记录亚当的内心世界。他离开这个绝对算不上繁华的小地方已经三十多年了,可是除了零零星星几幢新房子和公路旁边新开的几家快餐店和小商场外,几乎没有什么变化。红湖非常大,阳光下格外美丽。微风吹过,湖面泛起层层涟漪。奥古斯塔不由得打了个寒战。亚当就死在层层涟漪的水中。有时候,奥古斯塔想象自己亲眼目睹了那悲惨的一幕。

不是在红湖,而是在离红湖三十英里的汉尼柯克,奥古斯塔在县政府办公大楼一楼书记员办公室,找到了她要找的法律文书：一九六九年九月九日的一份通告：弗朗西斯·泽维尔·布雷迪正式更名为"亚当·贝伦德"。（没有中名①！奥古斯塔纳闷,亚当为什么没有中名?）这份文件还附了一份早已褪色的出生证明。奥古斯塔只能勉强辨认出上面的字迹。她把那份证明拿到明亮的阳光下,手指不停地颤抖。弗朗西斯·泽维尔·布雷迪于一九四七年三月三十日,生于蒙大拿州博加姆。莫顿·布雷迪和埃尔西·布雷迪的儿子。奥古斯塔激动得连气也喘不过来。没错,就是这份文件！给奥古斯塔找文件的职员是位中年妇女。奥古斯塔略施小计才骗得这位职员为她效劳。（"我想了解一下这位'亚当·贝伦德'的背景,他想和我姐姐结婚。我姐姐刚守寡,很孤单。"）此

---

① 中名,指有些欧美人姓名中的第一个名字与姓之间的名字。

刻,她看见奥古斯塔激动得连气也喘不过来,连忙问她是不是身体不舒服。奥古斯塔结结巴巴地说:"不,我只是突然……有点惊讶。"奥古斯塔花了二十五美元,复印下这两份文件。

也许我该停止了,也许这就足够了。

可是,好奇心驱使她继续探索。潜意识里,她有一个希望——对亚当·贝伦德的过去了解得越多,和他的关系就越密切。年轻的亚当,一个名叫弗朗西斯的男孩。

在红湖,没有一个人听说过"亚当·贝伦德"这个名字。奥古斯塔由此得出一个结论,他改了名字之后,很快就离开故乡,以"亚当·贝伦德"的身份移居到明尼阿波利斯、玛斯克根、密歇根州,最后到了底特律。在底特律,他似乎一心投身于赚钱的买卖。有些红湖人还记得"弗朗西斯·泽维尔·布雷迪"这个名字,对奥古斯塔回忆起和他有关的往事。一位六十多岁的图书管理员对她说:"弗朗西斯·布雷迪是个很友好、但是有点孤僻的小伙子。他瞎了一只眼睛,据说是打猎时发生事故弄瞎的。他经常到图书馆,有时候穿着工作服,脏兮兮的,散发着一股汗味。他愿意把书借出去,认真研读。这个瘦骨嶙峋的小伙子不大合群。他说,他是蒙大拿人,在一座储木场开大卡车,正在上'夜大',希望能领到毕业文凭。弗朗西斯特别看重教育。从他说话时字斟句酌就能看出,他希望自己成为一个与众不同的、精明强干的人。他好像来自一个人们不用语言表达感情,而是相互哼哼鼻子、推推搡搡的地方。"奥古斯塔问那位图书管理员,弗朗西斯·布雷迪喜欢看什么书。管理员非常热情地说:"这个小伙子什么书都喜欢看!"比方说,他会连续几个星期,把架子上历年的《读者文摘》读个遍。一个星期一个星期地续借又厚又重的《世界最伟大的哲学家》。抱着那本书,他开玩笑说,他在穿越历史,跨越世纪,只是速度很慢。弗朗西斯还喜欢诗集和科普读物。喜欢类似戴尔·卡耐基撰写的"自我修养"方面的书。画册、美国西部的历史，他也情有独钟。图书馆里只有一本关于朝鲜战争的书。弗朗西斯经常借着看。他说，他爸爸死于那场战争，是个无名英雄。那时候，他十九岁或者二十岁。有时候看起来比实际年龄小，可是有时候心情不好，不愿意搭理人，就显得年龄很大。"我认识弗朗西斯·布雷迪的时候，他属于那种'少年老成'的年轻人。"图书管理员还告诉奥古斯塔另外几个红湖人的名字。他们对弗朗西斯·布雷迪的情况都有所了解。奥古斯塔还没来得及问那几个人的住址，管理员就指给她看弗朗西斯·布雷迪曾经住过的一幢房子。那是一幢木瓦盖顶、摇摇欲坠的老房子，供应膳食的寄宿舍，离火车站不远。这幢房子虽然破败不堪，但是里面还住着人。歪歪斜斜的门廊上挂着一个牌子，上面写着：**本店房间按月、按周出租**。珍珠鸡在没有草的前院觅食。奥古斯塔急切地凝视着。许久以前，亚当就住在这儿！

　　她本来可以走过去，敲开门，问一问……问什么呢？问亚当曾经住在哪个房间？

　　然而，奥古斯塔没有走过去，而是怀着崇敬的心情，拉开一段距离，拍了好几张照片。

　　第二天，奥古斯塔在湖边一幢半砖半铝合金的房子里，找到红湖主人的妻子玛丽娜。这个满脸横肉、头发染成金黄色的女人（和奥古斯塔年龄相仿，但是看起来比她老得多），用怀疑的目光打量着她。奥古斯塔刚刚提弗朗西斯·布雷迪，她就沉下脸来，对奥古斯塔说："对不起，我可没有时间和你聊天。瞧见了吗？我太忙了。我——很——忙！明白吗？"女人用颤抖的声音说，一双眼睛闪烁着愤怒的光芒，显然不喜欢站在眼前的奥古斯塔。奥古斯塔浑身发抖，从那幢房子走出来。她爱他。和我一样。我们可以成为同病相怜的姐妹。虽然至少过去三十二年了，这个把头发染成金黄色的女人，仍然没有忘记当年的伤痛。这件事对奥古斯塔意味着什么，她不愿意多想。

接下去，奥古斯塔走访了一位坐在轮椅里的白发老人。这位老人曾经当过红湖高中的校长，是一位七十多岁的、彬彬有礼的老先生。看见奥古斯塔漂亮的脸蛋，眼睛不由得一亮，非常愿意向她详细介绍弗朗西斯·布雷迪的情况。一九六八年还是一九六九年，他在夜校教过这个小伙子。那两年正是美国最倒霉的时候——美军在越南战场节节败退，红湖许多刚刚走出校门的小伙子都死在那个遥远的国度。幸免一死的人回来时也都伤痕累累。"弗朗西斯是千里挑一的好小伙子。他好像刚刚发现读书是最大的精神享受，而大多数人不懂得这个道理。毫无疑问，在我们这个穷乡僻壤，嗜书如命的人微乎其微。弗朗西斯像一只饿狗，饥不择食，看什么书都津津有味。"关于弗朗西斯·布雷迪的私生活，他知道得很少，只是听人说，他在蒙大拿似乎惹过什么麻烦。这正是他突然之间冒出来，跑到红湖的原因。"他因为一只眼睛有残疾，不能到部队服役，不能到越南打仗，心里常常感到内疚。后来，他突然离开红湖，让我们大失所望。""他是怎么走的？"奥古斯塔问。"就那么走了呗！太太。他本来在这儿经营一座储木场。对于一个二十刚出头的小伙子，这副担子可不轻，可他干得很好。后来，也许受到来自一个姑娘的压力，也许厌烦这个地方，总之，他就那么一走了之了。你知道，弗朗西斯虽然有点孤僻，但是生性豪爽，为人大方。即使不言不语的时候，他也总在神情专注地听你说话，用他那只好眼睛凝视着你，好像他能深切地体会到，这个时刻对他有某种特别的意义——不管那是一种什么意义。他自己闷闷不乐的时候也总能让别人开心。因此，弗朗西斯离开红湖之后，大家都想念他。有的人甚至觉得受到某种伤害。倒不是他欠了谁的情，或者对谁做过什么承诺没有兑现。他拿到毕业文凭——他为此做出艰苦的努力，并且为之感到骄傲——之后没几个月就离开红湖。临走时只和几个人道别，连我都不在其中！打那以后，再也没有听到他的消息。有人说，他改了名字，住在密歇根州。"奥古斯塔从老人家脸上看到一种迷惑不解、受到伤害的表情，便握住他的一双手，想安慰他，"你有他的消息吗？太太。他是不是死了？"

奥古斯塔连忙说，不，她不怎么了解弗朗西斯·布雷迪，只是替一个亲戚打听他的情况。她自个儿从来没有见过他。

几天过去了，"伊丽莎白·伊斯曼"的腋毛越长越长。她仿佛进入一种梦游状态，在这个遥远的、没有任何特点的湖边小镇走来走去。没有人认识她，但是许多人还记着弗朗西斯·布雷迪。而且虽然几十年过去了，能回忆起他的人仍然十分留恋，并且为他的不辞而别深感遗憾。奥古斯塔在镇子里和郊区拍摄了许多照片，心里想，我要把他失去的生活变成艺术。他会为我骄傲的。她在小艇船坞租了一条小船，沿着湖岸慢慢地划，直到手掌磨出水泡，脸晒得火辣辣地痛——虽然戴着一顶草帽。她不让自己划得太远，总是保持在那个破破烂烂的小艇船坞的"视线"之内，从一排排平房和茅屋旁边划过。她想，现在他看得见我，他会来到我身边。奥古斯塔心里明白，但不愿意承认，生活并非一系列摆好姿势拍摄的照片。生活也没有电影里必须进入戏剧高潮的场景。一个中年妇女在蚊虫猖獗的季节，在明尼苏达州北部的湖面上，笨手笨脚地划船。她非常惊讶，自己曲线优美的身躯那么容易疲惫。胳膊、肩膀、大腿的肌肉又酸又痛。也许她只能这样划下去，直到皱眉蹙眼，爬上码头。摩托艇呼啸着从她身边飞驰而过。小船在它们留下的余波中摇荡。湖面上没有帆船，当然也没有游艇。有一个小男孩朝一只在水里扑腾的黑狗大声叫喊:"格西!"或者是"哈西"!

那天晚上,奥古斯塔走进"红灯笼酒店",点菜吃饭之前,先慢慢地呷着威士忌。这时候,奥格登县治安官走过来跟她搭讪着说话。他自我介绍,名叫里克·休伊特。奥古斯塔伸出打了泡的手,握了握他的手。休伊特将近六十岁,已经满头白发。他那张精明的脸,那双狡黠的眼睛让她想起……想起谁?想起罗杰·卡瓦纳夫。他狡诈,还有几分卑下,不过也许很友好?休伊特对奥古斯塔说,听人说,她正在打听他的老朋友弗朗西斯·布雷迪。他要给奥古斯塔再买杯酒,奥古斯塔抢先给他买了一杯,用意很明确,希望他能谈点儿有关弗朗西斯·布雷迪的情况。"你是不是和布雷迪有什么瓜葛,想了解我们这位老伙计过去的事情?"休伊特问道。奥古斯塔又拿起盐山女主人的架子,嫣然一笑,说:"在这儿应该回答问题的是你,治安官,而不是我。"

休伊特笑了起来。看得出,他对这位漂亮的上流社会的女人很感兴趣。她从东部什么地方来,到这儿之后,显然尽量想"入乡随俗"。

他在奥古斯塔对面坐下。他接受了她买的酒。他说自己"非常了解"弗朗西斯·布雷迪。"就像红湖任何一个了解弗朗西斯的人一样。"他说,有一阵儿,他们俩在同一座储木场干活。那时候,他们都二十岁出头,没有结婚,住在镇子里,经常变换工作。休伊特服了两年兵役之后,一九六七年从越南回来。那时候,他烦透了枪炮子弹,不想再穿那身制服,更没有心情结婚。"弗朗西斯在明尼苏达州一个亲戚也没有,在别的地方也没有。因为从来没听他谈过有什么亲戚。他喜欢女人,可是和她们打交道的时候,总是腼腼腆腆,别别扭扭。那时候,我并不为这些事情责备他。我们俩经常在一起。我的意思是,从一九六七年到一九六九年九月弗朗西斯·布雷迪离开红湖,每星期至少有四五个晚上,跟他待在一起。他滴酒不沾,这使他和我们那个圈子里别的朋友没有什么来往。""他说没说为什么不喝酒?"奥古斯塔问道。"他说,那玩意儿对他来说犹如'毒药',让他发疯。还说,小时候他有过'酗酒问题'。""'酗酒问题'?多大年纪?""好像上初中的时候。他不愿意谈那些事情,也不想谈自己。他总是问我越南的事,问了许多问题。他并不认为那是一场正义的战争,但是又为自己没能上战场而内疚。他想参加海军。他父亲就是个水兵。可是他因为瞎了一只眼,当不成水兵。不但当不成水兵,别的兵种也没人要他。"奥古斯塔觉得难以置信。"弗朗西斯反对那场战争,却愿意上战场打仗?"休伊特苦笑着说:"没错,太太。弗朗西斯一直为自己没能上战场打仗而内疚。因为我和别的小伙子都经受过枪林弹雨的考验。不少人受了伤,甚至伤势很重。"奥古斯塔默默地听着。哦,那时候,亚当还是个孩子,比她现在的儿子还小。对越南战争造成的灾难和道德上的堕落,还没来得及认真反思。

休伊特看着奥古斯塔的脸,说:"弗朗西斯还对我讲过一件事情,太太。这件事他不想让别人知道。他有过犯罪记录,曾经在蒙大拿感化院关押过。"休伊特坐在那儿,一本正经。奥古斯塔碰了一下他的胳膊,让他停下。"对不起,先生,您说什么?感化院?""赫勒纳感化院。介乎关成年重罪犯人的州监狱和少管所之间的拘留所。""可是……弗朗西斯·布雷迪因为什么被关进监狱?""因为差点儿把人杀死!""那人是谁?""他说,是他的'养父'。弗朗西斯是受县法院监护的少年。他十二岁那年,父母双亡,法院便成了他的'监护人'。'监护人'把他送给'寄养家庭',由养父母抚养。十四岁的时候,他和'养父'的关系处得非常不好。据说,那人是个酒鬼,狗娘养的畜生,专门以欺负小孩为乐。有一天夜里,小弗朗西斯忍无可忍,就和那家伙打了起来。他抡起十字镐,差点儿把'养父'打死。"休伊特摇着头,喝了一口威士忌,"他的'养父'自然也不是个孬种。几年之后,我曾经调查过这件事情。"奥古斯塔听得毛骨悚然。亚当·贝伦德,一个十四岁的孩子敢挥舞一把十字镐,差点儿把人打死!"后来,在赫勒纳,一帮跟他一块儿坐牢的奥吉布瓦人①袭击他,打瞎他一只眼睛。他说:'我他妈的能活下来,真是走运。一只眼睛保住这条命也值。'"休伊特笑了起来,"弗朗西斯就是这样一个人,看问题总能看到好的一面。仔细想想,瞎了一只眼似乎是件好事。他总说,赫勒纳使他头脑冷静。在那里他不得不冷静下来,又回到学校读书。上学时,他在读写方面遇到的困难很多。他属于那种'朗诵困难患者'。'我的脑子真笨,'弗朗西斯经常说,'我得花别人几倍的力气,才能学好这点功课。'他十八岁那年,获得假释。他犯的是侵犯人身的重罪——用致人死命的器具蓄意杀人。"休伊特慢悠悠地说,似乎很不情愿。实际上,他用心险恶,巴不得把弗朗西斯这段历史宣扬得尽人皆知。

奥古斯塔觉得头晕目眩。"谢谢,我知道了。"

"你觉得惊讶,是吗,太太?你看起来面色苍白。这已经是许多年前的事情了。"

"是的。"

"弗朗西斯这家伙现在也老了。五十多岁?"

奥古斯塔没吱声。休伊特从桌子那面俯过身来,说:"弗朗西斯在'寄养家庭'日子非常苦。你不能指责一个易激动的孩子保

---

① 奥吉布瓦人,北美印第安人的一支。

护自己的过激行为。"

"是的,我没有指责他的意思。"

"他总说自己走运。不光是被人打瞎一只眼睛。没把那位'养父'打死也是件好事。他要是真把那人打死,事情可就不那么简单了,太太。听我细细给你讲来。"

奥古斯塔觉得休伊特是个很可怕的人物。他身上勃发的雄性气势,说话时含沙射影的口吻,都让她不寒而栗。他直盯盯地看着她,仿佛要看穿她的五脏六腑。她心里想:都是你自找的。只能怪你自己。

"对不起,我得走了。"奥古斯塔从餐桌旁边站起来,摇摇晃晃,差点儿摔倒。休伊特也连忙站起来,动作像年轻人一样敏捷。奥古斯塔气喘吁吁地说:"不,我要走了。请你不要跟着我。"休伊特一直跟着她走出人声嘈杂的酒店,走到停车场,手里拎着她忘在桌上的手提包。"喂,太太!你把这个忘了。"奥古斯塔别无选择,只能从他手里接过包,道了谢,摸索着找车钥匙。这当儿,休伊特一直直盯盯地看着她。(她租的车是哪辆呢?慌乱之中,她居然连这事也想不起来了。)她的心因恐惧怦怦直跳,就像怀里揣着一只兔子。满头白发、满脸沧桑的奥格登县治安官压低嗓门,阴阳怪气地说:"关于我的老朋友弗朗西斯·布雷迪,你如果还有什么问题要问,太太,随时来找我。我愿意效劳。你住在'牛眼汽车旅馆',对吗?你自己开车回去没问题吧?"

奥古斯塔终于找到她那辆车。回到旅馆之后,匆匆忙忙结了账,向南行驶,离开红湖。夜半时分,她住进比梅基郊外的时代旅馆。一股消毒剂的气味扑鼻而来。

"他是个野孩子,但是人不错,不是那种下流坯,只是让人琢磨不透。那件可怕的事情……是一场事故。不过,确实是弗朗西斯引起的。这是事实。"

莫德·克雷兹尼克太太住在坎宁湾露营园的活动住房里。往事的回忆让她既难过,又激动。看得出来,四十多年前那场灾难,就像昨天夜里做的噩梦,历历在目。

现在是在蒙大拿西部。夏天。奥古斯塔穿着牛仔裤、T恤衫,银灰色的头发编成一条辫子,死板板地垂在脑后。此刻,她坐在一把绿色塑料椅子里,和露营园的主人克雷兹尼克太太一起喝咖啡。露营园离蒙大拿博加姆六英里远,在赫勒纳西大约二十五英里。这里是美国西部。除了人,什么东西的尺寸都比别的地方大。两个女人坐在一个长方形水泥平台上。(克雷兹尼克太太说:"这是我的'庭院'。")平台四周,克雷兹尼克太太活动房屋的阴影之下,盛开着血红的天竺葵。她的活动房屋是铝合金做的,呈子弹头形,和铰接式卡车一样大。房顶安着电视天线。吊窗锤箱,百叶窗,一应俱全。活动房屋结结实实地固定在水泥地上,周围杂草丛生,一望而知,它已经好长时间没有"活动"过了,就像奥古斯塔在露营园看到的其他活动房屋一样。她纳闷,他们为什么非要住在这样的"房子"里,不盖些平房、村舍、别墅、小楼呢?除了克雷兹尼克太太精心开辟出来的这块草坪,周围全是一排排看起来大同小异的活动房屋,就像一个拥挤的住宅区。到处都是小孩和狗。年轻的母亲晾晒衣物。远处是赫勒纳国家森林公园。绿树葱茏的山坡,还有几座很高的、冰雪覆盖的山峰。这便是传说中的岩山山脉。和亚当·贝伦德相处多年,他从来没有提起过这个神奇美丽的地方,尽管那巍峨的群山一定是他留连忘返的地方。她在博加姆汽车旅馆看到了周围最高的山峰:斯凯普戈特山,高九千二百〇二英尺。

在蒙大拿地图上,奥古斯塔惊讶地发现,斯凯普戈特山西面有个"贝伦德山口",高五千六百○九英尺。

"'贝伦德'!他的名字由此而来。"

亚当·贝伦德,就出生在这里。

奥古斯塔现在化名为"伊丽莎白·伊斯曼"。这个名字的"历史使命"快要结束了。

她已经走了这么远的路,不曾沮丧,不曾泄气。这里离红湖八百多英里。她开了多长时间的车啊!她想,也许像当年亚当"扬帆远航"一样,走过了同样的漫漫长路。她驾驶着小汽车与大草原的狂风搏击。呼啸的风声中,她仿佛听见被她抛弃的丈夫伤心的哭喊,还有孩子的叫声。她还听见亚当和她争辩。为什么?看在上帝的分上,格西,你为什么要这样做?她经常在州际公路旁边停下,精疲力竭,头痛欲裂。有时候她惊恐地发现仿佛被人施了催眠术,没有记忆,没有知觉,脑子里一片空白,在长长的公路和辽阔的天空下飞驰,飞驰……蒙大拿州的汽车牌照上印着一行字,自夸"天高地阔"。在东部,哈得孙-盐山,实际上看不见天空。"天空"就是粉刷过的天花板。你朝上瞥一眼,看到的只是浓荫密布的树木,遮天蔽日的高楼。在西部,一切都那么遥远,就连那些你以为近在眼前的景物,其实也远在天边。这是一个容易让人昏昏欲睡的地方。奥古斯塔明白,一个女人在这样的地方独自开车,完全是在冒险。一个狂热的中年妇女,长途跋涉,穿过北达科他州荒凉的高原,然后向南进入人口相对多一点、但实际上仍然人烟稀少的蒙大拿中部山区。她想访问赫勒纳感化院,遭到断然拒绝之后,只好到博加姆。一九四七年三月三十日,亚当·贝伦德出生在博加姆地区医院。她去那儿了解情况:莫顿·布雷迪,埃尔西·布雷迪,弗朗西斯·布雷迪……"有的乡亲去赫勒纳感化院看弗朗西斯,"

克雷兹尼克太太说,"可是看得出,他羞于见我们。他一定很寂寞,可是看见我们心里更不好受。后来,我们就不再去看望他了。那是什么时候呢?我想……大约是一九六三年。那是我最后一次见弗朗西斯。"

莫德·克雷兹尼克圆脸盘,面色红润,非常友好,像一朵向日葵。脸上布满皱纹,牙齿(也许是假牙)很白,闪闪发光。她不习惯接受陌生人的访问,经常紧张地微笑。但是她愿意讲那个许久没有讲的故事。而这位楚楚动人、胸部丰满的"伊丽莎白·伊斯曼",相机放在腿上,急切地想听这个故事。奥古斯塔手心出汗,使劲咽了一口唾沫,问布雷迪家的"拖车"从前在哪儿。克雷兹尼克太太笑着说:"这叫'活动房屋',亲爱的,不叫'拖车'。我们住的不是'拖车'。"

"活动房屋。当然,我知道,对不起!"

"我带你转转。把手杖递给我,亲爱的。"

莫德·克雷兹尼克六十多岁,快七十了。要不是关节炎、腰腿痛,她是个很健壮的老太太。她像"电视人物"一样,发牢骚的时候也乐乐呵呵。她灰白的头发已经日渐稀疏,露出白白的头皮。她很胖,穿一件粉红色大花涤纶宽松直筒连衣裙,就像套了一顶帐篷。因为患静脉曲张,白白的、没有汗毛的腿上,淡蓝色的血管清晰可见。奥古斯塔喜欢她,又不好意思显得太亲热。克雷兹尼克太太从她那张塑料椅子上费力地站起身来时,奥古斯塔连忙上前扶了一把。

"我记得很清楚,他们家在那边。"

克雷兹尼克太太走路的时候,一只手扶着奥古斯塔的胳膊,另一只手拄着拐杖。奥古斯塔强忍着老太太身上散发出来的那股刺鼻的气味,却从中体会到一种愉悦和慰藉。那是热烘烘的家常小甜饼的气味。

"过去,坎宁湾露营园没有这么大。虽然一直延伸到水湾,但是没有这么宽。现在已经有六英亩大了。那时候,只有现在的一半。总共十二户人家。人们的房子和布雷迪家的房子一样,面积都很小。布雷迪家那幢活动房屋是二手房,没有认真修补过。在露营园,谁都看不上眼。弗朗西斯的妈妈埃尔西是个好女人。可是生活的重担几乎把她压垮。她年纪很小就结婚,然后就是拉扯孩子。她爱孩子,可是没有能力好好照顾他们,管教他们。女儿霍莉先天性耳聋。现在这种病不是不治之症。可是,那时候,大家都不知道该怎么办。她是个聪明伶俐的孩子,非常可爱,总是朝你微笑。小霍莉很腼腆,因为听不明白别人的话,自己口齿不清,常常被小朋友们取笑。弗朗西斯非常爱自己的妹妹。在他那个年纪的孩子里,他个子比较高,很结实,会游泳。可是这孩子也有毛病。人们说,他在学校里总是安静不下来。因为朗读有困难,特别爱发脾气。埃尔西在她丈夫出走之后,全靠县政府的困难补助生活。(那个杂种!把他们家唯一的一辆汽车开走了。他就不想想埃尔西没有车怎么生活?)她丈夫名叫莫顿·布雷迪。我不怎么了解。我的丈夫和公公也不怎么了解他,更谈不到信任。他们只是在一起玩过几次牌。这家伙没正当职业,在博加姆打零工。他笑起来嗓门特别大。你无法想象埃尔西这样一个好姑娘怎么会爱上这个混蛋。弗朗西斯后来在赫勒纳对人们说,他父亲是个水兵,牺牲在朝鲜战场。其实根本不是这么回事。那个杂种和你我一样,现在还好好地活在人世。"克雷兹尼克太太停了一下,手搭凉棚张望着。她轻轻地喘息着,上嘴唇上渗出细密的汗珠。"看见那辆'温内贝戈'停放的地方了吗?那儿就是当年布雷迪一家居住的地方。他们是一九五七年初搬来的,以前住在博加姆,也在别的地方住过。弗朗西斯那时候十岁，小姑娘霍莉四岁。这些事我记得一清二楚。过去发生的事我都记得，昨天的事就忘得一干二净，就像活到这把年纪，生活中已经没有什么重要的事情需要记忆了。那是一九五七年，我一月份结婚，和丈夫一家搬到这里。当时的生活很艰苦，尤其冬天。我刚刚怀孕不久，妊娠反应很厉害。起火那天夜里，肚子里才十个星期的孩子差点儿流产。这孩子就是我的儿子蒂姆。现在蒂姆负责管理露营园……起火的时间是一九五九年四月十九日，星期六的夜晚。我永远不会忘记这个日子，"克雷兹尼克激动地说，有力的手指像爪子一样，抓着奥古斯塔的胳膊，"我说过，弗朗西斯的父亲早已离家出走，也没有回来料理后事。他究竟到了什么地方，谁也不知道。即使有人知道也不愿意说。博加姆有他几个远房亲戚，一口咬定不知道他的下落。都是些卑鄙的家伙。那年月，是有这样一个阶层……"克雷兹尼克用颤抖的声音说。

她和奥古斯塔凝视着那块杂草丛生的土地。四十年前，布雷迪家那座二手活动房屋就坐落在这里。她们尽量不让眼前那座很大的活动房屋分散注意力——暗古铜色的铝合金外壳、窗帘盒、百叶窗、电视天线和晾晒的衣物。

奥古斯塔问，到底发生了什么事情？

"'到底发生了什么事情'，谁也说不清。连那个男孩自己也说不清。他喝醉了！一个十二岁的孩子喝啤酒喝醉了！那时候，我们这儿有一帮十来岁的孩子。不只是男孩，还有几个女孩子，都不听父母管束。他们到河湾里偷船，玩狗。弄到一盒六瓶装的啤酒，就开怀畅饮。那时候的孩子不像今天的孩子抽大麻，他们抽香烟。弗朗西斯在那帮孩子里不是最坏的，但他年龄最小，或者说最容易受坏孩子的影响。从本质上讲，他是个好孩子。爱妈妈，爱妹妹。他的弱点在于,爱跟别人学。我刚才说过,那时候,我的日子很艰难。有几个孩子已经十五六岁。说实话,我怕他们。唉,那日子真苦,我才二十二岁……"

"那个孩子——弗朗西斯·布雷迪——那天晚上喝了酒?"

奥古斯塔小心翼翼地说,不想让克雷兹尼克太太过于激动。

"是,他喝了酒!也许你无法相信,但是确确实实,有的孩子小小年纪就嗜酒如命,成了酒鬼。才十一二岁!现在,在我们这个露营园绝对禁止未成年人喝酒!可是那时候,对于住在这儿的人,你没法选择,更不能挑剔。那天夜里,埃尔西和她的小女儿早已上床睡觉。男孩儿很晚才回来,喝得东倒西歪,还抽着烟。他扔掉的烟蒂滚到沙发下面。他没找着,或者压根儿就没找。他醉得一塌糊涂,根本就不知道自己都干了些什么。他自己也趴在厨房的桌子上睡着了。大约一点半,一股浓烟惊醒了他。这时候,窗帘已经烧着,整个活动房屋都燃起大火。埃尔西和小姑娘被困在后面。活动房屋没有后门,只有前面有一扇小门。和他们相邻的那幢活动房屋也被点着了。所幸那一家人都及时惊醒,死里逃生。可是埃尔西和小姑娘就没有这么幸运了。弗朗西斯逃了出来,可是又立刻钻进火海去救妈妈和妹妹。听得见那个可怜的、吓坏了的女人的惨叫!哦,真是可怕极了。我想,我再也不会提起这事了。我能和你讲的也只有这些。"克雷兹尼克太太紧紧握着奥古斯塔的手,放到自己瘦骨嶙峋的胸口。奥古斯塔只得顺势一摸,她能清清楚楚感觉到老太太的心剧烈地跳动。

回莫德·克雷兹尼克那座活动房屋的路上,克雷兹尼克太太问,弗朗西斯·布雷迪是不是还活在世上?

"不,"奥古斯塔说,"他已经死了。"

"死了!这么说,对于他,一切都完结了。"

"是的,一切都完结了。"

现在,我把什么都弄清了,亚当。请你原谅我。

她在坎宁湾拍了好多照片,还拍了活动房屋和露营园后面的河湾。弗朗西斯·布雷迪小时候一定经常在那儿游泳。还有远处巍峨的群山,辽阔的天空,浮雕般的朵朵白云。她站在布雷迪一家那座活动房屋的旧址拍照。目光所至,一定是弗朗西斯·布雷迪看到的景色。在博加姆,她找到小镇公墓,在杂草丛生的墓地,躲避着扑面而来的蚊子和马蝇,找了四十分钟,终于找到一块几乎完全被苔藓和野草覆盖的墓碑。墓碑上写着:**埃尔西·布雷迪** 1927—1959。**霍莉·布雷迪** 1955—1959。奥古斯塔拿起照相机,对准这块墓碑,拍了一张又一张照片,直到胶卷用完。

第 三 部

后来的事情

梦中的野兽

她从敞开的窗户看见他,心猛地跳了一下。

谁?

现在无法相信的事情,总有一天你会相信。而且那一天到来的时候,你会觉得一切都那么自然。亚当曾经这样预言。

冬天快要过去了,宾夕法尼亚州大马士革岔路口那幢古老的石头房子上的积雪终于开始消融。连续几个小时,滴水声不断。到了三月,白天大多数时间,积雪都在融化。玛丽娜·特罗伊全神贯注地工作,把金属纽扣、亮闪闪的门把手、漂白过的鸟骨头、用虫胶处理过的蛾、虫胶清漆刷过的报纸条、玩具娃娃的头发、玻璃眼睛,以及别人无法想象的材料,粘到一起,创作出一件类似狮身人面像的艺术品——猞猁。这当儿,玛丽娜·特罗伊忘了自己蒙受的损失。再想起来的时候,她的心隐隐作痛。

"难道我把亚当忘记了吗?这样的事情一定会发生?我将第二次失掉亚当?"

不会,我永远不会忘掉亚当。

我永远不会像爱亚当一样,爱另外一个男人。

我一定再回到大马士革岔路口,回到那座老石头房子。

我永远不会离开亚当留给我的这幢房子。永远不会!

事实上,她巴不得马上逃离大马士革岔路口。

她用报纸苫好后面工作室里亚当留下的那些未完成的作品,关好窗户,锁好门,把该带的东西装进吉普车,在劳工节那天回到盐山。"终于回来了!我太寂寞了。"

玛丽娜在塞克广场旁边的"开开眼画廊",正和画廊老板谈她的作品,透过玻璃窗看见一个黑头发男人推着一辆婴儿车,从画廊前面走过。她简直无法相信自己的眼睛,觉得以前从来没有见过这个男人。"开开眼画廊"离人行道不远。画廊前面的草坪上有几尊抽象派雕塑作品和一张石头长椅。这是九月一个阳光明媚的日子。黑头发男人肩膀上搭着一件运动衫,白衬衫袖子一直挽到胳膊肘。婴儿车支起装饰着流苏的车篷,以免阳光晒到孩子身上。玛丽娜着了迷似的看着那个男人,看见他弯下腰,扯了扯孩子的衣服,或者对他说了句什么,或者吻了吻孩子的额头?玛丽娜苦苦思索,觉得一阵眩晕。她从来没见过这个黑头发男人……是他吗?

画廊老板告诉玛丽娜,今年冬天,画廊将展览她的雕塑《梦中的野兽》。老板是亚当·贝伦德的朋友,以前经常展览亚当的作品。他说,他非常喜欢《梦中的野兽》。事实上,他为这样杰出的作品出自玛丽娜之手而惊讶不已。这件作品里二十二个飞禽走兽,没有一个比真正的鸟、兽小,有的甚至还要大。玛丽娜把它们安排得错落有致,表现出一种异乎寻常的美。"猞猁"实际上由好几种动物的图案组成。一条蹲着的德国牧羊犬,高昂着头,竖起两只耳朵。一头白尾小公鹿,一只很大的兔子,一只很大的公鸡。这只鸡用羽毛做成,染了鲜艳的色彩。这些动物如在梦幻之中,但不是噩梦。它们个个憨态可掬,充满智慧,而又高深莫测。这些一望而知为何物的艺术形象却是由无数小东西,"捡来的东西①"拼接而成。画廊老板很坦率地说:"我不知道,你想表现一个什么主题,玛丽娜。也许是悲剧?"

玛丽娜笑了起来,没有显露心中的气恼。"对不起,你倘若这样想,我可就让你失望了。"

"不,不必道歉。我知道,这样的作品大有销路。"

他继续和玛丽娜探讨一些技术上的细节,准备起草一份合同,让她签字。

他一直是亚当·贝伦德作品的经销人,但是不知道大马士革岔路口亚当那幢房子里还有不少未完成的作品。玛丽娜向他描述了那些雕塑现在的状况。老板认为,既然这些作品尚未完成,眼下还是放起来为好。亚当显然不想让人们看到这些尚未完成的作品,更不用说拿出去展览。他还说,亚当去世之后,他的作品销路极好,价格一路飙升。亚当成了当地人们最喜欢、最赞赏的艺术家之一。但是在艺术家这个圈子里,他的知名度还不够。因此,如果展出一些质量不高的作品——即使如玛丽娜所说,这些作品很有潜力——对已故雕塑家的名声也没有什么好处。玛丽娜心不在焉,老板说了些什么全然没有放在心上。"梦中的野兽"环绕着她,生动,热烈,焕发着动物神秘的力量。高大结实的猞猁属猫科动物,尽管漂亮,但很凶猛。耳朵直立,铜扣子做的眼睛闪闪发光。两条前腿蜷缩着,放在肌肉发达的胸前,和人面狮身像那个经典的姿势毫无二致。它嘴巴的肌肉也很发达,半张着随时准备撕碎猎

---

① 原文为法语,意思为:拾来之物。指艺术家用来制作艺术品的材料,如漂木、贝壳等。

物,吞咽下去。用莱茵石①做的牙齿闪闪发光,平添了几分凶狠,但是它那钢丝般的胡须又给人一种顽皮的感觉。你对它的理解是:这只"大猫"不会一跃而起,变成危险的食肉动物,而是一件艺术品。它本身就是一个拾来之物。那几只鹰,小黑熊,丛林狼也具有同样的艺术魅力。《梦中的野兽》让玛丽娜自己也吃了一惊。看到这件作品的人不会皱着眉头,连连后退,努力克制心中的反感。恰恰相反,那些可爱的小动物会激起观众的同情,让他们脸上露出微笑。亚当·贝伦德的作品充满英雄主义的色彩,在一片废墟上展现出再生之美。玛丽娜·特罗伊的作品则坦率,单纯,甚至有一种充满稚气的顽皮。画商告诉玛丽娜,她的作品能卖出去。

真奇妙!玛丽娜·特罗伊"逃亡"一年之后,回到盐山,心里充满感激之情。玛丽娜·特罗伊多年荒疏学业之后,在将近四十岁的时候,终于成为一位艺术家,雕塑家。她朝画廊老板微笑,尽管他说的话她一句也没有听进去。她只想马上跑出去追那个黑头发男人。

"我很快乐。我还活着。"

他看见她的时候,会说什么?会做何感想?
马上,她就会知道。女人总是有这种"第六感觉"。

她把浓密的头发都剪掉了。剪掉之后,有一种如释重负的感觉。

在帕克诺山,刚刚进入夏季的第一天,她做出这个决定。剪刀

---

① 莱茵石,一种透明无色的仿制品。

咔嚓咔嚓地响着。她低着头,头发一缕一缕掉下来的时候,她在微微颤抖。她越来越不喜欢那一头浓密的、呈波浪状的深红色头发。用洗发剂洗过之后,隔一两天就又变得黏黏糊糊,盖在脖子上,热乎乎地难受。睡觉的时候,头发丝不知不觉往嘴里跑。干活的时候,又滑到脸前,挡住视线。这一头浓密的红发,让她想起在大马士革岔路口那幢古老的石头房子里度过的夜晚。那只皮毛很厚的猞猁(或者野猫?)爬到她的胸口,卧在她的身上,与她一起在睡梦中荡漾。现在,她剪成时兴的短发,像个男孩,露出好看的脸。微风吹过,美丽的秀发在她的颧骨和耳垂旁边飘拂,盐山的朋友们看见她——现在还没有看到——一定会惊呼:玛丽娜!差点儿认不出你。你干吗把那么好看的头发剪掉呢?不过现在看起来真漂亮。玛丽娜!真的!

现在谁也不会把玛丽娜·特罗伊错当成年轻的、皮肤白皙的伊丽莎白一世。

时隔一年再回来,玛丽娜觉得盐山那么漂亮。可是当初离开的时候,觉得它那么令人讨厌,简直再也不会想起它。

"为什么富裕、美丽、秩序比贫穷、丑陋和无序更让我们变得浅薄?为什么人的精神因前者变得萎靡,而因后者更加昂扬?毫无疑问,这不合乎逻辑,难道只是一种错觉?"

亚当·贝伦德毕竟最终也选择在盐山生活。

(可是,玛丽娜真的了解亚当吗?也许她对他的错觉最为严重。)

开着吉普车回家的时候,玛丽娜沿滨河路行驶,心想或许能看见亚当那幢房子。透过一片树林,房顶只是隐约可见。可是因为心里着急,她甚至没有看见他的汽车道。在不知不觉中,车已经驶过了亚当的房址。初秋炽热的阳光下,哈得孙河比玛丽娜记忆中的那条大河还要宽,像一条巨大的、永不安宁的蟒蛇,闪闪发光。

租珍珠北街玛丽娜那幢房子的年轻夫妇,在劳工节那天搬了出去。第二天,玛丽娜·特罗伊便又搬回自己的家。她进家的时候,心里忐忑不安,生怕看到什么不如人意的东西。可是扑面而来的是温馨与慰藉。回家的感觉真好!那对年轻夫妇把屋子收拾得非常干净。她喜欢他们,信任他们,没有按中介的标准收那么高的房租。看来她的信任和好心得到了回报。地毯虽然旧了,但是用吸尘器吸得干干净净。家具还是玛丽娜熟悉的那几件旧家具,但是垫子都拍得松松软软。窗明几净,木头地板擦得锃亮。这一对年轻人好像用过什么"强力清洁剂",除掉了原先那股柏油味。餐厅桌子上放着一个花瓶。花瓶里插着一束盛开的玫瑰花。看到这一切,玛丽娜捂住了脸。虽然没有人看得见,她还是不愿意显得那么脆弱。

"我很快活。我还活着。我回家了!"

她不是开吉普车,而是骑自行车到盐山村。到了市场街之后,生怕被人认出,一闪身,钻进书店。她穿一条卡其布短裤,绿色T恤衫,脚蹬帆布运动鞋,头戴白色棉布小帽。两条腿修长,皮肤晒得黝黑,头发剪得很短。店门上方的铜铃丁零丁零地响着。莫莉·艾沃斯穿着劳动布工作服,鼻梁上架着一副很时髦的茶色眼镜,正在几乎空无一人的店里整理书架上的书。听见铃声,回转头凝视着向她走来的女人,半晌才高兴地喊了一声:"玛丽娜?"两个女人紧紧地拥抱在一起。这一刻之前,玛丽娜·特罗伊和莫莉·艾沃斯还从来没有拥抱过。莫莉知道玛丽娜要回盐山,但是寻思,她到店里的时候,总会提前打个电话。可是玛丽娜没打。她还没给任何人打。莫莉用惊讶而不是责怪的口吻说:"玛丽娜,你的头发。你看起来……年轻了许多。"玛丽娜笑着说:"比谁年轻了许多?莫莉。"莫莉红着脸,不好意思地说:"比你以前。"

两个女人有好多事情要商量。她们需要好几个小时好几天在一起讨论,策划。玛丽娜一直想把书店盘出去,可是一进店门,看到熟悉的一切,她的心便升起一股柔情。在这间小小的、地板都翘了起来的古香古色的书店,她又找到回家的感觉。玛丽娜一生中,最早的朋友就是书。小时候看儿童读物,长大了看成人读物。按照亚当那种苏格拉底式的诘问论证法,你可以争辩,成人读物是儿童读物的"变种",只不过将儿童的奇思妙想变成了"现实主义"。玛丽娜确实喜欢书。她喜欢书的墨香,喜欢一本书拿在手里的感觉。带漂亮封套的精装书,装帧精美的平装书,封底印着一行行评论家的赞美之词,就像朋友们为你大声喝彩。现在,玛丽娜成了"艺术家",可是怎么指望靠"艺术"养活自己呢?她怎么能再次忍受长时间的寂寞,献身于艺术呢?"如果我有钱,你知道我最想做的是什么吗?把旁边那个店买下来,打通中间那堵墙,扩大书店,像别的商家那样,再增加一个咖啡屋,经销更多的书。儿童读物。开辟一个'儿童读物专柜'。出售更多艺术类图书,经销美术作品,吸引更多的顾客!"玛丽娜带莫莉到离盐山比较远的一个饭馆吃饭。两个女人喝了一瓶葡萄酒,一直笑声不断。她们俩都惊讶地发现,非常喜欢对方。尽管严格地说,玛丽娜是莫莉的雇主。莫莉说:"玛丽娜,你有许多有钱的朋友。也许,他们之中有人愿意给咱们投资。"

两个人像女中学生,哈哈大笑。

玛丽娜放弃了完成亚当的雕塑这个念头之后,生活开始发生变化。她虽然没能如愿以偿,但是失败使她得到解脱,一种令人惊讶的解脱!她现在常常灵感突发,在完全没有准备的情况下,随手完成一件令人赞叹不已的作品。那"解脱"给了她无穷的动力。有时候,一件艺术品似乎直接从她的手指尖"脱颖而出"。

她要创作的第一个对象是"黑夜"——那只食肉的猞猁,森林里的小兽,也是她床上的小兽。玛丽娜满怀激情,创作出各种姿势的"黑夜"。有睡觉的,有站着的,卧着的,有准备飞身跃起的,有紧贴地面爬行的,还有大嚼猎物的。"黑夜"的眼睛有的大睁着,露出凶残的光芒,有的半闭着,一副心醉神迷的样子。玛丽娜没有着力表现"黑夜"浓密、漂亮的皮毛,而是用闪闪发光的材料表现它的灵性。比如螺丝,插销,钉子,钥匙,金属扣子,拉链,磨光金属制品的钢绒,玻璃。有一件作品,"黑夜"的眼睛是两个不大相配的手表的表盘,指针停留在不同的时间。玛丽娜自己像一个食肉动物,把从地摊上买来的玩具娃娃撕扯成一堆破烂,用它们的头发、玻璃眼球、脸上某个部位、小小的手指、脚趾,创作她的作品。她用羽毛、骨头、虫胶处理过的翅膀上有黑色斑点的大蛾,用宝利莱相机拍摄的兔子的尸体创作她的作品。那尸体被吞食了一半,在刷过虫胶清漆的报纸上留下斑斑血迹。她还用自己的红头发,用已经风干的老鼠的尸体。把这些东西非常巧妙地用铁丝网制作到"黑夜"的轮廓上。"黑夜"显得天真无邪,神气活现。甚至嘴里叼着血肉模糊的猎物,得意扬扬地显示胜利的时候,也不会让人反感。因为"黑夜"是用拾来之物组成的,是一个"程式化"的野兽。凝视着"黑夜",你的脸上不由自主地露出一丝微笑。它那张残酷地撕扯猎物的嘴巴用螺丝、钉子、插销、拉链拼成,充满了浪漫色彩。那两只闪着凶光的眼睛是两个表盘。你可以抚摩这个野兽,甚至可以把它当成一个宠物,为它设计的精巧开怀大笑。它那直立的耳朵是用风干的老鼠皮做的?像钻石一样闪闪发光的舌头是用鲜红的油毡纸做的?"所有作品里,我最喜欢的就是被你叫做'黑夜'的这个家伙。""开开眼画廊"的老板一边抚摩猞猁的脑袋一边说,好像跟它已经很熟。"这件作品包含的内容很多,不过别问我都是什么。"

帕克诺山那些冬天的下午,玛丽娜全神贯注地创作"黑夜"。那个奇妙的、精美的猞猁在她手指间渐渐成形。出乎预料的成功让她越来越激动,越来越快乐,把那个昼伏夜出的小兽带来的恐惧忘得一干二净。渐渐地,"黑夜"不再卧到她的胸口,也不再吸吮她的嘴巴。"黑夜"完成之后,她又用黑色的,或者涂成黑色的闪闪发光的材料,创作了个头更大、和她更"情投意合"的德国种牧羊犬——阿波罗。阿波罗老老实实蹲在那儿,闪光泡做的眼睛凝视着她,粉红色的塑料舌头耷拉在嘴巴外边。她用真正的鸡毛做了几只大公鸡,涂以夸张的色彩,粘在铁丝网上。它们的眼睛是用不相配的玩具娃娃的眼睛做的,爪子是用剃须刀片和钉子做的。她还做了鹿,幼鹿,小熊,一对小浣熊,一条丛林狼和它的幼崽。她总共做了三十多个"梦中的野兽"。其中二十二个她比较满意。

她问"开开眼画廊"的老板,他是不是真的认为这些作品可以卖掉。

"能,肯定能。"

"因为它们算不上真正的'艺术'?"

"当然是艺术。你不必为此担心。"

"可是,"玛丽娜在脑子里飞快地想着这件事情,"你觉得……亚当会喜欢这些作品吗?"

"亚当会非常喜欢这些作品。你了解亚当。"

"过去,我觉得很了解他。现在,有点吃不准了。"

"你创作的任何东西亚当都喜欢,玛丽娜。亚当爱你。"

玛丽娜认出,那个黑头发男人是罗杰·卡瓦纳夫。

她凝视着,猛地停下脚步。她已经好长时间没见卡瓦纳夫了。此刻,他正从婴儿车里抱出一个小孩。

谁的小孩?周围没有别人。然而,这个孩子不可能是罗杰的,可能吗?

突然,玛丽娜想起,莫莉曾经跟她提起过,那个名叫卡瓦纳夫的男人,那个鲁莽的卡瓦纳夫律师制造了一件丑闻——盐山人盛传他和一个比他小好多的女人厮混,生了一个孩子……玛丽娜当时觉得受到伤害,立刻挡回去,不想再听这些流言。

她凝视着,凝视着。玛丽娜虽然和罗杰只隔着一条鹅卵石铺就的马路,但是他似乎没有注意到她,正手忙脚乱地把小孩从婴儿车里抱出来,放到汽车后排座的婴儿筐里。玛丽娜直盯盯地看着他,好像以前从来没有见过这个男人。他看起来显得很年轻,充满活力。一个神秘人物。她的《梦中的野兽》倘若放到罗杰·卡瓦纳夫和他的孩子旁边,该是多么怪诞,多么可笑!他已经有了自己的新生活。那生活中不会再有我的位置。但是,心头一阵冲动,全然不顾是否会遭到冷遇,或者罗杰会不会嘲笑她的一头短发,笑吟吟地走过去,说:"罗杰!你好!"

那一天,盐山阳光明媚,罗杰·卡瓦纳夫眯着眼睛看了半晌,才认出她来。

"玛丽娜?是你?"

那以后,他们之间的关系迅速发展。

老磨坊路：袭击

自从十八世纪七十年代,把人浑身涂上柏油、粘满羽毛的无耻的私刑在这一带绝迹之后,在哈得孙-盐山,这是落到某个人头上最可怕的命运。

事情就发生在老磨坊路,那幢整修一新的美丽的十八世纪殖民地风格的宅第。这座宅第叫"马科姆府",也叫"韦德府"。

莱昂内尔·霍夫曼遇到这场重大变故前一天早晨,卡米拉听见丈夫压低嗓门,对着手机急促地说:"你能肯定吗?医生。你对我讲的是真话吗?我经受得住。"莱昂内尔停了一下,呼哧呼哧地喘着粗气。盐山的夏季潮湿而漫长,他的哮喘和鼻炎越发厉害,尽管他吃过的药不计其数。"我没有……被感染?我的血不是……阳性?"莱昂内尔又停了一下。万籁俱寂,只有他那让人气恼的喘息。"可是……我能相信你吗?医生。哦,天哪!我真不知道该不该相信你。"

莱昂内尔的声音里充满了痛苦,卡米拉听了,心里非常难过。她躲在客房里面那堵墙后。莱昂内尔拄着手杖,站在房子后面的石板露台上。露台前面就是游泳池。虽然已是十月,但是风和日丽,游泳池里水的温度很高。为了健康的缘故,莱昂内尔经常游泳。由于自己的原因,同时为了表示对卡米拉的狗"入侵"他们家的抗议,夏天刚开始,莱昂内尔便搬进客房。

卡米拉并不打算偷听。莱昂内尔如果发现,一定会大发雷霆。她知道,他怀疑她监视自己,但是决不相信她会"堕落"到蹑手蹑脚跟踪、偷听的地步。自从回家休养以来,他变得霸道,暴躁,喜怒无常。他一定偷偷地去医院验过血,而且找的不是霍夫曼家在盐山的家庭医生。那位医生是熟人。莱昂内尔开始模仿医生的声音。"你为什么要撒谎?我怎么知道你为什么撒谎?医生。"莱昂内尔冷冷地说,"我不是能看透别人心思的人。谁都在骗我。老婆骗我。孩子们骗我。口口声声爱我,'原谅'我。好像我他妈的需要他们的原谅!医生,大家都合伙对我隐瞒真相。尽管真相正睁大眼睛直盯盯地看着我这张脸!"莱昂内尔把手机摔到石板露台上。听声音摔得粉碎。

卡米拉在那幢小小的房子里靠墙站着,浑身上下凝冻了一般。莱昂内尔为什么要去验血?血液感染,HIV 呈阳性,艾滋病?

卡米拉因为厌恶颤抖着,同时又觉得一丝宽慰。至少她没有被感染的危险。霍夫曼夫妇早就没有了"夫妻生活"——一个令人尴尬的短语。

她苦笑着。看起来,她的生活虽然因此而少了许多激情,但也免了一些痛苦。

卡米拉浑身颤抖着走出客房。她匆匆忙忙跑来,是想告诉莱昂内尔她刚刚听到的一个好消息。这个消息肯定会缓和一下他们之间的紧张关系。可是……"现在显然不是时候。"那几条狗中的一条——三条腿"影子"一定一直跟着她。现在一瘸一拐地在她身边走着,急切地舔着她的手。刚收养的那两条壮实的大驯犬,不知道从哪儿突然跑了过来。这两条狗一条叫"黑黑",一条叫"墨墨"。它们喘着粗气,不敢汪汪叫。因为先前的主人是个凶残的家伙,经常踢打它们,不准它们出声。所以两条狗只能颤动着尾巴,表示"无法言传"的激动。"宝贝儿,别出声儿,"卡米拉轻声说,"现在不是我们高兴的时候!"

事情就这样发生了。连卡米拉自己也稀里糊涂,现在居然有七条狗置身于她的保护之下。七条!阿波罗,托尔,"影子",范西,贝利和"黑黑""墨墨"两兄弟。她努力对七条狗一视同仁。因为女主人情绪、心境稍许的变化,它们都感觉得到。稍微的"不公平",都会引起七条狗相互的嫉妒。除非看到太明显的嫉妒惹她不高兴,它们才有所收敛。它们都怕莱昂内尔,都不喜欢他。至于莱昂内尔,毫不掩饰对它们的厌恶。几条狗一看见他过来,避之唯恐不及。阿波罗当然还是卡米拉的最爱。(有些时候,会发生些特别古怪、神秘的事情。这条漂亮的德国牧羊犬似乎是卡米拉已故朋友亚当的化身。阿波罗可以把卡米拉难以言传的思想和最深沉的希望传达给亚当,无论他在什么地方。"阿波罗,告诉你的主人,我非常想念他。但是我现在已经有了自己的新生活。亚当将永远是这新生活的一部分。"这时,阿波罗就激动得发抖,舔着卡米拉的手和脸,直盯盯地看着她,目光中充满人性。)卡米拉几乎像爱阿波罗一样地爱托尔。这条德国种短毛猎犬对她忠心耿耿。卡米拉的心和"影子"的心也紧紧相连。因为是她一手救了这条身受重伤的小黑狗。还有范西,弗洛伦斯·费里斯太太那条白卷毛狗。这几条狗里,它最狡猾,也最"孩子气",总是跟你纠缠不休。(卡米拉哈哈大笑。范西特别像她的孩子小时候那副样子,"总想成为大家注意的中心,永远没有满足的时候。"尽管范西早就养成良好的卫生习惯,但是看它那副"大大咧咧"的样子,很难想到它的"家教"有多好。有时候,它故意在厨房地板上撒尿,卡米拉看了,连忙拿拖把擦掉,生怕被女管家,特别是被丈夫看见。)那条壮实的、土灰色的杂种斗牛犬贝利,在她心目中享有特殊的地位。贝利伤痕累累。它大难不死,完全是卡米拉救助的结果,因而对女主人感情极深。如果贝利认为卡米拉心情不好(比方说,接了一个让她生气的电话),或者认为卡米拉出事了(超过一个小时还没有回家),它就呜呜咽咽地叫着浑身颤抖。"黑黑"和"墨墨"(它们的标牌上这样写着)是两条体格健壮的黑色大驯犬。这两条狗因为被虐待,变得暴躁,紧张,容易伤人,对它们的行为你无法预测。"黑黑"和"墨墨"被主人抛弃之后,无人收养,后来被人们送到"走失动物庇护中心"。到"庇护中心"之后,谁也不敢接近它们,后来决定让它们"安乐死"。(可是"黑黑"和"墨墨"让卡米拉动心。她知道怎样和它们轻声说话,总是同时抚摸它们俩骨骼坚硬的头颅,和它们喃喃着同样的话。她还知道,应该让这哥俩和别的狗分餐,而且总是先喂它们,让它们吃饱。"我知道,我确实没有地方再养两条狗了,"卡米拉抱歉地说,"可是我无法忍受把两个无辜的生命处死。大驯犬无法选择自己的禀性,就像我们也无法改变那些与生俱来的东西。上帝不会因为我们是什么样的人,而惩罚我们。")

卡米拉答应莱昂内尔,给七条狗中的大多数找个"好人家"送走。秋天,她参加了一项雄心勃勃的募捐活动,想用大家捐助的钱成立一个"罗克兰县走失动物庇护中心"分所。"我们准备再建一座可以容纳六十条狗的狗舍。"至于家里这几条狗,卡米拉打算把它们的活动范围限定在车库和一块草坪,四周用围栏围住。如果卡米拉允许它们进屋,也只能把它们关在楼梯下面,不准到处乱跑。可是总有那么一两条狗,不知道使了什么"魔法",逃脱管辖,任意流窜,弄坏好几件古香古色、价格高昂的家具。莱昂内尔做出一副痛苦万状的表情,抱怨道:"空气里到处都是狗毛,草坪里到处都是狗屎。半夜醒来,从那股扑鼻而来的气味,我就知道,我已经下了地狱,尽管还没死。那个三条腿的刻耳泊洛斯①守在门口怕我逃走。可这是我的家!我在自己家里成了阶下囚!"现在,他住在客房里,离前面的宅子有三十英尺远,大多数时间一个人待在那儿沉思默想。卡米拉经常到"罗克兰县走失动物庇护中心"做义工,很少在家烧菜做饭。即使做了,莱昂内尔也不愿意和她一块儿吃。他一直在生卡米拉的气,认为妻子关心狗远胜过关心他,自尊心受到很大的伤害。"这是报复吗?因为我的不忠?或者这种事迟早都要发生。"那几条狗他都讨厌,但是最恨的是亚当·贝伦德那条该死的狗——阿波罗。它是"始作俑者",没有它就不会招来这么多麻烦。他有时候想,他们的朋友亚当从某种意义上讲,出卖了他。他劝他从洞穴般的生存状态走出来,走向光明。可是光明在哪儿?

  莱昂内尔请来的理疗专家A.D.琼斯是一位身高六英尺四英寸的出生在海地的年轻人。他肌肉发达,总是面带和善的、给人以慰藉的微笑。琼斯每周来给他做几次理疗,收费很高,成效甚微。莱昂内尔觉得自己再也不能像正常人一样走路了。A.D.琼斯批评他,不该产生这种悲观消极的想法。(琼斯用灵巧的手指按摩莱昂内尔松弛、白皙的肌肤时,莱昂内尔努力克制自己不去想她。可是,漫漫长夜,辗转反侧,难以成眠的时候,她常常出现在脑海之中。)刚刚进入夏季的最初几个星期,莱昂内尔每天都花大量时间,用他新买的那台电脑炒股。但是他运气极差,短短一个星期,

---

① 刻耳泊洛斯,希腊神话中守卫冥府的有三个头的猛犬。

就赔了十万美元,犹如做了一场噩梦。"这种机器,完全是年轻人的玩意儿!野蛮,放浪,没有节制,令人作呕!"他拄着拐杖,小心翼翼地走着。做过手术之后,恢复得很慢。右腿膝关节一直隐隐作痛,脖子也经常针扎似的痛。空气里哪怕有一点点狗的气味,莱昂内尔也喘着粗气,喷嚏连天,咳嗽不止。他不停地擤鼻子,直到鼻孔红红的,好像要发炎一样。他夜里失眠,白天昏昏沉沉,无精打采。他尽管拒绝接听霍夫曼家族任何成员打来的电话,从不提霍夫曼出版公司的事,但是心里还是渴望多年来早已习惯的去城里办公、联系业务、出版图书的工作。他怅然若失,空洞无物成了生命的核心。"我生命的意义何在?"他困惑不解,就像一个人拍着口袋找丢掉的东西。可糟糕的是连丢了什么也记不起来。

对待陷入困境的丈夫,卡米拉怀着一种复杂的、温柔的爱,就像母亲对待身有残疾的孩子。她知道,让莱昂内尔住在客房里是一种耻辱。(尽管那套有两间卧室的房子非常舒适,漂亮,现代,窗户俯瞰碧波粼粼的游泳池和绿树葱茏的山坡。)盐山人都在议论霍夫曼夫妇这种有悖常情的分居。卡米拉的女朋友们言辞恳切地劝告她,赶快把那几条狗处理掉,彻底清扫一下那幢房子,把莱昂内尔请回家。她们都说:"毫无疑问,你不想把他第二次赶出家门,难道不是吗?"女儿玛塞的态度更坚决:"妈妈,下一次爸爸就会和你离婚,新妻子就会来接管一切。你和你的宝贝狗只能滚到什么地方,找间狗舍住。"卡米拉同意大家的看法,心里也感到很内疚。她当然不想把莱昂内尔再次赶出家门,特别是现在,他身体不好,需要她的照顾……"可是我的狗也需要我。我的狗爱我。"

她的话里充满了悲凉和辛酸。我的狗爱我。

卡米拉纳闷,自从莱昂内尔心如死灰、形容枯槁回到盐山之后,那个掠夺成性的年轻女人和他有没有联系?就她所知没有。莱昂内尔从来没有提起过那个女人的名字,只是承认自己犯了一个"可怕的、极不光彩的错误",希望卡米拉原谅。卡米拉毫不犹豫地说,当然!当然原谅他!她爱他。他能平平安安回家就是她最大的安慰……但是,莱昂内尔的"回归"只是标志着他在纽约和那个女人的关系已经结束,并不意味他们夫妻之间新的"爱情故事"的开始。玛塞警告母亲,莱昂内尔完全有可能再"溜出去"见那个女人,或者找更年轻的女人。"因为男人一旦开始,就会成瘾。"可是卡米拉坚信,莱昂内尔"溜出去"的时代已经永远结束。这个可怜的人现在几乎连路也走不了了。再加上哮喘、鼻窦炎、头痛,折磨得他苦不堪言。他的脑袋里就像灌了水泥,沉得抬都抬不起来。尽管他那张英俊的脸依然白皙,连一个褶子也没有,宛如霜雪打过的头发依然浓密,不见稀少,但是莱昂内尔显然已经上了年纪。有时候,卡米拉看见他对着镜子做出一副怪相,为岁月在脸上打下的印记而忧伤。有时候,他对着一条狗摇晃手杖。卡米拉惊讶地发现,他那突起在衬衫里的肩胛骨像畸形的翅膀。

那天下午,霍夫曼家的家庭医生——也是盐山居民,一位老朋友——打电话给卡米拉,谈莱昂内尔的情况。尽管这位医生对莱昂内尔抽血化验、怀疑自己得了什么病的事一无所知,但是他表示了对莱昂内尔心理健康和生理健康的极大关心。他对卡米拉说,给莱昂内尔看过病的几位专家都向他叙述了同一个现象:莱昂内尔经常给他们打电话,可是对他们的诊断结果都不相信。总觉得大家对他隐瞒病情,而且不愿意按医生的意见调养身体。"他认为我们大家都在极力'麻痹'他。我给他开了两次处方,都被他扔到废纸篓里。理疗医师说,莱昂内尔要么神情呆滞,极度绝望,要么情绪激动,大发雷霆。在我所有的熟人里,莱昂内尔本来是一位最有修养、最理智的朋友,可是现在他变得不可理喻。也许你应该劝他去看看心理医生。"卡米拉连忙说:"莱昂内尔绝对不会去看心理医生!这个话题提都不能提。一提他就发火。你知道,他这个人很自负。"医生说:"现在,他已经变得心理很不正常。"卡米拉没有吱声。她觉得医生的话简直是对自己的侮辱。

发生那场事故之后,她常常想,我为什么不听医生的忠告,和莱昂内尔好好谈一谈呢?他那条命也许会因此而获救。

卡米拉要带给莱昂内尔的是一个做梦也没有想到的好消息。那位继承亡夫遗产的老寡妇弗洛伦斯·费里斯已经去世,留下三百万美元赠给"我亲爱的朋友卡米拉·霍夫曼。她为我的爱犬范西提供了一个可爱的家,使我感到无比快乐"。卡米拉接到费里斯太太的律师打来的电话之后,一屁股坐在凳子上,半晌说不出话来。她的第一个反应是表示反对:"哦,我不能接受费里斯太太这份遗产!这笔钱太多了。她的继承人会把我恨死的。"律师向卡米拉保证,这种情况不会发生。费里斯太太把她的巨额财产分成若干份,其中许多"遗赠"都异乎寻常地古怪。给她——范西的收养人三百万美元最为典型。"可我是因为范西可爱才收养它,不是为了钱。我从来没有指望得到什么回报。"卡米拉挂断电话,呆呆地坐了一会儿。几条狗围着她,有的舔她的手,有的拱她的腿。它们呜呜咽咽地叫着,都觉得她此时此刻思绪万千。"哦,'影子'!贝利。还有范西!"她抚摸着狗的脑袋,让那条雪白的卷毛狗爬到她的腿上。范西紧张地颤抖着,渴望主人再次确认对它的深爱。"你,范西,是条非常好、非常好的狗。你给我们大家带来了福气……"现在我自由了。如果说我追求的就是自由,今天终于如愿以偿。

有了钱,她可以把这座府邸留给莱昂内尔,自己在罗克兰县农业区再买一幢房子,和她的狗自由自在、不受打搅地生活在一起。有这么多钱就可以再为"走失动物庇护中心"建立一个分所。还可以发起一场运动,敦促司法机关把残酷迫害狗的行为在新泽西州定成一项重罪。她的心里充满快乐:终于可以将这一切变成现实了!与此同时,她又感到内疚。她不知道自己是不是变成一个不忠实的妻子?她这种行为是不是很不道德?我必须做正确的事情,必须做出对我们大家而言都是最好的选择……可是,什么才是最好的选择?

卡米拉一直等到第二天,希望莱昂内尔心情好一点之后,再告诉他这个消息。秋天的阳光下,游泳池里青绿色的水闪闪发光。她刚走到客房前面,就听见莱昂内尔扯开嗓门大声叫骂。

原来他发现游泳池里有狗屎,便挥舞着手杖,朝卡米拉叫喊:"真该死!卡米拉!我受够了。让这些令人作呕的畜生快滚!"卡米拉看见清澈见底的碧水中有狗屎,也吃了一惊。尽管不多,只有一小团。显然不是大狗的"杰作"。她喃喃着,一边道歉,一边拿起一张专门清理水中污物的网,捞那团狗屎。莱昂内尔一颠一颠地跟在后面,边走边大声叫骂:"卡米拉,你见鬼去吧!让你那些狗统统见鬼去吧!"他扭歪着一张脸,不再英俊潇洒,像疯子一样,豹眼圆睁,举起手杖,朝卡米拉的肩膀打过去。卡米拉痛得尖叫起来。后来,卡米拉一再说,莱昂内尔根本没有打她的意思,他不是那种打老婆的人,他只是想吓唬吓唬她。可是当时精神失常,判断失误,打在她的身上。她自己也有问题,大惊小怪,立刻叫喊起来。阿波罗似乎生怕发生意外,一直在附近守护着主人,听见卡米拉的叫喊声,狂吠着,箭一样冲过来。托尔汪汪地叫着,紧随其后。"影子"龇着牙,迈开三条小腿,一瘸一拐,不甘落后。贝利呼哧呼哧喘着粗气,吠叫着。范西也变得疯狂起来,龇牙咧嘴,流着口水。健壮如牛的大驯犬"黑黑"和"墨墨"一声不吭,但像两只火箭,以令人猝不及防之势,向莱昂内尔"射"去。卡米拉大声叫喊着让狗停下,可是莱昂内尔一边叫骂,一边像挥舞长柄大镰刀一样,挥舞着手杖,越发激怒了那几条狗。"畜生!肮脏的东西!滚开!我要把你们都杀了!"托尔跳起来,向莱昂内尔的喉咙咬去。莱昂内尔挣扎着把它推开。"影子"咬住他的腿。阿波罗发了疯似的跳着,叫着。托尔又扑过去,莱昂内尔一条腿跪在地上,痛得大叫。贝利以牧羊犬的顽强和固执,咬住莱昂内尔的脚脖子。两条发了疯似的大驯犬"黑黑"和"墨墨"虽然一声不吭,但是张开大嘴,锋利有力的牙齿毫不留情地撕扯着倒在地上的"猎物"。

许多年以后,老磨坊路霍夫曼家的邻居还记着那个秋高气爽、阳光明媚的十月的上午,莱昂内尔绝望的惨叫、卡米拉撕心裂肺的哭喊、七条狗发了疯似的吠叫。混乱一直持续了好长时间。"那是你能想象出来的最让人毛骨悚然的、能把热血冻成冰的叫喊声。不过谁都不愿意想象那样的惨叫。"

卡米拉·霍夫曼坚持说,七条狗里只有三条真正参与了袭击。救援队赶来时,两条大驯犬浑身沾满血迹。杂种牧羊犬扑向莱昂内尔的时候,也发了疯,嘴巴和胸脯鲜血淋漓。卡米拉虽然惊魂未定——好长时间她都心有余悸,难以自持——但是还有足够的力气,支撑着自己向当局说明情况。另外四条狗被关进车库,还沉浸在兴奋与激动之中,又拉又尿。卡米拉还坚持认为,四个小家伙都后悔不迭,懊恼万分。政府当局得知霍夫曼太太在"罗克兰县走失动物庇护中心"工作后,采信了她的证词,只把那三条狗带走,按行业术语准备将它们安乐死。

芭 蕾 舞

这件礼物，这份美丽，是为你准备的。

莱昂内尔·霍夫曼的悲剧——后来，人们提起那场可怕的事故，一直用"悲剧"这个词——发生之后那个星期日，阿比盖尔·代斯·普雷斯带着奥尔特十三岁的女儿塔玛去城里看纽约市芭蕾舞团的日场演出。阿比盖尔费了好大的力气才买到最好的票——八排中间两个座位。阿比盖尔既忐忑不安，又充满希望。盼望这次纽约之行一切顺利。第一场舞，塔玛就看得津津有味，就像三十年前阿比盖尔自己那样。阿比盖尔看了心里很满意。有一位年轻女演员非常漂亮，目光流盼，黑发飘逸，吸引了所有观众的眼睛。这些天才的男女青年演员除了一个黑人小伙子和一位亚裔美国姑娘，都是白人。那个亚裔女孩体态轻盈，动作敏捷。芭蕾舞从八十年代起，在美国再度兴起，在舞台上展现出它的华美浪漫，高贵典雅。与此同时，又有新的发展。中间部分，在爵士乐狂放热烈的伴奏之下，增加了看起来不大和谐的"后现代主义"的舞蹈。最终又回到传统芭蕾舞轻柔优美的旋律，表现出风格总体上的统一与和谐。毫无疑问，阿比盖尔刻意安排的这次活动达到了预期的目的。

头天晚上，阿比盖尔在戈哈斯家给戈哈斯和塔玛准备晚饭的时候——她已经给他们做了好几次饭——塔玛一直在厨房里帮忙。塔玛吃素,阿比盖尔最近也改成吃素,或者几乎不再吃所谓"红色肉类"。她觉得塔玛肯定赞同她这种做法,尽管小姑娘生性不爱说话,对这件事也未置可否。阿比盖尔给自己和塔玛做的是素菜,为戈哈斯烤了一块牛排。

戈哈斯,食肉动物!阿比盖尔逗他。戈哈斯高兴得脸一阵红一阵白。阿比盖尔心里想,一定很长时间没有人和可怜的、被剥夺了生活乐趣的戈哈斯开过玩笑。

塔玛吃得很少。阿比盖尔知道,对她这样年纪的孩子,不能强迫他们吃饭。她自己年轻时候也一样,为了苗条,几乎得了厌食症。直到成年,才改了这个毛病。塔玛愿意吃阿比盖尔做的饭菜,总是非常有礼貌地说:"好吃。"

阿比盖尔和戈哈斯准备一月份结婚,在盐山新教圣公会教堂举行一个简单的仪式。阿比盖尔的朋友很多,都想给这对新人操办一番,不但举行婚宴,还要搞一场舞会。可是阿比盖尔婉言谢绝了大家的好意。"我不想让戈哈斯心理负担太重。按照我们的标准,他这个人'不善社交'。"阿比盖尔陶醉在被戈哈斯爱慕的幸福之中。没有一个男人像戈哈斯这样深深地爱过她。一个四十三岁的女人能被男人这样毫不掩饰地崇拜、赞美,阿比盖尔大有受宠若惊之感。她真希望能把戈哈斯介绍给亚当·贝伦德,再悄悄地捅捅他,说:"看见了吗?这个家伙对我可是真心迷恋,不像你这个自私自利的混蛋!"(只是开玩笑!)但是阿比盖尔决不会把戈哈斯介绍给哈里森·蒂尔尼那个真正的混蛋!哈里一定会当着戈哈斯的面,趴在阿比盖尔耳朵跟前悄悄地说:"这个傻瓜可爱极了。祝贺你终于找到了贴心人,艾比。"

不,阿比盖尔没有让戈哈斯和哈里会面的计划。她也不准备让他和贾里德见面。

你抛弃了我,现在又有人接纳了我。

上个星期日,戈哈斯带阿比盖尔和塔玛去看他准备修复的一个工程:新泽西州帕特森一座建于一九二三年的罗马天主教堂。这座教堂虽然高大,但是很丑陋,破败不堪,几近坍塌。外面的墙壁污渍斑斑,里面潮湿昏暗,就像一座坟墓。阿比盖尔不由得打了一个寒战。"是的,它看起来很丑陋,"戈哈斯承认,"可是它有历史意义,应当妥善保存。"阿比盖尔觉得这话令人鼓舞——凡是有历史意义的东西都不丑陋。

戈哈斯工作的时间很长,回家之后也还是没完没了地谈工作。阿比盖尔生来就是个很好的听众,知道该提什么问题,什么时候提。吃饭的时候,如果塔玛心情好,她就十分关切地问她学校里的情况,音乐课的进展。塔玛腼腆地微笑着,小心翼翼地回答她的问题。她会信任我的。也许。总有一天!

我得救了。终于得救了。

中间休息的时候,阿比盖尔对塔玛说:"下半场演出的舞蹈,我第一次看的时候十四岁。特别喜欢。那时候,我一心一意想当舞蹈家。舞蹈包含着一种真正的美。舞蹈的纯洁,你在任何别的艺术形式中都无法找到。"塔玛正在看节目单,阿比盖尔说话的时候,她很有礼貌地抬起头看了她一眼,脸上的表情有点茫然。然后目光又落到节目单上。阿比盖尔继续说:"我好像对你说过,我从八岁开始学舞蹈。可是……"阿比盖尔停下话头,突然之间觉得不好意思,不该对塔玛讲这么多。此时此刻,塔玛宁愿看节目单。

下半场节目不像阿比盖尔想的那么熟悉。她看出塔玛正全神贯注地欣赏音乐。那高亢的音乐节奏明快,充满激情和活力。正在表演的芭蕾舞因此而增加了吸引力。阿比盖尔渐渐地爱上了戈哈斯，已经到了可以和他做爱的地步。虽然不是激情迸发，但也爱意缠绵。戈哈斯对她而言，是个可以把握、可以探知的人物，而塔玛仍然是一个令人困惑不解的谜。戴红色贝雷帽的小姑娘。阿比盖尔偷偷地观察塔玛那张非常秀丽的脸，凝脂般光滑的肌肤，长长的睫毛、目光忧郁的眼睛。在阿比盖尔看来，塔玛就像在这场舞蹈中领舞的那个女演员。男演员一接近，她就跑开，总是躲避他们。不让人拥抱，也不让他们捕获。音乐表现出欢乐的笑声和无限的喜悦。舞台沐浴在宛如流水的金光之中。演员们翩翩起舞的时候，成百上千的光斑仿佛萤火虫，从一片昏暗中飞来。最后一幕是双人舞。那轻盈美丽的舞姿令人叹为观止。看到塔玛那副出神入迷的样子，阿比盖尔非常高兴。她真想紧紧地握一握塔玛的手，就像她是自己的亲生女儿。棒极了，是吗？可是她不敢对塔玛表现出过度的热情，怕遭到她的拒绝。

最后一个舞蹈的音乐是柴可夫斯基根据莫扎特的主旋律改编的组曲①。那熟悉的古典音乐让阿比盖尔感到一阵宽慰。身穿白色舞裙的姑娘们脚尖直立，体态轻盈，看不出一点点疼痛，也没有颤动或者汗流浃背的时候。阿比盖尔想起从前中国妇女缠足的习惯。缠足，也许给女人增加了几分古典美，但把她变成终生不变的瘸子。那小小的变了形的脚和女性畸形的生殖器是不是有什么关系？其中必定有某种象征意义，但是阿比盖尔不想深究。

塔玛于一九八八年二月十一日生于广州附近的农村。戈哈斯说，这个日子并不准确。也许比塔玛真正的生日早几天，也许晚几天。阿比盖尔经常忐忑不安地想，谁是塔玛的生母？生塔玛的时

---

① 组曲，十七至十八世纪流行的舞蹈组曲及现代多乐章器乐曲。

候,她多大年纪?这个女人想到过被她遗弃的女儿吗?或者这个孩子的出生对她无足轻重?肯定是天主教的慈善机构救了塔玛的性命。因为在中国和印度某些地方,女人很不值钱,遗弃女婴的现象很普遍。想到她深爱着的塔玛居然不会得到人们普遍的认同,阿比盖尔便有一种不寒而栗的感觉。可怜的小塔玛生下之后,一定被父母像扔垃圾一样毫不留情地扔掉了。

生命吞噬生命,但是人打破了这种循环,因为人有记忆。

亚当是个理想主义者,他不虚伪,不做作,总是自然朴实。作为一个理想主义者,他不愿意承认人类的绝望和残酷。要想摆脱绝望,就必须首先摆脱贫困。所谓文明就是人类在这种"摆脱"过程中得到的升华。阿比盖尔知道,自己配不上美国白人优越的生活,更没有资格在盐山过天堂般的日子。但是她仍然愿意在这里生活,并且努力享受能够享受到的任何一点快乐和幸福。

阿比盖尔发现,她和塔玛在公众场合出现的时候,人们总要投以好奇的目光,仿佛在说:她是你收养的?她对这种目光既气愤,又感到骄傲。她希望塔玛没有注意到别人在打量她们。(塔玛当然注意到了!)阿比盖尔担心,塔玛很快就会厌倦这种被人打量、被人"鉴别"的目光。一个被人收养的中国孤儿?也许总有一天,塔玛会声明与好心好意收养她的白人脱离关系。阿比盖尔发誓,不管塔玛需要什么,她一定尽量满足。

只要对她有好处。只要让她幸福!

阿比盖尔希望向塔玛掩盖这个世界的凶残与丑恶。这个星期,当地报纸在头版刊登了莱昂内尔·霍夫曼的照片。照片下面是醒目的大字标题:**老磨坊路的居民被恶犬伤害致死**。阿比盖尔把报纸藏了起来,不让塔玛看见。这可怕的消息,阿比盖尔自己都不敢卒读。莱昂内尔·霍夫曼居然落了这样一个下场,而且事发地点离阿比盖尔家只有几英里远……阿比盖尔不知道塔玛的同学有没有谈起过这件事情。也许塔玛压根儿就不知道这个骇人听闻的消息。阿比盖尔对塔玛守口如瓶,和戈哈斯也没有机会议论。戈哈斯问过她:"你认识那个可怜的人吗?"阿比盖尔连忙说:"认识,不过不是特别了解。"她觉得内疚,好像这样说便诋毁了莱昂内尔的人格。事实上,阿比盖尔一直很喜欢莱昂内尔·霍夫曼。在盐山那些为人夫者中,莱昂内尔当属品行较端正的。在过去的日子里,她和他跳过无数次舞,感觉着这个男人搂在腰上僵硬而又充满渴望的手指,和他那难于表达的欲望——就如阿比盖尔自己无法言传的欲望一样:激情如火时紧紧拥抱,然后再轻轻推开。阿比盖尔战栗着,对戈哈斯说:"我和卡米拉很熟,这个可怜的女人!那几条狗都是她养的!"

阿比盖尔给卡米拉打过几次电话,都没有人接,她倒觉得松了口气。比阿特丽斯·阿尔切告诉她,卡米拉有亲戚陪着,问题不大。她马上问阿比盖尔是否知道,卡米拉有七条狗?七条?"不过真正咬莱昂内尔的只有三条。"阿比盖尔问什么时候举行葬礼?阿尔切说,不举行什么葬礼,火化。"火化?在哪儿火化?"阿比盖尔问道。"不搞公开的遗体告别,只是家里人举行一个仪式,"比阿特丽斯说,"在尼亚克殡仪馆。还记得沙德先生吗?"

看跳舞吧!阿比盖尔努力让自己把注意力集中到舞台上。她差点儿流下眼泪。亚当已经死了。已经死了一年多了。亚当从来没有见过塔玛。

如果亚当不死,阿比盖尔永远不会见到塔玛。

这个戴红色贝雷帽的小姑娘永远不会引起她的注意。

倘若亚当还活着,阿比盖尔此刻会在哪里?

努力把注意力集中到舞蹈和那错综复杂的音乐上。芭蕾舞是文明的象征,虽非现实主义的艺术,但是一种纯粹的美。一种浪漫。塔玛皱着眉头,全神贯注,思想完全融入舞蹈之中。她练习大提琴时,脸上就是这样一种表情。阿比盖尔偶然看见她坐在电脑前也是这样一副全神贯注的样子。(塔玛的电脑!阿比盖尔发誓永远不窥探她的秘密,未经邀请永远不进入小姑娘的房间,永远不翻塔玛的东西,不看她的"邮件"和"文件夹"。阿比盖尔尊重塔玛的隐私。她害怕发现什么东西毁了这个理想化的小姑娘在自己心目中的地位。)

浪漫故事!你永远无法预料生活中会发生什么事情。

在盐山,这个季节出人意外地充满了浪漫风情。阿比盖尔·代斯·普雷斯和戈哈斯·奥尔特,罗杰·卡瓦纳夫和玛丽娜·特罗伊。有人问起罗杰和玛丽娜未来的计划,他们总是吞吞吐吐,不置可否。他们似乎不在一起生活,可是大家都被他们的浪漫故事感动。先是罗杰的小儿子,现在又是罗杰和玛丽娜。这两个人似乎正热恋着,好运气让他们头晕目眩。玛丽娜出走一年,回来时成了雕塑家,而且以少有的魄力剪掉满头引人注目的红头发。(阿比盖尔认为她剪掉头发是个错误。现在玛丽娜看起来平淡无奇。)"你爱玛丽娜吗?"阿比盖尔直截了当地问罗杰。因为罗杰有一次也毫不客气地问阿比盖尔爱不爱戈哈斯,好像这件事和他有什么关系似的。罗杰说:"我非常喜欢玛丽娜!一直就喜欢。看得出,她非常喜欢亚当。"

阿比盖尔摸不着头脑,想了半晌,才说:"亚当……"

"我的小儿子。"

演出结束了。最后一个芭蕾舞已经谢幕。这么快!阿比盖尔居然一直在胡思乱想。她希望塔玛没有注意到自己走神。我的继母,那么虚伪。不,塔玛没有看出她在做"白日梦"。阿比盖尔使劲鼓掌,直到手掌拍得生痛。演员们鞠躬行礼,面带羞涩,看着台下热情的观众。阿比盖尔非常激动。演员们最后一次谢幕退下舞台的时候,她突然觉得心里空空荡荡,怅然若失之感油然而生,又从天堂跌落到现实生活之中。

阿比盖尔无法抑制满腔热情,紧紧握着塔玛的手,说:"好看吗?塔玛。"小姑娘皱了一下眉头,好像在考虑如何回答这个问题。阿比盖尔看了不由得吃了一惊。塔玛用几乎听不见的声音说:"好……看。"她犹豫着,好像还想说什么,但终于没说。

阿比盖尔注意到,塔玛没有拿那张节目单。节目单掉在红丝绒座位下面。

她们从天堂跌落到现实生活之中,又回到曼哈顿市中心。

阿比盖尔的汽车停在西六十六条大街。阿比盖尔和塔玛向停车场走去的时候,几个好斗的年轻人突然把她们围住。那几个家伙十八九岁,或者二十一二岁,喝得东倒西歪,色眯眯地看着她们大声叫喊:"喂,太太!帮帮忙,行行好!"阿比盖尔模模糊糊看见他们一个个龇牙咧嘴,皮肤黝黑,肮脏的无领长袖运动衫上印着电视里摔跤手的肖像。她本能地站在塔玛和那几个男人中间。后来回忆起来,她还记得,好几个步行的人凝视着她们,然后赶快把头转过去,假装没看见,匆匆忙忙走开。离她们不远的百老汇大街上还站着一个身穿制服的警察,没有发现她们被一群无赖纠缠,或者看见了也置之不理。那几个家伙把阿比盖尔推来搡去,还要抢她的手提包。阿比盖尔紧紧抓着手提包,叫喊着:"滚开!不要碰我们!"一个脑袋剃得溜光的小伙子对阿比盖尔骂出一串脏话,还朝她头上打了一拳。阿比盖尔耳朵嗡嗡响着,差点儿倒在人行道上。

可是阿比盖尔是个生性倔强的人,她努力支撑着不让自己倒下,也不肯松开手里的包。这个包是意大利皮革做的,价格高昂。她发了疯似的叫喊着,一边保护小姑娘,一边开始还击,还准备用高跟鞋狠狠踢那几个坏蛋。他们把她围在中间,哈哈大笑,捅捅这儿,摸摸那儿。突然,这几个无赖拔腿就跑,横穿大街的时候,撞在好几个人身上,还用拳头使劲砸一辆出租汽车的车头。他们像一群危险的恶狗,向猎物扑过来的时候如闪电,逃走的时候似疾风,一下子消失得无影无踪。

阿比盖尔觉得一阵眩晕,仿佛一股火焰在血管里流动。小姑娘紧挨她站着。对她来说,这个孩子意味着一切!塔玛,她的养女塔玛,正大睁着一双眼睛凝望着她,好像第一次看见她一样。"阿比盖尔——?"女孩急切地说。她紧紧握着阿比盖尔不停颤抖的手。阿比盖尔把她紧紧搂在胸前,抽泣着,宽慰地说:"哦,宝贝儿!"

阿比盖尔和塔玛在西六十六条大街人行道上,浑身颤抖着紧紧拥抱在一起。阿比盖尔想,我从来没有这样幸福过。

情侣之夜，爱的絮语

"……我们该结婚了！这个日子……来得太晚了。"

"'太晚了'？依我看，正是时候。"

"我们已经认识好多年了。"

"可是,这么多年,我们并没有真正了解对方。"

"是的,好多年,我们之间有些误会。现在结婚,你不觉得……"

"玛丽娜,不觉得什么？对于你我,这简直是一种侮辱。"

"谁都要结婚。"

"我们是'谁'吗？我们可以等同于别人吗？"

"可是……这是传统,是习俗。"

"相爱就是符合传统的行为。关心另外一个人,想和另外一个人生活在一起,难道不对吗？"

"可是我们住哪儿呢？罗杰。你不想搬到我那幢小房子里去住,这我不怪你。可你那幢房子完全是你自己的产业。"

"我们可以买我们俩自己的房子。明天就买。"

"罗杰,这可不是个好主意。"

"为什么？"

"太……太仓促了。"

"我这个人就喜欢仓促。雷厉风行。"

"你是个……生性急躁的人。"

"因为我引诱你触犯法律,犯了一个不大不小的错误?"

"你没有引诱我。我是自愿的。"

"不,我引诱了你,然后爱上了你。"

"……事情就是这样发生的吗?"

"正是。你为一个伪造的签名做证。我心里想,我爱她!"

"那时候,我并不爱你。我怕你。"

"你从来没怕过我。你看不起我。"

"不。"

"现在也看不起我。"

"罗杰,不。"

"你不能对我说谎,玛丽娜。我太了解你了。"

"我害怕嫁给一个……律师。"

"什么意思?"

"律师把操纵、控制这个世界当作自己的权利。"

"雕塑家呢?"

"我不是什么雕塑家。这样说几乎就是对我的侮辱。"

"你爱亚当,难道不是吗?"

"亚当……"

"我的儿子。我的儿子亚当。"

"当然,我非常喜欢亚当。"

"是啊,亚当需要一个女人精心照顾。他需要一个母亲。否则他会迷惑不解,以为保姆就是他的母亲。你不希望亚当长大之后,连自己的母亲是谁也搞不清楚,对吧?"

"罗杰,别傻了。"

"那么,我们就买一幢房子。明天就买。我已经打过几个电话了。"

"这让我……真是诚惶诚恐。"

"我们可以买一幢坐落在河边的房子。"

"这个主意好吗?它会让我们想起……"

"我想……他是一个很好相处的人,不是吗?他活着的时候。"

"……可是,我们能买得起吗?罗杰。我可没有那么多钱。"

"没问题。我买得起。"

"倘若那样,我是否该把我现在那幢房子卖了?我喜欢那幢房子,罗杰。"

"你那幢房子倒是个可爱的地方。虽然地板翘得高低不平,漏水,连桌子也放不稳。一不留心,杯子就会滚落。中等个子的人从门廊走过,就得碰脑袋。我每次进你的屋子都得做好思想准备——床上一定躺着七个小矮人。"

"我想,你一定也讨厌我的书店。"

"那个古香古色的书店?恰恰相反,我非常喜欢。"

"如果你认为它'古香古色',别有洞天,你可以投资。莫莉和我准备盘下旁边那个小店,把中间那堵墙打通……你觉得很可笑,是吗?"

"没什么可笑。我们的未来就这样决定了。"

"罗杰,我觉得,我不能卖那幢房子。如果你我的关系出了问题,我还得有个窝。我已经不再年轻,不可能……"

"你还很年轻。你想怎样做,就怎样做。留下,还是卖掉,你说了算。那是你的产业。"

"……我想,我可以把它作为工作室。如果你不认为这是浪费的话。"

"浪费？怎么是浪费呢？"

"整整一幢房子，只把它当作一个工作室……"

"谁会把它看做浪费呢？你难道认为是浪费？"

"我也说不上。我想……有时候，或许会这么想……会考虑别人的意见。"

"让'别人的意见'见鬼去吧！"

"可是我们就生活在这些人当中。"

"不，我们的生活只有你和我。"

"你自己也不相信会是这样。我们必须生活在这个世界上。"

"盐山就是这个世界？"

"是的。我们总得从某个地方开始……"

"听我说，玛丽娜，你爱我吗？"

"是的。我想我爱你……"

"你'想'……这是什么意思？"

"是的，我爱你。我已经下定决心……是的。"

"这就够了。我们将由此开始。"

回　家

有一个女人进入中年之后,为了有朝一日再回家,而背井离乡;回家以后,她惊讶地发现,她不在期间,家里发生了很大的变化。

房子后面,已是另外一道风景线。

"欧文,天哪!这几座花园真美!你是怎么……在我……?太漂亮了。"

"我一直盼望你有朝一日能看到这一切,奥古斯塔。我从来没有放弃……相信你还活着。"

他们像一对初涉情场的年轻恋人,互相拍了一下手掌,不敢看对方的眼睛。至少眼下还不敢。

整整一年零一天,消失得无影无踪。上哪儿去了?

无所谓。要紧的是奥古斯塔·卡特勒回来了。

哈得孙-盐山在奥古斯塔眼里变得那么陌生。去过天高地阔的西部之后,它觉得盐山那么渺小,那么精巧,虽然各方面的条件十分优越,但是宛如在时间的长河里"卡了壳",前进不得,像一块精致、时髦的表,咔嚓咔嚓地响着,自命不凡,可实际上并没有什么了不起。大街,小巷,车道,弯道一闪而过。所有的街道都那么狭窄,豪华府邸相互之间的距离那么近,就连拥有几英亩土地的"庄园"也不宽敞。卡特勒家那幢房子——那幢坐落在雉鸡巷、有六个卧室的法国诺曼式建筑①就在眼前,奥古斯塔看了不由得笑出声来。对于任何一个家庭,这幢房子都显得太大,更不要说一对儿女早已远走高飞的中年夫妇。(真不知道买这幢房子的时候,我们是怎么想的!我们是谁呀?)但是奥古斯塔不能不承认,这幢房子非常漂亮;不能不承认,它曾经给予他们道德和精神上的启迪和约束。这是她的家。

最让奥古斯塔吃惊的是丈夫欧文的变化。

("这是欧文吗?还是卡特勒家年长的亲戚……?")

欧文显得十分苍老,几乎完全秃顶,只有几根稀疏的软软的白发耷拉在脑门儿上。他说话有气无力,犹犹豫豫,无论什么事情都不能干干脆脆说个"是"或者"不是"。目光之中,骄傲和虚荣荡然无存,只有羞愧和昔日的智慧隐约可见。曾经让奥古斯塔心旌荡漾、最终又深恶痛绝的"贵族气派"也消失得无影无踪。欧文·卡特勒现在看起来像一块被岁月的长河磨光了的石头。

他眨巴着眼睛,凝视着奥古斯塔,仿佛她沐浴在耀眼的阳光之中,一遍又一遍地惊呼:"奥古斯塔,亲爱的!欢迎你回家。你让我这样高兴!"

高兴!没有一句责备的话。

奥古斯塔摇了摇头,迷惑不解。

她回到盐山的时候,已经变成一个皮肤晒得黝黑的、精瘦的女人。那充满魅力的玫瑰色皮肤、赏心悦目的美丽不复存在。但她

---

① 诺曼式建筑,一种罗马式建筑的初期形式,先盛行于诺曼底,后传入英国,其特点为简朴、雄伟、有圆拱。

依然楚楚动人,灰白色的头发像马鬃一样披在肩头。她穿着牛仔裤,膝头很脏。上衣是从路边小店买的圆领长袖套衫。光脚穿一双帆布运动鞋。指甲剪得很短,不特别干净。(那几枚昂贵、漂亮的戒指戴在手指上太松,而且很不相配。)回到盐山之后,奥古斯塔经常不由自主地抬起头朝天空瞥一眼。那么多树,那么稠密的树叶,常常让她困惑。这里看不到地平线。生活在这里的人们似乎无法正常发育……你几乎会认为,这里的居民都矮小,没有生气,像鼹鼠一样,眨巴着两只小眼睛,看不远,看不清。

欧文急切地、骄傲地领她参观房子后面的花园。实际上是三个花园。奥古斯塔凝望着,简直难以置信。

第一座花园紧挨石板露台,是个玫瑰园。各种颜色的玫瑰迎风怒放。红、黄、淡紫、粉红、奶油色、象牙白,应有尽有。第二座在山坡上。大丽花、秋海棠、百日菊、金盏花、唐菖蒲,花团锦簇。第三座在山坡一块平地上,是个小菜园。正是秋天,硕果累累。上了架的西红柿秧足有六英尺高。匍匐在地上的瓜秧结着南瓜、西葫芦。欧文还种着胡椒、薄荷、百里香,还有香瓜、西瓜。

奥古斯塔觉得,这简直是亚当的花园,除了……

不过,比亚当的花园规模更大,侍弄得更好。

欧文平静地说:"都是为你,奥古斯塔。你知道,我从来不相信你……不在了。"

奥古斯塔惊讶不已,欧文是个商人,她一直认为他没有想象力,而且总是忙得要命。他甚至没有时间在自己那幢房子周围散步,更不用说到盐山高尔夫球俱乐部打打球,锻炼锻炼身体。欧文领着她,像领着新娘,走进一座温室——温室!——热带的兰花仿佛漂浮在微微颤动的透明的气浪之上,美不胜收。

"天哪!欧文!你是什么时候建的这座温室?"

"去年冬天。它出现在我的梦中。不,实际上,是你出现在我的梦中,是你建议我盖的。"欧文不好意思地微笑着。"你把一支兰花送到我的面前,说什么时候兰花开了,你就回到我的身边。这个梦让我非常高兴,亲爱的。尽管醒来之后,身边依然空空荡荡,没有让我高兴的事情发生。"

欧文的话在奥古斯塔耳边回荡,久久不肯散去。她情不自禁,真想说:"欧文,真对不起!"

可是,这话卡在喉咙里没有说出口。她不觉得遗憾,不想说假话。

奥古斯塔决定回盐山时,就给自己规定了这样一条:决不撒谎,即使仅仅为了让别人高兴也不。

在蒙大拿,奥古斯塔见过一些像欧文·卡特勒一样的老人——也许过去是养牛场的主人——他们的日子过得虽然很富裕,但是说话吞吞吐吐,做事如履薄冰。年轻人和许多女人都不把这样的人放在眼里。他们那种男子汉大丈夫的气派、自尊、自信荡然无存。年富力强之时,他们是"成功者",可是后来,一个突发事件——疾病、事故、金钱上的损失、不争气的子女、离婚、丧偶,彻底打垮了他们,对曾经相信过的东西都持怀疑态度。可是,"亡羊补牢",为时未晚。他们最终还是下决心活下去,而且要尽可能活得快快乐乐。用这样一种眼光看欧文,奥古斯塔对他产生了新的尊重。她本不应该离开这个男人,至少不应该以那样一种方式离开。她本不愿意伤害这样一个男人,或者让他在生活的重压之下崩溃。

欧文好像做了什么错事,怯生生地说:"我雇了一个私人侦探找你。那个人的名字叫伊莱亚斯·韦斯特,是别人极力推荐给我的。他让我相信……起初……给了我希望……他在迈阿密找到你的手提包……是被别人偷走的?后来,哦。天哪!格西,真可怕,我不能对你讲……"欧文停了一下,用纸巾擦了擦额头上的汗水,"或许,下次再谈,亲爱的。我……不得不去辨认一具女尸……在佛罗里达。而且……"欧文那么激动,奥古斯塔不由得为他的健康担心。看起来,伊莱亚斯·韦斯特找了一具女尸为她做"替身"?奥古斯塔不想深究。

奥古斯塔淡淡地说:"是的,四月份,我的手提包被盗。"

"我们因此而相信,你一定在迈阿密。知道你在什么地方,而且活着……就给了我希望。"

欧文领着奥古斯塔继续看温室里的兰花,告诉她不同品种的名称。是的,这些兰花非常漂亮,漂亮而无用。奥古斯塔想起第一次用兰花做装饰花的情形。至少四十年前。四十年!她参加班级舞会,把一朵兰花插在左边胸前。

奥古斯塔想,这个星期她应该再拍些照片。应该到城里找个摄影训练班听听课。她要拿出一个房间改成工作室,里边还得有一间暗室。以后,她想经常出去拍照。拍自己很早以前生活、学习过的地方,就像拍摄亚当·贝伦德小时候的居住之地一样。她也许还要去佛罗里达,去西部,去西南部。那将是孤独、漫长的旅行。当然,旅行之后,还要回到盐山。

伊莱亚斯·韦斯特。奥古斯塔不得不承认,听到这个名字,她的心便为之一动。他可真是个人物!一个难以忘怀的男人。

不错的情人。

也许他们还会再次相逢?

不。奥古斯塔早就扔了他的电话号码。韦斯特太精明,太狡诈,没有一个女人能信得过他。奥古斯塔努力克制着自己的感情,做出一个明智之举——扔了他的电话号码。

不过,韦斯特是私人侦探,想找到他并不困难。毫无疑问,因特网上一定有他的大名。欧文的文件里肯定有他的联系方式。

那是一个阳光明媚的九月的早晨,奥古斯塔挂通了欧文的电话。她住在蒙大拿一间租来的小木屋里,小木屋的窗口正对斯凯普戈特冰雪覆盖的山顶。奥古斯塔自己也不知道,为什么这个时候做出这个决定。也许因为季节的变化,因为她在外面待的时间太长,终于觉得孤单寂寞,开始想念盐山。

第一声铃声响过,欧文便拿起听筒。

"欧文?是我。"

"……奥古斯塔?"

停了一下。奥古斯塔差点儿放下听筒。"是,是我。"

"奥古斯塔!宝贝儿!你……要回家吗?"

欧文的声音里充满热情,没有责备,更没有一丝一毫的恼怒。奥古斯塔一直在想,老欧文倘若听到她的声音一定会愤怒地扔下听筒。老欧文一定早就不再爱她,而且向法院提出离婚申请。

"是的。"

她哭了起来。不过欧文不会听到。

奥古斯塔对自己的行为没有做任何解释。她最后一个任性的举动(按照孩子们的说法)是:在大家盼望了好几天之后才回来,而且没有事先打个电话。失踪了整整一年零一天。这个时间够长的了。欧文在汽车道旁等待着。奥古斯塔租来的那辆车终于出现在眼前。欧文满脸通红,连忙迎了过去,一边笑一边气喘吁吁地吻她的手和脸。奥古斯塔使劲眨巴着眼睛,不让眼泪流下来。她不愿意显得情绪激动。她花了一年的时间追思——什么呢?——或许是激情。逝去的不是青春,因为她的青春早已逝去,而是对早已逝去的青春的依恋和期望。"是的,我回来了。"

欧文非常感谢奥古斯塔的回归,就像要渴死的人对一块浸了水的布也感激涕零一样。他不要求她做什么解释。"回来就好,回来就好……亲爱的!"

对早已成年的儿女,对众多的亲戚朋友,她对自己到底上哪儿去了,为什么不辞而别,都没有做任何解释。她是不是和某位情人私奔了一年?是不是在亲戚朋友家躲藏了一年?那些人一直为她保密?她到底上哪儿去了?为什么她的长相,甚至声音都发生了很大的变化?(奥古斯塔不觉得自己的声音发生了什么变化。是不是说话的声调更呆板了?不像过去那样注意抑扬顿挫?是不是说话时一本正经,很少面带笑容?)看见她那副一脸不屑的样子,谁也不想跟她发生冲突。大儿子马克不高兴地看着她,开始责备:"妈妈,为了你,我们都快急死了。看在上帝的分上,你怎么能干这种……"不等儿子把话说完,奥古斯塔就举起一根手指,就像举起一支枪,警告儿子,不要把话说下去。年轻人只好气咻咻地把没说完的话咽到肚子里。

(马克对家人抱怨道:"妈妈简直变了个人!不是说她变得自私、固执,她一贯自私、固执,而是变成一个我无法理解的女人。不化妆,一头乱发,两条腿肌肉结实。天哪!她那副样子就像一直在西部印第安人居留地,和印第安人生活在一起。")

奥古斯塔很为自己拍的那些照片骄傲,最终还是忍不住把影集拿给欧文和盐山几个朋友看。影集分成好几个部分。每个部分都有一个别人不太明白的标题:《红湖》,《明尼苏达州和露营园》,《蒙大拿》。大伙儿边看边评论。奥古斯塔拍得不错。虽然都是黑白照片,但是无论人物还是景物,都给人留下深刻的印象。有时候,大同小异的景物会拍五六十张,很难想出作者的意图。(为什么要去明尼苏达州和蒙大拿？为什么奥古斯塔觉得有必要到那么远的地方？)奥古斯塔尽管为自己那些照片沾沾自喜,但是除了告诉大家拍摄地点之外,不做任何说明。"这张是什么？监狱？"比阿特丽斯·阿尔切问,一副大惑不解的样子,"真难看！这块墓碑。'埃尔西·布雷迪。霍莉·布雷迪。'这是在哪儿拍的？"

"蒙大拿露营园。"

"可是,为什么……我的意思是……为什么你只给这块墓碑拍,而且拍这么多张,没有拍别的墓碑？"

奥古斯塔一本正经地说:"因为我只想拍这块。"她合上影集,结束了她们的讨论。

奥古斯塔不会把关于弗朗西斯·泽维尔·布雷迪的事情告诉任何人。她将把亚当·贝伦德的秘密当作自己的秘密埋藏在心中,直到永远。

结婚已经三十年,可是单独待在一起的时候,他们像新婚夫妇一样不自然,难为情。

欧文·卡特勒像个新郎,抱着刚从菜园里摘下的熟透了的香瓜,送到奥古斯塔面前。

香瓜散发着秋天的阳光、肥沃的土地、香甜的果实的味道。欧文用一把长柄刀把瓜切成月牙形小块,让奥古斯塔拿在手里吃。"欧文,你种的瓜简直棒极了！太香了！"奥古斯塔咬了一口淡绿色的、熟透了的香瓜,口水顿时流了出来,尽管香瓜不是她最爱吃的水果。瓜汁顺着她的手指、胳膊流了下来。

欧文高兴地说:"又香又甜,是吗？"

秋天的阳光仍然暖融融地照耀着大地。借着一片阴凉,他们坐在石板露台上放着的一张白色锻铁小桌旁边。这张桌子是很早很早以前买的。奥古斯塔惊讶自己的胃口那么好，不一会儿，就吃了好几块瓜。欧文看着她，目光中充满爱和崇拜。奥古斯塔真想哈哈大笑，想把脸捂起来。"真像我做的那场梦，奥古斯塔。我在菜园里精耕细作，收获的季节你就会回来。'一年零一天'……我仿佛见过这情景。尽管不敢指望这一切会真的发生。"

奥古斯塔脸上露出一丝微笑，犹犹豫豫地说："你没有对我失去信心，欧文。"这是一个以"陈述句"提出的问题。她不想直截了当地提出自己的疑问。

"从来没有。"

然后又补充道："哦，是的。非常痛苦、软弱的时候，也失望过。不过，我还是有一种信念——你一定会回来。当然，我不得不承认，你不回来的可能性也不是没有。你也许出了什么事。"

奥古斯塔慢悠悠地说："在我身上发生的事情确实不少，欧文。可我还是回来了。"

欧文又切下一块香瓜，递给奥古斯塔。奥古斯塔把他的手捧在自己手里，慢慢地吃那块瓜。他们的心情突然变得轻松愉快，甚至有点调情的味道。"欧文，你真让我惊奇。这是我的真心话。"

"你也让我惊奇，奥古斯塔。那些照片！你已经变成一个拥有秘密的女人。"

奥古斯塔从来就是个"拥有秘密的女人"。此刻，她什么话也没有说，似乎默认欧文说的没错。

"你永远都不会把你的秘密……告诉我吗？"

欧文的声音很轻，但是充满渴望。他刚刚刮过胡子，像石头一样光溜溜的脸上，口鼻四周显得皮肤柔软。他那双眼睛在奥古斯塔看来也怪怪的，没有睫毛，布满血丝。你会直视他的眼神，而不是看他的眼睛。(她自己的眼睛呢？没有化妆,一定也是赤裸裸,光秃秃的。)欧文用刀一点一点剔香瓜里的瓜子。拿刀的手轻轻地颤抖着。

奥古斯塔微笑着说:"永远不会,欧文。"

"你和……一个男人在一起？是吗？"

奥古斯塔笑了起来,觉得脸发烧。她在吃那块切得很薄的、多汁的香瓜,有力的牙齿一口一口地咬着。欧文急切地看着她,呼吸变得急促起来,紧张地揉搓着手指。

他说:"但我希望,你至少真正爱过他。这是……"欧文勉强露出一个微笑,笑容在他唇边轻轻跳荡,"……一种很深刻的体验。"

奥古斯塔摸着丈夫的手,指尖在他瘦骨嶙峋的关节上轻轻移动着。她惊讶地发现,欧文的手掌打满老茧。已是傍晚,暖暖的暮霭笼罩了花园。艳丽的色彩、千姿百态的花朵渐渐隐没在暮色之中。过一会儿,卡特勒夫妇就会回到他们那幢房子里,开灯,到厨房准备晚饭。吃完饭就上楼,回到卧室。他们已经好久好久不曾在一张床上睡觉,更不用说相互拥抱着进入梦乡。他们亲吻时,一定不无羞涩,而又充满希望;做爱时,一定充满柔情,努力原谅对方在人生路上走过的坎坷。泪水溢满奥古斯塔的眼眶,但不是痛苦的泪水。

"可我回到了你的身边,欧文。永远不再离开。"